长篇历史小说

（修订版）中

易中天 著

山东文艺出版社

果麦文化　出品

目　录

第九章

归曹与灭董

汉献帝初平三年
壬申　猴
曹操三十八岁

正月
至
四月

1

寒风凛冽，日色昏黄，愁云惨淡。长安西市广场当中已经搭起了高台。尽管张灯结彩，却毫无喜庆的气氛。这天，是汉献帝初平三年正月初一。一年半以前，曹操在邺城揭发了韩馥的阴谋，逼得韩馥在厕所里自杀，袁绍成为冀州牧。桥瑁被兖州刺史刘岱所杀，曹操成为东郡太守。之后，董卓亲自率军与袁术部将孙坚战，失利，便于次年四月迁往长安。至此，帝国四分五裂，进入了诸侯割据的时代。

"今天是大年初一，我们却在这里团拜，知道为什么吗？"董卓服近天子，冕前九琉，腰间佩剑，傲然地站在台上，看着寒风中冻得瑟瑟发抖的三公以下百官，"因为寇匪猖獗，国无宁日。此前孙坚攻进洛阳，在城南井中得到传国玉玺。孤下令彻查，是谁提供线索，为其带路；又是谁里应外合，引其入城？毫无结果。现在，孙坚征讨刘表被其部将黄祖杀死，传国玉玺又到哪里去了？查出来了吗？"

台下鸦雀无声。

"孤又悬赏，着军民人等纠举不法，有人响应吗？"

依然鸦雀无声。

"尚书台！"董卓喊道。

秩千石的尚书令出列。

"有结果吗？"董卓问。

"没有。"尚书令回答。

"御史台！"董卓又喊。

秩千石的御史中丞出列。

"有结果吗？"董卓问。

"没有。"御史中丞回答。

"谒者台！"董卓再喊。

秩比千石的谒者仆射出列。

"有结果吗？"董卓问。

"没有。"谒者仆射回答。

"既然如此，要你们三台何用？"见三个人都不说话，董卓一声怒吼，"免冠听参！"尚书令、御史中丞和谒者仆射都扑通跪下，取下头冠。董卓又喊："李傕，郭汜，你们查出什么了没有？"

李傕和郭汜互相看看，然后说："还在查。"

"以为孙坚死了，就没事了，是不是？"董卓问。见李傕和郭汜不敢说话，董卓怒吼："没用的东西！来人，拉下去砍了！"

"太师饶命！"李傕和郭汜吓得魂飞魄散，跪倒在地。吕布和董卓的女婿中郎将牛辅见势不妙，赶紧过来跪下。董卓却一声冷笑："你们两个，以为一个是我女婿，一个是我义子，就有资格收买人心，是也不是？告诉你们，孤秉公办事。求情？先拿你们开刀！"

董卓大喝："来人！扒了他们的衣服！"

四个士兵走了过来，脱下牛辅和吕布的衣服，露出脊背。

"各打二十鞭！"董卓下令。

士兵们又抽出鞭子。

"慢!"董卓却突然叫停,看着跪在地上的李傕和郭汜说,"他俩不是为你们求情吗?那就你们两个行刑!"

那两个人起身,互相看看,然后接过鞭子。

李傕走到吕布背后。

郭汜走到牛辅背后。

吕布低声说:"不要手软,打狠一点!"

鞭子飞起,在空中发出呼啸声,比寒风更显得凛冽,牛辅和吕布的背上立即渗出血来。站在旁边的李儒吓得别过脸去,董承更是目瞪口呆。混在人群中的杨修却立即看出,这绝非董卓乱发脾气。先罢免三台之官,再追究李傕和郭汜之责,再拿义子和女婿示众,无不表明后面将有更大的动作。而且,他还要表现出是大公无私的样子。

李傕和郭汜打完,向董卓跪下。

董卓问:"知道教训了吗?"

四个人齐声答道:"知道了。"

董卓又问:"知道内奸是谁吗?"

四个人都低头不语。

"孤来告诉你们。"董卓冷笑,又喊,"卫尉来了吗?"

"来了。"卫尉张温应声出列。

卫尉是杨彪担任过的职务,张温的资格也很老,很早就由曹操的祖父曹腾引入仕途,曾官至太尉。七年前他任司空,以代理车骑将军的身份率军平叛,董卓和孙坚都是他的手下。张温召见董卓时,董卓不但姗姗来迟,而且傲慢无礼,口出狂言。坐在旁边的孙坚便向张温耳语,建议他以目无官长、动摇军心和受任无功这三条罪名,将董卓军法从事,张温却不敢。毕竟,他们要去平叛的地方是凉州。

但是这笔账，董卓可忘不了。

"卫尉，孙坚又跟你说什么了？"

果不其然，张温刚刚出列，董卓就问。

"不知太师此言何意。"张温按照礼仪回答。

"不知？"董卓故作惊诧，"他不是在你耳边窃窃私语吗？"

"那是七年前。"

"以前能说，后来不能？"董卓笑了，"说吧，孙坚在洛阳都跟你说了什么呢？说曹操，还是凉州？不要说孙坚与你没有联系。此人不过吴郡竖子，久在军旅，朝中无人，除了你还能攀附谁？又有谁能为他指点迷津？还是从实招来为好，以免皮肉受苦。"

张温闭上眼睛，一声长叹。

"怎么，想起什么了？"董卓冷笑。

"后悔莫及，当年就该听孙坚的。"

"没听就对了。拿下！"董卓大喝。甲士们一拥而上，张温却勃然变色，瞪着眼睛吼道："放肆！我前为三公，今为卫尉，岂容尔等小人凌辱？"说完他整整衣冠，傲然看着董卓："老夫自去诏狱。"

"诏狱？"董卓狞笑，"这里就是。往死里打，看他招不招！"

2

张温在长安西市被当众打死的消息传到邺城，是正月十五。自从汉武帝于上辛夜在甘泉宫祭祀太一，这天便成为节日。冀州牧衙署的大厅里张灯结彩，喜气洋洋。袁绍坐在正中巨大的屏风前，右边是沮授、审配、逢纪、辛评，左边是许攸、田丰、郭图、郭嘉。

"诸位!"袁绍举起酒杯,"承蒙贤达不弃,抬举袁绍,以致冀州得以振兴,生民安居乐业,俊才欢聚一堂。此非诸君之力而何?当此上元之日,但请满饮此杯,来日也好共谋大业。"

"愿为将军寿!"众谋士一齐举杯。

"明公!"所有人都喝完杯中酒以后,沮授站了起来,庄严肃穆地说道,"前太尉、互乡侯张公被董贼虐杀,请以酒祭之。"

袁绍和众人都站起来,将酒浇在地上。

"董卓肆虐,荼毒天下。受害之人,岂独张公。"沮授的语气沉重而坚定,"此诚为汉家之不幸,却也是有志之士报国之机,正所谓多难可以兴邦是也。当此月圆之日,明公可听我一言否?"

"愿先生有以教我。"袁绍肃然。

沮授正了正衣冠,清了清嗓子,便开始发表长篇大论:"将军弱冠登朝即播名海内,废立之际又忠勇奋发。单骑出奔,董卓怀惧。济水而北,河内稽首。登高一呼,关东影从。今若振盟主之威,聚州郡之力,挥师东向,海岱可定;还讨黑山,乱象可平。再回众北上,剑扫河朔,气吞戎狄,则并、幽、青、冀俱在掌中。然后合四州之地,横大河之北,拥百万之众,收天下之才,义旗高举,迎大驾于西京,复宗庙于洛邑,此千古之霸业也,将军其有意乎?"

"先生如此说,袁绍愧不敢当。"袁绍立即拱了拱手。

"实言相告,不敢夸大其词。"沮授说,"若问如何动作,沮授已请人制作了天下形势图,望能悬于堂中,鼓舞士气,激励同侪。"

"好好好!快快挂起来。"随着袁绍一声令下,侍从们进来将地图挂在巨大的屏风上。一众谋士都站起身来,聚在图前议论纷纷。袁绍退到远处静观,心里十分受用,正想说什么,斥候却匆匆进来了。

贴有羽毛的封袋交给了袁绍。

7

"董卓这是不想让我们过节了。"

袁绍拆封，扫了一眼，便眉头紧锁将木简交给沮授。

沮授看完，转交给许攸。许攸接过来，大声读道："董卓令吕布攻鲁阳伐袁术，董承攻东郡伐曹操，李傕攻陈留伐张邈，郭汜攻颍川伐孔伷。"读完，他抬头看了看众人，"没我们什么事啊！"

"不，更糟糕，这是毒计。"谋士田丰迅速反应过来。

"元皓，"许攸叫着田丰的字说，"此话怎讲？"

"明公身为盟主，总不能见死不救。但是请问，怎么救援？四面出击吗？"田丰正好站在地图前，便指着地图说，"更何况，鲁阳路途遥远，陈留和颍川也鞭长莫及。我军能够出手救援的，只有距离邺城最近的曹操。但是厚此薄彼，必定离心离德，很显然并不可取。袖手旁观？那就更会人心尽失，威望尽失，最后唇齿皆失。"

"的确！救也不是，不救也不是，奈何？"审配说。

"事关人心向背，不救更不是。"郭图说，"只是计将安出？"

"不难，"沮授说，"讨董即可。"

"公与的意思，是围魏救赵？"田丰叫着沮授的字问，然后摇了摇头，"地理形势不同。当年，魏国北上攻赵，齐人西进围魏，当然可以救赵。如今却是各自东西，怎么可能绕过敌军包抄长安？"

"并不要绕过敌人，更不用包抄长安。"沮授指着地图说，"董卓军虽然四面出击，其实从长安出发还是一路同行，到了洛阳才会兵分四路，吕布南下，董承东进，李傕和郭汜向东南。所以，我们不妨举全州之力，与其会战于洛阳，则四地之危可解。"

大厅里顿时鸦雀无声。众人互相看看，都不说话。因为谁都知道这是一着妙棋，却也是险棋。举全州之力与其会战于洛阳，胜了当然天下可定，败了呢？袁绍愿意为了救盟友，自己去当肉盾牌吗？

8

"使不得，使不得！"

逢纪见袁绍犹豫不决，看出他的心思，马上表示反对。

"元图，"沮授叫着逢纪的字问，"如何使不得？"

"吕布、董承、李傕、郭汜集结在一起，那可不只是拳头，恐怕是铜锤，哪里是我们对付得了的？"逢纪连连摇头，"弱不凌强。还是等他们张开拳头以后，再各个击破为好。"

说完，逢纪看了看袁绍。袁绍则并不表态，而是皱眉沉吟。沮授立即向准备说话的田丰使了个眼色，又摇了摇头。一年半相处，尽管大家都为袁绍的风度倾倒，沮授却认为只有在这种时候，才真能看出一个人的器量。果然，袁绍看着逢纪问："各个击破，又该如何？"

"明公，邺城至鲁阳道路曲折，不比长安近多少，可谓远水不解近渴，再说公路将军也未必领情。"说到这里，逢纪笑了笑，"颍川和陈留粮草充裕，应该能抵挡一阵。等到李傕和郭汜补给不足，自己就会撤兵。天寒地冻的，打什么仗？董卓这是做态。"

"近在咫尺的曹操呢？"审配问。

"看在韩冀州面上，说不定董承会手下留情。"逢纪坏笑。

"你这是什么各个击破？分明是撒手不管。"田丰忍无可忍。

"从来飞鸟自投林。"逢纪两手一摊。

"慢！曹操非救不可！"沮授也不能忍。

"不对吧？你不是说，曹操终非池中之物，何不借此……"逢纪话没说完，就被沮授斩钉截铁地打断，"那也是以后再说的事情。车骑与曹操情同手足，谁人不知？如果连这生死之交都不顾，请问让天下如何看待我明公？何况东郡的西边就是河内。坐视东郡之危，难道也不管河内？别忘了，荀文若还守在那里呢！"

"荀文若？"逢纪诡异地一笑，"倒是有个办法……"

9

3

荀彧会作为袁绍的特使来到濮阳，曹操并不奇怪。董卓兵分四路讨伐盟军的消息早就传遍天下，袁绍作为盟主既不能坐视不管，只怕也无心无力救援。这不难理解。就在刚才，郗虑送来情报，驻扎白马的夏侯惇部哗变，夏侯惇本人被劫为人质。叛军的诉求名义上是索要回家的路费，实际上是害怕迎战董承。他们不愿意的，袁本初当然也可以不愿意。只是，有话可以直说，为什么要派荀文若来呢？

大雪纷飞，东郡太守府的庭院里处处银装素裹。曹操将荀彧迎进室内，铜盆里已经烧着火，几案上也倒好了酒。两人脱去外衣，然后分宾主坐下。曹操看了看酒杯，又往盆里添了些木炭，这才看着荀彧问道："天寒地冻，先生不远千里而来，莫非是雪中送炭？"

"哪里！只有一个小小的建议而已。"

火光映照着荀彧，他的眼睛里一闪一闪。

"请讲！"曹操举起酒杯。

"董卓兴兵，将军想必已经知道？"

"知道。四路出征，来势汹汹。"

"确实汹汹。吕布攻鲁阳伐袁公路，李傕攻陈留伐张孟卓，郭汜攻颍川伐孔公绪，董承则受命攻东郡伐将军。袁冀州顾此失彼，很难救援。但是，保证夫人和令郎的安全，还是做得到的。"

"先生的意思是？"

"不妨让宝眷随荀彧同往邺城。"

"然后呢？"

"将军就可以放心御敌，冀州说不定也会出手相助。"

果然如此。曹操摸摸鼻子，差点就打了个喷嚏。他知道，帮袁绍夺了冀州，并不会使两人的关系更加亲密，反倒只会疏远。邺城会谈是谁掌控了局面，又是谁的政治主张占了上风，傻子都看得出。素以兄长自居的袁绍，岂能不警觉和防范？只不过在利与害都十分巨大的情况下，他也不能不委曲求全。曹操的不辞而别，则会在他心里留下阴影。道不同而利相争，兄弟分手甚至反目，是迟早的事，只是未免快了点。这个乘人之危强行捆绑的主意，也未免毒了点。

于是曹操问道："其他三处，本初打算如何？"

"将军的东郡离邺城最近。"荀彧并不正面回答。

"看来对小弟还是偏爱。"曹操呵呵一笑。

荀彧笑笑，不说什么。

"不过条件，却是要曹操以妻儿为抵押，为人质。"

"永结盟好而已！"荀彧说，"想想当年赵太后……"

这就是在讲《战国策》的故事了。赵孝成王元年，秦国大举进攻赵国，陷其三城。赵氏求救于齐，齐国开出的条件，就是要以赵太后的小儿子长安君为人质。说服太后同意的，则是左师触龙。

"诸侯之子孙鲜有后继者，岂其必不善哉？位尊而无功，奉厚而无劳，而挟重器多也。"曹操笑着点头，说起触龙的大意。见曹操停了下来，荀彧也笑笑，说完剩下的意思："若不及今令其有功于国，一旦山陵崩，长安君何以自托于赵？"然后说："将军明白就好。"

没想到曹操却说："先生既然要做触龙，那就请转告袁本初，若论膏腴重器，奉厚位尊，曹操岂敢望其项背？何不将他的长子袁谭送到曹操这里，军前效力，建功立业？或可自托于冀州，乃至天下。"

"这么说，将军主意已定？"荀彧笑了。

"独自迎战董承就是。倒是先生，请多保重！"

"此话怎讲？"荀彧笑笑。

"军进东郡，必先驻兵荥阳。一河之隔，小心他顺手牵羊。"

"将军放心，"荀彧微微一笑，"荀彧自有退兵之策。"

曹操愣了一下，然后说："如此甚好。"见荀彧起身告辞，曹操也同时起身，问道："先生是回河内，还是邺城？"

"河内。"荀彧肯定地说。

"那就容曹操送先生一程。"见荀彧要推辞，曹操又说，"白马出了点小事，要去处理，正好顺路。"

4

白马在古黄河的东岸，是从荥阳前往濮阳的必经之处，因此曹操让自己的得力干将夏侯惇驻守在这前沿阵地。但此刻，军营已被叛军占领，群情激愤。前来平叛的部队则将军营团团围住，剑拔弩张。

夏侯惇五花大绑站在辕门与大帐之间，脖子上还架着刀。

叛军头目喊话："你们都不要动！谁敢进来，我杀了他！"

一条汉子却从平叛部队中走出，站在辕门前。

"站住！"叛军头目说，"你是什么人？"

"夏侯将军部下。"那汉子说。

"你想干什么？"叛军头目问。

"帮你们断了念想。"那汉子左手将弓高高举起，右手已经从箭袋抽出箭来，定睛看着夏侯惇说，"国事为重！将军，得罪了！"

"休得胡来！"叛军头目惊叫。

话音未落，那汉子已经一箭射去。

与此同时，叛军头目也迅速闪身，挡在了夏侯惇前面。汉子的箭被他的盾牌撞落，他却扔掉盾牌，转过身去，抽刀割断夏侯惇身上的绳子，然后跪倒在地。其他叛军见状，也都纷纷跪下。

瞬息生变，所有人都看得惊心动魄，目瞪口呆。

"好！这一箭射得好！"

众人循声望去，才发现曹操不知什么时候已经来了，后面还跟着郗虑和荀彧。平叛部队纷纷让路，夏侯惇赶紧行礼，曹操却只是向他挥挥手，策马上前看着叛军头目问："你们为什么都跪下了？"

"我等服了这位壮士。"

曹操点了点头，下马走到盾牌前，从地上拾起箭，只看了一眼就交给夏侯惇。夏侯惇接过来，发现箭杆上没有箭头，便用诧异的眼光看着那汉子。汉子又从箭袋里抽出一支箭，在腿上敲了一下。

看来，他是举弓时敲的。

胆大如斗，心细如发，夏侯惇暗自赞叹。

"这位壮士，"曹操却看着那汉子，"虽然用的是无镞之矢，但你射箭之时，可曾想到他会用盾牌遮挡？"

"不曾。"汉子说。

"你就不怕他们笑话？"曹操又问。

汉子想了一下，明白这是在问，如果叛军发现没有箭头，自己又如何镇住他们，便大步走到辕门前拔起巨大的牙旗，在空中挥舞。

将士们欢呼雷动，全都大声喝彩。

那汉子面不改色心不跳，又沉稳地将牙旗插回。

"我等服！"叛军头目说，"射出那箭时，我等就服了。"

"那么，尔等可知罪？"曹操问。

"知罪，甘愿军法从事。"叛军头目说。

"尔等可知悔？"曹操又问。

"悔不能早日结识这位壮士，肠子都悔青了。"

"你们说，如何发落？"曹操看了看夏侯惇和那汉子。

"请将军放了他们。"汉子跪下。

"为何？"曹操问。

"他们原本无意作乱，只是想家。"汉子答道。说完，又低头憨笑补充说："当然，路费不能给。"

"偏将军的意思呢？"

曹操叫着夏侯惇的官职问。

"附议。"夏侯惇躬身拱手。

"为何？因为替你挡了箭？"见夏侯惇张口结舌，曹操说，"就该为了这个！事出突然，瞬息万变，一念之间，天差地别。他们能有这一挡，就说明心存善念，心存天良，难道不该褒奖吗？"

"谢将军法外开恩！"汉子伏地稽首。

曹操莞尔一笑，说道："法理不过人情。这场兵灾对于东郡，原本飞来横祸，思乡心切也是正常。但是董卓不让我们过安生日子。此前洛阳一片火海，此刻长安血流成河，他还要把战火烧到东郡来。我们只有同仇敌忾，剿灭董贼，才能安定天下，阖家团圆。"

然后大声问："你们说，是也不是？"

"将军威武，剿灭董贼！将军威武，剿灭董贼！"

将士们齐声呐喊，士气高涨。荀彧看在眼里，微微一笑。郗虑看看荀彧，也笑了笑。曹操却不管他俩，而是走到那汉子前，笑眯眯地亲自扶起，然后看着叛军说："功过相抵，你们也都起来吧！"

叛军们向曹操稽首，又向夏侯惇稽首，这才站起。

"这位壮士，尊姓大名？"曹操看着射箭的汉子问。

"许褚，字仲康。"夏侯惇代答。

"简直就是樊哙嘛！"曹操说。

"是。"夏侯惇说，"军中都叫他虎痴。"

"忠肝义胆，不难建功立业，将来能封虎侯。"曹操笑道。见众人全都笑了起来，许褚则低头憨笑，曹操又问："现任何职？"

"在我部任屯长，秩比二百石。"夏侯惇答。

"仲康，"曹操看着高大威猛的许褚，满心欢喜，又问，"我看你膂力过人，远胜董卓，愿不愿意到我身边做虎士？"

"誓死效忠将军！"许褚重新跪下。

"好好好！"曹操赶紧扶起，又对夏侯惇说声抱歉。见夏侯惇微笑拱手，曹操又看叛军，说道："你们想走可走，愿留可留。"

"我等愿在虎侯手下效力，请将军恩准！"叛军们都跪下。

"准准准，当然准了。"曹操哈哈大笑，又略带羞涩地回头看了看荀彧。荀彧说声"受益匪浅"便拱手道贺，曹操却心头一紧。因为他分明看见，文若先生脸上满是笑容，眼里满是忧伤。

5

"先生渡河而来，只身闯我大营，不知有何见教？"

荥阳大帐中，董承一边温酒，一边客客气气问荀彧。

"将军应该知道荀彧暂署河内太守。"

"鄙人奉命讨曹，无关乎贵郡，"董承说，"也不会顺手牵羊。"

"如果荀彧愿意拱手相让呢？"

"呵呵，"董承笑了，"天下哪有白喝的酒？"

"得到河内之后，就请撤兵。"荀彧说。

"原来如此，却没见过这样两肋插刀的。曹操是你朋友？"

"不是。"

"莫非变成了宗主？"

"更不是。"

"对不起，忘了，先生的宗主是袁绍。"

"也不是。"

"那是谁？"

"我自己。"

"自己的地盘，为什么要送人？何况守土有责。"

"普天之下，莫非王土。姓袁姓董，与我何干。"荀彧说，"反正守不住，不如货卖与识家。若能免河内于兵火，也算造福一方。"

"先生难道有意于太师？"董承大吃一惊。

"不要提那老贼名字，他死期不远了。"荀彧勃然变色，"居然在大年初一滥施淫威，给天下人什么感觉？固然人人怀惧，恐怕也个个离心。将军扪心自问，对老贼当真拥戴如故？只怕吕布都不。"

董承被击中要害，顿时变了脸色。

"四路出兵更是愚蠢透顶，势必无功而返。"荀彧冷笑，"将军若不信，尽管东进。曹孟德势单力薄之时，尚且与吕布打了平手，何况今非昔比？必当拥一郡之地，将十万之众，持必死之心，与将军周旋到底，请问将军有几分胜算？到时候又有谁能够救援？"

无言以对的董承只好将酒从樽中舀出。

"孤军深入好了！战败归来，荀彧将兵在河内迎你。"

"如此说来，先生是为董承计？"

"为天子计！西京早晚必乱，要有可靠之人护驾。"

董承肃然起敬，拱手道："敢不承命！不过鄙人也实言相告。天下熙熙，皆为利来；天下攘攘，皆为利往。袁绍与董卓谁正谁邪，谁忠谁奸，鬼知道！当今之世，群雄割据，人自为己，各怀鬼胎。没有人当真为天下谋，也没有人是可以托付终身的，先生慎之！"

他连董卓都直呼其名？荀彧笑了。

6

从荥阳南下，渡过洧水就是颍川，荀彧却好不容易才寻到了一条渡船。他没有想到，自己竟会这样还乡，不禁悲从中来。二月的河风依然寒冷，站在船头的荀彧有些难以忍受，便决定接受五短身材脸色黝黑那摇橹人的建议进船舱去。但他刚刚进门，舱里船主模样的人便取下了罩着丝网的斗笠，露出脸来，竟赫然是曹操。

"文若先生！早春二月，天气寒冷，何不小酌一杯？"

几案上，酒一樽，耳杯两个。

"没想到将军不在白马，倒在新郑。"荀彧并不坐下。

"有夏侯惇他们足矣！再说先生不是有退兵之策吗？自然连曹操之危也解了。先生说不回邺城回河内，曹操就什么都已明白。所以便先到陈留看看孟卓和妻儿，再在此处恭候大驾。"

"如此恭候，倒也别致。"荀彧哭笑不得。

"先生可以出山，自然也可以还山。"曹操拱了拱手，"不过泛舟水上，或知深浅。问津渡口，或知去留。难道不好？"

荀彧警觉地看着曹操。

"请教完毕，自然送先生上岸。"

荀彧这才坐下来。

"将军料定荀彧会回颍川？"

"曹操还多次想回谯县呢！"

"是吗？"

"不是吗？"

荀彧不语。

"也是。我这种人，怎么可信。"曹操点了点头。

"那么请问，将军以何人自许？"荀彧说。

"恶人。"曹操肃然答道，"要不然，怎么会怂恿伙同袁本初去偷新娘子？先生或许知道，二十年前我在京城恶少中，也算数一数二的人物。飞鹰走狗，任侠放荡，堪称臭名昭著，或者说名重一时。"

"二十岁任洛阳北部尉时，也是？"

问这话时，荀彧其实已经放松下来。

"也是。"曹操坦然答道，"没错，我是秉公执法，把犯禁夜行的用五色大棒打死了。这家伙也来头不小，是宦官蹇硕的叔叔。有人说我不畏强暴，其实是过誉。要知道，蹇硕那时还只是小黄门，家父又位高权重，这只能叫有恃无恐嘛！说白了，也就是年轻气盛，还心急火燎，总想惊天动地。否则，何必将那人活活打死。"

"后来呢？"荀彧的语气依然平静。

"刺杀张让不过逞匹夫之勇，夜走北邙也只是逞一时之能。此后身不由己，只能见招拆招。没回谯县，仅仅以为人生在世，不能蝇营狗苟。做事情也不能虎头蛇尾，应该有始有终而已。"

"是吗？"荀彧又问。

"不是吗？"曹操说。

荀彧不语，端起酒杯喝了一口。

"曹某人既无英雄之志，亦非天纵之才，确实不足为道。"曹操也端起了酒杯，却只是看着荀彧，"先生可就不一样了。颍川名士，清誉高标，王佐之才，原本就该以天下为己任，以家国为情怀，而且事情也明明有了起色，为什么却要归隐山林，还毅然决然？"

果然有此一问，荀彧则不知如何是好。曹操的坦诚，让他既有些意外也有些感动。但，同样坦诚地将自己的想法和盘托出，则是无论如何也做不到的。难道告诉他，这回对袁绍有多么失望？还有，狡诈和坦诚，在曹操身上又哪个是真？一错不可再错，荀彧可不想又一次跟错了人。于是问道："依将军之见，韩冀州何许人也？"

"面带猪相，心中嘹亮。"

曹操没有想到荀彧会问这个，但决定直言相告。荀彧听了差点就笑出来，忍了忍又问："将军是什么时候开始怀疑他的？"

"托以内黄之日。"曹操肯定地回答。

"那不是好意吗？"荀彧笑了笑，"当然，县是小了点，但好歹有个容身之地，而且离酸枣也不远。"

"离邺城更近，又属于魏郡，就在他韩馥的眼皮底下。"曹操撇了撇嘴，"他要当真好心，袁本初那个渤海太守会一直待在河内？这里面的奥秘，"曹操顿了一下，"先生想必更加清楚。"

当然清楚。韩馥是袁家的门生故吏，哪敢把渤海郡交给那位名扬天下的公子？渤海在冀州之东，路途遥远。从洛阳去赴任，必经王匡的河内。王匡愿以郡兵交袁绍调遣，韩馥便正好顺水推舟。后来联盟散伙，袁绍成为丧家之犬，心高气傲的他又岂能去仰人鼻息？但这些都不能说，便问："后来与将军同去邺城，他对韩冀州心存何念？"

"先生见谅，曹操不能代答。"

"那么，韩冀州当真是自杀的？"荀彧又问。

"当然。"曹操愣了一下，"没人杀他。"

"也没人逼他？"荀彧再问。

"如果硬要说有人逼他，那就只有曹操。"曹操又愣了一下，然后坦然回答，"但，二帝并立，分治天下，这阴谋能不揭穿？"

"也夺了他冀州。两件事，哪个是因，哪个是果？"

"没有想过，很重要吗？"曹操又是一愣，"我只知道，若不夺他冀州，他就会要本初的人头。换了先生，又当如何？"

"不知！所以你们的事，还是敬而远之为好。"荀彧仰天长叹。

"诚然如此！可惜曹操的事，也是先生的事。"曹操笑了，"先生和曹操都要匡扶汉室，不是吗？"

"将军为什么要匡扶汉室？"荀彧问。

"身为汉臣，理当如此，难道匡扶匈奴，或者去做流寇？"

"那么请问：如何匡扶汉室？"

"先灭董卓，再迎天子，还于旧都，则天下可定。"

"之后呢？"

"功成身退，回谯县去。"

"不会成为董卓或者王莽？"

"这我可不敢保证。"曹操笑了起来，"先生别忘了，曹操现在才是个郡守，能活到哪天都不知道。不过先生的话，记住了。"

"也是。荀彧想得太多，却不能不想。"

然后，他闭上眼睛，不再说话。

曹操也不勉强，起身陪同荀彧从后舱走到了船尾。渡船显然一直漂在水上，河风也不那么凉。坐在船板的摇橹人见他们走出，懒洋洋地站起来准备开船。曹操却走过去说："我来送先生去颍川。"

"官长，"摇橹人说，"扮了船主，又来夺我橹？"

"怎么，不行吗？"曹操说。

"那船钱怎么算？"

"照算。"曹操答，说完便过去夺橹。

渡船突然晃动，摇橹人掉进了水里，又用手抓住舱舷。荀彧赶紧伸手，但拉不动。曹操也伸出手去，一起将那人拉了上来。

"请问，他是自己掉下去的，还是将军撞下去的？"

荀彧看着曹操问。

"有区别吗？反正是下水。"曹操哈哈大笑，"先生，这位是部属满宠，字伯宁，水性好着呢。"

"满宠参见先生！"满宠拱手。

"无案不破满伯宁？久仰！"荀彧赶紧还礼。

"先生既然识破，为什么还要拉他一把？"曹操问。

"见死不救，还是人吗？"荀彧答。

"现在，天下已经掉进水里了，先生是否援之以手？"见荀彧不说话，曹操再问，"如果一个人拉不上来，该不该两个人联手？"

"但是孟子说，天下掉进水里，只能援之以道。"

"这正是有求于先生的。"曹操躬身拱手。

荀彧并不回答，只是看着远方。作为颍川荀氏的第三代人，他很清楚自己的使命，也很清楚家和国都不会允许他无所作为，还很清楚年近而立的自己其实并没有多少选择。更严重的是，荀彧感觉曹操对这一切都很清楚。他的态度是那么诚恳，他的意志是那么坚定，他的话又那么具有诱惑力："道在先生心里，而天子在西北。"

"府君，这船要是还这么漂着，可就到东南了。"

满宠已经进船舱换了衣服出来。

"将军，"荀彧看着曹操，"去西北，可是逆流而上。"

"只要有先生说的道，就是中流砥柱。"曹操说。

"那就姑且陪将军走他一程。只是……"

"先生不满意，随时可以离开。"曹操明确表态。

渡船终于掉头。

水上，波光粼粼，晚霞似火，残阳如血。

7

农历四月已是初夏，长安城里不再有漫天飞舞的柳絮。一个月前它们还到处抛洒着没心没肺的欢天喜地，夺得了鲁阳和河内的吕布和董承则受到褒奖，还在寒食节傍晚得到御赐的蜡烛。但此刻，董承的面前就像有万千柳絮扑面而来，让他心乱如麻。刚才，他携带着镶有红宝石和绿松石的金龙首去给中常侍渠穆祝寿，竟得知董卓有意要立孙女董白为皇后。董承倒没想过自己的女儿可以母仪天下，能做嫔妃便已是福分。然而渠穆的一句话却说得他心惊肉跳——令爱可是深得天子喜欢。为了防止与未来的皇后争宠，太师说不定会……

渠穆还说，这种事情，史不绝书。

董承向常侍道谢，然后说天色已晚，正好接小女回家。不料渠穆却告诉他，董青今天没有进宫。那她去哪儿了？难道……

万般无奈的董承只得按照渠穆的指点来见司徒杨彪，杨彪则平静对他说，册立皇后历来是太后做主，如今却只能看天子旨意。见董承快要哭出来，杨彪又说："天子虽然年幼，却非常有主见。正好，老夫明天也要进宫。天子要找的人，岂能寻不着？"

"只怕来不及了。"董承突然泪下。

"尽人事，听天命。"杨彪依然不动声色。

"小女若有三长两短，我杀了那老贼！"董承哭出声来。

"你杀不了。"杨彪起身，取出一块布撕成两半，将其中一半放在几案，又在布上放了两片木简，然后说，"将军不妨交给董卓。"

"这是什么？"董承问。

"袁术写给公孙瓒的密函。"杨彪完全是公事公办的口气，"董卓四路出兵，袁绍不救袁术，兄弟俩公开翻脸。袁绍南联刘表，袁术则北联公孙瓒，互相攻击。这消息董卓一定爱听。"

董承拿起木简，只见上面写着两行字：

鲁阳之役 术弃城自走 使吕布浪得虚名 彼感激

没有下文。

"哪里来的？"董承问。

"你截获的。"杨彪说，"只夺得残简两片，那信使逃走了。"

8

吕布来见杨彪时，杨彪已经见过天子。天子听完杨彪的话，什么都没说，只是狠狠地看着一棵疯长的树，要他去找锄头。

现在，锄头自己来了，还是被封了都亭侯的。

"都亭侯光临寒舍，不知有什么事要老夫效力？"

"实不相瞒，太师怀疑吕布与袁术私通。"

23

"哦？有证据吗？"杨彪问。

"两片来历不明的木简，据说是袁术写给公孙瓒的密函。"

"兵不厌诈，这个似乎可以不予理睬。"

"其实吕布心中不安已久，也早就动辄得咎。"

"呵呵！"杨彪笑笑，"却不知为什么要跟老夫说。"

"当年夜走北邙，曾经生死与共，再说吕布也无人可问。"

"请问，"杨彪又说，"都亭侯自以为是什么样的人？"

"猎鹰，走狗。"

"这就是了。"

"如此说来，吕布应该再立新功？"

"诚然，只不过那就会变成韩信。"见吕布顿时愣住，杨彪又定睛看着他，低声说道，"韩信可没有偷高皇帝的女人。"

这种事他们也知道？吕布面无血色。

"不知都亭侯有没有想过，"杨彪却不管他，继续往下说，"朝廷西迁之后，相国又加太师衔，位在诸侯王以上，威权无以复加。然而怎么样呢？有威权无威望。不要说二袁兄弟和曹操是死敌，就连自己找来的凉州名士贾文和也都不见踪影。这说明什么呢？"

"请杨公明示！"吕布说。

"此贼已经人心尽失，众叛亲离。所以，都亭侯继续追随，前途也无非两种，无功可立则弃如敝屣，功高震主则兔死狗烹。当然还有一种，那就是在他四面楚歌之际，一败涂地之时，作为鹰犬殉葬。"

"照这么说，吕布没有出路？"

"都亭侯武功盖世，无人可及。"杨彪从几上拿起一只飞镖，然后顺手抛出，正中对面墙上空白之处。

"可是太师与布义同父子。"吕布大惊失色。

24

"当年在朝堂上扔出剑时，可有父子之情？"

"以太师之武功，不会不中。"吕布摇头。

"这么说，大年初一那天的鞭子，也是打给众人看的？"见吕布低头不语，杨彪又说，"诸如此类的事情，就这两次吗？"

当然不止。吕布马上就想起石头房子前那一耳光。

"何况，都亭侯并不姓董。"杨彪又说。

也是啊！吕布开始犹豫。他又想起今天去见董卓，脱下衣服让他验伤以自证清白时，董卓那狐疑而阴狠的目光，不禁心悸。杨彪知道火候到了，便举起酒杯说："都亭侯放心，你不会孤军作战。明天就有朝会，李傕和郭汜却已经在回长安的路上了。"

"谋杀当朝太师，可是罪不容赦。"吕布说。

"若奉天子之诏，便是为国立功。"杨彪说。

"是吗？"吕布眯起眼睛，"请问诏书何在？"

"事成之后，当然要昭告天下。"杨彪依然面无表情。

吕布却笑了。他说："布虽然读书不多，也知道韩信就是因为完全相信萧何，才身首异处的。好吧，我今天并未来过。"

9

吕布离开杨府便撞见了李儒，然后跟着李儒到了东市。他们推开货栈房门，只见一个商贩模样的人背对门坐着，身边放着布。

"这是什么人？"吕布问。

"卖布的。"李儒说。

"有什么可疑？"

"这个家伙在市里乱跑，还边跑边唱。"

"唱什么?"

"布乎，布乎!"

"卖布的，当然唱布。"

"都亭侯请看他的背。"李儒说。

果然，那人背上写了个"吕"字。

"什么意思?"吕布问。

"当然是告诉董卓，要提防谁。"

清脆的声音在后面响起。

吕布猛然回头，却见无盐悄无声息出现在身后。再看李儒，脸上木然，马上明白了三分。但，李儒怎么会跟这伙人混在一起? 也只能且不管他，便对无盐说:"中东门一别久矣，莫非又来卖盐?"

"不，改行了，卖布。"

"卖布能有多少钱?"

"那就要看卖的是什么布了。如果是吕布，董卓会出高价。"

"笑话! 你以为太师会信这种鬼把戏?"吕布冷笑。

"那就要看什么人来演了。"无盐笑得咯咯的。

吕布猛醒，喝道:"卖布的，转过身来!"

卖布的起身转过脸来，吕布立即认出对方。虽然，他不知道此人名叫郗虑，却记得汴水之战时护送曹操逃走的是谁。很好! 吕布哈哈一笑:"曹操要报那一箭之仇，也犯不着如此大费周章。"

"当然。"无盐也笑，"我们只想做买卖。"

"买什么?"

"老贼的命。"

"出多少钱?"

"没钱。"无盐说，"以物易物。"

"什么物？"

"布。"

"更可笑了。布本是布自己的，怎么成了你的物？"

"你这人看起来挺机灵，怎么就算不清账？"无盐说，"你是自己的吗？从来不是。起先是老贼的鹰犬，现在是我们的筹码。有李先生作证，老贼岂能不信？反正你左右都是刺客，还不如杀了他。"

"既然是做生意，那就先交定金。"见无盐没听懂，吕布指着郗虑说道，"把这人交给我盘问盘问。说得服我呢，成交。说不服呢，定金全数退还。怎么样，很公平吧？就怕你们不敢。"

无盐杏眼圆瞪，郗虑却说："我跟他走就是。"

郗虑和吕布刚走，李儒马上说："宗主可以兑现诺言了吧？"

"当然，我答应过你，干完这把再不找你麻烦。不过，"无盐看着李儒，"明天若不能得手，先生就算想远走高飞，怕也不能。"

"也是。"李儒沮丧地低下了头。

10

从长安城北去未央宫，必走横门大街。横门大街两侧、雍门大街以北，是东市和西市。这一天，大街两旁枝繁叶茂的行道树下，五步一哨，三步一岗，戒备森严。董卓的队伍浩浩荡荡从横门进城，前导是举着红旗的仪仗队，车的两边是头戴红缨的持刀盾牌手。董卓身穿朝服坐在皇太子才能使用的豪车上，车顶的华盖红得发紫。

银盔银甲的吕布，手提长矛骑在马上作为后卫。

大街上没有闲杂人等，一切都很正常。

可惜，这排场只能自己欣赏。董卓不无遗憾地想，同时又有几分得意。实际上，他早就习惯并且享受这种孤家寡人的感觉。前面不是横门大街与雍门大街的交界处吗？平时车来人往，老夫进宫时却必须禁足。东市和西市也不得开张，哪怕你是凉州军人或者胡商。

突然，空中响起有如鸽哨的声音，董卓听来却就像裂帛。

鸣镝？太熟悉了。

紧接着，又传来牛群奔跑的声音和马蹄声。董卓的队伍立即停住脚步，只见雍门大街的东西两头，各有一群尾巴着火的牛冲出。牛群冲到路口看见红旗，便冲了过来。仪仗队顿时被冲得七零八落，士兵纷纷落马。这群畜生显然来自东市和西市，董承是怎么管的？

"奉先！"董卓顾不上多想，大呼，"奉先在哪里？"

吕布立即打马上前，大喝："盾牌手！"

盾牌手迅速组成方阵，将董卓和吕布围在中间。那些尾巴着火的牛有的被杀被伤，有的继续向北边疯跑，驱赶着牛群的马队也冲到了方阵前。董卓立即认出，为首的正是在洛阳中东门见过的女子。

吕布骑马站在盾牌手的方阵后，挺起长矛。

无盐迅速勒马，提剑与吕布对视。

"放下武器！"吕布用矛指向无盐。

无盐想了一下，收剑入鞘。

"奉先，杀了她！"董卓说。

"还是先问问吧！"吕布说。

"好，你问！"董卓点了点头。

"想干什么？"吕布问道。

"杀了老贼！"无盐回答。

28

"为了什么？"

"血海深仇。"

"为什么是今天？"

"因为今天就是他的死期。"

"就凭你？"吕布冷笑。

"想杀他的不止一个。"无盐道，"不信你看路边。"

不用看，吕布想。他早就发现，牛群冲过来的时候，路边的警卫部队都纷纷躲避，现在又出现了，武器却对着自己。这可都是董承的手下，原来他也……难怪杨彪说，都亭侯不会孤军作战。于是，吕布扭过身子，反手将长矛抵住董卓的胸口，然后慢慢掉转马身。

"干什么？"董卓大惊失色。

"有诏讨贼！"吕布大声说道。

"没用的狗东西，你敢！"董卓怒骂。

"以前不敢，现在敢了。"吕布冷笑。

说完，吕布将矛刺入董卓肩膀，把他挑下车来。

董卓掉到地上，大喝："盾牌手！"

没想到盾牌手却一拥而上，围住董卓乱砍。董卓目瞪口呆，根本反应不过来。他甚至都没来得及想明白，盾牌手究竟是叛变了，还是被造反的替换，脑袋就被砍了下来，插到了吕布的长矛上。

人头高高挑起，龇牙咧嘴，面目狰狞。

"干得漂亮！"无盐一声喝彩。

"你也胆子不小。"吕布说。

"将军识时务，人所共知。"无盐笑道。

"不想知道为什么吗？"

"无非是卖布的说了什么。"

"也并未多说，只有一句话。"

"什么话？"无盐问。

"螳螂捕蝉，黄雀在后。不想成为螳螂，那就自己做黄雀。"

这时，冲撞队伍的牛，有的倒在地上，有的已经跑掉。路边与牛搏斗的董卓亲兵也突然反应过来，将武器对着吕布和盾牌手们。无盐立即拔出剑来，准备带着自己的人参加战斗。

"没听见有诏讨贼吗？"吕布喊道。

未央宫方向却传来了马蹄声和跑步声。

"都不要动手！"众人循声望去，看见杨彪和董承快马加鞭，带着军队赶来。杨彪大声宣布："有诏！只杀贼臣一人，余皆不问。"

董卓亲兵纷纷放下武器，跪下。

"大侠并未奉诏，"杨彪看着无盐，"还是回避的好。"

无盐甩了甩头，对范铁等人说："我们走！"

说完，她又看着吕布笑了笑。

吕布也一笑，看着无盐说："那个卖布的，已经回去了。"

与此同时，站在宫门角楼上远眺的刘协吩咐渠穆传旨，今晚赐膳三公九卿。见渠穆口称遵旨，他又春风满面地看着那中常侍说："被你藏起来的那个人，现在也可以回家了吧？"

渠穆愣了一下，然后笑着躬身。

第十章

得失兖州

汉献帝初平四年
癸酉 鸡
曹操三十九岁

汉献帝兴平元年
甲戌 狗
曹操四十岁

1

董卓被杀那个月，青州黄巾军号称百万之众进入兖州，兖州刺史
刘岱与之作战而阵亡。曹操旧部陈宫和客居鄄城的济北相鲍信，不顾
名士边让的反对，迎东郡太守曹操为兖州刺史。曹操立即与鲍信合兵
前往东平国的寿张征讨，结果鲍信也阵亡。到这年年底，青州黄巾军
败退到济北，作战七八个月的曹军却已断粮。将士的炊米日减，供在
鲍信灵前的年夜饭，竟然也只有一碗米粥，一张麦饼。

必须有个决断。

但这并不容易。照理说，黄巾即将出境，曹操也算尽责。更何况
兵法有云，穷寇勿迫。然而撤军并非上策。且不说功亏一篑，对不起
鲍信，就算黄巾军遁回青州，仍是心腹之患。因此为兖州计，撤军是
保全；为天下计，是放纵。但，继续打，有胜算吗？没有。

进退两难，曹操决定到敌军的宿营地去看看。

荀彧极为赞成，也要跟去，却被曹操拦住。他还立下规矩，以后
但凡自己外出，荀彧就留守。曹洪当然也留在军营，一起去的是郗虑
和许褚。三个人，三匹马，到达对方营地时天已经黑了。

33

北风呼啸，大雪纷飞，灯火明灭。

小头目的帐篷前，一个半大男孩正被吊打。

"住手！"曹操看不下去，喝道。

"你是什么人？"小头目回过头来。

"路过的客商。"曹操说。

"关你什么事？"小头目瞪着眼睛。

"管不得吗？"曹操也火了，"大过年的，打什么人？"

"这位兄长，"郗虑见势不妙，赶紧出来打圆场，"我家主人脾气不好，多有得罪。还有我这个兄弟，脾气也不好。"黄巾军小头目扭头看见许褚，不敢发作，郗虑便又说："敢问为什么要打他？"

"又到我帐里偷东西。"小头目说。

"偷你什么了？"郗虑问。

"你问他！"小头目狠狠地说。郗虑走了过去，掰开男孩紧紧攒着的拳头，里面是一个野菜团子。

"就这，也把人往死里打？"曹操火了，"我替他赔。"

听曹操这么说，郗虑便掏出一串铜钱。小头目却不要，说这东西又不能吃。郗虑又掏出一张麦饼，小头目赶紧接过，塞进嘴里。

曹操立即明白，自己判断无误。他们在今年四月入境兖州，其实因为时值青黄不接，青州已无粮草。后来在兖州得到了补给，被追击七八个月之后也应该所剩无几。此时急攻，必定拼死一搏，不如给条生路。毕竟，没有人以作乱为天职，他们也只是想活下去。

那就好办。

许褚已经把男孩放下来，郗虑脱下外衣把他抱到篝火边，先给他喂了水，又掏出麦饼来。男孩小口地吃着，就像品尝美味佳肴。围观的黄巾军士兵和随军家属默默看着这一幕，都不说话。

"仲康，"曹操吩咐，"把我们带的干粮分分。"

许褚从马鞍上取下干粮袋，众人都围了过来。

"没有人生下来就想做贼，做贼都是被逼的。"曹操看着黄巾士兵和家属，又看看那男孩，问道，"这是谁家的孩子？"

"哪有家，孤儿。"一个随军家属答。

"叫什么名字？"曹操又问。

"哪有名，都叫他狗儿。"

"不管猫儿狗儿，也是一条命。"曹操说。那个随军家属却快要哭出来："先生，我们家也没吃的了，要不然怎么也得分他一口。"士兵和家属们也都说："是啊，是啊，我们全都没有吃的了。"

"好吧，这孩子我收养了。"曹操说，"跟着我，就有吃的。"

郗虑怀中的狗儿不敢相信。他抬起头来，却发现高大威猛的许褚正慈爱地看着他笑。曹操则对黄巾军小头目说："告诉你们渠帅，明天上午我还会再来。会给你们带来粮食，也带来盼头。"

"这位客商，不留下尊姓大名吗？"小头目说。

"兖州刺史曹操。"

2

第二天上午，曹操骑马来到一片野地。这个约会地点，是黄巾军渠帅（方面军负责人）管诚指定的。曹操的人少，除了郗虑、许褚和狗儿，就只有一辆灵车。黄巾军的人多，除了将士还有家属，有的还牵着耕牛，扛着锄头。这也正是他们的特点——兵农结合，打下地盘就开荒种地，若要迁徙则拖家带口，永远都是大支部队。

很快，这些人就围成了圈，个个神色紧张。

"哈哈哈哈！"曹操放声大笑，"这么多人！是想看曹操吧？告诉诸位，我就是。跟你们一样，也是两只眼睛，一个鼻子。"

黄巾军笑了，都松弛下来。

"也跟你们一样，只想活，不想死。"曹操又说。

一片沉默。

"所以今天来，"曹操说，"不是要打仗，是给你们指条活路。"

"活路？"管诚冷笑，"你看看自己，还有活路吗？"

"当然有。"被黄巾军包围的曹操看了看许褚，许褚则朝天上射出响箭。顷刻之间，曹字大旗在小山坡上亮出。荀彧和曹洪指挥的曹军将士呐喊着冲了下来，将青州黄巾军团团围住。

"曹操，你敢诳我？"管诚勃然变色。

"防人之心不可无。再说，也没有主将当诱饵的陷阱。"曹操看着管诚笑了笑，然后下马，走到他前面说，"你看，我没想骗你。"

管诚却用长矛指向曹操说："我们死，你也活不了。"

"不要！"狗儿突然冲出来挡在曹操前面。

"狗儿，不会，不会。"曹操把那半大男孩拉到身后，又笑眯眯地对管诚说，"看看，又来了。你死我活的，何必呢？"

"你们汉官的话，也能相信？"管诚说。

"怎么不能？"曹操摊开双手，"你看，我身上没刀也没剑，你倒长矛对着我。你要杀我，听我说完也不迟。"

"将军，这个汉官像是好人。"昨晚那个小头目说。

"听他说说！听他说说！"将士和家属也都嚷嚷。

"好吧，"管诚点点头，"你说，什么活路？"

"归顺。"曹操说。

"哼哼！"管诚冷笑，"我们投降了，你就逐个来杀？"

"哈哈哈，怎么会？"曹操笑弯了腰，"像我这么聪明的人，会做那种蠢事？比如一头牛，如果专门踩我的麦田，那是得杀。如果帮我耕地，为什么要杀？实话说吧，我就是要把你们变成我的耕牛，我的锄头，我的刀箭。跟着我就有吃的，这个孩子可以证明。"

狗儿绕回曹操前面，掏出麦饼来吃。

"不但有吃有喝有住的，将来行军打仗，还要论功行赏。你们也不用解散。原来是什么统辖，以后还是什么统辖。吃喝拉撒睡，都随你们便。除了旗号，什么都不变。你不相信？仲康！"

"在！"许褚应声拱手。

"把那头牛拉过来。"曹操说。

许褚向四周扫了一眼，走到一头耕牛前，一把拽住牛尾巴，倒拖着就走。黄巾军将士和家属都发出惊呼，曹操却得意地说："你们不认识他。他叫许褚，人称虎侯。怎么样，诸位不会比牛还犟吧？"

"好吧，"管诚说，"我们归顺，但有个条件。"

"请讲！"曹操说。

"我们归顺后，只听你一个人的，别人管不着。"

"一言为定！"曹操点头，"不过我也有个条件。"

"请讲！"管诚说。

曹操挥了挥手，都虑立即牵引着灵车过来。曹操看着车上的木刻偶像说："知道这是谁吗？我的兄弟鲍信，跟你们作战时阵亡了，遗体都没找到。现在，请大家一起安葬他，从此就是一家人。"

黄巾军纷纷跪下，他们跟曹军一起为鲍信的偶像修了坟墓，曹操跪在墓前失声痛哭。不过，当管诚问都虑哪里有吃的时，得到的回答却是："现在没有，我们也断粮了，所以你得跟着回鄄城去。"

鄄城，兖州刺史府。

庆功宴已近尾声，秩序也开始混乱。曹操的几上杯盘狼藉，两个女郎在跟他咬耳朵。曹操笑得前仰后合，头埋进了盘子里。列席宴会的边让正襟危坐，冷眼旁观，心中的厌恶简直无法形容。

这是个小人，不过现在得志了，边让想。

其实，早在陈宫和鲍信要迎曹操之时，这位当过九江太守的兖州名士就曾慷慨陈词。他说，此人本宦官之后，阉竖余孽，从小就放荡不羁，轻佻无礼。朝野素闻其奸，而未闻其勇，最为士人不齿。董卓进京，那人先是逢迎，后是背叛，完全是首鼠两端。什么首义，什么结盟，都不过沽名钓誉。投机取巧不成，与吕布战于荥阳，则是孤注一掷。谋韩馥之冀州，更是翻云覆雨。这种亡命之徒最不可信，何况还野心勃勃。请他来做兖州刺史，又岂非让我兖州羊入虎口？

陈宫却搬出故太尉桥玄说曹操的话来——天下将乱，非命世之才不能济也。能安之者，其在君乎？鲍信也说，孟德之才，远在他鲍信之上。除了曹孟德，想不出别的人。边让只好说，袁本初如何？迎董又讨董。诸位要学袁本初，边让愿押上身家性命，与诸位豪赌！

但是那家伙赢了，而历史都是由胜利者书写的。果然，山阳太守已经起身，提议为曹操赋诗一首，还带头吟道："朔风扫济北，"

"凯歌奏兖州。"济阴太守马上接了第二句。

"横刀立马日，"泰山太守说。

"功业已千秋。"东郡太守说。

马屁精！边让心里冷笑。

"诸位，请同饮此酒，为将军寿！"山阳太守又说。

"为将军寿！"众人纷纷站起。

边让却端坐不动，冷冷地问："鄙人可以告辞了吗？"

"怎么，文礼身体不适？"

曹操有些意外，叫着边让的字问。

"非也，心中不快。"

"先生此话怎讲？"曹操酒醒了。

"诸君为兖州庆，边让为兖州忧。"边让冷冷地说道，"将军三言两语，便平定济北，收众百万，此诚千古未有之奇功。但，百万之众入我兖州，粮草从哪里来，军饷又从哪里来？因此是忧。"

"先生过虑了。"曹操笑笑，"其实没那么多。"

"请问究竟多少？"边让说。

"三十万。"曹操想了想，回答。

"可是给朝廷的表文，却是百万。"边让说。

"文礼，"陈宫马上明白，边让是要拿数字做文章，证明曹操好大喜功，沽名钓誉，便赶紧打圆场说，"他们确实号称百万。再说那黄巾历来举族从军，拖家带口，扶老携幼，哪里算得出准数？"

"他们号称，我们也这么说？"边让冷笑，"将来史书所载，只怕也是'受降卒三十余万，男女百余万口'吧？"

"何必在意？"陈宫笑笑，"若按史书所载，当年长平之战，秦将白起坑杀了赵国降卒四十万，请问有那么多吗？我东郡的人口总共也才六十万，这还是因为承平日久。战国之时，哪有？"

"青州总人口三百七十万，又岂有百万黄巾？"

"文礼，"陈宫苦笑，"刚才说了，只有三十万。"

"那也不少，吃什么？"边让问。

陈宫愣住，曹操则摸摸鼻子，打了个喷嚏。

边让冷笑一声，叫着陈宫的字说："若非公台及时接应，他们只怕就困在济北了。现在蜂拥而入，又将如何安置？存粮够吃吗？再说这三十万，我兖州又要他何用？都能打仗吗？"

"不能。"曹操觉得必须认真对待，便如实回答说，"所以，我只取其精锐，自成统辖，独立建营，号为青州兵。"

"多少？"边让问。

"五六万。"曹操说。

"那用来干什么？讨董卓吗？他已经死了。"边让撇嘴，"剩下的二十多万又以何为业？吃闲饭吗？草民实在不明白。"

"昨日九江太守，今日兖州名士，怎么成草民了？"曹操笑笑。

"边让是什么人不重要，兖州何去何从不敢含糊。"

"看来这兖州刺史，是该文礼来当。"曹操终于忍无可忍。

"良药苦口。将军觉得刺耳，就让草民回家喝粥。"

"不送！"曹操冷冷地说，任由边让拂袖而去。

4

边让的担忧并非没有道理。收编黄巾军半年后，由于父亲曹嵩和弟弟曹德被徐州牧陶谦的部下杀害，曹操以复仇为名，亲率青州兵在徐州境内攻城略地，所到之处鸡犬不留。然而，长达数月的残酷战争似乎并不能平息他心中怒火。次年四月，曹操留荀彧守鄄城，遣陈宫屯东郡，自己带着郗虑和大队人马，倾巢而出再征徐州。

鄄城城门满是送行的人，头上的天空却阴晴不定。

曹操向荀彧和陈宫拱拱手，由许褚搀扶上马，却突然愣住。因为他看见边让白衣白冠昂首阔步而来，身后的灵车上还装着棺材。

"怎么，文礼先生也来送行？"曹操客气地问。

"送葬。"边让说，"去年伐徐州，不知多少人暴尸荒野，只知道泗水为之不流。那么请问，将军这回又想让哪条河水堵塞呢？"

"打仗，哪有不死人的。"曹操显然不想多说。

"因此兵者不祥，将军不知道吗？"

"杀父之仇，不共戴天，先生不知道吗？"

"知道。所以一征陶谦，边让并没有只言片语的指责。但，难道将军要做孝子，就让那么多将士双亲无人赡养，幼子成为孤儿？一而已矣，何以再三？难道还嫌人死得不够，血流得不多？"

"除恶务尽，陶谦还没有死。"曹操说。

"只怕是因为徐州还没有到手吧？"

"什么意思？"

"请问汴水之后，将军都做了什么？"

曹操沉默。他当然知道边让的意思。的确，汴水之战后，除了帮袁绍夺得冀州，便是两人联手将被刘表驱逐的袁术撵到了寿春。其他时间，袁绍向北攻城，曹操朝南略地，全是打内战，抢地盘，与讨董毫无关系。边让见曹操脸色铁青，知道他无言以对，便冷笑说："现在征陶谦，难道也是要匡扶汉室？天子在西北，不在东南。"

被击中要害的曹操心里愤怒之极。但他越是愤怒，表情反倒越是平静，便骑在马上居高临下地看着边让，语气格外柔和地问道："文礼先生，阻扰出征，动摇军心，知道是什么罪吗？"

"死罪。"边让说，"所以我带棺材来了。"

41

"仲康！"曹操拔出剑来，大喊。

"使君息怒！"荀彧和陈宫赶紧冲了出来，不由分说一左一右架起边让就走，陈宫还死死地捂住他的嘴巴。曹操倒也不阻拦，只是看了看那辆灵车，冷冷地说："这口棺材不错，带走！"

5

大队人马行军走得很慢，没多久陈宫便快马加鞭赶了过来。曹操放慢速度，等陈宫赶到就并排缓缓而行。见陈宫看了看灵车和车上的棺材，曹操缓和了脸色问："公台可是为边让而来？"

"是。"陈宫说，"看得出，使君起了杀意。"

"不该杀吗？"曹操问。

"是不可杀。"陈宫说。

"有何不可？"

"三不可。"

"还有三？呵呵，讲来！"

"使君初入兖州，为民父母，要有雅量。"

"二呢？"

"文礼陈留名士，才华横溢，德高望重。"

"三呢？"

"言者无罪，闻者足戒，杀他没有罪名。"

"罪名？当然有。"

"何罪？"

"狂悖。"

"狂则狂矣，悖则未必。"陈宫连连摇头，"兖州四战之地，民众厌兵已久，思安心切。边文礼话虽难听，却未尝没有道理。"

"这么说，公台也是反对这次出征的？"曹操勒住马。

"依违两难。"陈宫也勒马。

跟在后面的郗虑见状，立即示意后面的部队停下，自己也掉转马头走远。陈宫立即向曹操陈词："使君，陶谦原本奸人。下邳反贼阙宣自称天子，陶谦与他同流合污，纵兵掠夺百姓。后来又杀了阙宣夺其部曲，实在令人不齿。任职徐州以来，又信用非所，不辨正邪，把好端端的富庶之地弄得乌烟瘴气，民不聊生。使君趁其乱而攻之，并非不可，宫等敢不承命！只是，急了点，也苦了兖州。"

"所以，公台同情边让？"曹操问。

"他本不该杀。请使君看宫薄面，饶他一命。"

"公台啊，我从来就没想过要杀他，奈何他自己找死。"曹操满腔愤怒，"你说，初入兖州要有雅量，请问我又何尝不是一忍再忍，一让再让？什么才华横溢？难道恃才就可以傲物？什么德高望重？分明是诽谤官长，沽名钓誉，哗众取宠，此风断不可长！"

"也不可杀，杀之必失人心。"陈宫说。

"失人心又如何？"曹操问。

"兖州必反。"陈宫答。

"反就反！有人叛，就有人平叛。否则，要兵何用？"

陈宫没有想到曹操会这样说，脸色大变。曹操却淡淡地说："公台请回，我还要赶去讨贼。"说完，他不再看陈宫，策马前进。郗虑见状也策马，挥手示意后面的部队跟上。当然，他也不看陈宫。

"使君，宫已言无不尽。"陈宫喊道。

曹操却并不回头。

陈宫咬了咬牙，掉头就走。

郗虑跟在曹操后面，一言不发。

所有人都默默地前进。

走了一段路，曹操问："鸿豫，边让这是第几次了？"

"第三次。鲍济北和陈公台议迎之时，他就出言不逊。"

"刚才在城门，他怎么说？"曹操又问。

"一而已矣，何以再三。"郗虑答。

"我打过招呼了吗？"曹操再问。

"应该说打过。"郗虑知道，明人不做暗事。招呼都没打就去刺杀张让，也一直让曹操后悔。所以在郯城时，曹操就立下规矩，不管让谁终生遗憾，一定先打招呼，听不听得懂是他的事。想到这里，郗虑便说："在城门问过，阻扰出征，动摇军心，该当何罪。"

曹操冷冷地看了一眼棺材，对郗虑说："那就成全他！"

"诺！"郗虑勒马，曹操又说："这口棺材不给他用。"

6

边让当然想不到，自己竟会被绑架。他更想不到，绑架他的人竟是郗虑。此刻，在这隐秘的墙角，他的头罩被揭开，清楚地看见郗虑面无表情地背着手，浑身上下都是阴森森的杀气。

"郗虑，你把我绑到这里，想干什么？"边让说。

"当然是杀了你。"郗虑冷冰冰地说。

"你敢！这是谋杀。"

"那又怎样？"

"光天化日，没有王法了？"

"莫非先生喜欢被当作罪犯公开处决？"

"你好歹也是士人，为什么要助纣为虐，为虎作伥？"

"因为士人并不完全相同。"郗虑凛然说道，"有豪门之士，也有寒门之士。袁本初他们，就是维护豪门的。只有曹兖州，才能让寒士翻身出头。此其一。又有浮夸之士，也有实干之士，此其二。若只是自命清高，口出狂言，倒也罢了。如果碍事，必当除之。"

"那你总应该知道，士可杀不可辱。"边让说。

"当然，所以才不让你上刑场。到那儿得跪着，现在请坐！"

边让整理了衣冠，两腿张开坐在石墩上，满脸傲然。

"麻利点，不要让先生太痛苦。"郗虑命令卫士。

7

从鄄城出发东进，第一站是廪丘。在这里停下不久，郗虑便回到军中向曹操报告，自己已经把边让杀了。也没有另外找口棺材，而是把他的人头挂在了城门。紧接着荀彧也从鄄城赶来，质问曹操为什么要杀边让。曹操只好说：文若啊，你知道每天有多少人会死吗？成千上万。只要这乱世不结束，就还会有更多的人去死。相比而言，一个边让又算什么！荀彧却说，只怕兖州士人兔死狐悲，至少也不该枭首示众。曹操愣了一下，这才请他将那口棺材带回去，葬之以礼。

可惜，这种补救措施为时已晚。

就在边让的人头挂在城门之后，陈宫南下奔了陈留。今天发生的事情，他并非没有思想准备。庆功宴边让退席，陈宫送他回家，边让就说曹操量小，总有一天会杀了自己。陈宫不信，说他要杀你，我就叛他。边让说你真要叛，就去找张邈。兖州五郡三王国，太守和国相今天来了七个，唯独不见关系最好的陈留太守，不奇怪吗？

陈宫马上就明白。当年在酸枣，张邈也是一方诸侯，曹操却只是袁绍的跟班。如今反过来成了顶头上司，换了谁也别扭。天底下没有什么永恒不变的东西，生死之交也可能反目为仇。于是他问：文礼把世道人心看得如此透彻，为什么还要惹是生非？

边让说，箭在弦上，鱼刺在喉咙里。

然而此刻，陈留太守府里，张邈却被陈宫的话吓了一跳。他左右看看，又关了窗户，这才问："公台说什么？要我接管兖州？"

"这不正是府君该做、也想做的事情吗？"陈宫笃定地说，"当今天下分崩，雄杰并起。君以千里之众，当四战之地，抚剑顾盼，亦足以为人豪，奈何反倒受制于人？陈宫以为耻！"

"曹孟德与我生死之交，岂能夺他兖州？"张邈说。

"兖州原本就不是他的，正如冀州不是袁本初的。"陈宫斩钉截铁地说，"那个人并不讲情义。他能因为一言不合而杀文礼，又怎么不能为了千里之地杀府君？府君不想学韩馥吧？"

"公台啊，你我不是青州兵的对手。"张邈又说。

"所以，我们得跟奉先联盟。"陈宫说。

吕布？张邈沉默了。这个方案，并非没有道理。前年四月，吕布杀了董卓。两个月后，李傕和郭汜就攻进了长安城。已被封为温侯的吕布不敌，只好将董卓的人头系在马鞍仓皇出逃，过武关奔南阳投靠袁术。刚开始袁术对他倒是礼遇有加，吕布却以袁家恩人自居。袁术不快，他又转而投靠袁绍。袁绍也受不了他的肆无忌惮，甚至设计要谋杀这家伙。吕布警觉，逃了出来，其实已是丧家之犬。

"府君，"陈宫见张邈动心，便又说，"吕布走投无路，何不姑且迎之，共牧兖州？此人英勇善战，却头脑简单，正好为我所用。曹操人心尽失，又倾巢而出，其地空虚，正可谓天欲其亡。只要府君义旗高举，陈宫敢保证，兖州四境之内，无不应者云集。"当然，还有句话他想说却没说：你张孟卓好歹也是在洛阳城里见过血的。

张邈放下酒杯，从架上取下剑来。

8

陈宫说的一点不差。张邈宣布叛曹后，陈留、山阳、济阴、泰山和东郡，东平、任城和济北，五郡三王国皆反。忠于曹操的，只剩下鄄城、范县和东阿。根基不牢，地动山摇。为了守住根本，荀彧急召东郡太守夏侯惇赶到鄄城，将濮阳让给吕布。雪上加霜的是，夏侯惇站在鄄城城楼眺望，远远望见有来历不明的上万人在城南驻扎，显然来者不善。兖州治中满宠也匆匆上楼报告，刺史府已被占据。来的倒也都是本地名流，领头的是边让的弟弟边忍，字文智。

那就去会会他们。荀彧镇静自若。

兖州刺史府里果然热闹。名士七八个，族人和家丁好几十，簇拥着一位提剑的儒生。那人见荀彧在满宠的陪同下稳步走来，立即行礼如仪，躬身长揖，客气而冷淡地说："见过文若先生！"

"文智先生吗？"荀彧不卑不亢地还礼。

"鄙人边忍。"那人点点头。

"有何见教？"荀彧问。

"来取鄄城。"边忍说。

47

"此话怎讲？"荀彧又问。

"鸠占鹊巢，不该物归原主吗？"

"呵呵！"荀彧笑了，"既然如此，为什么等到现在？"

"君子报仇，十年不晚。"边忍说。

"只怕是因为曹兖州正好有难吧？"荀彧微微一笑。

"那又如何？"边忍瞪着眼睛。

"就不叫物归原主，得叫趁火打劫。"

"荀文若，不要逞口舌之利！"边忍叫道，"家兄是你安葬，我们敬你是君子，这才来商量。识时务者为俊杰，还是顺从为好。"

"抱歉，这事荀彧做不了主。"

"先生岂非职任我兖州别驾？"边忍看定荀彧，咧嘴一笑，"本朝制度，刺史出行，别驾另乘一车，以示分庭抗礼，所以叫别驾。如今州之宗主外出，府中无人，难道不该别驾当家？"

"好吧，"荀彧说，"要商量什么？"

"看看是文取还是武取。"边忍答。

"文取如何？"荀彧问。

"交出印绶，放你们一条生路。"

"武取如何？"荀彧又问。

"不妨到城楼上看看。"

"城外之兵，你们认识？"荀彧再问。

"豫州刺史郭贡，是家兄旧部。"

"明白了。可惜荀彧守土有责。"

"可惜我等与曹操不共戴天。"边忍也不含糊。

"曹兖州错杀令兄，确实有过，但是鄄城百姓何辜？为什么要引来刀兵之祸？先生要报家仇，取荀彧项上人头便是！"

"笑话！"边忍说，"冤有头，债有主，取你头颅何用？"

"留待曹使君回来换取兖州。"荀彧笑答。

"哈哈哈哈！"边忍放声大笑，"先生认为曹操还回得来吗？实不相瞒，我们夺鄄城，就是要让他变成丧家之犬。鄄城丢失，他那里必定军心大乱，要么向吕布投降，要么就只能去做流寇。所以先生的大道理，还是跟城外之人去讲吧！"说完，他看了看旁边的士人，那士人则将手中的名刺递给荀彧。荀彧接过，只见上面写着两行字：

豫州刺史郭贡再拜 敢问文若先生起居

"郭豫州既然指名道姓要见荀彧，敢不承命。但，如果荀彧能够劝退他们，文智先生和各位打算如何呢？"

"劝不退呢？"边忍问。

"交出印绶。"荀彧肯定地回答。

"好！"边忍说，"劝退了，我们回家。"

9

徐州东海郡郯县之东的大帐内，曹操醒了过来。听到陈宫与张邈合谋私迎吕布，兖州五郡三王国皆反的消息，他就突然抱着头，狂叫起来。这是曹操的头痛病第一次发作，所有人都大惊失色。幸好郗虑知道华佗就在这一带，让狗儿请来神医，这才转危为安。

"将军请不要动！"华佗按住想要起身的曹操。

"两次救命，岂能不谢？"

"分内之事，何足挂齿。"华佗说。

"哦，先生要看舌苔吗？"曹操问。

"不用。"华佗说。

"要看脉象吗？"

"也不用。"

"那么，先生待要如何？"曹操愕然。

"将军之疾一望便知，不在体，而在心。"

"诚然！没想到公台叛我。"

"不过最让将军伤心的，只怕还是张陈留。"

"是的。"曹操点点头，"我与孟卓，可谓生死之交。当初与文若同赴河内，前途未卜，还将家小托付与他。董承来犯，我去洧水等候文若，也先见了他。孟卓为何要反我？难道真的做错了什么？"

"将军能这样想，这样说，病就好了一半。"

"另一半呢？"

"也得将军自己治。"

"鸿豫！"曹操猛醒，"吕布在哪里？"

"濮阳。"郗虑回答。

"传我号令，军进濮阳！"

10

看见荀彧只身一人稳步走了进来，脸色平静，边忍就知道豫州军已被劝退。于是他拱了拱手，问荀彧能否告知，退兵是何妙计。荀彧却笑笑说："哪有妙计？不过是回答了郭豫州的问题而已。"

"不知郭豫州有什么问题？"边忍问。

"他问如今的兖州是姓曹，还是张，或者吕？"

"啊！"边忍说，"先生如何回答？"

"荀彧问他，豫州如今姓郭，还是刘？"

边忍不禁愣住。他当然知道，陶谦已上书朝廷，表荐刘备为豫州刺史。荀彧此问，可以说是刺进了郭贡的心窝子。荀彧也清楚，边忍已经明白，便又说："所以我跟他说，使君来攻鄄城有三不智。"

"愿闻其详。"边忍又说。

"陶谦夺君豫州，使君却攻陶谦之敌，可谓智乎？"

"二呢？"

"吕布和陈宫已经据有濮阳，他日则必取鄄城。曹将军以鄄城为根本，势必回师自救，鄄城也就成为必争之地。到了那个时候，使君两面不敌，只能弃城而走，豫州却又姓了刘，可谓智乎？"

"三呢？"

"吕布三姓家奴，六亲不认，刚而无礼，匹夫之雄。曹将军略不世出，天纵之才，举世无双。使君不辨美丑，不识好歹，甘愿弃顺而附逆，弃胜而从败，自绝于道义，可谓智乎？"

"佩服！"边忍拱了拱手，"我等现在就回家。"

"多谢！不过，荀彧愿意交出印绶。"见边忍目瞪口呆，荀彧笑了笑说，"鄄城既然原本就是你们的，那就由你们守护好了，想交给令兄不齿的吕布也由你们。曹将军处，荀彧自去请罪。"

"家兄名边让，其实不让。鄙人叫边忍，也其实不忍。"边忍看着荀彧，"能与文若先生有此交道，已经不枉此生。曹操回来，要杀要剐也都随他！"说完傲然而去，其他人互相看看，也纷纷离开。

荀彧长揖。

　　长安南郊已经用黄土筑起五层祭坛，周围九面红旗，意味着九五之尊。红旗后面是九条青龙，中间的高八丈，其他的高四丈。十四岁的小皇帝刘协身着黑色礼服，头戴冠冕，立于坛上。面对皇帝而立于坛下的，是着青色礼服的文武百官。祭坛的东西两侧，站着八对童男童女。他们头上戴着红色的羽毛冠，身上则穿着青衣。

　　这天，由于关中大旱，朝廷要举行隆重的请雨仪式。

　　宫廷乐队奏起乐曲。祭祀官身着青衣，肩披红袍，头上戴着红色羽毛冠，手持竹笏小步快走入场。他先向皇帝三拜，然后转身，面向南方大声宣布："祭祀天地神祇，请雨！"

　　文武百官一齐转身。

　　"跪！"祭祀官喊。

　　刘协和所有人一齐跪下。

　　"拜！"祭祀官又喊。

　　所有人都稽首。

　　"再拜！"

　　所有人又稽首。

　　"陈！"

　　乐止。所有人都坐直身子，叉手。

　　"天生五谷，以养万民。五谷病旱，恐不能成。"祭祀官举起竹笏诵道，"敬进清酒肉脯，再拜请雨。雨幸大注，奉牺牲祷！拜！"

　　所有人都稽首。

"再拜！"祭祀官喊。

所有人又稽首。

"三拜！"

所有人又稽首。

"起！"祭祀官喊。

所有人都起身。

"转！"祭祀官又喊。

文武百官都转过身来。

"献！"祭祀官宣布。

童男童女捧着酒肉过来，立于坛下一侧的渠穆带他们上坛。见了皇帝，孩子们立即跪下。渠穆将酒递给刘协，刘协浇在地上。渠穆又将肉递给刘协，刘协放在案上。礼毕，童男童女退下祭坛。

"舞！"祭祀官喊。

乐起。童男童女们边跳边喊："雩！雩！雩！"

"祭！"请雨舞蹈结束后，祭祀官又喊。

十几条精壮汉子光着上身被押了过来，后面跟着行刑手。

汉子们朝南跪下，行刑手开始用荆条抽打他们。

"慢！"刘协喝道，"这是什么仪式？"

行刑手停止抽打，祭祀官则面向刘协跪下说道："启禀陛下！久旱不雨，乃因阳气太盛，阳盛则阴虚。故而我朝大儒董仲舒有云，求雨之方，损阳益阴。打出这些汉子的血来，就下雨了。"

"岂有此理！"刘协说，"打出他们的血，就能益阴？"

"这个？"祭祀官愣住，"总不妨试试！反正他们都是罪人。"

"是吗？"刘协问。

"是。"祭祀官说。

"常侍!"刘协喊道。

"在。"渠穆回答。

"把朕的上衣脱了。"

渠穆愣住,刘协却问:"你想抗旨吗?"

"不敢。"渠穆说。

"脱!"刘协又下命令。

渠穆只好上前,脱下刘协的上衣。

"取荆条来,打!"说完自己跪下。

这下子渠穆不敢了,扑通跪下说:"陛下!"

"万方无罪,罪在朕躬。朕也阳气最盛,为什么不打?"

祭祀官吓坏了,扑通跪下。文武百官和行刑手也全都跪下,磕头如捣蒜:"陛下九五之尊,万万不可,万万不可!"

"那就将荆条绑在朕身上,朕要向皇天上帝负荆请罪。"刘协叹了口气。渠穆知道,这已经是最不坏的方式和结果了,便起身向行刑手示意。行刑手立即将荆条送上祭坛。渠穆接了过来,轻轻地、象征性地挂在刘协身上,然后自己跪在旁边,稽首。

"臣等罪该万死!"文武百官也都磕下头去。

原本跪着的精壮汉子全都低头啜泣。

长时间沉默后,刘协拿掉荆条站了起来,让渠穆给自己重新穿上外衣,这才语气沉重地说道:"朕薄德寡能,失职乖方,致使皇天上帝震怒,苍生万民蒙此不幸。自即日起减膳斋戒,食不可兼味,衣不可锦绣。着太尉杨彪、司徒赵温、司空张喜,会同车骑将军李傕、后将军郭汜、右将军董承开太仓赈济灾民,安定京师,不得有误!"

"遵旨!"杨彪等人一齐说。

天上飘来了一片乌云,但是转眼之间又不见了。

12

当天晚上，刘协在宣室召见了贾诩。

宣室在长安未央宫，是当年汉文帝召见贾谊的地方。那天，孝文皇帝也祭祀了天地神祇，接受了神的赐福，内心感动，便向贾谊详细询问鬼神的事，贾谊也知无不言，言无不尽。听得入迷的皇帝竟不知不觉在座席上移动膝盖，越来越靠近对方，直至半夜。

天子在宣室召见，莫非也要问这个？贾诩想。

贾诩是董卓被杀后回长安的。在路上，他撞见了身着便服正准备逃回凉州的李傕和郭汜。贾诩忍不住多管闲事，说你们这些人本来是官军，鬼鬼祟祟一跑倒成了逃犯，小小的亭长就能绑了送官府。以我之见，还不如召集旧部，杀回长安，为董公报仇。如果成了，那就奉国家以正天下，挟天子以令诸侯。不成，再跑也不迟嘛！

那两个人恍然大悟，掉头就走。结果，吕布被赶出长安，李傕自任车骑将军，郭汜任后将军，把持朝政，为非作歹。引狼入室的贾诩肠子都悔青了。他谢绝了封赏，只肯担任秩六百石的尚书仆射。

室内非常破旧，就连灯火都忽明忽暗。

"卿是武威人？"刘协问。

"然。"贾诩回答。

"那么，跟贾谊老先生应该没什么关系了。"

"恐怕没有，不敢高攀。"

"三百六十多年前，文皇帝召见贾谊，好像就在这里。"

"太史公是这么说的。"贾诩又答。

"但那天晚上，文皇帝只问了鬼神。"

"陛下读书用心。"贾诩稽首。

"朕倒是想问苍生。"刘协说，"长安城里，有多少饥民？"

"京兆尹二十八万五千口，饥民总有七八成，二十万之多，不过并不尽在长安城中。城中饥民加流民，大约十多万口。"

"日拨太仓粮四百斛，可以活之吗？"刘协又问。

"苟全性命，一升可活五人，一斛可活五百。日拨百斛，便可使五万饥民免于死亡，四百斛绰绰有余。不过，要看主事的人。"

"主事的是谁？"刘协问。

"侍御史侯汶。"贾诩答。

"此人如何？"刘协又问。

"干练。"贾诩答。

"看来可以放心。"

"此事近日必见成效，届时陛下不妨亲查。"

刘协点点头，又看了渠穆一眼。

渠穆心领神会，躬身。

13

曹操惨败。

这当然并非预期。军进濮阳后，曹操发现城西有吕布别营，立即决定将其拿下，赶紧抢些粮食再说。熟知老上司想法的陈宫，却早就把别营变成了空营。等到曹操带兵入营，站在濮阳城楼观战的他便让吕布发起了三轮进攻——先派轻骑兵将青州兵冲得七零八落，逼曹操退守军营中心；然后派射手上阵，乱箭齐飞，封住曹操的退路，让他无法突围；最后放出火箭烧营，要把曹操烧死在里面。只是靠着许褚拼死护卫，曹操才逃出陷阱。然而冲出辕门时，燃烧的门梁却掉下来差点把他砸死。从徐州前线带来的军队，更是损失大半。

挨了当头一棒，曹操只得败走咸城。

咸城是濮阳县的一个乡，却很古老。鲁僖公十三年，诸侯们曾经在此会盟。八百四十年过去，这里依然保留着城池，在夕阳的映照下显得十分苍凉。城池应该修复过，里坊也可能是后建的。不过，城墙里面却空无一人。看来，人民是被掠走了，城里也不会有存粮。

粮食，这才是大问题。

其实早在逃亡的路上，曹操就想了许多。到了咸城，便更是豁然开朗——陈宫能够得手，是因为算准自己千里来袭，无法携带足够的粮草，必先攻他别营夺粮。后来不追，则必是他们也捉襟见肘。既然如此，掠走那么多百姓干什么？又拿什么来养？劳动力倒没了。看看这咸城乡吧，无人看管的大片农田一望无际，正麦浪滚滚。

那就住在这里，等着收麦子。

等待的日子却不好过。这天，曹操正在咸城乡衙署议事，青州兵统领管诚便虎着脸闯了进来。"哦！你来了？"曹操摸摸鼻子，打了个喷嚏，"我知道，我知道，弟兄们都饿着。当年你们归顺的时候，我是说过，跟着我就有吃的。可是，现在我也没有吃的了。"

话音刚落，狗儿端了几碗香喷喷的汤进来。

曹操立马狼狈不堪，因为他也不知道这是什么，哪里来的。管诚却看着狗儿说："我不是来要粮的，把这狗东西交给我就行。"

说完，管诚就要动手抓狗儿。

"且慢！我的狗儿怎么得罪你了？"曹操问。

管诚却看着那孩子问："你是不是杀蛇了？"

"是。"狗儿回答。

"还炖了汤？"

"是。"狗儿又答。

"跟我走！"管诚一声怒吼。

"慢慢慢！"曹洪说，"你这到底是怎么回事？"

"将军亲自去看看吧，满营都是蛇。"管诚看了看曹操，又用手指着狗儿说："就是这小子惹的事，它们来报仇了。"

"你说什么？蛇来报仇？"曹洪说。

"奇谈怪论！怎么可能有这种事。"郗虑也说。

话音刚落，一条蛇从屋梁上掉了下来，在几案上昂起头。

曹操愣了愣，立即带着众人出门。曹洪仍不相信，边走边对管诚笑着说："兄弟，别那么一惊一乍的，天底下哪有……"

话未说完，他便两眼圆睁。

成群结队的蛇出现在路上，有如入侵的军队排山倒海而来。

14

秩六百石的侍御史侯汶走进未央宫正殿时，便看见大殿的前区有两盆粥，不禁愣了一下。但他不及细想，只是跪下行礼。

"施粥之事，可是你主管？"刘协问。

"是。"见皇帝没让自己站起来，侯汶只好跪着回答。

"一日几施？"刘协又问。

"二施。"侯汶答。

"你自己会煮粥吗？"刘协再问。

"臣亲力亲为。"侯汶再答。

"看看你面前。这样一盆粥，需要用粮几何？"

"一升。"

"米、豆、麦，有区别吗？"

"区别不大。"

"可供几人食用？"

"十人一餐。"

"吃得饱吗？"

"吃不饱，也饿不死，活命而已。"

"一日二施，则只用二升便可活十人，是吗？"

"是。"

"日拨太仓粮四百斛，够吗？"

"足够。"

"那么，开仓赈济饥民已经五日，为什么饿毙的有增无减？"

"启禀陛下，臣实不知。"

"不知？"刘协一声冷笑，"看来，长安黑市的粮价，米一斛卖到五十万钱，豆麦二十万，也是不知的。这个侍御史当得好。"刘协勃然变色，"传旨，将侯汶斩首于东市，以谢饥民！"

"陛下！"坐在末位的贾诩站了起来，说，"侯汶辜负圣恩，当然该死。只怕他死之后，饿毙的会更多。"见皇帝愣住，贾诩从几上拿起食盒，走到大殿正中跪下，然后说："臣已查明，侯汶家徒四壁，一贫如洗。他家的饭食，是半稠的野菜粥，请陛下验看！"

渠穆赶紧过来，接过食盒放在刘协面前的几案。

刘协低头一看，果然非人所食。

"其实弄到野菜也不容易，他家还有老母。"贾诩又说。

刘协听见"老母"二字，差点掉下眼泪，便叹了口气，定睛看着侯汶说："好吧，你如实告诉朕，到底怎么回事？"

"臣收到的太仓粮，每天能有一二百斛就不错。"侯汶说。

"太仓令何在？"刘协问。

秩六百石的太仓令赶紧出列，跪在皇帝面前。

"朕要你日拨太仓粮四百斛，可曾如数？"

"不敢少一升一斗。"太仓令答。

"那么，这些粮米是否都交给了侯汶？"

"否，臣与侯汶并无交接。"见皇帝愕然，太仓令又说，"太仓粮必须派兵押运，以防饥民夺抢。"

"此事又由谁负责？"刘协又问。

太仓令低头，沉默。

"太尉可知？"刘协问杨彪。

"臣等会议之时，李傕和郭汜主动请缨。"杨彪答。

"李傕，郭汜，缺少的粮米哪里去了？"刘协厉声问道。

"臣不知。"李傕出列跪下。

"臣不知。"郭汜出列跪下。

"是吗？既然你们两个都不清楚，那就自己去查！"见李傕和郭汜口称遵旨，刘协又叫贾诩："尚书仆射！"

"臣在！"贾诩回答。

"查案之事，由你协同。"

"遵旨！"

"赈济饥民的太仓粮米，改由董承押运。"

"遵旨！"董承出列跪下。

"侯汶办事不力，愿罚俸三月，还是杖五十？"

"臣家已无隔夜之粮，愿杖五十。"侯汶稽首。

"杖你五十，如何去施粥？"刘协摇了摇头，"权且记下。如再不得力，数罪并罚。朕失聪失察，也该处分，自罚不进晚膳。"然后吩咐渠穆，"常侍，晚膳赐予侯汶的母亲与妻儿。"

"陛下，臣敢不肝脑涂地，继之以死！"

侯汶五体投地，声音哽咽。

15

麦收季节很快就到了，吕布和陈宫也想起了咸城乡的麦子。但当他们带着军队开过来时，前方斥候却报告，城中空空荡荡，卫兵都是女人。吕布和陈宫不敢相信，亲自策马到阵前观看，果然。

城墙上指挥女兵的，怎么看都像卞夫人。

他俩没看错，那就是卞氏，女兵则是青州兵的家属。不久前她们由满宠带领，从鄄城送来些粮食。满宠告诉曹操，农村女子吃苦耐劳惯了，个个都是好手。卞夫人也说，粮草反正要人押运，正好让他们合家团聚，一举两得。曹操听了，不禁拍手叫好。

鄄城的粮食运来之前，只能吃蛇。那天，看见群蛇乱舞，郗虑就断定它们不是来报仇，是饿疯了。吕布和陈宫坚壁清野，带走了所有的粮食。老鼠没有吃的，只好成群结队搬家。曹操无粮可拨，管诚的青州兵也只好在城郊抓老鼠，没想到让蛇也断了粮。结论是：这地方确实山穷水尽。那些蛇反正活不成，不如我们吃了。

当然，最后那句话，是狗儿说的。

曹操他们，也终于撑到麦收。

看着卞夫人一身戎装和女兵守在城墙上，陈宫顿时起疑。他告诉吕布，咸城西边是大堤，南边是密林，谁知道后面都是些什么？深不可测啊！诱饵越大，陷阱越深，曹操却连老婆都押上了。

吕布想了想，便下令后退十里扎营。

到了晚上，陈宫却发现不对。他又跟吕布说，曹操狡诈。此人若设圈套，怎么会让我看穿？咸城的百姓都被掠到濮阳，这里已经没有劳动力，曹操的人肯定外出收麦子了。所以，那就是一座空城。

不过，辎重都在，老婆也在。

那就灭此朝食。

第二天清早，吕布和陈宫带着大军再至咸城。斥候报告，城中跟昨天一样，还是女人守卫，堤上和林中依然情况不明。吕布早就急不可待，立即下令出击。陈宫却建议他先派轻骑兵去，万一有埋伏也跑得快些。没想到，轻骑兵刚刚冲过去，堤上和林中便万箭齐发，曹军也杀声震天地从两处冒出。轻骑兵寡不敌众，顿时人仰马翻。

"不好，还是中计了。"陈宫大惊失色。

"你们撤，我去会他。"吕布打马就走。

到底是人中吕布。当他带着高举"吕"字大旗的亲兵，扬鞭策马冲向城门时，两军将士都看呆了，纷纷让路，并停止战斗。吕布旁若无人地一往无前，到了门前才突然勒马，马的前腿高高扬起。

门楼上，卞夫人的身边却闪出曹操。

"奉先别来无恙，久违了！"

"贼子竟敢诳我！有种下来格斗，没种吃我一箭！"

吕布大怒，张弓搭箭射去。

这支箭却被许褚飞身接住，一折两段。

曹操笑了，笑得就像翻滚的麦浪。

"奉先何必！我们都没军粮了，还是各自回家吧！"

"你不追我？"吕布问。

"不追。你走你的，我走我的。"曹操慨然回答，然后又看着许褚朗声说道，"仲康，传我号令，给温侯让路！"

许褚挥舞起令旗。

曹军纷纷后退，让吕军撤出战场。吕布纹丝不动，一直等到全军撤走，这才向曹操拱了拱手，慢慢掉转马头。他正要拍马而去，却又听见门楼上说："奉先好走！放心，明年我一定把你撵出兖州！"

吕布回头，狠狠地看了曹操一眼。

16

未央宫正殿里，李傕和郭汜跪在当中，贾诩跪在他们身后，太尉杨彪、司徒赵温、司空张喜、右将军董承肃立于两边。刘协坐在正中御榻上，看着对面问："太仓粮米一案，查得怎么样了？"

"臣已查明，是郭汜克扣私吞，卖与西市胡商。"李傕回答。

"那胡商呢？"刘协又问。

"臣已就地正法，以儆效尤。"李傕说。

"郭汜，你怎么说？"刘协看着郭汜。

"陛下休听他胡言。西市胡商？明明是卖与东市奸商。"

"卖了多少钱？"刘协问。

"问他！"郭汜说，"他卖的。"

"那奸商呢？"刘协又问。

"砍了。"郭汜说，"肥头大耳的，也不能当猪肉卖。"

"赃物赃款呢？"刘协再问。

"陛下，什么叫赃物赃款？"郭汜问。

"就是你克扣私吞的太仓粮米，还有卖的钱。"李傕说。

"充公了，军用。"郭汜说。

"哈哈！承认了。"李傕大笑。

"放屁！"郭汜说，"是你私吞的粮米和钱，被我充公了。"

"做贼的明明是你！"李傕说，"你本来就是贼，盗马贼。"

"你原本是什么？"郭汜反唇相讥，"人贩子。"

李傕站了起来，指着郭汜的鼻子道："再说一遍？"

郭汜也站起来，指着李傕的鼻子说："你敢再说？"

两人立即互相揪住对方衣领，眼看就要打起来。旁观的司徒赵温和司空张喜见这两个家伙公开撕破脸皮，面面相觑。太尉杨彪却忍无可忍，大声喝道："朝堂之上，天子驾前，成何体统！"

李傕和郭汜这才放手。

"跪下！"渠穆也一声怒喝。

"不跪！"李傕说，"请陛下颁旨，捉拿此贼！"

"陛下！"郭汜叫起来，"他贼喊捉贼！"

刘协气得发抖，喊道："尚书仆射！"

"臣在！"贾诩直起身子。

"你查的结果呢？"

李傕和郭汜同时回过头来，恶狠狠地看着贾诩。

"臣无能，还没有查清。"贾诩稽首。

刘协忽的一下站了起来。

"退朝！"渠穆赶紧宣布。

赶走了吕布，收割了麦子，曹操留下少量的粮食，以备来日攻打濮阳时使用，自己则带着大部队回鄄城去。没走多远，他就在宿营地接到守粮士兵的报告，咸城粮库被劫匪占领。领头的是个女子，自称无盐。那女子让他带话，说已经把粮食卖给了愿意出高价的，今晚就钱货两清。因此，很想问问曹将军要不要来画个押？

还有这种事？

曹操想了想，也不跟其他人打招呼，立即带了许褚和十几个虎士去咸城。但，当他们进入粮库时，却看见十几具尸体躺在地上，无盐若无其事地站在正中，身后竟是吕布和一群提刀的士兵。

吕布看见曹操，大感意外。曹操同样暗自心惊，却不理他，只是不动声色看着无盐问："为什么要杀我的人？"

"不是我。我才一个人，杀得了吗？"无盐说。

"这么说，是你？"曹操又看吕布。

"是又怎样？"吕布说，"不肯交粮，难道请他们喝酒？"

"岂有此理！"曹操说，"为什么要把粮食交给你？"

"因为卖给我了。"吕布说。

"怎么，你把粮食卖给了他？"曹操又看无盐。

"是啊，不行吗？"无盐睁着她的大眼睛，一副觉得不可思议的样子，"将军啊，粮食这东西，原本就是用来吃的，谁吃不叫吃？我们这些人的生意，原本也是随便做的，跟谁不能做？"

"这也叫做生意？"曹操看着尸体，愤怒地问。

"刚才说过了，人不是我杀的，也没兴趣。"无盐笑笑，"我想杀的只有董卓，可惜被姓吕的将军杀了，也只好把粮食卖给他。那老贼要是被你杀的，就会卖给你。怎么样，公平吧？"

"你就眼睁睁地看着他们杀人？"曹操说。

"没有啊，怎么会？"无盐满脸无辜，"实话实说，我跟买粮的讲得很清楚，我只负责带路，粮食由他自己取。他呢，出得起价掏不出钱，只能拉来些破铜烂铁，以物易物。小女子只好带着手下弟兄先去装车，回到粮库就这样了。野蛮，确实野蛮！讨厌，确实讨厌！"

吕布被骂得眉开眼笑，色眯眯地看着无盐。

曹操却拉下脸来，问："我的粮食，你凭什么卖？"

"你的粮食？笑话！"无盐撇了撇嘴，"土地是你的吗？种子是你的吗？犁地啊，播种啊，还有浇水什么的，都谁啊？你的青州兵还有家属，可都是壮劳力，干什么去了？干活的，可是当地老百姓。你把麦子收走了，他们吃什么？你抢得，我卖不得？"曹操被她驳得哑口无言，瞠目结舌，无盐又说："不过念你收割有功，所以还是请你来画个押。好了，将军已到场做证，那边也验货认可，民女告辞！"

"装车！"吕布立即对手下人挥了挥手。

"敢！"曹操拔出剑来。

"别，别！做生意只兴讲价，不兴打架。"

无盐马上装作劝阻，许褚却已经闪到吕布面前，一掌打去。吕布闪身躲开，也迅速出手。曹操和无盐退到旁边，看着两人交手。两人势均力敌，打了十几个回合不分上下，便各自后退一步。

"我说嘛，不要打架。"无盐笑嘻嘻地说。

许褚的虎士们却抽出刀来。

吕布的手下也都拔刀相向。

66

"要开打啊?"无盐说,"不要,不要!会伤及无辜的。"

不要?这分明就是你要的,却不知你是什么意思。曹操看了无盐一眼,然后对吕布说:"粮食你拉走,人给我留下!"

"你要留下谁?"吕布问。

"她!"曹操手指无盐,"盗卖军粮,国法不容,我要审!"

"敢!"吕布拔出剑来。

"轮不到你来护着!"曹操满脸不屑。

"要不你我过过招!"吕布上前一步。

"用不着!"无盐一声冷笑,"审?还是我来吧!曹孟德,你自称讨董先锋,可是汴水之战后,请问都干了什么?没见你杀董卓,倒见你杀边让。没见你朝天子,倒见你抢地盘。乱世英雄?呵呵!"

"足下到底是什么人?"曹操愣了一下,问道。

"你是大丈夫,我是小女子。"无盐撇了撇嘴,"只是好奇,当今天下到底谁忠谁奸,世道人心还有救没救。怎么,不行吗?"见曹操无言以对,吕布面有得色,无盐又说:"说起刺杀董卓,怕也不是为了匡扶汉室吧?我看你们两个半斤八两,要不讲个价钱?"

"不必,也无价可讲。"曹操说。

"将军待要如何?"无盐反倒有点心虚。

"把弟兄们的遗体运回去。"听见这句话,许褚和虎士们立即牵过马来,曹操则对无盐说:"账,只能慢慢算。债,只能以后还。"

"什么债?"

"我欠足下一根青丝,吕布欠我一箭。"曹操回答无盐,然后定睛看着吕布,直到看得他心里发虚,这才说,"我的不算,王河内的非算不可。所以你给我记住了,还债的时候,是要算利息的。"

说完,曹操跟着驮了遗体的马,步行而去。

18

　　回到鄄城，曹操首先向荀彧道谢。荀彧却笑了笑说，那件事其实有惊无险。如果边忍与郭贡里应外合，那他就该在攻城以后再来索取印绶。可见郭贡只不过碰巧是边让的老部下。他匆匆赶来，又递名刺求见，显然是想探听虚实，看看有没有可乘之机。这个豫州刺史没有后台和靠山，既不是张邈的人，更不是陶谦的。跟他谈谈，即便不能为我所用，至少也能使之中立。疑神疑鬼，反倒会激怒他了。

　　曹操点头称是。他也知道，不杀边让，这些事都不会有。于是让荀彧陪同，来到墓前祭奠了边让。他还诚恳地对边忍说，自己对不起文礼先生，也对不起诸位，今后绝不会再杀士人。

　　郗虑没有跟着去，而是带着狗儿到了一处竹林。在那里，他砍下两根竹子削了削，自己拿着一根，另一根扔给了那孩子。

　　"这是什么？"狗儿问。

　　"剑。"郗虑说，"学会了，就不受欺负。"

68

第十一章

沦落人

汉献帝兴平二年
乙亥 猪
曹操四十一岁

汉献帝建安元年
丙子 鼠
曹操四十二岁

1

二十二岁的无盐站在横门大街与雍门大街交界处，看着被烧毁的未央宫，脸色冷若冰霜。一年前，李傕和郭汜在朝堂上翻脸，退朝后就反目为仇，各自在军营磨刀擦枪。只是靠着贾诩斡旋，这才没发动战争。但是今年三月，李傕将天子绑架到自己军营，还纵火烧了宫殿和周边官府、民宅。郭汜则劫持了三公九卿和众多官员，扬言要征讨反贼李傕。这时的长安，比在董卓的残暴统治下还不如。

天子和百官，也已经度日如年两三个月。

"宗主别来无恙！"无盐和范铁回头，看见二十八岁的郗虑正飘然而来，后面还跟了个十四五岁的半大男孩，"足下在这里，是打算凭吊董卓呢，还是要盗卖军粮？卖李傕的，就该去东市。卖郭汜的，就该去西市。十字街头，好像不做买卖。"郗虑看着无盐说。

这话有来历。在咸城，吕布曾嬉皮笑脸地问无盐，要不要跟他回濮阳。无盐则问他，要不要跟自己去长安买李傕和郭汜的粮食，价钱好商量。吕布哭笑不得，只好走人。但这事郗虑如何知道？不过无盐无意深究，便说："原来是鸿豫先生。莫非想买军粮？"

71

"兖州这回想做的，是另一笔买卖。"郗虑说。

"那他想买什么？"无盐问。

"李傕和郭汜的人头，卖吗？"

"他买这玩意干什么？挂在鄄城门楼，就像挂边让的？"

郗虑先是愣了一下，然后平静地说："出个价吧！"

"不卖！"无盐说。

"为什么不卖？"郗虑问。

"不想卖！凭什么要卖给你们？"

"因为没有别的买主啊！袁绍不买，袁术不买，吕布不买，刘表和刘备要么不想买，要么买不起。除了我们，卖给谁？"

"更可笑了。我又为什么要卖他们两个的人头？"

"因为这两个家伙作恶多端，跟董卓一样可恨。"

"这不关我的事。董卓跟我有仇，他俩没有。"

"董卓跟足下有什么仇？"

"这我不告诉你。"

"是吗？那么请问，在咸城粮库，为什么要痛骂曹兖州？"郗虑看着无盐，"再说，天子在哪，哪儿吃盐的人就多。诸位不打算去凉州做生意吧？怎么，足下冰雪聪明，难道看不明白？董卓迁长安，就烧了洛阳。李傕和郭汜烧了长安，请问想去哪里，又能去哪里？"

"那又为什么没去？"无盐问。

"各怀鬼胎，互不相让而已。李傕是北地人，要去北地郡。郭汜是张掖人，要去张掖郡。狗咬狗的时候，卖他们都不用挂羊头。"

"那就让他们先咬着！"无盐说。

"北地郡近在咫尺，李傕多半会赢。"郗虑说。

"那又如何？"无盐问。

72

"天子在李傕手里。"郗虑说。

无盐一愣,看了看旁边的范铁。

见范铁笑而不答,郗虑便说:"有个人神通广大,足智多谋,也许能帮上忙。而且,说起来也不陌生,足下要不要见见?"

"有个地方特别好谈生意,先生要不要坐坐?"

"恭敬不如从命。"郗虑拱手一笑。

2

长安东市看起来已经十分萧条,就连酒肆也关门闭户。贾诩身着便装走在商铺间的通道,步履有些沉重。想想三年前,自己也四十五岁了,竟将李傕和郭汜劝回长安,结果捅了天大的娄子。这哪像过了不惑之年做的事?造孽啊!但,为之奈何?

突然,一柄剑架在了他的脖子上。

"少侠?"贾诩回头,笑了,"这回又要劫谁?"

"你。"无盐说。

"贾诩能值几个钱?倒是几年不见,足下更加光彩照人。"见无盐杏眼圆瞪,便又说,"公然劫持朝廷命官,可是要砍脑袋的。"

"阁下这身打扮,分明是闲杂人等。这四周都是胡商,又谁来管你闲事?"酒肆的门突然开了,郗虑不慌不忙走了出来。见贾诩神色紧张,便又笑笑说:"先生放心,她不是劫人,是救人。"

"救谁?"贾诩:

"你。"郗虑说。

他们是一伙的?

贾诩看看无盐，无盐微微一笑。

"二位真是把我弄糊涂了，到底是劫还是救？"

"这可不好说。"无盐道，"盐要是掉进水里，那就没救。"

"所以呢？"贾诩问。

没有什么所以。除了跟着他们进酒肆，贾诩别无选择。当然他也知道，市面虽然萧条，暗中的交易却非常兴旺，往日自己也常到这里买酒喝。现在，范铁站在柜台里，那男孩拿根打狗棍靠在门口。贾诩死猪不怕开水烫，坐在榻上问："二位让我来，要做什么？"

"当然是喝酒。"郗虑说。

"什么酒？"贾诩问。

"九酿春酒。"

"那可是曹操家乡谯县的。"

"自从先生把配方给了董承，会酿的人很多了吧？"

"也是。那就尝尝，看看味道如何。"

郗虑从酒樽里将酒舀出，倒在三个耳杯里。

"酒钱算谁的？"贾诩又问。

"当然是你的。"无盐说。

"天底下，哪有这样请人喝酒的？"贾诩说。

"没有吗？现在有了。"郗虑说。

"不知道先生是喜欢敬，还是罚？"无盐说。

"当然是自己喝。"贾诩端起杯来喝了一口，点点头说还行，这才放下酒杯看着那两个人，"好，你们问吧！"

"天子在李傕军营，公卿在郭汜那里？"郗虑问。

"你的情报很准。"贾诩说。

"先生不觉得罪孽深重吗？"无盐说。

74

"那是。事已至此，待要如何？在这里结果了贾诩？"

"抱歉，我们不做赔本买卖。"郗虑说。

"我也只卖盐，不杀猪。"无盐说。

"如此说来，贾诩还有用？"

"当然。只有先生，跟李傕和郭汜都说得上话。"郗虑说。

"还诡计多端。"无盐说。

"如果要算旧账，那可吓死老夫了。"贾诩说。

"若能将功补过，新账旧账一笔勾销。"无盐说。

"事成之后，贾某想去哪里就去哪里？"贾诩问。

"悉听尊便。"郗虑说。

"好吧！你们想怎么样？"贾诩问。

"让天子脱离虎口。"无盐说。

"最好还能东归。"郗虑说。

"这可不是鄙人能办到的。"贾诩说。

"太尉杨彪应该可为内应。"郗虑说。

"杨太尉自己都被劫持，哪里能救天子？"贾诩摇头。

"莫非不想悔过自新？"无盐把剑放在几上。

"想想想！"贾诩赶紧点头，"帮你们就是救自己，这道理贾某再蠢也懂的。不过，少侠把那东西收起来好不好？鄙人胆小。"

"你胆小？"无盐笑了，"不会吧！"

"好好好，那就放着。"贾诩苦笑。

说完，他又看着几案上的酒问："酒钱到底算谁的？"

"那就要看你的主意如何了。"无盐说。

"你们要办的事，其实有个人能帮忙。"贾诩说。

"谁？"无盐问。

75

贾诩用手指蘸酒，在几上写了两个字。

"有道理。"郗虑连连点头，"这才真是跟李傕和郭汜，还有天子和太尉，都说得上话的。不过，计将安出？"

贾诩低头看着几上的剑，沉吟不语。

无盐收起剑，拿出一把算筹摆在几上。

"请先生筹划！"郗虑说。

"不好意思，还没有请教尊姓大名。"贾诩说。

"曹兖州属下郗虑。"

"幸会！"贾诩拱手。

3

七月初七，董贵人的册封仪式在董承的军营举行。这件事情筹划已久，时间地点也无可挑剔。李傕和郭汜思来想去，都不敢不给董承面子。结果，军营的操场变成了简易的会场，甚至朝堂。

李傕和郭汜以及被他们劫持的人质，终于坐在了一起。

还好，按照礼仪，李傕和郭汜正好面对面，旁边也都有人。李傕的左右两边是太尉杨彪和司空张喜，郭汜的是司徒赵温和董承，此外还有众多官员。所以，两个人虽然怒目相向，却不敢发作。

仪式却只能从简。尚书令贾诩宣读策命，董青和董承谢恩。按照以往的程序，下一步就该授予贵人印绶，可是现在哪有？刘协只好让董青过来，坐在旁边低矮的榻上，看着她说："委屈你了。"

"臣妾能够伺奉陛下，心满意足。"董青倒显得懂事。

贾诩见势不妙，赶紧宣布："礼成！"

"好好好，成了好！"李傕立即叫道。

"是的，恭喜恭喜！"郭汜也说。

"我君恩重如山，二位也给足了面子。"刚刚谢过恩，还站在当中的董承看着那两人，拱手问道，"但是印绶呢？在谁那里？"

"还用说？"郭汜笑了，"天子在哪，当然印绶就在哪。"

"印绶从来就归官府制作，三公和百官何在？"李傕反问。

"你想要赖？"郭汜忽的一下站了起来。

"那是你！"李傕也起身，撇了撇嘴，"盗马贼。"

"人贩子！"郭汜怒吼。

双方都走到当中，互相怒视，眼看就要拔出剑来。

"够了！"杨彪拍案而起，"你们一人劫天子，一人质公卿，是何体统？今日册封大典，又目无君上，蔑视百官，以片言之争，成千钧之怒，置纲常伦理和九五之尊于何地？简直就是乱臣贼子！"

"说什么呢？找死啊？"郭汜瞪着眼睛。

"你们连天子都不尊奉，杨彪还怕一死吗？"

郭汜立即拔出剑来："老不死的，我这就宰了你！"

李傕马上用剑挡住："轮不到你动手！"

董承也拔出剑来架在两剑之间："谁敢！"

贾诩心想，杨太尉的话不对。印绶这么大的事，怎么能说是片言之争呢？不过，他也不打算借今天这个机会为李傕和郭汜讲和，尽管天子和杨彪肯定希望这样。但，还是且慢。呵呵，且慢。于是，贾诩装作害怕的样子嚷嚷道："各位，各位！都把剑收起来不行吗？有话好说好商量。哎呀，怎么都喜欢玩这个？"

李傕、郭汜和董承互相看看，都收剑入座。

"大司马，"贾诩叫着李傕自封的官衔，"礼物呢？"

"忘了这茬。"李傕立即拍了拍手。

巫觋打扮的男女舞者和乐师小步快走上场。李傕闭上眼睛，念念有词，男女舞者开始表演巫舞。刘协似乎见怪不怪，面无表情。渠穆见杨彪双眉紧蹙，便走过来耳语："大司马笃信巫觋厌胜之术，实际上并无恶意。陛下对此早就习以为常，太尉少安毋躁。"

杨彪摇了摇头。见对面的赵温脸色铁青，正要发作，便目示不要轻举妄动。赵温只好叹口气，闭上眼睛。杨彪再看其他人，董承安之若素，贾诩一脸诡异，郭汜看着舞者脱衣服，几乎就要流口水。杨彪放下心来，决定静观其变。李傕则仍然双目紧闭，念念有词。

突然，一个人悄悄过来，在李傕耳边说了什么。

李傕大惊失色，拍案而起，喝道："停！你们下去！"

乐师和舞者赶紧退下，会场上顿时鸦雀无声。

"盗马贼！竟敢趁我不在，派兵纵火劫营！"李傕看着郭汜。

"什么纵火劫营？走火入魔了吧？"郭汜一脸懵圈。

"明人不做暗事，你装什么装？"李傕说。

"放屁！"郭汜道，"人贩子，老子装过吗？"

又一个人悄悄走进，在郭汜耳边说了什么。郭汜勃然大怒，指着李傕说道，"你贼喊捉贼！明明是你纵火，你劫营！"

"你劫营！"李傕说。

"你劫营！"郭汜说。

贾诩赶紧站在那两个人中间，说："二位，不要吵！吵，那是吵不明白的。谁劫谁营，回去看看不就清楚了吗？"

"陛下，我们走！"李傕看着刘协。

"太尉，我们走！"郭汜看着杨彪。

"慢！"董承说，"你们走，天子和公卿留下。"

"不行！天子是我的。"李傕说。

"对对！公卿是我的。"郭汜说。

"什么话！"董承说，"天子和公卿是天下的，怎么是你们的？"

"我硬要带走呢？"李傕说。

"是啊！硬要带走呢？"郭汜也说。

"朕不跟你们走，就留在这里。"刘协拍案而起，杨彪和其他官员也都立即起身，站到了皇帝和董青的身边。见李傕和郭汜还想霸王硬上弓，刘协又一声断喝："谁敢迫近至尊，不怕天谴吗？"

李傕和郭汜都被镇住，董承这才慢慢起身，看着李傕和郭汜一声冷笑："请二位想想这是谁的军营，再看看四周吧！"

那两个家伙回头望去，军队已全副武装站在营房前。

"放箭！"董承回头看看侍卫。

侍卫张弓搭箭，射出一支响箭。

响箭呼啸，将士们高呼："皇帝陛下万岁万岁万万岁！"

李傕和郭汜愣住。贾诩赶紧说："糊涂，糊涂！再不回去，军营烧光光了。"见两个家伙瞪着自己，贾诩又说："哎呀，愣什么，先回去看看嘛！说不定是误会呢？早去早回，这歌舞我还没看够。"

那两人这才互相瞪了一眼，拂袖而去。

"陛下早就想东归，诸位都知道吧？"那两个家伙一走，董承就问官员们。见官员们一齐点头，董承又躬身拱手说："机不可失，时不再来，请陛下和诸公即刻启程，这就回洛阳去。"

刘协看着太尉杨彪、司徒赵温和司空张喜，杨彪却问贾诩："他们的军营哪来的火？又是谁在劫营？文和可知？"

"太尉问这做甚？"贾诩微笑，"我也不清楚。"

"两人同时偷袭对方，可能吗？"杨彪又问。

"不可能吗?"贾诩反问。

"不好说吧?"杨彪再问。

贾诩不能当众挑明,放火并假装劫营的是郗虑和无盐。他也不能肯定,李傕和郭汜这两个没脑子的家伙,回去以后就会不由分说地先打将起来,尽管多半如此,便点头道:"是不好说。"

"如果是有人调虎离山,那么老虎还会回来。"杨彪说。

"太尉尽管放心!"董承知道自己必须说明情况了,"我早就密召河东郡白波军和南匈奴左贤王相助,此刻已在东边不远处。再加我部将士全军护驾,人多势众,胜券在握,不怕他们追来。"

"臣请陛下圣旨!"杨彪立即对刘协说。

刘协立即表态:"着右将军董承为卫将军,护朕起驾!"

"遵旨!"董承也立即说,然后吩咐左右:"拔营!"

4

兴平二年七月,刘协摆脱李傕和郭汜的控制离开长安,在杨彪和董承等人护送下,开始了东归洛阳的艰难跋涉。他们并不知道,两个月前的闰五月,曹操在定陶彻底击败吕布军,吕布和陈宫率领残部奔下邳,投靠接替陶谦担任徐州牧的刘备。陶谦既死,曹操便继续收复平定兖州,陈留太守张邈只得逃往豫州许县。到这年十二月,许县被曹操的大军包围了五个月,呼救无应,孤立无援,终于断粮。

这一天,军营与城门之间的空地上,临时搭起了棚子。棚子中间架着鼎,热气腾腾。张邈和曹操面对面,坐在灵帝时开始使用、俗称马扎的胡床上。诱人的香味从鼎里飘到棚外,两个人都不说话。

过了一会，曹操舀出一碗热汤放在张邈面前。

张邈纹丝不动。

曹操又给自己舀了碗汤，吹了吹喝下，然后说："请！"

张邈也端起碗来一口喝下，然后说："肉汤？"

"是。"曹操点头。

"还可以有吗？"

曹操夹起一块肉放在对方盘里。数步之外，张邈的亲兵眼巴巴地看着，忍不住咽口水。张邈斯斯文文吃肉，曹操安安静静看着，两人还是不说话。寒风将雪送了进来，洒在餐盘上就像是盐。

张邈吃完，看着曹操："劝降？"

曹操摇头，看着张邈："叙旧。"

"何日破城？"

"随时皆可。"

"城中百姓无辜。"

"这个曹操明白。"

"你知道我绝不会降？"

"人生得一知己不易。"

"谢谢你请我吃饭。"

"谢谢你屈尊赏脸。"

两人一齐拱手。曹操起身，礼送张邈出棚。张邈带着亲兵，步履沉重地往回走。快到城门时，却突然听见响声。他们一齐回头，只见几十辆小车从曹营推出，停在阵地前，车上的大木桶冒着热气。曹军齐声呐喊："许县的弟兄们出来喝粥吧！曹兖州绝不杀降！"

张邈拔出剑来，却又不知所措。

城门洞开，饥寒交迫的人们蜂拥而出。

张邈收剑入鞘，对亲兵们说："你们不用再跟着我了。"

亲兵们你看看我，我看看你，犹豫，纠结。城里饿疯了士兵已经冲了过来，排山倒海。亲兵大惊失色，犹豫片刻便掉头就跑。

张邈笔挺地站着，等待被海浪般的人群淹没。

回到望楼的曹操迎着寒风远眺，突然闭目，泪下。

5

转眼就到了第二年的四月。阡陌纵横的农田里，麦浪滚滚，一望无际。风轻云淡，曹操在众人的陪同下边走边看，十六岁的狗儿跟在他后面东张西望。看着庄稼长势喜人，今年丰收在望，曹洪兴高采烈地说："狗儿，以后不用吃蛇了，还有足够的老鼠给蛇吃。"

"其实蛇肉的味道也不错。"狗儿说。

曹洪伸出手去摸了摸狗儿的脸："是吗？没有啊！"

"没有什么？"

"蜕皮。"

"蜕什么皮？"狗儿反应过来，"未必蛇吃多了就变成蛇？"

"有这说法。"曹洪一本正经。

"天底下哪有蛇吃蛇的。"狗儿撇了撇嘴。

"确实，"曹洪点了点头，"只有狗咬狗。"

"狗咬狗？"见狗儿瞪着眼睛看曹洪，曹操突然问道，"刚才我们路过屯里，听见狗叫了吗？"

众人全都愣住，又互相看看。

"没有。"狗儿肯定地说。

"你们再看，"曹操说，"地里有干活的人吗？"

大家这才意识到有问题，开始认真张望察看。

果然，田间只见庄稼，没有农夫。

"狗也不叫，人也不见，不奇怪吗？"曹操问。

众人面面相觑，曹洪变了脸色："这里怕是出事了。"

话音刚落，马蹄声疾，代署许县县令满宠匆匆忙忙地赶来，见了曹操滚鞍下马，就要行礼。曹操赶紧拦住说："免了，免了！伯宁来得正好。你说，地里干活的人呢？都到哪里去了？"

"跑了。"满宠说。

"逃亡？这里谁在管事？"

"屯田都尉枣祗。"满宠答。

"对啊，是他，他怎么没来？"

"被人告了。"满宠答。

"谁？"

"治中从事毛玠。"

"怎么可能？"曹操说。

"说来话长。"满宠答。

"文若呢？"曹操又问，"文若先生怎么说？"

"别驾荀彧避嫌。"满宠答。

见满宠连名带姓又称官衔，一副公事公办的口气，曹操感到不可思议。去年从咸城回来，荀彧就跟他说，青州黄巾军其实七成以上是家属，还带着农具和耕牛，就像移动的村落。所以他们走不快，我们也很难尽灭之。因此有人建议，战乱时期无主良田很多，倒不如分给他们耕种。这样既能安抚他们，又能足我军粮，两全其美。

屯田？这办法好。谁的主意？

83

荀彧说，东阿县令枣祗，字文恭。

他啊！曹操想起，这次兖州五郡三王国皆反，岿然不动的只有三个县，其中之一便是枣祗坚守的东阿。他又想起，治中从事毛玠早就提出主张，兵义者胜，守位以财，应该奉天子以令不臣，修耕织而蓄军资。不过毛玠只有方针，枣祗却还有方案。所以，夺得许县后曹操便立即调东阿县令枣祗改任屯田都尉，雷厉风行地实施屯田。

但，毛玠怎么会告了枣祗？

种田的人又怎么会跑了？

"一言难尽。"满宠道。

"长话短说。"曹操说。

"还是快回县寺吧，"满宠说，"天使已到本县。"

6

冀州牧衙署大堂已经被重新装修，显得高雅华贵，屏风上却依然挂着天下形势图。去年七月，天子离开西京，本已反目为仇的李傕和郭汜又重新狼狈为奸。由于卫将军董承请来护驾的白波军和南匈奴本在河东郡，因此天子只好渡河北上，避贼锋芒。两贼穷追不舍，扎营陕县。天子被困安邑，动弹不得，此刻只好派特使到四处，发诏敦促各州勤王。袁绍召集会议，就是要征求意见，看看如何应对。

"这还用问，当然奉诏。"首席谋士沮授说。

"奉诏？公与看看自己的图。"谋士逢纪叫着沮授的字，起身走到图前，用手指着说，"诸位，天子可是在安邑啊！难道要我们长途跋涉到这里，然后再折回来往东南方向走，送到洛阳？"

"不！接来邺城。"沮授说。

"长住还是短住？"逢纪问。

"当然长住。"沮授说。

"都邺？"逢纪又问。

"正是。"沮授看着袁绍，"六年前我就说，明公众望所归，理应效法齐桓和晋文，尊王攘夷，安邦定国。苟如此，则光宗耀祖，千古流芳。"见逢纪想说什么，沮授又叫着他的字说："元图别急。我确实说过，迎大驾于西京，复宗庙于洛邑。但此一时也，彼一时也。当时车骑新得冀州，只能作如此想。可是诸位说，现在如何？"

所有人都不说话。的确，六年来，袁绍在北方攻城略地，实际已经拥有冀州和并州、幽州、青州的大部分。于是沮授说："如今据四州之地，拥百万之众，无人可与争锋。大汉之都，不该在邺城吗？"

"定都邺城，有什么好处？"逢纪问。

"天子在此。"沮授说。

"那又如何？"逢纪又问。

"那就可以……"

大家都看着沮授。

沮授一字一顿地说："挟天子而令诸侯。"

这话分量很重，大堂里鸦雀无声。

"公与所言甚是。"谋士田丰首先打破沉默。接着他又说："而且还应该加上一句——畜士马以讨不庭。"

"元皓所言极是。"沮授叫着田丰的字说。

"挟天子而令诸侯，畜士马以讨不庭？"袁绍问。

"正是。此则齐桓晋文之霸业也。"沮授点头，"天子下诏，可谓正当其时。此事宜早不宜迟。机不可失，功在速捷。"

"不好！"见袁绍似乎有点动心，坐在田丰旁边的谋士郭图立即表示反对，"尊王攘夷，固所宜也，但是现在哪有夷？齐桓晋文，也没有把天子接到自己的都邑吧？公与所议，史无前例。"

"公则，"沮授叫着郭图的字说，"开天辟地，还怕破例？"

"那么请问，天子的诏书，有都邺之意吗？"郭图问。

沮授无法回答。

"那就不是奉迎，是劫持。"郭图哼哼，"该当何罪？"

"公则，都邺之前，自然要奏请。"田丰说。

"奏请？"郭图冷笑，"要是天子不准呢？绑架？"

田丰也无言以对。

"还有，迎来以后，是当他天子呢，还是不当？"郭图又问。

"请问，当又如何，不又怎样？"沮授反问。

"当他是天子，就得事事奏请。奏请之后，听他的吧，谁知道他是何主张。不听，又有违旨抗命之嫌。划算吗？"郭图说。

"公则多虑，"许攸说，"敬而远之可也！"

"那又何必迎他？"郭图问。

"也是。"许攸愣住，也无话可说。

"何况当今天子乃董卓所立，并无人望，迎他做甚？"郭图干脆把话挑明，"汉室衰微，已非一日，其实不可匡复。请问，各路诸侯有勤王的吗？没有。无不在扩充实力，准备逐鹿中原。"

"不奉当今天子，另立刘虞不成？可惜被公孙瓒杀了。"沮授说。

郭图也无言以对。

袁绍的脸色立即变得很难看。众谋士交头接耳，议论纷纷。只有郭嘉在玩押飞碗的游戏。他把木碗扣在几上，掀开来，里面出现一只果核。再扣上，再掀开来，里面三只果核。如此反复变化。

"天子不能没有，但不可另立，也不可奉迎。"

见场面尴尬，谋士审配马上出面调和。

"那又该如何？"又一个谋士辛评问。

"遥尊。"审配说。

这个说法好，袁绍很满意。见其他人都沉默，郭嘉还在玩押飞碗的游戏，便叫着他的字问："奉孝，你怎么看？"

郭嘉正把木碗扣在果核上，抬起头来说："啊！问我吗？"

然后把碗掀开，下面空空如也。

众人都把这理解为占卜。

"那就遥尊，不议了！"袁绍拍板。

"只是，如何回答天使？"审配问。

"就说兹事体大，且山高路远，须谋定而动。"许攸说。

"谋不定则不动。永远谋不定，永远不动？"辛评问。

"正是！"许攸说。

"什么话！"袁绍横了许攸一眼，许攸的笑容立即凝固。袁绍自己也发现有点过分，便缓缓语气，轻声说道："改一个字吧！"

"怎么改？"审配问。

"谋定即动。"袁绍说。

"哈哈，一字之差，天壤之别，老夫佩服！"当天晚上，天使韩融听了这个故事，哈哈大笑。韩融今年七十岁，官任太仆，是中二千石的九卿之一。由于他是颍川舞阳人，郭图、辛评和郭嘉三个颍川乡党便请他吃饭。酒过三巡，忽然想起韩馥也是颍川人，不禁感慨。韩融见郭图等人有些尴尬，赶紧打圆场说："唉，乱世嘛，也只能各人好自为之。胡昭不仕，钟繇在朝，徐庶和陈群依了刘备，杜袭和赵俨避乱荆州，你们在这里，荀彧和枣祗却跟着曹操。人各有志，哈哈！"

"老前辈也知道枣文恭？"郭图问。

"有所耳闻。"韩融说。

郭图点了点头，又看辛评。

"怎么，袁冀州对他有意？"韩融问。

"诚然。"郭图说，"但不知肯不肯来。"

"问奉孝嘛！"韩融说，"他料事如神。"

辛评和郭图都看郭嘉。

郭嘉把木碗扣在一个果核上，再掀开来，下面空空如也。

"什么意思？"辛评皱着眉头，"来，还是不来？"

"是啊！谁会落空？"郭图也问，"冀州，还是兖州？"

郭嘉又把木碗扣在几上，再掀开来，下面三个果核。

韩融意味深长地笑了："哈哈！有意思，很有意思！"

7

天使周忠到达许县的三天之后，狗儿扮作商贩到了桐丘城。桐丘在许县东北，跟咸城一样古老，春秋时期郑文公曾经在此避难，此刻属于兖州陈留郡的扶沟县。时值青黄不接，市中人流不多。闲杂人等都聚在一片空旷处，看一个农夫模样的卖艺人表演杂耍。那汉子左肘上下翻弄着陶瓶，右手用木剑挑起泥丸，扔进了瓶中。

"好！"众人一齐喝彩。

"各位乡亲，赏点小钱吧，给点吃的也好。"卖艺人拱手。

围观群众都没有任何表示，也不走。

"我们父女二人，确实好几天没饭吃了。"卖艺人跪下。

"两个人出来卖艺，总不能只有这两下子。"

一个闲汉模样的人说。

"是啊，是啊！"围观群众说。

"各位父老，我小女都饿得动不了啦！"

"那就散了，散了，散了！"闲汉说。

说完，不怀好意地看着卖艺人身后十三四岁的女孩。

"卖不了艺，也可以卖人。"一个地痞模样的人说。

"哈哈，也是。"那闲汉马上说。

卖艺人站了起来，双拳紧握，怒目圆瞪。女孩却转过身，从包袱里拿出绳子，走到树下。卖艺人叹了口气，问："儿，行吗？"

"行！"女孩咬了咬牙。

两棵树之间吊起了绳子，狗儿和围观群众都睁大了眼睛。爬上树的女孩小心翼翼地探出一步，然后开始表演空中行走，每一步都走得狗儿心惊胆战。终于，她走到了另一棵树的树杈前，一把抱住树枝。

"好！"众人又一齐喝彩。

"各位，多少赏点吧！"卖艺人拱手。

"且慢！"闲汉说，"欺负我们没见过世面吗？"见卖艺人诧异地看着自己，那家伙撇了撇嘴，"不能光是走，还得倒立吧？"

"这位大兄说的是，"卖艺人道，"不过……"

"怎么，演不了吗？那还摆什么场子？"闲汉说。

"大兄，我女儿实在饿得没力气了，各位能不能先给点吃的？"

"没本事就不要出来混，卖不了艺就卖人。"地痞说。

卖艺人一声长叹，眼泪几乎就要掉下来。

旁观的狗儿看不下去，从人群中走出。

"哟，来了位仁人，莫非有赏？"地痞看着狗儿。

狗儿摸摸身上，却发现什么都没带，面红耳赤。

"没钱没吃的，你他妈的就少管闲事！"地痞嗤之以鼻。

混账东西，欺人太甚！狗儿满脸通红，双拳紧握，却想起曹操的交代：你此番出去，只可明察暗访，不可多管闲事，便只好将一口气咽下去。女孩却在树上有气无力地说："我再来一次就是。"

"且慢！"闲汉说，"按照规矩，绳子下面还得竖着刀剑。"

"大兄，"卖艺人说，"刀剑是违禁品，小人哪敢随身携带。"

"没有替代的吗？别以为老子不懂行。"闲汉说。

卖艺人无奈，只好从包袱里拿出几根两头削尖的竹子，插在地上。

"这还差不多。"闲汉说。

"走吧！"地痞说。

女孩回到绳子上开始走，摇摇晃晃。

狗儿走了过去，紧张地看着那女孩。

女孩终于走到了绳子当中。

闲汉大喊："倒立！"

地痞也喊："倒立！"

女孩翻身倒立，众人一齐喝彩，女孩却掉了下来。狗儿眼明手快飞身上前一把接住，又一起倒在了竹桩上。

人群中爆发出惊叫，卖艺人呆若木鸡。

狗儿忍痛挺身而起，怀中的女孩却已经晕了过去。

"出人命了，出人命了！"闲汉幸灾乐祸地喊。

"对，正是这小子弄死的。"地痞也趁机起哄。

"你不是没钱吗？要他偿命。"闲汉看着卖艺人说。

"我们帮你打官司，"地痞说，"赢来的钱三七开，怎么样？"

卖艺人被他们蛊惑，两眼圆瞪，向狗儿走去。

"且慢!"人群中传来声音,几个商贩模样的人走了出来,为首的是个女子。狗儿认出是无盐,赶紧将抱着的女孩交过去。无盐接过来搂在怀里,先摸了摸脉,然后说:"谁说出人命了? 水!"

范铁将水壶递了过来。

"哪来这么个多管闲事的?"那地痞大怒,对卖艺人说,"汉子你不要理她! 就算你女儿没死,那小子刚才也非礼了,告官!"

"非礼?"无盐问。

"是啊,"闲汉说,"男女授受不亲,他抱什么抱?"

"怎么,不在乎这个?"地痞看着无盐说。

"看来你们两个不但心坏,眼睛也不好使。"无盐冷笑,然后吩咐随从,"帮他们看得明白点!"

话音刚落,地痞和闲汉便被扔到了树上,人群中爆发出惊叫。

"你这人怎么不识好歹?"无盐已经找到一处地方坐下,给女孩喂了水,女孩也醒了过来。于是,她看着卖艺人说:"刚才若不是这位少年,你女儿可真是没命了。看看他的背,全是血。"

卖艺人扑通跪下,却不知该如何称呼。

"这是我们宗主。"无盐的随从说。

"宗主! 小人也是被逼无奈。她母亲,已经饿死了。"

说完,卖艺人泪如雨下。

"你从哪里来?"无盐问。

"许县。"卖艺人答。

"在那里以何为生?"

"屯田。"

"不是丰收在望吗? 怎么还要逃出来?"

"小人不敢多嘴。"

"好吧！你既然谋生不易，这孩子交我收养，如何？"

"那是她的福分。"卖艺人磕下头去。见无盐点头，这才看着女孩哽咽说道："儿啊，我养不活你，跟着这位宗主好人家吧！"

女孩看了卖艺人一眼，又晕了过去。

范铁走了过来，抱起女孩。无盐也起身，看着狗儿说："回去告诉你们曹兖州，最好亲自来看看他的德政。"说完掉头就走。

狗儿四下看看，忽然一声大喝："亭长何在？"

"我就是。你是什么人？"小吏模样的人从人群中走出。

"认得这个吗？"狗儿掏出符传。见亭长立即改变态度，便指着卖艺人说："把他给我看住了，我这就回去复命。"又看看树上的闲汉和地痞，点点头道："他们两个，就留在那里好了。"

8

派狗儿四处查访之前，曹操就已经弄清了情况。毛玠与枣祗之争在于佃科，也就是屯民如何缴纳租粮。毛玠主张计牛输谷。农户租用多少耕牛，就交多少粮。枣祗却主张分田之术，按照农户租用的耕地数量来计算。不过屯田之初定的是计牛输谷，且已公之于众。枣祗却以屯田都尉的名义宣布改为分田之术，所以毛玠告他目无法纪。正好在这时，郭图从邺城来信，转达了袁绍的仰慕之情。枣祗立即将来信交给代署许县的山阳人满宠，同为颍川人的荀彧也申请回避。

听完满宠的报告，曹操一则以喜，一则以忧。喜的是毛玠与枣祗并无私愤，荀彧与满宠也都处以公心。这就好，应该表彰。过于看重郡望却是当今士林陋习，必须要改。许县就在颍川，难道本地人都要

92

避嫌？简直可笑！不过当务之急，却是解决佃科问题，让逃亡的屯民尽快回到田间。因此，听了狗儿讲述的故事，曹操便留下荀彧和郗虑陪同天使周忠下棋，自己带着毛玠和枣祗等人到了桐丘城。

坐而论道，不如起而行之。曹操这样对他们说。

此刻，曹操坐在胡床上，狗儿和许褚站在两边。卖艺人站在曹操面前，闲汉和地痞五花大绑跪在后面，亭长叉手而立，不远处是围观群众。由于桐丘城在扶沟县，曹操便让代署扶沟县令徐奕来审。徐奕先让那卖艺人确认，自己是否见过兖州牧旁边的这位，然后又让他把昨天的事情再说一遍。卖艺人从容说来，与狗儿所言无误。

"你刚才说的，可是实话？"徐奕问。

"句句是实，不敢欺官。"卖艺人答。

"你说本在许县屯田，也是真的？"徐奕又问。

"是。"卖艺人答。

"眼看丰收在望，为什么要逃亡到这里？"徐奕再问。

"因为今年的收成就算全都交出去，也不够官家的征收。小人们不但没有吃的，还要受罚。所以逃出来的，并不止小人一家。"

围观群众中有不少人暗暗点头，还有人抹眼泪。

曹操点点头，侧过脸来看看枣祗，又看毛玠。

"一派胡言！"毛玠说，"此事有诈！"

有诈？狗儿大吃一惊，紧张地瞪着眼睛。徐奕却十分平静，叫着毛玠的官衔问道："敢问治中从事，何以见得有诈？"

"你那手艺，可以让我们见识见识吗？"毛玠看着卖艺人问。

卖艺人犹豫了一下，从包袱里拿出道具，开始表演。他先将陶瓶轻轻抛起，再用左肘接住，上下翻弄着，同时还踏着舞步。舞到酣畅淋漓时，右手握住的木剑挑起泥丸，准确无误地扔进了瓶中。

"好!"众人不禁喝彩。

"果然好手段!"毛玠一声冷笑,又看着在场的人说,"此人刚才所演本是百戏之一,名叫弄瓶。这种手艺,只有以此为业、闯荡江湖的才会。他女儿的空中行走,名叫履索,难度更大,非从小训练而不能为。这两个人,怎么可能是在许县务农的?"说到这里,毛玠转身恶狠狠地看着卖艺人:"说!你是什么人派来的奸细?"

所有人的目光,都聚焦到那汉子身上。

"这位官长的眼力果然了得。"卖艺人看着毛玠点了点头,"小人确实原本是闯荡江湖卖艺的。就连那女子也不是小人亲生,是同门的孩子。她的生父被杀了,生母饿死了,我们卖艺的班子也散了。小人带着那孩子流落到许县,正好赶上屯田,便被官府抓进屯里。"

"有这种事?"徐奕看看枣祗。

"可能有。"枣祗苦笑,"因为本地农夫凑不够数。"

见徐奕满脸疑惑,曹操便让枣祗给大家解释。枣祗便说:"屯田的紧要之处,不在田而在屯。以往,不管土地是自家的,还是地主那里租来的,农户都是自耕。人家散居,地也不连成一片。如今却是劳作也集中在成片的地里,居住也集中在屯里,所以叫屯田。"

"原来如此。"徐奕说,"但,为什么地和人都要集中呢?"

"也有两个原因。"枣祗说,"首先,这些土地原本在战乱中失去了业主,收归公有之后自然连成一片。何况屯田的缘起,也因为收编的青州黄巾军,七成以上是家属,还携带着农具和耕牛。那些人本来就随军住在营里,当然集中。"

"随军家属不是老人,就是妇女,能行吗?"徐奕问。

"士兵也在屯里,忙时务农,闲时训练,战时出征。"

"亦军亦民?"徐奕又问。

"对！这就是军屯。"

"他们又是怎么回事？"徐奕指着卖艺人再问。

"无主农田太多，军屯耕种不完。"枣祗说，"何况还有大量无业游民需要安置，否则必起动乱。相反，将无家可归之人，置于无人耕种之地，则可人尽其才，地尽其利，还能稳定地方，维持治安。"

"嗯，流民变为屯民，便不会变成流寇。"徐奕点头。

"所以军屯之外，又有民屯。"枣祗说。

"民屯也是集中居住和劳作？"徐奕问。

"当然。军屯六十人为一营，民屯五十为一屯。不过，军屯可以自然成营，民屯却只能东拼西凑。够不了数，便难免有强征。"

"一定要够数吗？"

"不够五十人，就不成其为屯。"

"不成屯又如何？"

"没法管。"

"少设几屯呢？"

"无主农田多，军粮需求大，就连总屯数……"说到这里，枣祗苦笑了一下，"其实也不敢太少。"

徐奕恍然大悟，拱手说道："受教！"

枣祗点了点头，也说："当然，强征不妥。"

"你们逃亡，是因为不肯被强征吗？"徐奕又问卖艺人。

卖艺人犹豫了一下，决定实话实说，便回道："像小人这样没屋住没饭吃的，倒也乐意。可是，我们没有耕牛啊！只能向军屯租。租就租吧！反正交了地租，还能剩些粮食。没想到，官府收粮不按田亩按牛数，等于一头牛要付两份租，哪里负担得起？"

"重复收租是不合理，也不至于跑吧？"徐奕皱了皱眉。

"正是！"毛玠说，"为什么要跑？"

"官长！"卖艺人急了，"官府只说计牛输谷，可没说清一头牛收多少，要是两下里加起来交不起呢？再说这会儿青黄不接，我们只能向军屯借粮。这利滚利的，谁知道又有多少？交不起就得挨打。官府惹不起，军屯也惹不起，可不只有跑路？"

"你怎么知道就交不起？"毛玠又问。

"听说屯田都尉被人告了，军屯的牛不管以前租没租过，都赶进了我们屯里。这不明摆着牛租不会低吗？"卖艺人跪下痛哭，"我们是怕啊！要不然，眼看到口的粮食，谁舍得丢？"

围观群众中也立即跪下了一片。

毛玠等人都没想到实情会是这样，个个面面相觑。

曹操却看着枣祗问："文恭，军屯有人逃亡吗？"

"没有，也不会。"枣祗说，"他们日常衣食都由公家供给，温饱不成问题。所获当然也都归公，用不着想如何交粮，何必要跑。"

"那又为什么要向民屯收牛租？"曹操问。

"额外再弄点私房钱，改善小日子。"枣祗如实回答。见曹操陷入沉思，便又苦笑道："说来也是人之常情。"

曹操当然知道这话有难言之隐，也知道屯田初兴，难免会有不足之处。至少，缴纳租粮应该按耕牛算，还是按耕地算，便是一个必须解决的问题，于是明知故问道："军屯的主力是青州兵？"

"是。"枣祗答。

"孝先，你看他们能改吗？"曹操又问毛玠。

毛玠摇了摇头，实话实说："难。"

"计牛输谷呢？"曹操再问。

"看来确有计虑不周之处。"毛玠点头。

"文恭，你的分田之术又怎么说？"曹操又看枣祗。

"论耕地不论耕牛。"枣祗明确回答，"地租也不设定数，全部都按照当年收成对半分，租用了官牛的则官六民四。租谁的牛，那一成就归谁，也无论牛主是县里还是军屯。"

"不论丰歉？"曹操问。

"不论。"枣祗说。

"丰收了自然皆大欢喜，遇到灾年呢？"曹操又问。

枣祗一声长叹："也只好共克时艰。"

曹操又看那卖艺人："尔等可愿意？"

"请使君问乡亲们。"卖艺人说。

"我等求之不得。"逃亡的屯民纷纷跪下，异口同声。曹操再看那卖艺人，卖艺人欲言又止，曹操便让他站起回话。卖艺人起身，鼓起勇气说："小人已不成户，也不大会种田，请恩准重操旧业。"

"我看你见过世面，又能说会道，"曹操说，"就派你在屯田都尉手下当差，将逃亡屯民尽快召回，让分田之术家喻户晓，如何？"

"使君抬举，敢不遵命，只是……"卖艺人吞吞吐吐。

"但说无妨。"曹操看着他。

"能不能把那分田之术编成歌谣传唱？"

"怎么说？"

"公家地，安尔身。收了粮，对半分。"

"好好好！"曹操大笑，"谁都听得懂，记得住，就这么说！"

又问："你这汉子，姓甚名谁？"

"贱名不足让使君听闻。"卖艺人说。

曹操看了他一眼，起身走到闲汉和地痞面前问："可知罪？"

"小人再也不敢！再也不敢！"闲汉和地痞磕头如捣蒜。

"这两个人以后归你差遣!"曹操又看卖艺人。

啊?卖艺人目瞪口呆。

"仲康,鞭子!"曹操吩咐许褚,许褚将马鞭交给那卖艺人。曹操又说:"不听话,就抽!现在就各抽两鞭,看他们长不长记性。"

卖艺人扬起马鞭,狠狠地抽去。

闲汉和地痞鬼哭狼嚎。

"从今往后,不许再有吃闲饭和欺负人的,都记住了吗?"

"遵命!"应答之声响彻云霄。

9

听说护驾的南匈奴索要宫女,十六岁的皇帝不禁震怒。但是变成行宫的河东太守府大堂里,群臣却都低头不语。刘协醒悟过来,知道发火并没有用,便看着叉手站在面前的汉匈联络官、加宜义将军衔的贾诩,叹了口气说:"好吧!到底怎么回事?"

"臣只是传话的,并不知根底。"贾诩低头回答。

"他们总有个说法,有个起因。"刘协说。

"是。"贾诩突然跪下来,"陛下有福,董承有功,臣有罪。"

所有人都莫名其妙,面面相觑。

"卿何罪之有?"刘协哭笑不得。

贾诩却不回答,只是磕下头去。

"请起!"刘协苦笑一下,"恕你无罪,说吧!"

大堂里鸦雀无声,贾诩站了起来,满脸诚恳地说:"当初,若非臣一时糊涂,后来又哪有李傕和郭汜之乱?幸亏陛下得天独厚,卫将军董承力挽狂澜，请来白波军和南匈奴护驾，这才转危为安，得以驻跸安邑。所以说，陛下有福，董承有功，臣有罪。"

"你说的这些，与他们索要宫女有何相干？"刘协问。

贾诩这才问董承："当时将军可有许诺？"

董承愣了一下，然后回答："有。要不然，哪里搬得动？"

"许诺什么？"贾诩又问。

"加官晋爵。"

"没有许诺宫女？"贾诩再问。

"没有！怎么会？"董承断然否定，脸却红了。

"那就是他们信口雌黄。"贾诩点了点头，也不顾杨彪投来狐疑的眼光，接着又补充一句，"胡人嘛，当然胡说。"

董承的脸色立即恢复正常。

刘协皱了皱眉，看着杨彪说："太尉？"

杨彪看看渠穆，渠穆面无表情。杨彪只好回答说："既然没有许诺宫女，当然不能准其所请，只能封赏。但，那人官居左贤王，在匈奴已经位极人臣，请问又如何加官晋爵？难道册封单于不成？"

"封无可封，赏无可赏？"刘协问。听杨彪回答是，刘协便看着贾诩说："你再去一趟，好言相劝，要朕下恩诏表彰也行。"

"臣不敢奉诏！"贾诩又跪下。

"何故？"刘协问。

"左贤王有言在先，若不能如愿以偿，就撤军。"

"撤就撤！"刘协说。

"李傕和郭汜正在南岸招兵买马，据说很快就要打过来了。"

刘协几乎就要晕倒。

"太尉仁智，想个变通之计吧！"渠穆说。

杨彪又叹口气，说："也只能授以汉官名衔，以示恩宠。"

"什么名衔？"刘协问。

"骠骑将军，金印紫绶。"

当然准奏。不过，走出河东太守府，杨彪却叫住贾诩问："南匈奴护驾到此已经四个月，一向安静，今天怎么会？"

"不知。"贾诩说。

"奇怪！太奇怪了！"杨彪说。

"太尉，"贾诩躬身拱手，"诩还有使命。"

"文和，"杨彪赶紧拉住，"务请用心周旋。因为就连……"

贾诩看着杨彪，等待下文。

杨彪满脸苦笑："就连那金印紫绶，现在也拿不出来。"

"明白！"贾诩叹了口气，回答。

10

"大汉天子封我骠骑将军？"

南匈奴大帐里，人挤得满满当当。部将兵丁有的鼻青脸肿，有的满脸怒容，有的横眉竖眼。左贤王身着直襟外衣、长裤和皮靴，腰间革带上的黄金环扣闪闪发光。久居汉地，他当然知道骠骑将军是级别最高的军职之一，地位仅次于大将军，排名在袁绍自称的车骑将军和董承担任的卫将军前面。但他看着贾诩，脸上却并无表情。

"是。骠骑位比三公，足见依凭之重。"贾诩说。

"金印紫绶呢？带来了吗？"左贤王又问。

"如此贵重的物件，哪有现成的？得专门制作。"

"在这里做吗?"左贤王再问。

"岂敢因陋就简,恐怕得还都洛阳以后。"

果然如此,洛阳。

匈奴分南北,由来已久,南匈奴则向来亲汉附汉。东汉光武帝的时候,他们建王庭于吕布的家乡五原,表示俯首称臣,被安置在河套地区。汉灵帝驾崩后,南匈奴与黄巾余部白波军合兵南下,进入司隶校尉部,最后滞留河东郡,被董承请来护驾。看样子,大汉天子还有靠他们护驾还都的意思。于是左贤王问:"洛阳?很好玩吗?"

"不好玩。园林都被董卓烧了。"贾诩说。

"财宝很多吗?"左贤王又问。

"没有,都被董卓抢了。"贾诩答。

"那么,我为什么要去?"左贤王再问。

"也可以不去。"贾诩说。

"这么说,也可以走?"

"不可以走。"

"怎么就不可以?"

"虎头蛇尾,有损贤王英名。"

"哈哈!那我问你,骠骑将军的头衔,对我有意思吗?"

"没意思。"

"对我手下的弟兄们,有意思吗?"

"也没意思。"

"那我为什么还要受封?"

"不受封,更没意思。"

"你这人倒实诚。"左贤王笑了。

"不敢巧言令色,那样对不起贤王,也对不起自己。"

"那好！"左贤王说，"不受封，也不撤军，如何？"

"贾诩岂敢妄言好歹？这就回去禀告天子。"

"如此甚好！"左贤王又说，"不过小曲嘛，还是要唱的。"

围在旁边的南匈奴部将兵丁立即尖叫哄笑起来。

"啊？"贾诩吓了一跳，暗自心惊。

11

贾诩回到河东太守府复命时，刘协已经与董青用过晚膳。席间他问董青，今天是否有宫女出去，董青回答没有。又问她父亲有没有向南匈奴许诺过宫女，董青神色慌乱地说不知。倒是杨彪，赶过来报告说河东太守王邑调的粮，被白波军扣押截留。因为南匈奴受封，他们不服。说来这也并非无理取闹，刘协只好接受杨彪的建议，封白波军渠帅为银印青绶的征东将军，希望能够息事宁人。

但此刻，事情好像越闹越大了。

"外面喧哗不已的，是白波军吗？"刘协问。

"不是，"杨彪说，"他们的渠帅愿意受封。"

"那就好！"刘协松了口气。

"但是要见到印绶，才肯交粮。"杨彪苦笑。

"太尉，想想办法吧！"刘协轻轻叹气。

"遵旨！"杨彪躬身拱手。

"左贤王怎么说？"刘协又问。

"拒不受封。"贾诩答。

所有人都一愣。

"不过，也暂不撤军。"贾诩又说。

"那他们待要如何？"刘协问。

"唱小曲。"贾诩说，"此刻，就在唱。"

果然，歌声清晰地传进了河东太守府大堂——

秋月炎炎春风烈，

冬雷震震夏雨雪，

山岳无陵江水竭，

天崩地裂，

乃敢与君绝！

实际上，南匈奴军队已经将行宫团团围住。他们燃起篝火，架起钟鼓，吹起管乐，跳起粗犷有力的舞蹈，并且齐声高唱着根据《鼓吹曲辞》之《上邪》和《有所思》改写的歌曲。歌曲表现了对所爱之人的执着追求，以及不计生死的坚贞决绝。因为流行于军中，由将士们传唱，所以虽然是情歌，却可以也应该唱得铿锵有力。

他们纵情地唱着，声音一浪高过一浪。

"这是唱的什么？"刘协问。

"大汉军歌，也是情歌。"贾诩回答，然后又向皇帝解释，"千里从军，背井离乡，生死未卜，唯此可以缓解心中之苦。"

"此刻来唱，什么意思？"刘协问。

"要女人，要自己想的女人，还非要不可。"贾诩回答，"请陛下想想那歌词吧，冬天哪有雷？夏日哪有雪？秋月岂能炎炎？春风岂能烈烈？山岳岂能无陵？江水又岂能枯竭？天崩地裂就更不可能。意思很清楚，就是不管不顾，志在必得。"

"难道真要朕的宫女?"刘协又问。

"恐怕是。"贾诩说,"要不然,怎么不唱匈奴的,唱大汉的?"

刘协拔出剑来,喝道:"羽林军何在?"

杨彪眉毛一挑,董承大吃一惊。他们俩都看着渠穆,渠穆则看着贾诩,贾诩却不紧不慢地问:"陛下召羽林军何为?"

"杀了外面那帮逼宫的家伙!"

"逼宫?"贾诩说,"他们只要女人,不要皇位。"

"陛下,"渠穆说,"这话言之有理。"

"正是。"董承说,"宫女不算什么。"

"依了他们,体统何在,体面何存?"刘协说。

董承无言以对,刘协又说:"常侍,召羽林军!"

"遵旨!"渠穆回答,却并不动身。刘协奇怪,贾诩又说:"启禀陛下!羽林军如果可用,南匈奴怎么进得了城?"

刘协猛醒,看着渠穆:"怎么,羽林军与他们有勾结?"

"没有。"渠穆摇头,"肯定没有。"

"陛下放心!"见皇帝转眼看着自己,贾诩说,"据臣所知,不但没有勾结,今天上午好像还打了一架。"

"那么,南匈奴进城,他们为什么不拦?"刘协问。

"这个,"渠穆吞吞吐吐,"还不太清楚。"

"那就查!查个水落石出!"刘协说。

"陛下!"刘协话音刚落,董承便扑通跪下喊道。刘协和其他人都奇怪地看着他,贾诩更是微微一笑,差点就要问他这是怎么了。董承自知失态,赶紧解释说:"当务之急,不是查案,而是解围。"

"卫将军莫非有办法?"

贾诩躬身问道,脸上依然微笑。

12

董承的办法是李代桃僵，还说自己未雨绸缪，已经让部将征集了若干民女，可以替代宫人。杨彪不以为然，却又无计可施，只好喟然长叹。刘协也收剑入鞘，有气无力地准奏。渠穆则表示，眼看天就要热了，单衣还是有的。贾诩什么都没说，请旨之后便上瞭望楼。

可惜，董承弄来的假宫女根本无法滥竽充数，反倒很快就被验明正身——她们高矮胖瘦不一，衣服也不合体，全都哆哆嗦嗦。要她们跳舞，歪七扭八完全跟不上节拍。开口唱歌，又个个五音不全。再问今天是否到过河边，则都摇头。南匈奴人勃然大怒。等到护送假宫女的小宦官连滚带爬回来报告，贾诩也从望楼下来，请皇帝随他上楼去看看时，南匈奴兵已经骑在马上举着火把绕墙狂奔，边跑边喊。

刘协等人登上望楼，那些人便停了下来，驻足唱歌：

春季里来，花儿满山头。

山头下面，沟水东西流。

妹坐沟前问流水，

哥在山间哪条沟？

唱完，他们放肆地大笑，然后大声呐喊。

董承与董青面如土色，杨彪与渠穆面面相觑。

刘协反倒沉着，轻声问贾诩："他们喊些什么？"

"我们要唱歌的，我们要唱歌的！"贾诩回答。

"唱歌的？什么唱歌的？他们又唱的什么？"刘协问。

"陛下，"贾诩说，"还是换个地方再说为好。"

回到河东太守府的大堂，歌声和笑声依然清晰地传了进来。刘协坐在正中双眉紧锁，渠穆站在旁边低头不语，董承脸色铁青，杨彪则看着贾诩。贾诩点点头，问董青："他们唱的，贵人听过吧？"

董青牙关紧咬，一言不发。

"宜义将军何出此言？"刘协看着贾诩，面有愠色。

"刚才唱的只是和歌，"贾诩说，"原词应该是……"

"不用说了，"董青忽然冷笑，"我今天确实去过河边。"

"你去那里干什么？"刘协皱起眉头。

"摸鱼，唱歌，玩玩，不行吗？"董青突然发飙撒泼，"整天待在这个鬼地方，大门不能出，二门不能迈，闷都闷死了，我容易吗？"

"确实不易！"贾诩长叹，"何况正值夏虫长鸣之时。"

董青却又不说话了。

贾诩再叹口气，看着刘协道："也只好臣来说。"

原来，这天上午，董青带着宫女们到了城外小河边。她让羽林军到河里摸鱼，自己在岸上嬉戏玩耍。当时阳光明媚，微风轻拂，坡上青青草。董青心情舒畅，一时兴起便唱起歌来。

说到这里，贾诩停了下来。

"那又如何？"董承嗤之以鼻。

"宫女还伴舞了。"贾诩答。

"那又如何？"董承又说。

"对岸有南匈奴人在闲逛。"

"那又如何？"

"贵人唱的是卓文君的《白头吟》。"

"那又如何？"

"歌词里有'沟水东西流'的句子。"

"那又如何？"董承依然强硬。

"将军不妨再听听他们怎么唱。"

所有人都不说话，南匈奴将士的歌声又清晰地传了进来。不能不承认，那就是对《白头吟》的即兴发挥，只不过变得狂野，充满北方游牧民族的率性和粗犷，既有主唱，又有应和，还有帮腔：

　　　　春季里来，花儿满山头。

　　　　满呀么满山头。

　　　　山头下面，沟水东西流。

　　　　东呀么东西流。

　　　　妹坐沟前问流水。

　　　　问呀么问流水。

　　　　哥在山间哪条沟？

唱到这里，只听见他们齐声呐喊："哥在妹心那条沟。"

然后，是南匈奴将士们的放声大笑。

董承无话可说，杨彪却问："这就是在河边唱的？"

"是。"贾诩回答。

杨彪又问："后来呢？"

"后来？"贾诩犹豫片刻，"跟羽林军在河里打了一架。"

"河里？"杨彪问，"那些戎狄过河了？"

"没有，"贾诩说，"被羽林军击退。"

刘协的脸色十分难看。

"贾诩，这些情况，你怎么知道？"董承问。

"当然是从南匈奴那里听来的。"贾诩回答。

"哼哼！"董承说，"一面之词，不足为凭。"

"确实。定要弄清真相，只好传羽林军作证。"贾诩说。渠穆当然知道，那样只会更加不堪，便咳嗽一声。董承醒悟，也不再纠缠。

"本是干柴，奈何烈火。"杨彪忍不住摇头。

刘协却愤愤不平："难道凭这，就可以向朕要人？"

"当然不可，"杨彪说，"除非已有许诺。"

"卫将军，也请实言相告吧！"贾诩看着董承。

"不敢欺君，他们确曾以奉送宫女为出兵条件。"董承说。

"你许诺了？"刘协大吃一惊。

"没，没有，怎么会？臣只是说，从长计议。"

"汉匈和亲，本有先例。昭君可以出塞，何况区区宫女？"说到这里，杨彪一声长叹，"只是事到如今，就怕这已经不能打发。"

"难道还要朕的贵人不成？"刘协勃然大怒。

也就在这时，河东太守府的墙外，南匈奴兵不再唱歌，开始齐声大喊："唱歌的，出来！唱歌的，出来！唱歌的，出来！"

吼声清晰地传了进来，所有人都明白了事态的严重。

"陛下，"贾诩说，"他们现在只是文取，就怕……"

刘协又拔出剑来："常侍，召羽林军！"

"遵旨！"渠穆回答，却还是不动。

"陛下，"贾诩又说，"臣在望楼看得清楚，羽林军已在死守。"

"好！"刘协说，"大不了我们枕戈待旦。"

"但是羽林军悉数出动，也不满百人。"贾诩说。

刘协气得把剑扔在地下。

董青飞快地冲过去，捡起剑来。

刘协大惊失色，叫道："青青，你要干什么？"

没想到董青竟持剑起舞，唱起虞姬的《和项王歌》：

汉兵已略地，四面楚歌声。

大王意气尽，贱妾何聊生！

唱完，她把剑架在自己的脖子上。

董承魂飞魄散，不知道该说什么。

"胡闹！"刘协大吼，"朕不是楚霸王，也不会别姬！"

"诚然！"杨彪点头，"和亲从来就是嫁公主，没有嫁贵人的。"

听见这话，董青立即扔剑跪下。

"文和，"杨彪看着贾诩，"想想看，还有没有办法？"

"宫女是不行了，假的就更不行。"贾诩沉吟片刻，说道，"其实这些匈奴兵胆敢如此闹事，背后肯定有人撑腰，说不定就是左贤王在要人。所以，必须有才貌双全且地位非常的，但不知有没有？"

董承立即跪下，用乞求的眼光看着渠穆："常侍！"

渠穆不语，董青却又重新拾起剑，站了起来。

"常侍知道有这样的人吧？为何不说？"董青提剑冷笑，"是怕她不愿意，还是担心陛下不准？"说到这里，她醋意大发，"也是。每天陪陛下吟诗作赋，论律抚琴。陛下不愿割爱，臣妾赴死就是。"

刘协急了，看着董青问："你要说谁？"

"谁？父亲故高阳侯，自己宫中女史，岂非正合适？"

杨彪恍然大悟，同时也大吃一惊。

"啊？蔡文姬？"

小河边依旧阳光明媚，微风轻拂，坡上青青草，蔡文姬的心情却不平静。为了不让自己被卖到北地为奴，父亲蔡邕屈从了董卓。不料董卓死后，仇恨董卓的人也杀了父亲。太尉杨彪不能救，只好将自己送进宫中做女史，没想到又遭遇了董青。册封贵人后，董青马上不再温良恭俭让，并将宫中所有女人都视为情敌，时刻提防，甚至必欲除之而后快。提出将自己嫁到南匈奴，便正是她一箭双雕之计。

而且，她都事先找上门了，那又何必再留？蔡文姬想。

太尉杨彪坚决反对。他说，蔡邕学富五车，一代鸿儒，可惜死于非命。逝者不能复生，遗孤岂可不恤？再说，蔡文姬博览群书，精通音律，正可以辅佐皇家的乐教，光大汉室的文治。更何况，蔡家陈留望族，文姬旷世才女，岂能用来替代宫人？臣期期以为不可！

董青立即跪下，叩请册封文姬为公主。

已经在场的蔡文姬却笑了。她平静地说，贵人不必如此，微臣也不要封号。我家世受国恩，理当身赴国难。何况微臣本是寡妇，再嫁又何妨。只是，嫁与不嫁，要见过左贤王再说。

消息传出，南匈奴将士立即撤离了河东太守府。现在，当蔡文姬在杨彪和贾诩的陪同下，骑马来到约会地点时，左贤王已经带着部将和兵丁等候在对岸。迎风飘扬的旗下，王显得更加高大英俊。

"汉宫女史蔡琰参见贤王！"文姬在马上拱手。

"久闻大名，幸会！"左贤王还礼。

"贤王驾临河边，不知有何见教？"

"涉江采芙蓉，兰泽多芳草。"

左贤王微微一笑，答道。

蔡文姬没想到，左贤王竟会用《古诗十九首》之《涉江采芙蓉》中诗句回答，不禁愣了一下，又问："何来之速？"

"人生天地间，忽如远行客。"左贤王答。

"晚了如何？"蔡文姬又问。

"秋蝉鸣树间，白露沾野草。"

"待要如何？"蔡文姬再问。

"愿得常巧笑，携手同车归。"

这些都是《古诗十九首》中的诗句，虽然有一句改写了，但改得巧妙。于是，文姬便以歌代言，唱起改写过的《行行复行行》：

> 胡马依北风，越鸟巢南枝。
>
> 道路阻且长，君心安可知？

左贤王则直接唱起了《西北有高楼》的诗句：

> 不惜歌者苦，但伤知音稀。
>
> 愿为双鸿鹄，奋翅起高飞。

蔡文姬二话不说，策马过河，头也不回。

杨彪和贾诩完成了任务，骑马并行返城。杨彪问："文和，蔡文姬与左贤王竟会赋诗言志，好像在你意料之中？"

"意料之外，情理之中。"贾诩笑笑，"总不能赛马吧？"

"如果文姬不中意呢？"杨彪问。

"不敢乱想。"贾诩说。

"那么，为什么让她去？"

"难道还有别的选择吗？"

杨彪当然清楚，这是唯一的办法。但是，昨晚正在议论如何对付南匈奴，蔡文姬就突然求见，未免奇怪。董青叩请封她公主，也令人生疑，便问："这李代桃僵之议，文姬定会应承，文和事先知道？"

"不知，但恐怕有人心知肚明，早有安排。"

"文和是说……"杨彪问。

"妄测而已，其实一概不知。"

"什么都不知道？"

"哦，哦，倒也不是，也有知道的。"

"知道什么？"

"欺君的人，没准会做出惊天大案来。"

杨彪暗自吃惊，知道不可深究，便决定换个话题，又问："羽林军跟匈奴兵打了一架，为什么却会放他们进城？"

"这个，恐怕得问常侍。不过，常侍也得听天子的。"

"当然，天子岂能不查。"杨彪说。

"董贵人都没事，还查什么羽林军？"贾诩笑了笑。见杨彪点头不语，便又说："至于以后有没有人旧话重提，就另当别论了。"

杨彪完全可以确定，贾诩、董承和渠穆，都隐瞒了许多事，但他决定不问，只管继续赶路，没过多久便到了安邑城门。早已候在那里的董承迎上前来，喜形于色，欲言又止。杨彪和贾诩立即下马，贾诩拱了拱手就牵着马知趣地回避。董承左右看看，然后向杨彪耳语。

"你这消息可靠？"杨彪问。

"千真万确。"董承说。

"他们的军队呢？"

"如鸟兽散。"

"太好了！天子可知？"

"目前只有太尉知晓。"

杨彪立即左右看看，贾诩早已不见踪影。

14

曹操突然到访，让周忠感到意外。记得他到许县后，曹操便立即表示奉诏。周忠喜出望外，也立即传天子口谕，拜他镇东将军。曹操却突然摸摸鼻子，打了个喷嚏，说怎么出兵还没想好，又说粮草也还没有着落，当时便让周忠觉得自己被戏弄了，脸色十分难看。

过了几天，曹操报告，勤王之师已经出发，共战将两员，轻骑兵一千。说完，便安排荀彧和郗虑陪同周忠下棋，再也不见踪影。现在他来，又有什么花招？于是周忠问："使君夜访，有何见教？"

"请阁下看样东西。"曹操让许褚将两个盒子放在几上，然后看着周忠说，"这是曹洪和夏侯惇从陕县带回来的。"

"什么东西？"周忠问。

"李傕和郭汜的人头。"曹操说，"请天使查验。"

"不必。"周忠说，"难怪只派出战将两员，轻骑兵一千。"

"敌强我弱，又兼投鼠忌器，只能如此。"曹操说，"更何况兵以诈立，贵在神速，也只能先斩后奏，见谅！"

"哪里，"周忠说，"两贼既除，群龙无首，叛军当不战而溃。"

"想必如此，固所愿也。"曹操说。

"使君威武。天子肯定喜出望外，勉励有加。"

"天子是否知晓，曹操其实不知，也无从得知。"

周忠疑惑而惊讶地看着曹操。

曹操脸上，却是恭敬和谦卑。

15

询问了贾诩以后，刘协终于得知，李傕和郭汜被斩首的消息传来之时，蔡文姬刚刚过河。为了防止节外生枝，杨彪和董承只好先瞒而不报。现在叛军溃散，可以东归，之所以议而不决，则因为由谁护驾难以定夺。谁都不敢把宝押在白波军和南匈奴那里，曹操的人却撤回了许县。毕竟，他们只有战将两员，轻骑兵一千，不敢恋战。

刘协听完，沉默良久，又问："这些事，朕为何不知？"

"陛下为何不知，臣也不知。但陛下决心要走，谁敢不从！"

听了贾诩这句话，刘协点头让他告退。贾诩行礼退出后，刘协便看着渠穆问："曹操的人是自己撤走的，还是……"

"陛下东归，不能没有杨太尉和卫将军随扈。"

渠穆答非所问，刘协却点了点头，轻轻叹息。

第十二章

都许

建安元年
七月
至
九月

1

建安元年七月初一，刘协在杨彪和董承等人的护送下，终于回到洛阳。他没有立即进城，而是先去北邙谒陵。此刻，修复过的帝陵前跪着重返旧都的群臣百十人，聆听皇帝泣声诵道："罪臣协不肖，受制于逆贼董卓，致使先祖蒙辱，实死有余辜。幸赖皇天上帝不弃，内外群臣协力，遂得还于旧都，谒于帝陵。臣等谨此立誓，定当不负祖宗厚望，同心同德，和衷共济，安定天下，再造太平！"

"安定天下，再造太平！"群臣齐呼。

刘协叩首，然后起身。杨彪等人也跟着叩首，然后起身。

"修复陵墓的，是袁术的部将孙坚？"刘协问杨彪。

"是。"杨彪回答，"传国玉玺，也是他在城南井中得到的。后来他与刘表作战，被黄祖所杀，玺就落到了袁术手中。"

"皇帝之玺也还在袁绍那里？"

"是。"杨彪又答。

"他们两个都不勤王？"

"是。"杨彪再答。

"如此，还是汉臣吗？"刘协忿忿地说。

杨彪不语。但他清楚地看见，皇帝说这话时，似乎不经意地看了董承一眼，董承顿时脸色大变。进城以后，董承更加紧张，因为他们又去了袁隗的旧宅。袁府已被董卓彻底毁掉，只剩下一片废墟。刘协看着杨彪问："袁门一家数十口，便遇难于此？"

"是。据说非常惨烈，遗骸也被运到长安草草埋葬。"杨彪说。

"平定之后，要设法安葬于故里。"刘协说。

"遵旨！"杨彪说，"臣不敢忤逆董贼，愧对太傅，敢不尽心！"

"算了，"刘协说，"当时连朕也无可奈何。"

"陛下仁厚！"杨彪说。

刘协又不经意地看了董承一眼。

董承的神色更加紧张。杨彪当然知道这是因为什么，却装作没有看见，而是看着刘协说："陛下祭奠先帝和凭吊袁太傅之事，臣请昭告天下，使忠贞得到表彰，叛逆受到谴责，而人心归于汉室。"

"准奏！"刘协高兴地说。

2

刘协君臣在北邙谒陵时，董青一行到了杨彪旧宅。她由渠穆扶着下车，张望了一下便皱起眉头："这是什么地方？破破烂烂。"

"杨太尉的旧宅。"渠穆回答。

"怎么，不进宫吗？"董青问。

"哪有宫？都被董卓烧毁了，只有这里还勉强可用。"

"都烧毁了？为什么杨彪的还在？"董青又问。

"因为太尉最早去了长安，董卓也还要依靠他。"

"太尉旧宅，怎么会是这个样子？"

"年久失修，自然如此。"渠穆说。

董青这才极不情愿地进门去。她径直走进一间屋子，用手推了推窗户，木窗的直棂立即脆断。去拉室内的隔门，拉门纹丝不动。再抬头看屋梁，一只刚刚出生的小老鼠掉了下来。董青立即尖叫。

"贵人稍安。"渠穆叹了口气，"马上就打扫修理。"

"这种地方，怎么能让陛下住？"董青勃然大怒。

"贵人的意思，是要住在哪里呢？"渠穆问。

"我就不信偌大的洛阳，没有更好的地方。"

渠穆二话不说，立即请董青上车，自己骑马陪着在洛阳城内四处巡查。放眼望去，到处都是残垣断壁，看不到人烟。走着走着，董青突然叫停，忿忿地说："这简直就是死城嘛！"

"差不多吧！"渠穆说。

"那回洛阳干什么？还不如在安邑。"

"这不是臣可以做主的。"

"羽林军！"董青大喊。

"贵人叫羽林军有什么事？"渠穆问。

"护送我去见天子。"

渠穆心想，你还没闹够？若非你不管不顾，硬要羽林军护驾去那河边，哪有后来那些事？羽林军为了你，受尽委屈，那一肚子气还没地方出呢！便变色道："贵人以为羽林军是可以随便调遣的吗？"

"那我自己去！"董青咬了咬牙说。

"贵人就安静点吧，知道天子在干什么吗？"渠穆冷冷地说。

"在干什么？"董青愣住。

"拜谒先帝陵，祭奠袁太傅。"

"这跟我有什么关系？"董青杏眼圆瞪。

"掘陵盗墓的除了吕布，还有尊公。"渠穆冷冷地说，"杀袁太傅全家，他也在场吧？"见董青花容失色，目瞪口呆，便又说："所以为贵人计，还是安心暂居杨府的好。此外，除了贵人身边的，其他宫女都跟着蔡文姬陪嫁了，在洛阳也补不齐，饮食起居只能从简。"

董青浑身哆嗦，却只能把那口气咽下去。

她已经看见，随扈羽林军的眼中满满都是恨意。

3

杨彪居住的杨府偏房，比刘协住的正房更加破败不堪，从军营里来见太尉的董承不禁感慨了许久。杨彪却很淡然，说是总算可以不再颠沛流离，何况天子所住也十分简陋，哪里还能有怨言？

董承当然无话可说，于是坐定之后便直奔主题："天子还都，进城之前先谒陵，之后又先去袁府，太尉事先知道吗？"

"将军应该能够想到。"杨彪说。

也是。董承叹了口气。

杨彪便又说："将军不必多虑，只是……"

"只是什么？"

"天子先是被董卓威逼，后来又被李傕和郭汜劫持，难免对拥兵自重的人心存防范。"杨彪看着董承，诚恳地说，"所以，将军何不将大军驻在梁县，自己带少数亲兵留在洛阳？"

"啊？洛阳无兵，如何保证安全？"董承吃了一惊。

"城内无人，城外无敌，何惧之有？"杨彪显然很有把握。接着他又告诉董承："公府已经行文州郡，让他们各派千人进京护驾，全部归由朝廷调遣。所以，将军尽管放心！"

"各派千人？"董承问。

"不能再多。"杨彪说。

"曹操离洛阳最近，他的兵应该先到。"

"那是当然。"

"如果他派出大军呢？"董承又问。

"将军的兵不是要去梁县吗？那就在大谷关等他。"

董承恍然大悟，连连点头。

杨彪一笑，隔壁房间二十二岁的杨修也窃笑。

4

郗虑情报很准，荀彧也调度有方。因此，扬武中郎将曹洪的大军被董承所部堵在大谷关时，曹操已经到了洛阳。当时大户人家院子里都有自己的粮库，杨府也不例外，只不过此时已改为公用。曹操带着许褚和狗儿扮作农夫，赶着牛车来到这里，粮库里却只有改任太官令的侯汶一个人在团团转，希望能从哪里找出点可以吃的东西来。

"怎么空空荡荡的，管事的呢？"曹操龙骧虎步进门，习惯性地东看看，西看看，然后大模大样地说。

"我就是。"侯汶猛然回头，疑惑地问，"你是什么人？"

"小人是来送粮的。"

曹操这才想起自己是农夫，赶紧赔笑脸。

"送粮？"侯汶问，"粮呢？"

"外面。"曹操说。

侯汶向门外望去，看见了牛车和车上的粮食。

"从哪里来？"侯汶问。

"偃师。"曹操说。

"那里还有粮？"

"不多。"

"从哪个门进来的？"

"中东门。"

"你们怎么进得来？"

"怎么？朝廷向郡县调粮，还不让进？"

"进是让进，不过一进城门就被当兵的抢了。"

"抢了？他们没粮？"

"天子都没吃的，他们哪有？"

"看来这城里真断粮了。"曹操点头。

"咦，"侯汶问，"你们怎么没遭抢？"

"官长看看我那帮佣，有人敢抢吗？"

侯汶扭头望去，才看见门口背光站着的许褚，吓了一跳。这哪里是常人，简直就是战神蚩尤。许褚见曹操使了个眼色，便从车上拎起两袋粮食，夹在胳肢窝里走了进来，瞪眼看着侯汶。侯汶又被他吓得不轻，赶紧指着墙角说："放在那里。"

许褚轻轻放下粮包，又走出去。

"天子都没吃的，百官又吃什么？"曹操问。

"自己想办法。"侯汶说，"嗯？你问那么多干什么？"

"随便问问。"

"你到底是什么人？"

"小人就是送粮的。"

"那你还不去卸车？"

"是，是，这就去。"曹操赶紧回答，说完就往外走，侯汶也跟着来到粮库门口。许褚和狗儿站在车旁，曹操则从车上抱起木桶。

"这是什么？"侯汶问。

"面粉。"曹操将木桶扛在肩上。刚走两步，桶盖掉了下来，面粉也洒了出来。他的身上和头上都是面粉，变成了一张白脸。

"你这人，会干活吗？"侯汶说。

"不小心，不小心！"曹操想点头哈腰，木桶却在肩上。

"不小心？"侯汶拔出剑来，"我看你不像农民。"

话音刚落，狗儿已经从怀里掏出弹弓，一弹射去。侯汶手中的剑掉在地上。许褚看了看曹操，曹操摇了摇头。侯汶后退几步，转身从粮库门口抄起顶门杠，大声喊道："羽林军，有刺客！"

很快，秩六百石的羽林监王必，就带着若干秩比三百石的羽林郎将曹操等人围住，曹操的肩上还扛着木桶。王必踱了过来，用锐利的目光看着曹操，上下打量，一言不发。

"官长！小人可以把这桶放下吗？"曹操问。

"你还是扛着吧！"王必说。

曹操无可奈何，苦笑。

"你是来送粮的？"王必问。

"是。已经送到。"曹操说。

"这地方你来过？"

"没来过。"

"你怎么知道这里是粮库？"

"这个样子，一看就是啊！"

"谁让你来的？"

"县寺。"

"胡说！"王必一声冷笑，"朝廷向地方征粮，都是先由农户交到乡里，乡里交到县里，再由郡县安排，集中送到京城，哪有一家一户零零散散送的？你这家伙，不是刺客便是奸细，拿下！"

许褚飞快地拎起两袋粮食扔了出去。

两个羽林郎被打倒，其他人一齐拔出刀来。

狗儿掏出匕首，许褚又拎起两袋粮食。

"都不要动手！"

众人回头，却见杨彪来了，后面还跟了个秩六百石的官员。杨彪走到曹操面前仔细端详，曹操扛着木桶，满脸面粉，眨着眼睛，狼狈不堪。杨彪笑了笑："我说怎么听着耳熟，原来是孟德。"

"太尉，恕操无法行礼。"曹操看看肩上的木桶，苦笑。

5

看着面前的一碟小菜，两碗稀粥，董青脸色大变。

"常侍，难道……"

"是，已经断粮。"渠穆回答，"尚书郎以下官员要么饿死，要么被乱兵所杀，活着的都只能自己采野菜。杨太尉虽然调了些粮，但是杯水车薪。而且，只要有粮车进城，就会被拦截，一抢而空。"

"卫将军怎么不维持军纪？"刘协问。

"弹压不住，都饿急了。再这样下去，恐怕就是……"

"就是什么？"刘协问。

"人相食。"渠穆说。

"不能多调些粮吗？"刘协又问。

"河南尹形同虚设，河内郡库中无粮，弘农郡自顾不暇。"

"不是已经过了收获季节吗？"刘协再问。

"兵荒马乱，大片土地无人耕种，哪有粮？"

"普天之下，就没有产粮的？"

"有。"

"哪里？"

"曹操的许县。"

"为什么他有？"

"因为他屯田。"

"屯田又怎样？"

"得谷百万斛。"

"这么多？"刘协吃惊，"那他怎么不送粮来？"

渠穆正想说，调粮的事全由太尉杨彪一手包办，这件事恐怕得去问他，一个小宦官却用盘子端着两碗面条进来。另一个小宦官用自己的筷子从两个碗里各挑了根面条吃下，然后将筷子放进袖中。

两碗面条摆在了几上。

"汤饼？"董青喉咙里都要伸出手来。

"不是断粮了吗？何来汤饼？"刘协问。

渠穆也很诧异，却见侯汶小步快走进来跪下，就要行礼。

"免礼！"刘协赶紧拦住，"快说，怎么回事？"

"兖州牧曹操送粮来了。"侯汶回答。

"及时雨啊！"刘协大喜过望，"送来多少？"

"一车。"侯汶答。

"只有一车?"

"是,还是他自己送来的。"

"那他人呢?"

"在太尉那里。"

6

"孟德,没有酒,只能请你喝水了。"杨彪说。

已经洗过脸的曹操端起杯子一饮而尽。

"九酿春酒,不知何时再有?"杨彪又说。

"许县丰收,操尽快给太尉送来。"

"几成奢望。"杨彪说。其实,两个人都没想到,时隔多年竟会以这种原因和方式重见,也都感慨万千。但此刻杨彪不想叙旧,便直奔主题问道:"孟德进京,不会只是为了送那车粮食吧?"

"诚然。"曹操点头,"离开洛阳五年半了,很想回来看看。天子和太尉的安危,也很希望眼见为实。不过,曹操现在也是外将。没有朝廷征召擅自进京,岂非成了董卓?就想了这么个馊主意。"说到这里曹操拍了拍身上的面粉:"没想到弄巧成拙。"

"既是悄然而来,自然也可以悄然而去。"

"本意如此。"曹操说。

"如此甚好。不过,军粮请留下。"

"军粮?"曹操愣住。

"是的,军粮。"杨彪肯定地说。

126

"子廉的兵被堵在大谷关，军粮怎么运得进来？"曹操苦笑。

"老夫所说，是偃师的。"杨彪定睛看着对方。

曹操的笑容凝固在脸上。

杨彪却换了称谓，以公对公的语气说："兖州牧难道当真只是带着两个人和一车粮，牛拉着慢悠悠地从许县而来？扬武中郎将三千人马被堵在大谷关，又难道在使君的意料之外，没留后手？这可不像将军的行事之风啊！偃师有多少人马，可以屈尊告诉老夫吗？"

"也是三千。"曹操如实回答。

"从陈留来？"杨彪又问。

"是。太尉对操知道得一清二楚。"

"洛阳，偃师，中牟，酸枣，这不就是孟德当年的路线吗？"

曹操见杨彪又换了语气和称谓，只好说："惭愧！"

"当年出走是为了起兵讨董，今日重来却不知意欲何为？"

"尊奉天子，拱卫京师。"曹操说。

"公府行文说得清楚，州郡各派千人，为何不厌其多？"

"敢问太尉，"曹操拱了拱手，"所谓州郡各派千人，应该是一州千人，还是一郡千人？如果论州不论郡，那些只有一郡之地的，比方说张绣吧，就可以不出兵。相反，若是论郡不论州，那么请问，兖州五郡三王国，总共出兵六千，究竟是多，还是不多？"

杨彪没想到会有此一问，愣住。

"还有，只能各派千人又是何考虑，可以告诉操吗？"

"当然。"杨彪慨然答道，"天子先是被董卓威逼，后来又被李傕和郭汜劫持。这种事已经一而再，又岂能再而三？所以，调兵之州郡必不可少，所调之兵必不可多，还必须全部归由朝廷调遣。"

"原来如此。"曹操说。

"理解就好。"杨彪说。

"调兵之州郡必不可少，所调之兵必不可多，"曹操点头，"太尉确实深谋远虑。但是请问，冀州牧袁绍，出兵了吗？"

杨彪不说话。

曹操自己回答："没有，也不会。"

然后又问："荆州牧刘表，出兵了吗？"

杨彪不说话。

曹操自己回答："没有，也不会。"

然后再问："扬州牧袁术，出兵了吗？"

杨彪不说话。

曹操自己回答："更不会。他做的事情，就是怂恿吕布攻击徐州牧刘备，结果是徐州牧变成了吕布。刘备让出徐州寄人篱下，哪有勤王之兵可出？至于指望吕布听从调遣，依操之见，怕是痴人说梦！"

"如此说来，勤劳王事的只有兖州？"杨彪道。

"也可以从河东、河内、弘农和河南尹调兵调粮。"

杨彪当然清楚，这四郡根本就无粮无兵可调。但他不能、也不肯这么说，便说了句没头没脑的话："天子还都，先去了北邙。"

"是的，谒陵。"曹操说，"已经昭告天下。"

"其实，还去了张让投河自尽的地方。"

"哦？"曹操一愣。

"当时孟德有句话，天子和老夫都记忆犹新。"

"哪句话？"

"张让要孟德杀袁绍，孟德却说——曹操尊奉公义，却并不代表公义。公义在天道，天命在天子。"

"啊！"曹操一惊。

"实不相瞒，"杨彪忽然流泪，"洛阳城中已无隔夜之粮。"

"明白！这就去偃师。"

杨彪看着曹操，不语。

曹操笑笑："只运粮，不带兵。"

杨彪点头，两人一齐起身。走到门口，曹操回头问："太尉，刚才粮库里的那个人，是谁啊？"

"太官令侯汶，字子川。"

"身后那位呢？"

"符节令董昭，字公仁。董卓向孟德发火时，他也在场。"

曹操想起来了，点了点头说："哦！怪不得眼熟。"

然后拱了拱手，转身就走。

7

按照刘协的吩咐，曹操送来的那车粮，基本上分给了中下级官员和羽林军。剩下的做成了大锅饭，由皇帝与公卿和近臣共享。之所以敢于分光吃光，是因为杨彪报告，曹操已回偃师，将即刻运粮。偃师至洛阳不过三十多里，可谓咫尺之遥。转危为安，岂非指日可待？

终于熬出头了，所有人都松了口气。

其乐融融地用过大锅饭后，皇帝问起不知明天运来的粮又能维持多久，董承马上请陛下放心。因为曹操在大谷关还有三千人马，自己已经下令放行。见杨彪大感意外，他又解释说，前些日子，附近郡县零星运来的粮，进城就被一抢而空。自己实在是对付不了，只能借助于曹操。这些救命的粮食有曹洪押运，可保万无一失。

话是不错。但董承的立场转变之快，却很蹊跷。

于是散席之后，司空张喜便将太尉杨彪和司徒赵温，请到自己的住处会议。刘协则将贾诩单独留下，显然有所垂问。贾诩恭恭敬敬地坐在对面，见皇帝半天不开口，便说："陛下应该不是要问粮吧？"

"当然不是。"刘协说。

"莫非要问今日之事有何蹊跷？"

刘协又摇了摇头。

"人无远虑，必有近忧。想来陛下是要问长久之计。"

"正是，务必知无不言。"刘协说。

"臣蒙陛下错爱，敢不尽忠！"贾诩说。

"朕东归以来，诸事不顺，以至难以为继，是何原因？"

"外将皆有拥兵自重之意，内臣皆有猜忌防范之心。"

"那么，如何能使上下同心，内外协力？"

"无方。"贾诩毫不犹豫地直言相告，"天下分崩已久，离析之势已成。州郡各自为政，牧守人怀异志，钩心斗角，争权夺利，谋私者众而为公者寡，无不以邻为壑。就连陛下，恐怕也得有所防范。"

"朕要防谁？"刘协问。

贾诩抬头看看渠穆，欲言又止。

"陛下，"渠穆笑了，"第一个要防的，自然是臣。"

"为什么要防常侍？防常侍什么？"刘协奇怪。

"变成第二个张让。"渠穆说。

"常侍所言极是。"贾诩赞赏地看着渠穆，点头。

"你当真说要防常侍？"刘协大吃一惊，问贾诩。

"非也。"贾诩摇头，"但确有诸多'第二个'要防。"

"比方说？"刘协问。

"第二个董卓。"贾诩答。

"袁术吗?"刘协又问。

"此人不足为道,何况远在淮南。"贾诩说。

"那是谁?"刘协再问。

"袁绍。势力最大,且不臣之心已久;另立之心尚存。"

"这么说,"刘协道,"他不来勤王倒是好事?"

"祸福相依。"贾诩说。

"嗯,第二个董卓。"刘协点头,"还有吗?"

"臣不敢说。"贾诩回答。实际上,他已经后悔说得太多。自己这多嘴的毛病,怎么总也改不了呢?也罢!为人处世的三原则,头一条就是受人之托,忠人之事,何况天子所托?但,犹豫也是必须的。

"陛下,容臣回避。"渠穆说话了。

"常侍请留步,臣说就是。"贾诩赶紧说,"第二个何进。"

"你是说,董承?"刘协明白过来,问。

"贵人册封、陛下东归之后,他已不似从前。"贾诩说。

"难怪太尉要让他屯兵梁县。"刘协点头,"看来也有此担忧。"

"这也正是陛下的又一须防。"贾诩说。

"杨彪?"刘协惊诧,"他能变成什么?"

"第二个袁隗。"

"啊?"刘协更奇怪了,"太傅并无恶行啊!"

"他兄长的两个儿子可是乱国。"贾诩说。

"太尉也有什么飞扬跋扈的兄长之子吗?"刘协问。

"只有儿子名叫杨修。今年二十二岁,聪明过人。"渠穆说。

"聪明过人并不可怕,怕的是四世三公。"贾诩说。

"如此说来,竟无人可用,处处须防?"刘协问。

贾诩伏下身子，不敢抬头。

刘协流下泪来："真不知是朕不德，还是汉祚已衰。"

渠穆赶紧跪下说："陛下何出此言？此前不是有人勤王吗？"

"你是说，曹操？"刘协问。

"是。"渠穆答。

刘协转过脸来，看着贾诩问："曹操如何？"

贾诩迟疑良久，突然抬头说："他是刺客。"

8

第二天，太阳照样升起。杨彪旧居围墙已毁，代之以篱笆，破败的大门形同虚设。羽林军守在大门口，民众在篱笆外围观，个个衣衫褴褛，面有菜色。他们没想到今天能看到上朝，都很兴奋。现在可以看见的，是正中旧房的屋檐下挂了块匾，皇帝和官员都在庭院。皇帝坐在简易的榻上，前面有破旧的几，渠穆站在旁边。太尉杨彪、司徒赵温、司空张喜和卫将军董承等高级官员席地而坐，跟皇帝一样前面有破旧的几。品秩更低的官员坐在后面的地上，连几都没有。

坐定之后，渠穆喊道："宣兖州牧曹操觐见！"

公开召见曹操，是贾诩出的主意。昨天晚上他告诉皇帝，曹兖州既非外戚，又非世族，所以变不成第二个何进或袁隗。但是胆敢刺杀张让，便绝非寻常之人。由是之故，会不会变成第二个董卓，只能说现在不会，将来不知，要请陛下亲察。当然，此刻只能听其言，无法观其行。不过，当年董卓在崇德殿大施淫威时，曹操就说朝堂的言行都要记录在案。因此不妨在庭院公开召见，任百官和百姓观看。

贾诩还说，明天一早曹操必到洛阳。

不出所料，曹操回偃师做出安排后，就连夜赶回。此刻，他先向皇帝行了礼，再站起来挥了挥手，身着便衣的部下们立即用托盘端着小米粥鱼贯而入。曹操端起一碗交给渠穆，渠穆接了过来，放在刘协面前的几上，部下们这才将粥依次分发给杨彪等人。

"请陛下先进早膳，大批粮食随后就到。"曹操说。

刘协却端坐不动。公卿们见皇帝不喝，也都不动。面前没有几的官员们端着碗，颇有些尴尬。曹操却视而不见，又挥了挥手。部下们又搬来许多器物，其中有叫作铞（读如宣）的环耳盆形加热器，叫作铫（读如吊）的煎药或者烧水用具，叫作奁（读如连）的女人梳妆盒等等，七七八八，大大小小，琳琅满目地摆了满地。

篱笆外，围观民众发出"哇"的一声惊呼。

"这些器物，都是臣祖腾和臣父嵩历年所受之赐。臣祖和臣父并不敢用，只是供奉在家。陛下起居不便，理应归还。"曹操说。

归还？公卿百官从未听过这种说法，纷纷交头接耳。

刘协也颇感意外，问道："兖州牧，你为何要如此？"

"这是臣的本分。"曹操回答。

"却不是朕所应得，朕不能收。"

群臣都感到意外，目瞪口呆，曹操更是不知如何是好。

"若能回答三个问题，朕就收下。"刘协又说。

"陛下请问！"曹操说。

"朕问你，我大汉是否天数已尽？"

所有人都没想到有此一问，齐刷刷地看向曹操。

"未尽。"曹操略一思索，慨然答道。

"何以见得？"刘协又问。

133

"董卓已灭，李傕和郭汜败亡，而陛下还于故都。"

公卿百官都点头，刘协又说："朕再问你，天意如何？"

"天视自我民视，天听自我民听，而民心在汉。"曹操答。

"何以为证？"刘协又问。

"臣。"曹操又慨然答道。

"你？"刘协完全没有想到会得到这个回答。

"是。民心若不在汉，臣可以不来，也不用多管闲事。"

"曹操！"杨彪喝道，"天子面前，说话要得体！"

"太尉教训的是。"曹操向杨彪拱手，"安定天下，确实并不是非曹操不可。"然后，他用手指着门上的匾："不信诸位请看！"

刘协和渠穆回头，听见百官惊呼："杨安殿？"

"太尉！"董承冷笑，"看来安定天下的，只有你们杨家了。"

"陛下！"杨彪大惊失色，"此匾非臣所设。"

"难道还会有别人挂在你们家门口？"董承撇了撇嘴。

"陛下！此事臣实不知。"杨彪俯下身子。

董承哼了一声："笑话！难道是曹操干的不成？"

所有人又都看着曹操，曹操却看着地上的器物说："铜铜和纯银粉铫是孝顺皇帝赐给臣祖的，银画象牙杯盘和捣药杵臼也是。御用的纯金香炉、纯金唾壶和金错铁镜，贵人用的纯银香炉、纯银唾壶、纯银澡豆衾、银错铁镜、银括缕衾等等，则是先帝赐给臣父的。臣家世受国恩，敢不图报！请陛下把话问完，以便这些器具尽快物归原主。"

杨彪松了口气，决定不再多嘴。董承想了一下，也决定暂时放过杨彪。贾诩之外，所有人都看着刘协。刘协却不看杨彪，而是向曹操继续问道："卿言民心在汉，何以州郡既不勤王，也不送粮？"

"此非民心，更非天意，而是拥兵自重者不臣。"曹操说。

"应当如何？"

"责之！"

"不改如何？"

"讨之！"

"不服如何？"

"灭之！"

"何时？"

"来日。"

"谁讨？"

"心存汉室之人。"

"是谁？"

曹操不说话。

这番快问快答，听得在场的官员惊心动魄，全都等着看曹操如何回答，就连篱笆边的民众也鸦雀无声，曹操却低下了头。

于是刘协再问："心存汉室的，是谁？"

"臣，还有在座诸位，以及墙外的百姓。"曹操抬起头来，"若非心存汉室，东归之时艰难困苦，九死一生，三公九卿和文武百官为何不离不弃？洛阳城里缺衣少食，百姓又为什么要纷纷返回？陛下如若有疑，不妨问问门外那些衣不蔽体食不果腹的人，是也不是？"

篱笆边民众们一齐呐喊："是！"

官员们看着曹操，几乎全都投去敬佩的目光。

"如此说来，我大汉天数未尽？"刘协问。

"未尽。"曹操答。

"天意依然？"

"依然。"

"那么，天命何在？"

"在陛下。"

"何以知之？"

"可问侯汶。"

"侯汶？"刘协大为诧异。

"是。"曹操知道，天命在谁那里，就是皇帝的第三个问题，也是十六岁的流浪天子最想得到答案的。只有回答得真实可信，才能真正取得对方的信任。便缓缓说起了往事："两年前，关中大旱，陛下不顾李傕和郭汜暗中作乱，亲取米豆在御前炊事，于是查明贪腐，使民众得救。这件事的前因后果，当时的侍御史、此刻的太官令侯汶比谁都清楚。我君圣明如此，臣子忠贞如此，大汉复兴有望。"

"这件事你也知道？"刘协的眼睛湿润了。

"陛下的起居安危，臣无时无刻不记挂在心。"

"卿……"刘协的眼泪夺眶而出。

"臣带来的粮和东西，可以收下了吗？"曹操笑着问。

"当然！"刘协破涕为笑，"但，不臣之人虽暂不可讨，忠贞之士却不可不奖。"他侧过脸来看着杨彪，"太尉？"

"曹操祖父曹腾曾封费亭侯，臣以为可使袭封。"杨彪答。

"准奏！"刘协说。

杨彪又说："但曹洪所部必须退兵，粮食也还得继续供应。"

司徒赵温也赶紧说："昨日三公会议，意见正是如此。"

"兖州牧说呢？"刘协看着曹操。

"臣请辞封。"曹操马上做出就要跪下的样子。

"免礼！"刘协赶紧拦住，又问，"何故推辞？"

"护驾有功者尚未受封，臣愧不敢当。"曹操说。

"那么，依卿之见，又当如何？"

"太尉杨彪已袭封临晋侯，而太傅刘虞已故。臣请陛下拜杨彪为太傅。司徒赵温、司空张喜和卫将军董承，皆请封侯。其余封赏则请三公与卫将军会议。羽林军忍辱负重，劳苦功高，请重奖。"

站在门口的羽林监王必眼中一闪。

"准奏！"刘协马上又说。

"臣之兵驻在城外，"曹操说，"明天就退回许县。"

"很好！"杨彪说。

"陛下！"董承突然叫道，"京师荒芜，百废待兴，司隶校尉一职断不可缺。臣请以兖州牧曹操兼任，以安定地方。曹洪所部可依之前三公行文留下千人，其他州郡若有兵来，则交由司隶校尉节制。"

杨彪大吃一惊。他不明白董承为什么会变成这样，但当务之急则是赶紧拦住，便问："曹操任司隶校尉，兖州又当如何？"

"兖州安定，不必多虑。"董承道。

"依例，外将入为京官，便不可再任州牧。何况司隶与兖州同为州部。两处之地，岂能一人而牧，兼而顾之？"杨彪冷冷地看着坐在对面的董承，"莫非兖州那里，卫将军另有人选？"

"司隶校尉的人选，莫非太尉也有？"董承反问。

"确有。"杨彪肯定地回答。

"那么，太尉想举荐谁？"刘协奇怪。

"臣请召兖州别驾荀彧，进京任之。"

此言一出，一片沉默。曹操不能反对，董承也不便。其他人当然知道这是杨彪的釜底抽薪之计，然而荀彧是颍川名士，又素有"王佐之才"的美名，如何表态？左右不是，只能不说。刘协见状，也有了兴趣。但他不看杨彪，而是问司徒赵温："荀彧何许人也？"

137

赵温赶紧说："卫尉周忠曾出使许县，陛下可问周忠。"

刘协看着周忠，周忠回答说："荀彧下得一手好棋。"

"还有呢？"刘协有点失望。

"其余臣实不如。"周忠说。

"卿在许县，只是跟他下棋？"刘协问。

"是，此外别无他事。李傕和郭汜被斩首后，臣就回来了。"

"此事还请陛下圣裁！"董承马上不失时机地说。

所有人都看着刘协。刘协已经心中有数，庄重宣布："曹操任镇东将军、兖州牧如故，袭封费亭侯，领司隶校尉，录尚书事，自即日起在京视事，着符节令董昭即授符节黄钺！"

"臣操遵旨谢恩！"曹操立即表态。

"荀彧这个人，朕也想见见。"刘协又说。

"用不了多久，陛下就能如愿。"曹操恭敬地回答。

"朕饿了。"刘协露出欣慰的笑容，端起小米粥就喝。

杨彪却轻轻叹气，低下头去。

9

洛阳城里空空荡荡，少有人迹，贾诩却在十字路口与无盐的商队不期而遇。他当然半点都不想再见到这位神出鬼没的女侠，尽管今天早朝时，贾诩已经在篱笆边围观的民众中发现了她，还有范铁。

无盐骑在马上一笑："先生别来无恙。"

"小祖宗，如影随形啊，这是？"贾诩拱手。

"谁是影，谁是形？"无盐笑道。

"我，我是影，行不？怎么又在老地方呢？"

"确实，只是没有曹操和吕布。"无盐说。

贾诩当然想得起来，七年前他们四人正是在这里初次相遇，更加觉得哭笑不得，便问："足下不会想见吕布吧？"

"谁想见他。"无盐说。

"那个曹操，也不见为好。"

"什么意思？"

"不敢说，可不敢说，非常不敢说。"贾诩连连摇头，"老夫就是因为多嘴，才招来李傕和郭汜之乱。"

"要是我请先生喝一杯呢？"无盐问。

那还用说。贾诩眨眨眼，跟着到了洛阳城外长亭。伙计们从车上搬下一樽酒，范铁给他们各舀了一杯。贾诩马上端起喝了一口，由衷赞道："久违此味。看来，还是江湖中人好。"

"要不要跟我们走？"无盐笑道，"反正先生行李不多。"

贾诩看看自己的马，鞍上确实有简单的行囊，只好笑笑。"老夫可不像足下，喜欢到处看热闹，还凑热闹。"见无盐愣住，又说，"今日朝会，你在篱笆外看得很清楚吧？观感如何？"

"先生观感如何？"

"曹操非同寻常，老夫佩服得紧。"

"我可没看出来。"无盐故意说。

"请问，曹操送来粮食，天子收了吗？"

"收了呀，为什么不？"无盐说。

"当然。该收，可收，必须收。器物呢？"

"想收，也不是不可以。"

"正是。但，为什么不？"

"不是要问他问题吗?"无盐说。

"没错。但,答不上来呢?对答案不满意呢?收不收?"见无盐沉默不语,贾诩自己回答,"不收。"

"为什么?"无盐问。

"天子最怕什么?"贾诩反问。

"飞来横祸。"无盐说。

"这个谁不怕?"贾诩笑了。

"怕被挟持。"无盐又说。

"确实。那么,曹操有挟持之意吗?没有。曹洪的三千人马近在咫尺,真想挟持还用得着先送礼?粮食倒是送进来了,他自己却不带虎士只身觐见,像有不臣之心吗?既然如此,天子又怕什么?"

无盐陷入沉思,贾诩又端起酒杯。他不能告诉对方,这一年颠沛流离,天子形同浪子,甚至乞丐,内心敏感而脆弱,自尊更甚。即便臣下孝敬,也要想想背后有什么图谋。就算没有图谋,也不愿意觉得是受了施舍。何况曹操献上的,还是并不急用的奢侈品,天子怎么会贸然接受?只是,这些道理这些话,岂能跟那来历不明的女子说?

"难道怕欠人情?"无盐却悟了过来。

"正是。"贾诩点头,"虽云天子以天下养,如今的天子却是受了孝敬便欠了人情。人情都是要还的,欠多了就还不起。要是送人情的还天天看着你,更受不了。不过足下,这可是像老贾这样,地位卑微又一无所有的草民才会怕的,谁能想到我堂堂大汉天子也会?"

说到这里,贾诩有些心酸,不料无盐也湿了眼眶。贾诩见状便又说道:"曹操却说是物归原主,根本不让天子有负担。足下想想,当时公卿百官是什么样子?惊诧。什么叫尊奉?这就是。将心比心,设身处地,把人情做得如此不像人情,贾诩真的是服了。"

"天子之问呢？"无盐换了话题。

"一问天数，二问天意，三问天命，堪称天问。"贾诩说，"这番君臣晤对，看得老夫感慨万分。确如曹操所言，我君圣明如此，臣子忠贞如此，大汉复兴有望。而且，能匡扶汉室的，也只有他。"

"那你为什么还要走？"无盐问。

"足下不是知道的吗？"贾诩说。

"知道什么？"

"老夫胆小啊！"贾诩说，"请足下想想，曹操献上的那些器物是哪里来的？难道是昨天晚上从许县或者谯县运来的不成？他派曹洪以三千将士在大谷关佯作进京，自己另带三千悄然来到偃师，然后只带两个人乔装打扮混进城里，被杨彪识破也处变不惊。这种胆略，无人可及。这种心机，深不可测。老贾可不敢陪他读兵书。"

"读读何妨。"无盐笑道，"反正你是老狐狸。"

"吓死我了，谁是老狐狸？"贾诩叫道，"杨太尉才是。啊，现在是太傅了。他可没想到，曹操会提议给这头衔。曹操只怕也万万没有想到，杨彪会提议荀彧做司隶校尉。当时那狼狈，嘿嘿！"

无盐想起曹操的表情，不禁扑哧一笑。

"这招太狠了。既破了董承设的计，又砍了曹操的臂膀。那董承为何要如此，老夫也想不通。然而你看赵温，还有周忠，可愿意掺和进来？个个装糊涂。天子倒好，不但准了董承的奏，还授予曹操符节黄钺，让他录尚书事，总揽朝政。杨彪蒙了吧？以后且有的斗！那么足下想想，曹操今年四十二，杨彪五十五，一个年富力强，一个老谋深算，我这有罪之人岂敢夹在当中与之周旋？只好溜之大吉。"

"先生贵庚？"无盐问。

"五十。"

"正是为国效力之时。"

"实不相瞒，老夫已对天子言无不尽，要防第二个张让，第二个何进，第二个袁隗，第二个董卓。但，不能谋身，又岂能谋国？所以老贾也对自己有句话，只是没说出来而已。想听吗？"

"什么话？"

"我这人管不住自己的嘴，不想变成第二个边让。"

10

退朝之后，曹操先去了城外军营。听完郗虑的报告，便马上明白了董承为什么会转变立场。于是，安排好曹洪下一步的行动后，曹操回城来到董昭的符节令府。原本，他也该来领取符节黄钺。

"公仁啊，没想到符节令府也如此破败。"

进门以后，曹操叫着董昭的字说。

"天子之居尚且简陋，何况我等？"见曹操摇头叹息，董昭拱手说道，"所以，黄钺其实没有，符节也只能因陋就简。"

说完，他取出一根绑着松鼠尾巴的竹竿给对方。

"看见它就想起袁本初。"曹操又摇头叹息，"当年他那绑着狐狸尾巴的司隶校尉节，可真是威风凛凛，漂亮之极。"

"实不相瞒，许多官印还是锥刻的呢！"董昭说。

听了这话，曹操不禁感慨。汉代官印一般都是铸制。如果因军中官职急于任命，则在预制的金属印坯上击凿印文，叫急就章。现在却用锥子刻画，可见朝廷的狼狈不堪，天子的无可奈何。统领内外诸军的黄钺，自然更不可能有。曹操便又问："这节，不是刚做的吧？"

"确实。"董昭点头，"卫将军早有安排。"

"啊啊！"曹操笑笑，然后背诵道，"今将军拔万乘之艰难，返之旧都，翼佐之功，超世无畴。然则大厦将倾必独木难支，匡扶汉室须同心协力。将军有兵，兖州有粮，诚愿与将军推赤心而结恩义，集众贤以清王轨，君为内主，我为外援。死生契阔，相与共之！"背到这里曹操笑笑，说道，"好文章，确实好文章。只是我写不出。"

董昭明白，假冒曹操名义写信给董承的事，曹操已经知道。送礼和联络之类，想必也知道。但他看不出这位受惠者脸上的表情究竟是欢笑还是冷笑，便笑了笑道："君侯可否坐下，容昭禀告？"

"君侯？哦，哦！"曹操想起自己是费亭侯了，便坐了下来，叫着董昭的字问道，"如果记得不错，公仁是济阴定陶人？"

济阴郡定陶县属于兖州，正在曹操的管辖范围。

董昭知道这话什么意思，说了声"确实"也坐了下来。

"兖州之长官，前有刘岱，后有吕布。"曹操仍然微笑，"更何况好男儿志在四方。冀州那里，才真是海阔天空。"

"诚然。"董昭知道曹操有疑，自己也说不清。事实上，董昭离开洛阳之后，跟荀彧一样投奔了袁绍，还兼任过魏郡太守，但是后来也对袁绍不抱希望。只不过，荀彧归曹，董昭却去了河内，因此与董承相识。之后，董昭追寻天子到安邑，被拜为符节令。不过，他不能说袁绍的坏话，也不肯说自己还帮过曹操别的什么忙，便道："盗用君侯名义，完全是鬼迷心窍，自作聪明，即刻向太傅自首请罪就是。"

说完，董昭低下头去。

"哪里话！"曹操真笑了，"李傕和郭汜被斩首的消息，承蒙公仁悄然送到安邑，还没来得及道谢！"见董昭释然，又说，"不过，曹操还是不明白，公仁为何要屡屡相助，还不打招呼呢？"

董昭也笑了。他已经意识到，曹操知道的远比说出来的多。但这不必点穿，更不必多言，便道："君侯已经袭封，可以称孤。"

"孤？这个，还不习惯。"

会习惯的，董昭想。见对方正等着回答问题，便庄重地说："良禽择木，良臣择主。如蒙不弃，请受一拜！"说完，他俯下身子，曹操也赶紧伸手扶起。这位委质为臣的，来的可真是时候。不过，等到董昭直起身子时，曹操却问："送给卫将军的财物，不知从何而来？"

"请人从家乡定陶送来的。"

"公仁真是费心。此后如何，也当有以教我。"

"董承并非可靠之人，洛阳也非宜居之所。"董昭说，"奉天子而安天下，唯有移驾许县。这件事，杨彪和董承都不会愿意，公卿百官也很难说服。毕竟，颠沛流离整整一年，好不容易才还于旧京，谁肯再走？又有谁肯寄人篱下？除非洛阳再次断粮。"

"这种事情，我不会允许发生。"

"许县到洛阳路途遥远，运输不便可是事实？"

"是实。"

"移驾近许，可否？"

"当然可以。"曹操点头，"哪里？"

"鲁阳。鲁阳在洛阳之南，许县之西。由洛阳去鲁阳，必经董承驻防的梁县。所以，他不会反对，甚至求之不得。天子的车驾在梁县也正好要歇息一夜。至于第二天是往南还是往东，那就……"

曹操听明白了，点了点头。

"只是不可欺君。"董昭又说。

"这事孤来想办法。"

见曹操这样自称，董昭不禁一笑。

11

　　有粮的日子果然好过，转眼就到了八月下旬。这段时间曹操只要能够抽身，就来陪伴天子，给他讲自己的故事。如何打吕布啦，如何夺冀州啦，如何差点变成丧家犬啦，并不隐瞒失败和狼狈。不过天子问得多的还是屯田，曹操便讲了卖艺人父女的事。此前杨彪他们觐见皇帝，总是恭恭敬敬，一本正经，刘协哪里听过这么有趣的话？就连董青在屏风后都听得入神，对许县的生活产生遐想和神往。

　　董昭则隔三岔五来找羽林监王必聊天。两个人都是宫廷秩六百石的官员，彼此熟悉，说话也随意，何况董昭还必带酒来。酒是从董承那里弄来的。董承告诉董昭，军中不比朝中，不可没有此物，只不过要出高价，买私酿。市面上虽然没有，私底下总有办法。

　　王必当然很领情，董昭也从他那里得知，羽林军其实对董青积怨已久。那天晚上在安邑，南匈奴军进城就是王必放进来，中常侍渠穆则假装不知。王必愤愤地说，谁惹的事，谁自己去兜着，反正南匈奴要的是女人不是皇位。我手下这些羽林郎好歹也是三百石，哪能被她吆来喝去。我们只管护卫天子。天子上哪，我们去哪。

　　嘿嘿！后面的事情好办了。

　　这天晚上，空中无月，秋凉似水。王必在廊下值班，董昭又摇摇摆摆来了，两个人坐在台阶上喝酒聊天。曹操则在杨府书房里，陪着皇帝说话解闷，不知不觉又说到了许县的收成。刘协感慨地说："许县户户有余粮，家家庆丰收，日子可比洛阳好过多了。"

　　"这是因为许县小。小则易治，大则难。"曹操说。

"那么依卿之见，洛阳何时可以恢复？"刘协问。

"恐非一日之功。"曹操如实回答，"六年前董卓屠城，悉烧南北两宫，尽毁园林、衙署与居家，二百里内室屋荡尽，不再有鸡犬之声相闻。所以陛下还都后，多数人只能披荆棘依于墙壁间，其实与露宿无异。那时天气热，尚可，现在却已是八月。一旦秋风起，恐怕百官难以存活。因此臣以为，当务之急恐怕是如何过冬。"

"陛下，曹操所言极是，臣也有此疑虑。"渠穆忍不住插嘴。

"那么，计将安出？"刘协问。

曹操却看着渠穆问："走北邙时，常侍为何留在宫中？"

渠穆没有想到会有此一问，愣了一下，然后答道："张常侍为何要带天子出走，不用复述吧？他说当时的天子可怜，其实我们这些人也可怜，张常侍的想法更是并不可行。所以我等议决，由小人留下作为后手，虽然小人原本愿随张常侍同生共死。"说到这里，渠穆扑通跪下对刘协说："此事陛下从未问过，臣也就没说，请陛下恕罪。"

"起来吧！"刘协笑笑，"那时朕还不是天子，为什么要问？"

"其实留下也危险，何进可是常侍杀的。"曹操看着渠穆，"可见常侍并不怕事，也胆大心细，难怪这些年来陛下有惊无险。"

"谢陛下！"渠穆起身，又对曹操说，"多谢体谅！"

"常侍说的是，凡事都要有两手准备。"曹操知道自己刚才那句话已经收服了渠穆，便又说，"如何过冬，也该未雨绸缪。"

"看来卿是深谋远虑之人。"刘协笑道。

"陛下谬奖。"曹操也笑，"其实臣做事往往鲁莽，儿时更是顽劣不堪，好恶作剧。有次人家娶亲，竟和袁绍去偷新娘子。臣见贺喜的满满坐了一屋，便在院子里大喊有贼，主人和客人都跑了出来。"

"你们便乘虚而入？"刘协问。

"是。"曹操回答，"可是得手之后没跑几步，我们就掉进了荆棘丛中。袁绍被树枝勾住动弹不得，人家却追了过来。臣急中生智又大喊一声：贼在这里！结果，陛下猜猜怎么样？那个袁绍也不管衣服破不破，身上疼不疼，飞快地就逃出来了。"

"哈哈！"刘协完全放松，"看来有时候吓唬一下也好。"

"正是。"曹操说，"置于死地而后生。"

话音刚落，外面传来喊叫声："有贼！别让他们跑了！"

"有贼？"刘协奇怪，"说贼就贼到吗？"

"可能。"曹操笑道，"偷新娘子的来了。"

渠穆却不敢马虎，请示过刘协后就到了门外，只见王必已经拔出剑来，大喊保护圣驾。白白胖胖的董昭却从台阶上站起，醉眼惺忪地慢慢说道："不会吧？洛阳城里鬼都没有，哪有贼？"

12

第二天，朝廷召开紧急会议。刘协坐在正中榻上问道："听说昨晚出了乱子，都有谁家进贼了？"

"臣家有。"司徒赵温说。

"臣家有。"司空张喜说。

"臣家有。"太常王绛说。

"臣家有。"大鸿胪荣郃说。

"臣家没有。"卫尉周忠说。

"臣家没有。"太仆韩融说。

"司隶校尉可知是何原因？"刘协又问。

"臣查过了，"曹操站在当中回答，"是流民作乱。"

"流民？"杨彪问，"怎么会有流民？"

"天子还都，百姓自然前来归附。"曹操回答，"只是他们没想到洛阳毁成这样，来了以后无居可安，无业可乐，便成流民。"

"能否阻止？"刘协问。

"无计可施。"曹操回答。

杨彪听了，心里怒不可遏。他早就听杨修说过，曹操手下的郗虑怎样从长安弄到情报，要了韩馥的命，很怀疑昨晚闹贼就是这个家伙做的手脚。但他没有证据，只能喝道："曹操！你录尚书事，又领司隶校尉，朝廷安危和京师治安自然都由你负责，岂能如此回答？"

曹操当然知道，那些贼都是郗虑让狗儿找来的，任务是到当官的家里转转。动静越大越好，顺点东西也行，但不准伤人。狗儿说这事他在行，人也有的是，就怕没什么东西可顺。曹操想起这些，心里就好笑，脸上却满是恭敬，看着杨彪说："请太傅训示！"

"请司隶校尉封锁洛阳十二城门，令其就近安置。"杨彪说。

"太傅，"曹操看着杨彪，声音不大却字字千钧，"百姓归附乃是因为人心在汉，朝廷怎能阻止？何况他们中当有很多人是被董卓驱逐出去的。现在重归故里，又岂有不准入内之理？"

"这么说，流民人数将有增无减？"张喜问。

"只要天子还在洛阳，就止不住。"曹操回答。

"曹操！"杨彪喝道，"什么意思？难道要天子移驾不成？"

"正是如此。"曹操坦然回答，"洛阳既无城防，亦无警备，房屋破损，供应匮缺，衣食住行均无保证，不如暂且移驾鲁阳。鲁阳距离许县不远，臣等运送粮草较为方便。等到将来，洛阳百废已兴，内外祥和，再回故都也方便。权宜之计耳，请陛下明察！"

"鲁阳?"杨彪说,"那就是要先去卫将军的梁县了?"

"太傅尽管放心,我可不会将车驾留在梁县,那里也不会有什么董安殿。"董承冷笑,又看着杨彪补了一句,"对了,太傅,那块匾是谁挂的,查出来了吗?"见对方被击中要害,不敢做声,董承便转过身来看着刘协说,"陛下,臣请依曹操所奏,移驾鲁阳。"

说完,他看看赵温和张喜。

"臣附议。"司徒赵温说。

"臣附议。"司空张喜说。

"准奏。"刘协说。

13

数日后的傍晚,浩浩荡荡的车队缓缓停在了鲁阳城门。最前面是曹洪的步兵营,接下来是王必率领的羽林军,然后是渠穆骑马护驾的天子御辇,还有公卿百官的车辆,殿后的是曹操的轻骑兵。

为了表示并无私意,董承让天子在梁县多住了一天,自己到鲁阳预作安排。此刻,他和公卿百官都站在御辇前。杨彪躬着身子,声音不大不小地说:"陛下!鲁阳已到,要不要看看城门?"

车门打开,董青从里面出来。

"贵人,"杨彪问:"陛下呢?"

"陛下?藏起来了。"董青说。

"藏起来了?"杨彪大惊,"藏在哪里?"

"我哪知道?说是要混进曹操的士兵队伍里,看我到时候能不能找出来。"董青说完打了个哈欠,"奇怪,这一路怎么睡不醒呢?"

"太傅，要不我们分头找找？"赵温说。

"不用。"杨彪说，"多半已经跟曹操去许县了。"

"啊？曹操竟敢劫持天子？"董承也大惊。

"劫持？将军以为他是李傕，还是郭汜？天子若是不愿意，会跟他走？"杨彪看了看面无表情的渠穆，再看看呆若木鸡的董承，一声长叹说，"木已成舟。我们在鲁阳歇息一夜，也去许县好了。"

与此同时，一队轻骑兵正在前往许县的路边休息。曹操掏出陶壶递给身着戎装的年轻人："陛下，累了吧？"

"不累！"刘协兴致勃勃，"有生以来就没这么痛快过！"

痛快就好。曹操笑眯眯地看着刘协。闹贼那天晚上，屋里只剩下两个人时，皇帝突然眨了眨眼，叫着自己的字说，曹孟德，你看朕也能偷新娘子吗？当时曹操就知道，都许这件事该怎么做了。

刘协打开盖子喝了一口，惊喜地问："酒？"

"九酿春酒，臣家乡的配方。"

曹操轻声回答，那声音里竟有几分慈爱。

第十三章

三征张绣

建安元年
九月之后

建安二年
丁丑　牛
曹操四十三岁

建安三年
戊寅　虎
曹操四十四岁

1

郭嘉身着布衣，吊儿郎当地来到大将军府，完全不像袁绍特使的样子。迁都许县之后，天子立即封曹操为武平侯，任大将军。又任命袁绍为太尉，封邺侯。汉代侯爵分三等：亭侯、乡侯、县侯，武平侯就是县侯。袁绍的爵位虽然相同，大将军的班序却在三公之上，衙署也号称幕府，曹操的政治地位第一次超过了袁绍。

袁绍看完诏书勃然大怒，谋士们也吵成一团。沮授说，早就应该迎圣驾而都邺城，挟天子以令诸侯。不过就连他也知道，现在说这些没有什么用。许攸则主张受封而辞职，因为封了侯就可以称孤。虽然邺城原本就是袁绍的，封邺侯只是多了虚名。最后，袁绍问谁去许县走一趟，众谋士面面相觑，都不出头，郭嘉却主动请缨。他说，自己年纪最小，职位最低，不会掉了冀州的价，曹操也不能不见。

袁绍欣然同意，郭嘉却在门口被许褚拦住。

"干什么的，你？"

"草民求见大将军。"

"大将军也是随随便便就可以见的？"

153

"不可以吗？那我坐会。"

说完，郭嘉一屁股坐在台阶上。

"坐什么坐？"许褚说。

"走累了，歇歇。"说完，郭嘉掏出木碗和果核，开始玩押飞碗的游戏，边玩边唱，"看稀奇啊看古怪，看你眼快还是我手快。"见许褚被吸引过来，便在台阶上放了个果核，再用木碗扣上。

"几个？"郭嘉问。

"一个。"许褚说。

木碗掀开，出现两个果核。

许褚顿时傻眼。

郭嘉再扣上，问："几个？"

"两个。"

"看准了？"郭嘉问。

"就是两个。"许褚说。

郭嘉再掀开来，出现三只果核。

"你这家伙，到底是什么人？"许褚问。

"卖艺的。"郭嘉说。

"卖艺的？多大了？"

"二十七。"

"那你应该晓事。"许褚说，"卖艺的，见什么大将军？"

"也是。"郭嘉说，"那你要不要跟我学艺？"

"学什么艺？"许褚说，"我只管保护曹公。"

"你这憨子，好不晓事。"郭嘉说，"文艺武艺，都是手艺，光有武艺哪成？常言道，艺不压身。你要是真学会了，岂非能给你那曹公解解闷？再说这手艺一点都不难，不信我来教你。"

说完，郭嘉便开始教许褚玩。

许褚见这人瘦瘦小小，风吹就倒，也不在意，便由着他教。看着看着，觉得会了，又开始自己玩。但是，他怎么做都不对，于是聚精会神地琢磨。郭嘉满脸坏笑，乘其不备一溜烟进了门。

2

刚到许都，太傅杨彪就宴请，孔融十分得意。

孔融是孔夫子的二十世孙，豫州鲁国人，天赋极高，从小就名扬四海，当然也自命不凡。他受过杨彪父亲杨赐的征召，担任杨赐司徒府的掾属。后来历任侍御史、中军候、虎贲中郎将，最后被董卓打发到黄巾军闹得很凶的青州北海国当国相。孔融在那里待了六年，却被袁绍的长子袁谭夺了地盘，老婆孩子也做了俘虏。曹操得知，便将他请到许都，任命为秩二千石的将作大匠，负责宗庙和皇宫的建设。

"文举，"杨彪端起酒杯，叫着孔融的字说，"天子新都许，阁下便来襄助，堪称国士无双。老夫今天，不能不略表心意。"

"承蒙他曹孟德看得起，三催四请，敢不承命！"

侍立在旁的杨修听孔融这么说，差点笑出声来。

"大将军思贤若渴，用人也不拘一格。"杨彪满脸诚恳，完全看不出是打官腔，"因此文举一到，便委以要职，足见依凭之重。如此选贤与能，我大汉复兴有望。却不知能够为国分忧的，还有哪些人？"

"不好说。"孔融道，"要说人多势众，首推袁本初。哈哈，他那个人啊，从来自比战国四公子，在京师就好养士，到了冀州更是谋士如云。只不过，那些名士是用来撑门面还是派用场，还要再看。"

"可是，袁本初号称拥有四州之地。"杨彪说。

"确实。"孔融马上泄了气，有点沮丧。

"袁公路呢？"杨彪又问。

"自以为是，傲气十足，自家兄弟都不能相容。"说起袁术，孔融又来了精神，"董卓派吕布攻鲁阳，盟军不救，他便破口大骂，说群竖不吾从而从吾家奴。还给公孙瓒写信，说本初不是袁家人。"

"如此说来，竟乏善可陈？"杨彪再问。

"有，刘备。此人可是真英雄，只是识者不多。"孔融说，"已故徐州牧陶谦，算是个识货的。临终之时，托徐州予刘备。刘玄德不敢接手，道是袁公路近在寿春。鄙人便对他说，怕什么，袁家那些四世三公早已是冢中枯骨。袁公路目中无人，注定孤立无援。"

"受教。"杨彪拱了拱手。

"不知曹大将军那里，都有些什么才俊？"孔融问。

"修儿，你来说。"杨彪看了看儿子。

"侍中，守尚书令颍川荀文若。"杨修说。

"荀彧啊？"孔融说，"眉清目秀，倒是合适做吊丧客。"

"侍中，尚书仆射颍川钟元常。"杨修又说。

"钟繇啊？"孔融又说，"一笔好字，可使代写家书。"

"侍中，军师祭酒颍川荀公达。"

"荀攸啊？好饮知味，可使主厨。"

"侍中，屯田中郎将颍川枣文恭。"

"枣祇啊？"孔融嗤之以鼻，"樊迟嘛！小人哉，樊须也！想当年樊迟向我先祖问种粮，还问种菜，夫子就是这么说的。哈哈，没想到也是侍中。怎么，曹大将军手下的才俊，都是颍川的？"

"也有不是的。"杨修说，"侍中，御史中丞郗鸿豫。"

"郗虑吗？可是连牢房都看不住。有不加侍中衔的吗？"

"有。"杨修说，"许县县令满伯宁。"

"满宠？抓老鼠倒是把好手。"孔融笑了起来，"好嘛！抓老鼠的有了，看牢房的也有了，做吊丧客的，代写家书的，都有，还有种菜主厨的，果然济济一堂。哈哈，就差个卖艺的了。"

3

"明公，有没有看到个卖艺的？"

大将军府中，曹操与荀彧等人正在议事，许褚却慌慌张张地闯了进来。所有人都奇怪哪来什么卖艺的，郭嘉已从旁门闪出。荀彧马上就笑了："奉孝啊，别来无恙？看来行事之风也没改。"然后，他又向曹操介绍说："明公，这就是我常常提起的……"

郭嘉却不理他，看着曹操说："冀州特使郭嘉拜见大将军！"

冀州特使？许褚吓了一跳，赶紧溜走。

曹操却不敢怠慢。双方行礼如仪之后，便分宾主坐下。郭嘉跪坐在客席，直着身子，并不将臀部放在脚后跟上。

其他人按照礼仪都站着，包括荀彧。

"敢问袁公有何见教？"曹操公事公办地问。

郭嘉却答非所问："小朋友，还是算了吧，你那东西放不到我身子下面。"众人向郭嘉身后望去，看见狗儿满脸通红站在门口，手里拿着一只松果。曹操哭笑不得，喝道："你这家伙，又搞什么恶作剧！"

狗儿红着脸说："都说郭先生料事如神……"

"鸿豫，是你教的？"曹操说。

"没有。"郗虑说，"哪有？狗儿你说。"

"好了，拿酒去，不许偷喝。"曹操挥挥手。见众人窃笑，又看着郭嘉说，"这孩子是孤收养的。管教不严，奉孝见谅！"

"不不，孺子可教。"郭嘉这才正式坐定。实际上，曹操与其部属臣僚的这种随意很让他感慨，而且感动。但是现在还有使命，便拱手说道："冀州致意明公，既然官任太尉，愿率十万精兵到许履职。"

"敢问何时启程？"曹操说。

"谋定即动。"郭嘉回答。

"何时谋定？"

"从未定过。"

"那么，"曹操笑了，"奉孝如何复命？"

"只好留下。"郭嘉说，"文若是知道的，郭嘉好酒。若九酿春酒日日常有，请明公受臣一拜！"说完，他就势俯下身子。

"奉孝啊，孤盼你已久，文若也推荐多次。"曹操赶紧扶起，喜出望外。袁绍那边，过来三个人了，岂非说明人心所向？何况天子已经任命荀彧为尚书令，以后会常年留在许都。董昭担任了河南尹，主要镇抚地方。现在所缺，就是郭嘉这样可以跟着南征北战的，而且他还行了委质之礼，真是天助我也。只是，如何表达心意？

没想到郭嘉直接进入了角色。他起身走到巨型沙盘前，开始发表自己的见解："许都和兖州、豫州在此。其北，冀州、青州和并州已为袁绍所有，幽州也迟早归他。东面，袁术据淮南，吕布据徐州。西面有韩遂和马腾据凉州，张鲁据汉中，刘璋据益州。南面则又有刘表据荆州，张绣据南阳，孙策据江东。这种形势有利有弊。自古以来便是居中国者治天下，何况天子在许，此为有利。但四面受敌，成为众矢之的，此为有弊。因此嘉以为，明公此刻正在十字路口。"

158

"确实如此，为之奈何？"曹操说。

"表面上看，东西南北有十股力量，还连成一片。实际上，他们都各怀鬼胎，也有强有弱。最强大的是袁冀州，必须避其锋芒。"郭嘉看着曹操，"所以，明公何妨让出大将军一职。"

"让！让他号称幕府。反正徒有虚名，指挥不动别人。"

"下一步，就必须选择一处，打开缺口。"郭嘉又说，"袁术多行不义必自毙，吕布有勇无谋不足虑，其他人我们鞭长莫及。近在咫尺又实力最小的，就是……"说着，他从袖子里掏出一个果核，放在了南阳郡的位置上，再用木碗扣住，"只有一郡之地的张绣。"

说完掀开木碗，果核不见了。

众人都笑了起来，郭嘉却又将木碗扣下，再掀开，那个果核又出现了。郭嘉说："鸿豫应该已经报告，有位老朋友正要去帮他。"

曹操点了点头说："是的，贾诩。"

4

正如郭嘉所说，贾诩确实到了张绣那里。

张绣是凉州将领张济的族子，跟贾诩一样是武威人，因战功卓著被拜为建忠将军，封宣威侯。张济阵亡后，张绣统领其部众，屯兵于宛城，被荆州牧刘表举荐为南阳太守。这可是割据的诸侯中实力相对弱小的，贾诩却很愿意去。因为除了自己，没人给张绣做谋士。

曹操则接受郭嘉的建议，把大将军的名分让给了袁绍，又让司空张喜称病辞职，自己做了司空，太尉的职位却空着。消息传来，张绣便问贾诩："曹兖州变成了曹司空，他会干什么？"

"当然是奉天子以讨不臣。"贾诩说。

"他首先进攻的会是哪里?"张绣又问。

"当然是君侯的南阳。"贾诩又答。

"那么,南阳该如何应对?"张绣再问。

"当然是主动投降。"贾诩再答。

"先生何出此言?"张绣吃了一惊。

"请问,曹司空要攻南阳,君侯能够让他不来吗?"

"不能。"张绣说。

"曹军挺进南阳,君侯顶得住吗?"

"当然顶不住。"张绣又说。

"可不是只有投降?"贾诩说。

"投降以后,不会受委屈?"

"当然会,怎么不会。"见张绣目瞪口呆,贾诩又说,"投降本身就是受委屈。要是连这也怕,就得去死。"

"不会受欺负?"张绣又问。

"这个不好说。不过,将军可以受委屈,不能受欺负。真要欺负我们,那就是他理亏,到时候自有办法。"

5

张绣的叔母刚一出现,曹操的眼睛就直了。

这是建安二年正月。按照郭嘉的建议,曹操率军征伐张绣。刚到宛城东边的淯水,张绣就投降了。都许刚刚四个月就讨了不臣,还是不战而胜,曹操高兴得不知所以,尽管也心存疑虑。

毕竟，贾诩那老狐狸在张绣那里。

张绣却打消了曹操的顾虑。他坦言，投降正是贾诩的主意，还将贾诩的话复述一遍，只是略去了受委屈和受欺负那段。这就连都虑和郭嘉也觉得可信。识时务者为俊杰，这道理谁不懂？于是，曹操驻兵淯水东岸，仅仅带着几个亲信进了宛城，到南阳太守府赴宴。

饭菜出奇地精美，所有人都赞不绝口。

"司空觉得可口就好。"张绣见曹操大快朵颐，也很高兴。

"若是袁本初吃了，怕是要称为天下第一厨。"曹操说。

"天下第一不敢说，南阳无人可比。"在末座作陪的贾诩说。

"文和跟孤一样，也不是讲究之人。"曹操想起洛阳董府小院里的贾诩住处，不禁笑了，"连文和都推崇备至，不知是何等奇才？"

"这个？"张绣略略迟疑，"那就请出来见见司空。"

没想到，厨师竟然是位少妇。脸蛋和身材像是汉族女子，却穿着匈奴的窄袖紧身长衣，系了匈奴的腰带，更显得风情万种。曹操阅人无数，身边也从来不缺女人，让他一见便起冲动的却当真不多。

赵飞燕的腰啊！手感一定很好。

"司空！"张绣叫道。见曹操"哦"了一声，回过头来，张绣赶紧介绍说："这是我的叔母，今天设的其实是家宴。"

张济的夫人？看年龄，像是如夫人或者继室。

"宣威侯费心，果然亲切！"曹操嘴上打着哈哈，其实心里想的只有一件事。当年，十八岁的武皇帝初见卫子夫，恐怕也是这样急不可待吧？可惜南阳太守府不是平阳公主府，不能到旁边的更衣室就把事情办了，曹操也只好装作拉家常："敢问夫人是何方人氏？"

"叔母本是南阳人。"张绣代答。

果然是张济到了宛城以后才娶的。

"夫人这一身匈奴装束，孤还以为是凉州的。"曹操说。

"叔母虽是南阳人，却也喜欢北国风情。"张绣又说。

"难怪这席酒菜，得以兼味四方。"曹操嘴上夸着，心里想的却是风味别致的那道菜今晚吃定了，便又看着张绣说，"如果配上孤的九酿春酒，天下无双。明日孤要在营里回请诸位，可借贵厨一用否？"

借厨子？老虎借猪吧？

"礼尚往来，敢不承命！"贾诩看出张绣为难，也看出张绣寡居的叔母并不反对，便代为回答，然后又说："恕小人高攀。念在长安共事的份上，可否恩准小人在明天散席之后，与郗侍中叙叙旧？"

"有何不可？当然可以！"曹操的心情好极了。

6

第二天曹营的酒宴，宾主极尽其欢，一直吃到傍晚，大帐之外的将士们也都醉醺醺的。张绣的叔母没有露面，也没人不识趣问起昨晚怎么过的。酒宴结束之后，郗虑跟着贾诩来到军营外不远处，半山腰上风景如画。看着夕阳西下，两个人的心情似乎都不错。

"久别重逢，感慨万千。"贾诩说，"来，请先喝了这杯。"

"先生不知道吗？郗虑滴酒不沾。"

"是吗？"贾诩说，"那么上次在长安，为什么跟我喝酒？"

"喝了吗？"郗虑微笑。

"没喝吗？"贾诩装糊涂。他当然记得那次郗虑只是从酒樽里将酒舀出倒在三个耳杯里，这两次酒宴也没动杯子，便摇头笑道："好像也是啊，只有我自己喝了。不过，我付酒钱了吗？"

"好像也没有。"郗虑说。

"这可不好，贾诩不喜欢欠别人的，哪怕是酒钱。"贾诩又自己喝了一口，"我也不喜欢被蒙在鼓里，越是不明白的越想弄明白。请鸿豫直言相告，跟足下一起请老贾喝酒的那位，真是卖盐的？"

"先生看呢？"郗虑问。

"我看不像。"贾诩说。

"郗虑也觉得不像。"

"鸿豫想必知道，她还当过劫匪。"贾诩看着郗虑。

"江湖中人嘛，亦商亦匪亦盗，都不足为奇。"

"可是专与董太师为敌，就怪异了。"

"或许有私仇，也未可知。毕竟，董卓残害甚多。"

"也可能出于公义。不过，似乎又不像太平道。"

郗虑沉默。其实，贾诩的疑问也是他的。曹操在洛阳杨彪旧宅的庭院里朝见天子时，他也发现无盐在围观民众中，还泪流满面。但他不想跟贾诩讨论，至少此刻不能，因为他发现自己军营不远处有异常情况，便说："郗虑也不喜欢被蒙在鼓里，先生可否直言？"

"请问！"贾诩说。

"你们是真降，还是诈降？"

"何出此言？"贾诩微笑。

"若非诈降，你们的兵为什么动了起来？"

确实，从半山腰望去，可以看见消水边曹营旁，原本已经投降的张绣军全部拔营。车上拉满了东西，将士们却穿着戎装。

"撤回宛城而已。"贾诩依然微笑。

"为什么要夜行军？"

"留在这里不碍事吗？"

"为什么全副武装？"

"车少。只好把铠甲穿在身上，自提兵器。"

"为什么似乎要从我军营前经过？"

"路近。"贾诩说。

"司空知道吗？"郗虑再问。

"当然。司空不批准，谁敢？"

"抱歉！我得回去看看。"

"不必吧？今日之事，告诉你也无妨。我等原本真降，奈何司空欺人太甚。老夫曾向宣威侯保证，可以受委屈，不能受欺负，也只好反了。再说，"贾诩一声冷笑，"阁下认为老夫会让你走吗？"

说完，端起郗虑面前的酒泼了过去。

郗虑顿时晕倒。

7

郗虑和贾诩在半山腰叙旧时，十一岁的曹丕和十七岁的狗儿正在军营外的水边练剑。郗虑启蒙之后，狗儿进步很快，不过，几个回合下来，还是不敌，便收手道："公子好剑法，认输。"

"当然。"曹丕微微一笑，"我六岁学射箭，八岁学骑马。"

"我六岁要饭，八岁偷东西。"狗儿神情黯然。

"不会再让你要饭了，偷东西就不好说。"见狗儿不解，曹丕笑笑又说，"水无常形，兵以诈立。打仗嘛，什么本事都用得着。"

狗儿点了点头。两个人都没想到，这话居然成真。就在他们准备回营时，却发现远处火光熊熊，杀声震天。曹丕立即判断，肯定是有

164

兵变，而且猝不及防，便对狗儿说："父亲那边有军师，有仲康，我们小孩子不要去添乱。现在看你的了。偷两匹马，我们走！"

8

军营起火之前，军师祭酒郭嘉已经在曹操的大帐前焦虑地等待了许久。许褚却手持大斧守在门前，死活不让他进去，满脸为难。郭嘉当然知道是怎么回事，却也无可奈何。散席之后，张绣的叔母并没有跟着回城，可见昨晚她最多半推半就，甚至各得其所。然而即便对方是寡妇，也不能连礼都不行就苟且。张济可是做过骠骑将军的。随随便便就将他的遗孀弄上床，让那刚刚投降的族子怎么想？

还有一件事曹操也做得欠妥。张绣手下有名爱将叫胡车儿，勇冠三军。曹操见了喜欢，便亲手赠送礼物。郭嘉当时就看见，张绣眼里闪了一下。毕竟，爱将反水不同于寡妇改嫁，那可是要命的。

此外……

算了，多想无益。问清楚司空的甲胄和兵器就在身边，郭嘉告诉许褚今晚可能有事，便并肩守在门前。果然没过多久，张绣的军队就杀了过来，军营内乱成一团。郭嘉立即冲进帐内，曹操的长子曹昂也带着小队轻骑兵飞奔而来。许褚马上抢起大斧，顿时砍倒多人。

怒容满面的曹操，也由郭嘉陪着走出了帐门。

这时，许褚又杀了几个，张绣的兵一时不敢上前。

"父亲快走，儿子断后！"曹昂大喊。

"昂儿，稳住！"曹操说道。见郭嘉已经牵了马来，立即抓住马鞍飞身上马，大声喝道："贼子竟敢谋反！谁是领头的？"

"我。"张绣军中,胡车儿骑在马上应道。

"你?"曹操愣住,"孤待你不薄,为何要反?"

"胡车儿忠于宣威侯,岂是贼人能离间的。"说完张弓搭箭,一箭射将过去。曹操躲闪不及,正中右臂,跌下马来。

"仲康,保护司空和军师快走!"曹昂喝道。

许褚扔了大斧,抱起曹操放在马上,把缰绳交到他手里。郭嘉也迅速上马。见张绣的步兵围拢过来,许褚抓住前面两个人对撞,再把尸体扔了出去,这才重新拾起大斧,掩护曹操撤退。张绣兵吓得纷纷让路,掉头围住了曹昂等人。曹昂怒吼一声,拔剑杀入敌阵。

军营里很快就火光一片。

9

靠着许褚且战且退,杀出重围,曹操总算逃了出来。但他们走到半路刚刚拐弯,却看见路当中放着拦马的木桩。两个人架着昏迷不醒的都虑站在木桩旁,贾诩提剑站在地上大声叫道:"留步!"

"果然是你。"曹操冷笑,"也果然诡计多端。"

"过奖!"贾诩拱手。

"让开!"曹操喝道。

"谁敢上前,我杀了他!"贾诩将剑架在都虑的脖子上。

"少来这套!孤早有明令,但遇劫持,不顾人质。"

"哈哈哈哈!如果司空自己是人质,也可以不顾吗?司空难道真以为贾诩会是只身一人啊?看看两边林子。"

"你有多少人马?"

"我不告诉你，自己猜。"

"那你想怎么样？"

"不怎么样，谈谈。"贾诩说，"司空一定很奇怪，我们为什么要投降，降了以后又为什么要反？很简单，投降是因为打不赢，反叛是觉得受了欺负。也难怪！司空此刻，正如红日出山临大海，哪里体会得到降卒的感受？也只好贾诩来说上两句。现在话已说完，你们可以走了。先来两个人把御史中丞扶回去，他还没醒呢！"

两个士兵走过去，把郗虑抱到马上。

"孤倒是好奇了，文和到底是什么人？"曹操说。

"实不相瞒，贾诩胸无大志，只想在这乱世苟且偷生，有时候也忍不住管点闲事。反正一肚子阴谋诡计，闲着也是闲着。这毛病实在不好，所以我从来不把事情做绝，留条后路也好来日相见。"

"我们还会再见吗？"曹操笑笑。

"山不转水转。"贾诩也笑，"再说，司空岂会放过南阳？"

"来日相见，可是兵戎。"

"那是当然。司空还有问题吗？"

"张绣现在哪里？"曹操说。

"宣威侯满心惭愧，就不来送行了。请！"

说完，贾诩闪身，另外两个人立即搬开木桩，退到路边。

走不走？走！曹操策马前行，并不看贾诩一眼。

"司空！"贾诩突然叫了一声。

通过了拦马木桩的曹操勒马回头。

"到前面村子里把箭拔了吧，那里有医家。"贾诩说，"带箭而行虽然看上去雄姿英发，可是很危险。"见曹操哼了一声，又说，"还有件事要提醒司空。袁术在淮南，只怕是快要称帝。"

10

　　袁术在寿春称帝的消息传到许都，朝堂上的反应并不强烈。董承倒是问了句，这家伙自号"仲家"是什么意思。听杨彪解释，说袁家自认为是大舜之后，尧是伯，舜是仲，董承便道：原来是二皇帝。

　　他说这话时，除了刘协，众人都笑，就连渠穆也窃笑。

　　曹操知道，这里面有两个原因。首先是没把袁术放在眼里，料定他成不了气候；其次也难免有人幸灾乐祸，因为这事正好发生在淯水之战以后。曹某既然连张绣都对付不了，又岂能对付袁术？

　　那就趁机……

　　果然，杨彪说话了："臣请陛下回驾洛阳。"

　　"为什么？"刘协问，"袁术称帝跟朕在哪里有关系吗？"

　　杨彪却说关系重大。他话里有话地说，此人原本盘踞南阳，四年前被刘表所逼向东南移动，却被曹操在陈留郡的封丘县围剿，便只好败走襄邑，再走宁陵，逃往寿春。此可谓深仇大恨。后来，曹操奉迎天子到许都，又扫荡周边依附袁术的各个郡县，其残余势力全都到了寿春，袁术也才胆敢称帝。因此，许县危矣，陛下危矣。

　　这话说得滴水不漏，曹操只能不置可否。

　　董承听了却哈哈一笑，说太傅到底是袁术的姐夫，对他知道得很清楚。见杨彪面红耳赤，董承又说，不过许县危险是事实，确实应该避其锋芒。他的主张是迁往鲁阳。鲁阳离寿春远，离许县近。东边有许县、颍阴和颍阳三道防线，北面有梁县为退路，可保万无一失。

　　"这样啊？"司徒赵温愣住。

"不行吗？"董承笑着反问。

行，当然行。谁都知道，董承的方案比杨彪的可行。但是九卿都不想卷入那两人的纷争，卫尉周忠便问："太傅，非走不可？"

"将作大匠说呢？"杨彪看着孔融。

"恐怕要。"孔融说，"我先祖有云，危邦不入，乱邦不居……"

"如此说来，天子此刻莫非是在乱邦？"见孔融自以为是，口不择言地引经据典，曹操知道机会来了，不等他说完便立即反问。孔融哪里敢接曹操这句话，顿时愣在那里，合不拢嘴巴。

"如今天下，又何处不是危邦？"曹操又问。

当然没有，哪有？孔融哑口无言。

"还有，袁术那个皇帝，是真是伪？"

"当然是伪。"孔融马上回答。

"那么请问，真天子要躲避伪天子，孔夫子说过吗？"

此言一出，只见刘协变色，孔融傻眼，杨彪长叹。天底下，当然没有真天子躲避伪天子的道理。卫尉周忠觉得应该援之以手，便看着曹操问道："司空，袁术公然称帝，是因为有传国玉玺吧？"

"是。"曹操说。

"那就让夏侯惇和曹洪再走一趟，取回来。"

"甚好。"曹操笑了，"可惜玉玺不像李傕和郭汜的脑袋，一眼就能看见。要不，让他们两个陪着去寿春，卫尉亲自找出来？"

"看来，也只能司空率军征讨了。"周忠说。

"不！春耕在即，必须尽快推行屯田，无暇征讨。"

"难道坐视不管？"太仆韩融急了。

当然不能。曹操说，对于这件事，我们首先要有态度。如果朝廷都一言不发，岂非助长那贼的嚣张气焰？因此应该行文州郡，袁术冒

169

天下之大不韪，妄用僭号，颠覆汉室，罪大恶极。此等逆贼，人人得而诛之，无须待天子号令。其次，袁绍在冀州遥领大将军一职。既为幕府，又是贼兄，岂能旁观？朝廷应责以干戈之功，犬马之劳，令其勤劳王事，不得无所作为。孔融领袖文坛，笔力千钧，两封诏书不妨由他来起草。州郡原本观望，不可能纷纷附逆。只要朝廷和袁绍表明态度，就会同声讨伐。如此，袁术必被孤立，然后就可以……

"可以怎样？"孔融问。

"徐图之。"曹操说。

11

曹操的判断一点都没错，袁术果然被孤立。

首先，关系最密切的孙策反了。孙策是袁术旧部孙坚之子，当时自任会稽太守，实际据有今天浙江、江苏、江西和安徽相邻地区大片土地，可以说大半个东汉扬州都是他的，袁术则连小半都不到。听说袁术称帝，孙策立即写信痛斥，与之绝交。曹操也立即笼络，拜孙策为讨逆将军，封吴侯，很快就将扬州南部变成了袁术的敌对区。

对付袁术北边的吕布要麻烦些。这个时候，吕布已经夺了刘备的地盘，自任徐州牧。所以，袁术称帝之后，便立即派人去下邳，要娶吕布之女做儿媳妇，吕布也答应了。这两人如果联手，就会形成合纵之势，威胁最大。于是，曹操奏请皇帝，拜吕布为左将军。为了表示诚意，他还给吕布写了一封信，说朝廷已经山穷水尽，这金印用的是自家的好金，紫绶也是自用的。吕布跟袁术原本不过苟且，受命之后立即追回已经在路上的女儿，还把袁术的使者送到了许都。

心高气傲的袁术哪里受得了这个，兵分七路征伐吕布，却被吕布驱逐到淮河以南，还被吕布的军队隔着淮河羞辱了一番。曹操以政治统军事，以空间换时间，腾出手来大兴屯田。到这年九月，该存的粮存了，该练的兵练了，曹操决定亲征袁术，但是必须走得安心。

于是，向皇帝辞行时，郗虑的头上便戴着獬豸冠。

獬豸读如谢至，是传说中的异兽，据说能明辨是非。所以从秦汉到明清，但凡有重大弹劾案，作为监察官员的御史，便都要头戴名曰獬豸的法冠，身穿内白外红的法袍，当堂起诉。郗虑是御史台的实际长官——御史中丞。他这样出现在朝堂，大家不禁诧异。

这时，许都已经建起了皇宫。虽然俭朴，倒也像模像样。正殿被刘协命名为永安殿，意味着国祚昌永，长治久安。殿前挂的匾，皇帝原本要曹操书写，曹操却说不敢献丑，提议大家写了来看。刘协欣然同意，百官也纷纷献书，最后选定司隶校尉钟繇所书悬于殿前。没谁觉得这里面会有什么问题，更没想到会成为郗虑的案子。

而且，还特意选在这个时候发难。

"启禀陛下！"郗虑说，"新殿落成，陛下赐名永安，令臣下各自书写匾文。除钟繇所书已被选中外，其余俱在臣处。臣因仰慕诸贤而反复观看，发现其中一幅颇为可疑，请陛下察验！"

说完，将随身携带的帛书展开，放在刘协面前地上。

帛书上，除了"永安殿"三个字，没有别的。

刘协看了看，疑惑地问："有何可疑？"

"请陛下再看一件东西。"

郗虑话音刚落，两个御史抬着"杨安殿"的匾走进来，将匾与字并列放着。所有官员都站起来看，包括大感意外的荀彧和脸色突变的杨彪。孔融没见过这匾，问道："这是什么？"

旁边的卫尉周忠低声对他说几句话，孔融也吃了一惊，说："似乎同一人所书啊！钟繇乃当今第一书家，请他看看。"

钟繇走了过来仔细端详，然后说："多半出自同一人之手。"

"这人是谁啊？"孔融问。

"太傅之子杨修。"郗虑面无表情地回答。

所有人都勃然变色，面面相觑。

"且慢！"孔融说，"此件并无落款，岂能断定是何人所书？"

"确实。"郗虑说，"为了防止挑选时先入为主，均无落款。但是却有编号，以便造册登记。"众人一齐看去，帛书上果然有编号。郗虑又说："当然，如若不信，也可以请杨公子当场来写。"

董承却问："但是怎么知道，此匾即彼匾？"

"可问羽林中郎将王必，当时他是羽林监。"郗虑说。

"陛下，这块匾确实是臣从杨府门上取下来的。"王必说。

孔融不再说话，所有人也都明白这是铁案。杨彪立即跪下，取下头冠说："陛下，此事臣实不知。臣请待罪在家，等候查处。"

刘协愣住，董承也决定不说话，所有人都看着曹操。

"臣请不查。"曹操看着刘协，"此案事出有因，并无实据。如果彻查，则必兴大狱。如今，陛下威加海内，州郡五谷丰登，我军士气高涨，逆贼穷途末路。大敌当前，朝廷不可动乱。因此，臣请将这幅字和这块匾封存于御史中丞府，没有陛下的旨意不得开封。"

包括刘协，所有人都松了口气。

杨彪却不寒而栗。他甚至敢断定，曹操早就猜出"杨安殿"的匾是自己儿子挂的。但是在洛阳的朝会上，董承准备大做文章，曹操却岔开话题，这绝非心慈手软。自从让他退兵，两人之间就不再有旧情可以顾念，只不过那时曹操还翻不起脸而已。此后他隐忍不发，则是

172

为了掌握铁证，再择机出手。难怪天子令群臣各书匾文，曹操指定的收件人不是尚书令荀彧，而是御史中丞郗虑，也难怪他要将这字和匾封存于御史中丞府。这是高抬贵手，也是抓住把柄不放，再不知进退就会灭门。于是杨彪叩首道："陛下！臣有足疾，请乞骸骨！"

乞骸骨就是申请退休，当时叫致仕。

刘协也明白了，宣布："着杨彪以太傅衔致仕。"

12

曹操和袁术并没见面。听说曹操率兵亲征，色厉内荏的袁术立即望风而逃，弃军自走，只留部将桥蕤守在蕲县。消息传到许都，刘协在便殿召见尚书令荀彧，问道："袁术果然不战而走？"

"确实，已经逃回寿春。"荀彧回答，又说："臣刚刚又接到司空急报，袁术的守将桥蕤也在沛国蕲县被斩首，逆贼大势已去。"

"蕲县？"刘协说，"陈胜吴广的大泽乡就在县内。"

"大汉江山，都在陛下心中。"荀彧说。

"可惜朕并无寸土。"

"普天之下，莫非王土，陛下何出此言？"

"那么你说，这许县是谁家的？"

"汉家的。"

"兖州呢？"

"汉家的。"

"冀州呢？"

"汉家的。"

"徐州呢？"

"汉家的。"

"袁绍和吕布，也是汉臣吗？"刘协又问。

"还是，都讨袁术了。只不过袁绍是声讨，吕布是征讨。"

"吕布和曹操，有不同吗？"

"有。吕布只讨袁术，不奉天子。"

"曹操和杨彪，有不同吗？"

"没有。都奉天子，都主张讨不臣。"

"那么，曹操为什么要逼杨彪致仕？"刘协再问。

"曹操要奉天子以讨不臣，不能有人掣肘，尽管……"

"卿并不以为然？"

"是。"荀彧回答。他知道，出面弹劾杨彪的虽然是郗虑，但谁都清楚幕后主使是曹操。曹操的突然袭击，也让许多人暗自心惊，包括天子和自己。而且自己当时的意外，还多半被天子看出了，否则不会有此一问。不过，荀彧并不抱怨曹操瞒着自己，反倒有些感动。如果曹操事先征求意见，自己肯定陷入两难。何况尚书令的职责，就是要协调君相，便又说："杨彪虽然奉天子，却没有能力讨不臣。能够匡扶汉室的是曹操，也只有曹操。所以，臣要离开袁绍，追随曹操。"

"卿信不过袁绍？"刘协又问。

"二袁均非舍己为国之人。"荀彧回答，"就连荆州牧刘表，益州牧刘璋，虽然是宗室，也既无心，更无力，其余不足为道。"

"两雄不并立。曹操与袁绍若起纷争……"

"助曹讨袁。"荀彧肯定地说。

刘协不再说话，而是看着渠穆。渠穆会意，便使用尚书令的尊称问道："荀令君，何以见得曹操不是要挟天子以令诸侯？"

"奉迎天子都许，本是臣的主张。"荀彧回答。见刘协和渠穆意外地互相看了一眼，又说："但，若非心存汉室，曹操不必听臣的，大可如袁绍或刘表辈拥兵自重，坐山观虎，谋取渔利。"

"如此说来，令君可替曹操担保？"渠穆又问。

"不能。"荀彧十分明确地回答，"臣与曹操只是志同道合，并无主从。臣只能以道辅之，尽全力而佐之。待四海安宁之日，促其还政于陛下，然后一起功成身退。如若不能……"

"如何？"渠穆再问。

"自尽以谢天下！"

13

安慰了皇帝的荀彧，其实并非没有担忧。

而且，他的担忧很快就加重了。吓退了袁术以后，曹操没有乘胜追击，而是返回了许都，并在十一月决意再征张绣。他的说法是袁术多行不义，待其自毙可也。但，张绣岂非也可以待其自毙？曹操却说时不我待，奉天子以讨不臣总要有结果。荀彧不禁有点不安。

许县县令满宠却带着几个衙役到阅兵场来了。

"参见司空！"

"免礼！"曹操知道，公共场合，满宠总是行官礼，说官话，以示公私有别，便又说，"伯宁啊，子廉有几个门客……"

"关进了许县大狱。"

满宠就知道他会过问曹洪门客的事，直接说了。

"哦！为何？"曹操问。

175

"仗势欺人，作恶多端，且屡教不改。"

"子廉救过孤的命。看孤薄面，放了吧！"曹操说。

"不敢违命。可惜晚了，已经处决。"满宠说。

"杀了？"曹操大感意外。

"是。"满宠说，"因为子廉将军肯定会来求情。"

"好！执法如山，就该如此！"见荀彧在旁赞许地点头，曹操拊掌大笑说，"哈哈！正好，孤这里有案要办。"

"请问案情？"满宠说。

"谋反。"曹操说。

"请问首恶？"

"杨彪。"

"这就将杨彪抓捕归案。"

荀彧顿时目瞪口呆。

14

杨彪被捕的消息震惊了许都。孔融来不及换衣服，身穿家居服就匆匆赶到司空府，全然不知自己正是祸首和事端。杨彪致仕后，闭门谢客，孔融便去找杨修询问究竟。杨修委屈地说，那"杨安殿"的杨不是杨家而是杨树，意出《周易·大过》：枯杨生稊，无往不利。

稊读如替，指植物的嫩芽。

枯杨生稊，也就是枯木逢春，好意啊！

杨修还说，朝会开在庭院，如果屋子前面连块匾都没有，又成何体统？自己错就错在没有请旨。但，当时来不及不是？自己年幼无知不是？犯得着科以大罪名，还等到秋后来算账吗？再说了，有人来问过"杨安殿"的意思？听过解释吗？家父又有那么糊涂吗？

孔融听了觉得有理，便到处说。

很快，许都的坊间开始传唱起民谣：

枯杨生稊，逢彼之季。
坎坎伐檀，飞鸟何憩？

民谣传唱时，曹操正在南方征伐袁术。回许之后听说，不禁双眉紧锁。他倒不在意杨修的狡辩，因为知道那小子喜欢抖机灵，挂匾本是自作聪明。枯杨生稊，逢彼之季，也没什么。杨彪生逢其时，自己又何尝不是？但，坎坎伐檀，飞鸟何憩，就有问题了。难道杨彪才是飞鸟群集的众望所归，天下和汉室离不开这棵参天大树？

人还在，心不死啊！那就把树砍了。

不过，曹操此刻却懒得跟孔融啰唆，尽管他怀疑那民谣是孔融的杰作。但他不想再弄出个边让来，便只是说有人告杨彪谋反。

"谁告的？"孔融问。

"这个，"曹操笑笑，"无可奉告。"

孔融看了站在旁边的郗虑一眼，很怀疑是这家伙干的。但他没有证据，何况案子也并不在御史中丞府，而在许县县令满宠那里。这又不合情理。许县县令只管抓贼抓老鼠，怎么能管谋反的大案？他再看郗虑，郗虑的脸上冷若冰霜，漠然地看着别处，一言不发。

"杨家四世三公，怎么可能谋反？"孔融又问。

"怎么不可能？袁术没反？他们还是郎舅。"曹操说。

"是郎舅就同谋啊？"孔融反问。

"实在抱歉！此乃天子旨意，曹操也没有办法。"

"笑话！假如成王要杀召公，周公也说不知道？"

孔融差点跳了起来，曹操却觉得有意思。召公的召读如邵。武王伐纣时，太公望任太师，周公旦任太傅，召公奭任太保。这是最早的三公。武王去世之后，成王年幼，辅政的便是周公和召公。如果成王要杀召公，周公当然不可能不知道。只是，孔融故意说反了。

于是曹操笑道："文举何不自己去问成王？"

孔融愣了一下，拂袖而去。他先是赶往尚书台，却得知荀彧去了满宠那里。等他赶到许县县寺，满宠却冷冰冰地跟他说，荀令君已经来过了。这事自己只听天子和司空的，谁来说情都没有用。孔融只好又去皇宫求见皇帝。渠穆则告诉他，征伐张绣是国之大事。除了前方军情，天子不听任何报告，也不见臣下，包括司徒赵温。另外，杨修已经官拜郎中，随军前往南阳。所以，将作大匠还是安生点为好。

这都是什么事？孔融完全傻掉。

15

农历十一月又称冬月，洧水两岸一片萧瑟。此刻，水边已经搭起了祭坛，上面密密麻麻放着灵牌，曹操正在这里举行阵亡将士的祭奠仪式。白幡在空中飘扬，哀乐在空中回荡。所有人都穿着白衣，不戴冠和头盔而戴白头巾跪在灵前，担任司仪的郗虑唱道："拜！"

所有人一齐叩首。

"再拜！"

所有人又一齐叩首。

"三拜！"

所有人再一齐叩首。

"礼成！起！"

所有人一齐站了起来。

"请司空训示！"郗虑说。

曹操走上祭坛，面对众人说道："宛城之战，张绣用贾诩之计降而又反，我军损失惨重，将士血流成河，孤的长子也亡于阵中。这种事以后绝不许发生，因此今天在这亡灵之前，必须查明是谁之过！"

"是臣之过，臣领罪！"郗虑跪下。

"叙旧有什么错？是孤下令一醉方休的，你还没喝。"

"是臣之过，臣领罪！"郭嘉跪下。

"要不是奉孝警觉，孤早就死于非命了，奉孝有什么错？"

许褚也扑通跪下，正要说话，却被曹操止住。"仲康自始至终滴酒不沾，一直守在孤的帐前，差一点就殉职。什么叫作忠于职守？仲康就是。这样的功臣如果也有过错，也要追究，天理不容！"

众人面面相觑，不知道要追究谁。

"该追究的你们都认识，为什么不说？"曹操看着众人，"那么孤告诉诸位，这个人名叫曹操。如果不是他决策失误，指挥失误，哪里会败？仲康听我号令，立即将罪魁祸首曹操就地正法！"

"司空！"所有人一齐跪下。

"不要难过！"曹操说道，"奉孝算无遗策，鸿豫知无不言，元让攻无不克，子廉战无不胜，文若公忠体国，公仁老成持重。有如此之多的英雄豪杰，同心同德辅佐天子，曹操死不足惜！匡扶汉室，安定天下，就拜托诸位了！"说完，他躬身长揖。

众人一齐哀号："不要！"

179

"仲康，还等什么？"曹操喝道。

"司空！"杨修忽然从人群中站了起来。父亲的被捕，使这个平时嘻嘻哈哈的公子哥儿变得成熟。他很清楚，曹操是在整顿军纪，也是在收买人心。而且，尽管大家都知道是被收买，却都心甘情愿，甚至真心感动。这正是曹操厉害的地方，也让杨修心悦诚服。这样的人是可以也应该追随的，可惜此刻他把自己架在了火上。所以，必须表明态度，也必须让他体面地走下台阶，即便为了父亲……

曹操却满脸冷笑地看着杨修，叫着他的表字说："杨德祖，你也来凑热闹？战宛城你就没去，关你什么事？"

"刑不上大夫……"

"胡说！王子犯法与庶民同罪，何况孤！"

糟糕，这个说法不行，还只会坏事。杨修想起了父亲被带走前的嘱托：千万不要求情。你不求情，我还能活着回来。明白！曹操要的是秉公执法。这就得有个说得过去的办法，变通的办法。

办法！办法！办法！

有了！

"国不可一日无君，将不可一日无帅。"杨修先说正当理由，然后说出办法，"请司空以发代首！"说完他扑通跪下，磕下头去。

"以发代首！"郭嘉反应最快，马上接话。

"以发代首！"郗虑也马上接话。

"以发代首！"曹洪也说。

"以发代首！"夏侯惇说。

其他人也都反应过来，异口同声。

曹操不语，凝视杨修。

杨修抬头，凝视曹操。

两个人都认为自己读懂了对方。

"仲康，行刑！"曹操下跪闭目。

许褚挥刀，连同头巾一起削掉曹操的头发。白头巾和头发在空中飘扬，如同喷墨的雪，坛下则是山呼海啸："司空执法如山！"

"头可留，错要认。"曹操起身，接过郗虑递来的头盔，扣在少了许多头发的头上，样子有些滑稽，"孤在接受张绣投降时，应该让他将妻儿做人质的。大家都记住了，粗心大意会栽跟头！"

"宛城之败，是这个原因吗？"曹洪向夏侯惇耳语。

"能认错就不简单了，还指望他说什么？"

"元让，子廉，你们说什么悄悄话？别以为孤不知错。"曹操看着坛下，"贾诩狡猾，临别时故意提醒孤袁术要称帝，以为孤就不会来打他了。痴心妄想！孤偏要来，还不恋战，且看我如何动作。"

16

曹操没有食言，拿下了湖阳和舞阴就班师回朝。

这是次年的元月，还许之后的曹操没有忘记杨彪。向天子报告了再征张绣的战果之后，他在司空府召见了满宠。这时，府中只有郭嘉坐在旁边押飞碗。大家都是自己人，说话就轻松随意得多。

"杨彪谋反案，查得怎么样了？"曹操问。

"查无实据。"满宠说。

"不是有袁术拜他为大将军的信函吗？"

"确实，但杨彪坚称没有见过这封信。举报是匿名的，又不能找袁术核对笔迹，所以这封信也真假难辨。"满宠回答，"再说，杨彪是当朝太傅，位极人臣。虽已致仕，尊荣仍在，怎么会去做那伪皇帝的大将军？于理不通。袁术痴心妄想，或者挑拨离间，倒有可能。"

"除了不认账，杨彪可还有供词？"曹操又问。

"有。"满宠掏出两片木简，上面写着：

南山有鸟　北山张罗

鸟自高飞　罗当奈何

曹操愣住。他没有想到，杨彪会用当年张让留给自己的四句古诗来做供词。当然，杨彪的寓意完全不同，而且可以有多重解释。南山有鸟，北山张罗，可以理解为曹操抓错了人，也能够理解为杨彪承认自己不该跟曹操作对。同样，鸟自高飞，罗当奈何，解释成曹操无法定罪，或者杨彪放弃争权，也都通。但，使用这首诗，未尝没有旧事重提之意，这让曹操不免心软，便问："这么说，此案无法了结？"

"定要结案，只能用刑。"满宠说。

"用刑而无口供，则说明举报不实？"曹操问。

"是。"满宠说，"没人能够自证清白。"

"有人私下里找过伯宁，希望不要用刑吧？"

"是。"满宠说，"荀文若和孔文举。"

"文若说什么？"曹操问。

"只有一句话，刑不上大夫。"

"孔融说什么？"

"话很多。大意是，士大夫纷纷聚于许都，就因为明公尊奉天子而广纳人才。如果杀累世清誉者于庙堂，只怕天下伤心。"

"他们两个的，似乎可以不听。"曹操说。

"是。"满宠说，"臣只听司空和天子的。"

天子？曹操想起，抓捕杨彪之前，自己去向天子报告。天子没有表示反对，只是说事出有因，该查就查。清者自清，浊者自浊。现在看来，皇帝很可能给满宠下了密旨：可以讯问，不得用刑。

但，满宠是守密之人，还是不要问他。

"那么，伯宁是打算用刑呢，还是不用？"曹操问。

"司空不是已经下令，让杨彪回家了吗？"满宠说。

曹操愣住，满宠扭头看着郭嘉。郭嘉把木碗扣在了果核上，再掀开来，果核无影无踪。曹操苦笑，摸摸鼻子打了个喷嚏。

"司空还有吩咐吗？"满宠又问。

"没有。"曹操说，"孤明日奏明天子，让他改任太常吧！"

郭嘉又把木碗扣在果核上，再掀开来，果核还在。

17

释放杨彪，并让他担任太常，立即化解了荀彧等人的心结，曹操也得以三征张绣。不过，这一仗打得虎头蛇尾——三月围穰城，五月便撤军。刘表却派兵堵在安众，据险切断了曹军的退路，张绣也追了过来。曹操腹背受敌，好不容易才击退围堵敌军，撤回许都。

张绣，也有输有赢有教训。

简单地说，事情是这样的：曹操从穰城撤军后，张绣不听贾诩的劝阻，立即带兵去追，结果在安众被迎头痛击。但是，等他带着残兵败将灰溜溜回到穰城时，贾诩却站在城楼，让他赶紧杀回马枪。张绣将信将疑，收拾散兵游勇重返战场，果然获胜而归。

张绣不明白了。他问贾诩，我用精兵追退兵，先生说必败；现在以败兵追胜兵，却又赢了。每次都如先生所言，这是怎么回事？

贾诩笑着告诉张绣，其实很简单！将军虽然英武，用兵还是不如曹公。曹公主动撤军，必定亲自断后，我们岂是他的对手？何况曹公围我穰城，既无失策，也非力不从心。骤然中止战事，必定是大后方发生了变故。因此，在安众打败我军以后，他又必定轻装前进，尽快赶回许都。那些落在后面的，就只能是将军的下酒菜了。

这只老狐狸猜的一点都不错。事实上，曹操突然撤军，就是因为得到情报，田丰建议袁绍趁机袭击许都。郭嘉判断，田丰眼快，袁绍手慢，也从来没有过决断。但，若不回师，会有人兴风作浪。

曹操深以为然。重创刘表和张绣军后，便星夜兼程往回赶。

三征张绣，变成了贾诩的战争。

"先生料事如神，晚辈口服心服。"张绣感叹不已。又问："只是那曹操，摆平了后顾之忧还会再来吗？"

"不会，至少暂时不会。"贾诩说。

"为什么？"张绣问。

"事不过三，何况吕布才是他的大敌。"

第十四章

擒杀吕布

建安三年
九月
至
十二月

1

隘口，一夫当关，万夫莫开。

关羽持刀站在那里，前面已经躺着十几具尸体。

正如贾诩所料，曹操三征张绣失利之后，反复无常的吕布立即就与袁术重归于好，并让自己的盟军张辽从鲁县出发南下，与高顺合力进攻受曹操之命驻守小沛的豫州牧刘备。曹操派夏侯惇增援，却不幸败于高顺。刘备只好抛下老婆孩子，向西逃亡，试图奔往许都。张辽不依不饶，穷追猛打，一路追赶到梁国，遇到了断后的关羽。

这时，山后闪出一彪人马，为首的正是张辽。

张辽字文远，是并州雁门人，与吕布同为并州军将领，也都曾经是丁原的部下。吕布到徐州后，张辽以豫州鲁国国相、遥领北地太守的身份成为盟友，今年三十岁。三年前，吕布被曹操撵出兖州，投奔刘备，张辽和关羽一见如故，意气相投，成为朋友。所以，他见关羽拦在路口，便下马行礼，叫着对方的字说："云长兄，幸会！"

"文远客气。"关羽拱手还礼，"不知有何见教？"

"当然是要向云长借路。"张辽再次躬身。

"难道借路去打我兄？"关羽说。

"刘豫州前来投降也行。"张辽说。

"文远不觉得这是与虎谋皮吗？"

"这就让小弟为难了。"张辽依然客客气气，"狭路相逢，如果我全军齐上，未免以众凌寡，胜之不武，张辽还不至于如此下作。单打独斗吧，又怕伤了兄弟和气。所以请云长想个办法。"

"最好的办法，自然是文远退回鲁县。"关羽说。

"可惜不能。其实张辽无意与云长过不去。当年刘豫州与吕温侯联手，你我也情同手足。如果相残，岂非便宜了曹操那贼？"

"谁说曹操是贼？"一个声音传来。众人循声望去，只见大石头后面，曹操悠悠闲闲地走了出来，身后仅仅跟着许褚一人。他怎么会在这里？张辽暗自心惊。见关羽只是向曹操轻轻点头，更加怀疑自己中了圈套，只好拱手说："见过司空！甲胄在身，恕张辽简慢！"

"繁文缛节并无必要，曹操却不是贼。云长说呢？"

"当然不是。"关羽撇嘴，"吕布才是。"

"何出此言？"张辽大怒，"岂不闻马中赤兔，人中吕布？"

"可惜了那马。"关羽满脸的不屑。

"那么请问，大兄身边这位又是什么人？"张辽说。

"曹公再不济，也只能骂作盗，不能骂作贼。"关羽说。

"这倒有趣。"曹操顿时乐不可支，"贼与盗，有何区别？"

"盗亦有道，贼则无行。"关羽大义凛然地说道，"吕布事丁原而杀丁原，事董卓而杀董卓，走投无路时投奔刘豫州，又翻脸无情夺我下邳。如此忠义全无，岂非是贼？曹公尊奉天子，这就是道义，绝非贼子。不过事久才能见人心。倘若将来窃国，那就是大盗。"

曹操放声大笑，笑得弯下腰来。

"那么依云长之见，谁才当之无愧是英雄？"张辽问。

"当然是刘豫州。"关羽朗声答道。

他？天下有这么狼狈不堪的英雄吗？张辽更加哭笑不得，却不想啰唆，便道："可惜！受人之托，忠人之事，这路非借不可！"

"可惜！关羽事刘豫州如兄长，断然不能从命！"

说完，他搬起一块巨石放在路中坐下。

"这件事，孤也不能从命！"曹操哈哈大笑，"我大军已到，势不可挡，擒杀吕布指日可待。文远何不借此良机，弃贼从盗？"

"抱歉！"张辽摇头，"倘若如此，岂非也是忠义全无？"

"那是！文远待云长有情有义，我军也不能以众凌寡。"曹操点了点头，"不过依我大汉制度，你这鲁国国相本该由刘豫州节制，奈何对吕布死心塌地？时日尚早，不妨就此别过，但愿后会有期！"

张辽想了想，又拱了拱手，竟当真退回鲁县去了。

"谢过司空！"骄傲的关羽这才道谢，又问，"刘豫州呢？"

"没见到啊！"见对方惊诧，曹操笑了，"孤只是跟仲康出来散步而已，不意遇见云长。刘豫州或许已到军营，也未可知。"

2

"大耳翁？"有人用曹操平时开玩笑的称呼在说话。

刘备抬头，认出叫他的人是狗儿，喜出望外。一年半以前，接连两次被吕布打败的刘备投奔曹操，被任命为豫州牧，从此便朝野人称刘豫州。实际上，他这个豫州牧徒有虚名，只能驻军徐州小沛，而且再次被吕布端了老窝。刘备觉得，自己简直就像丧家之犬。

这会儿，又成了落水狗。

是的。此刻他就在深沟里，水到了腰间，脚插进淤泥。

"大耳翁，你怎么在这？"

刘备苦笑。他实在不好意思说，刚才遭遇张辽时，自己与部下们走散，急不择路，马失前蹄，掉了进来。但他知道，曹操收养的贴身小厮不会无缘无故出现在这里，便问："小兄弟，你怎么在这？"

"出来寻些猎物，好请益德将军吃饭。"

益德就是张飞。不过，张飞不是先行一步向许都报信吗？怎么会在曹操营中？曹操又怎么会在梁国？莫非他已经率领大军出发，张飞也寻到了此处？于是刘备问："益德是什么时候见到司空的？"

"还没有。司空不在营里，军师让我出来打猎。"

这就是了。刘备放下心来，不再多问。

"关将军呢？"狗儿却问。

"断后。"刘备说。

"使君，我得把你弄出来。"狗儿换了称呼。

"怎么弄？"刘备问。

狗儿挠头，显然没什么办法。

"算了，小兄弟。"刘备说，"还是回营叫人吧！"

"太远，怎么能让将军等在这里。"

"有什么不能？"刘备笑了，"知道我今年多少岁吗？"

"不知道。"狗儿说。

"三十八。"刘备说，"哈哈！你看，半辈子都等过来了，还在乎这一会儿？再说了，我这些年掉进去的沟，都比这个深。"

狗儿二话不说，顺坡滑进沟里，站在浅水处。

"小兄弟，你这是要干什么？"刘备问。

“试试。”狗儿脱了鞋，往前走了两步。

“不要过来！”刘备喝道，“过来你也动不了。”

“确实。”狗儿已经退了回去，“这条沟的底下全是烂泥巴。双脚如果被吸住，那就动弹不得，越动陷得越深。所以，还要请使君稍等片刻。”说完他回到岸上，抽刀砍下树枝，再回到沟里，让刘备将身子俯在水面抓住树枝，自己稳稳站在水边的硬地上，用力去拉。

靠着拉力和浮力，刘备终于不再身陷淤泥，两个人都上了岸。

只是，刘备没了马，狗儿没了鞋。

他的鞋，被水冲走了。

3

听狗儿说刘备送他鞋，曹操起先并没有在意。他想，无非也就是叫作麤（读如粗）或者屦（读如喜）的东西。这种鞋用麻绳或者草绳结成，也叫草履，还叫不惜。所谓弃如敝屦，说的就是它。

没想到，刘备送的却是麻绳结底、丝缕织面的履。

这就是正式场合使用的礼服了。级别高的，还要用金丝或者绦带缘边。刘备虽然儿时曾随寡母贩履织席为生，却早就不干这行，更不可能随身携带着各种履，能够挑出一双狗儿穿着合脚的。显然，这是为那孩子量身定做。刘备怎么知道脚的大小，曹操无从得知，却更加高看一眼。滴水之恩，当真涌泉，还如此用心，这个人不简单。

也难怪，会有那么多人喜欢这位刘玄德。

不过，这件事也提醒了曹操。汉代，平民无冠也无履，既然有履就得有冠，也得有名有字。那孩子与天子同年，已经十八。曹家虽非天家，却好歹也是公侯，不能再管他叫狗儿。当然，依照礼法，男子二十而冠。但非常之世不必拘泥，何不依春秋故事而冠之？

于是，狗儿的成年礼——冠礼，便在军营中举行。

这时，征伐吕布的各路大军已在下邳城外安营扎寨，三军将士们齐聚点将台前。台上正中站着司空、武平侯曹操，两边站着担任嘉宾的豫州牧、宜城亭侯刘备，担任司仪的侍中、御史中丞郗虑。所有人都没想到仪式如此隆重，便屏声静气地听曹操训话。

不料曹操却说："关云长说孤不是贼，是盗，诸位知道吗？"

此言一出，所有人都目瞪口呆，刘备更是大惊失色，就连关羽在台下也红了脸。曹操却笑着说："这叫一派天真。正如孟子所云，大人者不失其赤子之心。"见刘备和关羽的脸色缓了过来，便说："孤收养的这个孩子，自然无法与云长相比，却也虽顽皮，又纯真。可惜曹家已有曹真，还有曹纯。所以，孤赐名曹朗，明朗的朗，如何？"

众人齐声叫好。他们也知道，这孩子已是正式的养子。

"鸿豫，"曹操看着郗虑问，"还得有字吧？"

"依礼，父命名，宾取字，叫筮宾。"郗虑回答。

"玄德兄，请赐字！"曹操又看刘备。

"备也何德何能？"刘备赶紧推辞，"万不敢当！"

"今日筮宾，非君莫属。"曹操说。

"那么，"刘备想了一下，"字子净，干净的净，如何？"

"朗朗乾坤，干干净净，好！"曹操点了点头，又看着已经改名为曹朗的狗儿说，"此则在心不在迹。如今天下分崩，群雄割据，要安定四海，匡扶汉室，手上岂能无血？但心里不能脏。吾儿可明白？"

"臣明白！"曹朗回答。

曹操又看郗虑。

"束发！"郗虑宣布。

在两个丫环的陪同下，卞夫人缓缓走上台去，十二岁的曹丕跟在她的后面，一起走向披头散发面对曹操跪着的曹朗。两个丫环将曹朗的头发拢起来盘成发髻，曹丕拿起簪子，卞夫人接过来插了进去。

"谢母亲！"曹朗说。

"加冠！"郗虑宣布。

"鸿豫，我们现在军中，改改次序可好？"曹操问。见郗虑点头表示同意，曹操便将缁（读如资）冠戴在曹朗的头上。

"一加缁冠，可以参政。"郗虑宣布。

取下缁冠，曹操又给曹朗戴上爵弁（读如雀遍）。

"二加爵弁，可以祭祀。"郗虑宣布。

然后，曹操又将爵弁取下，改加皮弁。

"三加皮弁，可以将兵。"郗虑宣布。

"朗儿起来。"曹操说。

"披甲！"郗虑宣布。

夏侯惇等人一拥而上，为曹朗披上铠甲。

"佩剑！"郗虑宣布。

这是规矩。加皮弁，着戎装，还要佩剑。但是，曹朗的剑来不及准备。曹丕便说："臣的剑，给子净兄长可好？"

"不好。你还没成年呢，你的剑是练习用的。"曹操摇头。

站在旁边的曹洪立即解下佩剑，交给曹朗。

"着履！"郗虑又宣布。

两个丫环走过来，将刘备送的履给曹朗穿上。

束发，加冠，披甲，佩剑，着履，所有程序都已完成。

"玄德兄，请说几句！"曹操又看刘备。

"备已词穷。"刘备又赶紧推辞，"还请司空训示。"

"太谦让了。"曹操摇了摇头，然后自己说起来，"今天行的这个礼有何意义，想必大家都知道。男儿成年，为什么要束发？约束修饰而已。孔夫子说的'自行束修以上'也就是这个意思，不是什么十条干肉。为什么要加冠？冠者贯也。做人做事，都要一贯到底，要以道贯之。着履呢？履是履行，也是履历，更是履新。"说到这里，曹操看着曹朗，"朗儿，你可知刘豫州一番好意，用心良苦？"

"谢使君！"曹朗向刘备躬身拱手。

"不敢当！"刘备倒吓了一跳。

"好！现在转过身去，让大家看看！"曹操吩咐。

曹朗转过身来，焕然一新。

"小将威武！小将威武！小将威武！"台下欢呼雀跃。

激动不已的曹朗泪流满面。

刘备却想，下回再掉进沟里，还能送他什么？

4

白天的冠礼非常成功，晚上宴会的席位却不好安排。曹操的意思是他和刘备并坐主位，奈何刘备死活不肯。分宾主坐下也不行。关羽和张飞虽然平日里跟刘备食则同器，寝则同床，但在公开场合，一定站在刘备身后。曹操坐在对面看着那两人，饭可怎么吃？也只好曹操居中，独自坐主人位。刘备坐在客席的上首，郗虑以侍中、御史中丞的身份作陪，任由关羽和张飞站在刘备后面。好在曹操这边也有高大威武的许褚和少年英俊的曹朗侍立，看起来还算过得去。

刘备的对面，陈登和夏侯惇却又礼让起来。

陈登字元龙，是沛国国相陈珪的儿子。袁术称帝之后，说服吕布联曹反袁的，后来又设计击败袁术七路兵的，便正是他们父子。曹操感激，增陈珪秩中二千石，拜陈登为广陵太守。这次围剿吕布，陈登又从广陵郡北上，与东进的曹军对下邳形成合围之势。所以，曹操的部下陈留太守夏侯惇，便无论如何也要陈登上座，两人拱手不已。

郭嘉和杨修也只好站着。

"两位太守不要让了。"曹操说，"元龙先到下邳，上座！"

陈登这才在刘备对面坐下。这两个人也是熟悉的。刘备接替陶谦任徐州牧，便是陈登极力主张，还向袁绍备了案。只不过，陈登到了下邳一直住在军营，两人今晚算是久别重逢，都互相拱手。

夏侯惇笑了笑，在陈登旁边坐下。

郭嘉和杨修则面对曹操打横作陪。

曹操见众人终于坐定，便举起酒杯说："玄德虎口脱险，元龙捷足先登，可贺可喜。既然英雄齐聚，当一醉方休！"

众人听曹操这样说，都喝完了自己的杯中酒。

只有郗虑，举起了酒杯又放下。

"侍中这是……"坐在旁边的刘备奇怪地问。

"使君见谅！"郗虑笑笑，"鄙人滴酒不沾。淯水之战，我的脸上被人泼了酒，竟然半天醒不过来，误了大事。"

"还有这等事？"刘备诧异。

"惭愧！"郗虑低下头去。

"那么，要不要换成水？"刘备关切地问。

"有劳使君费心，倒也不用。"郗虑笑笑。

效法留侯张良，服气辟谷？似乎也不像。

郗虑却夹起一块肉，慢慢吃起来。

刘备顿时觉得身边凉飕飕的。

曹操却问陈登："都说元龙盛气凌人，今日为何如此礼让？"

"司空，是谁这样说？"陈登奇怪。

"许汜。他说他到元龙家做客，元龙跟他一句话都不说，然后就自顾自上大床睡觉，他也只好睡在低矮的小床上。有这事吗？"

"有。"陈登回答。

"此事毫不奇怪。"刘备看着曹操说，"许汜素有国士之名，本该心忧天下，在国难当头之际挺身而出。但是如何呢？求田问舍，今天买房产，明天买土地。元龙对他，实在是客气了。如果是刘备这样的小人，自上百尺高楼，让他睡地板，还说什么大床小床！"

"讲得好！"众人一齐喝彩。

"玄德兄果然英雄，再饮一杯！"曹操拊掌大笑。

刘备却心中一惊，赶紧离开席位匍匐在地。

"玄德为何要避席？"曹操也吃了一惊。

"备无能，妻儿都被吕布掳入城中，实在愧对司空谬奖！"

关羽和张飞闻言，立即同时跪下。

陈登见状也避席："登的弟弟也被吕布掳为人质。"

"如此说来，该避席的是孤。"

说完，曹操也离开席位匍匐在地。

结果，所有人都跪在了座席旁。

这时，关羽却直起身子，拱手说道："请司空下令，恩准羽明日到城下挑战吕布。讨不回人，誓不还营。"

"云长要与吕布单打独斗？"曹操问。

"是。"关羽回答。

曹操的目光扫过众人，只见杨修一副欲言又止的模样。

"德祖有话说？"曹操问。

"关将军义薄云天，小子岂敢置喙？"杨修说，"不过，吕布一直闭城不出，多半是听了陈宫的。所以，就怕明天他不肯应战。"

"奉孝，有办法吗？"曹操又问郭嘉。

郭嘉翻开扣在几上的木碗，里面有一只果核。

5

下邳城有三重城墙。最外面的大城周长四里，南门叫白门。吕布和陈宫站在白门楼上，只见关羽带着百十名步兵开了过来。关羽一马当先来到楼下，步兵们随后赶来，松松垮垮地排成队形。那队形简直就不像样子，更称不上阵势，吕布看了不禁撇嘴冷笑。

"贼人吕布，下来与关某一战！"关羽骑在马上叫阵。

"战！战！战！"步兵们齐声呐喊。

"君侯！"陈宫赶紧说，"此举有诈，不可上当！"

吕布点了点头，继续看着楼下。

关羽却下马喊道："吕布庸狗，谅你不敢！"

说完，他以箕踞的姿势坐在了地上。

步兵们也都坐下，呐喊："庸狗！庸狗！庸狗！"

这是当年董卓骂自己的词。吕布咬牙切齿，脸色铁青。

"弟兄们，唱来！"关羽起身吩咐。

"马中赤兔，人中吕布。只见吕布，不见赤兔。"

关羽的步兵们也起身，齐声高唱。

吕布听了，脸色惨白。

"藏了赤兔，丢了吕布。庸狗吕布，不配赤兔。"

第二波声浪传来，就连陈宫也变了脸色。

"我当吕布何等英雄，原来是个倡女！"关羽大喊。

话音刚落，最后一排步兵突然举起吕布模样的草人，不过穿的却是女装。士兵们跳起舞蹈，边舞边喊："倡女！倡女！倡女！"

白门楼上，吕布狠狠地瞪了陈宫一眼，匆匆下楼。

6

看见吕布在自己面前勒马，关羽的态度变得平和。当然，在吕布冲出城门时，他就让步兵统统后退，清出场子，自己上马等着。等到对方勒马站定，竟客气地打了个招呼："奉先别来无恙！"

吕布先是愣了一下，但很快就明白过来。关羽傲气十足，却极重武德，自己出城应战已赢得他的尊重，便还礼道："云长久违！"

"奉先为何提槊？"关羽问。

"云长为何提戟？"吕布反问。

"当然是怕你用不了槊。"关羽说。

"我却也怕你用不了戟。"吕布说。

"简直笑话！"关羽撇嘴，"再说，这与你何干？"

"戟非你之所长。"吕布说，"我若赢了，胜之不武。"

"胡说八道！我岂能用不了戟？"关羽怒眼圆瞪，"今日你若不肯用戟，便是欺我。"说完，他吩咐身后步兵："再取戟来！"

一个持戟的士兵立即跑步前进，来到跟前。

关羽扔下手中的戟，吩咐道："都拿过去，请温侯挑！"

那个士兵立即扛起两支戟，送到吕布马前。

吕布扔了槊，接过戟，两只手轮换着掂了掂，然后扔下，向关羽拱手道："云长果然君子。"又吩咐那士兵："随便取一支给我。"

士兵当真随手拿了一支递了过去。

"那支戟和这支槊你都带回去！"吕布接过戟，吩咐士兵，然后又对关羽说，"第一回合用戟，第二回合用槊，也由你挑。"

"好说！"关羽道，"但愿你还有第二回合。"

"那么，你我各退百步。"吕布说。

两个人都掉转马头，跑出百步，再掉转马头。

吕布举起了手中的戟。

关羽也将戟举了起来。

这就是双方都同意可以过招了。于是，两个人都双手持戟，策马飞奔冲了过去。这时，如果他们使用槊，很可能一战定乾坤。因为槊就是加长的矛。靠着纵马驰骋所产生的冲击力，使用马槊的骑士足以将对方刺穿，或者撞下马来。戟就不同了。作为秦汉魏晋时期的制式装备，戟已经逐渐退出了骑兵作战，主要用于步兵和仪仗队。道理也很简单：戟是戈和矛的合体，具有钩琢和刺击的双重功能。可惜飞驰的骑兵相遇时，并不可能既直刺又横击，优势其实变成劣势。

果然，关羽和吕布两骑相逢，同时出手，他们的卜字形戟都没能伤到对方，反倒因为旁出的横枝勾在了一起。那时没有马镫，两个人又都身材高大，用力也猛，结果都从马上掉了下来。

"用槊？"站起身来的吕布问。

"取温侯的槊来！"关羽吩咐在不远处观战的步兵。

"不，都用你们军中的。"吕布说。

"我带的是步兵，何来马槊？"关羽说。

"步槊也罢。"吕布说。

很快，两支步槊被送了过来，扔在地上。

"请！"关羽说。

吕布就近拿起一支。

关羽不禁对吕布心生敬意，更感受到吕布的尊重。要知道，武器是不会轻易交给敌人的。何况吕布的马槊极为名贵，单单槊杆的制作就要耗时两三年。于是关羽尊敬地问："温侯的槊又当如何？"

"且存于将军处。"吕布笑笑。

"也好。"关羽点头，"你若战死，定当连同此槊厚葬。"

"你若战死，吕布愿以此槊陪葬。"

两个人都一笑。

"要不要饮酒？我带了些来。"关羽又问。

"多谢！"吕布笑笑，提槊飞身上马。

关羽不再客气，也骑在了马上。

两个人又都跑出百步，再掉转马头，同时举槊。接下来的就将是生死搏斗。虽然，所谓步槊其实就是长矛，但是到了这两个人的手里仍然极具杀伤力。结果既可能一胜一负，也可能同归于尽。

也就在这时，陈宫快马加鞭赶了过来，大声叫停。

"为什么要停？"关羽恼怒地问。

"请将军四下看看。"陈宫说。关羽这才发现，夏侯惇和张飞已经带着军队过来了，后面还跟着曹操等许多人。陈宫冷笑道："人人都说关云长是君子，没想到今天却设下陷阱，还要以众凌寡。"

关羽正不知如何回答，那些步兵却停在了不远不近的地方。

"温侯和我，可都是只身一人。"陈宫又说。

“退下！”关羽命令那些步兵。

“少管闲事！”吕布也呵斥陈宫。

“可惜鄙人管定了，诸位请看白门楼上！”陈宫大声说道，“都看清楚了吗？绞架前面站了个人是不是？知道是谁吗？广陵太守陈登的弟弟陈应是也。只要你们再动手，楼上就会拉起绞索。”

“你这小人，竟卑劣如此！”关羽大怒。

“明明是他曹操不仁，岂能怪我陈宫不义？”

“要我停手，先还我嫂嫂来！”关羽说。

“为了自己的嫂嫂，就杀人家的弟弟。哼哼哼哼，这就是关云长的忠义？”见关羽愣住，陈宫故意满脸不屑，继续撇嘴讥讽道，“仗着人多势众，就要不依不饶，这就是关云长的神勇？”

关羽无言以对，气得说不出话来。

“公台何时变得伶牙俐齿？”一个声音传来。

陈宫循声望去，只见士兵们已经让开通道，曹操骑马过来，后面跟着刘备和陈登。曹操看着陈宫拱了拱手说：“公台久违！”

“你这种小人，不见也罢。”陈宫这回是当真不屑了。

“见与不见，也由不得你我。”曹操声音里突然有点伤感，但很快又变得冷漠，“却不知公台此计，是君子之谋，还是小人之谋？”

“迫不得已之谋。”陈宫说。

“确实。”曹操点头。

“司空不必投鼠忌器，现在就灭了这两个贼人！”陈登说。

“所谓元龙才气，原来是不讲孝悌。”陈宫冷笑。

陈登顿时面面红耳赤，也说不出话来。

“玄德，你看呢？”曹操看着刘备。

“云长回来！”刘备对关羽喊道。

"得先放了陈太守的弟弟和我嫂嫂。"关羽不动。

"然后就来杀我们?"陈宫依然冷笑。

关羽也无话可说,曹操则回头问:"奉孝,你看呢?"

"才十月份,就这么冷。"郭嘉答非所问,还咳嗽起来。

"好吧,公台。"曹操看着陈宫,"孤无心恋战,也可以即刻下令撤围。只是刘豫州的妻儿,陈广陵的弟弟,如何确保无恙?"

陈宫举弓,射出响箭。

城门洞开,一辆马车驶了过来,最后停在陈宫身边。

"陈宫的家人在此,愿送贵营为质。"

没有人说话,但他们的眼中都充满对陈宫的崇敬。刘备立即滚鞍下马,泪流满面跪下说:"公台仁义,备感激涕零!"

关羽则吩咐士兵:"将马槊还给温侯。"

"传我号令,全军拔营,退避三舍。"

曹操大声命令,然后抬头望天,不让别人看见脸上的泪水。

7

对下邳的包围暂时解除,城里城外的交通也得到恢复,但是曹操并未撤军,双方处于僵持状态。消息传到许都,已是车骑将军的董承便蠢蠢欲动,硬拉了现在只是太常的杨彪来到尚书台。

没想到,孔融也在那里。自从得知荀彧也反对抓捕杨彪,孔融对他的态度立即转变,还常来讨论学问。曹操则接受荀彧的建议,奏请皇帝任命孔融为少府,由二千石的列卿升格为中二千石的九卿。

这,当然是为了弥补过失,安定人心。

孔融的心情却很好，见了那两人便笑呵呵地打招呼。

董承和杨彪也不认为他该回避，都拱了拱手。

"车骑和太常到此，不知有何指教？"坐定之后，荀彧问。

"据报，江东孙策准备偷袭许都。"董承说。

"将军消息灵通。"孔融笑道。

这是什么话？董承啼笑皆非。太傅杨彪降为太常，司徒赵温从无主见，袁绍那个大将军只是遥领，朝中大事岂非归我车骑将军？荀彧当然知道孔融此言很不得体，却也不想纠正，便对那两人说："尚书台也已经听说，听说而已。不知二位，可有什么对策？"

"袁大将军的疏文，令君应该已经看到。"董承说。

"迁都鄄城？"荀彧说，"不过他的理由是许都湿气太重。"

"如果采纳此策，岂不是两全其美？"见荀彧笑而不答，董承又接着说，"鄄城是司空的发祥之地，令君不必多虑！"

"太常的意思呢？"荀彧看着杨彪。

"老朽并无主见，所以随车骑来见令君。"杨彪说。

荀彧起身走到巨幅地图前，用手指着说："下邳在许都之东，会稽又在下邳的东南。孙策要趁司空兵在下邳之机，从会稽远道而来偷袭许都，车骑认为可能吗？"见董承愣住，荀彧又说："将军再看，许都在洛阳东南，鄄城西南。许都至鄄城，路程两三倍于到洛阳，邺城却近在鄄城西北。迁都鄄城，请问是离洛阳近了，还是离邺城近了？"

"也是。"杨彪说。

"所以荀彧以为，此事不必再议。"

"确实。"孔融说，"根本用不着迁都，吕布必败无疑。"

"少府何出此言？"董承问。

"因为刘豫州已在司空军中。"孔融回答。

"这就怪了。"董承说，"他不是新败于吕布吗？"

"将军何必以成败论英雄？"孔融说，"小看刘豫州的，只有妄自尊大的袁术。他给吕布写信，说是我袁术有生以来，从没听说天底下还有名叫刘备的。呵呵！他袁术倒是有名，臭名昭著。"

"豫州可忠于汉室？"董承又问。

"中山靖王之后，断无不臣之心。"孔融说。

"谨受教！"董承拱了拱手，将刘备的名字记在心里，然后又看着荀彧问，"孙策蠢蠢欲动，可要报告天子？"

"天子已知。"荀彧说。

"今日之议，要报告司空吗？"董承又问。

"不必。"荀彧说。

当然。但，曹操会知道的，杨彪想。

而且，他也不会放过吕布。

8

转眼就到了十二月下旬。曹操退避三舍之后虽然按兵不动，其实外松内紧，吕布也给出了挨打的口实——某天晚上，他用绸缎将女儿绑在马上，亲自带轻骑兵护送出城前往寿春，打算以嫁女换取袁术的支援。可惜刚出城门没多久，就被密集的箭雨逼退，只好回城。

吕布和陈宫仍不死心，四处求援，可能出手的也不乏其人。近在咫尺的，就有徐州开阳的臧霸和豫州鲁县的张辽。就连远在河内郡的并州将领张杨，也出兵野王遥相呼应。野王县虽然够不着下邳，却离许都很近。何况袁绍、刘表和张绣还作壁上观，态度不明。

曹操觉得，不能再让吕布留在这里过年。

但，吕布、陈宫和高顺却是硬骨头。

郭嘉则说了四个字：上善若水。

于是，步兵变成了工兵，在下邳城外挖出壕沟。现在，只要掘开最后一段，流经城西的沂水和泗水就会灌进城中。工程浩大，威慑力也巨大。限时投降的通牒发出以后，城内军民一片恐慌。

讲和的果然来了，却自称是无盐的人。

见曹操诧异，那人说："我等确实是来下邳做生意的。一座城被围两个月，物价肯定居高不下，商家便有利可图。"说到这里，那人竟有点羞涩，"但是司空把城锁了，牟取暴利反倒变成血本无归，弄不好还小命难保。我们宗主思来想去，便想跟司空做笔大买卖。"

"什么买卖？盐，还是粮？这些孤都不缺。"

"哪能是这种小打小闹。"那人说，"当然是把吕布卖了。"

"卖吕布？"曹操笑了，"怎么卖？"

"当然是劝他投降。"

"他答应了？"曹操又问。

"当然。要不怎么卖？"

"人也是能卖的？"曹操再问。

"怎么不能？司空不是买过李傕和郭汜的人头吗？"

"你们宗主为什么要卖吕布？"

"上次在咸城愧对司空，这回得还个人情，再说也都不亏。"

咸城？一晃四年了。但，咸城卖粮，吕布也是当事人，怎么知道这家伙不是吕布派来的？便道："很好，孤买了，送货吧！"

"价钱还没讲呢！"那人笑笑。

"赏格已经写在牒文上，你们不知？"曹操说。

"那是人头的价钱，现在卖的是活人。"

"活人跟死人，又有什么不同？"

"敢问司空，鹰犬这东西，死活一样吗？"

"也是。"曹操点头，"开个价吧！"

"我们宗主，喜欢当面验货当面讲。"

"那她自己怎么不来？"

"这回不会喝少盐的野鸡汤。"那人答非所问。

9

白门楼上，果然并肩站着吕布和无盐。

"司空别来无恙！"无盐笑嘻嘻地。

"四年不见，足下依旧光彩照人。"曹操说。

"哪里，是更加可人。"吕布色眯眯地看着无盐。

这贼子！事到如今还不怀好意。曹操心里咬牙切齿。

"司空可看清楚了？如假包换的天下第一鹰犬。"无盐嬉皮笑脸地对曹操说，"要价也不高。司空退兵，徐州交还吕将军，吕将军也从此听候朝廷调遣。要他打袁术就打袁术，要他打张绣就打张绣，要他打刘表就打刘表。温侯有战功可立，司空有精兵可使，岂非两全？我看这笔买卖相当合算，而且货真价实，可以成交吧？"

"且慢！"曹操说，"足下有什么好处？"

"司空省下的粮草，运回去也麻烦，作价卖给我好了。"

"只要这么一点好处？"曹操问。

"你的粮草不是多吗？薄利多销，还是有赚头。"

曹操听出话里有话，又问："吕布给你什么好处？"

"以后我做生意，都由他派兵护送，不怕劫匪。"

劫匪？你就是劫匪。曹操心想。他也判断，无盐多半是被困城中又遭遇吕布，这笔买卖其实是脱身之计。但他们怎么会在一起？谁找的谁？这些天又发生了什么？想到这里，曹操莫名地心生醋意，冷笑着问无盐："你的人可是告诉孤，吕布是要投降。"

"是啊！"无盐说，"温侯，是也不是？"

"当然是。"吕布笑嘻嘻地看着无盐。

"哪有投降而不绑的？"曹操喝道，"绑了！"

"是该绑了。"无盐从随从手里取来绳子，开始绑吕布。吕布也不反抗，一副受用的样子，任由无盐横绑竖绑，打上死结。

"送下城来！"曹操又喝道。

"休想！"一个声音传来。

话音刚落，城头一箭射出，正中曹操身后由士兵举起、显示将帅身份的车盖形幢。曹操吃了一惊，胯下的马也后退三步。这时他再看白门楼，只见陈宫已经闪出楼门，手里的剑架在无盐脖子上。

五花大绑的吕布目瞪口呆，却动弹不得。

"死贼，竟敢诈降！"曹操勃然大怒。

"诈不诈与我无关。"陈宫冷笑，"但陈宫绝对不降，也不许别的什么人投降。你与这女贼有何诡计，也只要问问便知。"说完，他吩咐手下，"送温侯回府，到了再松绑。女贼带回营中，待我审问。"

"审什么审？有种现在就杀了我！"无盐杏眼圆睁，"陈宫，你也算男人？买卖不成仁义在，这道理你不懂？"

"仁义？"陈宫撇嘴，"你且去问问杀边让、屠彭城的。"

"他是他，我是我，有什么相干？"无盐说。

"你自己清楚，现在说说也行。"陈宫依然冷笑。

"公台，"曹操喊道，"你我之事，何苦殃及池鱼？"

"笑话！眼看就要变成鱼鳖的，正是下邳之人。"陈宫说，"所以今天只有你死，我等才能活。当然，"陈宫扭脸看着无盐，手中的剑却仍在对方的脖子上，"足下愿意劝曹操投降，也行。"

"剑拿开！"无盐怒视陈宫，"有话你自己说。"

"是吗？呵呵，那就请你看好了。"陈宫收剑，举起。

随着陈宫一声令下，大批弓箭手涌上城楼。许褚见势不妙，马上飞快地挡在曹操面前，大喊司空快走。曹操也立即掉转马头，在众人护卫下逃往军营。他甚至不用回头，也知道身后已经箭如雨下。

无盐，这会儿是救不出来了。

"司空，还灌城吗？"回到军营后，青州兵渠帅管诚问。

"灌！"曹操狠狠地说，"高顺营在低处，先淹了那里。"

10

下邳城内的市场冷冷清清，人迹罕见。因此，张弘看见有家酒肆居然好像还在营业，便停下脚步，问带路的流浪汉："这里？"

"是。"流浪汉说。

"好，你走吧！"

"赏钱。"流浪汉说。

张弘掏出几枚铜钱，交给那衣衫褴褛的汉子，自己带着随从推门进去。此人是吕布手下的情报官，职务叫刺奸。顾名思义，就是刺探情报，查明奸细。听流浪汉说市中有人鬼祟，当然要跟了过来。进屋之后便立即发现这里可疑。前厅并无客人，只有个老板模样的人坐在榻上翻看木简。不过作为老手，张弘沉得住气。他向两个随从使了个眼色，让他们到后院看看，自己则在前厅转来转去，四下察看。

什么都没有。那老板也不看他，只管看简。

张弘只好咳嗽一声。

"客人有何吩咐？"老板这才抬头。

"买酒。"张弘说。

"哪有？"老板说，"官府禁酒，有也不敢卖。"

"那你卖什么？"张弘问。

"为什么非得卖？也可以买。"

"那你买什么？"张弘问。

"这世上可以买卖的多了去，比如人情，就看你有什么。"

"你到底是什么人？"张弘又问。

"当然是这酒肆的老板。"

"我看你是奸细。"张弘说。

"也是。"那老板点头，"眼力不错。"

"来人！"张弘大喊。

"来了！"随着这声应答，一位英俊少年走出，手上还有剑。张弘大吃一惊，左顾右盼。少年却道："不用看，没别人了。"

后院静悄悄。听声音，这少年又分明是刚才带路的流浪汉。

"换身衣服洗把脸，也用不了多久。"少年说。

再加上杀人？动作这么快？

"你到底是什么人？"张弘问。

"这里是酒舍，我当然是酒保。"

"我看你也是奸细。"张弘说。

"不对，我就是酒保。杀猪宰羊，有时候也杀人。"

说完，少年用剑顶住张弘的喉咙。

"请坐！"老板却说，"放心，他不杀你，只是别乱动。"

张弘只好乖乖地坐下。

"如果我没记错，足下是先帝中平五年，就跟着丁原到并州赴任的吧？怎么十年光景过去，仍然还是个秩百石的刺奸？"那老板一面翻着木简，一面漫不经心地说。见张弘面红耳赤，他又说："要么因为你跟丁并州同乡，都是兖州泰山郡人，吕布不待见你；要么是你尸位素餐，没有功绩，升不上去。当然，也可能兼而有之。"

"你问这个干什么？难道买卖官职？"张弘说。

"还是先请你看点东西吧！"

说完，那老板将几上的木简推过去。

张弘低头，只见木简上写着：

　　丙寅　布与官言欲降曹　官曰　逆贼曹操　何等明公　今日降之　若卵投石　岂可得全也

"你果然是奸细！"张弘震惊。

"不想知道我们何以知之吗？"老板笑笑，从怀里掏出一个香囊放在几上，"再看看这个，谁的？"

"怎么在你手里？"张弘大惊失色。

"干你这行的，一不能好酒，二不能好色。如果酒后乱性，还要在床上夸夸其谈，那就是自取灭亡，也难怪……"

"敢问阁下是谁？"张弘知道对方有来头了。

"大汉侍中、御史中丞郗虑。"

"那么，这位小兄弟？"

"司空的养子曹朗，字子净。"

"小人不敢以卵击石。口服心服，任由处置！"

说完，张弘俯下身子，稽首。

"刺奸放心，我们不想处置谁，倒想做个顺水人情。"见张弘满脸疑惑，郗虑笑笑说，"我会告诉司空，木简是你主动献的。"

"侍中，这个人情太大，小人承受不起。"张弘说。

"是怕司空赢不了吧？也是，高顺忠勇，陈宫多谋，吕布又天下无敌。可惜啊可惜！高顺刚而不韧，陈宫谋而不周，而且不和。高顺军已成鱼鳖而陈宫不救，不难想见大水灌城之日又当如何。所以三天之内，吕布必降。"说到这里，郗虑一笑，"足下不想立功吗？"

11

郗虑的预测一点都没错，吕布第二天就投降了。

形势变化如此之快，也有多种原因。首先是高顺营被淹后，孤立无援。绝望的部下哗变，杀了宁折不弯的主将向夏侯惇投降。张弘则利用自己的人脉关系和职务之便，先将陈登的弟弟送出下邳；又带着郗虑和曹朗，买通已绝望的卫士秘密绑架了陈宫。高顺被杀，陈宫失踪，城内城外军心大乱，曹操也在军营不断接到报告——

徐州军侯成部来降。

徐州军宋宪部来降。

徐州军魏续部来降。

最后，是吕布。

这时已是第二天，建安三年十二月二十四日。

白门楼前匆匆搭起了受降台，台上站着曹操和刘备，只不过刘备没有站在正中，而且侧着身子。下面满满的都是曹军将士，远处站着从城里出来看热闹的民众。五花大绑的吕布被许褚押来，走到台下便昂首挺立站定，大声说："恭喜明公！贺喜明公！"

"倒没见过如此降虏。"曹操大笑，"孤有何可喜？"

"明公要平定天下，怕的就是吕布吧？现在投降了。今后让吕布统帅骑兵，明公统帅步兵，两强联合，岂非所向无敌？"

"好像也有道理。"曹操又笑，"谁教的？"

"无盐。"吕布愣了一下，如实回答。

"她人呢？"曹操问。

"在陈宫那里，吕布可没敢动她一手指头。"

"是吗？"曹操又问。

"岂敢瞒骗。"吕布说，"松松绑嘛！绑那么紧，也不好行礼。"

"绑老虎，岂能不紧？"曹操一笑，吩咐许褚，"仲康！"

"司空！"刘备突然叫道。

"玄德有话说？"曹操笑呵呵地问。

"明公忘了丁原和董卓吗？"刘备说。

"对啊！"曹操点头，"也是。"

"司空不要听他的！"吕布急叫，"大耳贼最不可信！"

"玄德不可信，你就可信？"曹操突然变了脸色，"常言道，滴水之恩，当涌泉相报。当年，刘豫州见你走投无路，好心收留。你这贼人倒好，反过来夺人徐州，掳人妻小。如此不仁不义，留在人间岂非祸害？仲康，立即将这反复无常、恩将仇报的家伙推出斩首！"

"遵命！"许褚拱手。

212

"曹操休要猖狂！你这家伙才是贼子。"吕布死到临头，反倒无所畏惧，也变了脸色破口大骂，"你不是带头起兵讨伐董公的吗？为什么要尊奉董公所立的皇帝？实话告诉你，许县那个天子是冒牌货，并无天命。要不然，传国玉玺为什么在袁公路那里？"

"且慢！"曹操笑了，"你刚才说的董公，是谁人所杀？"见吕布张口结舌，又问："还有那个袁公路，又是谁忽联忽反？奉先啊，孤是个念旧的人，也恩怨分明。还记得在咸城吗？孤说过欠债要还。"

这话他跟那女子也说过。吕布想了起来。

"不过，你若还得起，也可以一笔勾销。"曹操又说。

"那你待要如何讨还？"吕布问。

"以眼还眼，以牙还牙。欠我箭，当以箭还。"说完，曹操向许褚伸手，许褚将弓箭递过来。曹操又说："射不中，就算还得起。"

哪有射不中的？分明是虚情假意，真真奸贼。吕布想。

曹操却不管别人怎么看，只管张弓搭箭。

"稍等！"关羽突然出列，"请问，吕布欠司空几箭？"

"三箭。"曹操说。

"关羽愿挡两箭。"

"云长为何要如此？"曹操奇怪。

"因为关某也恩怨分明，不喜欢欠人情。"说着，关羽站到了吕布的前面。人们这才发现，他的手上提了根马槊。

"请问司空，先要报哪一箭之仇？"关羽问。

"汴水之战，他射杀了孤救出的王河内。"

"杀人偿命，此仇该报，射吧！"关羽说。

曹操举起弓来，一箭射出，被关羽用槊击落。

"此仇已报。"关羽说，"第二呢？"

213

"还是汴水之战，他射中孤胸，差点就杀了孤。"

"也是血债，该报！"关羽说。

曹操又一箭射出，又被击落。

吕布感激地看着关羽，想说什么。关羽却说："最后这一箭，就是你们两人的事了。"说完提槊就走，看都不看吕布一眼。

"将军，救人救彻！"吕布急了。

"云长，孤也奇怪，为什么只挡两箭？"曹操说。

"因为只欠两份情。两年半以前，袁公路派纪灵攻我小沛。温侯自将千骑驰援，树戟于辕门，对纪灵说，如果射中小支，双方就必须撤军。纪灵不敢反对，温侯也一箭中的，我军这才得以解围。"

"辕门射戟，此恩当报。"曹操点头，"二呢？"

"与关羽决斗，先是用槊而不用戟，后是将槊交与关羽。关羽敬他是条汉子，所以愿替他再挡一箭。可惜那槊还给他了，也只好用我自己的。"见曹操喟然叹息，便问："第三箭，也在汴水？"

"在洛阳。九年前，袁本初要杀宦官，在都亭举兵，西园军助军左校尉赵稚长提出异议，吕布竟一箭射掉了他头盔上的帽缨。士可杀不可辱。"曹操看着关羽，"这笔账，孤是否该替稚长讨还？"

"该。"关羽说，"却也不是血债。"

"云长说的是。"曹操点头，又看吕布，"奉先啊，当时可谓一箭定乾坤，孤钦佩之极，很想效法。当然了，现在你没有头盔，也没有帽缨。不过没关系。洧水之边，孤也曾以发代首。所以呢，若能射开你的发髻，孤就放虎归山，奉先想去哪里就去哪里。怎么样？"

"你的箭法，能跟我比？"吕布心乱如麻。

"确实不能。"曹操满脸诚恳，"所以，只能听天由命。"

所有人都看着吕布不说话，包括关羽。

"射吧！"众目睽睽，吕布只好硬着头皮回答。

那就不客气了。曹操一箭射去，正中吕布额头。

吕布咬牙切齿，仇恨地瞪着曹操，倒下。

曹操走下受降台，来到吕布身边，摇头叹息着说："孤的箭法原本不错，怎么会射偏了呢？"见众人都不说话，一片鸦雀无声，曹操又语气冰冷地说："千不该，万不该，你不该提到那玉玺。"

"好个巧言令色，奸贼果然是奸贼！"

旁边冷笑一声说这话的，是陈宫。

"抱歉，忘了公台。"曹操扭头，"不知公台有何话说？"

"只恨他不听我的，以至于此。"陈宫看着吕布的尸体说。

"确实。"曹操点头，"孤也听说公台有个分兵之策，要吕布驻兵城郊，自己守在城内。我若兵向吕布，你便攻我背。我若攻城，又有他救援于外。如此让孤腹背受敌，首尾难顾，必败无疑。好计！果然好计！只是我不明白，公台为什么不留吕布守城，自己在外？傻子都能看出对他不利，你自己反倒有鬼，何况他的夫人还不傻。"

"曹操！莫非在吕府，你也有眼线？"陈宫说。

"公台见过鸿豫了吧？他从来不喝酒，只喝水。"

"冷血小人！边文礼就死于他手。"陈宫恨得咬牙切齿，"只是我没想到，你们这伙奸贼竟然连美人计都使上了。"

"公台敢肯定，那女子是孤派去的？"曹操直视陈宫。

"倒也不能。"陈宫摇了摇头，"若是，郗虑那贼还没来，她怎么就先跑了？哼哼，说不定真是来取渔利的，不过我也懒得去想。"

"孤倒有话要问。"曹操说。

"尽管问来。陈宫死都不怕，还怕你问？"

"当年公台力排众议，迎孤到兖州，为什么又要反？"

"因为我曾向边文礼夸下海口，说你绝不会杀他。"

"叛孤倒也罢了。"曹操摇了摇头，"但以公台之世事洞明，能谋善断，联合谁辅佐谁不好，为什么要选吕布？"

"以毒攻毒而已。"陈宫回答。

"如果孤认错，你我可以捐弃前嫌吗？"

"覆水难收，唯愿一死，否则愧对奉先。"

"那么，公台的老母亲可怎么办？"

陈宫心如刀绞，一声长叹，换了语气和称谓道："宫听说，以孝治天下的不害人之亲。家母的生死存亡，只在明公，不在鄙人。"

"公台的妻儿，又将如何？"曹操再问。

"行王道施仁政者不绝人之后，此事也不在我。"

"恭敬不如从命。"曹操说，"松绑！"

"大恩不言谢！"松绑之后，陈宫长揖。

"为公台送行！"不知何时，刘备已经走下了受降台，此刻则拜倒在地，关羽和张飞也都一齐跪下。陈宫拱了拱手，扭头就走。曹操却抬头看着密布的阴云，心想用不了多久，就该漫天大雪了。

12

见妻小在吕府中住得就像走亲戚，刘备再三向吕夫人道谢，同时心里也感慨万千，没想到那骂名满天下的家伙竟有如此贤妻。刘备的夫人也说："请夫君向司空求情，善待吕夫人和他们的女儿。"

这还用说？见刘备看着自己，曹操摆了摆手。

"夫人贤惠。有什么要求，尽管说！"

"请司空将贱妾与夫君合葬。"吕夫人说。

"孤何曾说过要杀你们？"曹操奇怪。

"贱妾但求一死。"吕夫人跪下，"他是为了贱妾才投降的。昨晚夫君说，他已四面楚歌，却不想学楚霸王。妾问，投降以后难道不会被杀？夫君说也许不会也许会。但是我投降，你们就可以不死。"

"霸王别姬不足为道，伉俪情深倒是让孤激赏。"曹操说。

"司空谬奖。有个实情若不能说出，贱妾死不瞑目。"

"但说无妨。"曹操又奇怪了。

"夫君好色，天下皆知，妾也知。所以，贱妾并不相信他会自辱以全妾身。"见大家都看着自己，吕夫人又说，"夫君却道，你当然不明白，也没人知道吕布是什么人。都骂我忘恩负义，三姓家奴。真是活见鬼！我忘谁的恩，负谁的义了？告诉你吧，我连亲生父母的面都没见过，我连这个吕是跟谁姓的都不知道！我只知道，在这人世间唯有心更狠，手更辣，才活得下去。我从小就清楚，你明白吗？"

"原来如此。"曹操说，"但，这跟夫人有什么关系？"

"妾也不明白，夫君却道……"

吕夫人潸然泪下，声音哽咽，说不下去。

"奉先说什么？"曹操弯下身子，温和地问。

"他们都把我当枪使，只有你把我当人看。"

众人都低头不语，刘夫人赶紧过去把她扶了起来。

"鸿豫，"曹操看着郗虑，"吕布是孤儿？"

"可能，说不定还是弃婴。"郗虑回答，"有传言说，他是喝狼奶长大的。后来到了并州牧丁原军中，自称姓吕，其实无从稽考。丁原和董卓也多半只是利用他，有没有恩义不好说，看重还是看重的。"

"吕将军心里的苦，我懂。"曹朗眼含泪花。

"你跟他不一样。"曹操脱口而出。

"是,"曹朗说,"臣有司空。"

这话不能说没有道理,却又不全对。如果狗儿遇到的是丁原或者董卓,难道就会变成吕布?根本还在天良。但是这层意思,曹操不能说穿,便问:"朗儿可知,豫州为什么不为公台求情?"

刘备差点失色,曹朗却说:"不知。"

"因为他一心求死,刘豫州又何必?"曹操说,"朗儿,哀莫大于心死。公台绝望,或许因为奉先,或许因为孤,或许因这人世。但这并不要紧。要紧的是,成全他的心愿才是大仁大义。"说到这里,曹操扭脸问道:"玄德兄,你说是也不是?"

"司空所言极是。"刘备由衷地赞同。

"所以,不可没有仁义。"曹操又看着吕夫人,"过几天,孤就要还许。你们母女,还有公台的母亲妻儿,也都随行吧!放心,我将待之如家人。将来两家的婚丧嫁娶,都由曹家来管。"

13

有刘夫人陪伴,曹操觉得可以放心,便退出吕府,在下邳县寺里住下。虽是寒冬腊月,炉火熊熊的室内却温暖如春。为养子行过冠礼之后不久,卞夫人回了许都,饮食起居便都由曹朗照料。现在,曹操已沐浴完毕,换上了浴后的家居服,对着铜镜想起了无盐。

那女子,莫非是太平道?

郗虑便有此怀疑。因为他们去绑架陈宫时,无盐就已经被人悄悄劫走。在陈宫的眼皮底下干这种事,能耐实在不小,说不定并州军里便有他们的人。这就太像太平道。曹操听了却不置可否。他已经发现无盐一伙虽然看似行踪不定，其实有迹可循——早期盯着董卓，后来盯着自己。盯着董卓是为了报仇，盯着自己是为了什么？

曹操抚摸胸前的旧伤口，觉得心跳加速。

"司空，那个在咸城卖粮的来了。"

许褚进来报告。

话音刚落，无盐已跟了进来。

"嗬！我们找人不着，足下倒自己来了。"曹操说。

见曹操这样说，许褚立即退了出去。

"当然要来。"无盐一笑，"讨债。"

"讨债？讨什么债？"曹操下意识地把手放在胸前。

"那吕布原本可以卖个好价钱的，这生意被你搅黄了。"无盐看见曹操的动作，心里暗笑，却又说，"你若不欠债，找我干什么？"

怎么是我搅黄的？明明是陈宫。曹操哭笑不得。

"说吧，还不还？"无盐又问。

"哈哈！要孤怎么还？"

"你这屋里太热。"无盐答非所问，脱了袭衣，然后才说，"杀人偿命，欠债还钱，人债当然要用人来还。"

"朗儿退下。"曹操说。

乖巧的曹朗立即放下手上的活，笑嘻嘻地离开。

"孤在这里，拿去！"曹操展开双臂。

"还要马。"无盐又说。

"请坐！"曹操一愣，收紧衣服。

"站着说也行。"无盐笑笑。

"要马干什么？"

"这个我不告诉你。"

"哈，哪有这样要的？"

"不给就算了，告辞！"

"好吧！"曹操说，"要多少？"

"二十。二十匹马，二十个人。"

"这点人马能干什么？"

"能为你建一奇功。"

"足下不是来讨债的吗？怎么反倒要为我建奇功？"

"买卖要公平，吕布那家伙哪有你值钱？"无盐嫣然一笑。然后走了过去，指着曹操的胸口问："这个地方，什么感觉？"

这个问题，需要回答吗？

而且，管她是不是太平道呢！

第十五章

衣带诏

建安四年
己卯　兔
曹操四十五岁

1

寿春伪皇宫殿内，袁术病歪歪斜斜躺在榻上，想着心事。自从曹操率兵亲讨，袁术就接二连三地损兵折将，一蹶不振。江淮地区又遭遇天灾，农田颗粒无收，将士饥寒交迫，饥民易子而食。这个不知爱民的伪皇帝其实已经众叛亲离。所以，无盐、郗虑和曹朗进来时，随从轻而易举就下掉了殿内外卫士的兵器，一对一地看住他们。

"来者何人？"袁术坐正身子喝道，"见了朕为何不拜？"

"可以称朕的人在许都。"无盐说。

"好吧！"袁术说，"有何要事禀告？"

"禀告？"郗虑说，"我们是生意人，当然是来做买卖的。"

"跟朕？"袁术撇嘴，"买还是卖？"

"买。"郗虑说。

"哼哼！买什么？"袁术问。

"当然是你从孙坚夫人那里拿走的。"无盐说。

"那个啊？"袁术哈哈大笑，"你们买得起吗？"

"当然买不起。"郗虑说，"所以只能以物易物。"

"啊哈，以物易物？"袁术笑弯了腰，"何物啊？"

"当然是你项上人头。子净，算算看值不值？"郗虑说。

"不值。"曹朗摇头，"传国玉玺是真的，他这个皇帝是假的。"

"放肆！我袁术活了一辈子，没人敢这样跟我说话！"

"现在有了。"无盐说。

"是的。"郗虑说，"万事开头难，习惯了就好。"

"算了，不跟他一般见识。"无盐看看郗虑，又看着曹朗一本正经地耐心解释，"子净啊，他那个皇帝虽然是冒牌货，四世三公总还如假包换。我们做小本生意，要适可而止。亏是亏了点，也还对付。"

"岂有此理！"袁术简直就要气昏过去，"你们亏什么？"

"你这仲家，怎么不晓事？"无盐看着袁术，"我们来之前，玉玺是你的，人头也是你的。现在呢，玉玺和人头都不是你的。可是成交之后，玉玺归了我们，人头却仍然归了你，岂非我们亏了？"

这话就连郗虑听了也觉得是胡搅蛮缠。袁术却明白，不讲道理是因为不必讲理，便懒洋洋地说："想要就拿去，只是得自己取。"

"在哪里？"无盐问。

"冀州。"

"你给了袁绍？"无盐杏眼圆瞪。

"总归还是自家兄弟。"袁术面无表情。

"倒是肥水不流外人田。"郗虑冷笑。

"可惜你们做了赔本生意。"袁术反唇相讥，"要不取我头去？"

"子净说呢？"无盐一笑。

"不好，太脏！就算风干了，也卖不出好价钱。"曹朗想起曹操的嘱咐，摇了摇头说，"不如收了他那把剑，还能换点路费。"

"子净不但剑术好，算术也不错啊！"郗虑说。

曹朗当真走到架子前，取走了袁术的剑。

袁术看看四周，卫士们都被控制，也只好由他。

"那好，我们走。"无盐说，"除了那些破铜烂铁，仲家皇帝这里还真没有什么值钱的东西，就连口好饭都捞不着吃。"说到这里，她又看着袁术，"对了，你这假皇帝还不知道吧？你的军粮全部都被管粮的分给了饥民。他说，反正必败无疑，不如做点好事。"

"胡说！"袁术勃然大怒。

"自己去查！"无盐撇嘴，"尝尝几上的粥，也行。"

袁术愣了一下，端起碗喝了半口，便喷了出来。

"各位弟兄，留下兵器，都回家吧！"无盐看着那些卫士，"到了外面去找我的大管家，他会发给你们钱粮。记住，叫他范伯。"

卫士互相看看，纷纷掉头就跑。

2

"将军召见刘备，不知有何见教？"

车骑将军府里，刘备坐在董承对面，问道。

"董承哪里敢召见？只不过使君反败为胜，奏凯还都，董某总要贺喜的吧？因此聊备薄酒一杯，略表心意。"

"不敢当！"刘备说着就要避席。

"使君可真是礼数周全，难怪人人敬重。"董承赶紧拦住，"使君乃中山靖王之后，董某也忝为国戚。套个近乎，不要见怪！"

"将军客气！刘备乃汉家远支，并不敢以宗室自许。"

"匡扶汉室，总归责无旁贷。"董承说。

"当然！人人有责。"刘备说。

"那么董承就不明白了，使君为什么要追随曹操？"

"司空公忠体国，有什么不对吗？"

"不然！"董承愤恨地说，"曹操名为汉臣，实为汉贼，而且嗜血成性，嗜权如命，根本就容不得别人。他的眼中钉，肉中刺，也就是奉迎天子从长安到洛阳的杨公和我。不过，现在又多了一个。"

"谁？"

"当然是使君。"

"将军言重了！刘备并无尺寸之功，岂敢攀比？"

"杨公一蹶不振，董某寸步难行，使君却是如日东升。千万不要谦让！若非如此，英雄如云长和益德，为什么不跟别人？现在，曹操挟持天子，阴谋私利，长此以往，国将不国！"

"请将军收回这些话。再说，刘备就不是避席，要退席了。"

"使君何必如此紧张？"

"如今，司空就是朝廷，朝廷就是司空。"刘备俯下身子，"这种忤逆的话，刘备连听都不敢听！"

"倘若是天子旨意呢？"董承冷笑。

"啊？"刘备大惊，抬头。

董承掏出绢帛，放在几上："请使君过目！"

刘备低头，只见帛书上写着四个字：

诛杀曹操

"天子密诏？"刘备问。

"岂敢伪造？"董承说。

"天子何出此诏？"刘备沉吟，"未见司空不臣啊！"

"当今天子聪明过人，见微知著。"董承说道，"请问使君，朝中已经封侯的有多少？杨公袭封临晋侯，使君已封宜城亭侯，就连吕布也是温侯。开口闭口就自称孤的，只有董卓和曹操。使君想想，什么意思啊？称孤是为了道寡，将来还要称朕。狼子野心，昭然若揭。"

这算什么罪证，又算什么理由？刘备心想。而且，自己跟着曹操还许已经几个月了，董承为什么直到今天才想起请客吃饭？可疑之处不少，便苦笑着说："虽有天子密诏，也不是你我就能如何的。"

"诚然。"董承点头，"好在仁人志士甚多。"

"敢问都有哪些？"刘备说。

"放眼朝野，比比皆是。"

刘备明白，董承还信不过自己。当然，也可能是他说的那些仁人志士根本就上不了台面，便笑容满面地说："看来将军已有胜算，灭曹指日可待。既然如此，刘备不敢分誉，预祝成功即可。"

"不然。"董承说，"曹操手握重兵，不能征讨，只能谋杀，就像诛灭董卓。所以，要有他信得过的人参与其中。"

谋杀？除非能把许褚变成吕布。可惜不能。

但刘备不能这么说，便问："事成之后，又当如何？"

"当然是论功行赏。"董承说。

"不！不！刘备是问，如何善后？"

"奏请天子，杨公仍任太傅。你我再加上司徒赵温，便可以重组朝廷，重振朝纲。苟如此，则天下传檄可定。"董承说。

看来，三公都安排好了：太尉董承，司徒赵温，司空刘备。

"曹操的党羽呢？"刘备又问。

"群龙无首，自然如鸟兽散。"

"未必。曹洪、夏侯惇，可是远胜李傕和郭汜。"

"那么，依使君之见，又当如何？"

"非有外援不可。"刘备说，"不过，吕布已死，袁术篡逆，荆州和益州多半无能为力，兵多将广、实力雄厚的只有……"

"袁冀州？"

"是。"刘备点头，"他是大将军，号称幕府，责无旁贷。"

大将军可是位在三公之上，我怎么忘了？

想到这一点，董承不禁迟疑。

这其实并不奇怪。实际上，平时谁都不会将远在邺城的袁绍算作朝廷的人。但，如果曹操被杀，事情就另当别论了。刘备看出董承的心思，便以诚心诚意为他谋划的口气说："袁大将军虽为冀州牧，实际拥有四州之地，又有幕府之尊。唯独他，可与挟天子而据河南的曹操抗衡。所以，车骑要举大事，不妨早早与之联络，探探口风。"

"兹事体大，还须谋定而后动。"董承马上说。

"那是当然。刘备一定守口如瓶。"

3

刘备离开车骑将军府，松了口气。他没想到，董承会有这样不切实际的疯狂念头，也不相信天子会有密诏，更不愿意掺和进来。但是他也清楚，天底下没有不透风的墙，许都的水则深不见底。要想撇清自己，只有向曹操举报。可惜这同样不行。刘备一生坎坷，委曲求全可以有，改换门庭也可以有，却憎恶和痛恨卖友求荣。

虽然，那董承其实算不上什么友。

得有个人商量。

跟关羽和张飞讨论是不行的。关羽正直，张飞豪放，心里那点事全都会写在脸上。许都其他人，称得上朋友的只有孔融。当年，刘备任平原相，曾经出兵救援过任北海相的孔融。但是算了吧！那位老兄从来就口无遮拦，请他传播小道消息倒是合适。密议？呵呵！

曹朗却骑着马迎面而来。

"使君！"曹朗滚鞍下马行礼。

"子净啊！"刘备有点意外也有点高兴。从小失去父亲的他，原本就对这孤儿有特殊感情，何况两人之间还有那么多故事。于是，向来谦让有礼的刘备也滚鞍下马，问道："子净这是到哪里去？"

"看望母亲。"曹朗回答，又补充说，"丁夫人。"

丁夫人是曹操的原配。由于自己没有生育，便将小妾刘夫人生的曹昂视如己出，抚养成人。曹昂在淯水阵亡，丁夫人不能接受，终日哭泣，指责曹操。曹操一怒之下让她回了娘家，再也接不回来，最后也只好将卞氏扶正。卞夫人却不以正妻自居，常常去看丁夫人，送衣送食，问寒问暖。大军还许之后，又让曹朗也认她为母亲。

这孩子，还真有几分像我昂儿。

初见曹朗，丁夫人就这么说。

这件事刘备听说过，很是为这种安排叫好。卞夫人这样做，其实是帮曹操补过，还既宽慰了丁夫人，又让曹朗多了份母爱，可谓三全其美。便关切地问："令堂平时都做些什么？"

"织布。"曹朗回答。

"甚好。"刘备点头，忽然想起母亲带自己贩履织席的往事，不禁伤感，"可惜家母已经过世，要不然也在织布。"

"使君，树欲静而风不止……"

"子欲养而亲不待。这话子净也知道？"

"听鸿豫先生说过。"曹朗说。

郗虑？刘备心头一紧，却道："这是《孔子家语》里面的。"

"使君府上的芜菁开花了吗？"曹朗换了话题。

芜菁就是盘菜，也叫大头菜。春季开花，夏季结果，块根长得像萝卜，只不过萝卜长而直，芜菁矮而圆。刘备很高兴大家都知道他在府中种菜，便说："开花了。成熟以后，给丁夫人送些去。"

"谢过使君。芜菁用盐腌了，可以吃到冬天呢！"

两人又说了些闲话，这才别过。

但是，刘备觉得今晚可以睡个好觉了。

4

"玄德兄请上车，我们出去走走。"

刘府门前，曹操坐在车上，旁边空着座位。

郗虑和许褚骑在马上，跟在后面。

"遵命！"刘备说。

"云长和益德就不必跟着了。"曹操又说。

"是。他们两个，留在家里就好。"刘备赶紧回答，然后走下台阶准备上车，又回头看着关羽和张飞说，"那些芜菁别忘了浇水。"

"玄德看不起许汜求田问舍，自己倒在天子脚下种起菜来。"

"司空见笑！"刘备心里一惊。

"有何不可，孤还做过豆腐呢，只是没做成。"曹操大笑。

反正树欲静而风不止，那就随他去。刘备想。

见刘备坦然上车，关羽和张飞一齐躬身拱手。

马车向城外驶去，曹操却一言不发，只是看着外面。郗虑和许褚骑马跟在后面，也都面无表情。刘备起先还有点忐忑不安，但很快就平静下来。在这种天气郊游，还有什么烦恼不能被风吹走呢？

终于，马车停在了坡下。

曹操先请刘备下车，又吩咐郗虑和许褚不必跟着，然后带着刘备漫步走到坡顶。明媚的阳光下，一望无际的麦田尽收眼底。

"去年那雪下得透。墒情好，庄稼就长得好。"

"是。司空的屯田，又将大获成功。"

刘备一边回答，一边猜想：难道是带我来看屯田的？

"民以食为天。兵马未动，粮草先行。这些都是常识。"曹操看着刘备，"却不知道袁本初和袁公路，为什么居然不懂？"

"这一点，刘备也想不明白。"

"很简单，世家大族，锦衣玉食，只知高人一等，哪里知道民间疾苦！"曹操哼了一声，自己回答，"可是，倘若民不聊生，天下又岂能太平？那么，治天下者，应该是知疾苦的，还是不知的？"

刘备没想到曹操会有此一问，顿时愣住。

"玄德老家在涿郡涿县？"曹操却换了话题。

"是。"刘备回答。

"孤还听说，府上东南墙角有一棵参天大树，看上去就像天子的御辇。玄德对伙伴们说，总有一天我也要坐华盖车。有这事吗？"

"哪有？"刘备吓了一跳，"人言可畏。"

"担任安喜尉时痛打督邮，有吧？"

"有。"刘备说。

"为什么要打他？"

"蕞尔小吏，仗势欺人，十分可恶。"

"打了多少下？"

"杖二百。"

"督邮是太守属吏，奉命巡察各县，玄德不怕？"

"无非那县尉不做了。"

"所以解下印绶系在他脖子上，另一头拴在马桩？"

"当时年轻气盛，司空请勿见笑！"刘备说。

"哪里，孤听了乐不可支。"曹操大笑，"孤做洛阳北部尉，还打死过宦官蹇硕的叔叔呢！实话实说，那也是仗着家父位在三公，他们不敢把我如何。所以，你我虽同为县尉，玄德还是比孤豪雄。"

"司空这样说，刘备无地自容。"

"不过，外间都说是张益德干的。"

"可见传闻不可信。"

"正是。"曹操点头，"玄德在许，可曾听到什么流言蜚语？"

"没有。刘备不善交际。"

"跟车骑将军也没来往？"

"他请刘备吃过饭。"刘备又吓一跳。

"哦？都说些什么？"

"他说刘备是皇亲，自己是国戚，想套近乎。"

"人之常情，也没什么。"

刘备暗自松了口气，曹操却看着远方。

远方，除了田野，还是田野。

"孔文举倒是目光锐利。"曹操突然说。

又是没头没脑的一句，刘备又紧张了。

"不知司空说的是……"

"他说袁家那些四世三公，早已是冢中枯骨。"

"那时，陶徐州要让位于备，备实在……"

"接的好！"曹操说，"玄德不接，难道让给袁术？不过，也幸好孔文举没有自荐。他这个人，大事做不来，小事不肯做，只能在朝廷安排个闲职。州郡之治，关乎生民，还是得靠脚踏实地的人。"

刘备越听越糊涂，壮起胆子问："司空说这些，是？"

"闲话而已。称孤的，其实找不到人随便聊聊。"

听了这话，刘备想起董承所说的狼子野心，不禁感慨。但是仔细想想，也觉得曹操是肺腑之言。沉默良久后，便点头道："也是。多有不便。"见对方也点头，便又问："却不知为何要跟刘备说？"

"这还用问？"曹操说，"天下英雄，唯使君与操耳！"

"啊？"刘备大惊失色。

"玄德为何惊恐如此？"曹操问。

"司空请看后面！"刘备说。

曹操回头，只见许褚拎了一个人过来，扔在地上。郗虑不急不慢提剑跟在后面，冷冷地看着那人。他们的身后，是树林子。

"你是来杀孤的？"曹操问。

"还用说吗？"刺客答。

"谁派你来的？"

"天心民意。"

"笑话！果真天诛地灭，曹操还能活着？"

"不是不报，时机未到。"

"你自己就不怕死？"

"民不畏死，奈何以死惧之！"

"好！孤成全你！仲康！"

"臣在。"许褚回答。

"把他埋在麦地，也算助孤屯田。"

看着刺客恶狠狠地瞪曹操了一眼，然后被许褚带走，刘备头脑里紧张地思索。董承沉不住气动手了？或者刺客是别人派来的？总不会是曹操试探自己吧？都不像啊！任何一种情况他都应该审问，为什么查都不查就杀了呢？难道是见惯不怪？刘备百思不得其解。

曹操却说："可惜！玄德看不到这里的丰收景象了。"

"司空何出此言？"刘备又吓了一跳。

"袁术现在已如过街老鼠，只好将传国玉玺送给了袁本初。本初的长子青州刺史袁谭也已经南下，到寿春迎接袁术。这件事绝不能让他们得逞。因此，孤要你去下邳拦截，以免乱臣贼子同流合污！"

刘备差点就瘫倒在地。

5

接受了新任务的刘备，没有片刻犹豫就离开许都，日夜兼程前往下邳，南北两袁刚刚建立的联系被拦腰斩断。六月，走投无路的袁术逃到距离寿春八十里的江亭，一病不起，吐血而亡，只有他的一封信送到了邺城——汉失其禄久矣！豪雄角逐，分割疆宇，与战国七雄无异也，唯强者兼之，捷足者先登。今君拥四州之地，百万之众，论强则莫与争大，以位则无所比高。袁氏受命当王，符瑞炳然，岂曹操辈之可逆乎？天心民意，正在家门。谨归大命，君其兴之！

这家伙，临死之前还是皇帝的口气。

袁绍却动心了，召集谋士征求意见。

"请明公节哀顺变！"众谋士异口同声。

"那是当然。不过，公路所说代汉之事，如何呢？"袁绍见众人都保持沉默，便又说，"其实我们府中，也有人附议。"

"请问是谁附议？此人该杀！"沮授马上表态。

"是，该杀！"田丰也说。

"该杀！"逢纪也说。

"该杀！"审配也说。

"该杀！"许攸也说。

"该杀！"郭图也说。

"公则不是说过，"袁绍看着郭图，"汉室不可匡复吗？"

"不可扶，也不可代。"郭图回答，"王莽代汉，悬首宛市；袁术代汉，客死江亭。殷鉴不远，明公可不慎乎？"

袁绍默然无语。他当然清楚，王莽代汉用了多少时间，下了多大功夫：先是趁九岁的汉平帝刚刚即位，弄到"安汉公"的头衔；然后加号宰衡，位在诸侯王之上；平帝驾崩、两岁的孺子婴即位后，又自称"假皇帝"，再过四年才夺了传国玉玺，自己当起皇帝来。

然而怎么样呢？众叛亲离，身首异处。

但，有大将军的虚衔和四州之地，就算到顶了吗？

董卓所立、曹操尊奉的那个，难道还认他不成？

"那么，依公则之见，又当如何？"袁绍问。

"不奉，不迎，不代，姑且让曹操养着。"郭图说，"反正明公是大将军，位在他那司空之上，还不费我们的钱粮。"

"对，让他养着。"田丰也说。

"养着。"逢纪也说。

"养着。"审配也说。

只有主张迎天子到邺城的沮授不说话。

"好吧！"袁绍哼了一声，"养到什么时候？"

"等到他养不起。"许攸笑着说。

"养不起，倒不至于，但总有养不了的那天。"见袁绍不解，郭图微微一笑，又说，"许县那个天子，今年已经十九了。"

6

刘协乔装成客商来到军市，满眼新奇。

军市就是军中的商业区。从汉代到唐代，商业区与居民区是严格区分开来的。居民区叫里，商业区叫市。里和市都在城里，都有围墙和门，也都是白天开门，晚上关门，可以交易的时间并不多。

这样一来，驻扎在城外营里的军人就很不方便了。

也只能设立军市。平民百姓可以来做买卖，军人和军人之间也能做交易。军市的规模当然不可能也没必要太大，却是公共场所。如果要将敌酋和犯了军法的将士斩首弃市，便也在这里行刑。

所以，听说皇帝想悄悄进军营看看，曹丕首先就想到了军市。

旨意是羽林中郎将王必传达的。其实就连陛下本人，也不好意思把这想法叫作旨意，曹丕却不能不认真。作为少年，他很能理解皇帝的好奇心，尽管陛下比自己大了六岁。但，父亲的军营，又岂能偷偷摸摸溜进去？自己带路也不行，只能先混进军市再说。

渠穆是没法跟去了，一开口就会露馅。

好在，弄几身衣服倒也不难。于是，刘协扮作少东家，王必扮作讲价的，曹丕扮作小伙计，去了军市。军市跟民市一样，也是有官吏管理的，叫军市令和军市候。按照曹丕事先的安排，王必先到军市候那里登记，缴纳押金，申明只买不卖，三个人这才得以进门。

进门之后又要搜身。王必早有准备，赔着笑脸对那士兵说，我们少东家怕痒，同时塞过去十枚铜钱。士兵见刘协气宇轩昂，王必高大魁梧，曹丕也不像寻常小伙计，知道他们不是闲杂人等，更不是为非作歹之徒，便收下铜钱，也不搜王必和曹丕，转身去看别处。

"管得这么严？"刘协边走边问。

"军市与军营相通，不能不小心防范。"曹丕说。

"进门登记，真能验明正身？"刘协又问。

"不能。陛下不是进来了吗？"曹丕左右看看，低声说，"主要是为了收押金，以防偷漏市租。搜身才是为了防歹徒贼子。另外，游手好闲的轻惰之民和女人也不得出入，这是商鞅那时便有的规定。"

"如果没有买卖，押金退还吗？"刘协再问。

"也不。"曹丕回答。

"如此，游民和闲汉自然不会来。"

"陛下圣明。"曹丕低声说。

"市租有多少？"

"百钱抽二。"

"倒也不多。"

"是。"曹丕说，"多了没人来。"

"收上来的市租归谁？"

"民市的上交少府，军市的则留归军中。军中也要用钱的。朝廷能够给足粮草就不错了，加强武备，改善生活，奖励士卒，都得自行筹款。文皇帝时，云中太守魏尚将市租分给部下，便深得人心。"

"军无财，士不来。军无赏，士不往。"刘协点头。

曹丕愣了一下。他知道，这是《军谶》里的话。

这时，三个人已经来到市中。军市跟民市一样，也有叫作肆室的商家店铺，以及叫作隧的人行通道。肆室排列在隧道两边，所以叫作列肆。只不过，军市的肆室要简陋得多，有的只能算摊位。规模形制不同的肆室也分布在不同的区域，那些区域就叫贾区。

"行日商，坐日贾，贾区本为生意人所设。"曹丕已经发现皇帝有如孔子进了太庙——每事问，便主动介绍，"不过军市之中，既有军民交易，又有士卒买卖。因此肆室和贾区，便有所不同。"

"军民交易，都有什么呢？"刘协边看边问。

"贵如名马，贱如草雇，应有尽有。许多物品，比如行縢（绑脚布）之类，军中并不生产，又不可或缺，就得向民间购买。虽然其利甚微，但是需求甚多，商家争相前来。所以贾区也大，肆室也杂。"

"买卖粮食吗？"

"严禁，违者杀无赦。"

"士卒拿什么向商家购物？"刘协又问。

"有月俸钱，或者赏赐。战时的缴获也可以出售，平时就只能卖随身物品。冬衣可得百钱，夏衣五十，其余随行就市。如果士卒之间交易，就在另外的贾区，肆室也属于军中，同样要抽取市租。"

"衣服卖了，穿什么？"刘协惊讶。

"夏季用不着冬衣，冬季用不着夏衣，存着反倒累赘。行伍之人都只有今天，没有明天，不会在乎身外之物。"曹丕平静地回答，没有告诉皇帝还有借贷和赊欠。那些事情过于复杂，没必要讲。

刘协却轻轻叹了口气。

"陛下，前面有家酒肆，要不要进去坐坐？"曹丕轻声问。

"酒肆？军市里也有这个？"刘协有点惊喜。

"军中岂能无酒？"王必笑着说。

三个人高高兴兴进了酒肆，一个英俊少年立即迎上前来。

"臣朗参见陛下！"

"免礼！"刘协抬了抬手，又看曹丕，"这就是司空的……"

"是臣之兄。"曹丕说，"此处离军营只有一墙之隔。陛下想到营里看看，只能由他带路。而且，还要请陛下换衣服。"

"臣已为陛下备了戎装，只是……"曹朗吞吞吐吐。

"但说无妨。"刘协道。

"官阶不高。"曹朗说。

"无碍。"刘协高兴地说，"当年朕为了随司空悄悄到许，还穿过轻骑兵的呢！只是，司空可在营中？"

当然不在。于是，喝了杯酒又换过衣服以后，刘协跟着曹朗进了军营。没有人阻拦，也没有人盘问，很快就到了大帐。这是刘协最想看的地方，却简朴得惊人——灯台是石头的，放东西的几和挂衣服的衣轩也是普通的木制品，就连被子都是麻布的。想起刚刚回到洛阳时曹操"归还"的那些贵重物品，皇帝的眼眶不禁湿润了。

他转过身来，却看见曹操已在大帐门口行礼。

7

袁绍把谋士们全都叫来见面，完全在董承的意料之中。

自从传国玉玺到了袁绍那里，这东西就成了朝廷的心病。说起来谁都知道，天子应该下诏，公府也该行文，勒令袁绍交还，连同那枚皇帝之玺。不过，所有人也都同样知道，这无异于与虎谋皮。

大家都只好装糊涂，包括曹操。

所以，当董承自告奋勇提出去邺城时，便没人反对。曹操还奏请皇帝，将益州牧刘璋进贡的蜀锦让董承带一些去。杨彪、孔融和其他官员也都备了礼物，前往邺城的竟是浩浩荡荡的车队。

郊迎之后，袁绍却请董承看风景。

邺城到底是冀州第一大县，城楼大得可以举行宴会，爱讲排场的袁绍在这里为天使接风也并非没有道理。立秋后的阳光很温柔，登楼远眺可以看见缓缓流淌的漳水，确实让人心旷神怡。

双方都没有穿官服。这是与董承有过一面之交的许攸，事先特地到宾馆告知的，董承当然表示客随主便。但是落座以后，穿惯了戎装的董承立即发现，这个安排绝没有"以示亲切"那么简单。袁绍羽扇纶巾固然更显得风度翩翩，自己穿成这样也没法谈公务。

那就专心吃饭。

第一道菜是鱼脍。从漳水中捕捞的活鱼切成薄片，盛在红黑两色的漆盘中端了上来，再佐以姜醋。董承举筷尝了一口，便叫好。

"飞刀脍鲤鱼，贵厨手艺了得！"

"车骑知味。"袁绍笑了，举起酒杯，"食鱼脍当饮酎。酎酒香气扑鼻，色清性淳，最宜冻饮配脍。来，为车骑将军寿！"

"为大将军寿。"董承也举杯。

吃完鱼脍，第二道菜是貊炙。貊读如末，貊炙则是当时东北少数民族风味的烤肉，袁绍厨子的做法却讲究得多。他用铁钎穿着一大块牛里脊肉在炭火上烤，只烤一面。表面变色以后，便立即片下，放进漆盘，旁边的仆人则立即端上食案。当然，蘸料也早就准备好了。

董承夹起一片，蘸了蘸酱，吃下。

"味道如何？"袁绍问。

"含浆滑润，入口即化，鲜嫩无比。"董承说。

"食貊炙，要饮温过的醇醪。"袁绍说。

两个人又喝了一杯。

厨子继续烤牛里脊肉。仍然是表面变色以后，便立即片下，放进漆盘，然后翻过来烤另一面，再片下七成熟的部分，如此反复。片下的烤肉依次送到每个人的食案，所以这道菜吃了很长时间。

下一道，是羹。

羹是用大型的耳杯送上来的，纯白而浓郁。董承举匙品尝，觉得鲜美无比，却又看不出是什么食材，便问："这是什么羹?"

"白羹。"袁绍回答。

"倒是不曾听说。"董承道。

"其实就是太羹。"袁绍说。

董承大为诧异。要知道，所谓羹，本是五味调和的浓汤，或浓液状的食品。祭祀用的太羹，却照例不放盐和酸梅等调味品，也就没有味道。但是，刚才明明吃出了淡淡的咸味啊，怎么会是太羹?

袁绍当然知道董承会奇怪，便笑着解释说："当年，姜太公被封在齐国。齐地少六牲而多海产，风俗不同。他老人家便因地制宜，使用海鲜制作太羹。其实，太羹不以盐梅，无非是取其纯正而已。姜太公的这种做法，既能守其纯，又不失其味，所以又叫白羹。"

哪有这故事? 编的吧? 董承想。

他嘴上说的却是："多谢分我一杯羹。"

"有福自当同享。"袁绍笑笑。

吃了羹，袁绍提议稍事休息。早就坐累了的董承立即起身，众人走出阁门来到城墙边。这时，太阳快要下山，城楼上凉风习习，郊外的景色尽收眼底，让董承觉得这个安排也该算一道菜。

回到席位上，仆人们已经在中间架起了大镬。镬读如获，也就是无脚的鼎。每个人的食案上也都摆着小铜炉，炉子上是铜耳杯，耳杯里面是液体状的调味品。董承看了看，问："镬里是羊？"

"对，并州羊。"袁绍回答。

"不会是要吃羌煮吧？"董承又问。

"正是。"袁绍点头。

"那么，这炉子是？"

"染炉。"袁绍说。

"羌煮好像不用这个。"

"上菜！"袁绍笑笑，吩咐厨子。厨子用匕从镬里捞出羊肉，放在俎上切开，再放进盘中，仆人立即将盘子端到袁绍跟前。袁绍夹起肉放进染炉上的耳杯，在热乎乎的酱料里煎了煎，这才放进嘴里。

"原来如此。"董承点了点头。

"烹煮谓之濡，蘸酱谓之染，合起来叫濡染。"袁绍说，"只不过羊肉腥膻，羌煮粗放，必须在这炉中热染，谓之煎。羌煮之濡，只有佐以热煎之染，才是天下至味。车骑尝尝？"

听袁绍这么说，董承马上如法炮制，然后连连点头。

"车骑果然知味。"袁绍又笑了。

董承也笑了。他已经看出，这四道菜其实并不随意，便说："冀州鱼脍，幽州貊炙，青州白羹，并州羌煮。有意思，很有意思。大将军莫非是想说，鄙人可以不辱使命，带回那两枚玉玺了？"

"这话袁绍不大听得懂。"袁绍依然微笑。

"九年前，侍中刘和使邺，董承为副，传达天子口谕：皇帝之玺乃号令天下勤王之凭证，不可移作他用，大将军还记得吗？"

"当然记得。怎么，有问题吗？"袁绍说。

"那么请问，勤王之功何在？貊炙吗？还是羌煮？"

"公孙瓒杀太傅刘虞，盘踞幽州。灭此不臣，便是勤王。"

"诚然。"董承点头，"今北方已定，四州一统，再无公孙瓒之类需要讨伐，也无勤王之师可以号令，皇帝之玺理当归还。何况，传国玉玺绝非人臣可以持有，莫非大将军真要移作他用？"

袁绍愕然。董承看出那四道菜的象征意义，本在意料之中，也是他希望的。目的是要给个下马威，让董承不敢开口。没想到董承借题发挥，直截了当索取玉玺，一时半会竟不知如何应对。

坐在主陪席位的沮授当然知道，自己那位明公反应迟缓，便不顾尊卑之序，赶紧救场说："车骑明鉴，曹司空也有四州之地。"

"哪有？"董承笑笑。

"兖州、豫州、徐州，还有司隶校尉部。"

"残缺不全。"董承摇头，"再说，他又该归还什么？"

"天子。"沮授说，"曹司空岂非该送天子还都？"

"洛阳破败，且西有马腾和韩遂，南有刘表和张绣。"董承笑了笑又看袁绍，"大将军的意思，不是要让他们护驾吧？"

"那就还天子予天下。"沮授说。

"你们的意思，是不可都许？"

"正是。"沮授说。

"都邺？"董承问，"似乎也不算。"

"可以另选一地。"沮授说。

"这就只能请大将军与曹司空商量了。"董承摊了摊手，然后看着沮授问，"如果我没记错，先生是冀州钜鹿人？"

"承蒙将军垂念，惭愧！"沮授说。

"先生可知，董某的家乡也在冀州？"

"当然。将军的姑母董太后，郡望是冀州河间。"

"董某自己，却在凉州军中。以后走南闯北，居无定所，现在倒觉得许县也不错。"董承说，"许县的衔炙，不输貊炙。做法是取子鹅或子鸭，开膛破肚，弃内脏不用，代之以加盐的香料包，再缝合起来架在火上。烤熟之后，味道从内里渗到表皮，不用蘸酱。"

衔炙哪里是这样做的？编的吧？沮授想。

他嘴上说的却是："受教！将军可知那配方？"

"回去问问，或许能问来。"董承笑了笑，又看着袁绍，"大将军今天让董某受益匪浅。尤其是那八个字，印象深刻。"

"哪八个字？"袁绍问。

"羌煮之濡，热煎之染。"

8

"陛下想看军营，跟臣说一声就行。"

坐定之后，曹操恭敬地对刘协说。

"朕不敢自比文皇帝，司空这里却必是细柳。"

细柳是西汉名将周亚夫的军营。三百五十多年前，汉文帝去细柳劳军。营前将士被坚执锐，张弓搭箭，声称军中只听将军号令，不奉天子之诏，皇帝的先驱竟不得入。文帝本人到达后，也进不去。皇帝只好派使者持节去见周亚夫，周亚夫这才传令开门。天子入营，又被告知营中不得纵马奔驰，车驾只得徐行。到了帐前，周亚夫身着戎装手持兵器，拱手行军礼相见。这个故事，汉代几乎无人不知。

"国有国法，军有军规。细柳营理当如此。"曹操说。

"正是。"刘协点头，"所以文皇帝称他为真将军。"

"不过，文皇帝如果事先告知，周亚夫当在营门接驾。"

"那样的话，军中必定要做各种准备，便成了骚扰。再说，若非如此，又岂能见到真将军？"刘协笑笑，"朕倒只是好奇而已，但同样不敢惊动司空。司空千万不要责怪两位公子。"

"遵旨！"曹操立即回答，又看了旁边叉手而立的曹朗一眼，突然意识到都许以后的四年间，正是这两个同龄人的成长期。天子也已经由历尽苦难的早熟少年，变成了多愁善感的聪慧青年。自己在这年龄是什么样的？再大一岁就担任洛阳北部尉，打杀犯禁之人了。

也许，不能再只让杨彪和荀彧教天子读书。

曹操正这么想，刘协又说话了。

"司空，朕有一事不明。文皇帝驾崩前曾告诫景皇帝，若有紧急之事，可任周亚夫将兵。周亚夫也果然平定了七国之乱，其功于汉室堪称再造。为什么景皇帝却与之失和，他也竟会不得善终？"

问得好，然而很难回答。曹操想。

其实谁都知道，周亚夫是死于冤狱。当时，他的儿子买了五百件盔甲盾牌，准备将来为父亲殉葬，结果被诬告谋反。负责审讯的狱吏甚至说，什么陪葬？就算你不造反于地上，也想着叛乱于地下。

关在狱中的周亚夫不堪羞辱，绝食五日，呕血而死。

但，汉景帝不发话，他又怎么会进廷尉寺的诏狱？而且，周亚夫的父亲周勃也曾被汉文帝关进那里，罪名也是谋反。好在那狱吏收受贿赂以后，在做审讯记录的简牍背面写了一句话，指点周勃找什么人营救，这才幸免于难。出狱后，周勃仰天长叹，感慨万千地说：老夫虽然将兵百万，又哪里知道小小狱吏竟如此尊贵啊！

文帝和景帝父子，对待周勃和周亚夫父子，实在不厚道。

曹操却不能这么讲，便问："杨彪怎么说？"

"太常认为失于礼。"刘协说。

"莫非指景皇帝赐膳一事？"

"正是。"刘协回答。

这件事《史记》是有记载的。那是周亚夫下狱前不久，汉景帝将他召进宫中，又留他吃饭，食案上却放一大块肉，既没切开，也不放筷子。周亚夫皱了皱眉，扭头就叫膳食官拿筷子来。皇帝却笑呵呵地看着他问：怎么，这还不能让卿心满意足吗？周亚夫闻言，立即免冠谢罪，汉景帝也立即起身，周亚夫却趁机飞快地离席而去。

"那么，杨彪以为是谁失礼？"曹操问。

"君臣皆失。"刘协回答，"景皇帝如此待臣，其实不君。周亚夫的所作所为，就更是有失臣礼。失礼则失和。"

故事没有弄错，理解却有问题。想想看，刚才说的这件事，是在什么时候？周亚夫被免去丞相职务之后不久。这时，废太子刘荣已经自杀，新太子刘彻（后来的汉武帝）只有十三四岁，周亚夫又是反对废刘荣的。此人会效忠将来的天子吗？汉景帝心里可没数。

所以，他那样请客吃饭，不是失礼，是摸底。

周亚夫却让汉景帝失望。他甚至没有听出，皇帝问的"此不足君所乎"是什么意思。难怪汉景帝会看着他的背影说，像这样小不如意便愤愤不平的，绝非少主之臣。结果没过多久，就出了谋反案。

两件事之间的过渡，司马迁只用了三个字：居无何。

不过，曹操仍然不想点穿，又问："荀彧怎么说？"

"尚书令认为失于人。"刘协回答，"他说，周亚夫是良将，而非良相。景皇帝拜他为丞相，这是用人不当。因为宰相之职，在于协调阴阳，统和君臣。周亚夫刚而犯上，岂能为相？更何况，景皇帝虽无震主之疑，周亚夫却有功高之实，理应虚己待人，谦恭事君，可惜他做不到。为君不知彼，为臣不知己，故日失人。失人则失和。"

"这样啊？都有道理，不过……"

"司空认为呢？"

"失于制。"曹操说，"周亚夫敢挡文皇帝的驾，是因为军中本有制度。君臣都守制度，才会有真将军，也才会有真天子。然而，如何是君，如何是臣，如何既不失礼也不失人，其实并无制度可循，只能靠机遇。合则安，不合则不安，甚至猜忌防范，反目为仇。"

"如此说来，你我也难以幸免？"刘协问。

"陛下不会，臣也不会，制度更不能没有。"

"是，朕不该来。"刘协脸红了。

"看军市，确实是曹丕的主意。不过，若无臣允许，他们又岂敢带进大帐？既来之，则安之，过会就让曹朗陪着四处看看，想看哪里便是哪里。现在，请陛下起驾，先随臣看两样东西。"

9

曹操首先让刘协看的，是牙旗。

"将兵之术，在于指挥。指挥之物，便是旗鼓。"曹操说，"旗又叫旌，也叫茅，茅草的茅。陛下知道是为什么吗？"

"不知。"刘协说，"请司空教朕。"

"上古没有布帛。所谓旗帜，大约也就是三皇时绑茅草，五帝时系牛尾。所以，那些位于队列之前的，便叫作……"

"前茅。"刘协脱口而出。

"陛下聪慧。"曹操高兴地说。

"司空请继续。"刘协其实也很高兴。

"本朝许慎《说文解字》释旗，谓之'士卒以为期'。所以，士卒必须认得旗，将帅必须会用旗，才能令行禁止。旗的种类繁多。将帅有望旗、认旗，营阵有门旗、角旗，但最重要的是帅旗，也叫牙旗或牙门。牙门之旗，将军之精，牙门所在即主将所在，不可折损，必须死守。如果被夺走或者砍倒，势必军心大乱，甚至全军崩溃。"

"三军可夺帅，匹夫不可夺志，说的就是这吧？"刘协问。

"陛下之解，远胜腐儒。"曹操由衷地赞叹，"三军夺帅，可以是斩其主将，也可以是夺其牙旗。七年前，袁绍部将麴义，以精兵八百战公孙瓒三万而胜之，原因之一就是拔其牙门，夺了帅旗。"

"难怪司空要朕先看这个。"

刘协连连点头，曹操身后的曹朗也记在了心里。

"那么，营阵之旗，又如何识别？"刘协又问。

"中营黄旗，左营青旗，右营白旗，前营红旗，后营黑旗。营旗同样必须死守。如果被砍被夺，视同整营覆没。"

"到了晚上，又当如何？"

"看灯。灯也有五色，还有起落、明灭、多少，足以传令。"

"明白了。"刘协点头。

"令行禁止，诉诸耳目。所以除了旗，还要有金鼓。金与鼓都是管进退的。击鼓进军，鸣金收兵。金，主要用钲，也叫丁宁。当年臣与吕布战于汴水，郗虑潜入敌营鸣钲，结果高顺军大溃。"

"原来，鸣金收兵，还可以这样用。"刘协显然没有想到。

"兵行诡道，本无常法。"曹操笑笑，"不过，金与鼓，还是鼓更重要。击鼓就不准后退，鼓急就必须快速，鼓声不断就要进攻，如果鼓声大作那就要拼死一战。倘若骤然遇敌，还要擂鼓再加呐喊，以壮声势，谓之鼓噪。可见，鼓不但能传令，还能助威。所以，作战之时将帅必立于旗下鼓前，受了伤也不能离开。曰：将死鼓。"

"将死鼓，军依旗。难怪势均力敌，便叫旗鼓相当。"

"陛下所言甚是。"曹操看着聪慧的少年天子，满心欢喜。

他觉得，自己当真可以成为周公。

10

不出董承所料，袁绍果然坐不住了。

表面上看，讨董联盟散伙后的九年间，曹操和袁绍大体上以黄河为界，各自在河北和河南发展。尽管兖州也有小部分在河北，两人却相安无事，还联手打过袁术。这倒不奇怪。他们原本亲如兄弟，不妨比翼齐飞，何况曹操还让出了大将军的职位。所以都许后，袁绍就算心里面一百个不痛快，仍然不好意思撕破脸皮，再说也顾不上。

两个人，可都有心腹之患要消除。

但是，去年年底到今年年初，南方的吕布和北方的公孙瓒，几乎同时被剿灭，接着袁术又死了。曹操和袁绍成为实力最为雄厚的两大诸侯。一山不容二虎，南北必有一战，这几乎是谁都明白的。只不过曹操绝不敢先动手，袁绍要下决心也不容易，大家都只能观望。

董承却不能等下去。刘备的建议提醒了他：现在谋杀曹操，天下便成了袁绍的，岂非前门去虎，后门揖狼？因此，最好是让他们自相残杀，结果势必两败俱伤。到时候，再拿出衣带诏，岂不就……

只是，箭在弦上，夜长梦多，必须把火点起来。

索要玉玺，则无疑是冠冕堂皇的正当理由。

袁绍的谋士们却各执己见，吵成一团。

"董承不怀好意，他暗示的里应外合也靠不住。"沮授说，"许县衔炙闻所未闻。何况说的是菜，到时候不认账又当如何？"

"他是何意并不用管，且说该不该讨曹。"郭图道。

"该不该不好说，能不能很清楚。"

"公与认为不能？"郭图叫着沮授的字问。

"不能。"沮授说，"曹操尊奉天子，怎么能讨？"

"非也。"郭图早就不满沮授，便唱反调，"武王是臣，尚且能够伐纣。曹操名为汉臣，实为汉贼，请问有什么讨他不得？"

"兵行无义，师出无名。"沮授说。

"挟持天子，就是罪名。"郭图说。

"如此说来，如果天子在邺，岂非我等也有罪？"沮授说。

"在邺则为尊奉，在许就是挟持。"郭图说。

"强词夺理，如何服天下？"沮授说。

"那么，难道将玉玺归还？"郭图问。

沮授无言以对，只好摇头叹息。

"就算该讨能讨，也要智取。"田丰说，"依我之见，不如先状告曹操多行不义，再经营河南断其后路。三年之内，不战而胜。"

"三年？天下已然姓了曹。"逢纪说。

"曹操擒吕布，攻袁术，老本耗尽。"审配说，"兵书有云，十倍于敌则围之，五倍则攻之。今以明公之神武，四州之强盛，剿灭曹操易如反掌，何况此贼得意忘形。骄兵必败，此所谓天赐良机是也！"

"对！天与不受，反受其咎。"郭图说。

"这样啊？"袁绍沉吟片刻，"子远看呢？"

"不才投靠明公，是在先帝的光和末年。"

许攸没头没脑答了一句，袁绍却听明白了，也觉得他的提醒不无道理，便笑了笑说："孤与孟德情同手足，岂能轻言讨伐？"

情同手足？呵呵，袁术还是亲兄弟呢！

不能轻言，难道重言？

果然，袁绍又说："曹操虽多有不是，也不可不教而诛。"

"明公的意思是？"郭图问。

"跟他谈谈。"袁绍说，"春秋诸侯会盟，有乘车之会，也有兵车之会。乘车之会只有国君和大夫，兵车之会还要带将士。好吧，明天就请董车骑带话曹司空，孤率精兵十万，轻骑万匹，与之相会。"

"地点呢？"郭图又问。

"随他挑。"袁绍说。

11

曹操选定的会谈地点是黎阳。

黎阳与邺城同属于冀州魏郡，在东汉黄河的北岸，南岸就是兖州东郡的白马。白马之东的黄河南岸，则是濮阳。濮阳和白马都是曹操的老根据地，黎阳却是袁绍的地盘，离邺城也比许都近了一半。如此选址让袁绍无话可说，只能暗自赞叹这家伙做事越来越老道。

但，两军隔河相望，怎么谈呢？

曹操回答，既然选在黎阳，当然是自己过河去见本初大兄，而且不带一兵一卒。果然，当袁绍带着军队来到岸边时，只见河里停泊着普普通通的内河航船一条，岸上则站着曹操、郭嘉和许褚三人。

呵呵，也罢。

实际上袁绍那个兵车之会，原本不过说说而已。他也没有当真带来精兵十万，轻骑万匹。数百骑兵和上千步卒是有的，可惜就连这点人马也用不上。总不能让他们把曹操抓了回去吧？那样太丢人。

当然，阵势还是要有，排场也得讲。

于是，袁绍命令颜良和文丑在离河不远处布阵，自己则带着两个亲兵骑马过来。他的身后，鲜盔亮甲的将士威风凛凛，袁字大旗迎风飘扬，更显得身着便装站在船前的曹操，很像是在北面称臣。

谁让他是从南岸过来的，该着我坐北朝南。

很好！戎装在身的袁绍滚鞍下马。

“本初，别来无恙！”曹操迎上前去，拱手行礼。

“孟德，一别九年。”袁绍也拱手还礼。但他立即发现，这番行礼已是旧雨重逢的感觉，自己穿着戎装十分别扭。于是，便用马鞭指着对岸说：“东郡好地方，刘公山也够意思，只是不该不辞而别。”

当真辞别，你让走吗？

见袁绍提起夺命冀州后，刘岱让自己担任东郡太守的往事，曹操笑了。不过，他嘴上说的却是：“魏郡也不错。想当年，韩馥不是提出要小弟去魏郡的内黄当县长吗？倒是离黎阳不远。”

“现在，就算请孟德做魏郡太守，也不能够。”

两个人都笑起来。他们当然想不到，五年以后曹操就当真夺取了魏郡，后来又以魏郡为基本，封魏公，称魏王，建魏国。

“孟德，你我就这么站着说？”袁绍笑着问。

“如果不怕劫持，请仁兄上船。”曹操满面笑容，“当然，也可以将酒菜餐具从船上搬下来。说好了要喝两杯的嘛！”

劫持？谅你不敢！袁绍想。

252

但他不想离岸，便问："这是什么船？"

"商船。"曹操说。

"哪来的？"

"向朋友借的。"

"孟德真是四海之内皆兄弟也。"袁绍差点就想说，你哪来那么多狐朋狗友，最后却还是笑笑，"八月金秋，清风送爽，野餐甚好。"

曹操点了点头，又回头看看许褚。

酒席很快就摆好了。即便是袁绍这样的贵公子，也能看出从船上下来搬东西的人手脚麻利，配合默契，早就习惯了风餐露宿，包括在野外请客吃饭。但，不是军人。吃大锅饭的士兵哪会摆席？

形迹可疑啊！幸亏没有上船，说不定这是贼船。

郭嘉将酒从樽中舀出倒在耳杯里，袁绍的亲兵放下了食盒。做完这些事情，两个亲兵和郭嘉、许褚都退到五十步以外。

"九酿春酒？"袁绍问。

"是。"曹操端起酒杯喝了一口，然后说，"请！"

"菜呢？"袁绍端坐不动，并不举杯。

曹操打开食盒：鱼干、肉脯、鸡蛋、萝卜。

袁绍当然想得起来，自己被董卓关进诏狱后，曹操送的牢饭就是这四样菜，不禁有些感动。可惜现在不是叙旧的时候。于是他看了看自己的食盒，再看着曹操问："孟德不想知道我带了什么吗？"

说完，袁绍打开食盒，曹操目瞪口呆。

传国玉玺、皇帝之玺、大将军印、冀州牧印。

也是四样菜，不小的小菜。

"这些，就是你们想要的吧？"袁绍说。

"非也。"曹操说，"只要玺，不要印。"

"可是，它们在同一个食盒里，要就都要，不都不。"

"此言差矣。"曹操摇头，"应该合为一体的，是印玺与人。传国玉玺和皇帝之玺当随天子，大将军印和冀州牧印当随本初。本初将玺与印混为一谈，不知是何道理，只怕难以服众。"

"玺随天子，天子又当归谁？"袁绍反问。

"本初说呢？"

"天下。"袁绍斩钉截铁地回答。

"明白了。"曹操点头，"不能都许。"

"正是。"

"都邺？"

"也不能。"袁绍摇头，"当年齐桓晋文，都没有将天子迎到自己那里，也没有到天子那里任职，所以那时天子是天下的。"

胡扯！那时跟现在一样吗？曹操想。

但他问的却是："那么，本初认为应该定都哪里？"

"最好是还都洛阳。如果不行，那就另找地方。总之，必须可以你我共尊共奉。"袁绍回答，"比方说，黎阳就不错。既非许县，也非邺城。一河之隔，孟德要来很方便，没有船还可以借。"

原来如此。但曹操并不想马上回答，便端起酒杯喝了一口，然后看着袁绍问："怎么，本初戒酒了？不会吧？"

"孟德还没有回答问题。"

"黎阳确实不错，白马也未尝不可。本初要来很方便，没有船也可以造。"见袁绍变了脸色，曹操笑笑又说，"不行吗？呵呵，还有个办法——像洛阳那样修建南北两宫。北宫在黎阳，南宫在白马，天子五日在南，五日在北，才是共尊共奉。只是复道得架在河上。"

"看来，你是定要挟天子以令诸侯。"袁绍恼羞成怒。

"非也，奉天子以讨不臣。"

"不臣？"袁绍冷笑，"谁？"

"张绣不臣，所以征张绣。吕布不臣，所以伐吕布。"

"袁绍不臣，那就要讨袁绍？"

"曹操没有这样说过。"

"那么请问，张绣和吕布不臣，可有行迹？"

"百善孝为先，论心不论迹，忠也一样。"

"论心？那么，岂非也可以诛心？"

袁绍直视曹操，曹操愣住。

"天子在你那里。论心诛心，岂非由你？"

曹操又愣住。

"如果要说袁绍不臣，岂非十分便当？"见曹操无言以对，袁绍
将食盒的盖子盖上，然后说，"其实，话要反过来讲。"

"怎么讲？"曹操问。

"万恶淫为首，论迹不论心，奸也一样。"

"那么请问，何为奸行？"

"把住天子不放就是。"

"心存汉室，天子在哪里都一样。"

"既然如此，也只好看天意了。"

"敢不承命！"曹操说。

"要下战表吗？"

"不用。"

"印玺我带回去了。只要孟德还天子予天下，我就一定还印玺予
天子，连同大将军印和冀州牧印。"袁绍起身，扫了几案一眼，"孟德
的款待我心领了，来日方长。就此别过，后会有期。"

"恕不远送！"曹操也站起身来。

两个亲兵赶紧过来，捧起食盒并且护卫袁绍离开。袁绍走了几步又回过头来，看着曹操问道："借给你船的，是什么人？"

"做买卖的，卖盐也卖粮。"

"生意人？"袁绍笑笑，"依我看，只怕是太平道。"

12

太平道？管他呢！

虽然已近秋分，两个人还是出了汗。

"多谢！"又过了一阵，曹操才说。

"谢我什么？"无盐问。

"借船。"曹操说。

"就这？好办，照付租金就是。"

她的语气听起来跟平时没什么两样，曹操心里却咯噔一下，猛然发现那句"多谢"真是多余，回答"借船"也大错特错。如果当真要报答，难道不该谢她以身相许？但要是说这个，就更不对。

多谢二字，为什么会脱口而出呢？

想不起有多少次肌肤相亲，只记得每次都是她飘然而来，然后又飘然而去，从不过夜。也聊天，但从不谈自己，曹操也刻意避免触及她的身份和身世。他甚至很享受与这位神秘女子幽会的神秘感，这是在其他女人那里得不到的。但是今天，曹操突然盼着像个大男人那样有所表示，便又轻轻地搂着她说："正想问你呢，想要什么？"

话刚出口，曹操就后悔了：不得体！

256

无盐却并不介意。"我想要的，你给不了。"

"还有孤给不了的？呵呵，总不会要天下吧？"

"难讲。"见曹操愣住，无盐又说，"男人有男人的天下，女人有女人的。天下无非家国。家与国，你说一样吗？若非乱世，从来就是男儿更在乎国，女儿更在乎家。家就是女人的天下。"说到这里，无盐定睛看着对方，"你问我想要什么。我想要个家，给吗？"

早该想到。曹操摸摸鼻子，打了个喷嚏。

"卞夫人贤惠，我不会逼你。"无盐笑笑，"不说这个了，说说你那个大兄袁本初吧！真要跟他打一仗？"

"树欲静而风不止，这事由不得我。"

"那会是场恶战，他就不怕？"

"呵呵，今天不过谈谈而已，颜良和文丑就都来了。"

"那么，你不怕？"

"不怕是假的。百万雄师，谁不怕？但是怕有用吗？没用。那又何必？再说，这不是还没开打吗？怎么就知道打不过？"

"听这口气，倒像是舍不得灭了他。"

"也没什么灭不得。此人早有不臣之心，只是我于心不忍。"

"也是。比起张邈，袁绍于你情义更重。"

"这倒在其次。我是觉得，本初心里其实很苦。"

"不会吧？谁不知道袁家公子风流倜傥，名满京师，整日里高朋满座，胜友如云，自比孟尝君、平原君、信陵君和春申君。"

"那是过继给袁成以后。之前，他就是个婢女生的贱人，在家里根本不受待见。本初为什么好面子，讲排场，重声名，摆阔气？内心自卑！所以，他那里虽然良将如虎，谋士如云，却没有用。此人绝不会允许别人显得比自己高明，只会听马屁精的馊主意。"

"所以，他必败无疑？"

"战场上哪有必定？试试倒不妨。"

"如果他败了呢？"

"北方可定。"

"然后呢？"

"挥师南下，征刘表，夺荆州。"

"刘表败了呢？"

"南方可定。"

"再然后呢？"

"收拾残局，招降纳叛讨不服，天下可定。"

"要多长时间？"

"十年，也许十五年。"

"那么久？"无盐叹息，"到时候我都老了。"

"有什么关系？衣服是新的好，情人是……"话没说完，见无盐杏眼圆瞪，曹操赶紧改口，"那时我更老，岂非老夫老妻？"

"此话当真？"

"君无戏言，孤也一样。"曹操嬉皮笑脸。

"知道陶朱公吧？"无盐问。

当然，范蠡嘛！范蠡辅佐越王勾践灭了吴王夫差后，便毅然决然功成身退，更名改姓，浪迹江湖，多次发家致富，又散尽家财，最后定居宋国陶丘，天下号称陶朱公。不过也有人说，当时范蠡只是带走了西施，然后两个人泛舟湖上，自在逍遥，了此余生。

哈哈，很有意思。

"北方若定，就没有夫差了吧？"无盐果然问。

"那是。"曹操说。

"天下若定，你也功成名就了吧？"

"当然。"

"十年以后，卞夫人的三个儿子都早已成人，那时的天子就更是正当年富力强。所以，我要你答应，不管十年还是十五年，只要功业初成，就还朝政于天子，还天子予天下，你我也泛舟湖上去。"

"你不是惯常骑马的吗？也能坐船？"

"车马还是舟船，很重要吗？"

"就靠钓鱼过日子？"

"我做生意，不亚于陶朱公。"

曹操知道无盐是动真格的了，自己也兴奋起来，便翻过身去再次发起进攻，同时低声说道："现在就告诉你，行还是不行。"

13

九月，曹操回到了许都。

此前他做了三件事，一是分兵守官渡，二是让郗虑把谈判破裂的消息放出去。等到朝野议论纷纷，又请尚书令荀彧安排，在司马门外召集会议，除公卿百官外也邀请社会贤达参加，公开讨论对策。

结果，杨彪称病，董承主战，孔融主和，其他人都不说话。眼看吵来吵去无法达成共识，刘协只好宣布：景皇帝曾经说过，吃肉不吃马肝，不算不知味。司空知兵，还是司空定夺吧！

散会以后，杨修向父亲报告情况。

杨彪问的第一句话就是：谁的话多？

当然是孔文举，再三说袁绍不可战胜。

董车骑呢？

翻来覆去只有四个字：司空神武。

杨彪告诉儿子，这两个人其实都认为曹操必败无疑，只不过孔融书生意气，董承别有用心。实际上，袁绍人马虽多却法治不修。田丰刚而犯上，许攸贪而不治，审配专而无谋，逢纪果而自用，郭图一心想要取代沮授，沮授又每每与袁绍意见相左。至于颜良和文丑，匹夫之勇耳，一战可擒。这些情况，荀文若应该心知肚明。他之所以不发片言，是因为他们原本就没想征求意见，会议是为了引蛇出洞。曹操多疑，也讨厌别人多嘴。董承和孔融，以后要离他们远点。

那么，计将安出？

杨彪又对儿子说：不要用计，精心算计的都没好下场。我们杨家今非昔比，只能既明且哲，以保其身。所以，凡事不要出头，也不必畏缩。畏缩让人看不起，多嘴则讨人嫌。曹操不问，我们不说。如果问你什么，就直言相告。该通报的通报，该提醒的提醒。

所以，当曹操来见杨彪时，杨修便在门口躬身行礼挡驾。

"家父让属下禀告，他老人家两条腿每到阴雨天就会疼痛，不能起立也不能久坐，因此不能奉陪，请司空海涵！"

"是孤误听谗言，让杨公受苦了。"

曹操抬头看了看满天阴云，不无歉意地说。

"司空不杀之恩，杨家不敢忘记。"杨修又行礼，"另外，家父让属下禀告，孔文举言过其实，袁冀州也并不可怕，只是必须避免腹背受敌。袁术已死，吕布已亡，孙策尚弱且远，袁绍定然要拉拢刘表和张绣。刘表多半会虚与委蛇，张绣何去何从却无法得知。"

"是，多谢杨公赐教！"曹操拱了拱手。

但，如何对付张绣，却无计可施。

14

"袁冀州要与我将军结盟？"穰城南阳太守府里，贾诩看完袁绍派人送来的信函，不等张绣表态便站起来走到使者面前。

"正是。"使者说，"大将军非常有诚意。"

"诚意？哦，哦！那他现在好吗？"

"非常之好。"使者说。

"老朽忘了，本初的职务是？"

"大将军，兼领冀、青、幽、并四州州牧。"

"啊！啊！四个州啊！那他弟弟袁公路呢？几个州？"

"先生说笑话呢！"使者苦笑。

"是，是，死了，一个州都没有。怎么没了？"

"曹操害的。所以，贵我双方应该联合灭曹。"

"那是！不过，袁公路被曹操追打，袁本初出过援手吗？"

"这个？"使者张口结舌。

"哼哼！"贾诩一声冷笑，"如果老朽记得不错，那人倒是拉曹操帮他打过袁术。所以，拜托你回去告诉袁绍，他们兄弟两个尚且不能相容，还能善待天下国士？简直笑话，想骗谁呢？"说完，他拔出剑来架在使者的脖子上，"趁我现在还没后悔，赶快滚回邺城去！"

使者掉头就跑，张绣则目瞪口呆。

"先生，先生，这是怎么说？"

当然，张绣问这话时，袁绍的使者已经无影无踪。

"怎么，老朽说得不对？"贾诩问。

"不是对不对的事，是这下子我们该怎么办啊？"

"还用问？"贾诩说，"当然是投降曹操。"

"先生今天没有吃错东西吧？"张绣大惊。

"曹公奉天子以令天下，这是正道。"贾诩一本正经地说。

事到如今，还说什么道不道的？

张绣哭笑不得，摇头叹息。

"将军所虑无非袁绍强，曹操弱，我们又与曹操有仇。然而此正所谓宜降曹也。"贾诩当然知道张绣在想什么，便又道，"袁冀州兵强马壮，哪里在乎我们这鸡肋鱼尾？曹司空腹背受敌，得到我们则必定如获至宝。常言道，将军额上跑马，宰相肚里撑船。想当年，管仲与齐桓公有一箭之仇，桓公却以管仲为相而霸天下。所以，有王霸之志的都不会斤斤计较于私仇，曹操也一定会拿我们做榜样，向天下宣示其德政。放心，贾诩不敢拿将军和自己的身家性命开玩笑。"

15

果如贾诩所料，张绣来降让曹操喜出望外。十一月，当他们到达许都后，曹操立即奏明天子，拜张绣为扬武将军，又为儿子曹均迎娶张绣的女儿，仇家变成了亲家。两个人手拉着手，亲亲热热就像老友重逢。公卿百官也纷纷前往祝贺，司空府里热闹非凡。

酒足饭饱之后，贾诩陪曹操闲庭信步。

"文和，你我第一次见，是在中平六年吧？一晃十年了。"

"是。当时就看出司空是干大事的，贾诩只能小打小闹。"

"马屁！孤那时还什么都不是呢！"

"实情！从小看到大嘛！"

"嗯？"曹操歪着头看他。

"要不然怎么会劝张将军投降？"贾诩赶紧改口。

"这是立了大功。"曹操点头，"孤要匡扶汉室，一统江山，首先就得取信于人。使孤信重于天下的，就是文和。明天上朝，孤要奏明天子，任命文和为执金吾，封都亭侯。嗯，还要领冀州牧。"

领冀州牧？贾诩很清楚这是要恶心袁绍，便道："司空谬奖！其实贾某胸无大志，且自私自利，只是想为张将军和自己找个靠山，谋条出路而已。张将军是个老实人，并不适合混迹于这乱世。"

"文和倒像是如鱼得水。"

"哪有？一错再错，今天才归正。"

"孤倒早就有话想说。"曹操看了贾诩一眼，问道，"当年劝李傕和郭汜杀回长安，是怎么回事？"

"年幼无知。"贾诩一本正经地回答。

"什么话！"曹操差点笑岔了气，"文和那时，分明早就过了不惑之年，都快知天命了。"

"年龄这东西，也有不同算法。"贾诩仍然一本正经。

"与孤作战呢？"曹操笑笑，"也是年幼无知？"

"不，老谋深算。"贾诩坦然回答，"淯水之战，贾某就已经拿定主意要投降司空。后来发现，这件事还急他不得。"见曹操疑惑，便又笑着说："子曰，沽之哉！沽之哉！我待贾者也。既然要卖，就得卖个好价钱。不把司空打疼了，不等到袁绍兴兵，能行？"

"好好好！"曹操大笑，"不过归了孤，还得像在南阳那样，知无不言，言无不尽，不能变成见风使舵、首鼠两端的老狐狸。"

"这个不好说，人和狐狸也会变来变去的。"

"哈哈哈哈！那就回窝吧！"

"贾诩还没献礼呢！"

"献什么礼？"曹操诧异。

"山穷水尽，也得有点见面礼。"

"太客气了，完全不必。"曹操春风满面，"文和能够来归，就是孤天大的福气，哪里还要什么见面礼！"

"实不相瞒，"贾诩神情庄重，"是有机密要事禀告。"

16

汉代，冬至以后的第三个戌日叫作腊日。这天，照例要举行祭祀百神的腊祭和驱逐厉鬼的大傩。永安殿前聚集了一百二十个红巾皂衣的童子，年龄在十岁到二十岁之间。台阶两边负责拱卫天子的虎贲郎和羽林郎，以及侍中、尚书、御史和谒者，也都戴着红头巾。

公卿百官都来了，分两列站着，但没有杨彪和曹操。

"司空呢？"刘协走出殿门，扫了一眼就问。

话音刚落，曹操从队列的尽头走了过来，在台阶前跪下。

"臣操参见陛下！"

"快快请起！"刘协赶紧说。

曹操却并不起身，而是摘下冠冕，脱去朝服，露出上半身。

刘协大惊。这时，他才发现曹操还光着脚，叫徒跣。免冠、肉袒和徒跣，可都是请罪的表示，便问：司空这是怎么了？

"臣有罪！请陛下现在就杀了臣！"曹操说。

"司空何出此言？"刘协更加诧异。

"陛下不是已经下了密诏吗？"

"密诏？"刘协一头雾水，"什么密诏？"

"诛杀臣的密诏，因此臣来请死。"

"岂有此理！"刘协目瞪口呆，"哪有这种事情！"

"当真没有？"曹操问。

"若无司空，朝廷哪有今日？若无司空，天下又如何安定？密诏杀卿？朕还不至于昏愚错乱如此！再说了，朕虽不德，好歹也是大汉天子，杀个人还用得着偷偷摸摸的？简直就是荒谬之极！"

"这么说是有人伪造？"曹操问。

"诸位说呢？"刘协看着众人。

"臣以为陛下绝无此诏，因此应是伪造。"孔融出列，"只是伪造诏书乃滔天大罪，此事不合情理啊！"

"此言甚是。"董承也出列，"臣有话想问，请陛下恩准！"

"你尽管问，但是且慢！天气寒冷，不能让司空受凉。"刘协走下台阶，为曹操穿上衣服，戴上冠冕，再扶他起来。跟着过来的渠穆则飞快地跑到队列尽头，取来曹操的鞋袜，跪下给他穿上。

"敢问司空，密诏一说，从哪里来？"董承这才发问。

"有人告知。"曹操回答。

"可曾见到实物？"

"不曾。"

"是否有人宣称受诏？"

"没有。"

"那就是了。密诏一说，只怕是谣言。"

"曹操也想问车骑，谣言一说，可有证据？"

"这个，倒也没有。"董承回答。

"制造谣言之人是谁，将军是否知道？"

"当然不知。董承岂能知道？"

"如此说来，此事只能不了了之？"

"却不知又当如何？"

"陛下！"曹操转脸看着刘协，"伪造也好，谣言也罢，无非忌恨于臣。所以，臣请告老还乡，以免将来还会有人再使此计，陷陛下于昏庸无道，朝廷于动荡不安，臣就罪不可赦了。"说着他又要跪下。

刘协赶紧扶住，然后命令道："查！不管是伪造还是谣言，都一查到底！此事就交给御史中丞郗虑，定要查个明白。"

"臣操谢恩！"

"大傩！"渠穆赶紧宣布。

一百二十个红巾皂衣的童子开始边舞边喊驱鬼的咒语：

> 甲作食凶，弗胃食虎，
>
> 雄伯食魅，腾简食不祥……

17

散场之后，董承心事重重回到家里，却看见郗虑和杨修带着人站在门前，不禁一愣："二位，不知为何光临寒舍？"

"奉旨查案。"郗虑躬身行礼。

"哦哦！"董承说，"陛下说了要查敝府吗？"

"没有。"郗虑说，"不过，陛下说了不查贵府吗？"

"也是。"董承笑笑，"却不知为何要从寒舍查起？"

郗虑笑而不答。

杨修却道："车骑说密诏是谣言嘛！"

"也好，早查早清白。"董承说，"请！"

"车骑已经恩准，你们进去吧！"郗虑吩咐手下，"小心点，轻拿轻放，物归原处，不得紊乱，也不得惊扰家人！"

"遵命！"御史府的人齐声回答。

"多谢中丞细心，董某感激不尽！"董承笑容可掬。

"郗虑例行公事，多承将军海涵！"郗虑毕恭毕敬。

"那就请二位进去喝一杯？"董承又说。

"王命在身，不敢！"郗虑回答。

"也不必站在门口吧？"董承说，"请！"

郗虑点了点头不再客气，带着杨修跟着董承进入董府花园，只见院子里栽满梅树，暗香阵阵袭来。郗虑和杨修互相看了一眼，又会心地一笑。董承一介武夫，何来如此雅兴？按照他自己的解释，是因为董贵人与天子相识于梅树之下。这话，董承可是逢人就讲。

"终南何有？有条有梅。"郗虑吟道。

"君子至止，锦衣狐裘。"杨修也吟道。

董承知道他们吟诵的是《秦风》的《终南》篇——他早就把《诗经》中有关梅花的句子背下来了，便笑着接了下句："颜如渥丹，其君也哉！"然后又说："要不二位就在此赏梅，董某去去就来。"

"车骑尽管自便。"郗虑躬身拱手。

见郗虑如此，董承不慌不忙地离开。过了一个多时辰，董承回到花园，御史府的吏员也搜查完毕，纷纷前来报告：客厅没有，书房没有，餐厅没有，厨房也没有，只剩下内室还没查。

"放肆！将军的内眷岂能惊扰？没有就是没有。"郗虑说。

"是啊！我早就说了，密诏不可能在府内。"杨修道。

"哈哈！"董承道，"我也早就说了，也许根本就没那玩意。"

"车骑见谅！"郗虑说，"不查，怎么知道呢？"

"那么，董承可以送客了吗？"

"恐怕还不能。"郗虑说。

"什么意思？"董承勃然变色。

"不在府上，也许在身上。"杨修说。

"是的。"郗虑说，"请将军解下衣带。"

"放肆！"董承勃然变色，"这是羞辱朝廷大臣！"

"将军言重！"郗虑冷冷地说，"陛下明令一查到底，并没有规定什么可以做，什么不可以。将军不肯解下衣带，那就只好去许县大狱说话了。县令满宠的人，已经在旁边等候多时。"

"那地方家父去过，将军还是不去的好。"杨修说。

"羽林中郎将王必的人也在附近，随叫随到。"郗虑又说。

董承看了看满园梅树，梅花们都不说话。

18

密诏果然在董承的衣带中搜出。

宴请张绣那天，贾诩就告诉曹操，董承曾经派密使来穰城，声称有天子密诏，希望各路诸侯与他里应外合。曹操马上就明白了：董承先是去邺城点燃了袁绍的怒火，然后又试图拉拢张绣，也许还有刘表或者孙策。不过，张绣和贾诩并不知事情的真假，更不知道所谓密诏藏在哪里。没有证据，曹操其实什么都做不了，只能等待机会。

机会就在腊日。

腊祭和大傩，是公卿百官都要参加的。既要祭祀百神，又要驱逐厉鬼，氛围原本神秘恐怖。这时如果敲山震虎，心里有鬼的往往沉不住气，董承也果然跳了出来。他不说话倒好。迫不及待地说，反倒让曹操坚信贾诩所言不虚。刘协的态度，也更让曹操有了底气。

那就任由郗虑去处理。对，还要叫上杨修。

果然，杨修见了董承，就盯着他的衣带看。郗虑马上明白，杨修想的跟自己一样——如此重要的物件，董承绝不会藏在家里，一定会随身携带。那么，藏在哪里呢？衣冠和鞋袜都是要更换的，唯有那条衣带由于是天子所赐，可以时时系在腰间。哈，肯定在那里。

不过，上来就搜身，既失礼，也失理。

那就先装模作样搜他府邸，走走过场。

哈哈！杨修果然是聪明人。曹操大笑。

杨彪听了报告却喟然长叹。他对儿子说，自作孽，不可活，再说董承又岂是公忠体国之人？只是曹孟德绝非董卓辈可比。他让你同去搜查，难道是怕郗虑破不了案？是要让我们杨家手上，也有董承一伙的血啊！好自为之吧！既然上了他那条船，可不是想下就能下的。

19

第二天，刘协在便殿接见了曹操。

"司空单独来见朕，可是密诏一案已破？"刘协问。

曹操并不回答，而是先俯身稽首，然后掏出小片帛书。

渠穆接了过去，放在刘协面前的几上。

"请问上面的字，可是陛下所书？"

"当然不是。"刘协说，"司空应该认得朕的笔迹。"

"伪造陛下诏书，间离君臣关系，该当何罪？"

"满门抄斩！"刘协咬牙切齿。

曹操又拿出衣带，渠穆又接过去放在几上。

"请陛下查验，此物可是赐给某个臣下的？"

"是朕所赐，赐予董承。"刘协坦然回答。

"陛下圣明！"曹操叩首。

"难道那伪诏是从这里面搜出来的？"刘协猛醒。

"正是。董承已供认不讳，同谋也一网打尽。"

"那他人呢？"刘协问。

"已经处决。"曹操回答。

"不交法司审理？"刘协又问。

"董将军皇亲国戚，家丑不可外扬。"曹操说，"臣也担忧，如果交付廷尉，立案侦查，万一董承胡言乱语，牵扯他人，势必酿成惊天大案，也难免会有居心叵测之徒兴风作浪。此事不宜大做文章，只能将少数同谋尽快处决，以免株连过广，滥杀无辜，朝野不安。"

也是。刘协松了口气，又问："后事如何处置？"

"既不能弃市，也不可发丧，以免无事生非。"曹操回答，"因此臣已下令，将其尸身运回河间故里，交由亲族悄然安葬。"

"那么，董贵人又如何去哭祭？"

"也已处决，陛下见谅！"曹操磕下头去。

"难道她也是同谋？"刘协大惊失色。

"抓捕人犯时，贵人正在董府。"

"董承是她父亲，难道探望不得？"刘协大怒。

"贵人出宫，可曾禀告陛下？"曹操轻声问。

倒是不曾。刘协愣住。

"省亲本有定制，理应事先请旨。所以，私自出宫，便正是要去串通口供。"曹操说，"另据羽林中郎将报，贵人是董承招去的。"

刘协无言以对，便用求援的眼光看着渠穆。

渠穆却低眉顺眼，一言不发，装作没看见。

宫人和羽林军都恨董青？刘协有点明白了。他猛然发现，自己在这件事情上十分孤立，便问曹操："你可知她已怀有天家骨血？"

"啊？臣实不知。陛下私事，臣岂能知晓？"曹操满脸无辜。

刘协放声大哭，手指曹操浑身哆嗦。

"此为难以预料之事，请陛下节哀顺变！"曹操再次叩首，"陛下的心情，臣感同身受。臣的长子曹昂，不也为国捐躯了吗？如今生灵涂炭，天下动荡，时运艰难。要想匡扶汉室，无法儿女情长。"

皇帝泪流满面，半天说不出话来。

20

"明公，车骑和贵人，当真非杀不可吗？"

荀彧见到曹操，劈头盖脸就问。

"鸿豫，将人犯的供认告诉文若。"

"董承一伙密谋已久。"郗虑说，"他们判断，袁绍与我方开战的结果，是司空必败无疑，袁绍也自损过半。司空阵亡最好。如果幸免于难，就在他回朝时先杀掉文若，再要天子下诏，令司空自裁。天子若不准，则以'衣带诏'招各路诸侯来许，保证天翻地覆。"

"这是董承的供认？"荀彧问。

"他的同伙先招，后来董承也供认不讳。"

"同伙都是谁？"荀彧又问。

"将军吴子兰和王子服，长水校尉种辑，议郎吴硕。"

"何以知道他们是同伙？"荀彧再问。

"平时过从甚密，擒来一问便招。"郗虑笑笑，"而且，是分开来单独审问的。口供无大出入，因此可信，不会冤枉他们。"

"参加审讯的都有谁？"

"卫尉周忠、太仆韩融、廷尉荣郃、羽林中郎将王必、许县县令满宠和郎中杨修。当然，还有御史中丞郗虑。"郗虑回答。

"看来是铁案。"荀彧点头。

"事关重大，岂敢马虎。"郗虑说。

"董承死前说了什么？"荀彧又问。

"破口大骂而已。"郗虑说。

"该死。"荀彧长叹，"但，董贵人该留。"

"从长远计，留下必为祸根。"郭嘉语气平淡地插话。

"孤是中了董承的奸计。"曹操眉头紧锁，"这事他完全可以瞒着董贵人，为什么要拉她下水？就是要让孤与天子彼此猜忌防范，无法同心同德。文若啊，今后天子那边，恐怕要偏劳你了。"

"遵命！"荀彧说，"但是有个人不可饶。"

"文若说的莫非是……"曹操问。

"刘备。"

第十六章

义释关羽

建安五年
庚辰 龙
曹操四十六岁

正月
至
四月

1

如何对待刘备，曹操阵营内部原本是有争议的。五年前，刘备被吕布夺了下邳，投奔许都，就有人力主趁机除掉他。因为此人有雄才而得人心，终非池中之物。荀彧却认为，一个人素有英名，由于走投无路前来投靠，不能帮他也就罢了，岂能乘人之危？郭嘉也说，明公提剑兴义兵，为百姓除暴，即便推诚心而仗信义，尚且唯恐不能招揽四海人才，又岂能因一人之故，伤天下之心，使智士人人自疑？

这就是既辅之以道，又佐之以术了，曹操深以为然。

然而曹操派刘备拦截袁术，他却趁机占了徐州，还公开打出反叛的旗号。这样一来，不管是否参与了董承的密谋，都罪在不赦。何况刘备还对前去问罪的人口出狂言，道是你们几个又岂能奈我何？如果曹公自来，则未可知。这就连荀彧也觉得，是可忍孰不可忍。

于是，杀了董承之后，曹操便决定亲征刘备。当时，刘备已经与袁绍建立联系，许多人担心袁绍趁机攻许。曹操开会征求意见，只见郭嘉不慌不忙将果核扣在木碗下，再掀开来，果核还在里面。

袁绍吗？想得多，做得少；遇事疑，行动迟。他不会来。

果然，袁绍以小儿子袁尚生病为由，断然拒绝了田丰袭许援刘的建议。刘备在小沛看见曹操的帅旗，则立即丢下妻儿望风而逃。曹操又乘胜前进攻打下邳。关羽势单力薄，奋战不敌，被俘。

但，他宁可当囚徒，也不肯投降。

而且曹操也不小心得罪了关羽。他问：孤待豫州礼遇有加，出则同车，坐则同席，为什么要反孤？关羽回答：汉贼不两立。曹操哈哈大笑说，天子在许，由孤尊奉，所以孤就是汉，汉就是孤，刘豫州却不知道上哪里去了。云长说汉贼不两立，莫非刘豫州是贼？

关羽愤怒，再也不说话。

曹操只好请张辽去做工作。

张辽是在吕布灭亡的时候归顺的。在梁国拦截刘备未果，他听从曹操的劝告回到鲁县，没过多久神医华佗就来了，是曹操请来为母亲治病的。张辽是孝子，当然深受感动。何况曹司空还特别送来了一味草药——当归。张辽立即明白，自己该作何选择。

这件事张辽跟关羽说过。当时他还说，你我出身寒门，世家大族不会放在眼里，只有跟着曹公才有出路。关羽却表示，曹公确实令人钦佩，自己也能够理解对方。但是人各有志，再说刘豫州在先。

所以，对于劝降关羽，张辽心里没底。

曹操却说，文远尽管去谈，什么条件都可以答应，只要关羽愿意留下就行，哪怕留不住心，也留不多久。总之，留一天算一天。

然而张辽进帐，关羽却不请他坐。

"文远是来做说客的？"

"云长难道是能够被人策反的？"

"绝不可能！"关羽说。

"那又何必管张辽是不是说客？"

关羽无话可说，却仍然站着。

"其实只有一句话，劝你留下。"张辽说。

"不留！要杀便杀，要剐便剐！"

张辽立即想起曹操的话：关云长一身傲骨，富贵不能淫，威武不能屈，只能动之以情义。张辽自己也知道关羽的软肋在哪里，便淡然说道："可以！云长尽管自便。不过刘豫州的家人，也只能自便了。"

沉默良久，关羽说："好吧！我留，但有条件。"

"请讲！"

"第一，愿意留下，但不投降。"

"可以。"

"第二，帮他做事，但不受赏。"

"论功行赏，很公平啊！"

"我不欠他人情，要欠他欠。"

"饭总要吃吧？云长不吃，还有嫂嫂呢！"

"关羽付饭钱。"

"云长富可敌国？"张辽觉得好笑，"钱用完了呢？"

"向你借！怎么，不借吗？"

"借借借！还有吗？"张辽只好忍住笑。

"第三，我不跟他说话。"

张辽再也忍不住，放声大笑："这是什么稀奇古怪的条件？"

"怎么，不答应吗？"关羽说。

"不说话，有事怎么办？"张辽只好又忍住笑。

"你转告！怎么，不转吗？"

"转转转！这就转，照原话说，可以吗？"

"当然！关羽从来不做鬼鬼祟祟的事情！"

结果，听完张辽的报告，曹操笑得前仰后合。

"文远真是那么谈的？"

"辽是武夫，只会这样说话。"

"云长也真是这样讲的？"

"不敢隐瞒司空。"

"既是大丈夫，又像小孩子，能有几人？"曹操连连点头，大为赞赏，"这正是孟子欣赏、孤喜欢的。文远看，他能留多久？"

"关云长重情重义，知遇之恩必当报效。然后……"

张辽不再说下去。

曹操却若有所思："那袁本初，也该来了。"

2

曹操夺回徐州还军官渡，袁绍这才想起要打曹操。这件事说起来十分可笑：从许都往东北到小沛赶走了刘备，再往东南到下邳俘虏了关羽，然后掉过头来去官渡，曹操总共只用了不到一个月时间，袁绍做出进攻的决定也想了这么久，结果最好的时机被他错过。

没人想得通，袁绍是怎么算账的。

田丰立即表示反对。他说："曹操新破刘备，许都并不空虚。何况此人善于用兵，变化莫测，势虽弱而不可轻。不如以久持之，据山河之固，拥四州之兵，外结英雄，内修农战，然后分兵骚扰其后。他救左则我攻右，救右则我攻左，让曹操疲于奔命，不得安宁。"

"那又如何？"郭图打断田丰的话。

"不出三年，可坐克也。"

"坐克？任其坐大吧？"郭图冷笑。

"什么意思？"田丰问。

"吕布已亡，董承已死，张绣已降，何来英雄可以外结？刘表和孙策吗？他们正打得不可开交。"郭图早就看出，袁绍一旦做出决定便不容置疑，再加素来反感沮授和田丰，便又冷笑着说，"曹操征伐刘备时你力主攻许，不听你的你还举杖击地，捶胸顿足。那么请问，我军攻许，曹操必定北上。鹬蚌相争，空虚的许都可就归了谁呢？"

"正在小沛的刘备。"逢纪恍然大悟。

"啊？为刘备谋取渔利？"审配也大惊。

"一派胡言！"田丰愤怒，"你们现在又为什么要攻许？"

"因为已经没有渔翁。"郭图撇了撇嘴。

"够了！"袁绍见他们吵成一团，沮授也准备说话，便怒不可遏地喝道，"成事不说，遂事不谏，既往不咎。但，乱我决策、动摇军心者不可赦。来人！将田丰关进大狱，待孤灭了曹操再看他怎么说！"

沮授摇了摇头，一声长叹。

3

颜良接到斥候报告时，关羽和张辽已在军营十多里外。

袁绍是在二月军进黎阳的。又过了两个月，才派出颜良渡河围攻对岸的白马。消息传来，郭嘉对曹操说，敌众我寡，只能分散对方的兵力。请司空率军大张旗鼓佯攻延津，做出包抄后路之状，袁绍必定向西迎战，这时再派轻骑兵奔袭白马。白马敌将颜良狂妄自大，徒有虚名。只要乘其不备，不难拿下。如此，则形势可以逆转。

曹操深以为然。

颜良却到底是名将。关羽和张辽带领轻骑兵来到营前时，他已经在匆促之间指挥步兵布好了阵，自己则坐在华盖车上以逸待劳。张辽见状便问关羽："敌强我弱。依兄长看，当如之何？"

"一鼓作气，再而衰，三而竭。"关羽说，"何况我军轻骑，本无营寨可立，岂能等到明天？颜良那贼也不会让我歇息。"

"弟意也如此。"张辽说，"只是……"

"什么？"关羽问。

"公孙瓒盘踞幽州时，倚仗的是乌桓杂胡骑兵。幽州既平，这些骁骑归了袁绍，现在属颜良所部。那可是虎狼之师，不好对付。"

"诚然。"关羽点头，"但是居然不见。阵法，应该是步兵居中为方阵，骑为两翼以驰援。步兵之阵，又该有盾牌手、弓弩手和长矛手三重结构，应对骑兵陷阵。可是文远看，只见持钩镶的。"

镶读如攘，意思也是推攘。钩镶是汉代常见的防御性武器，形状像弓。它的两头各有一个向外的弯钩，中间是窄小的盾牌，叫作推镶或者钩引，因为盾牌前面有尖锥，后面有把手。士兵右手持镶，左手持刀，可以一边防御一边攻击，所以流行于两汉三国时代。可惜凡事有利有弊。攻击性强的，防御性就差，钩镶也并不适合守阵。

"钩镶本用于短兵相接。"关羽说，"颜良以此布阵，又没有骑兵在两翼，可见仓促。还有，那贼坐着华盖车，举着将军旗，何故？"

"袁绍的做派，显摆。"张辽说。

"也是壮胆。机不可失，当趁其慌乱，一鼓灭之。"

"好！"张辽说，"你我同去陷阵。"

"不，我自去会他。"见张辽诧异，关羽又说，"非是关某逞匹夫之勇，或者要抢先登之功。如果我们都去，对方必定严阵以待，拼死作战，反倒不容易取胜。一人陷阵，才叫出其不意，他们也势必惊慌失措，自乱阵脚。某去去就来，请文远为我擂鼓助威！"

说完，关羽手提丈八长槊，拍马便走。

张辽也滚鞍下马，站在鼓架前开始擂鼓。

鼓声隆隆，关羽单枪匹马直冲颜良兵阵。随着马速加快，张辽的鼓声也由缓到急。过了片刻，他又大声命令道："扬旗！鼓噪！"

"云长威武！云长威武！云长威武！"

轻骑兵们高声呐喊着，同时纷纷展开军旗缓缓向前。

颜良的步兵哪里见过这样陷阵的，个个大惊失色，就连颜良也都忘了应该如何指挥。关羽怒眼圆睁，挺着马槊直冲过去，声如洪钟地大声喝道："不要命的尽管上来，要命的速速闪开！"

话音刚落，就有两个士兵倒地。其他士兵还没来得及搞清这两个是被击倒的，还是吓瘫的，便纷纷让路。关羽马不停蹄，直奔那颜良而来。颜良举矛正准备迎战，身子却已被刺穿，滚落车下。

张辽的轻骑兵也早已加速冲了过来。他们举着军旗一边冲锋一边高声呐喊："颜良死了！颜良死了！颜良死了！"

袁军兵败如山倒，白马之围立解。

4

"君侯的左臂，是中了毒箭。"

关羽营帐里，华佗只看了一眼，就得出结论。颜良被杀后，曹操紧急上书奏明天子，封关羽为汉寿亭侯。汉寿本是荆州武陵郡的一个属县，在刘表的管辖范围。将这个县的某个亭封给关羽，虽然说只有象征意义，却是殊荣，也是厚爱。要知道，这时除了夏侯惇，曹操的自家人都没有爵位。曹仁要到六年后，曹洪要到八年后，夏侯渊则要到十二年后，才封为亭侯。早就是亭侯的，只有起兵时就追随曹操的乐进和鲍信的旧部于禁，张辽则仅仅是没有食邑的关内侯。

这份情义，关羽当然心领，却还是要走。

张辽便劝他说，刘豫州身在何处，云长并不知道，难道带着嫂嫂四处乱走不成？再说司空已经请来神医华佗，又何妨多住几天？虽然兄长身上那个只不过是旧伤，但伤是不分新旧的，朋友也一样。

盛情难却且言之有理，关羽只好留下。

"每至阴雨天，是否隐隐作痛？"华佗问。

"诚如先生所言。"关羽道。

"这是因为箭头虽然拔出，箭毒却渗进了骨头。要想治本，只能破开左臂，刮骨去毒。好在服下麻沸散，便会昏睡过去……"

"创伤而已，何用昏睡？"关羽笑笑，"先生尽管动手。"

"只怕疼痛难忍。"华佗说道。

关羽却看着张辽。"文远，借酒！"

5

"他们来了。"延津军营，望楼上的斥候大声报告。

延津是白马之西的黄河古渡口。白马之围既解，曹操就立即下令将那里的军民向延津转移，以免袁绍屠城。他自己则在延津南岸距离白马县城五十里的白马山南坡安营扎寨，准备迎战敌军。

果然，袁军从北岸渡河杀了过来。

沮授是反对这次军事行动的。他说，胜负变化，不可不详。曹操新胜，士气正旺，应避其锋芒。大军既到延津，不如留驻，然后分兵官渡。官渡既下再南北夹击，曹操必亡。否则我军危矣。

袁绍断然拒绝了沮授的建议，还夺了他的兵权给郭图，却又勒令他随军。其实早在离开邺城之时，沮授就料定有去无回，便召集宗族分了家产。他对弟弟沮宗说，曹操雄才大略，我军主骄将侈，想想看谁不是对手？现在，见自己建言不从，辞官不得，里外不是人，沮授跌倒在地，失声痛哭：悠悠黄河啊！我是真的回不了家啦！

但，没有人理睬他。

黄河白浪滔天，天空乌云密布，曹操却神闲气定。

"有多少人马？"

"五六百骑。"斥候回答。

"再看！"曹操说。

过了一会，斥候报："又来了一批。"

"总共多少？"曹操问。

"骑兵越来越多，步兵数不胜数。"

"不用再报。传我号令，统统下马休息！"

"司空！我军辎重正在路上。"许褚在旁提醒。

"辎重不要管了，人撤回来。"

"憨子，过来！"郭嘉见许褚着急，便蹲在地上玩押飞碗。他扣上木碗又掀开，然后看着许褚问："看清楚了，几个？"

"两个。"许褚也蹲下来。

"对！一个是文丑，一个是刘备。"

话音刚落，斥候又报："文丑率五六千骑兵到。"

"司空，上马吧！"许褚忽地站起来。

283

"再等。"曹操说。

"敌人更多，刘备也来了。"斥候再报。

"都在干什么？"曹操问。

"分抢辎重，骑兵也都下马，文丑和刘备止不住。"

"好！上马，杀过去！"曹操下令。

众将士闻令一齐上马，杀声震天地冲下山坡。

6

看着满盘鲜血，张辽暗自心惊。他完全不知道，手术原来是这样
做的，也明白了关羽为什么不肯用麻沸散，华佗又为何不坚持。想想
也是。毕竟，华佗是曹操请来的，张辽更是曹操的人。

关云长心不粗。尽管华佗动手时，他只是若无其事地喝酒。

"怎么，文远不喝吗？"关羽问。

"当然，要喝。"张辽这才发现，自己一直端着酒杯。现在，刮骨
去毒的工作已经完成。华佗举针，用桑白皮线缝合了创口，又用药油
轻轻涂抹按摩，然后敷上药膏，最后再用布包了起来。

"五日之内，或有些许痛痒，一月之后即可平复。"华佗一边看着
徒弟吉本收拾器械，一边交代。见关羽点了点头，又说："不过，箭毒
虽已尽除，绝无后患，君侯的心病却不太好治。"

关羽愣住，然后恭敬地问："不知先生的意思是？"

"君侯心里还有把刀。"华佗说。

"啊？难道还要开胸？"张辽没听懂，大惊。

"无形之刀，取不出来的。"

"世上还有这种东西？"张辽问。

"有。这把刀就叫义。"华佗回过头来，看着张辽笑笑，"请将军想想，大义灭亲，是不是动了刀？"

也是。义不容辞，义无反顾，都有股狠劲。

"刀出鞘，就要见血。能杀敌，也会伤己，还可能伤害善待自己的人。"华佗见关羽和张辽诧异，又说，"义者宜也，岂能无义？只是这把刀不能太刚，刚则容易脆断。可惜老夫不能取出来修理。"

"先生已经修理过了，关羽拜谢！"

"但愿！"华佗意味深长地看着对方。

7

不出曹操所料，他的骑兵冲下山坡后，那些正在疯抢辎重的袁军猝不及防，完全丧失了战斗能力。结果，文丑被杀，刘备逃亡。然而出乎意外的是，曹操并不乘胜追击，而是采纳郭嘉的建议，趁着袁绍反应不过来，迅速退兵官渡，给袁绍留下了大片无人区。

在官渡刚刚住下，无盐便飘然而至。

久别重逢，曹操喜出望外，正要上前拥抱，无盐却抽出短刀抵在胸前，杏眼圆睁怒视对方说："站住，不要过来！"

"你这是怎么了？"曹操莫名其妙。

"我问你，为什么要杀女人？"

"女人？"曹操摊了摊手，"颜良、文丑是女人吗？"

"少装糊涂！我问的是董贵人。"

奇怪，她为什么要管这闲事？

曹操摸摸鼻子，打了个喷嚏。

"你还没有回答我的问题。"无盐说。

回答？为什么要回答？可疑的不是我，而是你。曹操想。你一个走江湖卖私盐的，怎么关心起董贵人的死活了？真是太平道？不过他并不想说穿，只是反问："这事都四个月了，之前怎么不问？"

"那时你不是要打仗吗？"

"现在怎么想起来了？"

"你不是打赢了吗？"

这样啊？曹操有数了，便道："他们要杀我。"

"要杀你的是董承，跟他女儿有何相干？"

"董承的女儿，又与你关系何在？"

"女人。她是，我也是。女人能杀，还有什么人不能？"

"孙武若不杀女人，岂能西破强楚，北威齐晋？"

这个故事无盐当然知道——当年，吴王阖闾为了考察军事家孙武的实战能力，拨给他宫中美女一百八十人，以宠姬二人为队长，要求训练女兵。那些女人哪里会听指挥？战鼓一响，便笑成一团。孙武的办法，是在三令五申仍不奏效后，杀了两个队长。结果令行禁止。

"西破强楚，北威齐晋，这就是你想要的吧？"无盐冷笑，"当然不在乎杀人，更不会在乎杀的是什么人。就说那个边让吧，并无一兵一卒，更无衣带密诏，只不过话说得难听点，要你的命了吗？"

曹操想不到会有此一问，愣住。

"没错，张邈是背叛了你，吕布也想要你的命。"说到这里，无盐停顿了一下。因为她发现曹操变了脸色，这让她感到快意。不想听到吕布名字吗？那就继续说："可是他俩死前，已无还手之力，何必赶尽杀绝？就连关云长都要替吕布挡两箭。你倒好，一箭射杀。"

怎么？你还惦记着那家伙？曹操的脸变成了猪肝色。

"还有吕伯奢，也跟董承一样想杀你？"

这事你不是早就知道吗？现在问什么问？

"杀吕伯奢，是杀友。杀边让，是杀贤。杀张邈，是杀义。至于杀吕布，则是杀降。再杀一个，可就五毒俱全了。"

"用不着。杀董贵人，是杀无辜。已经够数。"

"倒还有自知之明，莫非打算凑齐十恶不赦？"无盐撇嘴，"看来只要挡了你的路，你就敢杀。总有一天，我会死在你手里。"

"哈哈，错了。"曹操笑笑，走了过去，"刀给我。"

有盏灯突然熄灭，帐内一下子暗了许多。无盐看不出曹操是真笑还是假笑，也没打算弄清楚。曹操接过刀子，扔在地上，"错了。不是死在我手里，而是怀里。也不是总有一天，而是现在。"

又一盏灯灭了。曹操放开无盐往后退，却被拽了回去。

关云长？看来是得让他走。

8

听说了曹操的决定，张辽便张罗为关羽饯行，前来赴宴的则都是抗击袁绍的前线战友。汉寿亭侯关羽坐在正中，两边是广昌亭侯乐进和益寿亭侯于禁，扬武中郎将曹洪、督军校尉夏侯渊、同为裨将军的徐晃和张辽左右作陪。他们虽然相处不久，却已然有着袍泽之谊。

营帐里酒香四溢，菜肴则只有曹洪打来的猎物。

"云长定要走吗？我还想等到秋猎时，比试高下呢！"

酒过三巡，曹洪看着关羽，笑了笑。

"要说田猎，关某岂是将军对手。"

咦？此人不是向来心高气傲吗？怎么谦虚起来了？呵呵！他肯来赴宴是却不过情面，去留之事当然能够不谈就不谈。那就惹他。于是曹洪又说："云长单枪匹马刺颜良，如入无人之境，曹洪听了实在心驰神往。袁绍那里还有一员大将淳于琼，当年也是西园军的校尉，能耐不在颜良和文丑之下。要不要你我同去会会，看看谁先得手？"

"白马之战，关某不过侥幸，岂敢再来争功。"

"能像文远那样，为曹洪擂鼓助威也好。"

"贵军将星如云，哪里还会缺个鼓手？"关羽笑了。他看看乐进和于禁，叫着他们的字说道："伐吕布于濮阳，征张邈于雍丘，斩袁术部将桥蕤于苦县，就是文谦和文则联手吧？远胜我和益德。"

我的天！关云长这辈子，只怕从没这么谦虚过。再听他用了"贵军"这词，又特地将自己与张飞，跟乐进和于禁并提，众人都明白他去意已决，无可挽留。曹洪便问："云长知道刘豫州在哪里吗？"

"知道。"关羽回答。实际上，头天晚上曹操已经见过关羽，告诉他刘备现在袁绍那里。到达邺城时，袁绍亲自到二百里外迎接。袁绍攻延津，他也来了。所以，如果想去归队，现在就可以。

"袁绍正与我军作战，云长不知？"曹洪又问。

"战与不战，非某所能如何。"关羽回答。

"此时前往延津，是谓资敌，云长不知？"曹洪再问。

"关某愿面见袁冀州，劝其退兵，化敌为友。"

"他能听你的？"曹洪眯起眼睛。

"人微言轻，但当竭尽全力。"关羽说，"不然又能如何？"

"云长重情重义，我等佩服，也不能强人所难。"

"多谢子廉体谅！"关羽拱了拱手。

288

"但，就不能有个两全之策吗？"

"何意？"关羽问。

"刘豫州在袁绍那里。再要你上阵，便是我等不仁。但是云长到了袁营，又岂能不听调遣？若与司空为敌，又岂非失之于义？所以为兄长计，诚不如暂避许都陪伴令嫂，等到战事结束再走不迟。"

"奈何嫂思夫，弟思兄，归心似箭，度日如年。"

"少来这一套！"曹洪觉得自己耐着性子好说歹说，将心比心处处替对方着想，已经很够意思，关羽却冥顽不化，完全不通情理，不禁勃然大怒，忽地站起来说，"看来，你是定要与我兵戎相见了？"

"到时候，将军也不必手下留情。"关羽拱了拱手。

"去你的，用不着等到那天。"

说完，曹洪一脚踢飞了座前的几案。

"关某奉陪！"关羽也忽地站了起来，将几案踢飞。

乐进、于禁、徐晃和夏侯渊目瞪口呆，纷纷起身。

"干什么？这是我的几案。"张辽喊道。

"我赔！"曹洪和关羽一齐说。

"赔什么？你赔不起！"

话音刚落，帐门外面走进曹操，后面跟着郭嘉和许褚。曹操看着被踢飞的几案，摇了摇头说："天底下，哪有这样吃饭的。"又扭过脸吩咐许褚："仲康，把子廉的几案搬过来。他不用，我用。"

"司空！"张辽等人躬身拱手。

"免礼！"曹操在许褚搬来的几案前坐下，"军中不拘礼节，孤的座席也不用了。云长的几案却不能没有，他是客。"见许褚在关羽面前扶起几案，便说，"云长请坐！"又吩咐众人，"你们都坐！"

张辽等人互相看看，纷纷落座。

关羽想了想，也坐下。

"孤吃什么呢？"曹操说。

但他不看张辽，却看郭嘉。

郭嘉从怀里掏出木碗，放在几上。

"空的？"曹操看着郭嘉。

郭嘉笑了笑，什么都不说。

嗯嗯。不说是不必说，没有是不可能有。曹操点了点头，又看着众人。"几案可以踢飞，不该把酒洒了。此时正是青黄不接，军中早已禁酒。这酒可是经孤特许，想方设法从江湖上弄来的。"

是赔不起。关羽满脸通红。

"云长的伤，痊愈了吗？"曹操又问，"哦！忘了，有约定，你不跟我说话。"曹操笑笑，低头看了看几上的空碗，"云长明天就去许都接令嫂吧！方便的话，拜托你探望一下奉先和公台的家人。"

9

刘备的家小搬到了丁夫人那里，这让关羽有点意外。

当然，关羽完全不反对这个安排。想想也知道，住在曹府哪能比丁家自在？两个离开了丈夫的女人，更不愁找不到共同的话题。问题在于，曹操并没有过寄人篱下的苦涩经历，跟着刘备不断改换门庭的关羽倒有切肤之痛。那么，曹操怎么想到的？他真能看透人心？

迎在门口的曹朗解开了谜团。他主动告诉关羽，开春时自己陪同刘豫州的夫人来看望义母，两位夫人一见如故，聊了大半天。卞夫人知道后就安排了搬迁。因为司空交代，必须让客人住得方便舒坦。

原来如此。但，真是这样吗？

也许是的，因为卞夫人的贤惠闻名遐迩。关羽甚至不用问，就能肯定搬迁的过程非常愉快。自己的嫂嫂不会觉得被人嫌弃，丁夫人也不会觉得背了包袱。关羽虽然不像卞夫人那样出身倡门，也不像曹朗那样差点饿死，却也曾是天涯沦落人。他正是在亡命涿郡时认识刘备并决定终身追随的。此后跟着兄长飘来飘去，看尽了人情冷暖，世态炎凉，深知江湖凶险，生存不易，这才把"义"字看得比山还重。

也所以，关羽善待士卒而骄于士大夫。

卞夫人却让曹朗认丁夫人为母亲，曹朗也真心尽孝。这说明他们更重天良更重情。嫂嫂其实也一样。看望丁夫人，怕是嫂嫂自己提出的吧？还特地让曹朗陪同。这是表示感激，也是出于喜爱。其实关羽也喜欢那孩子，他甚至为曹操在黄巾军中收养这孤儿而感动。

啊！那曹孟德跟自己相像的地方还真不少。

嫂嫂见了关羽，自然喜出望外。听说可以与夫君重聚，更是泪流满面。丁夫人闻讯过来连连道贺，同时表示恋恋不舍，又提出要设宴饯行，而且由她自己和卞夫人以及吕布和陈宫的夫人轮流做东。关羽哪里对付得了这种事，只好表示任由嫂嫂做主，便退了出来。

曹操的"夫人邦交"也这么厉害？

结果到了尚书台，关羽的心里还有些乱。

"将军还都，有失远迎，还望见谅！"荀彧拱手。

"令君折煞关羽！"关羽赶紧还礼。

"司空已传令沿途关卡不得阻拦。"荀彧说，"不过，为确保将军和刘豫州家小一路顺畅，我也备好了尚书台的文书。"说着，荀彧将装了木简的布袋递给关羽："因是公文，只好劳累将军来取。"

见荀彧一副公事公办的样子，关羽反倒有些不安。

"令君的美意，司空可知？"

"当然。司空录尚书事，尚书台岂敢自作主张。"

"这样啊？"关羽沉吟，"令君可知我要去延津？"

"不是延津，是阳武，袁绍现在那里。"

"黎阳、白马、延津、阳武，袁冀州他这是步步为营，直逼官渡而来啊！"关羽的眼前仿佛出现了地图，"且已咫尺之遥。"

"是。大战在即。"荀彧面无表情。

"那你们还放我走？"关羽更加不解。

"倒是想留，留得住吗？"荀彧的语气很平淡，"公无渡河，公竟渡河。渡河而死，其奈公何。一心赴死的人，是拦不住的。"

"令君的意思是……"

"将军可是杀了颜良。"

"这是为了问心无愧地离开曹公，袁冀州应该明白。"

"但愿。"荀彧还是不动声色，"如今世风日下，人心不古。由是之故，将军义薄云天，我等都很佩服，司空更是感慨万千。本初与他数十年情同手足，此刻却要兵戎相见，情何以堪？也罢！袁公路还是那人亲骨肉呢！看来，也只有君侯与豫州才是真兄弟。"

"士为知己者死，女为悦己者容，理当如此。"

"司空于将军，岂非国士待之？"

"当然，但一士不事二主。"

"看来，鄙人不该去袁归曹。"荀彧笑了。

"良禽择木，天经地义。"关羽自知失言，赶紧圆场。

"那么，将军归曹，也非不义。"荀彧又笑。

"确实，奈何刘豫州在先。"关羽只好这样说。

"诚然。"荀彧点头，"何况刘豫州不是袁冀州。"

"多承体谅！"关羽拱手。

"既然如此，将军就不该陷刘豫州于不义。"

"此话怎讲？"关羽变了脸色。

"袁冀州可是有恩于刘豫州的。想当年，徐州牧陶谦病故，下邳陈登等人派遣使者通报冀州，声称欲奉平原相刘备为宗主。冀州慨然答曰：刘玄德弘雅有信义，诚副所望也。如今，豫州归袁，他又亲自郊迎于邺城二百里外，不可不谓恩义。将军却在他兴兵之初，一鼓而斩其大将，夺其士气，请问让袁本初如何看待令兄？"

"令君过虑，刘豫州安然无恙。"

"那是因为还不到时候，恐怕也料定将军必归。"

"难道他要等我兄弟三人到齐，再……"关羽大惊。

"区区颜良，何至于此。"荀彧笑笑，"冀州更看重的，当是你们兄弟三人死心塌地为他效忠。所以，将来两军决战，袁绍必以将军为先锋，也杀我军一员大将，以命偿命。这个要求十分合理，刘豫州若不同意，便是于袁冀州不义。如若同意，则于将军不义。"

"这话关羽不大听得懂。"

"将军杀颜良，原本为了报答司空。如果听了袁绍的，岂非恩仇相抵？不！天下人会认为将军当初效力，是为了哄骗曹公。那才真是不义小人。以刘豫州之人情练达，岂能让将军背负这等骂名？"

"看来，也只好请我兄长去向袁冀州陈情。"

"本初确实仰慕战国四公子，但他养士可不是用来观赏的。"荀彧莞尔一笑，"将军若不从命，袁绍就会扬言杀了刘豫州。"

"苟如此，关羽当自行了断。"

"果真一心赴死。但，使国失贤才，兄失贤弟，可谓义乎？"

"如此说来，关羽竟没有出路？"

"云长应该爱读《孟子》吧？"

不知不觉中，荀彧已经换了称呼。见关羽点头，他便讲起了《孟子》中的一个故事。这故事说，有次郑国和卫国发生战争，各有一位顶尖级射手出场。郑国的射手是卫国射手老师的老师，而且当天生病举不起弓。卫国射手十分为难：退出战斗不忠，战胜弱者不武，射杀师祖不义。最后，他在车轮上敲掉箭头，胡乱射了几箭走人。

这样啊？关羽沉吟，面有难色。

"袁绍这人，我太清楚。多谋寡断，遇事迟疑，色厉内荏。虽然到了阳武，哪天又退回邺城，也未可知。"荀彧知道，关羽连卫国射手也学不了，便笑着宽慰他，"刘豫州天下英雄，自能处置，到时候或许有更好的办法。荀彧不多说了，云长安心去阳武就是。"

安心？关羽只觉得心乱如麻。

10

嫂嫂吃了好几天饯行宴，终于随着关羽出发。曹军将领包括曹洪在内，都让留在许都的家人送来礼物。其他文官见样学样，纷纷送吃送穿，孔融送的尤其多。东西是送给嫂嫂的，关羽却之不恭，也无权谢绝，只好收下。结果他们一行，竟是十来人护送的车队。

没过多久就到了中牟县境内。中牟县城之北就是官渡，准确地说是官渡水，也就是刘邦与项羽的楚河汉界——鸿沟。鸿沟之北，则是袁绍驻军的阳武。关羽当然不能去曹操军营，也不想住驿站。那样也会惊动地方，弄不好曹洪、张辽等又都闻讯赶来，岂不麻烦？

也只能绕道而行抄小路，夜宿荒村民居。

谁知道，曹洪和张辽没来，劫匪来了。

关羽并非没有警惕。他们借宿的村子基本上空无一人，只有一对沉默寡言的老夫妻。想想也是。开战在即，谁还敢留在这里。关羽让随行的士兵从车上取来粮米和肉脯，请那对老夫妻陪嫂嫂吃了。然后安排好轮流值班的哨兵，自己则坐在胡床上，守在小院的门后。

万籁俱寂，春意盎然，偶尔能听到落花的声音。

荀彧的话并非没有道理，关羽想。处境艰难倒在其次，尽快自立门户才最紧要。可惜在徐州立足未稳，又被逼到袁绍麾下，如此屡屡寄人篱下如何是了？何况那袁绍虽然来势汹汹，却未必能胜。曹操的恢宏气度和用人之明，均非寻常人等可比，比得上的只有我兄长。

想着想着，极度疲劳的关羽竟然睡着了。

晨曦初现，关羽惊醒，立即发现小院已被控制，茅屋前躺着放哨的士兵。劫匪应该是冲着财物来的，自己的车队也太惹眼。但，特地趁我人困马乏时动手，而且居然悄无声息，可见是江湖惯匪。

来者不善。嫂嫂又在他们手里，不可莽撞。

"各位大侠，深夜来访，不知有何见教？"

"深夜？"对方回答，"天都快亮了。"

女的？谢天谢地，应该不会劫色。

"原来是女侠。好说，财物尽管取走。"

"我们不劫财，只劫人。"对方又说。

"劫人？谁？"关羽问。

"屋里的，或者你。"

"你可知屋里是谁？刘豫州夫人。"

"刘豫州？他的夫人怎么到了这里？这里是司州啊！"

关羽听出了话中的讥讽，却只能先忍住气。

"你可知，劫持州牧家眷，是死罪。"

"那又如何？我还劫持过董卓夫人。"这时，天色微明，关羽依稀看见匪首脸上的笑容，"结果怎样？老贼死了，我还活着。"

"啊？少侠莫非是……"

"民女无盐。"

"久闻大名，不知劫持夫人何意？"

"奇货可居，当然是拿去换钱。"

"放肆！你这女子，胆敢如此！快快投降，饶你不死。"

"怎么，当我是颜良呢？"见关羽动怒，无盐乐不可支，"将军且看仔细了，我的手下也都是女子。若都杀了，那可是威震天下。"说完她拔出剑来，"不知将军的剑术，比董卓如何，比吕布又如何？"

无盐身后的女劫匪，都咯咯咯咯地笑了。

关羽原本火冒三丈，听到笑声反倒冷静下来。这事蹊跷。天底下哪有纯是女人的劫匪？那位江湖女侠的离奇故事倒时有耳闻。于是他看着地上的士兵，冷冷地说："盗亦有道。他们随行而已，何辜？"

"只是睡着了。"无盐说，"不过，一时半会也醒不来。"

天更亮了，可以看见地上并无血迹。

"那么，足下与刘豫州有仇？"关羽问。

"没有，素不相识。"无盐说。

"莫非跟关某过不去？"

"正是。"无盐一声冷笑，"哼哼！都说关云长义薄云天，依我看伪君子一个。曹公待你如赤子，你视曹公为寇仇。什么送嫂？分明是资敌，甘为袁绍鹰犬。当然，你料定他会赢嘛！何必假装忠义？"

关羽何曾受过这等羞辱，脸色惨白。

"怎么样？无话可说了吧？"无盐又说。

才不是呢，是嫂嫂在你手里。

"好吧！少侠要关羽如何？"

"做人做事，总要通情达理。"无盐一副豁达大度的样子，"这样好了。要么将军回曹营，许都也行，夫人由我们送到阳武，保证毫发无损，与刘豫州团聚。如果将军去意已决，那就留下令嫂。我的手下都是女人，自然会好好照顾，到时候再完璧归赵。如何？"

"你们这是劫持人质。"关羽的胡子都翘起来了。

"当然。"无盐满脸无辜，"我们本来就是劫匪。"

"关羽要是都不答应呢？"

"无盐不会是第一个死掉的女人。"

"明白。"关羽闭上眼睛，一声长叹，"说来说去，不就是怕我与曹公为敌吗？其实我也不想。"说完，他拔出剑来："现在关羽就自断左臂，少侠再来砍断右臂也行，只是得送我和嫂嫂去见兄长。"

无盐万万没想到关羽会这样，目瞪口呆。

"江湖侠者重然诺。足下，一言为定！"

"罢了。"无盐收剑入鞘，"只是，将军何苦？"

"因为云长只有杀身成仁，舍生取义，没有苟且。"

无盐和关羽一齐回头，只见曹操出现在门口。

"你怎么来了？"无盐问。

"你又怎么来了？"曹操问。

"不想眼睁睁看你平白无故多个劲敌。"

"怎么会？"曹操皱了皱眉，然后轻声说道，"回去吧！"

无盐瞪了他一眼，气哼哼地带着手下走了。

日上三竿，昏睡过去的士兵醒了过来，曹操也离开了那里。等到关羽请出嫂嫂，收拾好行装，再次出发时，才默默地跟在后面。关羽知道这是要送自己一程。他已经看出无盐与曹操关系暧昧，甚至怀疑此番劫持早有预谋。不是吗？曹洪武留，荀彧文留，无盐劫留，曹操都不知情？然而关羽并不愤怒，反倒为之感动，眼中含泪。

但是曹操看不到，也没想去看，只是跟在后面，也不说话。

路不长，却走了很久，终于到了尽头。

"云长留步！"曹操喊了一声。

关羽勒马，但不回头，车队则停了下来。

"过了鸿沟，就是袁绍的地盘，你我就此别过。"曹操说，"吕布这匹赤兔马送给你了。宝刀赠烈士，好马赠英雄，云长保重！"

说完，曹操下马，把缰绳拴在车上。

关羽再也撑不住，滚鞍下马，拜倒在地，泪流满面。曹操却不去扶他，也不看他，只是牵过关羽的马，深一脚浅一脚徒步往回走。

一轮红日滚入鸿沟。

第十七章

决战官渡

建安五年

八月
至
十月

1

八月，阳武。

营寨已经拆除。袁军将士们齐聚空地，一眼望不到边。袁绍身着戎装骑在马上，威风凛凛，幕府的大旗在他身后迎风飘扬。

仪仗队里，斧、钺、节、麾、华盖，应有尽有。

今天，他们将挺进官渡，与曹操决一死战。

幕府主簿骑在马上，展开帛书宣读讨曹檄文：

明主图危以制变，忠臣虑难以立权。司空曹操赘阉遗丑，污秽小人。祖父腾，故中常侍，与群奸同为狼狈，并作妖孽。父嵩卖身投靠，乞怜携养，因赃假位，窃盗鼎司。贼子操以蛇鼠之志，鹰犬之才，趁黄巾之乱而得意，托讨董之名以窃国，割剥黎民，且残害忠良。故九江太守陈留边让，仗义执言而身首异处；当朝太傅弘农杨彪，被以非罪而身陷图圄。暴行既施，无所不用其极，由是天下侧目，海内寒心，士林发指，民怨沸腾，而贼操竟挟持天子，猖獗更甚，其祸害未有已也。幕府四世三公，身荷国恩，谨秉纲常弛绝

301

之虑，乱臣谋逆之忧，敢奉大汉灵威，折冲宇宙，长戟百万，胡骑千群，雷霆虎步，吊民伐罪。此诚忠臣肝脑涂地之秋，而烈士扬名立万之会也！当奋四海九州之材，骋良弓劲弩之势，长驱直入并集虏庭，一鼓作气灭此妖氛。凡我将士，可不勉哉！

"大家都听清楚了吗？"袁绍问。

"曹操该死！曹操该死！曹操该死！"将士们喊道。

"那就每个人都带条绳子，准备活捉曹操！"

"活捉曹操！活捉曹操！活捉曹操！"

刘备却不在誓师大会的会场。关羽归来后，他便以南连荆州刘表的正当理由，带着关羽和张飞离开了袁绍，同行的还有赵云。这件事并未引起太多注意。所有人关注的，都是曹操将如何迎战袁军。

2

曹操很难。

其实谁都知道，袁绍这回不但志在必得，实力也远超曹操。尽管史书所说兵力相差十倍未免夸张，曹弱袁强则是不争的事实。更何况袁绍拥有北方四州，进可攻，退可守，曹操的后方却危机四伏。刘表偏向袁绍，孙策蠢蠢欲动，关中诸将坐山观虎，豫州郡县叛曹降袁者甚众。所以，白马和延津之战后，曹操采取"积小胜为大胜，以空间换时间"的战略，大踏步后退还军官渡。官渡距离许都近，距离邺城则远，这就能拉长对方的补给线，也能使袁军成为骄兵。

可惜，袁绍相当沉得住气。

谁也吃不掉谁的双方，竟然相持了两个月。

战争也进行过。仗着人多势众，袁绍下令在曹营跟前堆起了座座土丘，又在上面建起木楼，士兵居高临下轮番射箭。箭如雨下，曹军只好将盾牌顶在头上，个个胆战心惊。幸亏，曹操有抛石机。汉代的抛石机，射程近的也有半里，弹重轻的也有五斤。一齐发动，便声如霹雳。袁军的木楼轰然倒塌，士兵血肉模糊，没被砸中的都疯狂地往回跑，还边跑边喊：霹雳车来了！霹雳车来了！

袁绍一计不成又生一计。他命令工兵挖地道，准备偷袭。没想到曹操早有预案，在自己营中挖了长沟，单等瓮中捉鳖。大规模杀伤性武器和工程战都用上了，结果却打了个平手，只能相持不下。

转眼就到了十月。再耗下去，粮草将尽。

所以，听说军中加餐，执金吾贾诩便来见曹操。

"文和？"曹操抬头，"来来来，一起吃。"

"果然是加餐，却不知为何？"贾诩道。

"为何？军粮运来了嘛！"曹操说。

"不对！今天运来的粮，省着吃也只够十五天。"

"那么文和说，孤为什么要加餐？"

"奉孝，许都粮草充裕？"贾诩并不回答，却看着郭嘉问。

"库中空虚。"郭嘉说，"都许之后，天下归心。来附者众，天子的供奉又不能减。更兼战事频仍，屯田所得其实入不敷出。"

"郡县调粮顺畅？"贾诩再问。

"堪忧。"郭嘉说，"许都以南，郡县人怀异志，叛朝廷而降袁绍者不计其数，只有阳安李通和朗陵赵俨忠贞不贰。不过，就连他们也修书与文若，希望免征。再调粮，只怕粮草未得而郡县已失。"

"看来，只能向粮商购买？"贾诩又问。

"诚然。"郭嘉点头。

"鸿豫外出。就是去买粮的?"

"确实。"郭嘉又点头。

"上哪儿买?"

"冀州。"

"好主意! 我们的粮多了, 袁绍的就少了。买来了吗?"

"还没有。"

"有把握吗?"

"也没有。"

"应该我去的。怎么, 我不是领冀州牧吗?"

曹操听了, 只好苦笑。贾诩也决定不再讨论这个问题, 便又看着郭嘉问:"奉孝到营中暗访了? 士气如何?"

"堪忧。"郭嘉答。

"低落?"贾诩又问。

"倒不至于, 沉闷却难免。两个月不战不和, 都快憋死了。长此以往, 必生事端。何况兵者如器, 都是用进废退。"

"奉孝以为可战?"

"不可。"

"那又如何?"

"扰之。"

"今天去放把火, 明天去杀个人?"

"也可以是抢粮。"郭嘉笑笑, "抢不抢得到……"

"无所谓。只是得不定期, 轮番去。"贾诩道。

"那是。"郭嘉又笑。

"管用吗?"

郭嘉摊了摊手。

"朝廷那边，有什么说法？"贾诩又问。

"文若说我军必胜，孔融说必败，太常杨彪说……"

"司空威武，天子圣明。"

"正是。"郭嘉点头，"阁下无所不知。"

"天子自己呢？奉孝，不用把你那木碗掀开。"

当然不用。在场的都是明白人，天子的心思猜也猜得到：他担心袁绍赢了就会变成袁术，曹操赢了就会变成董卓，两个都没了又无人护驾。因此最好是等他们打得差不多了，自己再出面讲和。反正袁绍发檄文用的是幕府名义，未报朝廷，朝廷可管可不管。

只是他们都不知道，渠穆会趁机提醒天子：还是自己得有兵。

不过，这是后话。

"难怪要加餐。既然要撤军，当然不能把粮食留下。"

"孤为什么要撤军？"曹操问贾诩。

"士气堪忧，军粮堪忧，郡县堪忧，朝廷堪忧，袁绍可怕。"

曹操摸摸鼻子，打了个喷嚏。

"本来，敌虽众却不精，我虽寡却武勇，速战于我有利。没想到袁绍初战失利之后，竟然一反常态。坚壁不出，子廉派兵骚扰也不为所动，完全是持之以恒的态势。这可不像他的为人。"贾诩说。

"依文和看，谁的主意？"曹操问。

"自己的。他这独夫，哪里会听信别人？"贾诩看着曹操，"明公敢于迎战袁绍，原本因为深知此人志大而智小，色厉而胆薄，外宽而内忌，喜谋而无能。德不配位，故不足为虑。岂料他突然开窍，竟然稳如泰山。如此判若两人，岂不可怕？不撤军又待如何？"

"诱敌深入，有何不可？"曹操说。

"果能如此，当初就犯不着守在官渡。"

"是吗？"曹操问。

"不是吗？"贾诩反问，"司空其实是不敢打了。"

曹操突然大吼一声，抱头倒地。

许褚听到声音冲了进来，拔剑架在贾诩的脖子上。

"仲康，收起！"坐在旁边的郭嘉看了许褚一眼，然后叫着贾诩的官衔道，"没听说执金吾胆小吗？吓坏了他，司空的心病谁治？"

3

宁国中郎将张郃和安国中郎将高览并肩站在望楼上，军营内袁军士兵正严阵以待。这些天，曹洪部隔三岔五就来挑衅，张郃他们实在是不胜其扰。但袁绍明令不得应战，也只好就这么守着。

营外，曹洪的手下举着火把边跳边唱：

> 月儿弯弯，照呀么照望楼。
> 望楼上面，两呀么两只猴。
> 猴子爬树，遭呀么遭雨打。
> 顾得上尾巴，它就顾不上头。

张郃和高览气得咬牙切齿。

过了不久，一个士兵上楼，在高览耳边低语。

高览脸色大变："竖子！竟然诓我！"

张郃看着高览："怎么了？"

高览左右看看，然后在张郃耳边悄悄说了一句。

张郃大惊失色："啊！"

"要不要禀告？"高览问。

"你说呢？"张郃反问。

高览不再说什么。土丘战和地道战，他们两人失利。要不是许攸说情打圆场，差点就被推出辕门斩首。现在难道还去找骂？

那匹马送给许攸，恐怕倒是对的。

4

"袁绍其实并不可怕。"

曹操已经被扶到床上躺下，贾诩却依然站着，淡淡地说。

"是吗？"郭嘉也淡淡地说。

"你那木碗底下……"贾诩看着几上。

"几个？"郭嘉问。

"四个。"贾诩说。

"什么？"

"度、谋、武、德，司空均胜于绍。"

"这是文若说的。"郭嘉笑笑。

"你的，有十个。十胜于绍。"

"先生几何？"

"也是四个。智谋、勇武、用人、决断，袁绍皆不如。"

"何以迟迟不能见效？"郭嘉又问。

"过虑。"贾诩道。

307

"此话怎讲？"

"敌众我寡，总想有万全之策。其实天底下何曾有过万全？出奇制胜而已。但得时机，须臾可定。"贾诩仍然淡淡地说。

曹操却睁开眼睛，坐了起来。

"子廉和朗儿今晚去袁营，不知又玩什么花招。"

见曹操自言自语，郭嘉与贾诩相视一笑。

许褚放心地走了，转眼间又带了杨修进来。

"免礼！"曹操笑笑，"德祖啊，不会是也为加餐而来吧？"

"正是。"杨修一愣，然后答道。

"不就是加个餐吗？怎么这个也来问，那个也来说？"曹操哈哈大笑，然后脸色一变道，"说吧！有何见教？"

"加餐嘛，不是要出战，就是要撤军。"

杨修前面话已出口，只好硬着头皮如实回答。

"呵呵！那么依德祖看，又是哪样呢？"

曹操依然躺在床上，笑容满面。

"无以为战，就只能撤军。只不过，司空一撤，袁绍就会尾随而来直奔许都，而且如狼似虎，因此修期期以为不可。"

"既然如此，又当如何？"曹操问。

"请奉命出使袁营议和。"杨修答。

"议和？袁绍会听你的？"

"以我杨家薄面，或许能劝其退兵。再说，也别无选择。"

"德祖今年好像二十六了？"

"多谢司空惦记。"

"君子一言？"

"愿效犬马之劳。"

"好！好药！比华佗的还好！"

曹操忽地站了起来。

杨修愣住，贾诩和郭嘉又相视一笑。

"那就派你出使，"曹操眯着眼睛看杨修，"告诉那袁本初，孤当灭他，而后朝食，还用不了十天半个月。"

杨修完全傻掉，曹操却神闲气定。

"明天再去不迟，今晚陪孤聊聊。"

5

许攸进来的时候，曹操正在做足浴。

足浴是故意安排的。听许褚报告，有个名叫许攸、自称幕府特使的人求见，曹操就哈哈大笑说，孤的使节还没去，他的倒来了。来者未必不善，善者未必不来。好得很！来人！打水，泡脚！

"见老朋友，用不着学高皇帝。"许攸站定，并不行礼。

这个典故在场的人都听得懂。当年，刘邦还是沛公的时候，说客郦食其来军营见他，他就在做足浴。许攸这么说，曹操立即发现自己的安排过于刻意，不免有些狼狈。但他并不起身，而是笑笑说："幕府特使，也不必让孤光着脚迎接。说吧，子远前来，有何贵干？"

"当然是说降。"许攸道。

"本初要投降？"曹操装糊涂。

"他怎么会？当然是你。"

"孤又为什么要降？"

"请问，司空与幕府可战吗？"

309

"不可。"

"可和吗？"

"不可。"

"可退吗？"

"也不可。"

"那可不是只有投降。"

曹操笑了，贾诩和郭嘉也笑而不语。

其实就在今天傍晚，许攸向袁绍献了一计：曹操倾巢而出，曹仁和夏侯惇、夏侯渊又被派往豫南平叛，许县空虚。因此不妨大张旗鼓佯攻曹营，同时派张郃和高览兵分两路，星夜兼程袭许。许破，则奉迎天子以讨曹。曹操首尾难顾，如丧家之犬，只能束手就擒。

沮授也认为，此计甚好。

袁绍却说：孤只要曹操人头，不要许县那个废物！

许攸又提出：行文南联刘表，东联孙策，让他们袭许。即便他俩不肯听我调度，也能虚张声势，威慑曹操。

袁绍又表示：也用不着！

我已经仁至义尽，许攸想。于是对袁绍说，刘备联络刘表，久无消息，应该去看看。袁绍则表示，子远不嫌麻烦，未尝不可。只不过要快去快回，不必勉强。刘表那点兵，有没有都一样。

说完，他还让郭图将虎符交给许攸。

这些情况，曹操当然并不知道。但他很清楚袁绍的为人，也知道审配正在邺城调查许攸的贪腐案，便道："孤也有三问。"

"请！"许攸说。

"本初对子远，言听计从吗？"

"不听。"

"你为他鞍前马后，他对你恩宠有加吗？"

"没有。"

"你在前方受难，审配在邺城查案，他为你主持公道了吗？"

"岂能。"

"那么，该投降的岂不是你？"

"当然。"

曹操忽地站起来，光着脚扑过去："子远，来的正是时候！"

许攸却说："司空，还是先把鞋袜穿上为好。"

所有人都笑起来，曹操也回到床上让侍女擦脚，穿上鞋袜。然后由郭嘉引导，两人分宾主坐下。许攸见曹操举起酒杯，赶紧拱了拱手说道："且慢！许攸投降前，还有一个问题要问。"

"请！"曹操说。

"司空的军粮还有多少？"

"足够一年。"

"没有的事，重讲！"

"半年。"

"也不可能，再讲！"

"其实只够一个月。"

许攸站起身来："我还是回本初那里去吧！"

"子远以为，孤还有多少？"曹操问。

"最多只够十天半月。"

"你怎么知道？"

"司空又怎么知道许攸家人的事？"

"实不相瞒，孤有眼线。"

"实不相瞒，我有眼睛。"

"亲眼所见，也未必是实。"曹操说。

"大名鼎鼎的郗鸿豫，怎么不见？"许攸却东张西望。见曹操和其他人都不说话，便自己回答说，"怕是去冀州买粮了吧？这位老兄也真行，居然找到一个名叫无盐的江湖女子，那个女子又联络了当地的许多粮帮。不过，最厉害的还不在这里。"

说到一半，许攸卖起关子，斜眼看着几上的酒杯。

曹操又举起酒杯："子远，请！"

许攸重新坐下，端杯喝了一口，皱着眉头问："这也是酒？"

"水。粮食都没有，哪来的酒！"曹操说。

"公子别来无恙！上次喝酒，还是在邺城吧？"许攸又扭过脸来看着杨修，"请问，公子可知什么叫利漕？"

6

利漕就是负责运粮的小吏，按照制度只管水路。不过，现在正逢战乱之时，也就水陆都管。无盐找到的冀州利漕是本地人，姓郭名恩字义博。在邺城某客栈跟郗虑谈生意的，除了他还有几个粮商。

"先生说的这笔买卖，弄不好是要掉脑袋的。"郭恩道。

"的确。所以我们出的价也大。"郗虑说。

"价钱再高，拿不到手等于没有。"郭恩连连摇头，"先生刚才说得很清楚，曹司空手里没钱，粮款要到打败袁冀州以后。这个事情就麻烦了。且不说这一仗谁胜谁负不可预料，就算如先生所愿，司空赢了，到时候不给钱，我们上哪儿要去？"

"利漕！小女子愿做担保。"无盐说。

"宗主抬举！"郭恩拱了拱手，"要不是看宗主面子，小人今晚连来都不会来。但是抱歉，这钱财的事可是实打实的，请问宗主拿什么担保？是有地呢，还是有城？你那些人，值不了这么多钱。"

无盐被噎住，说不出话来。

郗虑掏出官印放在几上："这个行吗？"

郭恩拿起看了看，又放下："原来是阁下亲临，失敬得很！不过这东西不值钱。我们这些人，拿了它去自称御史中丞，有人信吗？"

粮商们都笑。

"那么，利漕看看我，会是假的吗？"郗虑问。

"不假！别人，没那么大的胆子。"郭恩说。

"那好，"郗虑见粮商们也都点头，便说，"利漕不妨算算，为了我这个如假包换的，司空愿意付多少钱？"

"中丞这题出得怪，"郭恩犹豫，"莫非……"

"正是！郗虑愿做抵押品。司空如果赖账，杀了我就是。"

"好！"郭恩举起杯来，"江湖上不论官位高低，我郭恩敬中丞是条汉子，请满饮此杯！"

"抱歉！我滴酒不沾。"郗虑说。

"如此，鄙人只好告辞。"郭恩拱手。

郗虑看看郭恩，拿起酒杯一饮而尽，立即倒了下去。

"利漕！这太过分了！"无盐叫道。

郭恩愣住，挠头。

郗虑又忽地坐了起来。

"好一个滴酒不沾。"郭恩道。

"其实也千杯不倒。"郗虑道。

"奇怪！贾诩一杯酒泼你脸上，怎么半天醒不过来？"

"宗主真以为，贾诩泼的是酒？"

郗虑看着无盐，苦笑。

"痛快！"郭恩大笑，"这买卖我们做了！"见郗虑拱手，郭恩脸色又变，"不过，亲兄弟，明算账。"

"请讲！"

"我这里正好有军粮要运过去，加上在座诸位凑的，足够司空用一阵子。不过，送到曹营风险太大，不能让弟兄们血本无归，还搭上性命。所以呢，嘿嘿，交货的地方必须安全可靠，万无一失。"

"哪里？"郗虑问。

"乌巢。"郭恩说。

"为什么是乌巢？"无盐问。

"宗主在那里有粮库。送到乌巢，岂非就是交给了宗主？"郭恩见无盐无话可说，便掏出地图展开，"从邺城南下去官渡，必走荡阴和朝歌，再过延津。鄙人本有官家身份，押送的又号称幕府军粮，因此可以大模大样走官道，又快又安全。当然，得请二位与我同行。这样大家都放心，对吧？"

"然后呢？"无盐问。

"到了乌巢，买卖就算做完。如何运到曹营，是你们的事。"

"且慢！"无盐指着地图，"从延津到乌巢倒是顺，但乌巢之西就是袁绍的阳武，曹公的官渡则在西南。如此说来，袁绍岂非也可以来取这些粮食，还更方便？"

"不！他的大营也在官渡，不在阳武。"郭恩说。

"这么说，乌巢的粮食并不一定归谁？"无盐问。

"没错，就看他们的运气了。"郭恩道。

"要是运不到曹营，反倒落入袁绍之手呢？"

"我只收半费。"郭恩说。

"曹公粒米未得，为什么还要给你钱？"无盐又问。

"我给他机会了啊！机会均等。只收半费，很是公平。"

"粮归曹公，你赚大笔。归袁绍，你交了差，还有外快？"

"宗主能这样想，很像个生意人。"郭恩笑笑。

"你这家伙，算得太精！"

"小本生意，宗主见谅！"

"你把袁绍的粮卖给曹公，曹公则无论到不到手都得付钱，还好意思说是小本生意？哼哼！无本生意，买空卖空吧？"无盐撇嘴。

郭恩摊开双手，做了个鬼脸。

无盐拉下脸来："要不要给袁绍通风报信？"

"怎么会？无利不起早。这样做，对我有什么好处？"

"两头讨好两头赚呗！"无盐又撇嘴。

"我的祖宗，想太多了！"郭恩叫起来，"粮食若进了袁营，我连运费都赚不到，还要把弟兄们凑的也赔进去，我又何苦？"

无盐点了点头，然后看着郗虑。

郗虑思考片刻："成交！"

7

"哦？子远知道的不少嘛！"

听许攸讲完故事，曹操道。

那家伙却笑而不答。

"莫非贵府在里面有份子？"

曹操恍然大悟。

"在商言商。做生意只看价钱，并不管谁来买，卖给谁。"

许攸一本正经地回答。

"袁绍也不管？"曹操问。

"怎么会！只是审配那蠢货还没查到。不过……"

"什么？"

"鸿豫和无盐已双双落马，人赃俱获。"

"在哪里？"

"当然是乌巢。"

"那个名叫什么郭恩的呢？"

"当然是跑了，说好了只送到乌巢么！"

曹操看着许攸，满脸狐疑。

"不相信？"许攸摇摇头，"郗鸿豫智者千虑，应该想到他的密函会被截获。"说完掏出帛书："幸好落在了我的手里。"

"密函既然被你截留，袁绍又是怎么知道的？"曹操问。

"袁绍是否知道，并不清楚。"许攸又摇了摇头，"不过，他原本就打算在乌巢建粮库，没想到虽未守株，兔子倒来了。所以，此刻的乌巢，应该没有多少人马，也还都在等命令。"

曹操勃然变色，看着郭嘉问："子廉和朗儿，回来了吗？"

当然回来了。而且，曹朗还偷来了袁绍的幕府大旗。

看来，曹操在军营里对天子讲的话，他听进去了。

情势突变，时机真是说来就来。曹操立即命令曹洪与贾诩和郭嘉守大营，曹朗和杨修带两千轻骑兵去乌巢，自己和于禁另带三千人马袭阳武。他还交代曹朗和杨修，快到了再扮作袁军。许攸看出曹操的用意，便掏出虎符交给曹朗："小将带上这个，如绍亲临。"

8

　　曹操兵分两路出击的消息传进大帐时，袁绍正由郭图陪着看歌舞表演，旁边坐着的清客则在讨论修改他的旧诗——平生快意事，马上取封侯。这些人认真地指出，大将军乃上公，也早就封了邺侯。辉煌如此，就连改成"马上取公侯"恐怕都是不妥的。

　　张郃却来了，清客们识趣地退到角落。张郃报告，曹军有轻骑兵两千左右出营往东去了。郭图反应快，立即判断这是要去乌巢。曹操奸诈，耳目甚多，没准听到了什么风声，想去劫粮也未可知。

　　"这么说，军粮已经运到了乌巢？"袁绍问。

　　郭图却回答，此事归许攸管，他不知。

　　袁绍正疑惑，高览又进来报告，曹操自将三千轻骑兵，绕过我营奔袭阳武。他们趁着夜色纵马驰骋，看样子白天养足了精神。

　　"曹操自将，奔袭阳武？何以知之？"袁绍问。

　　高览回答是斥候探得的情报，还自告奋勇请带兵去阳武。张郃也马上响应，请带兵去乌巢。袁绍却断然否决，命令他俩明天拂晓直攻曹营。袁绍冷笑道："少来这一套！他抄我后路，我捣他老窝！"

　　沮授忍不住大摇其头。自从袁绍夺了他的兵权给郭图，沮授心灰意冷寡言少语，现在却觉得不能沉默。曹营易守难攻，曹操临行前也定会告诫曹洪和贾诩严阵以待。如果久攻不下，对方又在乌巢和阳武得手，势必从我营北面和东边杀回，让我腹背受敌。沮授还说，奔袭阳武完全可以派曹洪去，曹操为什么要亲自率兵？他的去向，我方的斥候又如何探得？恐怕就是要诱我攻营，万万不可上当受骗。

"我上他的当？我什么时候上过他的当？说！"

袁绍暴跳如雷，沮授只好摇头叹息。

"说不出来是不是？那就闭嘴！"袁绍一声断喝，"来人，把沮授给我关起来，以免他摇唇鼓舌，动摇军心！"

张郃和高览吓得气都不敢出。

"你们两个，看见子远了吗？"袁绍又问。

许攸？张郃和高览一齐摇头："没，没有。"

清客们却把诗改好了："明公，马上笑封侯，如何？"

9

曹朗和杨修带领轻骑兵来到乌巢，已是黎明时分。由于他们穿着袁军军服，举着袁军旗帜，还声称是奉命前来增援的幕府亲兵，守库的小头目不敢怠慢，赶紧持戈上前行礼，尽管眼中满是疑惑。

"门口跪的是什么人？"

看着被反绑起来跪在门前的无盐和郁虑等人，杨修问。

"盗卖军粮的。昨天被我们抓了，人赃俱获。"

"为什么跪在这里？"杨修又问。

"怕曹操派人来劫粮。要是来，就让他们挡在前面。"

"原来如此。"杨修点头，然后看看曹朗。

"给他们松绑！"曹朗说。

"松绑？为什么？"小头目问。

"叫你松你就松，哪来那么多废话！"杨修说。

"不对！我看你们是曹操的人。"小头目横戈。

"笑话！曹操那里，有这么漂亮的人物，好看的战袍吗？"

这是什么凭证？小头目不以为然，盯着曹朗。

"你想抗命？"曹朗亮出虎符，"认识这个吗？"

"不认识。"小头目说，"大将用的，小人岂能识得？"

糟糕！杀鸡用了牛刀，反倒坏事。

杨修飞快地思考如何应对，曹朗却已经滚鞍下马，拔出剑来看着小头目冷冷地说："这个你总认得。"

话音刚落，小头目的喉咙已被刺穿。

曹朗举剑。轻骑兵分散开来，将守库袁军团团围住，手中的长矛指向他们。吓得脸色惨白的袁军士兵们只能听从命令放下兵器，又给无盐等人松绑，然后垂头丧气乖乖地自己走进粮库。

"参见宗主。"曹朗这才向无盐行军礼。

"免礼！"无盐笑笑。

这位白马白袍的哥哥好生面熟。

无盐身边，因为寒冷也因为紧张而瑟瑟发抖的女孩想。

其实，女孩就是无盐在桐丘收养的卖艺女，现在名叫子月。不过那时曹朗还只是名叫狗儿的十五岁小厮，此刻却是英姿勃勃的二十岁小将。当年我才十三，不要认错了人。子月拿不准。

曹朗却脱下战袍，问无盐："宗主，可以吗？"

无盐又笑："当然！"

战袍披在了子月身上。

他认出我来了？

子月满心感激地看着曹朗。

杨修却带了一个袁军士兵过来，让他跪在曹朗面前。

"给你一匹马，回去禀告袁绍，就说乌巢已经归司空了。"

319

"小人不敢！"袁军士兵说。

"要你去，你就去！"曹朗喝道，然后举起剑来，挑开袁军士兵的头盔，削掉他的头发，"不好意思了。不这样，他不信。"

10

张郃和高览看着对面的曹营，都不说话。昨晚，他俩已经交换过意见，都认为沮授所言甚是，奈何袁绍断然拒绝。这样的事情，早就不止一次两次。田丰的话他不听，沮授的也不听，能够听听许攸的也好吧？同样不听，就像跟正确意见有仇似的。结果怎么样呢？田丰和沮授被关了起来，那个几十年的老朋友许攸只怕已经叛逃。

果然，营门大开，许攸骑马跑了过来。

许攸勒马："二位别来无恙！"

张郃和高览在马上拱手："先生早！"

"二位前来攻营？"许攸问。

"奉命而已。"张郃答。

"二位认为攻得下吗？"

"恐怕难。"张郃说。

"很难。"高览说。

"可惜军令也难违。"张郃又说。

"攻不下，袁绍能饶了你们？"

"不能。"张郃说。

"就算袁绍能，郭图也会再进谗言。"许攸说。

"那是。"张郃说。

"既然如此，何不见贤思齐？"

"曹洪能相信我们？"张郃问。

"子廉怎么想，不好说。但贾诩与郭嘉在营里。何况，事情其实很简单，二位只要效法殷纣王之军，阵前倒戈就是。"

张郃看看高览。

高览点了点头。

11

和衣而卧的曹军轻骑兵在黎明时分醒了过来，曹操坐在地上神闲气定地看着对面。听裨将军于禁请示何时出发，便笑了笑，然后叫着他的字说："文则，南边不是还没动静吗？"

"司空，这里是袁绍后营，去阳武应该往北。"于禁说。

"谁说要去阳武了？孤说了吗？忘了。"

于禁恍然大悟：昨晚那个袁军斥候，是故意放跑的。

当然是故意放跑的。这样，对方的后营就会放松警惕，阳武驻军也不会出动增援。不过袁军毕竟久经沙场，郭图也非等闲之辈。他们在顽强抵抗于禁的同时，居然派出轻骑兵向曹操包抄而来。

"慌什么？到我背后再说！"

曹操提剑骑在马上，命令斥候。

"已在背后。"

过了一会，斥候又报。

"把幕府大旗升起来！"曹操下令。

身边的士兵立即将袁绍的幕府大旗升起。

"喊话！袁绍被擒，帅旗在此！放下兵器，违者必杀！"

曹操又下令。

幕府大旗迎风飘扬，两军之间喊声四起。冷兵器时代大规模战争拼的其实是士气。眼见张郃和高览阵前反戈，带着曹洪部在前营杀将过来，派往后营之北的轻骑兵有去无回，袁军将士根本就无法也无心判断袁绍是否当真被擒，纷纷停止战斗，放下武器。

12

一条小路，两边是陡峭的山岩。

许攸叛逃，张郃反水，乌巢失守，曹操又奇袭后营，这一连串的变故几乎发生在顷刻之间。猝不及防的袁绍发现大势已去，连帽子都来不及戴，带着长子袁谭和少数亲兵狼狈逃往黎阳。

两个人一路狂奔，把随从丢在了后面。然而刚刚过了山口，后面便传来巨响。山上滚下巨石把路封死，一伙劫匪拦在前面。

"大将军风度翩翩，怎么冠也不戴？"无盐骑在马上问。

"你是什么人？关你什么事？"袁绍倒是镇定。

"有样东西，大将军定是随身携带。"无盐答非所问。

"不知所问何物？"袁绍脸色一沉。

"传国玉玺。"无盐一字一句地说。

袁绍忽然笑了："早就听闻江湖上有位奇女子，神出鬼没，扰董卓于洛阳，拔天子于长安，戏袁术于寿春，莫非就是你？"

"有，还是没有？"无盐拔出剑来。

"与你何干？"袁绍撇了撇嘴。

也是，凭什么啊？无盐犹豫。

"男女授受不亲，怎么交给你？"

袁绍却似乎无意坚持，语气中还透着不耐烦。无盐想了想，滚鞍下马，示意范铁上前。袁绍立即撇了撇嘴："他不配！"

无盐的目光移到路边的石头。袁绍点了点头，滚鞍下马，从怀里取出锦盒放在石头上，倒地一拜，再站起来，连连后退。无盐走过来也倒地一拜，再站起来，挥手命令让路。

袁绍和袁谭上马，坦然离去。

双方都不再说一句话。

少顷，范铁走了过来："宗主，不打开看看吗？"

13

杨修坐在车上，不时回头看看车上的箱子。那天，袁绍带着长子袁谭和少数亲兵仓皇出逃。来不及拆除运走的大帐，便无言地向曹操等人展示出袁绍极尽奢华炫耀之能事的一贯做派：所有物件都摆放得井井有条，中规中矩，一尘不染，看得出主人临行前，完全没有想到会兵败如山倒，甚至还在陶醉于自己的高雅品位。

只是，出来打仗，带那么多图书珍宝干什么？

这些战利品，曹操当然笑纳。

但，没有找到那两枚玉玺。问许攸，也既不知道放在哪里，更不知道是否带了过来，倒是发现了大量有着封套的木简，一看便知应该是朝廷公卿和郡县守令给袁绍的密函。曹操立即下令不要拆开，自己也不要看。所有密函都装进箱子封起来，由张郃和高览押送许都交给荀令君。他说，反正二位也要面见天子受封，顺便。说完，他又命令杨修随行，箱子在路上就由他看管，确保万无一失。

这是让我做人证，证明没谁看过密函呢！

杨修倒吸一口冷气，躬身拱手受命。

14

黎阳袁营的大帐里，田丰神情自若地坐在袁绍对面。他是从邺城被"请过来"的。因为郭图告诉袁绍，散兵归来，兵找不到将，将找不到兵。将士们都在捶胸痛哭，说要是田丰在这里，就不会……

是吗？那就请他来谈谈。

"军中纷纷扬言，如果元皓在，当不至惨败如此。"袁绍叫着田丰的字开诚布公，"元皓以为如何？"

"他们说得一点都不错。"田丰说。

"那么元皓看，孤之过何在？"

"除暴安良，谓之义兵。恃强凌弱，谓之骄兵。何况，罔顾天子在许，师出无名还想毕其功于一役？以骄兵战义兵已是失利，以无名伐有名更是失理，再加战略失策，指挥失误，岂能不败？"

"言重了吧？请问，如何失策，又怎样失误？"

"中曹操声东击西之计，不守白马而驰援延津，是一误。为曹操退避三舍所惑，贸然挺进官渡，是二误。彼军粮将尽，许攸建议分兵袭许而不从，是三误。不救乌巢而攻曹营，是四误。用人不当又疑心重重，以致许攸叛逃，张郃反水，则是五误。当然满盘皆输。"

"如此说来，孤竟一无是处？"

"孰曰不然。"

"照这么说，幕府大将军应该元皓来做？"

田丰笑了笑，端起酒杯，喝了一口。

"元皓做不了大将军，孤又威望尽失，该如之何？"

"明公还想重振旗鼓？"田丰问。

"孰曰不然。"袁绍学着他回答。

"公与放出来了吗？"田丰又问沮授的事。

"来不及，应该已被曹操俘虏。"袁绍答。

"看来，也只有杀了我。"田丰笑笑。

"元皓怎么会这样想？"袁绍虚情假意地问。

"这不正是尊意吗？仗要打赢了，大约还会表示宽大为怀。如今兵败如山倒，怨声如鼎沸。不杀田丰，何以泄愤立威？"

"看来，孤虽向来刚愎自用，这回得从谏如流了。"

"公与如果归来，请代为致意！"田丰说。

"那是当然。"袁绍点点头。

田丰不再说什么，将杯中之酒一饮而尽。不过，袁绍并没有见到沮授。沮授从曹营逃出后听说田丰被杀，自缢于黎阳南岸的树上。

15

许县县寺门前挤满了人。火光映照下，满宠那张原本就其貌不扬的面孔更加难看。这是建安五年十二月，决战官渡的两个月后。按照司空曹操的命令，满宠将当众处理从袁绍那里缴获的密函。

当然，此前曹操已班师回朝，献俘阙下，并且面君。

刘协完全不想见那杀了董青的人，渠穆却请皇帝勉为其难。曹操新胜，威震四海，举世瞩目，不见不好。杨彪可以称病不朝，陛下也可以榻上相见，中间再拉上纱帷。就说陛下新染疾，惧怕风寒，也怕疫气传给臣下。这样至少不必面对面，有话也可由自己代答。

于是，隔着纱帷，双方行礼如仪。

首先是曹操奏明皇帝：大将军邺侯袁绍世受国恩，危难之际不思勤王，前谋另立而今欲自立。大逆不道，人神共愤。臣操假圣朝之威与战官渡，一举歼灭其军七万，迫其轻身遁逃，不敢再犯天都。此战缴获辎重财物巨亿，原本属于宫中的也全部带来还给陛下。

这还用说？自然是朕心甚慰！

接下来，曹操奏称：袁绍旧部宁国中郎将张郃与安国中郎将高览居功甚伟，请封张郃都亭侯，高览东莱侯，皆为偏将军。

没问题，准奏！

曹操再奏：袁绍怙恶不悛，私藏玉玺不还，有窃国之嫌，请昭告天下共讨之。倘有与之私下交通者，以谋逆罪论处。

这个？依理，也得准奏。只是……

果然，曹操顺理成章地就提到了那些密函。同时他还强调：密函封存于许县县寺，足有数箱之多，无人看过。如何处置，惟陛下之命是从。见旁边坐着的公卿们都紧张起来，渠穆代替皇帝回答想听司空的意见，曹操便表示请付之一炬。他的理由是：交战之初，臣都不知鹿死谁手，何况他人！且为安定人心计，要公开烧毁。

当然！私下里烧，谁知道毁了没有？

"司空府文学掾，"见时辰已到，满宠叫着杨修的官职问，"请看这些箱子，可是你亲自押送而来？"

"是。"杨修回答。

326

"再请看这些箱子，是否原封未动？"满宠又问。

"确为我所封，没有动过。"杨修查看以后回答。

"请开封！"满宠说。

杨修把箱子打开，里面装满了有着封套的木简。

"这些，可是朝廷公卿和郡县守令写给袁绍的密函？"

"呃……"杨修犹豫。

"嗯？"满宠看着他。

"杨修封箱时，这些东西已在里面，不知何物。"

满宠拿起一件，问杨修："请看封套上可有姓名？"

"没有。"

"可有封泥？"

"有。"

"常侍看呢？"满宠又问站在旁边的渠穆。

"确如文学掾所言。"渠穆答。

"那当如何？"满宠再问。

烧呗！还能怎样？

16

从许县县寺门前回到住处，无盐的不快和不安更甚。这种感觉在官渡其实就有了，只是没那么强烈。记得从乌巢回来以后，她和曹操在军营外野地里漫不经心地散步，冬日和阳之下战后的原野荒凉而不凄凉。无盐问这就是你的战场？曹操却说是他和本初的。又问他以弱胜强什么感觉，曹操却说没有，还反问：怎么，非得有吗？

怎么可能没有感觉？不想说吧？

就算要表现大将风度，也不必在我面前。

好在这种感觉很快就被冲淡。曹朗和子月好上了，还请出郗虑做媒人。郗虑则说，朗字旁边本来就有月。拆开来嘛是良月，合起来嘛是朗月。天生一对，地设一双，愿司空和宗主成人之美。

当然！无盐掏出玉环，给子月做了嫁妆。

但是到了许都，她的心情却变得很不好。

原因在那传国玉玺。回到许都后，无盐便让范铁去见渠穆。因为他俩原本老相识，渠穆又忠于当今天子。没想到渠穆却说，这玺还是拿回去的好。说句大不敬的话，此物不祥。少帝得之而被弑，孙坚得之而被杀，袁术得之而暴死，袁绍得之而惨败，岂非证明这神器已成凶器？如今天子受制于人，岂能拿在手中？更何况，天下未定，觊觎者多。人心难测，持玺必为众矢之的，被逐之鹿。不如还让大家以为在袁绍那里，反正袁绍也不敢说出去。至于实权，在兵不在玺。用兵之道，虚虚实实。有些时候，实反倒是虚，虚反倒是实。

那么，袁绍是虚是实？

兼而有之。他的手里，还有一枚皇帝之玺。渠穆说。

哦！难怪那传国玉玺，几乎痛痛快快就交出来了。

曹操呢？他最希望玺在哪里？

当然是还在袁绍那里，如此一来，天子就只能依附于他，讨袁也更加有了理由。渠穆这样告诉范铁。

如果玺不见了呢？

对他更好。他有天子，别人又没有玺。

原来如此！听完范铁的报告，无盐恍然大悟。其实，在官渡野地散步时，她就已经告诉曹操，乌巢脱险之后，自己将袁绍堵在了逃回黎阳的路上。因为从未见过，很好奇他是个什么样的人，尤其是吃了败仗以后。当然，还好奇他有没有随身携带传国玉玺。

曹操听了只是一笑，问：带了如何，没带又怎样？

无盐回答：要是带了，我就出个好价钱买下。

曹操问她：买下又如何？

无盐回答：再卖个好价钱啊！

曹操又问：卖不掉呢？

无盐回答：那就留着，奇货可居嘛！

曹操再问：他带了吗？

无盐回答：好像没有。我又不能搜。

曹操却道：如果带了，价钱又高到不能不卖，他会卖的。

话说到这里，被前来请求婚配的曹朗和子月打断了，以后又没有机会再谈——曹操带兵去了与黎阳一河之隔的白马，无盐则带队去了许都，因此不能断定袁绍还有皇帝之玺的事，曹操是故意隐瞒。然而此人会不会变成第二个董卓，却很难讲。就说这几箱子密函，在官渡便可以烧毁，犯得着不嫌麻烦运到许都交给荀彧，再由荀彧原封不动交给满宠，存放在县寺库房吗？这些动作，做给谁看呢？

让天子处置此案也很可疑。表面上看，这是公开表明尊奉，承认生杀予夺权在皇帝，实际上却是出难题。因为谁也不知道，那些箱子里面都有些什么，又牵涉到哪些人，接过来就等于接过了火炭。开封追查吧，不知多少人头落地；不查吧，又有包庇之嫌。也只能交还给曹操去处置，授权予他。董卓？他比董卓厉害多了。

许县县寺门前那一幕，更加深了无盐的怀疑。看起来，曹操是在表明他无意追究，写过密函的公卿和守令都不妨安心任职，这才要当众烧毁那些证据。然而满宠与杨修的对话，却分明在传递让人忐忑不

329

安的信息：杨修封箱之前，函件就在里面。封套上也只有封泥，没有文字。那么，何以认定烧毁的就是那些密函？就算是，装箱之前曹操或者郗虑看过没有，有没有记录名单，可以确知吗？

不能。

那么，为什么要留下这么多谜团？

因为天底下最可怕的，就是不确定。

但，满宠的做法，有毛病吗？

也没有。甚至，他就是在一丝不苟地执行公务。满宠虽然与曹操建立了君臣关系，却为人正直，执法秉公。这可是朝野共知的。为非作歹的曹洪门客不是被他杀了吗？杨彪谋反案交给他，不是也没有被弄成冤案吗？难怪尚书令荀彧要把密函存放在许县县寺库房，曹操也不将烧毁密函的事交给御史中丞郗虑。郗虑没有足够的公信力，满宠则不会让人起疑。假手无可怀疑之人而设疑，是何等心机！

这样的人，还可以寄托希望吗？

不想了。冥思苦想，不如一问。

17

能问的人只有一个：贾诩。

要问的事情也只有一件：沮授究竟是怎么死的？

虽然官任执金吾，爵封都亭侯，还接来了家小，贾诩的生活仍然简朴到简陋的程度。客厅里除了榻和几，什么都没有。跟上次在洛阳与曹操相见一样，坐垫也是临时从隔壁房间拿过来的。

只有那半颗狼头，好像挂得还稳当。

凉州荒野上孤独的狼，本性难移。

于是坐定之后，无盐便开门见山，提出了自己的问题。

"沮授是宗主故旧？"贾诩反问。

"非也，好奇而已。他被俘后，曹公应该劝降。"无盐道。

"确实。"贾诩回答。

"降了吗？"无盐又问。

"绝食。"贾诩再答。

"这就是了。以绝食来拒降的人，好不容易逃出贵营，眼看就要重归旧主，却自缢于黎阳南岸，先生不觉得奇怪吗？"

"想必是因为听到田丰被杀的消息，不愿再自取其辱。"

"逃亡途中，何来消息？"

"想必是有人通风报信。"

"谁？袁绍吗？"

"袁冀州杀田丰，已经表明态度。"

见贾诩答非所问，无盐知道不必穷追，便又问："沮授不降，贵营如何待他？由着他在营中左顾右盼、探亲访友？"

"哪能？当然是羁押起来。"

"由谁看管。"

"奉孝。"

"郭嘉跟他在一起，都干什么？"

"还能怎样？"贾诩笑了，"当然是押飞碗。"

"某夜，他那木碗下面，说不定是空的。"

"抱歉，老夫不在那里，没有亲见。"

"看来，先生确实不想变成第二个边让。"

见无盐提起五年前自己离开洛阳时说的话，贾诩只好笑笑。

"先生贵庚？"无盐突然又问。

"五十四。"

"也是。归曹时，已知天命。"

"敢问足下芳龄？"贾诩道。

"二十七。"

"也是。风华正茂，来日方长。"

18

无盐没有想到，郗虑会来送行。

说起来，这两人才真是亲密战友。汜水之战相识那年，无盐只有十七岁，郗虑二十三，当年便第一次联手对付李儒，获得了韩馥私通董卓的情报。两年后再次联手，促成吕布诛杀董卓。第三次是在兴平二年，两人联合贾诩帮皇帝逃出李傕和郭汜之手。建安四年，又同去寿春向袁术夺玺。第五次合作，就是两个月前在冀州买军粮了。

当然，也包括在乌巢同为袁军的俘虏。

现在他却来送行，无盐心中无名火起。

"御史中丞消息灵通啊！还是我们被特别照顾了？"

"人情世故，总还要讲讲。"郗虑答非所问。

"讲得好！"无盐一声冷笑，"十年前在酸枣，怎么不送？四年前在长安，怎么不送？去年在寿春，又怎么不送？"见郗虑愣住，无盐得寸进尺，"莫非一夜之间长大成人，变懂事了不成？"

记得这么清楚？她记得，我也没忘。

但，好像也不必胡搅蛮缠。

"要说印象深刻，还是十年前在洛阳。"郗虑笑笑。

"曹家旧宅？"无盐问。

"是。"

"那好，跟我走吧！"

"去干什么？"

"再吊在梁上啊！怎么样？"

郗虑默然。十年交往，五次联手，还差点就一起成为袁军的刀下之鬼。这样的并肩作战和出生入死，至少也有袍泽之情。无盐却从来就猜不透那家伙的心思，只发现他眉宇间总有挥之不去的忧郁。

此刻，也如此。

"哦哦，忘了说礼品。"沉默良久，郗虑开口，"新袍是子月亲手缝制，腊肉是子净打的猎物，九酿春酒刚从谯县运来……"

"为什么不自己送来？"无盐打断郗虑的话。

郗虑当然知道无盐说的"自己"都包括谁，却道："子净和子月都已随司空出征。军情紧急，来不及告辞，见谅！"

他还是不肯放过袁绍？算了，换个话题。

"那俩孩子，怎么好上的？"

"据说，是子月跟子净讲《诗经》里《野有死麇》的故事，说是有个猎人打了只獐子，用白茅包了送给他喜欢的女孩，还取出子净的战袍问：没有白茅，白袍行吗？"郗虑的语气立即变得轻松。

那诗，当然是无盐平时教的，没想到子月竟会用上。

"我倒送了嫁妆，可是没见聘礼。"

"所以现在要补。"

"都说曹司空廉洁奉公，莫非手上也有不义之财？"

"哪里！廉士人情纸半张。"

说完，郗虑打开包袱。

"蔡侯纸？"无盐轻呼一声。

"宗主对于宫中之物好像很熟悉？"

"哪有！其实董卓之乱后，宫中之物已经不稀罕了，很多人都盗卖过。我们贩盐贩米，自然也做过这类生意。怎么，犯了王法？"

"江湖本是王法不到之处，只是……"

"什么？"

"也要看是宫中何物。"

"比方说？"

"袁绍可以用来窃国的。"

太过分了！你有疑，为什么不自己当面问，让这铁石心肠的家伙来旁敲侧击？无盐突然想起十年前华佗先生的话：骨硬则率真，心软则多情，多情则多疑。率真多情，做诗人倒是合适，做……

但，他这回表现的多疑，何等无情！

"范伯，不要紧张，华佗先生在许。"

这是无盐昏过去以前听到的最后一句话。

长篇历史小说

（修订版）

上

易中天 著

山东文艺出版社

目录

序 章

你是谁

"你是谁？"

"曹操。"

"你是什么人？"

"诗人。"

"呵呵！"

"那你说，我是什么人？"

"病人。"

"我会有病？"

"当然。"

"为何？"

"表卫不固。"

"那又如何？"

"会打喷嚏。"

"打又如何？"

"行不了刺。"

"怎么，我是刺客？"

夜色朦胧，星汉灿烂，万籁俱寂。

没有人回答他。

远处传来不知谁写的歌：

  巍巍太行，悠悠万事。

  百姓无辜，英雄有志。

  智者医国，仁者济世。

  天下多疾，正待一刺。

第一章

喋血洛阳

汉灵帝中平六年
己巳　蛇
曹操三十五岁

八月二十五日
白天

1

何进走上殿前台阶的时候，突然听见了蝉叫。

他皱了皱眉，抬头去看站在门口的张让。

张让好像也愣了一下。好像。

再看，那家伙的脸上依然挂着招牌式的媚笑。

东汉洛阳宫城之内确实有树。十三年前的十月二十四日，御殿后的槐树还莫名其妙自己拔起来，倒立在地上。有没有蝉，何进却完全没有印象。晨风吹到脸上略微有些凉，他忍不住回头看了一眼。

蝉鸣立即停止了。

大槐树上，有只乌鸦在探头探脑。

何进是太后的哥哥，官职大将军。大将军不是将军的尊称，而是帝国的顶级官员，也叫幕府，在朝廷排名第二，地位仅次于同为"上公"的太傅，尽管这位大将军和那位太后的父亲只是屠夫。不过那又怎么样呢？屠夫之女现在可是当着大汉帝国的家，而且仅仅因为四个月前先帝驾崩，她那个成为皇帝的儿子刘辩又只有十四岁。

门口站着的张让，却让人觉得可疑。

"太后有旨，宣大将军何进觐见！"

穿着白麻布单衣的张让朗声宣旨，语气平静。说完，他又深深地躬下了身子。何进明白，这是在打招呼，更是示意他脱下鞋履，解下佩剑。按照制度和规矩，臣子非有特许不能剑履上殿，太后的哥哥也不例外。何进却犹豫起来，甚至在张让再次躬身时握住了剑柄。

张让笑笑，展开双臂。

"秋老虎厉害，我等身上都只有薄纱一件。"

阳光透射过来，张让的身体清晰可见，旁边的宦官也同时展开了双臂。宫墙和树林一如往常，殿前的卫士目不斜视看着远方，飞檐上也没有栖息着鸟。看着第三次躬身的张让，何进突然明白自己为什么会心神不宁。没错，太后的贴身宦官原本不是他。

"大将军的随从也可以一起进宫。"

张让仍然轻声细语，柔媚而谦恭。

何进这才点点头，脱了鞋，又解下佩剑交给殿前侍卫。

"请！"众宦官低眉顺眼，一齐弯腰。

再看树上，那只乌鸦正歪着头，似乎也在看着何进。

张让不再说什么，自己先走进殿里。跨过门槛那会儿，他看了看外面的鞋。何进也看了看，带着已经解下佩刀的随从跟了进去。

蝉又叫了起来。

2

陷阱？黑衣蒙面人差点打了个喷嚏。

不会吧？五更时分我才决定来，张让岂能事先得知？

8

中常侍张让是先帝最为信任的宦官之一，很早就封了列侯，金印紫绶。像他这样的高级宦官，不但在宫外有自己的府邸，还有法定的休假日，每隔五天轮休一次，叫做休沐。然而，蒙面人趁着天色微明悄悄摸进府里，却不见本该轮休在家的张让。

四处静悄悄的，没有蝉鸣，就连鸟叫也听不见。

书房倒像灵堂，也像坟场。屏风上垂着一条条白布，送葬时灵车后面随从们举着的"翣"（读如霎）吊在三面墙体的梁上，从顶端三尺宽的木框上垂下五尺白布，有如一个个幽灵或殉葬者。黑衣蒙面人完全想不通，张让这样做，是为了怀念刚刚去世的汉灵帝，还是？

一个白白胖胖的小宦官轻手轻脚，推开了房门。

蒙面人立即闪到屏风后面。直到这时，这位菜鸟刺客才发现事情完全不对劲——偌大的张府怎么会悄无声息，鬼都不见，自己又怎么会一路畅通？节气已经过了秋分吧，屋里怎么还这么燥热？

"不要叫！张让在哪里？"蒙面人问。

"宫里。"被捂住嘴巴，腰间也顶上了刀柄的小宦官答。

"胡说！"蒙面人低声道。

"不敢欺瞒大侠。"

蒙面人四下张望，然后松手。

"这么说我白来一趟？"

"大侠想要什么，尽管拿。"小宦官不敢回头。

"我要的不是钱，是命！"

小宦官向前走了几步，低着头转过身来，扑通跪下。

"不是你的。"看着趴在地上不敢抬头的小宦官，蒙面人忽然轻轻叹了口气，"杀你不仁，放你不智，奈何？"

说完，他又看了一眼那些垂着五尺白布的翣。

乖巧的小宦官立即磕了个头，爬到墙角柜子前取出绳子，自己把脚绑起来，再将双手放在后面，低下头去。蒙面人收刀入鞘，见圆柱嵌在墙体，便走过去将小宦官的双手捆住，然后问："哪里有布？"

"几上有帛。"

蒙面人走到几前，却看见那帛上写了字：

南山有鸟　北山张罗

鸟自高飞　罗当奈何

啊！张让早已料定会有刺客来？蒙面人愣了一下，然后一把抓起那帛，再回到小宦官面前准备往他嘴里塞，这才发现那小宦官的脸蛋宛如满月，酷似女人。蒙面人好不容易忍住笑，却又莫名其妙地摸摸鼻子，打了个喷嚏。小宦官抬起头来，看见了他的眼睛。

"你认识我？"蒙面人警觉。

"不，不，不认识。"

"张让昨晚为什么不回来？"

"今天宫里有事。"

"什么事？"

"小人不知。"

"张嘴！"蒙面人将帛塞了进去，转身准备离开。

天色大亮，室外突然响起蝉声。

蒙面人停住脚步，抽出短刀。

上苍保佑！小宦官闭上了眼睛。

蒙面人却只是从他身上割下一片衣襟，走回几前扫了一眼，打开盘龙圆砚的盖子，拿起辟邪铜砚滴，往石砚中滴了几滴水，再从架上取下笔，在水盂中蘸了蘸，又在石砚中调和宿墨。听见动静，小宦官悄悄睁开眼睛，看见蒙面人犹豫片刻，将笔换到了左手。

割下的衣襟上，歪歪斜斜写下了四句话：

　　泰山如砺　　易水有歌

　　螳螂黄雀　　地网天罗

你料定有人会来，我料你难逃一死。蒙面人对自己留下的这些话非常满意，又觉得意犹未尽，便往石砚中滴了水，开始磨墨。

蝉声更响了，急促而凄厉。

蒙面人的动作却稳稳当当。

御赐的墨果然上乘，砚中很快就有了半池浓墨。蒙面人端起石砚提着笔，来到小宦官跟前。他放下石砚端详片刻，然后提笔将小宦官的眉毛画成了高高挑起的愤怒形状，又在嘴唇和下巴画了胡子。

很好！蒙面人扔下笔，回到几前取回短刀。

短刀飞起，写了字的衣襟钉在了小宦官头顶的柱子上。

蝉不叫了。

半个时辰以后，何进才会听到这声音。

3

不是蝉，不是。密阁里，何进想。

洛阳的南宫和北宫都有密室。有的在高层，有的在地下，为历代天子所建，但很少有人能全弄清楚，也没有一处绝对安全。当年孝桓

11

皇帝要扳倒大将军梁冀，还得在厕所里跟宦官密谋。何进很努力地去想象那画面，却想不出来，再说他要做的事情还正好相反。

"太后不是已经宣召了吗？"

等候多时的何进终于忍不住。

"是。但，天子在读书，太后或许想多听一会儿。"

侧身站在旁边的张让仍然轻声细语，柔媚而谦恭。

这家伙真会说话！何进当然知道他那外甥是什么料，便不再继续追问，而是打量起密阁来。做了六年大将军的何进来过这里，却每次都不敢细看，只知道是八角形，每一面都好像是墙又好像是门。何进不明白妹妹为什么要安排在这里相见，但他只能等。现在他们兄妹已是君臣关系。何况今天要谈的，还真不能当着小皇帝的面。

对面的门突然从外面拉开，渠穆走了进来向张让点头。

渠穆是张让的心腹，职任尚方监。何进一眼就认出渠穆提着的剑是自己的，不由得直起了身子。他清楚地记得，自己解下的佩剑明明交给了殿前卫士，而且当时这个名叫渠穆的家伙也不在场。

再看张让，居然面无表情。

何进正要说话，渠穆身后的门却砰的一声关上了。何进身后的门依然关着，张让身后和对面的也关着，其他四扇看起来是墙的阁门却自动升了起来，门板隐入了上方的墙体。众多宦官涌了进来，持刀将何进三面围住，每个人都铁青着脸，一言不发。

"想干什么？"猝不及防的何进大惊失色。

"保命。"张让的媚笑变成了冷笑，"如果还让大将军站着，我等可就只能躺着出去了。怎么，真以为你们的密谋没人知道？那就挑明了说吧！大将军进宫，难道不是要奏明太后尽灭我辈？"

说完，他看了看何进的随从，那随从低头不语。

"放肆！竟敢在我身边安插暗桩！"

何进忽的一下站了起来。

"有个人，大将军想必认识。"

侧身站在旁边的张让却语气平静。

话音刚落，一个赤身裸体的男人就被架了进来，扔在地上。

"站起来！"张让说。

男人起立，双手捂住下体，浑身哆嗦。

"手放开，让大将军好好看！"

那个男人放开了手。

"太马虎了！既然要混进我们中间，还留着那东西干什么？如果还有下次，做事得认真些。"张让满脸不屑，"大将军？"

何进的脸上抽搐。

张让看着何进的随从说："你去，帮他们把活干漂亮点！"

随从走上前去，伸出手来。那个男人魂飞魄散，立即跪下磕头如捣蒜。两个宦官将他架起，何进的随从接过刀，削了下去。血滴在了地板上。正要哀号的男人嘴里，也同时塞进了熟鸡蛋。

"太粗鲁了！这是宫中，要温良恭俭让。"张让摇了摇头。他并不理睬随从的躬身拱手谢罪，冷冷吩咐道："给他上药，养着！"

两个宦官将那人架起，拖了出去。

"大将军还有什么要吩咐的吗？"

张让看着何进，脸上笑得更灿烂了。

"张让！你竟敢在宫中动手！"何进怒道。

"大将军的意思，是该到外面？哎呀！像他那样光着身子，走出门去可是有伤风化。"张让的脸上一本正经地似笑非笑。

何进却又听见了什么叫声。

不是蝉。不是。

他抬起头来，看见顶上吊着关蝈蝈的笼子。

"尔等宦官紊乱朝政，本就该杀！"何进索性翻脸。

"哈哈哈哈！大将军言重了吧！我们这些人想乱个床笫闺房都不可能，还能紊乱朝政？朝廷里面那些家伙，口口声声说什么宫省之内藏污纳垢，宵小横行。那么请问，官位爵位都是谁卖掉的？三公九卿又有谁干净？老朽这里，可都有笔账，想看吗？"

"老鼠一样的东西，也配跟我说这些！"

"大将军就很高贵？对了，尊公到底是杀猪还是屠狗？"张让说起了何进的父亲，又摇了摇头，"反正，也不是什么好营生。"

关蝈蝈的笼子应声下坠，吊在了何进眼前。

宦官们哄堂大笑，纵情实施杀戮前的羞辱。

张让却不急于动手，而是吟起诗来："南山有鸟，北山张罗。鸟自高飞，罗当奈何。这古诗究竟何意，大将军可知？"

何进完全听不懂张让的意思，满脸茫然。

"也是。"张让撇嘴，"该问你猪一头多少钱，狗一条又几何。"

宦官们又笑了起来。

"张让，快快带我去见太后，可饶你们不死。"

"太后？太后宣旨了吗？我怎么不知道？"

见何进还想垂死挣扎，张让的心情更加舒畅。

渠穆立即拔出剑来，其他宦官也举起了刀。他们正要动手，张让身后的门却像吊桥一样向内倒了下来。一个中级宦官带着个蒙了脸的小宦官飞快地移动着细碎的步子，踏过那门进了密阁。

依礼，卑者见尊者，必须小步快走以示恭敬，叫做趋。

"常侍！"中级宦官站住后，轻声叫道。

"什么事？慌慌张张的。"张让头也不回。

"常侍府上……"中级宦官吞吞吐吐。

"嗯？"

"来了个不速之客。"

4

其实，此时此刻，朝廷的不速之客也已经过了函谷关。

东汉的函谷关又叫新关，是汉武帝从灵宝县移过来的，在今天的河南新安县，距离当时的京师洛阳城不过七十里，却是一道重要防线和绝对界限。关外将领如果没有天子诏命，是不能进关的。

贾诩撞见董卓时，后者的军队却在洛阳城外三四十里。

这可不是什么好事。贾诩想。

董卓是陇西临洮人，从小跟着羌族酋长们厮混，练得左右驰射的盖世武功，马鞍两边都挂着放弓箭的皮囊，号称双带两鞬。后来他又入伍，靠着屡建战功步步高升，官拜并（读如兵）州牧，爵封鳌（读如台）乡侯，此刻正统率着帝国最骁勇的武装力量之一凉州军。西北名士贾诩则是武威姑臧人，跟董卓同属凉州。只不过，他乡所遇并非故知，真不知是幸还是不幸，何况相遇之处还很不是地方。

小河边，草色已不再青青，树叶也开始变黄。成熟和半熟的野果星星点点挂在树枝和灌木丛，十分诱人。贾诩却不想成为即将飘落的黄叶和被摘下的果子。他今年四十二岁，还什么都没干，也还什么都不是。虽然也想有个效忠对象，眼前这位却未必是合适人选。

"君侯！"贾诩突然勒马，叫住了走在前面的董卓。

"怎么，文和有话问孤？"董卓也勒马。

文和是贾诩的表字。用表字称呼对方，是上流社会的习俗，显得既尊敬又亲切。不过，董卓的自称也在表明身份。汉代，封侯就可以称孤，并被尊称为君侯。贾诩当然不敢托大，便说："君侯一大清早就把草民召来打猎，却一箭不发，莫非没有中意的猎物？"

"贾先生说呢？"董卓换了称呼。

"只怕君侯中意的猎物不在此地，而在洛阳。"

"你这话什么意思？"

"猎物不在洛阳，猎场怎么会过了函谷关？"

"哈哈哈哈，错！"董卓狂笑，"孤的猎物早就有了。"

"是什么？"

"你。"董卓拔出剑来架在贾诩的脖子上。

"哈哈哈哈！笑死草民了！笑死草民了！"贾诩也狂笑。

"你说什么？孤没听清，吓死了还是笑死了？"

"吓死了，吓死了！"贾诩改口。

"那你还笑什么？"董卓瞪着眼睛。

"草民怕痒。"贾诩一本正经地回答，"再说草民一介书生，穷困潦倒，身无长物，不知怎么就成了君侯中意的猎物？"

"贾先生富可敌国？"董卓反问。

"哪有？夜无侍席之女，家无隔夜之粮。"

"学富五车？"董卓又问。

"哪有？君侯看草民像是做学问的人吗？"

"孤看也不像。"董卓认真地摇了摇头，"不过，阴谋诡计多少也是有一点的，要不然怎么会自许张良再世、陈平复生？"

"哪有！"贾诩这回真给吓着了，高声叫道。

16

"少他妈装！刚才猜猎物，已经露馅了。"

"这个，这个……"贾诩张口结舌，扭头看着脖子上的剑，"哎呀我说君侯，能不能把那玩意拿开？草民胆小，确实胆小。"

董卓将剑收回，笑道："文和当真一无所有？"

"君侯只要看草民这身衣服，就知道了。"

"不想找碗饭吃？"董卓又问。

"想！要不然，在这洛阳城外转悠什么？"

"那好，这就派你个活干。去右扶风，帮老夫照看家眷。"

"使不得，使不得，这如何使得？"贾诩摇头。

"贾先生身上又痒了？"董卓又拔出剑来。

"不痒，不痒！"贾诩赶紧摇头。

"很好！"董卓收剑入鞘，换了亲切的口气，"文和，你说孤官拜并州牧，为何迟迟不肯赴任，要驻兵右扶风？"见贾诩不语，董卓又换了腔调："实话告诉你，路太远，老夫走不到。"

"从右扶风到函谷关，可是千里。"贾诩又没管住自己的嘴。

"那是。"董卓点头，"你说得不错！苟利社稷，死生以之，这话是《左传》上的吧？孤还是读过点书的。所以啊，当年朝廷要我把兵交出去，老子才不干！没有兵，怎么为国效力？如今先帝驾崩，宫中只有孤儿寡母，孤就是想报效国家，也没有用武之地啊！也只好在这鬼地方打打猎了。既然打猎，总得看看有什么中意的猎物。唉？"

"君侯不会是……"听这家伙雅俗杂糅，一会儿一个口气，贾诩大惊失色，顾不上董卓是否高兴，想说的脱口而出，"本朝制度，外将若无诏命而擅自进京，可是谋逆大罪，要诛灭三族的！"

"那就不用你管了。"董卓诡异一笑。

"使不得，使不得，这如何使得？"贾诩拼命摇头。

17

"先生也是凉州人，可会凉州酸曲？"

董卓又换了称呼和语气。

贾诩愣了一下，董卓却自顾自唱了起来：

> 天边飘来了一片云彩，
>
> 山风吹得妹的罗裳开。
>
> 你要下雨就快些下，
>
> 你不下雨你做啥来！

董卓唱得荒腔走板，贾诩却一听就懂。

决心早定，有备而来，内应消息已到。

那就随他去。

"文和，侍席之女，要不要老夫送几个？"

"心领，心领！"贾诩又拼命摇头。

"此刻启程正好，这匹马就送给你了。老马识途啊！"董卓看了看骑在马上的贾诩，用已经入鞘的剑在马屁股上拍了一下。

识途的马载着贾诩狂奔而去。

5

"常侍府上来了不速之客，不回去看看？"

见那中级宦官匆匆忙忙来报告，何进笑了。

"不必。"张让也笑，又问，"大将军派来的？"

"犯不着。"何进撇了撇嘴。

"也是。请旨就行，矫诏也不妨。"张让又笑笑。

"那就让太后圣裁。"何进恢复了大将军的威严。

"怕是不太方便。"张让摇了摇头，"尤其是，如果太后知道宫中混进了还留着那东西的男人，哎呀……"张让又摇头。

"也好，我们各自回府，再说。"

"大将军府上并无不速之客，着什么急呢？"

"张让，你就死心吧！想尽灭宦官的，不止我一个。"

"知道，袁绍嘛！出谋划策的。还有吗？"

"有，有的是。"何进很想慷慨陈词，却一时语塞。

"皇亲国戚，朝廷重臣，世家大族，还有密密麻麻得志不得志的读书人。"张让决定替他讲，"说来也是，从孝和皇帝算起，也有上百年的恩怨了。大将军和那袁绍，是想就此全部了结吧？"

"是。你又能如何？"何进满脸通红。

"不能如何。"张让背过手去。

何进掉头就走，去开背后的门，那门却纹丝不动。渠穆拔出剑来冲了过去，其他宦官也挥起刀来，大将军立即倒在血泊中。张让点了点头，又看着瑟瑟发抖的何进随从说："你也干得漂亮，赏！"

渠穆心领神会，顺手一剑将那家伙刺死。

看着渠穆不慌不忙用死者的衣襟擦去剑上的血，收剑入鞘，张让非常满意，便扫了其他宦官一眼。其他宦官心领神会，拖走了何进和随从的尸体。四扇升降门落了下来，吊桥般的阁门也收了回去。密阁恢复了原状，就像什么都没有发生，除了地上的血。

"不速之客，几人？"张让仍然不看身后。

"一人。"中级宦官回答。

"甚好！"张让点头，"老朽家里，也只有一人。"

"常侍料定会有刺客来？"渠穆看出端倪。

"何进和袁绍知道我今天本该轮休在家。如果太后准奏，我就会成为漏网之鱼。换了老朽，也会派人去补刀。"张让觉得渠穆这年轻人真的可托后事，"只是，谁派的刺客呢？何进不会，莫非袁绍？"

"自命不凡，哪里想得了这么周全。"渠穆摇头。

"杨彪？"

"朝堂议事，他可曾带过头？"

"执金吾丁原的手下，倒是有个吕布。"

"丁原自保之贼，吕布匹夫之雄。"

"总不能是董卓吧？"说完，张让自己也笑了。

"敢问常侍，刚才说，府中几人？"渠穆道。

"一人，多留无宜。"

"刺客呢？如果是派来补刀，何妨多去几个？他们又不知道府上其实只有一人。"见张让点头，渠穆又说，"还有，刺客扑空，难道就这么走了，什么都没干？"说完，他看着跪在墙角的小宦官。

"有。"张府的小宦官先磕了个头，膝行几步，然后开始讲述早上发生的事，讲完又将衣襟和短刀通过中级宦官交给张让。张让用手指弹了弹刀，说声"好刀"就顺手交给渠穆，自己展开衣襟观看："应对得当，文采斐然，只是字太难看。当场写的？"

"是。"小宦官点头，"不过，用的是左手。"

"左撇子？"

"应该不是。别的事都用右手。"

"呵呵！"张让笑笑，又问，"认出刺客了吗？"

"没有。他穿着黑衣服，还蒙着脸。"小宦官答。

"那刺客什么时候来的？"渠穆问。

"来时天色微明，去时天已大亮。"

"大白天蒙脸穿着夜行衣，岂非……"中级宦官觉得可疑。

"看来此事并无预谋，谁会派这么个不在行的？何况补刀也该在何进得逞之后，去那么早干什么？万一太后不准奏呢？"说完，渠穆又看张府的小宦官，"他蒙着脸，你为什么也蒙着？没脸见人？"

小宦官拿下面罩，露出脸上画的眉毛和胡子。

"有个人倒是干得出。"渠穆醒悟，"请常侍让我走一趟。"

6

渠穆完全没有想到，曹府竟那样简朴。毕竟，曹操的父亲曹嵩是做过太尉的，位列三公，金印紫绶。曹嵩的养父曹腾在孝顺皇帝时就当了中常侍，孝桓皇帝时又封了费亭侯。呵呵！他家的钱，难道都用来买官了？若是买了官就没钱盖房子，那就真的还要算清廉。

其实曹府岂止简朴，也安静祥和，根本感觉不到杀气。渠穆走进书房时，看见几案上铺着纸，曹操提着笔正要写字。听见管家的通报和脚步声，曹操的手微微抖了一下，浓浓的一滴墨掉在了纸上。

"典军好兴致！"渠穆看在眼里，却笑容满面。尚方监主管御用的刀剑手戟，因此他与担任西园军典军校尉的曹操在校场相识。此人虽是宦官，却高大魁梧，英俊潇洒，说起来也应该算是青年才俊。

"啊！不知大驾光临，有失远迎！"曹操放下笔，赶紧起身。

"顺路过来看看。先帝驾崩四个月，西园军也不练兵了，久不见典军风采啊！"说完，渠穆又踱了过来，看着纸上的墨点说，"原本是想做不速之客，给典军一个惊喜。没想到，败了雅兴。"

曹操摊了摊手，又看渠穆，眼睛里充满血丝。

"要不，裁了？"

渠穆从腰间囊中掏出刺客的刀，放在几上。

曹操看看刀，摇了摇头，一声叹息。

"渠监，这可是蔡侯纸啊！"

蔡侯就是蔡伦，孝和帝时任中常侍，孝安帝时封龙亭侯。他虽然改进了造纸技术，纸张却仍不能批量生产，也还没替代帛和简。所以这玩意在当时稀缺而珍贵，轻易不用，甚至要算奢侈品。

低调的奢华。渠穆想。

曹操重新坐下，提起笔来将那墨迹写成短横，然后不急不慢沉稳运笔写成"衮"字，再歪着头看渠穆。

"前面那一笔遒劲有力，最后这一捺却不太稳。"

"哈哈哈哈！确实。都说万事开头难，其实收场更难。杀人不过头点地，点了也就点了。可是……"

"那是那是。不知典军想写什么？"渠穆呵呵大笑。

"衮雪。"

"八月份，哪来的雪啊！"

"也是。"曹操再次提笔，写成"衮衮诸公"四个字。

"漂亮！不知能不能赐我收藏？"

"当然！见笑见笑，献丑了。"曹操放下了笔。

接着，他摸摸鼻子，打了个喷嚏，喷在了纸上。

"这就不好意思再送人。"曹操满脸尴尬和羞涩。

"不，不，更有意思。"渠穆看了他一眼。

"承蒙不弃！"曹操恢复平静，站起身来拱了拱手。

渠穆拿起纸要走，又看了一眼对方："典军昨晚没睡好？"

"打了一夜喷嚏，惭愧！"

"乌梅泡酒，或者有用。乌梅啊，不能是青梅。"

"受教！"曹操拱手，又说，"那把刀？"

"真是！差点忘了。"

两人相视一笑，都躬身拱手。

7

"好香料！"

凉阁里，许攸看着熏炉由衷赞美道。

这是一座并不常见的铜制博山炉。它那圆锥形透雕的炉盖，虽然照例做成了海上仙山的模样，袅袅烟霭也照例从那重峦叠嶂的缝隙中飘出，炉身却由骑着怪兽的力士一手托起。因此尽管只是鎏银，却很贵重。在四面通风的凉阁里用这种炉子熏香，大约也就袁绍。

"非烟若云，乍聚还分，莫非苏合？"许攸又说。

苏合，是从罗马帝国进口，产于小亚细亚的香料。

"你倒识货。"袁绍淡然一笑，眼睛却看着铜镜。

许攸不再说什么。他非常清楚，袁绍此刻的心思全在那件禅（读如单）衣。这种一贯到底的单层长袍通常用麻布，贵者用绢纱。绢纱比双丝的缣（读如兼）轻薄和稀疏，却同样价格不菲。如果通过丝绸之路运到罗马帝国，购买者可是要付出同等重量的黄金。

当然，许攸并不知道这个价格。孝桓皇帝延熹九年，被称为大秦或者海西国的罗马确实派来了使团，但那时许攸还只有十来岁。再说与丝绸相比，他更热衷于别的买卖，比如官位，甚至人头。

袁绍喜欢漂亮衣服，那就让他喜欢好了。

"裁剪倒是得体。只是，国丧期间，换成麻的吧！"袁绍吩咐。

听得出，他对这件绢纱的禅衣其实很满意。

"公子，再细的麻布，也做不成这个样子。"裁缝很为难。

"无所谓吧？天子即位都四个多月了。"许攸马上搭梯子。

袁绍这才不再说什么，挥挥手让那裁缝退下。

"那么，小人给公子着冠。"袁绍身边的仆人说。

"不，戴头巾。"

"内衣还是方领？"

"当然。"

"腰带呢？"

"白玉。"

都什么时候了，还讲究这个？

坐在一旁的张邈暗暗摇头，看懂他意思的许攸笑了。

张邈和许攸都是袁绍密友，但身份地位不同。张邈是与袁绍官阶相同的羽林军骑都尉，许攸却只是野生谋士。六年前，他为冀州刺史王芬谋划，打算废黜汉灵帝，另立合肥侯。这事当然没有成功，王芬也吓得自杀，许攸则被袁绍收留，而且二话没说，也不盘问。

啧啧！这才是当头雁的样子，难怪曹操也认他是兄长。

许攸当然也可以投靠曹操，他俩或许还更对路些。可惜曹操反对废立皇帝，容貌风度也远不如袁绍。当今的风尚可是以貌取人，成大事者则必重细节，包括着装。本朝制度，身份高贵的着冠，普通民众戴头巾。内衣，则是老百姓圆领，士大夫方领。袁绍戴头巾而穿方领内衣，便既显得平易近人，又不失身份。你看这细致和讲究！

没错，羽扇纶巾，正是名士风度。

就算去杀人，袁绍也要先挑选合适的衣服。

许攸觉得自己很懂这位贵介公子，却又觉得今天这样着装，似乎欠妥。他正在犹豫要不要提个醒，袁术却闯了进来。这家伙完全无视赶紧起身迎接的许攸，大大咧咧长驱直入，肩膀上还架了只鹰。

袁术和袁绍都是已故司空袁逢之子，袁绍老二，袁术老三，两人与大哥袁基都在本朝为官，也都是银印青绶，级别不低。不过，袁绍是婢女生的，过继给伯父袁成之后才算是嫡子。但是那又如何？还能换了生母不成？可笑之极！袁术几乎想起来就嗤之以鼻。

"公路来了？"袁绍一笑，叫着弟弟的字说，"坐！"

说完，他自己先坐下，又招呼张邈和许攸。

"听说本初要大宴宾客？"袁术叫着哥哥的字问。

"是这样，"张邈解释，"本初荣任司隶校尉，贺客甚多。"

"难怪！我说怎么门庭若市，裁缝也忙个不停。"袁术鄙夷地看了哥哥的襌衣一眼，撇了撇嘴，"国丧期间，聚众饮酒？"

"果、果浆而已。"许攸赶紧解释。

"是吗？这果浆怕是没法再喝。"袁术斜眼看着袁绍。见袁绍无动于衷，他的目光变得就像看着刚从水里捞出来的鱼，"司隶校尉是何进让你当的吧？可惜他今天进宫，被张让杀了。不知道吗？"

"知道。"袁绍端坐不动。

再看张邈和许攸，一个黑着脸，一个苦着脸。

"什么？你知道？"袁术差点跳起来，"知道你还……"

袁绍却不理他，拍手叫来仆人："去看看客人是何穿戴。"

"顺便拿块肉来，我要喂鹰。"袁术也吩咐仆人。

张邈则满脸不快："有什么好看的？当然跟我一样。"

果然，这位羽林军骑都尉峨冠博带，尽显汉官威仪。

"那就换官服！"袁绍命令道。

这才对了！他总是那么完美！许攸暗自赞叹。

"只是，孟德扑空了。"

仆人退下后，张邈叹了口气，叫着曹操的字说。

"什么扑空？你说谁？"袁术问。

"还能是谁？曹操！你叫他阿瞒，不认识吗？"

"等一等！孟卓，你这话什么意思？"

袁绍叫着张邈的字问。

张邈满脸沮丧和尴尬，不知道该怎么说。

"啊哈！难不成他去张府行刺？"袁术笑了起来。

"只怕是。"张邈似乎不敢肯定。

"那你怎么知道他不是去告密？"袁术冷笑，"哼哼！你们一直就有密谋吧？但是泄密了吧？要不然，何大将军进宫去见太后，怎么会被杀？"见众人沉默不语，袁术起身要走，"不说吗？那就算了。"

"孟卓，事到如今也并无可瞒。说就说！"袁绍的语气莫名其妙地透着委屈和无奈，让人感觉好像张邈是主谋似的。

张邈却不知从何说起。

"先说，密谋，有，还是没有？"袁术坐下问。

"有。"袁绍坦承，"请大将军奏明太后，尽灭诸宦官。"

"尽灭？那可就多了去。"袁术看着几上的果盘，"中常侍、小黄门、中黄门、尚方监、掖庭令、永巷令、御府令、钩盾令……"

"有官职的，或诛或逐，尽灭！"袁绍斩钉截铁。

"全灭了，宫中之事如何？"

"另选三署郎官入守值庐。"

"难怪张让要狗急跳墙。"袁术点点头，"曹阿瞒也赞成？"

"不赞成。"张邈道,"他说宦官岂能尽灭。"

"不能尽灭?"袁术哼了一声,"那他就去刺张让?"

"要不杀谁? 何进吗?"张邈没好气。

"孟卓,你怎么知道的?"袁绍问张邈。

"今天早上,他派人送来信函,说是拨乱反正,当诛元凶,杀一人安天下可也。又说如有不测,愿以家小相托,但是要我保密。"张邈从怀里掏出帛书,然后看着袁绍,"本初,这宴席……"

"照旧!"袁绍十分淡定,"总不能让人家白来一趟。"

"确实,怕什么! 本初是西园军中军校尉,还是司隶校尉。司隶校尉持节举察百官,总领畿辅七郡,诸侯、外戚和三公以下不论尊卑无所不纠。若在席间联合百官,还怕张让漏网?"袁术大声说。其实他很清楚,袁绍这番表现叫大将风度,也叫有恃无恐,可惜这算盘也太如意了点。你今天是司隶校尉,明天呢? 还是提个醒吧! 于是袁术看似漫不经心地说:"不过张让那家伙,好像去了尚书台。"

"什么? 尚书台?"袁绍、张邈和许攸一齐说。

啊哈! 这下子好玩了。暗自窃笑的袁术看着房顶。

8

尚书台又叫台省或台阁,是帝国实际上的中枢。因为从武帝时期开始,西汉的丞相,东汉的三公,都只是名义上的宰相。真正的宰相必须有"领尚书事"或"录尚书事"的职权,也就是统领和管辖尚书们的工作。不过西汉只有尚书,东汉则还有办事机构尚书台。

张让第一时间赶去那里,便不难理解。

是的，司隶校尉号称卧虎，岂能再由何进背后的袁绍担任。

承明门内尚书台前，大槐树上挤满了乌鸦。

"草诏！着袁绍交还司隶校尉银印青绶和节符。"

张让直接命令值班的尚书。

"请问，司隶校尉一职呢？"值班尚书说。

"另有人选。"张让说。

"这个，恐怕还要请大将军共议。"值班尚书不敢照办。因为就算是天子或太后的旨意，也得"录尚书事"副署才能正式形成文件。

"大将军在这里！"

话音刚落，一颗血淋淋的人头便扔在了几案。

门外大槐树上，乌鸦惊叫着飞走。

新的人事任免很快就发了出去，渠穆也来报告刺探的结果。听说渠穆去了曹府，张让先是一愣，听完故事就恢复正常。他把曹操的字和刺客的留言都放在几上，点点头说："曹孟德颇有诗名，没想到还能写得一笔好字。所以，每天在这个时候，他都要写字？"

"倒不清楚。应该不会吧？哪有那么多蔡侯纸。"渠穆说。

"那么，袁绍大宴宾客，张邈一早就去张罗，他怎么不去？"

张让笑眯眯地看着渠穆。

"明白！抓，还是杀？"渠穆语气平静地说。

蝉又叫了，张让却沉吟不语。过了片刻，他又看渠穆，眼光似乎有些游移："昨晚密谋，他可是反对尽灭我辈。"

"确实，跟世家大族也从无来往。"渠穆依然平静。

"也是。"张让又陷入沉思。

"要不……"

"来人！去曹府，请典军校尉到寒舍论字。"张让吩咐。

渠穆不再说什么，跟着张让回到宫里。他们都很清楚，今天的事不会就此了结，本朝宦官也从来就是两面受敌。何进那样的外戚固然难以对付，袁绍背后却是垄断仕途、门生故吏遍天下的豪门大族。

曹操是不是刺客，要查。宫中是否安全，更要查。

通往密室的长廊两边，房间的拉门依然全都紧闭。

几个小宦官快步上前，把门打开，空的。

再开，还是空的。

查着查着，长廊尽头却有扇门自己开了。

一个眉清目秀的大男孩稳步走出。

殿下？所有人都大感意外。

出现在他们面前的是陈留王刘协。

九岁的陈留王刘协和十四岁的小皇帝刘辩，都是去世不久那位汉灵帝的儿子。哥哥从小寄养在史姓道人家，所以宫中叫他史侯。弟弟则由祖母董太后亲自抚养，人称董侯。只不过，刘辩被送出去是因为之前的皇子都夭折了，刘协成长于祖母的永乐宫则另有原因。

没错，母亲刚刚生下他，就去世了。

两个月前的六月初七，董太后也突然驾崩，死得不明不白。难怪刘协眼睛里总有些许忧郁。哥哥刘辩则显得没心没肺，完全不像皇帝。就在刚才，他让刘协去找猫，还笑嘻嘻地看着几上的锦盒。

"找到了，这个赏你！"小皇帝说。

传国玉玺！侍立在旁的掌玺小黄门和刘协都大惊失色。

四个半月前，先帝给刘协看过这东西。他也隐隐约约听说，先帝曾与中常侍们商量，要把皇位传给自己。但是刘协更清楚，现在当家的是哥哥的生母自己的嫡母何太后，还有掌握兵权的何大将军。

这物件，碰都碰不得。

当然，更丢不得。

不过，君命难违。借口找猫，也正好去见先帝的占卜师。没娘的孩子无人照管，反倒有自己的方便。那个骨瘦如柴的老头则抓起一把铜钱摊开在地上，神色凝重地向刘协泄露了可怕的天机。

真的有人活不过今天吗？还是不问为好。

"免礼！"刘协忧郁地看着张让，"天子的猫不见了。"

"哦哦，是吗？"张让一愣，然后下令，"找，都去找！"

9

张让府中跟黎明时分完全两样，门口和走廊里站着卫士，小宦官们也忙出忙进。曹操被领到书房，早上见过的那个小宦官若无其事地在门口躬身迎接。他说："常侍正在回府路上，请典军稍等片刻！"

"理当恭候。"曹操马上说。听见这话，小宦官抬起头来，见曹操坦然地看着已经洗过脸的自己，不敢对视便再次躬身。

"典军请自便！"小宦官说。

曹操点了点头，环顾四周。

香烟缭绕，琴声隐约，一派安详。

那些婢，当然也全都不见。

大约半个时辰，或者稍多一点，张让回来了。他笑容满面地连声说着抱歉，然后将曹操的字摊开来放在了几案上。

"好字！笔力遒劲而内敛，有如悍将春睡，功夫了得！"

"常侍谬奖！操愧不敢当！"

曹操自称其名，恭恭敬敬地执晚辈礼。

"这蔡侯纸，却似乎是宫中用品。"张让说。

"常侍好眼力！确为家父在位时先帝所赐。"

"先帝？"张让看了曹操一眼。

"孝顺皇帝和孝桓皇帝也曾赐给先祖少许，却不敢用。"

曹操听出张让的意思，又补充道。

"老朽晚进，当年多承前辈关照，至今感念不已！"见曹操提起了祖父曹腾，张让立即恭敬地向天拱手，"老前辈宽厚慈爱啊！"

这倒不是虚情假意，曹腾确实是口碑极好的大宦官。他为人厚道谦和，行事谨慎低调，服侍四代皇帝从无过错，对待同僚和晚辈也都是能帮就帮。不过曹操并不想展开这个话题，便拱了拱手说道："恕操愚钝，不识好歹。书写之道，还请常侍多多指教！"

"那就恕老朽冒昧！"张让从腰间囊中取出刺客的刀，指着那幅字叫着曹操的表字说，"孟德这字看似平和，却还是难掩杀气。"

"是吗？操倒没觉得。"

"这一横，像不像刀？"张让将刀放在字边。

"哦，哦！或许因为先帝曾让曹操在西园带兵？"

"非也！杀气恐怕是这四个字自带的。"

"衮衮诸公？"

"正是。他们早就想诛灭我等，尤其是何进和袁绍。"张让的表情十分平静坦然，"所以，老朽今天杀了其中一个。"

什么？曹操愣住。

"不是袁绍。"张让看着曹操的眼睛。

这样啊？曹操摸摸鼻子，转身打了个喷嚏。

张让面无表情，继续看着曹操。

"常侍杀大将军，有天子诏命吗？"

曹操缓过神来，淡淡地问。

张让拿起刺客的刀："这个，也有天子诏命吗？"见曹操用疑问的眼光看着自己，张让又说："今天有人到寒舍行刺，孟德可知？"

"不曾听说，应该没人知道。"

没人知道？那就对了。

"老朽倒不怕有人知道我杀了何进。"张让直视曹操，"明人不做暗事，敢做那就敢当！当年老常侍，也是如此。"

"受教！只是兵者不祥。这刀，似乎还是入鞘的好。"

"说得好！如此甚好！可惜，那刺客没有将鞘留下。"

说完，张让看了看站在旁边的小宦官。见小宦官低头不语，张让又说："今早留在寒舍的就是他。那刺客放他一马，算是仁。"见曹操面无表情，便又笑笑，"却在脸上画眉毛和胡子，可谓智乎？"

曹操满脸通红。

10

袁绍素袍束带，峨冠持节，站在了都亭广场的台上。

都亭是洛阳二十四亭中举足轻重的龙头老大，相当于古代罗马城的零公里处。每当皇帝巡视或者狩猎归来，三公九卿和其他官员都要在这里列队迎接，行跪拜礼。执行公务者进出洛阳，也以都亭为起点和终点。四十七年前，顺帝派出巡视天下整治腐败的特使张纲，就曾将车轮埋在都亭，并留下那句名言：豺狼当道，安问狐狸？

这真是一个有故事的地方。

新任司隶校尉袁绍，却决定在这里创造历史。

鼓声隆隆，战旗飘飘，军队不断集结。

袁绍可以调动的资源和兵力不少。除了司隶校尉所部，还有张邈统率的羽林军骑兵，以及部分归属袁绍的西园军。羽林军是西汉武帝创建的皇家禁卫军，西园军则是汉灵帝所建的近卫队。这支建立一年的部队有八位指挥官，其中就包括中军校尉袁绍和典军校尉曹操。

何况还有盟友，比如丁原。丁原统率着帝国另一支最骁勇的武装力量并州军，由于支持铲除宦官势力而被何进举荐为执金吾，掌管着皇家警卫兵和仪仗队。此刻，遵照丁原的指令，他的亲信吕布正银盔银甲骑在赤兔马上，带领着身穿橘红色军装的轻骑兵和持戟步兵威风凛凛左行而来，立即让身着苍青色戎装的其他部队黯然失色。

"好！到底是执金吾的缇骑和持戟，鲜盔亮甲，漂亮！"

向来爱美的袁绍忍不住喝彩。

吕布听了只是淡然一笑，在马上拱手行礼。

"司隶，布等奉执金吾之命前来相助。"

"奉先来得好，快请上台！"袁绍叫着吕布的表字说。

"不敢！"吕布策马上前几步，将马头掉过来面对众人，然后再看着袁绍说，"我等迟来，见谅！现在请司隶下令！"

"将士们可曾用餐？"袁绍却并不急于指挥。

"吃饱喝足。"

"洛阳的胡饼，不知跟九原相比如何？"

九原？我在九原哪有胡饼吃？吕布悲从心来。但，袁绍竟然知道自己是哪里人，还是让他感动，便拱了拱手说："甚好。"

袁绍这才看了看站在旁边的张邈。

张邈一身戎装，点了点头。

"诸位！"袁绍喊了一声，全场肃然。

都亭广场上，原本劲吹的秋风好像也停了。

"何大将军进宫觐见太后，被宦官张让等谋杀。"这时，一只虫子不知从哪里飞来，落在了袁绍的身上。袁绍看了看，用手指轻轻地将它弹开，继续说："这些蠹虫，祸国殃民，人神共愤。朝廷养兵，用在急时。为民除害，义不容辞！诸位愿意随我前往诛杀吗？"

"杀！杀！杀！"台下，众将士齐声呐喊。

鼓声更急，惊心动魄，杀气腾腾。

赵融和他所部却没有响应。

果然。袁绍心里一沉。实际上，他对西园军并没有把握。八校尉也只有助军左校尉赵融和右校尉淳于琼来了，却死活不肯上台，宁愿跟自己的部属一起站在下面，而且站在不远不近的旁边。

袁绍正要说什么，张邈却向他耳语："本初请看左方。"

远处，果然有车马疾驰而来。

听见这声音，广场上立即鸦雀无声。

两辆马车停下，两位官员被扶下了车。他们衣冠楚楚，不慌不忙地带着一群随从走过来，穿过兵阵中的通道，来到台前的空地，站定以后先互相看了一眼，然后按照礼仪向袁绍拱手。

"有诏，樊陵接任司隶校尉。"

"有诏，许相接任河南尹。"

"请交出银印青绶和节符。"樊陵看着袁绍说。

"还有，曹操私入中常侍府中行刺，我等奉命捉拿。"许相说。

"搞什么名堂？"张邈怒吼，"曹操不在！"

"不在吗？"许相扫了一眼，"那就等他来！"

"说不定已畏罪潜逃。"樊陵也哼了一声。

"谁说的，谁？"一个声音响起。

众人循声望去，这才发现是曹操。

曹操是差不多与樊陵和许相前后脚，从另一个方向来的。只不过当时大家的注意力都集中在那两个官员身上，没人看见。曹操也不管别人怎么想，骑着马穿过兵阵中的通道，来到台前的空地。

"孟德，你怎么这个时候来了？"张邈又气又急。

感觉到关切之情的曹操并不回答，只是向台上的张邈和袁绍拱了拱手，又向赵融、淳于琼和吕布分别打了招呼，这才居高临下地看着那两个自称奉诏的官员："刚才，谁说曹操畏罪潜逃？"

樊陵有点尴尬，许相却要例行公事，验明正身。

"你是曹操？"那家伙站直了身子抬头问。

"依你之见呢？"曹操笑笑。

"现任何职？"

"典军校尉。"

"你没有逃？"

"笑话！我为什么要逃？"

"那么，来自首？"

"更是笑话！"

"你可知罪？"许相愣了一下，然后说。

"知，不该给那小宦官画眉毛和胡子。"见许相诧异，曹操不由得笑了起来，"怎么，你不知道？案情都不清楚，抓的什么人？"

"孟德，上台说！"袁绍喊道。

曹操闻言，滚鞍下马，走上台去。看着那匹马纹丝不动，所有人的目光正投向自己，曹操向袁绍和张邈点了点头，然后开始慢慢叙述今天的故事，包括所有的过程和细节。广场上的人们哪里想得到还有这种奇闻，个个听得入神，还不时发出了笑声。讲到最后，曹操一声长叹说："所以，出了门我就把藏在树洞里的刀鞘掏出来，交给了那个小宦官。他拿回去入鞘，肯定严丝合缝，可不就捉拿文书立下。"

广场上一片寂静。

许相最先反应过来，稳住神问："你讲完了？"

当然没有。张让的眼神就没讲。很奇怪，那里面竟然看不到仇恨和敌意。是空洞无物吗？是深不可测吗？也不像。但这没有必要告诉在场的那些人，他们也听不懂。于是曹操说："讲完了。"

这下子樊陵得意了："好！供认不讳。"

许相也叫道："人犯在此，拿下！"

"慢！"见两个小吏拎着器械向前走，袁绍大喝一声，将司隶校尉节交给张邈，然后走下台去。曹操见状，也跟着下台。袁绍大步走到樊陵和许相跟前，稳稳站住问："诏书何在？"

樊陵回头，随从捧着诏书小步快走上前。

袁绍接过看了一眼，问道："为什么没有大将军副署？"

"不必。"樊陵傲然回答。

"确实，已被你们谋杀。"袁绍撇嘴冷笑，目光更加锐利，"谋杀重臣，假传圣旨，祸乱朝廷，该当何罪？"

那两人大惊失色，广场上又听见风声。

"就地正法！"袁绍轻轻地说，传出去却有如雷鸣。

话音刚落，西园军两个军法官就飞快地拔出剑来，刺透了樊陵和许相的身体。鲜血溅到袁绍身上，袁绍皱眉："怎么这样不小心？"

两个军法官躬身谢罪。

"送司隶回府换衣服。"曹操立即吩咐袁绍的手下人，又看着樊陵和许相的随从，"没你们的事了，向张让复命去吧！"

那帮人拔腿就跑。

袁绍自顾自重新上台。他很清楚,曹操希望自己体面地中止这次行动,却仍然铁青着脸下令:"贼人来得正好!祭旗,衅鼓!"

涂满了血的战鼓再次敲响,军号有如哀鸣。

赵融和他所部仍然没有动作。

"怎么,稚长不同意?"袁绍叫着赵融的字问。

"他们两个矫诏该死,请问阁下就有天子诏命吗?"赵融说。

"我乃司隶校尉,有权纠察百官,维护京师治安。"

"那也只能逮捕人犯,由法司审理,岂能妄启兵端?"

"张让杀大将军,又有天子诏命,经法司审理了吗?"

赵融一时不知该如何反驳,愣在那里。

吕布却从箭袋里抽出箭来。袁绍刚想说奉先不可造次,其他人也都来不及反应,赵融头盔上的帽缨已被一箭射掉。

众将士纷纷窃笑。

没了帽缨,无法带兵。赵融满脸通红。

"奉先威武!果然马中赤兔,人中吕布。"

袁绍由衷赞美,又叫着赵融的字说:"稚长受惊!"

吕布却没有笑,因为他看到了曹操的眼神。

愤怒?仇恨?蔑视?说不清楚,不满是肯定的。

"幸好,西园军还有人在。"袁绍看着台下。

"我部愿往!"淳于琼看到了这目光。

"孟德呢?你的兵在哪?"袁绍又看仍在台下的曹操。

"小弟已被通缉。"曹操苦笑,"哪有兵?"

没有吗?你那典军校尉没有撤职啊!袁绍想。

风又停了,军旗都垂了下来,天气又变得燥热。袁绍心里也突然烦燥起来。他不能告诉曹操,何进被杀虽然在计划之外,自己却并不悲伤。那个屠夫之子只配去打头阵。让世家大族掌握政权，才是袁绍的理想。先灭宦官，后灭外戚，则是他的通盘计划。

计划被打乱了。

不过也好，起兵就有了正当理由。为何大将军报仇，这个旗号就连太后也不能反对，所以刻不容缓。只有火速起兵，才显得自己是被张让的罪行激怒，并非预谋已久。即便问责，也情有可原。

只是，怎么跟曹操说呢？

不能说，那就问。

"孟德不赞成我起兵？"

"是，否则我不必来。"

"宦官乱政，可是事实？"

"是，但诛一人即可。"

"何大将军被张让谋杀，可是事实？"

"是，正好将此人缉拿归案。"

"被通缉的可是你。"

"我罪我赎，我责我担。本初的情义，小弟心领。"

"跟我走是义士，要不然是逃犯。"

"没有人要做逃犯。"曹操叹了口气，"本初啊，拨乱反正，当诛元凶。兴师动众，则诚非所宜。毕竟，行刺未遂只是一人之罪，京师动武却有兵变之嫌。算了，这些话你们不爱听。这么说吧，阿瞒胆小怕事，义士其实做不了。不如暂且置身事外，以备不时之需。"

"孟德的意思，是料定我等必败？"袁绍直视曹操。

"万一兵败入狱，总得有人送饭。"曹操笑笑。

"要是成了呢？"

"也得张罗宴席。"曹操又笑。

"好吧！人各有志。孟卓，奉先，我们走！"

军号还在哀鸣。骑在马上的吕布带头走了。紧接着袁绍、张邈和淳于琼也都上马，带着部队离开都亭，包括赵融所部。他们都没有再看曹操一眼，就连不知是谁带来的那条狗都像是扬长而去。

赵融走了过来，向曹操深深一揖。

11

曹操没有想到，接到通报后，杨彪会亲自出门迎接。

杨彪是弘农郡华阴县人，他们那个弘农杨氏则是仅次于汝南袁氏的世家大族。东汉以太尉、司徒和司空为三公，袁绍家由于有四代人担任过这类职务，所以号称四世三公。杨家也只差一点，三世。杨彪自己则是秩中二千石（读如实）的高级官员，位列九卿，地位仅次于三公。他的职务是卫尉，负责掌管皇宫的七座宫门。洛阳城南的平城门由于是最为尊贵的正阳之门，又与南宫的宫门贴近，也归他管。

所以，袁绍起兵的事，杨彪第一时间就知道了。

怎么应对，也自有主张。只是……

"孟德啊，来来来，这里坐。"

把曹操引到凉阁以后，杨彪叫着他的字，既客气又亲切地招呼他在蒲席上坐下，然后吩咐儿子斟酒。凉阁四面开门窗，因此虽是午间也能够感到金风送爽。曹操看着杨修用勺从樽中舀出酒来，倒在两个漆制的耳杯里，便张了张嘴，想说什么，却被杨彪看出了意思。

"他才十五岁，不许碰！"

杨修退到旁边，忍不住舔了舔嘴唇。

不许碰？动作很熟练嘛！

曹操暗自笑了，脸上却是恭敬的样子。杨彪今年四十八，比自己年长十三岁，官阶也比自己高，还曾与父亲曹嵩同朝为官，只是两家基本没有往来。因为曹嵩是宦官的养子，士族其实看不起。可惜现在也只能向他求援，尽管袁绍的叔父袁隗（读如伟）更有权威。

不过，如何达到目的，颇费斟酌。

"先生！"曹操礼节性地喝了一口，准备说话。

"孟德生分了！"杨彪听对方这样称呼自己，暗自赞叹曹操的分寸拿捏得很准，不卑不亢，且有请教之意，便笑眯眯地说，"尊公与先父只差两年就同为三公，我也多承他老人家关照。叫文先就好。"

文先是杨彪的字，尊公则是汉代对别人父亲的尊称。

"如此说来，该叫仲父。"曹操的称呼马上变得亲切。

"那就更不敢当。"杨彪又笑了笑，"尊公近来可好？"

"有劳仲父牵挂！家父在谯县有舍弟曹德陪同，甚好。"

"孟德啊，小儿鼓瑟颇有长进，要不要听他一曲？"

"仲父曾祖本有'关西孔子'美誉。能在贵府亲聆鼓瑟，那可就堪称入室登堂。只是实在不敢以孔门弟子自居，万不敢当！"

曹操心里着急，赶紧拱手。

杨彪笑笑，决定自己破题。

"那么，孟德可是为袁本初之事而来？"

"不！为自己。"

"哦？"

"操今天惹祸了。"曹操使用了执晚辈礼的自称，开始将前因后果和盘托出，然后说，"先帝当年，称老杨公七在卿校，五登衮职，三叶宰相，辅国以忠。举朝上下，也无不景仰。如今操等糊涂鲁莽，铸下

40

大错，而本初依旧执迷。操进退失据，心乱如麻，故前来求教。于公则望卫尉拨乱反正以定大局，于私则望仲父指点迷津以安方寸！"

说完，曹操俯下身子。

杨彪听明白了，也马上就想起了往事。先帝即位之初，八十高龄的太傅陈蕃与太后的父亲、大将军窦武定策，也是要尽诛宦官，却被中常侍曹节抢占先机。结果那两人都身首异处，家破人亡，牵连受害者不可胜数。他袁本初，难道要把这故事重演一遍？

那时，皇帝十二岁。现在这位，十四。

上次，中常侍曹节，太后窦妙，大将军窦武，太傅陈蕃。

这回，中常侍张让，太后何氏，大将军何进，太傅袁隗。

呵呵！不对，太傅袁隗之侄袁绍。

太像了，只差一个曹操！是啊，那时如果有人抢先一步，把宦官头子曹节的脑袋砍下，历史就会改写。曹操却不但想得出，而且诉诸行动。尽管他自称一时冲动，糊涂鲁莽，但难道不是有胆有识？率性而为的背后又难道没有深谋远虑？这是个聪明人，点拨一下就行。

"快快请起！"杨彪抬手虚扶了一下，"那好，我有三问，孟德可能回答？"见曹操直起身子，恳切地点头，杨彪端起酒杯，沉吟片刻问道："如果孟德没去行刺，张让会杀何进吗？"

"会。这件事最迟在昨晚就已决定，否则小子不会扑空。"曹操见杨彪为自己着想，便用了对长辈的自称肯定地回答。

"好！如果孟德没有再去张府，本初会起兵吗？"

"会。否则操去了都亭，他就该撤。"

"那就是了。"

"三呢？"

"天子新即位，录尚书事几人？"

41

"两人。除了何大将军，还有……"

还有袁绍的叔叔太傅袁隗。

不必说了。于公，他是当朝宰相。于私，他是袁家族长。袁隗都不管的事，杨彪怎么能管？再说今日之举，老太傅真不知情？这里面必定大有文章，自己对面的这位朝廷重臣也必有盘算。

水太深！而且我也没有责任。曹操猛醒。

"是操唐突，谢过仲父！"

"孟德啊，最近有新的诗作吗？"杨彪笑呵呵地。

"啊？呃，没有。"曹操想不到会有此一问。

"好像有吧？"站在旁边的杨修忍不住插嘴。

"哪有？"曹操突然脸红了。

"典军的《塘上行》可是风靡京师。"

"是吗？吟来听听。"杨彪来了兴致。

曹操脸更红了，杨彪便看儿子："修儿可记得？"

"记得。"杨修兴高采烈地吟道：

> 蒲生我池中，其叶何离离。傍能行仁义，莫若妾自知。
> 众口铄黄金，使君生别离。念君去我时，独愁常苦悲。
> 想见君颜色，感结伤心脾。念君常苦悲，夜夜不能寐……

"惭愧！俚语俗词，不登大雅之堂。"

曹操满脸通红，就像偷酒时被发现的孩子。

"诗家本可代人立言，这有什么！"杨彪抚掌而笑，"孟德，不必管别人说什么玩物丧志之类。儿女情长，未必就英雄气短嘛！"

"受教！那么小子告辞！"

"也好。有空常来。"

"父亲，儿子有个问题。"杨修突然说。

"你问！"杨彪点头。

"诗三百篇，敢问典军最喜欢哪句？"

"小兄弟你呢？"曹操笑着反问。

"孰日无衣，与子同袍。"

啊？曹操不禁回头看了杨彪一眼。

杨彪不置可否，笑着吩咐："修儿送送你仲父！"

仲父？他终于还是将礼还了回来。

曹操起身辞别，退出凉阁，在杨修的陪同下往外走。这时的曹操已经完全放松，也马上就发现了两个势族的区别——杨府的墙用普通石灰粉刷，袁家用的却是蚌壳烧成的蜃灰，更加洁白光亮。

深藏不露，才非比寻常。

"小兄弟，送你几樽酒如何？不会告诉尊公的。"

走到院子外，曹操左右看看无人，低声对杨修说。

"典军想看什么奇书，尽管吩咐！家父不会知道的。"

杨修喜出望外，立即投桃报李，曹操也心生感慨。是啊，这天下和这朝廷，还有袁本初他们要做的，与我何干，为什么要白白耽误那诗酒年华？便问："蒲生我池中，其叶何离离，这句子如何？"

"好！蒲叶繁茂而斯人憔悴。"杨修答。

"也是。眼前所见，未必就是心中所思，或许正相反。"

"典军之言，非小子所能悟得。"杨修恭谨地说。

曹操哈哈大笑，杨修却看着他身后，两眼发直。

一匹快马飞奔而来，又被勒住，一位老者滚鞍下马。

"老伯，有急事？"曹操发现是自己的管家，也一惊。

"杀人放火，杀人放火，反了反了。"老者语无伦次。

曹操和杨修一齐望去，远处果然火光冲天，还有烟。

"老伯别急。先说，谁放火？烧了哪？"曹操问。

"袁术，承明门。何进旧部吴匡和张璋，放的火。"

"谁又在杀人？在哪？"

"南宫。吕布和张邈，见了没长胡子的就杀。"

老管家心急火燎，也顾不上什么礼仪，全都直呼其名。

"本初呢？"曹操又问。

"带兵在朱雀门。"

"天子和太后呢？"

"不知。平时不都在南宫吗？"

曹操和杨修马上就明白了。东汉洛阳的皇宫有南宫和北宫，北宫的南门是朱雀门，南宫的北门是玄武门。袁术火烧承明门，意图是要夺取尚书台。这还说得过去。袁绍屯兵朱雀门，那可就是要在南北宫之间杀人了。如此架势，岂止喋血洛阳，简直就是兵变！

杨修正要说什么，曹操已飞身上马，出了坊门。

12

皇宫之前那两座上圆下方的高大建筑物叫阙，又叫双阙。朱雀阙在北宫正南端，后面就是端门，对面则是玄武门。被张邈他们在南宫抓捕的人，正从双阙之间的"阙然之道"被押解过来。乌云开始布满天空，更加让那些未必作恶多端却死到临头的人觉得暗无天日。

"杀！只要没胡子，就格杀勿论！"

杀红了眼睛的袁绍骑在马上，铁青着脸下令。

"司隶饶命，司隶饶命！我等真的不是宦官。草民现在就脱衣服验明正身，小的有那个。"一个男子飞快地撩起遮住下身的裳。

汉代，上曰衣，下曰裳，贫民无裤。

旁边几个少年男子也纷纷效法。

"不是宦官，怎么会在宫里？"

"杂役，杂役而已，晚上要回家的。"

"为什么没胡子？"

"小的才十三岁。"少年扑通跪下。

其他少年也纷纷跪倒在地。

"好吧！不是宦官的，且去查验！"

袁绍清醒了些许。

跪下的少年立即起身，跑到旁边。剩下不敢查验的人则挤成一团瑟瑟发抖，然后又全都跪下，磕头如捣蒜。见持刀的士兵将这些宦官围住，袁绍左手持节，右手拔剑，一声冷笑："你们跪在地上，倒不好用箭了，那就用刀！"说完，他看了身边的传令官一眼。

传令官举起了令旗。

"住手！"随着远处传来的喊声，一个人骑着马飞奔而来，从袁绍面前掠过，用剑砍断了令旗，然后放慢速度，再缓缓掉转马头。

没谁想得到来者是曹操，所有人都目瞪口呆。

袁绍却气得浑身发抖："你敢砍我令旗？"

"本初！人上一百，形形色色，岂能良莠不分？"

"宦官里面，还能有好人？"

"那么，曹操也该死了。"

袁绍自知失言，愣了一下，却又将剑指向曹操咽喉。

"你以为我不敢？"

"敢！当然敢！有什么不敢的？"曹操收剑入鞘，"反正你们兄弟全疯了！又是宫门放火，又是满街杀人，又是调兵遣将。不知道这是什么罪吗？这是造反！如此大罪，是要诛灭三族的！"

"杀宦官是谋逆？笑话！"

"烧承明门，攻尚书台，也可以吗？"

"尚书台被张让占领，我这叫平叛！"

"好吧！那么，"曹操用手一指，"你的人爬上端门屋，又是想干什么？端门之内，便是宫省禁区，不知道吗？如今局面已失控，倘若京师动荡，两宫不保，本初将何以自处，又有谁能收拾残局？"

何以自处？收拾残局？袁绍突然笑了。

"哈哈哈哈！孟德真是杞人忧天。不过，"袁绍的脸又一变，将剑从曹操咽喉处移开，指向跪着的宦官，"张让现在何处？"

"小人不知。"宦官们继续磕头如捣蒜。

"姑念尔等愚昧无知，且饶你们不死。回去好生做事当差，不得偷奸耍滑，见异思迁。若有轻举妄动，定当碎尸万段！"

"谢司隶不杀之恩！"宦官们磕头。

"仲简！"宦官们被押走后，袁绍叫着淳于琼的字说，"辛苦你走一趟，去南宫告诉孟卓暂停抓捕，先会同公路灭火，然后回都亭休整待命。奉先此刻应该已在北宫。天网恢恢，张让他跑不了！"

"遵命！"淳于琼和将士们说。

转眼之间，朱雀阙下便只有袁绍的亲兵散在各处。

袁绍又吩咐传令官退下，然后收剑入鞘，笑眯眯地看曹操。曹操却不看他，而是抬头看天。乌云已经越来越多，也越来越浓。

这天，变得可真快！

袁绍却觉得可以也应该说心里话了。

"二十一年前的事，还记得吗？"

"记得。"曹操知道是在问太傅陈蕃和大将军窦武的兵变。

"老太傅为何会失手？"袁绍说。

看着袁绍的曹操默然不语。

"因为他带的是儒生，不是兵。"

见袁绍莞尔一笑，曹操摇头叹了口气。

"大将军又为何失手？"袁绍自问自答，"因为遇到了张奂"。

凉州名将张奂是护匈奴中郎将，当时正好带兵从边疆回京，立即被中常侍曹节用来对付窦武。窦武虽有好几千人，却无法对抗张奂那身经百战的边防精锐。记得那天也是在这朱雀阙下，张奂与窦武两军对阵。宦官王甫只是喊了"窦武谋反，先降有赏"八个字，顷刻之间窦武那边就纷纷倒戈。到吃早饭前，竟全部投降。

走投无路的窦武只好自杀，头颅还被挂在了都亭。

"所以，我们要有自己的张奂。"袁绍说。

"有吗？"曹操问。

"当然！何大将军早已密召董卓进京。"

"谁？董卓？本初向大将军进的言？"

"是啊！怎么了？"

"本初是真糊涂还是装糊涂？"曹操一下子就急了，"请神容易送神难，你不知道？人心隔肚皮，你不知道？那个董卓是什么人，你不知道？如今幼主初立，群龙无首，人心浮动，京师空虚，此时召外将入京，正可谓倒持干戈，授人以柄。"说到这里，曹操目光锐利地直视袁绍，"万一他反客为主，鸠占鹊巢，可怎么办？"

"他敢！"袁绍也猛喝。

与此同时，一声炸雷响起，雨滴开始落下来。

"召他来给小宦官画眉毛胡子呢？你以为。"

袁绍看看天，撇嘴。

乌云密集，曹操满脸通红。

"董卓是什么人，我不清楚，还是你不清楚？"袁绍又道。

曹操突然发现，是自己犯了糊涂。董卓是什么人？以前是张奂手下的军法官，更早是袁隗府中的下级吏员。可以说，是袁隗将他正式引入仕途的。呵呵！这就对了！既是门生故吏，又是凉州名将，这个战功卓著手握兵权的董卓，岂非正好就是他们袁家的张奂？

这可前所未有。要知道，帝国的边将从来就是支持宦官，不支持士大夫的。因为士大夫往往对贫穷落后的边疆地区不感兴趣，而宦官为了对抗朝臣，却反倒愿为边将争取后勤保障。也就只有董卓，能让袁绍感到放心，甚至视为秘密武器。好嘛！难怪他有恃无恐，难怪他神闲气定，难怪他停止杀戮，原来是要掀起更大的风暴。

进宫请旨，都亭起兵，董卓入京，是三步棋。

曹操猛醒。他知道自己无法说服袁绍，事实上也说不下去。因为派往北宫的吕布就像被乌云追逐，拍马飞奔而来，在那瓢泼大雨倾盆而下之前，向袁绍报告了一个惊人的消息——

天子和陈留王被张让等挟持出宫，不知去向。

第二章

夜走北邙

八月二十五日
夜晚

1

"你叫曹操？"

"是。"

"字孟德？"

"惭愧。"

"四十几了？"

"三十五。"

"不像。"

"长得丑。"

"能比孤还丑？"

"比不上。"

"嗯？"

"君侯威武！"

"哈哈哈哈！"董卓笑了。此刻他已在北邙安营扎寨。巨大的封土冢前，士兵们正在生火做饭。篝火熊熊，火上或者烤着猎物，或者架着锅。炊烟袅袅，所有人都各忙各的，没有谁往这边看。

雨停了，也没有云，月亮则还要到子时才会升起来。

星光下，坟茔座座，林木森森，鬼影重重。

董卓坐在墓碑前，隔着篝火凝视曹操。

"现任何职？"

"典军校尉。"

"你来传诏？"

"是。着并州牧董卓退兵。"

"传谁的诏？"

"陛下。"

"哈哈哈哈！陛下？"董卓狂笑，"来人！"

天子在此？曹操忍不住打了个喷嚏。

"且慢！"董卓眯起眼睛，"曹孟德，知道这是什么地方吗？"

"北邙，先帝和王侯将相的殡葬之处。"

"风水宝地啊！只是少不了孤魂野鬼。"

什么意思？难道……

曹操与董卓相遇并非意外，完全就是自讨苦吃。在朱雀阙前听了吕布的报告，他马上就断定情况属实，因为消息来自朔平司马。洛阳七座宫门都由秩千石的司马负责，朔平正是北宫的北门。至于原本在南宫的天子和陈留王怎么会到了那里，则肯定是走了复道。复道就是连接南北两宫的空中走廊，上面有屋顶，两边有窗户，设计意图原本为了遮风避雨和隐秘安全，现在却成了挟持天子的秘密通道。

这个动作不但为袁绍始料未及，也未必在张让的计划之中。看来多半是：由于尚书台失守，张让无法号令天下，只能铤而走险。然而从南宫走复道出朔平门，那就是要再走夏门或者谷门，出洛阳城继续往北。洛阳城北是北邙，北邙之北是黄河，张让他要去哪里？

但不管怎么说，找到天子是当务之急。

拦住董卓也很重要。曹操告诉袁绍，当年窦武军临阵倒戈，并不仅仅因为张奂站在宦官一边，更因为天子在对方手里。董卓这人久经沙场，深知攻守之法。京师虚实不明，他绝对不敢轻易进城，今晚也必宿北邙。如果与天子相遇，没准就不是谁的张奂，而是……

曹操清楚地记得，话还没说完，天上便又一声炸雷。

倾盆暴雨将三个人都淋成了落汤鸡，雨中的袁绍愁眉苦脸。曹操知道他已经明白其中的利害，便建议他和吕布赶紧去杨府，请出卫尉协同行动，寻找天子，自己则去拦截董卓。这当然吃力不讨好，甚至还有风险。但是袁绍已经闯下大祸，不能再把他推向风口浪尖。苍天有眼，曹操其实心软，跟他有过肌肤之亲的女人都知道。

可惜此刻，邙山上连女鬼都不见，却有董卓。

而且他还要说，少不了孤魂。

一个小宦官被带了过来。

"刚才对孤讲的，再给这位官长说一遍。"

小宦官浑身哆嗦，说不出话来。

"说！陛下在哪？"

小宦官开始结结巴巴地讲述。他语无伦次，前言不搭后语，曹操却听明白了。张让带着皇帝和陈留王出朔平门之后，果然再出谷门往北走。他们全都身着褰衣步行，后面有一辆装着东西的人力车，车上蒙着油布。避过阵雨进入北邙，天就黑了，也没有月亮。

"小人便与他们走散……"

"够了。"

董卓笑眯眯地看着曹操。

"典军？"

曹操无话可说，但也放下心来。

董卓那句"现任何职"是故意问的吧？是啊，小小一个典军校尉传的什么诏？猎物都是自己掉进陷阱的，那个猎人却好像还要玩什么游戏。他从篝火前站了起来，走过去捏了捏小宦官的脸蛋。

"细皮嫩肉啊！"

不知什么时候围过来的部将和士兵一齐哄笑。

"多大了？"

"十六。"

"什么时候净身的？"

"两年前。"

"很好。"董卓笑容可掬。

"君侯，干脆赏给我们玩玩。"人群中，一个名叫李傕的凉州军官嬉皮笑脸地嚷嚷，还边说边摇晃身子，简直就是显摆邪恶。曹操记住了那张兽脸，发誓总有一天要把它变成胡饼，上面撒满芝麻。

"你们不饿啊？"董卓瞪着眼睛。

"大头小头都饿。"另一个部将说。这个家伙叫郭汜，比李傕还要不堪入目，连胡饼都做不了，只能直接埋到地里做肥料。

所有人又都哄笑。

董卓却突然变脸："拖下去！洗干净了再烤。"

"君侯饶命！君侯饶命！"小宦官跪倒在地。

"阉过的小公鸡，好吃。"董卓满脸狞笑。

李傕和郭汜他们又哄笑起来，却都不动手，任由那小宦官趴在地上瑟瑟发抖。凉州人喜欢烤全羊，小宦官却不是羊羔，也不是獐子或野兔。野兔和野鸡此刻正架在旁边的火堆上，香味飘了过来。

董卓又坐回原处，还往篝火里扔了根树枝。

演给我看的，曹操心里明白。接下来，就该拷问为什么矫诏以及受何人指使等等。看他们配合的默契程度，这样的"人肉宴"应该设过多次，很难想象有多少人能够不被吓得魂飞魄散。

还不到月亮升起的时候。

他摸了摸鼻子，喷嚏却没打出来。

"杀人如杀鸡啊！"曹操长吁，"可惜用了牛刀。"

一片沉默，无数眼睛。

"他就是个孩子，又没惹谁，犯得着吗？"曹操撇了撇嘴，定睛看着董卓，"思来想去，也只能说君侯嗜血成性，禽兽不如！"

"大胆！你敢骂孤！"

"直言相告而已。"

"这么说，孟德倒是值得孤用牛刀了？"董卓高兴起来，看了看四周，然后眉开眼笑地说，"要不你挑一把？"

"花拳绣腿，曹操倒是会点，却还没愚蠢到以卵击石。"曹操看都不用看就知道，那些凉州军部将和士兵们会是什么表情。他不紧不慢走了过去，在董卓对面坦然坐下，也扔了根树枝到火里。

搞什么名堂？董卓斜着眼睛。

树枝很快就被吞噬，篝火更旺了。

"众人拾柴火焰高，不是吗？"曹操说。

"这么说，你是来拾柴的？"

"当然！操既为天子而来，也为君侯而来。"

"嘿嘿！你怎么个为孤而来？"

"请先把那小宦官放了。"

"孤要是不放呢？"

"恕不与禽兽说话。"

2

浑身湿透的袁绍和吕布匆匆赶到杨府，却被杨修恭敬地引到客厅并且告知，他的父亲刚刚服了药，要静养少许。袁绍和吕布只好喝着仆人送来的热汤，枯坐等候。直到室内掌灯，杨彪才出现。

袁绍和吕布赶紧起身。

"有劳二位久等，抱歉抱歉！"杨彪连连拱手，"好在这雨来得快去得也快，此刻最是让人神清气爽。我们到园中走走？"

"卫尉！实不相瞒，绍等有急事相告。"

杨彪平静地点了点头，并没有表现出惊讶的神态，而是客客气气地请袁绍坐下慢慢说。这让袁绍不能不佩服老官僚的处事沉稳，同时也怀疑他的服药静养是装模作样。但是，当袁绍说"天子出城，不知去向"时，杨彪却表示完全不能相信，口气也不容置疑："司隶，此事绝无可能！禁卫军南军可是一直守着平城门。"

这话有道理。平城门乃正阳之门，最为尊贵，又与南宫宫门只有咫尺之遥，才是天子出城应该走的。袁绍只好解释："陛下是由朔平门出宫，再走谷门出城，同行的还有陈留王。"

"本初何以知之？"

"朔平司马所言，谷门候所证。"

谷门候就是谷门的负责人。东汉洛阳十二城门，除平城门属卫尉管辖外，其余十一座都设有职在守候的城门候，隶属城门校尉。不过谷门虽然不归杨彪负责，出了事情却还是可以过问。

"那么，谷门候为什么不阻拦？"

"六百石的小吏，哪里敢问中常侍？"袁绍摇头苦笑，"再说当时数十人都穿着褧衣，等到认出天子和陈留王也来不及了。"

"中常侍领着？"

"是。他们其实是被张让挟持。"

"张让？他在宫中如鱼得水，为什么要挟持天子出走？"

"自然是狗急跳墙！"不敢坐下的吕布忍不住插嘴。

"原来如此！那么请问，谁逼他了？又是谁在承明门放火？天子和陈留王，究竟是被张让挟持出宫，还是被那火、那箭、那些尸体吓跑的？此事鄙人既然不曾预闻，自然也不知计将安出。"

袁绍无言以对，只好一声长叹，低下头去。

"本初啊！"杨彪见袁绍如此，便换了称谓和口气，"鄙人今天又读了《尚书》的《康诰》这篇，有句话值得深思。"

袁绍当然清楚，像他们这样世代读书做官的大族，都靠一部儒家经典安身立命，汝南袁氏是《周易》而弘农杨氏是《尚书》。不过这都什么时候了，还谈学问？也只好虚应一声："愿闻其详！"

杨彪从袖子里掏出木简，交给袁绍。

袁绍接过来一看，上面写着：

天畏棐忱　民情大可见　小人难保

袁绍抬起头来，满脸不解。

"修儿，给司隶讲！"杨彪吩咐。

"天命无常，诚则能辅。小人之心，易知难安。"杨修说。

"正是如此，本初应该知道如何处置了。"

"明白！袁绍告辞！"

"修儿，送客！"

吕布虽然听不懂这些话，杨彪不肯援手的意思还看得出，便看了袁绍一眼，准备行礼。没想到袁绍却说："绍有一问，可否？"见杨彪坦然点头，便说："明日朝会，不知卫尉到哪里面君？"

"北邙。既然出谷门，当然是走北邙，过黄河。"

"张让过黄河干什么？"

"我们一起去问问他，不就知道了？"

袁绍先是一愣，然后与吕布一同躬身拱手。

"不过，容我稍做安排。"杨彪叫出秩六百石的公车令，吩咐这个下属传令禁卫军封锁所有宫门，任何人不得出入，一切事宜均待天子还朝再说；又看了看一直垂手而立的杨修，要他好好在家待着，认真读书，不得乱跑，这才领着袁绍和吕布稳步走出门外。

三个人一齐上马。雨后的空气格外清新。星星从飘散的云里露了出来，凉风送来如水的秋意。杨彪看了看天，又看了看远处，笑着对袁绍说了一句："公路放的火，应该被这雨浇灭了吧？"

你就能找到天子？袁绍低头不语。

他也不相信，杨修会老老实实在家待着。

3

曹操坐在火前，又打了个喷嚏。

你这人有病啊？董卓想。

"好吧，孤饶他不死。"

"还要善待。"曹操得寸进尺。

58

"弄点吃的喝的，但不能让他跑了。"董卓吩咐。

两个士兵懒洋洋地踱过来将小宦官带走，还没变成胡饼和肥料的李傕和郭汜也无趣地离开，篝火前只剩下两个人。

"现在可以说了吧？"董卓道。

"诺！敢问君侯，外将私自带兵进京，是何等罪过？"

"诛灭三族。"董卓朗声答道。

篝火好像被吓了一跳，火苗蹿得老高。

"不过，孤是奉诏而来。"

没有反应。

"怎么？要看看吗？"

董卓从怀里掏出了帛书。

曹操站起来，走到董卓面前拱了拱手，恭恭敬敬接过帛书，连连后退几步，然后看都不看一眼就扔进火里。

火苗蹿得更高。

"假东西，不看为好，烧了更好。"曹操平静地说。

"放肆！凭什么说是假的？"

"天子尚未亲政，太后力主安静，岂会召外将进京？君侯这密令是何大将军的吧？此事天子不知，太后不晓，因此是矫诏。"

咦？矫诏的明明是你，怎么……

"曹操身上并无诏书，因此也没有罪证。"

董卓忽的一下站了起来。他觉得今天真是活见鬼了，京城里怎么会有这种人？信口雌黄还强词夺理，要起赖来脸皮比老夫还厚。董卓甚至都不想掩饰自己对这稀罕物件的好奇，干脆绕着曹操转圈，很不礼貌地上下打量，心中刮目相看，眼里满是狐疑。

曹操却是一脸的真诚和无辜。

"君侯不觉得带着那东西很危险吗？"

"嘿嘿！这么说，你倒真是为孤好？"

"曹操原本就是为君侯而来。"

"烧了就安全？"

"退兵更好。自古勤王之师，使命已毕就得离开京城，否则便有谋反嫌疑。但若火速退兵，则仍不失封疆大吏，一方诸侯。"

"呵呵！然后你们就来查案？"

"如蒙不弃，愿随君侯同去并州，誓共死生。"

"誓共死生？哈哈哈哈！"董卓笑了。他当然清楚，曹操这番说辞全是胡扯。使命已毕就得离开京城？老子还什么都没干呢！不过何进已死，再扯这个很没意思，不如先答应下来，退不退兵看情况。于是慨然允诺："好！孤看你是条汉子，准了！"

"谢君侯！"

"客气了！不过，好不容易来一趟，总得转转。"董卓示意曹操跟他走，走了两步又回头，"听说袁本初风流倜傥，一表人才？"

"是。姿貌仪容，天下无双。"

"堪比子都、宋玉？"

"不可比。子都心险，宋玉体柔。"

"可惜见不着了，孤不是要退兵吗？"

"操要追随君侯去并州，也来不及跟他辞别。"

"那是，那是！"董卓看了曹操一眼，"其实孤也以貌取人，只是相反，知道为什么啊？男人太俊了，还能有出息？恐怕难！不信你看我手下，有长得像人样的吗？可是怎么样呢？咹？呵呵！所以，"董卓凑过来得意洋洋地耳语，"成大事者，得像你我。"

曹操的鼻子又痒了。

4

黄河岸边的官家渡口，跳板连接着码头与河岸，在涨水期也仍然很长。站在码头望去，对岸模糊不清，让人想起《庄子》所言：秋水时至，百川灌河，泾流之大，两涘渚崖之间，不辩牛马。

壮哉！哗啦啦的黄河水啊！

张让却没有赏景的心情。

袁绍兄弟胆敢起兵，还居然火烧宫门，完全出乎意料。卫尉杨彪仅仅守住平城门，则给了出逃的机会。可惜事发突然，什么都来不及提前准备，也只好在此坐等，希望能够拦截过往的船只。

杨彪、袁绍和吕布却带着官员和士兵找到了这里。

张让笑了。他挥了挥手，宦官们立即分成两拨，有的拔出刀封住码头的入口，另一拨将小皇帝和陈留王团团围住。

"反贼！你已经走投无路，还不快快束手就擒！"

吕布策马上前，立在岸边喊话。

隔着跳板，张让在码头上提剑傲然而立。

"再不放了天子，此刻就要你狗命！"

吕布伸出长矛。

"竖子，休得无礼！"

与此同时，一只手戟打在了长矛上。吕布差点就震落马下，赶紧抓住马鞍。杨彪和袁绍大吃一惊，都扭过头去，这才发现董卓和曹操不知道什么时候也悄然来到了岸边，后面还跟了十几个骑兵。

什么情况？杨彪与袁绍互相看了一眼。

董卓却不看他们，只是得意地微笑。

吕布重新坐稳，然后用长矛将手戟挑起，扔了过去。

董卓举剑一把接住。

狼崽子！这种家伙，老夫喜欢。

"此人是谁啊？"董卓悄悄问曹操。

"执金吾丁原手下吕布，字奉先。"

"闻名已久，并州军骁将。"

董卓点了点头，以欣赏的眼光看着吕布。

他当然看得出，吕布也对自己顿生敬意。

码头上，张让却举起剑来。"知道这是谁的吗？"他冷冷看着杨彪和袁绍，"何大将军的。可惜啊可惜！"

"张让！不要做诛灭三族的事！"杨彪惊呼。

"笑话！让等若想谋反，还用等到今天？"张让凄怆地说，"天子当然要还朝，我们也不打算负隅顽抗，只是有个条件。"

"什么条件？"

"把曹操交给我。"张让显然也看见了董卓和曹操。

"荒唐！孟德乃朝廷命官，凭什么交给你？"

"不交吗？他自己走过来也行。"

"张让，你不要痴心妄想！奉先箭无虚发，顷刻取你性命！"

"尔等散开！"见吕布张弓搭箭，张让命令其他宦官，又解下皇帝身上的衮衣，将他抱在自己的怀里，"射吧！射啊！"

"张让！你敢挟持天子，不要命了？"杨彪惊叫。

"你们想过要我活吗？抱着天子又如何？天子从生下来起，就是我抱着长大的。陛下，还记得吧？"

小皇帝刘辩点了点头。

张让却唱起歌来：

> 江南可采莲，莲叶何田田。
>
> 子生莲花蕊，鱼戏莲叶间。

刘辩很享受地闭上眼睛。

旁边，陈留王刘协的眼中含着泪花。

"我当大汉天子如何了得，原来是个娃娃。"

董卓对曹操耳语，曹操的眼泪却差点就掉了下来。二夫人卞氏哄丕儿睡觉，唱的就是这首歌。

"常侍，有话好商量。"杨彪的态度软了下来。

"没什么商量！说吧，换，还是不换？"

"不换！堂堂大汉天子，才换个什么典军校尉！我说常侍，你这买卖做亏了，应该再加两个，把奉先留下就行。"董卓叫道。

什么意思？看热闹不嫌事大？曹操觉得不是。

"你是什么人，管的什么闲事？"张让大声问。

"并州牧董卓，见过常侍！"

董卓又换了语气和嘴脸，还在马上拱了拱手。

"不加！我只要曹操！"张让叫道。

"你这阉贼，好不会做生意。"董卓撇了撇嘴。

"我们的恩怨，关你什么事！"张让瞪着眼睛。

"君侯，只要能换回天子，曹操愿意赴死！"曹操滚鞍下马，准备往前走。董卓却策马数步，挡在了曹操的前面。

"慢！张让，孟德与你有何冤仇？"董卓喊道。

"问他自己！"

"君侯！常侍与操确实有仇。今天我去他府上行刺了。"

"你还会干这个？你来见孤，不是也要……"

"张让府上，岂能与君侯营中相提并论？曹某人还没有蠢到这个地步。"曹操苦笑，看着董卓，"实不相瞒，操与常侍并无私仇，是要讲公义。宦官乱政久矣！不诛首恶，天下难平。不过事虽未遂，仇怨已结。常侍如果定要取操的性命，给他就是。"

码头上，张让的身体好像动了一下。

"好！是条汉子！孤为你奏乐送行！"董卓也刮目相看。他用剑敲击铠甲，发出有节奏的声音。曹操在铿锵有力的敲击声中，走过肃然起敬一齐拱手的杨彪、袁绍和吕布，走上跳板，昂首阔步。

"停！"张让突然大喊，"解剑！"

一个宦官飞奔过来将曹操解下的佩剑取走，曹操继续前进。

"停！"张让突然又喊，"脱鞋！"

嗯？曹操犹豫。

"天子在此，你想剑履上殿吗？"

也是。曹操脱鞋，然后继续前进。

"停！"张让突然又喊。

什么意思？曹操止步。

张让挥了挥手。几个宦官从码头上抬出三个酒樽，走过来放在了跳板中间，又抬出陶罐，在跳板上浇油，然后退回码头。

"后退！"张让说。

改主意了？曹操一愣。

"带上你的鞋子！"

曹操拎起鞋子，连退三步。

"再往后退！退！退！退！"

退就退。曹操一直退回岸边。

张让挥挥手，宦官将火把扔了过去。

浇在跳板上的油燃烧起来。

过了一会儿，酒樽爆炸，火光冲天，跳板断裂。

"曹孟德，你我私仇就此了结。"

"承让！"曹操拱了拱手，将鞋子穿上。

"不过公仇还在。我两千多同仁无辜被杀，这笔账怎么说？"

"常侍想要怎么算？"

"你亲手杀了袁绍。"

5

灯架上，烛光摇曳。

熏炉里，香烟缭绕。

袁隗放下手中的蓍草，吩咐下人叫等候多时的张邈进来。

蓍草是一种多年生直立草本植物，可以药用。从周代起，它的茎便被用来占卜。具体方式，是把长短蓍草各二十五根混在一起，先取出任意一根放在旁边，再随意将剩下的四十九根分堆，最后根据剩下六根的排列组合，来判定事情的吉凶。这种古老的占卜方式，恐怕也只有汝南袁氏这样世代研究《周易》的才能掌握。

张邈被带了进来，叉手而立，气都不敢出。

叉手，是汉代表示恭敬、臣服、畏惧和请罪时的姿势。

袁隗并不抬头，只是看着几上。

"骑都尉深夜来访，有什么要老夫效劳的吗？"

"邈等闯下大祸，特来向国老请罪！"

"是吗？呵呵！负责宫廷安全的虎贲中郎将放火，纠察京师地区不法行为的司隶校尉杀人，保卫皇家的羽林军骑都尉丢了天子。你们让老夫怎么说？孟卓啊，你交的可真是好朋友！"

袁隗还是低头看着几案上的蓍草。

"否（读如痞）卦？"张邈瞅了一眼，问道。

"孟卓对《周易》很在行啊！"

"不敢在太傅门前弄斧。"

"那么孟卓应该知道，否卦的《彖（读如团）辞》怎么说。"

"小人道长（读如掌），君子道消。"

"为之奈何？"

"当然得让君子道长，小人道消。"

"说得好！来人！"

卫士们涌入。

"将张邈拿下！"

6

"常侍为什么要杀本初？"

"因为他是首恶。"

"为什么要曹操来杀？"

"因为你讲公义。自己的主张，应该自己践行。"

曹操哑口无言。

张让冷冷地看着曹操。

袁绍下马，走上前去，看着码头上的张让。

"孟德杀了袁绍，天子就能还朝？"

"当然！"

"跳板都断了，怎么过来？"袁绍冷笑。

"拆他几块板，重新搭起就是。"

"好！现在就搭，让袁绍过去，任杀任剐！"

嗯哼！这家伙不是花架子？董卓眼睛一亮。

"我不动手杀你。两千多条人命，你一个人还不起。"见袁绍撇了撇嘴，张让冷笑，"再说了，杀你也是私刑，讨不回公道。所以，必须让那个讲公义的来杀。"说完，他抱紧了小皇帝。

"那好，请常侍将剑还来！"曹操说。

"不必，可以用袁绍的。"张让又笑。

曹操无计可施，双拳紧握。

袁绍解下佩剑，双手捧着，向曹操低头。

"好，非常好！接过来吧！"

张让的眼中充满快意。

"慢！"吕布下马，走到袁绍旁边大声说，"此事我也有份，要杀便一起杀了。"说完解下佩剑，双手捧着，向曹操低头。

可以啊！董卓眼睛又一亮。但是他没想到，杨彪也下了马，走到吕布旁边解下佩剑，双手捧着对曹操说："那就再算上杨彪好了。宫门失守，导致伏尸两千，杨彪也该死。"

曹操向杨彪躬身拱手。

"好好好！都是汉子。老夫要是不管，倒成妇人了！"董卓兴奋得眼睛发亮，竟也翻身下马，走到袁绍跟前。

太傅没看错人，召他进京是对的。

袁绍惊喜地看着董卓。

董卓却似乎看不见袁绍眼中的求援信号，只是从他手里拿起剑来抽出看看，说了声"好剑"便反手插在地上，将剑鞘还给袁绍。然后又走到吕布和杨彪面前，如法炮制。

三柄剑插在了地上。董卓点头，然后看着河上大喊："张让！他们都愿意死，你说杀哪个啊？还是都杀了？"

袁绍大失所望，咬牙切齿。

"那是曹操的事，但袁绍非死不可。"

"你这阉贼，总算学会做生意了。"

张让抱紧小皇帝，冷笑。

董卓对袁绍摊了摊手，一副爱莫能助的样子。

袁绍气得把脸别了过去。

"曹孟德，请！"董卓抬手。

"该动手的不是我，是他。"曹操摇了摇头，然后不管那四人目瞪口呆，隔空喊话，"张让！既然想弑君，有种就举起剑来！"

这简直就是疯了。袁绍还只是两眼圆瞪，杨彪却声色俱厉："曹操你不要胡来！刚才那句话已是大不敬。只不过，此乃非常之时，可以姑且不论。但，如果天子不测，必以弑君之罪诛你三族。"

说完，看了看地上插着的三柄剑。

董卓又笑了，吕布却是斜着眼睛。

曹操对杨彪低声说："操的胆子还没有大到可以包天。"

张让虽然听不清他们说了什么，却知道肯定发生了什么，便决定静观其变，没想到曹操继续喊话："张让！你到底有种没种？"

"没有！我们宦官，哪有种？"

董卓哈哈大笑，曹操满脸通红。

"再说，我等从未想过要弑君。"

杨彪狠狠地瞪了曹操一眼。

曹操摸摸鼻子，没打喷嚏，定住神继续问。

"那么，有没有胆？"

"没有，早被吓破了。"

"那好，廉耻总有吧？"

"更没有。我们这些人，在士大夫面前可曾真正有过尊严？尊严都没有，要廉耻干什么？倒是你曹操，有没有种，有没有胆，又有没有廉耻？如果有，少说那么多废话，现在就杀了袁绍！"

"可以，但有条件。"

"笑话！你还讲条件？"

"当然。因为愿意赴死的有三个人。"

"那我不管！"

"张让，听听何妨？"董卓插嘴了。

"好，你说！"

"让我问三个问题。答得上一个，我杀一个。答得上三个，我杀三个。三个都答不上来，或者你答错了，都不杀。"

"哼！都说曹操狡诈，果不其然。"张让冷笑。

"此话怎讲？"

"我怎么知道你问什么？要是谁都答不上来呢？"

"如果连我都答不上来，就不算。"

"曹孟德，你也学会做生意了。"董卓兴高采烈，"好好好，这办法好！我说张让，不，常侍！啊，君侯，这个你得答应！"

"等一等！不算是什么意思？"张让问。

"问得好！对啊，不算是什么意思？"董卓说。

69

"如果常侍和我都答不上来，重新问！"曹操答。

"公平！成交！"董卓乐不可支。

张让犹豫。

"阉贼，这就不够意思了。要不你过来，孤绝不拉偏架！"见张让仍然犹豫，董卓便对杨彪身后的人吼叫，"你们这些呆子，都看的什么热闹？赶紧动手，拆跳板，搭桥！老子今天就不信邪了！"

"慢！"张让吼道。

董卓举起手来，制止行动。

"如果曹操也答不上来，要算问错，得杀一个。"

"也有道理啊！"董卓歪着头想了想，"曹孟德，你看呢？"

"可以！"

"答上来了杀一个，都答不上来也杀，张让你合算啊！"董卓道。

"我只想杀袁绍。"张让道。

"如果前面两问常侍输了，先放别人。"曹操道。

"好！曹操，你问！"

7

夜色下的都亭广场空空荡荡，显得格外凄凉。杀人放火后又清理了现场的袁术筋疲力尽，靠在柱子上箕踞而坐，闭着眼睛。他自己也不知道为什么要跑到哥哥起兵的地方来歇息，更不知道今天惹的祸该怎么收场。实话实说，这时他还真想有个人能够聊聊。

心想事成，杨修带着小厮飘然而来。

"不知道宵禁吗？乱跑什么！"袁术看也不看。

"今天晚上，还有什么宵禁。"

"也是啊！不过，总不会是来跟我喝酒吧？"

"上酒！"依然箕踞的袁术睁开眼睛，看见杨修带来的小厮将酒樽放在地上，又从篮子里取出餐具、酒具和下酒菜铺开，再用勺从樽中舀出酒，倒在两个漆制耳杯里，然后懂事地退下。

"天底下哪有白喝的酒。想问什么，你就问！"

8

"第一个问题，刚才放在跳板上的是什么？"

"没看见吗？浇了油的酒樽而已。"

"油见火只会燃，不会炸。那里面装的，是什么药？"

"曹孟德啊曹孟德，你咋问这个？只怕没人答得上来。"董卓大摇其头，"孤就只知道有些东西是一点就燃，从没听说着火就炸的。要是真有这种药，老子打仗的时候早就用了。"

"我也没见哪本书上有这种配方。"杨彪皱眉。

"曹孟德，问错了，挑一个杀吧！"董卓说。

"不！我答得了。"曹操不管其他人如何诧异，"要说配方，确实没见过，但不等于没有。我朝术士早就发现，炼丹时如果将某些药物混在一起，就会发生爆炸。不过他们只是记录在案，告诫同行和徒弟多加小心，并没有想到这种配方还可以有别的用法。"

"你在哪本书上看到的？"杨彪问。

"魏伯阳《周易参同契》等等。"

"倒是什么乱七八糟的书都读。"

曹操当然听得出话中的讥讽，却只是笑了笑。

"如此说来，真有这药物，这配方？"

与杨彪相反，董卓立即大感兴趣。

"君侯，这得问常侍。"曹操笑笑。

"阉贼，这配方，你有吧？怎么用，也知道吧？"

张让沉默。

"答不上来，还是不想回答？"见张让仍不说话，董卓更加坚信有可炸之药，"招了吧！把配方给孤，孤保证让曹操杀了袁绍。"

"不！张让没有配方，也不知道用法，认输。"

"咦？"董卓愕然。

"不知道用法，刚才怎么用了？"曹操问。

"回答不了。"

"奉先！你可以不死。"曹操对吕布说。

他知道我喜欢吕布，所以先放了他？有眼色！董卓看着吕布拔起地上的剑入鞘，然后向曹操拱手，心中更添好感。

"现在，问第二个问题。"

9

"太后有什么要问臣的吗？"

南宫密室里，渠穆垂手而立，看着坐在榻上的何太后。太后显然刚刚哭过，脸上还留着泪痕。但渠穆对这个女人毫不同情，反倒充满憎恶。想想吧，若非她哥哥凶恶愚蠢，事情怎么会弄成这样？

"渠穆，你敢软禁朕？"

"不敢！"

"室外的人是干什么的？"

"护驾。袁绍兄弟谋反，太后知道。"

"让我一个人待在这密室，就安全？"

"太后身边不是有余忠吗？"渠穆看了看侍立在旁的余忠，那个宦官立即欠了欠身，以示礼貌，"余忠官居中宫仆，秩千石，又是服侍太后多年的人，岂是小臣可比的？"说完，渠穆躬下身去。

渠穆说得并不错。东汉宦官有两套系统——少府和大长秋。少府系统是为皇帝服务的，长官少府卿秩中二千石，中常侍张让和尚方监渠穆都属于少府。大长秋系统则为皇后和太后服务，长官大长秋官阶略低，秩二千石，秩千石的中宫仆是二把手。余忠在何太后做皇后时就跟着她，官阶又比六百石的渠穆高，有什么话可说呢？

太后只好把气咽下去。

"外面好像安静了。"她说。

"袁绍和吕布跟着杨彪去了北邙。群龙无首，乱不起来，袁术和张邈也断然不敢再兴风作浪，太后可以不必担忧。"渠穆回答。

"那么，朕出去看看。"

"太后还是不看的好。"

"怎么，你要抗旨？"

"不敢，臣带路。"

何太后带着余忠跟着渠穆走出密室，登上楼台，立即发现确实是不看为好。承明门已经烧得不成样子，宫墙内外尸横遍地，处处惨不忍睹。太后差点就要昏厥，被渠穆和余忠赶紧扶住。毕竟，天子即位才只有四个多月，她也才刚刚学习临朝称制，皇宫之内就变成了尸山火海。如果连皇宫这个家都守不住，又怎么为帝国当家？

73

"为什么不清理?"太后终于缓过神来。

"杨彪吩咐,要等天子还朝。"渠穆回答。

"天子找得回来吗?"

"应该能。他们是步行,杨彪等人是骑马。"

"太傅那边,如何看待今日之事?"

"启禀太后,臣实不知。杨彪命令禁卫军封锁了所有宫门,里面的出不去,外面的进不来,宫内宫外其实不通消息。臣只是个小小的尚方监,也不敢胡乱打听。"渠穆低眉顺眼,"斗胆前来护驾,只因为袁绍心狠手辣,少府和大长秋都没几个人了。"

没几个人了? 不好!

太后突然想起一件极其重要的事。

10

"曹操,你的第二个问题是什么?"

"那三个酒樽哪里来的?"

"不能回答,认输。"

"卫尉,请收剑!"曹操对杨彪说。

"慢!"董卓从地上抽出杨彪的剑,"做中人得讲公道。刚才讲好了的,如果你曹孟德也答不上来,要算问错,得杀一个。"

"当然能够回答。"

"你讲,哪里来的?"

"太平道。"

"你说什么? 黄巾?"杨彪大吃一惊。

"正是！"

"你这样说，有根据吗？"

"有。太平道中多术士，黄巾军里有奇人。张角兄弟为什么能够呼朋引类，以至于天下影从？会替人疗伤看病，消灾避邪嘛！他们的信徒之中，自然不乏炼丹的人。弄到这种配方，甚至发明出来，也都不足为奇。只不过应该相当机密，少有人知。"

"配方或者药物，为什么会到了宫中？"杨彪问。

"因为要里应外合，同时起事。约定的时间，正是五年前的三月五日。哦，对了，有谁还记得当时流传甚广的谶语吗？"

"苍天已死，黄天当立。岁在甲子，天下大吉。"吕布说。

"确如奉先所言。起事之后声势浩大，朝廷不得不调兵遣将四方征讨。当时，"说到这里，曹操看着董卓，"君侯官拜中郎将，战于下曲阳。曹操职任骑都尉，战于颍川。前前后后，整整耗时十个月方告平息。为什么啊？太平道号召力大，黄巾军凝聚力强，朝野内外无不渗透。如果我没记错，宫中作为内应的正是中常侍封谞和徐奉，那边接头的则是马元义。怎么样，诸位都应该记忆犹新吧？"

杨彪想起来了，连连点头。

曹操看着杨彪继续说："其实早在黄巾起事三年前，时任司徒的老杨公就已经上书朝廷，太平道不可不防。可惜先帝置若罔闻。如果不是他们自己内部出了个叛徒唐周，后果不堪设想。"

袁绍也想起来了，也连连点头。

"那么请问，破获内外密谋的，又是谁？"曹操问。

"啊！"杨彪猛醒。

"正是被张让谋杀的大将军何进。"曹操说。

"都讲通了！都讲通了！"杨彪点头称是。

袁绍不禁看了看码头。

码头上，张让一动不动。

"因此曹操断定，刚才使用的炸药，就是马元义通过封谞和徐奉带进宫中，准备谋杀先帝的，只是由于密谋泄漏才未能得逞，药物也藏匿至今，此刻出现在这里。"曹操见董卓也点了头，便转过身来面向码头大声喊道，"请问常侍，以上所述，是也不是？"

张让沉默，码头上静悄悄。

"料他不会回答，孟德也并未问错，卫尉可以不死。"董卓将手中的剑递给杨彪。杨彪拱手致谢，然后收剑入鞘。

"现在问第三个问题。"曹操说。

"曹孟德，想清楚了。"董卓说，"你要问错，本初就得死。"

"明白。"曹操点点头，看着码头问张让，"常侍！为什么要挟持天子和陈留王出宫？"

"什么叫挟持？分明是被吓走的。又是杀人又是放火，谁不怕？"

"出宫以后，打算去哪里？"

"仓皇出逃，哪里想得了许多。"

"既然如此，又为什么随身携带炸药？"

张让无言以对。

"请常侍明确回答！"曹操语气坚定。

"不知道！"

"君侯，本初可以不杀了吧？"

袁绍松了口气，董卓却一副办事公道的样子，"慢！曹孟德，这问题你必须能够回答，否则就算问错。"

听董卓这样说，袁绍又紧张起来，曹操却看着远方。

"曹孟德！"董卓叫道。

"君侯，非答不可吗？"

"当然！老夫虽是凉州鄙人，也讲规矩的。"

"好吧！君侯想必知道，曹操所任在西园军？"

"知道！西园八校尉之一，本初是中军校尉。"

"那么君侯可知道，先帝为什么要创建西园军？"

董卓歪着头，摊了摊手。

"因为黄巾已经死灰复燃。郭太掠太原，马相占益州，中原郡县更是处处星火，此起彼伏，眼看又成燎原之势。"

"这跟张让有什么关系？"

"也许，他正是要挟持天子和陈留王，投奔再次兴起的黄巾。"

"这可是谋逆大罪。"

"是。所以曹操迟疑，不敢轻易说出。"

"你不是都到他府上行刺了吗？还怕他死？"

"杀一无辜非仁也！张让就算该死，也不能冤杀。"

"好吧！"董卓喊话，"孟德所言，是也不是？"

袁绍等人都紧张地看着张让。

"自作聪明，答错了。现在就该杀了袁绍！"

11

都亭广场上，袁术依然箕踞，杨修正襟危坐，只不过他们面前的酒樽已经变成了三个，两人的脸上都红扑扑的。

"小儿，你真的什么都不问？"

"中郎将，修爱打听，但今晚不是。"

"那你来干什么？"

"给中郎将道喜。"

"开什么玩笑！我能有什么喜？天子不知去向，我那个太傅叔叔还不扒了我的皮？能躲过一劫就不错，你这家伙是幸灾乐祸吧？"

"不想听吗？那就算了。"

"站住！往哪走？"

起身要走的杨修停住。

"不把话说清楚，我以夜犯宵禁的罪名拿你是问！"

杨修重新坐下。

"说吧，道什么喜？"

"修夜观天象，天子无恙。"

"哼哼！那也就是减轻一点罪过而已。"

"好事在后面。"杨修端起酒杯，在手上把玩，"中郎将，你说这酒杯是满了好，还是空了好？"

12

"张让！你说曹操答错了，那么该是什么？"

"我不告诉你。"

"阉贼！你敢破坏规矩？"董卓勃然大怒。

张让昂着头，不予理睬。

"常侍，何必呢？想想看，你现在走得了吗？"杨彪说。

"只怕走得了。"曹操叹了口气，看着上游。

一艘商船正顺流而下。

蛾眉月要到子时以后才会升起来。这时黄河上竟然有船，不能不让人起疑。但是，任凭宦官们呼喊，商船却继续顺流而下。

"哈哈！张让，你的希望落空了。"董卓说。

"这艘船不停，下一艘也不停？"张让满不在乎。

"怎么，常侍还是不放天子还朝？"曹操问。

"不放！除非你杀了袁绍！"

袁绍实在忍无可忍，从地上将剑拔了出来，吕布铁青着脸也拔剑出鞘。杨彪赶紧一声断喝："不可！天子一根毫毛都伤不得！"

天子？怎么把天子忘了？

"袁绍该不该杀，请陛下圣裁！"董卓大声喊道。

所有人都没想到董卓会如此灵光乍现。对啊，能够打破僵局做出裁决的，也只有他了。这可是谁都无法反对的提议。

"朕，朕，朕……"

"陛下有何吩咐？"张让柔声问道。

"朕要小便。"

董卓看着刘辩被张让扶起，又被其他宦官扶走，轻蔑而无奈地摇了摇头。良机错失，所有人都不说话，直到张让打破沉默。

"鳌乡侯！曹操之问有三，我可否一问？"

"你问！"董卓说。

"封谞和徐奉，为什么要勾结黄巾？"

"这事该去问他俩，看看马元义许下多少好处。"袁绍冷笑。

"笑话！我们这些净了身的，永远都只能做宦官。且不说太平道未必能够成事，就算改朝换代，也不过当中常侍，封列侯而已。这些荣华富贵他们早就有了，犯得着去冒天大的风险吗？"

"这也正是我想问的。"曹操道。

"看来你们根本不懂世道人心！想想看吧，为什么会有那么多的人信太平道？就因为号称苍天的，只是以百姓为刍狗，臣民们则希望均贫富，共太平。袁绍，别以为不知道你满脸冷笑。没错，我等依傍天子，确实锦衣玉食，势焰熏天。可是，世家大族，王侯将相，皇亲国戚，当真看得起我们吗？姓袁的，你实话实说！"

一片沉默。

"封谞和徐奉，就是想要改变世道的人。"张让满是敬重，"知道你们会嗤之以鼻。我等刑余之人，确实卑贱至极。但，身上最重要的东西都没了，就不能在心里留下点憧憬，留下点念想吗？"

曹操立即肃然起敬，袁绍却还要反唇相讥："憧憬？念想？那你们为什么还要卖官鬻爵，索贿受贿？"

"我是贪得无厌，利欲熏心。他俩为什么，不知。"

"为太平道筹集军费？"吕布立即反应过来。

这小子不错！董卓暗自叫好。曹操却很清楚，张让不会回答这个问题，便问："常侍，这么说，药物是封谞和徐奉的？"

"是。"

"常侍也是要投奔黄巾？"

"否。我不认同太平道，当年不说出药物也只是兔死狐悲。"

"那么，常侍要去哪里？"

"人迹罕至之处。曹操，你答错了，得杀袁绍。"

"弥天大谎！"袁绍冷笑，"天子和陈留王去那里做甚？"

"阉贼，袁绍问得对！他们为什么也要远走高飞？"董卓又当起了仲裁，"你不承认曹操答上来了，我们也不承认你，纠缠下去没什么意思。还是速速投降为好。要不然，就讲出你的道理来！"

"你们真想知道？"张让问。

"哼哼，你说呢？"董卓道。

"那我就告诉你，天子可怜。"

13

袁术和杨修终于喝完了第三樽酒。杨修得出的结论，是酒杯以空着为好。空了就还能再往里倒，甚至换种酒喝。但是见鬼，这跟今天的事有什么关系？难道天子丢了，袁术可以填补空白？

"酒樽也空了，怎么说？"

杨修满脸茫然。

袁术明白了。这家伙人小鬼大，其实没有什么要问，也没有什么要说，只是因为从曹操那里弄来了酒，想在自己面前显摆。现在酒已喝完，袁隗却带着卫士来到都亭，后面还牵着五花大绑的张邈。袁术把杯子狠狠摔到地下。"哼哼！杨公子，你道的喜果然来了。"

"什么？"杨修迷迷糊糊，一脸懵圈。

14

"天子可怜，先帝从来就不喜欢他。"张让慈爱地看着已经坐回原处的小皇帝，就像换了个人，"你们当然会说，陛下已经即位。即位就不会被废吗？陛下还斗得过那些朝中大臣吗？太后又能够保护他一辈子吗？与其担惊受怕，再落个身败名裂，不如趁机一走了之。"

刘辩低头不语，眼含泪花。

"那么，为什么还要带走陈留王？"曹操问。

"太后岂能容得了他？宫中的血雨腥风，并不亚于疆场。"张让忍不住一声长叹，"生在天家，真不知是幸，还是不幸！"

"国不可一日无君。这道理，常侍应该知道。"

"爱谁谁吧！曹孟德，你看这天下还有救吗？完全没有。为什么呢？就因为何进那样的外戚，袁隗这样的士族把持朝政，言路和仕途都被他们堵得死死的。豺狼当道，安问狐狸！你不是讲公义吗？那就立即杀了袁绍！他不但是我们同仁之仇人，也是天下公敌！"

"常侍！曹操尊奉公义，却不代表公义。"曹操躬身拱手，"公义在天道，天命在天子。常侍要报公仇，讨公道，请将天子放还。是非功过，都等到天子还朝以后由朝野共议，天子和太后圣裁！"

"曹孟德，不要再耍花招！我等回宫，还有命吗？"

"有。"一直沉默的刘协开口了，他看着刘辩说道，"臣现在就请陛下颁旨，赦张让等人无罪！"说完，叩首。

曹操立即跪下。"臣附议！"

董卓、杨彪、袁绍和吕布也都跪下，声称附议。

"准奏！"小皇帝马上宣布。张让大为感动，哽咽着说："臣叩谢陛下，也谢过诸位！可惜天意难违，死生有命。"

说完挥剑起舞，唱道：

> 秋风起兮木叶飞，高天远兮雁南归。
>
> 泰山颓兮梁柱摧，哀莫哀兮悲莫悲！

唱完，张让泪流满面。

刘辩吓坏了，扑过去抱着张让说："常侍，我们回宫。"

张让收剑入鞘跪下，"陛下当然还宫，臣等却只能赴死。天下从此必将大乱，朝廷里包括今天在场的这些人，过了多久就会撕破脸皮打起来。臣无能，陛下保重！"说完，将剑用双手高高举起。

小皇帝不敢接。

"请陈留王替陛下接了吧！"

刘协接过了何进的剑。

张让又磕了个头，然后飞奔跳入河中。

其他宦官也跟着张让全部投河自尽。

河水很快就卷走了他们。

"咦！这等人也有血性？可惜了那配方。"

曹操没有搭理董卓，重新踏上了跳板。蛾眉月已经升起，忧郁而不暧昧。河水依然哗啦啦地流着，曹操想不出有什么词可以表达此刻的心情，只是想起了在府中论字时张让的眼神。现在他明白，那不是空洞无物和深不可测，而是绝望，对大汉，也对人世。

袁绍和董卓也跟了过来，看着爆炸现场。董卓看得很仔细，显然对那炸药大感兴趣，袁绍却还在想当时情景。他问："孟德，你是算准了张让不会对天子动手，才要他举起剑来的吗？"

曹操摸摸鼻子，打了个喷嚏。

张让带走了许多秘密，曹操想。如果只是遁世，为什么随身携带那些神秘的酒樽和油罐？在他的计划中，这些东西有何用场？要知道他可是仓皇出逃。算了，随他去！天下不再太平，倒是真的。

跳板在杨彪和吕布的指挥下重新搭了起来，小皇帝和陈留王也被接到了岸上。现在，能够代表朝廷的就是杨彪。天子安然无恙，他的心里也有了底气，便庄严宣布："并州牧，有诏退兵！"

月光下，河水似乎流得更快。

"退兵？退什么兵？"董卓哈哈大笑，"诸位身为朝廷大臣，文不能安邦，武不能定国，以致京师动乱，天子蒙尘，有什么资格要董某退兵？今天，老夫倒要请各位见识见识，什么叫作礼乐教化。"

说完，他掏出一只鹰笛吹奏出西北乐曲。

董卓的部下突然从暗处呼啸而至。

杨彪与袁绍面面相觑。

15

后来，据其他在场的人回忆，接管了护驾大权之后，董卓曾经向小皇帝询问事情的来龙去脉，刘辩语无伦次，不得要领。再问陈留王刘协，则条分缕析，对答如流。因此在返京途中，董卓便与刘协共骑一匹马。他对这个号称"董侯"的孩子，产生了特殊感情。

另外一件野史记载的事情则很离奇。这记载说，早在喋血洛阳的惨案发生之前，就有童谣在京师广为流传：

　　侯非侯，王非王，千乘万骑走北邙。

第三章

董卓入京

八月二十六日
至
二十九日

1

　　文武百官都在夜里被突然叫醒，按照太傅录尚书事袁隗的吩咐到夏门迎驾。黎明时分，他们终于看见了从北邙归来的一行。最前面是共骑一马的刘协和董卓，后面的小皇帝在马上昏昏欲睡。表情严肃的杨彪和吕布紧随其后，接着是沉默不语的袁绍和曹操。最后，是随行人员和凉州军将士，七零八落，无精打采。

　　天色已亮，羽林军熄灭了手中的火把。

　　皇帝的队伍停了下来，杨彪等人纷纷下马。官员们立即按照官阶高低自动排成两列，屏声静气，叉手而立。袁隗规行矩步，庄严肃穆地从中间向前走去。董卓仗着与陈留王共骑，原本想赖在马上，看见袁隗走来便立即下马，也叉手站到一边。袁隗却根本不看董卓，径直走到刘辩的马前跪下，朗声说道："臣等恭迎圣驾！"

　　"恭迎陛下回宫！"文武百官也都纷纷跪下。

　　"请起！"刘辩的声音有气无力。

　　"殿下可好？"袁隗并不起身，又向刘协请安。

　　"有劳太傅惦记！"刘协却是精神抖擞。

袁隗微微愣了一下，这才起身说道："天子还朝，依礼应由平城门进南宫。只是陛下鞍马劳顿，南宫也多有不便，不如直入北宫，太后也等在那里。臣等备有车辆，请陛下和陈留王上车！"

　　杨彪听了暗自点头。袁隗不愧是老官僚，虑事周到。夏门是洛阳的西北门，虽然不是正阳门，却最方便。由夏门入平朔门，就进入了北宫，确实省去许多时间，也免去许多尴尬，更避免了皇帝受惊。

　　刘辩却不动。那时还没有发明马镫子，除非武艺高强，一般都要借助上马石，此刻的小皇帝显然下不了马。站在不远处稀稀拉拉宦官群中的渠穆看出问题，便赶紧出列小步快走来到马前跪下。

　　"这位是……"袁隗问。

　　"小人尚方监渠穆。"

　　"渠监啊！老夫健忘。"

　　"不敢劳太傅挂心。"

　　这人有眼色！

　　袁隗不再说什么，上前一步扶着刘辩踏着渠穆的身体下马。董卓见状，也伸出双手将刘协抱了下来。渠穆起身，扶着刘辩登上从队列中驶来的马车，又不经意地回头看了北邙归来的那些人一眼。

　　他幸免于难，留在了宫中？曹操认出渠穆，略感诧异。渠穆却像没看见他一样，躬身倒退离开号称"天子之车"的辂车，转过身走到为陈留王准备的安车前，打算扶刘协上去。

　　刘协却笑了笑，自己上了车。

　　车驾在羽林军骑兵的护卫下缓缓启动，慢慢地驶进了夏门。袁隗毕恭毕敬地目送两辆车离去，过了老半天才回头，然后看着杨彪拱手说道："诸位回天有力，请受老夫一拜！"

　　说完，他摆出就要跪下的架势。

"太傅折杀我等，万不敢当！"杨彪赶紧扶住。

"天不灭汉，送我天子还朝。"袁隗向天拱手。

"大汉威武，国祚绵长！"众人齐声相应。

"所以才有诸位这样的忠臣！"袁隗看着杨彪，绽开笑容。杨彪却拱了拱手说："实在惭愧！天子和陈留王脱险，全赖本初、孟德和奉先等力挽狂澜。当然了，还有这位并州牧，太傅应该并不陌生。"

袁隗这才看了董卓一眼："哦！"

"董卓参见太傅！"董卓躬身拱手。

"鏊乡侯辛苦！"

袁隗的语气不咸不淡，也并不问董卓为什么会在这里。

董卓却立即嗅到了熟悉的气息。那是一种彬彬有礼的蔑视，并非刻意的冷淡和没有痕迹的敌意。这种态度来自书香门第对行伍之人的偏见，中枢文官对边陲武将的歧视，以及世家大族与生俱来的高贵感和优越感。但是董卓明白，现在还不是跟袁隗叫板的时候。他必须先在京师迅速站稳脚跟，摸清情况，再相机行事。

于是，董卓一反飞扬跋扈的常态，恭恭敬敬地叉手而立。

"天子蒙尘，必须有人负责。拨乱反正，必须赏罚分明。"袁隗依然无视忐忑不安的袁绍和吕布，看着杨彪表情严肃地说，"老夫对夜走北邙一事有个处分意见，不知诸位是否同意？"

"太傅总揽朝政，我等敢不承命！"杨彪说。

"那好。"袁隗勃然变色，"来人！将袁绍和吕布拿下！"

袁绍和吕布猝不及防，如遭雷击，在场的禁卫军则立即上前将他俩捆绑起来。杨彪想说什么，又不知道该怎么说。袁隗却很快就恢复了平静，看着中下级官员说："天子受惊，需要调理，近日免朝。尔等长史、曹掾、郎官，当各司职守，勤劳王事，不得有误。"

"谨遵钧命！"中下级官员说。

"司空！"袁隗又看站在旁边的刘弘，"请司空和二千石以上且随老夫进南宫看看。"见刘弘点头，袁隗向他拱了拱手，然后意味深长地看着杨彪，"当然，还要请卫尉解除门禁。"

"谨遵钧命！"杨彪说。

果然百官之首，朝廷柱石。董卓想。

"慢！"一行人正要动身，却又被袁隗叫住，"典军校尉曹操护驾有功，应该重奖！"袁隗笑容满面，"孟德想要什么，尽管说！"

大家都看着曹操。

曹操却躬身拱手。

"请太傅恩准，让操现在回家。"

2

八月的朝阳把宫殿和庭院染得血红。袁隗和杨彪领头，司空刘弘和董卓等跟在后面走进门中。放眼望去，到处都是尸体和残肢，以及斑斑血迹。杨彪不忍目睹，别过脸去。过了片刻，五花大绑的袁绍和吕布也被押了进来。袁隗脸色铁青，侧脸问道："那两个呢？"

"这就将他们带来。"羽林军将领说。

五花大绑的袁术和张邈也被押来，跟袁绍和吕布站成一排。四个人你看看我，我看看你，都不说话。杨彪顿时觉得尴尬之极，便看着袁隗拱手说道："宫门失守，彪也有罪，请太傅处分！"

"文先啊，"袁隗叹了口气，"先善后吧！"

"诺！那就等清理干净之后，再待罪家中。"

袁隗正想说什么，却忽然愣住。

刘协孤家寡人地出现在他们面前。

没人知道陈留王为什么会一个人来到这里，顶多猜得出是从复道过来的。实际上他和哥哥回宫后，太后就紧张兮兮地大呼小叫，又是传膳，又是沐浴，又是进水。宦官和宫女们乱成一团，没人搭理跟着进来的刘协。刘协不用请安，反倒觉得轻松，就溜达了过来。

"免礼！"陈留王对准备行礼的一众人等说。

"殿下还不歇息？"袁隗问。

"昨夜在并州牧的马上睡了一会儿。"

这位董侯来得好，他的话讲得更好。董卓立即觉得自己可以干点什么了，于是躬身问刘协："殿下，臣可不可以问几句话？"

"你问！"刘协说。

袁隗等人当然都不敢反对，只好听之任之。董卓不紧不慢地走到那四个五花大绑的人面前，先环顾四周，然后看着袁绍说："宫中俨然疆场啊！老夫都看得心惊肉跳。这些就是你们干的好事？"

"清君侧而已！"袁绍满不在乎。

"哦？你要何大将军密召我进京，就是要干这个？"

"那，那，那倒不是。"袁绍不由慌乱起来。

"请殿下看看这盛世奇观！"董卓回头对刘协说。

刘协四下张望，突然愣住，眼睛都直了。

墙角，一个宦官倒在那里。

众人立即明白有问题。杨彪赶紧走过去，拍了拍宦官的脸。宦官醒了过来，用手茫然地指着某个方向，然后垂下了脑袋。杨彪又赶紧去摸他的脉，过了一会儿，无奈地向众人摇头。

刘协轻轻地叹了口气，脸色凝重。

"那是什么人？"董卓轻声问刘协。

"掌玺小黄门。"

"掌什么玺？"

"传国玉玺。"

"秦始皇用和氏璧刻成，又从高皇帝那里传下来的？"见陈留王点头，董卓再问，"由这个小黄门保管？"

"是。他的职责，是人在玺在。"

"那就搜，看看在不在他身上。"

羽林军将领上前搜身，也无奈地向众人摇头。

"天命的凭证啊！没了传国玉玺，怎么当皇帝？"董卓毫不客气地看着众人。众人知道问题严重，都不说话。董卓便又看袁绍，不紧不慢地问道："这是你干的第二件好事？"

"不不不！我只到了朱雀阙，并未进宫。"袁绍更加慌乱。

"这位想必是虎贲中郎将了。"从北邙回来的路上，董卓已从刘协那里大致了解到情况，便看着袁术问道，"宫门是你烧的吧？"

"烧是烧了，没有进去。"

董卓又看吕布。

"布去了北宫。"

董卓再看张邈，张邈满眼惊恐，董卓却只是撇了撇嘴。"骑都尉就不用问了，肯定会说没有进宫。哎呀，好好好，非常好！张让说他的同仁死了两千。两千啊，看来都是自杀的！"

所有人都不说话。

袁隗很清楚，事态的严重超乎想象，丢失传国玉玺更非死了两千宦官可比。这个问题不弄清楚，两个侄儿很可能性命不保。于是看着刘协问道："敢问殿下，天子出走时，带玺了吗？"

"寡人不知，但应该没有。"

"是吗？"袁隗问。

"太傅，哪有天子随身携带传国玺的？"刘弘忍不住说。

"司空说的是。"杨彪说，"张让挟持天子是仓皇出逃，而且据他所说是要远走高飞，到人迹罕至之处，何必要玺？"

"张让的话，就可信吗？"袁隗说。

"不可全信，也不可不信。掌玺小黄门既然还在宫中，玺就不会被天子带走。"杨彪说，"只是，他为什么到了这里，玺又为什么离开了他，彪也回答不了，因为彪更不曾进宫。"

"看来，也只能去问太后。"袁隗哼了一声。

太后？哈哈！他们真会推卸责任。这个掌玺小黄门，难道是太后派遣出去的不成？董卓冷眼旁观，心中充满蔑视，也立即明白这些人惧怕什么，更知道自己的机会来了，于是先看了看天，再看看袁隗和刘弘，然后看着杨彪问道："卫尉，负责宫门出入？"

杨彪低头不语。

又问袁绍："司隶校尉，负责京师治安？"

袁绍低头不语。

再问袁术："虎贲中郎将，负责宫廷宿卫？"

袁术低头不语。

再问张邈："骑都尉，统领羽林军骑兵？"

张邈低头不语。

吕布更加紧张。董卓却放过他不问，而是看着袁隗和杨彪，目光凌厉而语气平和："原来这京师和陛下的安全，全归你们袁家和杨家管着啊！管得好！很好！怎么天子也丢了，玉玺也没了？"

袁隗和杨彪面面相觑，无言以对。

董卓一声冷笑："看来这地方，得由我接管！"

袁隗和杨彪沉吟不语，董卓笑着看了李傕和郭汜一眼。两个家伙会意，各自拎起一具尸体向大殿的窗户扔去，窗户破碎洞开。

"放肆！就不怕惊了殿下的驾？"见刘协只是微微一笑，董卓又训斥李傕和郭汜，"太粗鲁了，难怪我们凉州人总被看不起。也不想想这是什么地方！莫非你们真是羌胡之种，一点规矩都不懂？"

两个家伙赶紧躬身拱手谢罪。

"算了。董承部现在何处？"

"都亭。"李傕说。

"大军呢？"

"途中。"郭汜说。

"很好！"董卓点点头，再看袁隗等人。

袁隗和杨彪都不说话，刘弘更是仰面朝天。

"请各位公卿放心，董某定当不辱使命。"董卓立即将这沉默视为许可，"这四条汉子，自然也归我来关押审问。"他满脸堆笑，似乎看不见袁隗的脸色，却看见躲在暗处的渠穆目光炯炯。

太阳已经升得很高，槐树上站满了乌鸦。

但，没有蝉叫。

3

听完渠穆的报告，太后沉默良久。她万万没有想到，玉玺的丢失这么快就众所周知，还是刘协首先发现的。先帝在世时，自己只知道争宠，哪里料到会有天塌下来的事要她这妇道人家扛着呢？

94

何太后忧心忡忡，看了看旁边的门。

隔壁房间，刘辩正在酣睡。

渠穆轻轻咳嗽了一声。

"你有话说？"太后问。

"臣斗胆，敢问传国玺为什么要用玉？"

太后看看站在旁边的余忠，又看渠穆。

"君子比德于玉。"渠穆说，"故天命所系不在玉，而在德。当今天子孝悌仁厚，外宽内秀，实乃有德之君，何愁玺之不存？再说玉玺原本有七，传国玺并不常用。平治天下，有其余六枚足矣。"

咦？还有这番道理？也是。皇帝行玺可以策命王侯，天子行玺可以征召大臣，皇帝信玺可以调兵遣将……太后突然觉得打发这个家伙去南宫真是做对了。便又问道："袁隗他们，也能这样想？"

"太傅怎么想，臣实不知。"渠穆说。

"那就去跟他们说。"太后吩咐。

"臣卑微，哪里跟太傅说得上话。"

"余忠！"太后又吩咐，"传旨，着渠穆为中常侍。"

"谢太后！"渠穆扑通跪下，"臣不敢奉旨！"

"嗯？"

"余忠是老前辈，臣岂敢越位？"

"这样啊！"太后的眉头舒展，"传旨，着余忠为大长秋，渠穆为中常侍。"大长秋是二千石的列卿，官阶高于比二千石的中常侍，实权却小得多。渠穆不得不承认太后到底是太后。

"谢太后隆恩！"渠穆和余忠一齐叩首。

"起来吧！"

两个宦官都站起身来。

"先帝在位时，中常侍多达十二人，现在都没了。"太后看着渠穆不无伤感地说，"你的长官少府卿，如今也空缺。不过大长秋例由宦者担任，少府卿却非士人不可。常侍，你看哪个合适？"

"此非臣敢妄言。"渠穆见太后特地使用了自己的新官职，便立即诚惶诚恐地回答，"先帝倒是召过董卓。没想到董卓却上书朝廷，声称凉州的部属不放他走，还说那些人都是羌胡，凶如饿狗，除了他没谁能够驾驭。现在拥兵进京，负责宿卫，只怕更不肯就职少府。"

董卓？太后的脸色一变。

渠穆也识趣地住嘴。这两天突发事件中最猝不及防的，就是董卓进京。谁都没想到，那个初入京师本该懵懵懂懂的外将，居然在顷刻之间就掌控了局面，还把袁隗抓捕的四个人也接管了。

啊，这家伙要干什么？

袁隗又会如何应对？

4

秦汉两代的最高司法机关只有一个，叫廷尉寺。到南北朝的北齐时才改名为大理寺，之后沿用到明清。关押二千石高官和重案要犯的诏狱，就设在洛阳的廷尉寺中。袁绍、袁术、张邈和吕布，分别关在通道两边的单人牢房里，两两相对，身子底下只有麦草。

几个狱卒没精打采地鱼贯而入。

"干什么来了？提审吗？"袁术傲气依旧。

"送饭。"一个狱卒说。

"你们廷尉寺的牢饭，我等朝官不吃！"

"罪人也算官？"狱卒说。

"不算吗？"袁术瞪着眼睛。

眼看弟弟又耍公子哥儿那一套，袁绍赶紧站起来打圆场，还很快就弄清了情况。饭是曹操送的，有酒有肉，没太傅府什么事。于是他从腰间解下玉佩，定睛看着狱卒后面的狱史。狱史蕞尔小吏，俸禄和官阶只有百石，诏狱的日常事务却都由他说了算。

"司隶有何吩咐？"狱史心领神会，走了过来。

"旁边有人看着，吃不下饭。"袁绍将玉佩递了过去，"这东西挂在身上，也不甚方便。"狱史接过玉佩看了一眼，笑眯眯地说："长官出去之时，定当完璧归赵。只是，责任重大啊！"

"诏狱之中，难道还会有贼？"袁绍笑笑。

"那是，那是。"狱史也笑。

"就怕到那时，我自己都忘了。"袁绍又笑。

"小人一定提醒。"狱史笑容满面。他指挥狱卒打开房门，将饭篮送进去，再锁上门，又拱了拱手，这才带着下属离去。

吕布没想到袁绍还会干这事，既惊诧又兴奋，竟忘了吃饭。

张邈看出吕布的心思，笑了笑说："奉先不必诧异，本初做过濮阳县长的。"汉代制度，大县长官叫县令，小县叫县长。濮阳以小县而为兖州东郡的郡治，袁绍在那里很是懂得了些人情世故。

他那个濮阳，跟我的九原一样吗？吕布想。

袁绍却没有看吕布。他走到墙角，从瓮中取出水洗干净手，然后端庄地坐下，从饭篮里取出酒食。陶壶里显然是酒，食盒里放着几样菜肴：鱼干、肉脯、鸡蛋和萝卜，还有胡饼。东西虽然平常，却深情款款。要知道，曹操也是一夜未眠刚刚到家，饭菜肯定是他让卞夫人匆匆忙忙赶出来的，这份兄弟情谊让袁绍差点就掉下眼泪来。

"阿瞒真小气！没有牛羊肉，酒杯也不配吗？"袁术叫道。

袁绍却心中一动。

古礼，有牛的叫太牢，有羊的叫少牢。

没有牛羊肉，那就是——无牢。

那么，没有酒杯呢？

勿悲。

原来如此！

"奉先！"袁绍抬头看吕布，"吃饱喝足睡一觉。出去以后，就去找孟德。这是你要做的第一件事。"

"为什么要找曹阿瞒？"袁术又瞪着眼睛。

"因为只有他能把我们弄出去。"

"嘁！"袁术撇了撇嘴。

"你不相信，就在这里待着好了。"袁绍懒得理他。

"且慢！"张邈说，"为什么是奉先去找孟德？"

"因为过不了多久，董卓就会把他放出去。"

"先放了奉先？本初你怎么知道？"张邈再问。

"孟德家的酒确实好！"袁绍答非所问。

5

东汉洛阳有二十四条街道，街道隔出的居民区叫里坊。每个里坊都有围墙和门，由里监门负责看守，实行早上开门傍晚关门的封闭式管理。张邈能夜访太傅，杨修能夜饮都亭，只因为其时已乱。

袁隗来见董卓，则是在午后。

董卓家住永和里，与袁府所在的步广里相距不远，都位于北宫的东边，上东门与中东门之间，是达官贵人集中居住之处。当然，董卓此时还只是二千石的并州牧，住宅无法与太傅府相比。但袁隗进去后却背着双手打量室内，叫着董卓的字称赞道："仲颖，不错嘛！"

董卓毕恭毕敬地叉手而立。

"惭愧！拙荆和小董都是粗人，不懂修饰。"

小董？奔六十的人了，亏他想得出这自称。

袁隗笑笑，又亲切地问："夫人也是凉州的？"

"是。胸无点墨，还不善女红。"

"凉州女子不让须眉，也是国之守臣。"

"太傅过奖！拙荆并不曾上过疆场。"

"哦！是吗？"袁隗有些尴尬。

董卓低下头，装作没看见。

"对了，仲颖怎么站着？"

"明公不坐，旧部岂敢僭越？"董卓依然叉着手。

袁隗听到这称呼，顿感宽慰舒坦。实际上，若非万般无奈，袁隗并不想屈尊来见这头白眼狼。想想看吧，他在南宫是什么嘴脸？但是没有办法。丢了天子，不抓张邈就无法撇清关系，也无法交代。抓了张邈，就不能不抓袁绍和袁术，以示一视同仁。谁想到董卓居然横插进来，自己则被高高架起，下不了台。好在此刻，这家伙依然严守着门生故吏的身份，说明还是懂规矩和讲道理的。这就好办！于是袁隗放松地在上位坐下，坦然让董卓在下位作陪。

"仲颖这些年，有如日之方中。"袁隗说。

"全仗明公提携栽培！"董卓拱了拱手。

"老夫何与！先帝慧眼识珠，仲颖自己努力。"

99

"旧部一定不负厚望，为国效劳。"

"那么，仲颖又为什么要违抗君命？"

"明公是说，先帝要旧部做少府的那件事？"董卓问，"少府位列九卿，天子近臣，荣耀之极。奈何一介武夫，岂敢尸位素餐。"

"那么，力所能及的，仲颖就不会推辞？"

董卓马上就听明白了。此刻的袁隗绝不会清算旧账，他这是准备用封官许愿来讲价钱。可惜，燕雀安知鸿鹄之志？于是满脸诚恳认真地回答："敢不尽心！比如本初和公路这个案子……"

"不要谈！仲颖秉公办案，老夫应该回避。"

回避？秉公？事到如今，还装呢？

这些世家大族，都是伪君子。

伪君子是斗不过真小人的。董卓心里笑了，脸上的表情却更加地谦恭和严肃，完全是向老领导汇报工作的样子。

"吕布的事，总可以说。"

"请讲！"

"我正准备把他放了。"

董卓已经换成公事公办的语气。

"为什么？"

"首恶必办，胁从不问。"

"哦？"袁隗大出意外。他当然听得懂，不问胁从，其实是宣示必办首恶。释放吕布，则意味着要严惩袁绍和袁术。好嘛！自己放下身段并没有用，对方执礼甚恭则是装模作样，董卓已经把战场上兵不厌诈那套使出来了，而且得手。袁隗身上不禁冒出冷汗。

直到这时他才发现，几上居然连酒都没摆。

窗户外面，倒是有人影晃动。

6

第二天依然晴空万里。卞夫人却没想到，夫君会带着自己和丕儿驾车来到黄河岸边。从北邙回来后，曹操先是昏睡一天，然后便跟她彻夜长谈，还特地点起了先帝赐给父亲的蜡烛。他说起了何进，说起了张让，说起了袁绍，甚至说起了吕布，当然也告诉她董卓曾是袁隗的门下，是一个秩比三百石不起眼的卑微小吏。

"他在司徒府中，得意吗？"

"这就不得而知了，那时我也才六七岁。"曹操说，"不过，想也想得出，他们袁家怎么会看得起凉州来的野人。"

卞夫人忽然掉下泪来。

曹操知道她想起了自己的身世。这个贤惠女人出身倡门，二十岁那年进了曹家。对外号称二夫人，其实是妾。曹操心想，我们曹家可不是袁家，丕儿也不会落得像袁绍。但他没说，也没吹灭蜡烛，只是把她搂在怀里轻轻抚摸，让虚龄三十的卞夫人觉得自己水灵灵的。

但此刻，码头上的她却是满脸庄重。

"张让他们就是在这里投河的？"

"是。"曹操看着那些跳板，觉得恍若隔世。

"投河是什么意思？"曹丕问。

"跳进水里。"

"不会死吗？"

"会。除非你懂水性。"

三岁的曹丕似懂非懂地点点头。

卞夫人从樽里舀出酒来，倒进杯中，递给曹操。

曹操把杯子举过头顶，诵道：

> 公无渡河，公竟渡河。
> 渡河而死，其奈公何！

然后，他将酒倒进黄河。

黄河水没有任何变化，继续一往无前。

曹丕看得稀里糊涂。

卞夫人却隐隐觉得，曹操怕是要过自己的"黄河"了。

他要做的事情，没人能够拦得住。

但，如果跳进黄河，懂水性也不行吧？

7

袁隗在第二天再次登门，完全在董卓意料之中。

没想到的，是他还带来了几个绝色女子。

主意是许攸出的。或者说，是他从杨修那里得到的启发。袁绍和张邈入狱之后，这位老兄就惶惶不可终日。他很清楚，董卓其实是把袁绍兄弟当作了人质，要狠狠地敲诈勒索一把。许攸倒不怕做这种大生意。皇帝都敢换，还怕从诏狱里捞人？问题是他对董卓的要价完全心中无数，却清楚地知道对方的筹码——袁绍兄弟是袁隗抓的。袁隗如果不松口，就什么都谈不成，偏偏太傅又要装腔作势。

也只能干着急。

然而吕布被释放的消息传来后，许攸觉得不能再等。董卓这架势分明就是放高利贷的，时间越长利息越高。不过他首先要对付的却是袁隗，这件事实在找不到人商量。病急乱投医，许攸想到了人小鬼大的杨修。就算琢磨不出什么办法，摸摸杨家的底也好。

小酒肆里，杨修却说出四个字——妇人之仁。

"妇人之仁？"许攸想了片刻，恍然大悟。结果太傅府里，袁绍和袁术的妻妾子女跪了一地，围着袁隗夫人号啕大哭，全都寻死觅活的架势。"叔公大义灭亲，苦了我等妇孺。万一有个三长两短，让我们孤儿寡母可怎么办？都是袁家骨血，还有吃奶的娃娃哪！"

一个婴儿还当场啼哭起来。

其他女人更是哭得昏天黑地。"老夫人！为了袁家子孙万代，太傅有啥磨不开脸的？列祖列宗在上，太傅想想办法吧！"

袁隗只好再来见董卓。

绝色女子，则是许攸的灵感。

董卓恭迎在庭院门口。东汉时期京师的大户人家，实际上生活在三重围墙里。最外面是洛阳城墙，中间是里坊的里墙，里坊里面还有各家各户庭院的院墙。墙边多半都种着树，董家也一样。

树影婆娑，董卓的面目更加模糊。

"旧部该死，竟劳明公再访。"董卓叉着手。

"仲颖这是什么话！"袁隗呵呵大笑，称呼也更加亲切，"尊夫人不在府上，大嫂怕你饮食起居无人照料，让老夫送了几个来。"

树影里，是若干如花似玉的妙龄女郎。

董卓却问："人呢？"

袁隗懵圈："在这里啊！"

"抱歉抱歉！旧部不是问，哎呀，其实吧——啊，来了。"

袁隗扭头，看见李傕和郭汜押来两个五花大绑的人。

"明公，这个叫张璋，这个叫吴匡。宫门的火就是他们放的。"

"那是应该捉拿归案。"袁隗说。

"旧部却一直下不了手，他们与舍弟董旻情同手足啊！但是明公做出了表率。家里人都能抓捕，把兄弟又算什么？太傅请放心，董卓不是徇情枉法之人，也要秉公办案，大义灭亲。"

袁隗顿时目瞪口呆。

董卓依然叉手而立。

但他明白，自己再也不用惧怕袁隗了。

至于绝色女子……

哈哈！当然得笑纳。

要不然，怎么好意思？

8

吕布出狱以后，匆匆忙忙见了曹操一面，便去了兵营。其实就算他不来说，曹操也不会坐视不管。只是自己人微言轻，跟袁隗和董卓都无法直截了当。再说，有些事情急不得也急不来。就像酿酒，酒曲不能错，时辰也得刚好。如果没有足够的酝酿，呵呵！

第三天早上，他觉得可以也应该去见杨彪。

"北邙之事，多亏仲父出手相助。"曹操看了几旁一眼，恭恭敬敬对杨彪说，"家酿薄酒，不成敬意。"

几旁，摆着曹操带来的酒樽。

这可是好东西，确实好。

站在旁边的杨修忍不住咽了口水。

"孟德客气了。同舟共济，理所应当。"杨彪笑了笑，"不过现在想起来，还是后怕，尤其是孟德要张让举起剑来的时候。"

"他不会伤害主上的。"曹操十分淡定，"仲父应该还记得先帝的话吧？张常侍是我公，赵常侍是我母。这样算下来，张让是当今天子祖父辈了。虽非骨肉，其实相连。操看不懂的是董卓。"

"哪里看不懂？"

"张让跟操算账，他为什么要插手？"

"也许是喜欢多管闲事。"

"张让只要操，他为什么要再加两个？"

"也许是看热闹不嫌事大。"

"为什么又说要把奉先留下？"

"也许是喜欢那'人中吕布'。"

"仅仅这样吗？"

"不是吗？"

"但愿。"曹操叹了口气，看着杨修，"岂日无衣，与子同袍。"

杨修哪里敢接话，只是看着酒樽，一言不发。

"死里逃生，孟德变得多愁善感。"杨彪笑着说。

"非也。死过一回的，倒不再怕死。只是心里难过。"

"太傅要大义灭亲，谁也不好拦着。再说孟德不是讲公义吗？"

"于公，司隶不可无人。于私，本初度日如年。"

"也是。可惜，何进任命的，被张让撤了。张让任命的，被本初杀了。孟德啊，我今待罪在家，闭门思过，哪里管得了许多？"杨彪笑眯眯地看着几上的果盘，"来来来，吃个桃子。"

"还没过季啊？"曹操笑了笑。

杨彪拿起桃子看看说："是，烂了，只能扔掉。吃李子吧！"

"不了，谢过仲父！"见杨彪歪头看自己，曹操笑了笑说，"我们老家的民谚道，桃养人，杏害人，李子树下埋死人。"

"是吗？哦哦！"杨彪仍然笑容满面。

他们当然都不知道，某人此刻正被吕布埋在李子树下。

9

曹操前脚刚走，杨修后脚就溜了出去。上次的酒没喝完，存在了小酒肆里，他当然惦记。结果，守株待兔的许攸非常高兴。好酒不断从樽里舀出倒进杯中，杨修终于醉得七歪八倒，摇手拒绝说："不能再喝了。不能，不能。再喝，要被打断骨头的。"

"打断了还可以再接起来。"许攸坏笑。

"也是。"杨修端起酒杯，想想又放下，"谁的骨头？"

"我的，我的。"许攸赶紧赔笑脸。

杨修折断一根筷子，看着许攸说："接得上吗？"

"接不上。要不，讲故事？"

"故事？什么故事？谁的故事？"

"曹孟德啊！"

"为什么要讲他？"

"他不是去你们家了吗？"

"谁说的？我说了吗？"

"没有。就算曹操去了，谅你也不知道。"

"谁说的？我就站在旁边。"

"那可不就有故事了？"

"故事，故事就是……"杨修口齿不清，只好拿起酒杯，换过来换过去，"桃子烂了只能扔掉，改吃李子。"

许攸皱眉，歪着头想不明白。

"哎呀！李代桃僵啦！真笨！"杨修生气。

许攸站起身来，拔腿就走。

杨修猛醒，看着许攸的背影，打了自己一耳光。

10

"李代桃僵？"袁隗看着许攸问。

"应该是。"

"桃在露井上，李树在桃旁。虫来啮桃根，李树代桃僵。"袁隗吟诵起乐府歌诗，又皱着眉头说，"什么意思？找个人来替罪，还是曹操自己去换他们？就算他跟本初情同手足，那也顶替不了啊！"

"杨修人小鬼大，他的话不可作正解。"许攸说。

袁隗双眉紧锁，踱了几步，忽地恍然大悟。

"啊！莫非要让曹操接替司隶校尉？"

"本初危矣！"许攸猛醒，大惊失色。

这还用得着你提醒？袁隗想。袁绍兄弟起兵，卫尉杨彪只是守住平城门，如意算盘再清楚不过：事情成了有暗助之功，没能弄成也无失职之责。结果由于夜走北邙，迎回天子，他反倒成了功臣，曹操就更是功莫大焉。倘若两人联手，不难想象，朝廷将不再姓袁。

此人心机颇深，不可不防！

当然，任命司隶校尉，照理说要由上公与三公会议。但是大将军何进死了，太尉由幽州牧刘虞兼任，形同虚设，司徒丁宫在上个月被免职，自己这个太傅又要回避。如果司空刘弘提出动议，何太后肯定恩准。毕竟，她的宝贝儿子还朝，曹操居功甚伟。再说袁绍能以中军校尉而职掌司隶，曹操这典军校尉又怎么不能？

袁隗陷入沉思。

管家却进门通报，曹操求见。

"这个时候，他来干什么？"许攸说。

"让他等着！"袁隗顿了一下，"不，有请！"

很快，曹操被带了进来。

"孟德在北邙受惊了，老夫正要去慰问呢！"袁隗伸出双手扶住了准备下拜的曹操，满脸和蔼可亲。曹操却非常清楚，自己是不受欢迎的人——袁隗并没有请他坐下，也没有吩咐管家上酒。而且，在曹操长揖之后，老头马上就问："孟德来访，有什么事吗？"

"请赏。"见袁隗果然无意留客，曹操也干脆开门见山，"三天前太傅在夏门，不是说过要重奖吗？"

当然！当然说过。

"好好好！孟德想要什么，尽管说！"袁隗笑容满面，"西园八军闲置无用，也该散了，是得有所安排。"

"启禀太傅，操并无此意。"

"那么，孟德要的是……"

"恳请太傅进宫请旨，释放本初、公路和孟卓。"

袁隗大出意外，看了许攸一眼。

"曹孟德，八月份就给鸡拜年？"许攸冷笑。

"不知子远这话什么意思？"曹操面不改色。

"抓捕本初他们，正是太傅亲自下令，难道忘了？"

"怎么会？"

"那么孟德此举，岂非要太傅出尔反尔？"

"太傅出尔反尔，对曹操又有什么好处？"

"袁家四世三公，全凭为官清正立于朝廷。如果徇私枉法，势必朝野侧目，舆论哗然，本初他们也只怕永无出头之日。"许攸说。

"然后呢？"

"司隶校尉职位空缺，正好取而代之。"

"哈哈哈哈！"曹操不顾此刻是在袁隗府里，放肆地笑了，"司隶校尉？官太小！我还想做三公呢！怎么，不相信吗？"

许攸愣住，张口结舌。

"子远，你怎么能这样说话！"袁隗皱了皱眉。

"太傅！"曹操不再看许攸，"家父任太尉时……"

"哦，哦！那时老夫已不是司徒。"

"却还是后将军。所以，操如果自居子辈，当不算唐突。"见袁隗并不反对，曹操便接着说，"太傅！大义灭亲固然高风亮节，亲亲相隐却也是圣人的主张。若无亲亲之爱，何来王道仁政？再说了，这件事原本由张让引起。张让不杀大将军，本初他们又岂会起兵？矫枉过正而已，更兼事后也有补救。功过原本就可相抵，深究则不利于朝廷的安定。另外，操还有句重话，不知当讲不当讲？"

"请直言相告！"袁隗说。

"太傅严于律己，已为百官表率。此其一。"

"二呢？"

"如果过于执着，反倒显得矫情。"

袁隗愣住，半天说不出话来。

"昨天放了吕布，今天该放孟卓了。"

诏狱牢房里，袁术阴阳怪气。

张邈心中一动，但忍住没说什么。

"不可能。"袁绍却斩钉截铁地说。

"也对，孟卓又不是蠢货。"袁术撇嘴。

"吕布也不是，董卓更不是。他很清楚蠢货有蠢货的好处，也有蠢货的用处，至少可以当枪使。如果此人不但无谋，而且有勇，那就是杆好枪。何况吕布再蠢，自己的利害关系总还算得清。"

袁术又撇了撇嘴。

"公路自己想吧，我大汉最能打仗的都有谁？"袁绍笑笑，然后自己回答，"董卓的凉州军，丁原的并州军。并州军中谁是骁将？不是丁原吧？他可没这能耐。收买了吕布，最起码也少了个对手。"

"所以送他人情？"张邈问。

"没错。吕布是太傅抓的，却是董卓放的。所以嘛，如果太傅与董卓当真翻脸，并州军站在谁一边便不难想象。"袁绍点点头，"但这只是用意之一。其二是暗示太傅，你能抓，我能放。"

"也能不放？"张邈恍然大悟。

"如果愿意，还能往死里整。"袁绍平静地说。

"白眼狼！"袁术咬牙切齿。

"岂止白眼狼！简直狡如狐，猛如虎，毒如蛇，一步一鬼，两面三刀，六亲不认。"袁绍眼前浮现出几天前的场面，"张让要孟德拿命换天子，他为什么提出再加两个，只留下吕布？这倒也罢了，只当是乱开玩笑。但是接到天子以后，他为什么不退兵？那些兵为什么突然就冒了出来？两宫的防务和我们的案子，又为什么要接管？当初可能只是想趁火打劫，现在恐怕胃口更大。此人的心思转得那么快，机会抓得那么准，太傅和卫尉未必都是对手，何况……"

"明白了。袁家的忠犬把牵绳套在了主人脖子上，旁边的猎人又岂会出手。"张邈一声长叹，袁绍却点了点头，"所以得靠孟德。今日之事远不如北邙凶险，他会有办法的。不审不判只送饭，则正好说明有斡旋的余地。只是我们不能坐等，必须有所作为。"

"开饭了。"狱卒数人又鱼贯而入。

"滚回去，老子不吃！"袁术显然明白了袁绍的意思，跳起来大声吼道，"看什么看！告诉你，他们两个也都不吃！"

"对，不吃！"袁绍和张邈一齐响应。

"这可是太傅府送的。"狱卒说。

"太傅？我还是太岁呢！"袁术牛皮哄哄，"给我回去告诉太傅和董卓，我们绝食了。等一下！顺便再说一句，好好喂我的鹰，不得有半点怠慢！谁敢亏待它，出去以后把他脑袋拧下来。"

12

"绝食？"斜躺在榻上的董卓看着前来报信的董承。

董承是凉州军团中为数不多的非凉州人之一，却跟出生在凉州的李傕和郭汜一样，与董卓建立了君臣关系。东汉时期人们的家国观念与后世不同，他们以大汉为天下，州郡为家国。所以，李傕和郭汜都只认董卓不认皇帝。董承受到信任则有两个原因：他姓董，是董太后的侄子；且精明能干，智商远在其他部属之上。

进京之后的情报工作，就交给了董承。

董承不知道自己送来的是好消息还是坏消息，董卓的心情却显然很好。昨天晚上，他已经享用了袁隗的一番好意，许攸挑选的这几个绝色女子也分明受过培训，十分善解人意。因此听了这消息，董卓便神清气爽地安步当车，非常惬意地走到同在永和里的杨府。

"君侯大驾光临，寒舍蓬荜生辉！"

杨彪客气地迎进董卓，然后分宾主坐下。袭封了临晋侯的杨彪跟董卓一样也是侯爵，但位列九卿，秩中二千石，董卓则只是二千石的州牧，官阶略低。这样坐，应该说既礼数周全又恰如其分。

"文先客气！"董卓满面春风，"董某是个武夫，不懂规矩。再说要是互称君侯，也不好说话。随意一点如何？"

"也好，将军，请！"杨彪看了看几上。

董卓端起酒杯，喝了一口。

"北邙归来就该去劳军。失礼了，见谅！"杨彪说。

"哪里话！"董卓放下酒杯，"自古行商拜坐贾。实不相瞒，董卓三十年不曾进京，人生地不熟，两眼一抹黑啊！还请多多指教！"

"不知有什么事情可以效劳？"杨彪问。

"比如袁本初他们这个案子，就不知如何是好。"

"啊！"杨彪正好奇怪，"将军为什么要接？"

"纯属多管闲事，就像在北邙。"

"既然是闲事，那就让它闲着。"见董卓奇怪地看着自己，杨彪又指了指几案上的果盘说，"仲颖吃个果子。"

"还真不习惯。肉倒爱吃，嘿嘿！"董卓笑笑。

"吃果子对身体好，不过要看时令。"

"不知此话怎讲？"

"比如桃子过季了，就吃李子。"

"原来如此！"董卓当然不懂李代桃僵，但是换个果子吃，这意思还是懂的，便笑笑说，"看来卫尉府里果子挺多。自己种的？"

"府里没有果园，得到南市去买。凉州果树多吧？"

"我们凉州军只会打猎打仗，种果树却是不会。"

"也好！秋天正是驰骋猎场的季节。"杨彪笑笑，又说，"袁公路可是爱打猎，走到哪肩膀上都架只鹰。这回也带进去了？"

"应该没有，嘿嘿！"

两个人又说了一阵闲话，董卓这才起身告辞。不过，杨彪的态度已经十分清楚，该怎么办也了然于心。更让他高兴的是，回到府邸后又看见曹操竟然已经等候多时。这就用不着绕弯子打哑谜了，便开门见山地说："曹孟德，你我都是痛快之人，有话就直说！"

"遵命！请君侯释放本初、公路和孟卓。"

"名不正则言不顺。有什么名目吗？"

曹操早就想好了。太傅把自己架在了高处，得去搭个梯子，董卓放人也得有个交代，便道："护驾有功，功过相抵。"

"要说护驾，袁绍无法与孟德相比吧？"

"君侯不也是让功之人吗？孝桓皇帝时，因破羌平叛有功，朝廷赏赐双丝细绢九千匹，君侯全部分给部下，寸丝不留。"

"这事你也知道？三十多年了！"

"曹操虽然愚钝，也懂得见贤思齐。"

"好好好好！"董卓心里舒坦，却并未放松警惕，又问，"九千匹双丝细绢，怎么比得上司隶校尉？"

"曹操不明白这话什么意思。"

"袁绍如果伏法，孟德岂非正好取而代之？"

"莫非这是君侯的安排？"

"有人这么想。"

"此言差矣！本朝的官有三种。一种是买来的，一种是论资排辈熬出来的，还有一种是像君侯那样，在战场上出生入死博来的。曹操虽然无能，想做的却是后面这种。"

"是吗？"董卓定睛看着曹操。

曹操摸摸鼻子，没打喷嚏。

成大事者，必须长得丑。

董卓点了点头。

"好吧！那么袁术和张邈，又何功之有？"

"都有亡羊补牢之心，将功补过之意。"

"那又如何？"

"不妨放他一马，以观后效。"

"戴罪立功？"董卓的目光又锐利了，"孟德果然才思敏捷，竟然想出这么多说法，佩服！"

"君侯过奖，昨晚才想出来的。"

"是吗？"董卓又定睛看着曹操，"知道孤为什么要让出那九千匹双丝细绢吗？车马轻裘与朋友共，敝之而无憾。此孤之愿，看来也是孟德所愿。只是如此大案竟没有可杀之人，讲不过去吧？"

"君侯善用奇兵，自然早有伏笔，何劳越俎代庖。"

早有伏笔？哈哈哈哈！

这家伙可以重用。

至于董承，就看过会儿袁隗来了，他知不知道该怎么说。

114

袁隗从来不曾像今天这样沮丧和狼狈。狱中那三个人绝食的消息传出以后，袁绍兄弟的妻妾们不顾礼法冲了进来，乌泱乌泱跪了一地号啕大哭，连夫人和许攸也都跪下。袁隗却怒气未消咬牙切齿。"董卓忘恩负义，已欺我两回，难道还可再三？"

许攸长跪不起，看着袁隗说："罪人绝食，有蔑视朝廷之嫌，可以用刑的。三木之下，何求不得？一旦铸成铁案，永世不得翻身。上次曹孟德来访，出门时留下一句话：到底是太傅府，用蜃灰刷墙。小人思来想去，总算想明白了。他说的是，不能只顾表面光鲜。"许攸伏地叩首，泪流满面："事急矣！请太傅三顾董府！"

袁隗只好硬着头皮再去永和里。

董卓依然谦卑。他恭恭敬敬迎进袁隗，请太傅在正中坐下，自己则退到旁边叉手问道："旧部还有事未了，明公可否稍候？"

"这样啊？那么老夫回避。"

"明公言重。旧部哪有事情要瞒，又岂敢瞒太傅！"董卓道，然后不管袁隗是否如坐针毡，满脸肃杀地问董承，"我军都进城了吗？"

"还没有。"董承答。

"嗯？"

"人太多。一窝蜂全都进来，怕惊扰百姓。"

这小子果然聪明，答得漂亮！董卓心里很满意，脸上却仍然没有任何表情。"那你们是怎么安排的？"

"分批进城，每天两三千。"

"三天了。这么说，加上孤带来的，人数已经……"

"过万。"董承答。

袁隗心里一惊。

董承又说："再加上何进部和并州军……"

"并州军？"袁隗忍不住问。

"是。"董卓恭恭敬敬看着袁隗，"旧部本是并州牧。"

"哦，哦！也是。"袁隗无话可说。

"南北两宫的防务，也已由并州军接管。"董承继续汇报，"吕布见过了中常侍渠穆，常侍托吕布向君侯致意。"

袁隗心里又一惊。

"公卿百官可好？"

"安然无恙。"董承说，"都亭、郡邸和文武百官府上，都有我军严防死守，闲杂人等断不敢进出骚扰。"

"那也不能惊了朝廷大臣。"董卓说。

"不会。"董承说，"我军只在暗处，大臣行动自由。卫尉与司空书信人情往来，小人都只看在眼里，并不敢阻拦盘问。"

袁隗心里再一惊。

"如此甚好。"董卓说，"还有吗？"

"诏狱的人犯今天绝食。"

"混账！"董卓怒喝。

袁隗闻言大惊，董承也吓了一跳。

"审都没审，岂能称为人犯？"董卓怒道。

"属下失言，君侯恕罪，太傅恕罪！"董承叉手躬身。

"算了，下去吧！"董卓吩咐。

董承行礼，然后倒退着离开。

袁隗完全明白，董承的汇报工作是演给他看的。可惜他不能撕开假面具，也知道自己大势已去。那人刚才说的郡邸，其实是各州郡的驻京办事处。看来，仅仅三天时间，董卓便已经全面控制京师。再不服软认庆告饶，不但袁绍兄弟性命不保，自己也难逃厄运。

老太傅摇摇晃晃站起来躬身长揖。

"明公何以如此？折杀旧部了。"董卓装模作样一把扶住。

"请仲颖放了本初、公路和孟卓。"袁隗流下眼泪。

"怎么？不秉公办案？"董卓故作惊讶。

"老了，心软。"

"明公吩咐，董卓敢不承命。但，人是太傅下令抓的。"

"老夫现在就下令放。"

"如此这般，岂非显得朝廷没有法度？"

"你说如何是好？"

"从来恩自上出。"

"老夫这就去宫中请旨。"

"明公可能忘了。"董卓呵呵一笑，"本朝自有制度，即便天子的诏令也得有人副署。太傅要避嫌，大将军已死，太尉远在幽州，司徒目前空缺，只剩下司空刘弘。但他这个人……"见袁隗用疑问的眼光看着自己，董卓笑笑，从怀里掏出一块绢帛交给对方。

"这是他疏文的抄件。"董卓说。

消息如此灵通，莫非中常侍渠穆也……

袁隗顾不上多想，飞快地看了帛书一眼。

果然，奏请曹操为司隶校尉。

李代桃僵？哼哼！

老夫这就进宫。

117

袁绍、袁术和张邈都没想到，提审竟会在当天晚上。走进廷尉寺大堂后三人更是大吃一惊：北面台上正中坐着袁隗，董卓和杨彪分别坐在他的左右，台下矮榻上还居然坐着面无表情的曹操。

这是什么架势？

曹操却在接到通知时就明白了，董卓已经跟袁隗达成交易，而且希望迅速了结，否则不会连夜提审。只是这案子太大，必须遵守法定程序，还必须审得光明磊落，这才拉上了杨彪。杨彪不糊涂，也从来不愿当出头鸟，自然只肯作陪。袁隗要避嫌，董卓其实也要避，这才合谋让曹操当主审官。曹操倒是正想借此机会帮袁绍脱身，只是越想帮忙就越要审得严肃认真。两个人能不能配合，就全看默契了。

"孟德，开始吧！"袁隗吩咐。

"遵命！"曹操说，"不过，启禀太傅，依律当验明正身。"

"验！"袁隗批准。

曹操却不开口，而是低头看着几上的木简。

装什么鬼？袁术嗤之以鼻。

大堂里一片寂静。

过了片刻，曹操缓缓抬头看着张邈，问道："你是张邈？"

"是。"张邈回答。

"被捕前职任羽林军骑都尉？"

"是。"

"职责何在？"

"拱卫天子。"

"那你还在京师杀人?"

张邈目瞪口呆。

"跪下!"曹操一声断喝。

张邈扑通跪下。

曹操又看袁术。

袁术傲然回视。

"姓名报来。"曹操说。

"不知道!"袁术答。

"官任何职?"

"不知道!"

"犯何事由?"

"不知道!"

"都不知道? 跪下!"曹操扔出一片木简。

"不跪! 你又是谁? 官任何职? 凭什么来问我?"

曹操坐直了身子,笑而不答。袁隗却站起身来,向天拱手:"皇帝和太后有旨,着典军校尉曹操主审南宫被烧被毁、两千宦官被杀失踪一案,太傅袁隗、司空董卓、卫尉杨彪监审。"

袁术垂头丧气,不再说话。

"廷尉寺正监何在?"曹操问。

"小吏在,请吩咐。"

秩六百石的廷尉寺正监回答。

"违抗旨意,咆哮公堂,该当何罪?"曹操问。

"依大汉律……"

"跪下!"不等廷尉寺正监说出,袁隗立即猛喝。

袁术不敢再惹是生非，扑通跪下。

原本已经跪下的张邈气都不敢出。

曹操这才看着袁绍。

听见"司空董卓"四个字后，袁绍就知道形势已变，也知道自己应该如何应对，便不等曹操开口就主动说道："罪臣袁绍，被捕前职任西园军中军校尉，又任司隶校尉。"说完自己跪下。

已经落座的袁隗松了口气。

曹操却站起来走到一侧说："奉旨问！"

袁隗等人听见这三个字，也都起身。董卓站在曹操的上首，袁隗和杨彪站在对面。空空如也的台上，似乎有皇帝和太后的眼睛。

这时，就连袁术也低着头，不敢嚣张。

"奉旨问！"曹操不看袁绍而看着对面，"本月二十五日，尔等起兵于都亭，攻承明门，杀宫中宦官，系受何人指使？"

"无人指使，都是袁绍一人所为。"袁绍回答。

袁隗脸上出现一丝不易察觉的欣慰。

"羽林军骑都尉张邈是你召唤？"曹操又问。

"是。他是胁从。"

"虎贲中郎将袁术呢？"

"也是。"

"丁原属下吕布？"

"更是。不过，他不是已经释放了吗？"

董卓脸上出现一丝难得见到的尴尬。

"说的是。来人！"曹操吩咐，"给袁术和张邈松绑！"

几个狱卒过来，解开了那两个人身上的绳子。

"没你们的事了，站到一边去！"曹操又吩咐。

袁术和张邈大感意外，赶紧站到两边，还叉着手。

正中地上，跪着五花大绑的袁绍。

"奉旨问！"曹操看着袁绍，"此事你是如何谋划的？"

"没有谋划。"

"那么，为何要选在本月二十五日？"

"没有挑选，只因那天张让杀了何大将军。"

"大将军于你，有私恩？"

"没有，志同道合而已。"

"什么志同，什么道合？"

"翦灭宦官。"

"宦官于你有私仇？"

"没有，只有公愤。不过说来话长，不能跪着。"

"来人！"曹操吩咐，"扶他起来。"

两个狱卒过来，将袁绍扶起。

"宦官为乱，由来已久。滔天罪恶，罄竹难书。"袁绍从容不迫地开始演讲，"远的不说，就说孝桓皇帝延熹九年，有个名叫张成的江湖骗子为了显示自己神机妙算，竟然唆使儿子杀人。实际情况是此人与宫中宦官过从甚密，事先知道朝廷即将大赦，这才敢犯此重罪。司隶校尉李膺勃然震怒，不顾赦令将张成父子处死。宦官怀恨在心，也畏惧天下士子的浩然正气，竟诬告李膺等诽讪朝廷，疑乱风俗，致使二百多读书人被捕入狱，书名公府，禁锢终身。当时，本案主审官曹操只有十二岁，可能并不清楚，但三位监审应该记忆犹新。"

"不！主审记得。"曹操说。

"记得就好。"袁绍说。

"还有吗？"曹操问。

"有。"袁绍继续说,"孝桓皇帝驾崩,先帝以侯爵继位,也只有十二岁。中常侍曹节等矫诏杀太傅陈蕃和大将军窦武,又诬陷李膺等要夺取汉家江山,致使一百多读书人被杀,六七百人禁锢,天下英雄和有识之士几乎被悉数戕害,国家栋梁和朝野精英所剩无几。"

"确实。"杨彪忍不住说了一句。

"请问各位,这难道不是公愤?"袁绍说,"先帝驾崩,张让等又兴风作浪,竟然在宫中谋杀大将军,是可忍孰不可忍!袁绍愧为司隶校尉,理当以李膺老前辈为表率,为国家除此祸端,以期永宁。此事从头到尾都是我一人所思所想,所作所为,与他人无关。倘若主审与监审禀告天子与太后,以为触犯刑律,则任杀任剐,无怨无悔!"

大堂里一片寂静。

"袁绍,你说完了?"曹操问。

"多说无益。"

"那好!主审也已问完。"

"就问完了?"袁隗有点不敢相信。

其他人也面面相觑。

只有袁绍看懂了这位主审官的用心,默然不语。

"抱歉,抱歉!"曹操拍拍脑袋,又说,"奉旨问!"

所有人都不知道他要问什么,不由得紧张起来。

"奉旨问太傅袁隗!"曹操说,"抓捕袁绍等人,可曾请旨?"

"啊!不曾。臣向天子和太后请罪!"袁隗叉手。

"奉旨问司空董卓,释放吕布,可曾请旨?"

"倒是不曾。臣请罪!"董卓叉手。

"奉旨问卫尉杨彪,太傅袁隗不经请旨即抓捕二千石高官,司空董卓不经请旨即释放未审之人,作为本案监审,你可知情?"

"这个?"杨彪张口结舌。

"前者知,后者不知?"曹操问。

"正是。臣也该请罪!"杨彪叉手。

"多谢三位上官,曹操这回是真问完了。"曹操换成了作为下级的谦恭态度,"却不知刚才所问,可有错谬?"

"没有。"杨彪首先表态。

"没有。"董卓接着表态。

"没有。"袁隗最后表态。

"可有遗漏?"

"也没有。"三个人一齐说。

"既无错谬,又无遗漏,曹操作为主审,便可裁决。"曹操也不管那三人如何反应,径直走到当中宣布道,"人非圣贤,孰能无过。以过为罪,国之不宜。袁绍、袁术和张邈应予当庭释放!"

15

第二天,八月二十九日。

官复原职的袁绍在他的司隶校尉府请曹操喝酒。两个人的心情都很好,说起头天晚上的庭审更是乐不可支。袁绍指着曹操说:"曹孟德啊曹孟德,你可真行,俨然太史公《酷吏列传》中人物。袁公路那家伙向来桀骜,太傅和我都让他三分,倒被你收拾得服服帖帖。"

"他那是自找的。"曹操淡淡地说。

"就不怕吓着我们?"

"本初也是吓得着的吗?"

两人都笑，也都为双方的默契感到欣慰。

"奉旨问，可曾请旨，也亏你想得出。"

"小巫降厉鬼，只能请大神。"

"斯可谓'挟天子以令公侯'也。可是你也不想想，哈哈！一审即结案，还当庭释放，难道就不需要请旨？"

"也是啊！"曹操装糊涂，"那我该进宫请罪吧？"

"算了吧！"袁绍笑，"只怕新任司空就不同意。"

"怎么？说我呢？"

董卓只身一人昂首阔步走了进来。

袁绍和曹操赶紧起身迎上前去。

董卓倒是毫不见外，大大咧咧自己走到上座坐下，还招呼袁绍和曹操都坐。他也只字不提下狱出狱，反倒聊起四天前的事："那天晚上在北邙，你们两个落在后面交头接耳，都议论什么呢？"

袁绍正在想董卓是怎么进来的，听这一问猝不及防，便不假思索地回答："当时惊魂未定。说了些什么，现在完全想不起来。"

"是吗？孟德呢，也想不起来？"董卓又看曹操。

"记得。"曹操坦然答道，"我们在议论司空。"

"哦？议论孤什么呢？"董卓果然大感兴趣。

"当时司空痛斥朝廷大臣文不能安邦，武不能定国，因此我俩便胡乱猜测君侯要是有了机会，将怎样整顿乾坤，重振纲纪。"

"猜出来了吗？"董卓兴趣更大。

"诚如本初刚才所言，惊魂未定之际，猜不出来。"

"呵呵呵呵！"董卓心想，你这家伙可真会说话，也真够维护你那好朋友的，便笑眯眯地追问，"现在惊魂已定，就猜得出来了吧？"

"惭愧，更猜不出。"

"嗯？"

"惊魂已定，那还猜他做甚？"

"哈哈哈哈！"董卓觉得自己更喜欢曹操了，便将身子前倾，看着那两人说，"老夫此番来，正要与你们商量。吾家仲舒有言……"

"吾家仲舒？"袁绍皱了皱眉。

"对啊！董仲舒，不是我们董家的吗？"董卓并不在意袁绍哭笑不得，也没注意曹操怎么想，只管自己说下去，"吾家仲舒有言，君为臣纲。这个纲，就相当于军中之将吧？"

"呃，也可以这样说。"袁绍答。

"好！兵尿尿一个，将尿尿一窝。将尿，能打仗吗？"

"当然不能。打败仗的，都是将不行。"袁绍说。

"那么，天下治不好，是臣不行，还是君不行？"

"这个？"袁绍张口结舌。

"将不行要换将，君不行该如何？"

"司空！司空不会是要……"袁绍有点紧张。

"哈哈！你猜对了，孤正是要换皇帝。"

"君侯！"袁绍猛地直起身子。

"本初莫非又惊魂未定了？"董卓嘲讽地问。

"司空！君侯！董……"袁绍不知该怎么说。

董卓却很淡定，自己从樽中舀出酒来喝。

袁绍和曹操互相看了一眼。实际上这时的两人，都有如遭雷击又茅塞顿开的感觉。曹操对于董卓的想法倒并不惊讶——陈留王的资质远胜小皇帝，这连傻子都看得出，令人诧异的是那逻辑和说法。将不行要换将，君不行该如何？话糙理不糙呀！

原来这武夫很有头脑，要不就是悟性好。

125

粗人的直觉，往往更接近真理和真相。

袁绍想的却是这几天的屈辱。昨天晚上，袁隗把两个侄子都叫到身边，详详细细讲了自己的三顾董府，最后伤心至极地说："狭路相逢勇者胜。三军可以夺帅，匹夫不可夺志，何况我等！只不过此番交涉已让老夫颜面尽失。天下和袁家的事，就靠你们兄弟了。"

此仇非报不可，袁绍咬牙切齿。

问题是，为什么呀？

现在明白了。那家伙很可能在北邙，就已经起了不臣之心。当今天子不如陈留王，只是其一。陈留王号称董侯，则是其二。董仲舒都算董家人，董太后当然就更是。但深层次原因，恐怕还是换皇帝最能立威。皇帝都能换，还有何不能？皇帝是董家人，朝廷又姓什么？

碍事的，就是袁家和杨家。

不过，董卓并没有吃柿子拣软的捏，而是直接向树大根深的袁家发起进攻。这倒是始料未及，却不能不佩服他的胆略。也是啊！四世三公的袁家如果垮了，杨家和其他人甚至都不用再费心思。

量小非君子，先得沉住了气。

"司空，话不能这么说。"袁绍尽量让语气平和，"三纲者，除了君为臣纲，还有父为子纲，夫为妻纲。若如司空刚才所言，君不行就要换君，那么，父不行岂非要换父，夫不行岂非要改嫁？"

"笑话！"董卓瞪着眼睛，"父死子继，世袭之道。先帝并非孝桓皇帝之子，怎么也继位了？换父？你们早已换过！"

曹操心里突然敞亮："有道理啊！"

"司空，这太过分了！"袁绍却怒火中烧。

"哪里过分？"董卓问。

"废立之事，岂容妄议！"

126

妄议？老子还要妄动呢！

董卓大感意外，怒不可遏。实际上，他之所以在袁绍出狱第二天就来谈换皇帝，是因为在他看来，经此一役袁隗已断了脊梁，而袁绍则应该感恩戴德，没想到碰了钉子，于是怒吼道："说是来商量，那是看得起你，不要给脸不兜着。老子要做的事，谁都挡不住。不识抬举的东西，当真以为董卓的刀不快吗？"

说完，解下佩刀来拍在几上。

没想到袁绍忽的一下站了起来，也解下佩刀横在胸前，满脸冷笑直视对方，"天底下，就只有司空的刀快吗？"

董卓瞪着袁绍，袁绍也瞪着董卓，谁都不动。

曹操却摸摸鼻子，大声地打了个喷嚏。

听见这声音，董卓和袁绍都看着他。

"袁本初，你想干什么？"曹操捂着鼻子呵斥道，"别忘了，这里可是你的司隶校尉府，有这么待客的吗？"

当然没有。谁让他不请自到，还反客为主。

董卓却马上听懂了弦外之音：这地方是袁绍的。深入虎穴，不可动粗。便收回怒气，拿起几上的刀漫不经心地摆弄。袁绍也迅速读懂曹操的暗示：此时不走，更待何时。于是他后退几步，左手取下挂在旁边的司隶校尉节高高举起，右手横刀在前，倒着走出去。

"司空息怒！"曹操这才向董卓下拜。

"息怒？"董卓大笑，"怎么，我发脾气了？"

"没有，司空器量如海。"

"孤倒是奇怪，有这么待客的吗？"

"他是司隶校尉。"

"那又如何？"

"参加朝会，照例后到先走。"

"还有这一说？"

"是。昂然径去，不辞而别，正是此仪。"

"那他刚才跟孤较劲，又是怎么回事？"

"书读多了。"

"那又怎样？"

"官越做越大，人越变越蠢。"

"哈哈，这倒有趣。"董卓忍不住笑起来，"所谓士族，就是这种人吧？难怪守个宫门，天子也丢了，玉玺也没了。"

曹操笑了笑，不置可否。

"那你们家呢？"董卓又问。

"家父也曾位居太尉，可惜是买来的，还只做了五个月。"

"老夫实在喜欢你这样说话。那你说，该拿袁绍怎样？"

"袁绍惊弓之鸟，多半已畏罪潜逃。"曹操说，"不过，此人不识大体是真，妄起反意则不会。如果下令追捕，只怕狗急跳墙。袁家自高祖袁安始，四世三公，门生故吏遍天下。他们经营既久，自然盘根错节。即便日薄西山，成事不足，那也败事有余。一旦蜂起，太行山以东将不为明公所有。故以操愚意，不如宽大为怀，予以安抚。"

"孟德所言甚是。"董卓忽然叹了口气，"孤也知道，治国平天下不能靠武夫，得靠士人。本初昨夜所说，其实深得我心。老夫已经与太傅联名上书，请拜颖川韩馥为冀州牧，宗室刘岱为兖州刺史，陈留孔伷为豫州刺史，东平张邈为陈留太守。李傕和郭汜那些家伙，只能当看门狗，登不了大雅之堂。本初嘛，渤海太守如何？"

"操替本初叩谢司空！"曹操俯下身子。

"那你自己呢？"

"家父避难谯县，正想去看望。"

"就不想也弄个'后到先走'当当？"

"想！要说不想，是伪君子，何况家父还任过此职。"

"老夫就喜欢你说真话，可惜袁本初把节带走了。"

"重新再做倒也无妨。"曹操轻描淡写地回答，董卓则兴趣盎然地等着他往下说，"但如果乘人之危，那就是小人。"

"好！不过，孤有件事要你做，不得推辞！"

"司空吩咐！"

"替老夫维持治安，孤不能让人说'将尿尿一窝'啊！"

"这可不是曹操的职责。"

"让你做城门校尉就是。"

城门校尉？曹操非常清楚这个职位的分量。它和司隶校尉的官阶完全一样，都是比二千石，却管着洛阳的十二座城门。当年，孝桓帝驾崩没有子嗣，便是城门校尉窦武与窦太后定策禁中，迎先帝于河间而入继大统。任命曹操担任此职，等于把洛阳交给了他。

"司空器重，敢不承命。"曹操低头，"只是……"

"什么？"

"司空的部将，不是操管得了的。"

那是当然，董卓拿起几上的刀。

"给你。只要出示，如孤亲临。"

"遵命！"曹操接过董卓的佩刀。

董卓忽然觉得累了。他很不习惯京师上流社会的正襟危坐，也不喜欢那些人彬彬有礼背后的钩心斗角，只有这个曹操还算可人。即便如此，他也保持着警惕。荒野上的狐狸，从来就是半睡半醒的。

于是，走到门口，董卓突然回头。

"对了，有个问题，孤一直想问你。"

"请问！"

"你到底为什么要刺杀张让？"

曹操摸摸鼻子，打了个喷嚏。

16

离开司隶校尉府，袁绍并没有仓皇出逃。他回到家中，不慌不忙做了交代，又脱下袍子交给许攸，让他带给曹操，还附了一首诗：

> 邙山风雨骤，我去君且留。
> 他年难堪日，仍共万里舟。

一切处理停当，袁绍这才骑着马到了上东门，把司隶校尉节挂在了门楼上。他要告诉世人，自己光明磊落，不是畏罪潜逃。当然他也相信，今日之事必将轰动一时，并流芳百世。

果然，正史《后汉书》为袁绍隆重地记下一笔：

> 横刀长揖径出，悬节于上东门而奔冀州。

第四章

劫匪

九月

1

九月初一，崇德殿。

这是张让谋杀何进的第七天，袁绍出走的第三天，也是天子回宫后的第一次朝会，朝廷大臣齐集。小皇帝刘辩坐在正中御榻，陈留王刘协坐在侧面小榻，渠穆站在旁边，帷幕后面则是何太后。公卿百官按照职位高低分列两行坐着，上首右边是袁隗，左边是董卓。

行礼如仪已毕，董卓站了起来。

"诸位！朔日视朝，是自古以来的规矩。不过今天不能只是例行公事，先要了却一笔旧账。"董卓俨然主持，"六天前京师动乱，天子蒙尘，夜走北邙。现已查明，此案系由中常侍张让谋杀大将军何进而引起，所以罪魁祸首就是张让。不过此人与同伙已经投河自尽，因此免予追究，其职奉太后旨由渠穆接任。袁绍和吕布护驾有功，袁术和张邈补救有力，均官复原职。袁绍和张邈知恩图报，主动请辞，故而改任袁绍为渤海太守，张邈为陈留太守。此外，天子还朝，曹操居功甚伟，由典军校尉改任城门校尉。诸位有意见吗？"

朝堂上鸦雀无声。

董卓满意地点了点头。

"攻打烧毁宫门的叛将吴匡和张璋，也已经正法！"

如此之大的案子，就杀这么两个小人物？

某些朝臣的脸上，已经表现出异色。

"很好！本案就此了结。"董卓当然知道有人会愤愤不平，也知道他们对这明显偏袒袁家的处理方案，肯定敢怒不敢言，便只当什么都没看见，自顾自继续往下说，"现在请大家认识两个人。奉先！"

吕布从大殿门口过来，低眉顺眼站在了董卓身后。

"此人姓吕名布字奉先，是董某的义子。"见百官交头接耳，董卓暗自窃笑，"用不着嘀嘀咕咕窃窃私语。奉先确实原本追随丁原，不过现在归我了，并州军也归我了。这叫什么呢？"董卓鹰隼般的眼光扫了过去，坐在首席的袁隗呆如木鸡，官员们也都像没听见。

"识时务者为俊杰。"董卓自答。

"敢问执金吾丁原为何没有上朝？"

问话的是豫州牧黄琬，刚被征召入朝，还有些懵懂。

"奉先对他尽忠尽孝，已礼送黄泉。"董卓说。

黄琬愕然，朝堂上却一片肃静。

吕布当然知道，公卿和百官正在用什么眼光看着自己，但他满不在乎。少年时代，当他在九原县城街头打群架的时候，就明白了一个简单的道理：武艺好不如跟对人。再好的武艺也打不过全天下，好的头雁却能够在关键时刻罩着你。看看董卓吧，那么多人死心塌地跟着他走，这样的死党丁原手下可有？自己入狱后他又可曾营救？所以出了诏狱，吕布毫不犹豫就把老上司埋在了李子树下，兵符交到了董卓手中，并且说："小人的命是君侯给的，小人的剑就是君侯的刀。"

董卓却哈哈大笑："老夫只领子弟兵。"

收编军队和收养义子，也就是眨眼工夫。

这些情况，当然不必让公卿百官全都清楚，他们只需要知道结论和结果。于是，趁着这些人目瞪口呆，董卓明确宣布，堂堂大汉天子竟被宦官劫持，原因就在权力分散，政出多门，相互推诿，谁都负责也谁都不负责。所以，京师防务必须归他一人统领，十二城门由凉州军把守，曹操巡视，七座宫门则全都交给吕布和他的并州军。

朝堂上又有人交头接耳。

"常侍？"董卓看着渠穆。

"太后已经恩准。"

"卫尉？"董卓又看杨彪。

"本人已然得知。"

宫廷和朝廷都被董卓控制了？

朝堂上这才一片哗然。

"不要嚷嚷！"董卓低声说道，却不怒而威。

大殿里立即鸦雀无声。

"现在说第二位。"董卓随意地看了刘辩一眼，又看朝臣，"御榻上这位，大家肯定认识——当今天子，被你们弄丢了的天子，又被我从北邙捡了回来。回来了好，国不可一日无君嘛！正巧，大将军何进死于非命，中常侍张让也自取灭亡。多年内斗理当消停，重振朝纲也指日可待。只是如何重振，当务之急又是什么，"董卓笑笑，突然转过身来毕恭毕敬看着刘辩问，"陛下不给臣等讲讲吗？"

小皇帝哪里想得到，又哪里讲得了，不知所措。

"陛下不讲，可容臣说？"

刘辩赶紧点头，董卓则转过身来看着朝臣，讲起了桓帝延熹年间和先帝建宁年间宦官集团对士人的迫害，讲起了司隶校尉李膺和太傅陈蕃等人的悲惨遭遇。这些都是士大夫们亲切无比的姓名，耳熟能详的故事，听董卓重新讲来却恍若隔世，并被深深震撼。因为董卓讲得生动鲜活又情深意切，看得出连他自己都很感动。一众朝臣更是惊异于那凉州武夫竟然如此熟悉历史，还有那么好的口才。他们当然不会想到，董卓能有今天，其实得益于在袁隗司徒府中的耳濡目染，再加自己的聪明好学和有备而来。但总之，当董卓提出重振朝纲必须平反冤狱、起用忠良、整顿吏治时，大殿里群情振奋，一片赞成。

"那么，请问有哪些冤狱，忠良又都是谁？"

董卓侧过身子，歪着头看刘辩。

刘辩答不上来，张口结舌。

"宗室刘淑，方正贤良，名满天下，曾任虎贲中郎将，被宦官诬告与窦武通同谋逆，免官下狱。"董卓看着刘辩，"可该起复？"皇帝赶紧点头称是，董卓却摇了摇头："可惜在狱中自杀。"

小皇帝愣住。

董卓没有表示意外，又问起了其他人，比如与李膺齐名的前太仆颍川杜密，世代为官的前大司农河南尹勋，会稽名士魏朗和汝南名士范滂，还故意提起前司隶校尉颍川李膺。小皇帝表示均该起复，董卓却摇了摇头不无遗憾地说，杜密和尹勋也在狱中自杀，魏朗则在押解途中自尽，范滂被害时才三十三岁。至于李膺，董卓叹息说："在诏狱被酷吏拷问致死。臣刚才已经说过，陛下怎么转眼就忘了？"

刘辩满脸通红。

董卓却又问起了王甫。他耐心地告诉小皇帝，王甫是范滂第一次被捕时的主审官。这位官员听完范滂的慷慨陈词，竟然下令解开所有人犯的枷锁。于是董卓再问："如此之人，可该重用？"

"重用！"刘辩大声说道。

朝臣们面面相觑，纷纷摇头。

曹操也差点就把喷嚏打出来。

董卓笑了。他告诉小皇帝，老太傅陈蕃正是死在王甫这个宦官的手里，而且十年前此人就因罪行暴露而遭到严惩，被碎尸万段。掌握其罪证的，则碰巧就是现在的卫尉，当时担任京兆尹的杨彪。

还有人证？刘辩尴尬之极。

"司空，还是说在世的吧！"杨彪只好打圆场。

"所言甚是。"董卓又笑了，一口气报出名单——东平王考，陈留秦周，武威周毖，汝南伍琼，南阳何颙，荥阳郑泰，这些人都是当今名流，也都在世，看起来很像国之栋梁，不知陛下以为如何？

刘辩连连答错，不敢轻易表态，董卓却凶巴巴地瞪着他。何太后在帷幕后面干着急，其他人又不能代替至尊回答问题。坐在御榻上的小皇帝孤立无援，手心冒汗，觉得简直就快要哭出来了。

"看看，诸位看看，这副模样，还像我大汉天子吗？"董卓轻蔑地看着刘辩。"陛下该不会像在北邙那样，又要如厕了吧？哎呀，我说小朋友，啊，不，至尊，你是继续坐在这里呢，还是换个地方？"

刘辩在御榻上如坐针毡。

"太后说呢？"董卓问。

坐在薄纱后面的何太后狼狈不堪，只好别过脸去。

"我看你娘也为难，一边歇着吧！"董卓喝道。

渠穆赶紧上前扶起刘辩，坐到另一边小榻上。

"司空！"袁术起身出列，走到大殿当中。

"虎贲中郎将有话说？"董卓问。

"司空难道有废帝之意？"

"正是。"

"何故？"

"刚才诸位亲眼所见，望之不似人君。"

"当今天子乃太子即位，岂能废黜！"

"即位之时，给他传国玉玺了吗？"董卓问。

"当然！"袁术答。

"现在哪里？"

袁术顿时语塞。

曹操却起身出列，也走到大殿当中。

"城门校尉有话说？"董卓问。

依礼，对皇帝和太后说话，提到所有臣子都直呼其名。于是曹操又手而立，看着帷幕说："启禀太后，董卓所言，臣附议！"

所有人都大感意外，包括董卓。

曹操却不是一时冲动。他很清楚，刚才的陈述和问答，董卓其实都有精心准备，目的是要传达两个信息：他本人希望依靠士大夫平治天下，当今天子却德不配位。否则，这位新任司空不会故意让小皇帝当众出丑，也不可能连那些名士的郡望都一口气报出。这就说明董卓了解并尊重士族，也真打算重振大汉，那又为什么不让他试试？天下不是哪个人的。将不行换将，君不行换君，也并非没有道理。

袁术则顿时急了，冲到御榻前跪下说："启禀太后！贼臣曹操目无国法，妄言废立，实同谋逆，罪不容赦，请立斩于殿前！"

"照这么说，该先斩董卓了？"

董卓语气轻柔，却透着阴狠。

袁术自知失言，低头不语。

"请问中郎将，为什么这天子换不得？"

曹操侧脸问道。

138

"国赖长君。"袁术说。

"说错了，国赖贤君。"曹操在袁术旁边跪下，"太后知道，立储以贤正是先帝遗愿。可惜，受此遗命的宦官蹇硕被何进杀了。这才有了张让杀何进，袁绍杀宦官，陛下和陈留王蒙尘北邙。所有乱象均出于此！若不正本清源，我大汉岂能长治久安？"

朝堂上顿时议论纷纷。

"曹操果然是宦官死党！"袁术咬牙切齿。

"你们兄弟又是什么？杀人放火团？"董卓喝道。

袁术四顾，竟无人说话，袁隗依然呆若木鸡。

何太后觉得不能再忍，便拍案而起。

"先帝遗诏，朕临朝称制！"

"是吗？"董卓冷冷地看着帷幕，然后指着刘协说，"认识这个孩子吧？母亲刚刚生下他，就被你毒死。幸亏他有亲祖母，也就是我们董家的老太后，这才得以长大成人。可是先帝尸骨未寒，董太后就被赶出了京城，还死得不明不白。有这样仁义道德的吗？如此狐鼠伎俩蛇蝎心肠，又有什么资格母仪天下？今天孤就让你滚出永安宫！"

殿中一片死寂。

何太后颓然坐下，脸色惨白。

"豫州牧有话说？"见黄琬起身出列，董卓问。

所有人都看着黄琬，黄琬期期艾艾地说："即便如此，恐怕也不能随随便便就、就把天子废了吧？"

"也是。那就奏乐。"

说完，董卓掏出鹰笛吹奏起来。随着西北乐曲响起，甲士们突然涌入殿堂，每个官员后面都站了两个。曹操和袁术起身，跟黄琬一起满脸尴尬地站在当中，进也不是，退也不是。

"诸位放心，并不是董某要做皇帝。"董卓说，"宣策！"

早已候在旁边的尚书走上前去，展开帛书宣读："陈留王协，圣德伟茂，规矩邈然，宜承洪业，为万世统。"

董卓弯腰对刘协说："殿下，不不不，陛下，请！"

"我不要当皇帝！"刘协说。

"陛下，不要这样嘛！"董卓说，"请上御榻，好不好？"

"不好！"刘协说。

"太后！"董卓喝道，"太后还不下旨吗？"

束手无策的何太后在帷幕后面气得浑身发抖，朝堂上却没有任何头面人物说话，只有一个坐在末位小官站了起来怒斥："董卓！你罔顾三纲五常，君臣之礼，如此逼宫，就不怕天打五雷轰？"

"这是哪个小屁孩在瞎嚷嚷？"董卓说，"奉先！"

吕布快步上前，一把拎起那小官。

"放下！"董卓说，"不要动粗。"

小官被吕布扔到了殿角。

"抬出去找个医家看看。"董卓瞟了一眼那痛苦呻吟的小官，估计他已经摔断骨头，便吩咐吕布。吕布挥手召来甲士，董卓又哼了一声说道："尊卑有序。太傅都还没说话呢，轮得到你？"

袁隗却不说话，而是看着杨彪。

杨彪当然懂得袁隗的意思。小皇帝虽然未免可怜，何太后却丝毫不值得同情。将权柄从宦官和外戚那里转移到士族，则是杨家和袁家的共同愿望。何况看董卓的意思，也还是要依靠儒生，所以孤儿寡母什么的就只能怪他们命不好。杨彪拿定主意，向袁隗点了点头，两人一齐起身走到刘辩面前，先躬身行礼，然后将冠冕和绶带取下。

"你这没断奶的，"董卓向刘辩喝道，"到你娘怀里去吧！"

刘辩迅速跑到了帷幕后面。

"撤帘！"渠穆突然喊了一声。

何太后猝不及防，赶紧拉起刘辩就走。

袁隗和杨彪这才走到刘协面前，给他佩戴冠冕和绶带。

"我不要当皇帝！"那九岁的孩子说。

董卓却大步上前，将他抱起放在御榻上。

不能箕踞！刘协马上调整了坐姿。

哼哼！办大事，就得简单粗暴。

董卓满意地点点头，然后宣布："礼成，退朝！"

殿内官员都明白，此事已不可逆转。于是以袁隗为首，依次上前向新皇帝行礼，再退了出去。最后，就连渠穆也识相地离开，只剩下刘协在御榻上发呆。董卓则坐在旁边地上，从怀里掏出陶壶。

董卓一边喝酒，一边说他为什么要换皇帝，说到最后竟变得絮絮叨叨。"陛下，臣跟你说半天啦，怎么还不明白呢？当皇帝好。臣要是跟陛下一样也姓刘，早就当了。臣是真心喜欢你啊，臣在北邙就想要你当皇帝。董太后养大的，也是我们董家人嘛！臣想好了，要为陛下广纳人才。杨彪要重用，袁术要重用，曹操也要重用。只是那曹孟德还是曹阿瞒的，臣看不透他，看不透，看不透啊！"

说着说着，董卓的声音越来越低。

刘协突然开口："朕累了，董卿退下！"

董卓却在御榻前打起呼噜来。

历史记住了这一天：中平六年九月初一，董卓废少帝刘辩，改立陈留王刘协，是为汉献帝。不过，献帝是他死后的谥号，在世的时候则只能称为大汉皇帝，或当今天子，或刘协。

刘协当然不知道，这天换算成公历，是189年9月28日。

2

这家伙难道是来堵我的?

袁术此刻的心情就像宴席上吃最后一道甜品时,发现碗里有什么东西在蠕动,真心恨不得杀了那贼眉鼠眼的厨子。但曹操出现在里坊门口显然不关厨子什么事,除非他知道自己为什么要饱餐一顿。十多天过去,两人并未见过面,袁术却记得九月初一那天走出殿门,自己踢飞了曹操的鞋。曹操却只是弯腰拾起鞋,拍了拍又穿上,然后扬长而去。可是,要说阿瞒不怀恨在心,袁术打死也不信。

曹操看着袁术马后的车辆,一言不发。

过了秋分,太阳下山更早了。

"城门校尉,也管里坊?"袁术打破沉默。

"不管。"

"那你让开。"

"能问问公路要去哪里吗?"

"郊游。不可以吗?"

"当然可以。只是天色晚了点,怕是回不来。"

"那是我的事。"

"请便!"曹操闪到一边。

"能问问孟德来此,有何贵干吗?"袁术反倒起疑。

"贺喜。不可以吗?"

"请问何喜可贺?"

"司空已奏明天子,拜公路为后将军。"

"那么鄙人是不是该说同喜同喜?"见曹操满脸疑问,袁术冷笑着说,"唱反调的尚且加官晋爵,顺杆爬的岂不是该当前将军?"

"不,前将军由司空自领,并改任太尉。"曹操说。

"司空又变成了谁?"

"杨彪。"

"果然论功行赏,不知道阿瞒又荣升何职?"

"抱歉得很,还是城门校尉。"

"这么说,城门都被你控制?"

"信得过我,就到都亭来。"

曹操答非所问,拍马掉头而去。

袁术犹豫片刻,咬了咬牙决定按照原计划执行,最后却还是乖乖来到都亭。因为他到了上东门,就发现城楼上站着那天在南宫撒野的李傕,门口守着凉州军。再走中东门,袁术就知道不必徒劳。

曹操什么都没说,把他带到一个小门前。

"这是什么地方?"袁术问。

"地下运兵道。"曹操答。

"怎么发现的?"

"谯县都有,何况长安和洛阳?"

"等我下去,就瓮中捉鳖?"

"真要抓你,好像不用这么麻烦。"

说完,曹操从袖中掏出一把炒豆来吃。

"吃什么呢?"

"炒豆。公路也来点?"

"多谢!请带路!"

"抱歉!阿瞒并不想离开。"

"也是，拥立新君的功臣嘛！"

"公路的车马，自会安排送回府上。"曹操吃完了炒豆。"密道内每隔一个时辰就有兵丁巡逻一次，顺便添加灯油。"

说完，曹操转身就走。

袁术看了看门旁的沙漏，带着随从就往里进，密道内果然只有灯没有人。但等他钻出来，却看见若干人已经堵在那里。暮色中，曹操神闲气定，骑在马上微笑，享受着郊野的晚风。

"哼哼！果然。现在你人赃俱获了。"袁术说。

"此去山高路远，还是不要步行为好。"

说完，曹操与随从一齐下马，又把缰绳交了出去。

"阿瞒，你真的放我走？"

"公路也可以再回去。"

"那好。"袁术毅然上马，"但我不欠人情，这债，你说怎还？"

"打猎。以往秋猎，公路总比别人所获更多，诀窍无非每年都有新猎犬。曹操也打算换狗，而且跟你一样，也不喜欢欠人情。"

"啊哈！只怕你训的是狼。后会有期！"

袁术笑了，带着随从策马便走。

3

谷城至洛阳的官道上，一支车队缓缓驶来，贾诩骑马走在最豪华的衣车旁，他的任务是护送董卓的家眷进京。这件事非同小可，贾诩当然不敢有半点马虎。尤其眼前这段路，两边都是坡地和树木。

车窗打开，一位贵妇人探出头来。

"贾先生，还有多远？"

"快了，快了，夫人！"

"老不死的，我到跟前了都不派人派兵来接。"

"太尉勤劳国事，日理万机，怕是没忙过来。"

"日理万姬？想得美！谅他也弄不到上万姬妾。"

贾诩笑而不答，眼睛看着四周。他当然知道刚才是在敷衍，甚至还知道夫人知道自己在敷衍。但是不敷衍又能怎么着，难道如实相告老爷子每天晚上睡几个女人？再说他也想不明白，董卓为什么不派人派兵前来迎接。任重而道已不远，只能自己格外小心。

四周，却是安安静静。

说起来，这条官道原本繁忙，如此冷清实在要算末世气象。朝廷既没有心思也缺少财力，长期失修的土路难免坑坑洼洼，秋风一起便尘土飞扬。贾诩倒不怕风沙，只要不遮天蔽日就好。同样，他也不怕人烟稀少，这地方就算再空旷萧瑟还能比得上凉州？繁荣变成荒凉却不是好事，因为那会制造出铤而走险的亡命之徒。这些人没受过专业训练又不懂江湖规矩，反倒比遵守丛林秩序的职业劫匪更难对付。

除此以外，他算不出还有什么麻烦。

乱箭却果然急雨般从林中射出。

"保护夫人！"贾诩拔出剑来，心想这真叫是祸躲不过。董府卫队也迅速集结，将豪华衣车围得就像铁桶一样。箭雨停止了，贾诩马上看清了形势，便指着卫士命令说："你，赶紧去城内报信。"

那卫士拍马便走。

"多去几个。"贾诩又说，"你们断后，确保信能送到。"

卫士们骑马飞奔，断后的不断挡住飞箭，先后落马倒地。

一骑快马绝尘而去。

贾诩这才松了口气。

"夫人，我们准备投降吧！"

"投降？你疯了？"

"我没疯，投降才有活路。"贾诩笑笑，"夫人请看，前卫和后卫都没了，这辆车上可曾中过一箭？这箭，长着眼睛呢！"

"确实。"董卓夫人砰地关上了车窗。

4

贾诩的判断并不错，劫匪果然劫的是人质。他也一眼看出，领头的是个宦官。可惜就算张良再世，陈平复生，恐怕也猜不出此人正是太后的亲信大长秋余忠。昨天晚上，在简陋不堪的冷宫，余忠给太后和变成弘农王的废帝刘辩送去了食物和用品，报告了自己探得的董卓家眷行程，又从太后手里接过了玉玦，并表示不成功，则成仁。

上天保佑，现在猎物已被团团围住。

只是，车边那个文不文武不武的家伙却还要讲价。

"再说一遍，可以投降，不能缴械。"贾诩说。

"不缴械，那就死！"余忠开始不耐烦。

"谁说的？去衣！"车内一声令下。

余忠没有想到，这辆四匹马拉的豪华衣车竟被改装过，叫做车衣的箱板可以卸下来。贾诩则发现箱板很重，里面多半夹了铁芯，难怪董卓有恃无恐。车衣被卫士们吃力而迅速地取下，只剩下华盖。肥肥胖胖的董夫人斜躺在车中，眼睛里少女般的充满好奇和顽皮。

这么胖？余忠差点笑出来。

贾诩却精神抖擞。

"看清楚了,这就是你们想要的人对不对?"贾诩冷笑,"告诉你们这帮劫匪,只要敢上来缴械,老子就先杀了她,再跟你们拼个鱼死网破!哼哼哼哼,左右不就是个死吗?"说完,他将手中的剑架在了董卓夫人的脖子上,"不信?老子干得出来!"

"收起!"夫人喝道。

贾诩赶紧收剑。

"用不着你动手,凉州女子怕过谁?"董卓夫人随意地从身边拿起手戟,飞出去射倒一个余忠的人。见大家都目瞪口呆,她又拿起另外两支在双手飞转,"我这里还有,有的是。要试试吗?"

然后,这胖女人兴高采烈地左看右看。

"那你说怎么办?"余忠心生畏惧,也投鼠忌器。

"人和车都跟你走,但是得由我们护驾。"贾诩说。

"好吧,走!"余忠无奈。

"走什么呀,看看你背后!"贾诩撇嘴。

余忠回头,但见一伙蒙面人横在路上。

"刚才要是爽快点,你们就得手了。"贾诩满脸幸灾乐祸,"现在可好,当断不断,节外生枝了吧?"

余忠只好带队走向横在路上的另一帮劫匪。

"贾先生,你看那伙人又是干什么的?"

"刚才这帮如果要活口,新来的就该要命。"

"那又如何?"

"会打起来。"

"让他们先打着,我歇会儿。"

董卓夫人重新躺下。

5

曹操是在上西门接到董府卫士急报后匆匆赶来的。此前，他本在上东门城楼看着袁绍的司隶校尉节发呆，任由节上的狐狸尾巴在眼前飘拂。半个月过去，并没有人来将它取走。袁术离京后，洛阳十二座城门的防务更是异常地变得松弛，李傕、郭汜和董承等人也不再出出进进和守在城楼。唯一的变动是吕布接替了虎贲中郎将职务，并送来董卓给曹操的密令：三天之内，诛杀袁绍和袁术满门。

今天就是最后的期限，曹操却一筹莫展。如果不是因为依照巡城之例后来去了上西门，也不会遇到报信的董府卫士。曹操立即用董卓的佩刀调得少量守城的凉州军，到达现场却发现情况复杂。劫匪变成了两股，还打了起来。其中一股处于弱势，渐渐退到车前。身着凉州军服的卫士则处于战备状态，似乎要与败退者临时结盟。

"住手！统统住手，放下武器！"来不及细想的曹操猛喝。

贾诩马上明白，信已送到，对方带来的是援军。汉代，重要官员和京师朝官泛称长官，于是他说："请问长官是？"

"城门校尉曹操，奉命前来护卫。你是何人？"

"草民贾诩，恕不能向长官行礼！他们嘛，都是不速之客，草民一个都不认识，只知道全是奔太尉的家眷而来。麻烦的是，这帮人要活口，"贾诩看着败退过来的，又看另一伙，"那边的要死人。"

"谁要活口？"曹操问。

"我。"站在地上的余忠说。

宫里的？曹操心中起疑，却不动声色。

余忠料想宦官身份暴露，也只好听天由命。

"谁要死人？"曹操又问。

"我。"骑在马上的蒙面女孩说。

这女子似曾相识。曹操担任新职后在各个城门巡视，便多次发现董卓的军队耀武扬威进城时，总有一小队商贩紧跟其后，打头的是位眉心有痣的女子，管事的则是位中年无须男子，不管凉州军领队换了谁都如此。尽管曹操从未拦住盘问，痣和眼睛却印象深刻。

但，他们不是商贩吗，怎么成了劫匪？

"原来是位女侠。"曹操说，"却不知为什么要杀人？"

"那是我仇家。"女子答，"当然，他们也可以自行了断。"

"不行。"余忠说，"我们要活口。"

"要活口干什么？卖钱吗？"女子撇了撇嘴，"开个价吧，我们给你就是。车也可以带走，但不得收尸！"

"请城门校尉闪开片刻。"余忠举起剑来。

"正是。这里没你什么事！"女子也举剑。

"放肆！"曹操喝道，"还有没有王法了？"

"看来董贼的走狗不少！"女子冷冷说道。

"这是骂谁呢？各为其主而已。"贾诩插嘴，"倒是你，小小年纪又是女流之辈，干什么不好，要做劫匪？给谁卖命啊？"

想问来历？女子一声冷笑。"当然是为我自己。"

"宗主！"所有蒙面人齐声应道。

"且慢，话不能这么说。"曹操审时度势，决定缓和气氛，再从长计议，"此处离京师近在咫尺，已是天子眼前，岂容光天化日之下目无官府，公然不法？曹某职责所在，谈不上什么走狗不走狗的。"

"要是我非干不可呢？"

话音刚落，一支飞镖直射董夫人车。

没想到，余忠竟闪身挡住，中镖倒地身亡。

咦？还有这等劫匪？贾诩大感意外，下马走了过去。

那女子不管贾诩，紧接着又一镖发出，却被董夫人顺手抄起木剑轻轻接住。她看了看镖，脸上居然绽开笑容。"这镖做工精良，怕不便宜啊！可惜你用了左手。也是，右手拿着剑嘛！"

女子先是愣住，突然又红了脸，夫人眼里却满是欣赏。

贾诩立即明白董卓为什么不派人派兵来接了：衣车防箭，夫人又武功盖世，或许还要加上对自己的信任和考验。于是，趁着所有目光都被两个女人吸引，贾诩悄悄翻看了余忠的尸体。

这个动作，曹操和女子都看在眼里，但都不说穿。

"大侠，我并不知道你是谁，也不想知道。"收剑入鞘的曹操换了态度和语气，"只是自古以来，盗亦有道，劫财就不劫命，更不能伤及妇孺。再说我等虽不敢拼死相搏，却有三方。一旦联手，足下恐怕也未必就有胜算。还是就此收手，各自留条生路为好。"

足下是汉代通用的尊称，不分男女，女子也从曹操说的"劫财就不劫命，各自留条生路，不想知道你是谁"听出了暗示和善意。

"好，我们退场！"那女子说。

"你们呢？"曹操又看余忠部下。

"长官能放了他们，也能放过我们。请诸位先行一步，我们不能丢下魁长不管。放心，不会卷土重来。"余忠部下用江湖称谓说。

"也好，诸位自便！"曹操说。

"等一下！"董卓夫人坐起身来，"小侠，我看你身手不凡，煞是可人。且送薄礼一件，算是以物易物。"

说完，她将手戟轻轻抛出。

"多谢!"女子用剑接住，"后会有期!"

"若是这种场合，恐怕无期的好。"贾诩说。

女子瞪了贾诩一眼，又看了看曹操。

曹操突然心动，痴痴看着这江湖女侠。

此刻，夕阳正在她身上镶出金边。

6

"这么说，你是因为要救孤的家人，才没去捕杀袁家?"

太尉府里，董卓看着曹操。

"是，而且请太尉收回成命。"曹操诚恳地看着董卓，"因为仁者无敌，而施虐者必败。当年，殷纣王杀了周文王的儿子，结果天下不再是殷的。这就是王道与霸道之别。故两国交兵不斩来使，两雄相争不伤妇孺，太尉有时也会止步停车。"

"嗯?"董卓大感兴趣。

"本月朔日上朝时，有个童子跑到了路当中。太尉非但没有勃然震怒，反倒下车抱起小孩放到吕布马上，让他玩了一会儿，这才告诫那民妇看好自己的娃，还命令任何时候不得伤害女人和小孩……"

"这事你也知道?"董卓目光闪烁。

"当时曹操也要上朝，正好看到。"曹操回答，然后又说，"此事洛阳城内人人皆知，家喻户晓，无不颂赞明公仁德。"

董卓眼前，浮现出自己坐在"鸾雀立衡，羽盖华蚤"敞篷安车上进宫的情景。当时围观民众之多，可谓万人空巷，便面有得色地看着曹操说："好好好，那就依了你! 呃? 孤这是第几次依你啦?"

"卑论不足为道,天之视听愿明公留意!"

做得漂亮!贾诩在旁边微微点头。

"不过,孤总可以问问,此案系何人所为吧?"

"来历不明。"曹操回答。

"为什么不擒拿归案?"

"如果没有太尉的刀,我连三五兵丁都调不了。"

"确实。他们人太多了,两股劫匪。"贾诩说。

"好好好!那刀你继续留着。"董卓越发和蔼可亲,"正巧,天子赐我双丝细绢三百匹。一百匹归你,本初和公路各一百,明天你送去他们家里。不要推辞!你的是犒劳,他们的算压惊。"

曹操只好躬身谢过,告辞退出。

"文和,此人所言属实?"曹操走后,董卓问。

"不虚。"贾诩回答。

"就没看出别的什么?"

贾诩掏出从余忠身上搜到的玉玦和银印,交给董卓。

"大长秋?"董卓震怒,"老贱妇,孤要杀了她!"

"明公息怒!"贾诩说,"何太后并不足畏。此番失手,谅她不敢再生是非。说白了,他们无非是想劫持了宝眷,好来讨价还价,争取改善待遇而已。那宦官宁可去死,也不肯伤了夫人,便是证明。"

"拿命来保人质,就为了跟孤讲价?"

"毕竟不是干这行的。"

"另外那帮人呢?"

"也非劫匪,而是来寻仇的,不可不防。幸好,那女贼的飞镖在夫人手里,据说做工精良。顺藤摸瓜,明察暗访即可。"

董卓愣了一下,又点了点头。

"压惊之说，却不知何意？"贾诩又问。

"孤密令曹操，三天之内诛杀袁绍和袁术满门，今日到期。"

"啊？"贾诩大吃一惊。"若无劫匪之事，曹操……"

"会扑空。今天下午，孤已将他们送出洛阳。"

天地祖宗！看着董卓脸上的笑容，贾诩确信自己在凉州从来没有遇见过这样的狼。但他不敢确定，自己现在有没有发抖。

7

用"狭路相逢"来形容曹操与那伙蒙面劫匪的邂逅，恐怕是非常不准确的。洛阳城的街道十分宽阔，中间是御道，普通民众只能按照左入右出的交通规则在两边行走。道路旁边种着榆树、槐树、合欢树等行道树，即便烈日当空也很阴凉。这就实在不能叫做狭路，也并非相逢——曹操是发现贾诩在跟踪一支商队才赶过来的。

十字路口，商队已被拦下。贾诩骑在马上提着剑，对方领头的则正是那眉心有痣的女子。明明冤家路窄，两个人却都不说话。

"干什么的？"曹操看着女子，打破沉默。

"管得着吗？"那女子说。

"管不着吗？"曹操拉下脸来。

"长官！我们是做生意的。"

商队里的中年无须男子赶紧出来打圆场，声音有点怪。

"姓名报来！"曹操说。

"小人姓范名铁。"

"车上装的什么？"

"实不相瞒，是盐。"范铁犹豫了一下，答。

"本朝自孝和皇帝起就不禁私盐，但要纳税。"曹操笑笑，"可是你们每次进城，总要跟在凉州军的后面，何故？"见对方不语，曹操滚鞍下马，从腰间取下董卓给他的刀，"不要以为后台很硬，我就管你不着。怎么，还觉得为你护驾的那些兵会来救你吗？"

"好！民女这就跟长官走。"那女子竟也滚鞍下马。

"且慢！"贾诩顿时起疑正要问话，却见吕布骑在赤兔马上，银盔银甲威风凛凛左行而来，身后是步伐整齐的禁卫军。

"曹孟德，贾先生，有事？"吕布在马上拱手。

这家伙接任了袁术的虎贲中郎将，有资格跟曹操平起平坐。

"没有，没有。"贾诩连连摇头，还下了马。

曹操和女子都有点意外，互相看了一眼。其实，刚才吕布问话的时候，范铁等人立即表现出警觉的神态，有的看着车上，有的还好像要摸兵器。这些情况，贾诩不会看不见，他为什么要说没事？

"那我走了？"吕布说。

"中郎将慢走。"贾诩竟笑容满面，站在地上拱了拱手。

范铁等人松了口气，没想到吕布走了几步，又掉头回来，笑嘻嘻地看着那女子说："请问你叫什么名字，芳龄几何？"

见色起心啊？这家伙！

贾诩赶紧说："中郎将还是继续巡城吧！"

听见"巡城"二字，曹操心中一紧。

吕布搞不清这两个男人跟那女子什么关系，看了看贾诩，又看看曹操，再看看女子。女子脸上笑眯眯的，眼里却射出一道寒光。吕布被那目光震慑，不敢纠缠，恋恋不舍地离去，边走边回头。

"好了，走吧！"曹操对那女子说。

"且慢！刚才说的军队护送是怎么回事？"贾诩拦住曹操，"难道怀疑这是凉州军的生意？不可能吧？再说不管商队还是军队，贩盐并不犯法啊！"见曹操微笑，贾诩恍然大悟。"也是。虽不犯法，守门的要查有没有违禁之物，也很讨厌。不过，如此大费周章，就为省几个买路钱，犯不着吧？再说又怎么知道凉州军会每天进城？"

"因此我很纳闷。"曹操点头。

"敢问这位长官，官居何职？"女子垂眼问道。

"城门校尉曹操。"

"难怪！"女子笑了，"请问现在还有军队在前面吗？"

"没有了，因此更加纳闷。"曹操说。

"当然不会再有，戏法变完了么！"女子看着曹操，"长官难道没注意，每天进城的队伍其实是同一拨人？晚上扮作平民出城，第二天换了军装再进来。结果大家都以为董卓人多势众，马壮兵强。洛阳城里无不谈虎色变，朝廷那帮酒囊饭袋也吓惨了吧？"

"不对！兵是同一拨，带队的却换人，轮着来。"曹操说，"而且每天换个城门，进城的时间也不一样。"

女子意味深长地笑了笑，用欣赏的目光看着曹操。

这事也被他们弄清楚了？贾诩不免尴尬起来。

"莫非是贾先生的妙计？"曹操却还要得寸进尺。

"哪有？鄙人这不刚刚进京没多久吗？"贾诩连连摇头。

"我看也不像。"曹操直视贾诩，"先生出山辅佐太尉，其实是为天下谋，为万民谋，自然也不屑于这种雕虫小技。"

贾诩本能地拱手谦让："岂敢岂敢！过奖过奖！"

话音刚落，贾诩就发现自己被戴了高帽子，也知道这番对话无论如何都不能告诉董卓，何况他原本就不是喜欢告密的小人。但他同时

155

发现，曹操高深莫测，形迹可疑，跟那女子似乎心灵相通，必须探个究竟才是，便问："贩盐和纳税，好像与城门校尉无关？"

"当然。"曹操说。

"那么，为什么要盘查？"贾诩问。

"因为今天带贱内小儿出城郊游了。"

女子和贾诩愣住，都不知道曹操这话什么意思。

曹操却讲起故事来。今天上午，他确实和小卞夫人带着丕儿到了京郊。接二连三地经历了那么多惊心动魄和生离死别，曹操觉得应该好好整理一下思路，也该好好陪陪家人。深秋的阳光依然灿烂，三岁的曹丕在田间小路上蹦蹦跳跳。小男孩从未来过这种地方，不免东张西望，处处新奇，还捉住了一只蚂蚱。曹操却让儿子放了它，还不无伤感地叹了口气说："入秋以后，它的好日子就不长了。"

卞夫人听了这话，不禁心生惆怅。丕儿却很快就忘了蚂蚱，兴高采烈往前走，最后来到村落中的一家农户。曹操客气地向有点紧张的农妇讨了水喝，丕儿则跟农家小孩玩起来，还得到了草编的蚂蚱作为礼物。说到这里，曹操掏出一个树叶包，打开来给贾诩看。

"先生应该认识这是什么吧？"

"野菜饼，烤蝗虫。"贾诩点头。

"这正是我在那家农户买来的。刚刚秋收，还是丰年，老百姓就吃这个了。吃野菜，吃蝗虫，还美其名曰飞蝗腾达。"见那女子和贾诩肃然，曹操又对贾诩说，"先生尝尝？"

贾诩拿起野菜饼咬了一口："淡的？"

曹操则看着女子说："京师一带盐价飞涨已经多时，城里的贫困户却不缺盐，缺盐的只有郊外。难道是你们在暗中以低价售出？"

"这可是仁民爱物，行善积德啊！"贾诩说。

"那么，贾先生看呢？"曹操问。

"你我当然不能阻拦。"

"很好，我的话已经问完，你们可以走了。"曹操发话。那女子也不感到意外，拱了拱手正要离开，却被叫住。

"等一下！"曹操说，"足下总该留下尊姓大名吧？"

"民女无盐。"女子答。

"名曰无盐，却贩私盐。"曹操笑了。

"贩彼私盐，是为无盐。"无盐也笑。

"请！"曹操说。

无盐又拱了拱手。范铁走了过来，准备扶无盐上马。无盐却抓住马鞍一跃而起，漂亮地骑在马上，她的商队也开始启动。

曹操又叫："等一下！"

范铁等人停下脚步，又警觉起来。

"不要忘了纳税，否则会被罚没。"曹操笑着说，"到时候，王法无情，足下可就真是要无盐了。"

"孰曰无盐，与子同咸。"无盐举起马鞭，商队也真的离去。贾诩冷眼旁观，清楚地看见曹操望着女子的背影若有所思，无盐走了几步也突然回头看看曹操，嫣然一笑。有意思，很有意思。

8

曹操跟着贾诩从永和里董府的边门进来，眼前是一处相对独立的院落，简单朴素，幽静清雅。曹操大出意外，停住了脚步。贾诩笑笑推开院门，再走几步推开房门，然后把曹操请了进去。

酒肆人多嘴杂，不如到自己的住处喝一杯，是贾诩的提议。曹操当然知道他下榻董府，却表示恭敬不如从命，欣然前往。实际上两人在城外官道不期而遇时，都已经刮目相看。邀请对方到住处，则显然有敞开心怀的意思。这位贾文和先生并不简单。

但是进门之后，曹操仍然发现自己思想准备不足。房间简朴到了简陋的程度，客厅里除了榻和几，什么都没有。唯一的装饰品是半颗风干的狼头，还挂得很不稳当，摇摇欲坠。

这哪像家，只能叫窝。

贾诩却先去隔壁房间取来座席，这才请曹操坐下。

曹操立即明白了，他这里平时并不待客。此人喜欢独处，也喜欢与别人保持距离，包括对董卓。这是凉州荒野上孤独的狼，难怪他只要窝。但，董府里怎么会有这样的院落？看起来又不像新建的。

不想也罢。

"阁下！"坐定以后，贾诩叫道。

曹操愣了一下。当时的办公机构都有阁门以区别内外，汉代更有三公开阁延宾的佳话，所以官阶二千石的大员被称为阁下。城门校尉比二千石，也可以这么叫，曹操听着却有说不出的别扭。

这只独狼，已经丈量过了彼此之间的尺寸。

"先生尽管指教。"曹操平静地说。

"那位名叫无盐的女子，不觉得面熟？"

"不知先生觉得像谁？"

"劫匪，官道上要活口的那个。"

"先生是说那蒙面劫匪？"

蒙面二字，曹操说得很重。

贾诩笑了，"那就说耳熟也罢。"

"先生是在哪里发现他们的？"

曹操不能承认也不想否认，只好这样问。

"上西门城楼。"见曹操的目光闪电般射向自己，贾诩一笑，拿起勺子从樽里舀出酒来倒进对面的杯中，"可惜网漏吞舟。"

"何以漏之？"

"当然是因为城门校尉只问盐税，不问劫匪。"

"那么奉先路过时，为什么不将她捉拿归案？"

"因为我想知道她后面的人。年纪轻轻一个漂亮女子，虽然身手不凡，也不至于去做杀手，更不至于胆敢在天子脚下拦路行刺太尉的家眷。如此胆大包天，要说无人指使，没谁撑腰，你信？"

"贾先生有怀疑对象吗？"

"有，你算一个。"

贾诩目光直视。

"实不相瞒，"曹操不慌不忙喝了口酒，"你这酒味道太薄。谯县县令南阳郭芝，悟得九酿春酒之法，改天我让人来教教你们。"

"阁下还没有回答我的问题。"

"先生也没有告诉曹操，曹操哪里可疑？"

"那好，我问你，如果她是劫匪，应该知道你是谁吧？在官道上你可是自报过家门的。那么，今天为什么要明知故问？当然，可以说为了隐瞒刺客身份，只能装作不认识，但是阁下配合得不错。"贾诩也端起酒杯，喝了一口，"明明贩盐并不犯法，却穷追不舍，还要拿跟着军队进城做文章，真是费尽心机。可惜骗不了老夫！笑话！如果那个名叫无盐的女子跟凉州军是同伙，怎么会劫持谋害董夫人？"

"怎么不可能？"曹操大笑。

"你承认那人是劫匪了？"贾诩抓住不放。

"看起来像，也许而已。"

"所以引而不发？"

"不应该吗？"

"也想放长线钓大鱼？"

"不可以吗？"

"你怀疑凉州军内部有人图谋不轨？"

"不可能吗？"

"绝无可能！凉州军效忠太尉，超过效忠天子。"

曹操沉默。他当然知道贾诩所言是实。说起来大汉立国差不多快四百年了，到了这会儿却像回到春秋战国。效忠家君和府君超过效忠天子的比比皆是，谯县的兄弟曹洪和夏侯惇他们也一样。

"先生不妨将种种怀疑，都禀告太尉。"曹操说。

"那就是鄙人自己的事了。"贾诩傲然答道，"不过，贾诩只是个宾友，什么查明案情，捉拿人犯之类，既非义务，也非任务，自然可管可不管。但是，如果谁要以为老夫好骗，那他就死定了。"

"我也想请教先生，"曹操放下杯子，"本初和公路家里已经人去楼空，太尉所赐二百匹双丝细绢该如何处理？还有，窃钩者诛，窃国者侯。天下将来要是乱了，你看谁才会是大汉的劫匪？"

贾诩愣住。

那狼头也掉了下来。

第五章

逃犯

十一月
　　至
十二月

1

不知不觉，新皇帝即位已经两个月，转眼到了十一月初一。初一又叫朔日，照例要开朝会。崇德殿内，朝廷大臣分两列坐着，次席是司徒黄琬和司空杨彪。四十九岁的黄琬是已故司徒黄琼的孙子，按照当时的习惯算是公孙，比不上要算"公子"的杨彪。杨彪却明白这样安排的用意——董卓要以其他势族打压袁家，遏制杨家。

果然，右边首席空着，袁隗称病不朝。

旁边新增的工作人员席，并排坐着三个人。

居中，守宫令荀彧，字文若，秩六百石。

右边，太史令董昭，字公仁，秩六百石。

左边，太尉掾贾诩，字文和，秩比四百石。

曹操马上就明白了。三个人中，二十七岁的荀彧最年轻，三十四岁的董昭次之，四十三岁的贾诩最年长，排序却是反过来的。原因很简单，颍川荀氏跟汝南袁氏和弘农杨氏一样，也是名门望族。所以董卓执政之后，立即征召荀彧的叔叔荀爽，先任命为平原相，紧接着又改任光禄勋。从一介布衣而位列九卿，几乎只有片刻工夫。

贾诩也不委屈。实际上，只有掌记国之大事的太史令董昭是原本就该在场的，秩比四百石的太尉府幕僚哪有资格参加朝会。但，掌管御用文房四宝的守宫令荀彧破例列席，太尉掾贾诩也不妨坐坐。殿外门口站着吕布，殿内侧席坐着贾诩，董卓觉得可以放心。

说起来董卓也很够意思，提拔重用的都是士人。宗室刘岱任兖州刺史，陈留孔伷任豫州刺史，最重要的地方官冀州牧，则任命了颍川名士韩馥。李傕、郭汜和董承等心腹亲信，仍然还是普通校尉，并未飞黄腾达，进入将官序列的只有虎贲中郎将吕布。

如此态度，那些士族应该满意。

可惜好像并不。颍川名士荀爽、陈纪和韩融倒是来了，陈留蔡邕却哼哼唧唧，同郡的申屠蟠更是公然拒绝，这让董卓十分恼火。何况到任的那些人也都一个个阴阳怪气，出工不出力。问他们朝政，三皇五帝。问他们边事，子曰诗云。什么意思嘛，嫌我老董没文化，还是要看我笑话？给你们的官也不小了。荀爽光禄勋，韩融大鸿胪，陈纪五官中郎将，还要怎么着，都做三公？哼哼，不用你们吧，说我只有武功不懂文治，用了你们又这副德行，你们要老子怎么弄？

给脸不要脸，那就给点颜色。

"来人！"董卓起身站到殿中，冲着门外喊了一声。

一个小官着履佩剑应声而入。

董卓走了过去，上下打量，看得那小官心里发毛。

"你佩剑了？借我看看。"董卓笑眯眯地说。

小官赶紧解下佩剑，双手捧着交给董卓。

董卓接过，抽出来看了看，点头赞道："果然好剑。"

说完，将剑架在小官脖子上问："知罪吗？"

小官猛醒，跪下来磕头如捣蒜。

曹操知道坏事了，赶紧起身出列。

"城门校尉要为他求情？"董卓扭头问。

"他是先帝旧时得力干将，如今又在奉先属下。"曹操说。

"此人官居何职？"董卓又问。

"陛长。"曹操回答，然后又解释说，"启禀太尉，陛长乃是虎贲中郎将部属，秩六百石，向来负责朝会安全，所以佩剑。"

"佩剑着履，也只能在殿外吧？"董卓又问。

"确实。"曹操硬着头皮回答，"不过，此人侍奉先帝多年，一向谨慎尽职。今日失礼，很可能是个事故。他听太尉召唤……"

"这么说，是孤不该叫他？"

"操没有这个意思。"

"侍奉先帝时，也是里面一叫，他就剑履上殿？"

曹操无言以对，其他人也不说话。

实际上，谁都想不起来以前有没有过这种情况。

"看来一贯如此，难怪朝政紊乱。"董卓冷笑。

"太尉训斥的是。但能不能法外施恩，下不为例？"曹操说。

"下不为例？"董卓哼了一声，"先帝是先帝，当今是当今！诸位过往之功罪，统统与孤无关。是非赏罚，皆从今日开始。"

说完一剑刺死陛长。"此不为例。"

百官大惊失色，面面相觑。

杀人立威？曹操心中一沉。

"奉先，把这家伙拖出殿外！"董卓又喊。

吕布来不及脱履解剑，急忙迈入大殿，趋步上前。

公卿百官齐刷刷地看着吕布，又齐刷刷回头再看着董卓。

"大胆！你也敢剑履上殿！"

董卓勃然大怒，将手中的剑扔向吕布。

吕布扑通跪下，伏地叩首求饶。

两个人的动作都很快，无法判断是董卓故意扔高，还是吕布借势躲过。反正，大家看得见的，是那剑钉在了柱子上。

"混账东西，一边跪着去！"董卓怒斥。

曹操立即想起北邙之夜，想起那个差点被杀的小宦官，以及李傕和郭汜的表演。看来他们这套玩得驾轻就熟，就连吕布也能够默契地配合，要不然董卓大喊"来人"的时候他为什么不进来，那剑又怎能躲得不露痕迹？显然，这帮家伙的邪恶很难被礼乐教化改造，被朝廷制度约束，反倒很可能因为攫取了权力而变本加厉，指望董卓来匡扶汉室开创太平更是一厢情愿。幸好，自己悄悄地留了后手。

心里凉到冰点的曹操退回原位坐下，决定静观其变。

坐在末位的侍御史却起身出列。

侍御史是监察官员，照例有权参加朝会，纠察不法和失礼。于是他昂然大声说道："太尉也穿着鞋，佩着剑，难道可以吗？"

"此乃天子授我特权。"董卓笑了，"是不是，陛下？"

刘协面无表情，不置可否。

"宣诏！"董卓吩咐。

站在皇帝旁边的渠穆立即展开帛书，朗声读道："特命太尉董卓为相国，赞拜不名，入朝不趋，剑履上殿，如萧何故事。"

大殿里顿时议论纷纷，因为这是人臣所能得到的最高待遇。古代臣子朝见天子，不但自己要下拜，还要有司礼官唱礼，叫赞拜。赞拜时都直呼其名，还必须大声地喊出官职和名字来，比方说"太尉臣卓参见陛下"等等。赞拜不名，就是唱礼时只称官职。入朝不趋，剑履上殿，则是上朝时可以大摇大摆，不必脱履解剑，小步快走。

这还了得？那个侍御史立即走到刘协面前跪下："老相国萧何功勋盖世，定国安民，高皇帝才给予无上恩宠。敢问陛下，董卓进京仅仅两个多月，不知又有何功德，竟能受此殊荣？"

"哪来那么多问题？"董卓又喊，"奉先！"

吕布站了起来。

"拉下去，看看此人是什么舌头？"

众人目瞪口呆。惊魂未定之际，吕布已经拎着舌头进来。

"确实是条长舌头。"董卓说，"奉先，接孤令箭！"

吕布一把接住董卓抛来的短箭，又将舌头抛起。结果，门柱上便既有之前扔向吕布的那柄剑，也有侍御史血淋淋的舌头。

所有人都噤若寒蝉，曹操不禁怒火中烧。

"好了好了！今日朝会，原本是要与诸位商量重振朝纲。"董卓换了表情，"董某一介武夫，既不知书，也不达理，安民治国还得靠你们读书人。所以，招贤举能，迫在眉睫。杨公，"董卓看着杨彪，"拜托贵府给蔡邕老先生带的话，不知带到没有？"

"尊意已经送达。"杨彪说，"蔡先生还是更想在家读书。"

"是吗？"董卓满脸狞笑，"这可真是人各有志了。烦请杨公再向蔡老先生致意，他喜欢著书立说，孤喜欢灭人三族。"

杨彪看着董卓手中的剑鞘，半天说不出话来。

荀爽忍无可忍，准备起身，曹操却已再次出列。

"城门校尉又有什么话？"董卓的语气极不耐烦。

"儒可亲不可劫，士可杀不可辱，治国岂能靠杀人立威？此事诚望明公留意。"曹操强忍怒火，尽可能平静地说，"何况自古以来就有史官史笔，朝堂的一言一行都要记录在案，让后人评说的。"

记录在案？董卓扭过头去。

殿中一角，太史令董昭正在奋笔疾书。

写个狗屁！董卓冲了过去，一把夺过木简，扯断编绳，然后扔向曹操。木简在他头顶散开，又飘落下来，撒了一地。

朝臣们都不说话，大殿里鸦雀无声。

"朕累了。"御榻上的刘协突然说。

"退朝！"站在旁边的渠穆赶紧宣布。

2

曹操踏进董卓的相国府，是在朔日朝会的二十多天之后，而且来了就没打算回去。他很清楚，不惧怕历史评价的人都没有底线，董卓今后无论干出什么来都不足为奇。如果说，之前曹操对他还抱有希望甚至有些欣赏，那么，此人夺过太史令的木简已让幻想彻底破灭。

何况后来，又有望日的朝会。

望日就是十五，董卓却别出心裁地将会场安排在西园。这是先帝建立八军的阅兵之处，当时坛建华盖十二层，盖高十丈。坛前陈列步骑兵数万人，结营为阵。自称"无上将军"的汉灵帝身披甲胄，亲临军前。绕场三周后，乃授兵符于何进。如此盛况，还会有吗？

董卓却显然不是来缅怀的。他告诉天子，先帝的西园八军与他的凉州军以及丁原的并州军，已经完全融合，重新整编，都归陛下指挥调度，还让小皇帝象征性地射了一箭。但是谁都看得出，九岁的皇帝哪里统率得了这些虎狼之师。他明明是在施加压力，耀武扬威。

观兵之后，董卓让吕布护卫天子还宫，自己则带着曹操、贾诩和董承来到洛阳城西官道的案发现场。曹操和贾诩是见证人，甚至还算当事人，那个董承又是来干什么的？这不能不让人起疑。董承倒什么都没说，只是接受了董卓的两道命令：明天带兵来搜，挖出埋在附近的余忠挫骨扬灰；布下天罗地网，务将另外那股劫匪尽快查出。

说这话时，董卓满脸杀气。

——难道查出来了？还是贾诩说了什么？管他呢！

大堂当中却摆着一口铡刀，董卓愁眉苦脸地看着它。

"孟德知道这是什么吧？"

"铁锧。"曹操说。

董卓点了点头。铁读如夫，又读如斧，意思也跟斧相通。锧又写作质，是铡刀下面的垫板。铁锧，是古代腰斩的刑具。

"这东西，都用来干什么呢？"董卓又问。

"行刑，或者请命。"曹操又答。

曹操说的并不错。当时，朝廷大臣如果有拨乱反正的建议，会让随从带这东西跟着到阙下上书，表示"冒死请旨"的意思。董卓做了太尉以后，就曾会同司徒黄琬和司空杨彪，俱带铁锧赴阙，请求重新审理太傅陈蕃和大将军窦武两案，以从人望，以定民心。不过，这是非常手段，轻易不用。董卓让曹操看它，要做什么？

"蔡邕老先生，孟德认识？"董卓却问。

"操的文章和字，都承蒙他老人家指教。"

"老先生膝下无子，却有个才貌双全的女儿？"

"是。名琰字文姬，依礼是操之妹。"

"商鞅这个人，孟德应该知道。"见曹操诧异，董卓便笑了笑讲起故事来。他说当年魏国宰相病逝前，曾经推荐了商鞅，而且特别强调此人非同一般，如不能用，就必须杀。魏惠王却没听他的。结果怎么样呢？商鞅跑到秦国，被秦孝公重用，打得魏国满地找牙。

说完，董卓意味深长地看着对方。

"不知相国说这些，是什么意思？"曹操问。

"蔡邕是不是商鞅，不知道。但孤不是魏惠王。"董卓说，"孤要你带了这铁锧去请命。他要再不出山，就铡了他，再把那蔡文姬卖到北地为奴。当然，你铡了自己，或者铡了孤，也行。"

曹操听他这样说，简直要出离愤怒，忍不住双拳紧握。

"选哪个啊？铡他，铡你，还是铡孤？"

不能动怒。动怒无用，救人要紧。

曹操摸摸鼻子，打了个喷嚏。

董卓看着他，撇了撇嘴。

"一日为师，终身为父。欺师灭祖，不忠不孝。相国刚才说的这事情，曹操连想都不敢想。当然，违抗命令，也是死罪。所以，"曹操走到铁锧前，拉开铡刀，"相国现在就铡了曹操为好。"

"你不怕死？"董卓直视曹操。

"民不畏死，奈何以死惧之。"

"那你怕什么？"

"失忠，失节，失人心，背负千古骂名。"

"你是说孤会遗臭万年？"

"难讲。是非功过，也就一念之间。何况人在做，天在看。天谴也好，神祐也罢，恐怕未必要等多年。"曹操在铡刀前从容跪下，伸着脖子问，"相国自己动手，还是让奉先来？"

"不，让贾诩来。"

董卓脸色一变，喊道："文和！"

贾诩应声从屏风后走出，后面跟着蔡邕。

"老师？"曹操眼含泪花，站了起来。

"孟德，老夫……"蔡邕也眼泪汪汪。

曹操明白他已经屈从，不过这样也好。老师能保住性命，文姬也不会卖到北地为奴。而且看董卓的意思，先生必将受到重用。事实上蔡邕就范之后，先去了御史台，又去了谒者台，再去了尚书台，三天之内历任三台，留为侍中，后来拜左中郎将，封高阳乡侯。

董卓倒真没亏待他，当然这是后话。

辞别蔡邕和董卓，曹操由贾诩送出府门，却看见董承带了两个人等在那里。这位凉州军官客客气气向曹操行礼："长官见谅！董承奉命接任城门校尉，还望此刻能到衙署办理交接。"

曹操一愣，然后拱手："谨遵钧命！请！"

"承让！"董承躬身。

"哪里！"曹操坦然地说，"鄙人正想回谯县探望家父。"

董承却连连摇头，"长官另有任命，步步高升，恭喜恭喜！"

"敢问曹操明天该去哪个官署？"

"少府。"

曹操当场愣住。比二千石的城门校尉变成中二千石的少府，表面上是升官了，可实际上呢？天天待在宫里，管着一帮宦官，负责皇帝的吃喝拉撒睡，还时刻被人看着！所以先帝任命董卓担任此职，就被他婉言谢绝。己所不欲，勿施于人。你不要的，给我？

"少府位列九卿，天子近臣，董承可是羡慕得很。"

董承定睛看着对方，说得很真诚。

"那是那是。"曹操只好敷衍，脑海却浮现想象的画面：进入内宫时被卫士搜身，进宫后又处处有人跟着，衙署里宦官拿着夜壶之类来请示工作，朝堂上众人投来异样的目光，出宫时再一头撞上吕布。

猜忌，防范，恐吓，愚弄，现在又羞辱。

曹操怒不可遏，忍无可忍，心里咬牙切齿。

只是，他不明白董卓为什么要这样。

贾诩却知道这是熬鹰，凉州那些鹰犬就是这样训练出来的。只要运用此类手段，再桀骜不驯的鹰隼和烈马都会俯首帖耳。当然贾诩也看得出，曹操不可能成为笼中之鸟，池中之物，董卓只是徒劳。不过这些话既不能跟董卓说，也不能跟曹操说，自己清楚就好。

目送新旧城门校尉离去，贾诩把手笼在了袖子里。

毕竟入冬已久，天真的凉了。

3

杨彪请曹操坐下，看了看门外台阶上的鞋。

终于来了。朔日朝会，董卓将木简扔过去时，杨彪看见曹操右手发抖，本能地做了拔剑的动作。今天渠穆到访，又告诉他董卓已奏明天子，由黄琬任太尉，杨彪任司徒，荀爽任司空，曹操任少府。当然还有一些消息，也由到处乱窜的杨修道听途说，再传到他耳中。杨彪想了片刻便拿定主意，让儿子将一双出远门穿的鞋给曹操送去。

不出所料，曹操果然穿着这双鞋前来致谢，还带来卞氏亲手缝制的衣袍，声称杨公赐履，愧不敢当，谨此聊示礼尚往来。

"看来犬子喜欢的诗，孟德也喜欢。"杨彪笑笑说。

曹操当然知道是"岂曰无衣，与子同袍"那句，却只是恭恭敬敬低下头说："小妇不会针线女红，让仲父见笑。"

"如此精致的做工，真是费心了。"

说完，杨彪继续看着打开的包袱。

"怎么除了外袍，还有内衣？"

"时令不好。"曹操说，"仅有外袍，怕是挡不住风寒。"

"受之有愧，却之不恭，还请孟德替老夫谢过卞夫人。"杨彪拱了拱手，看着曹操又说，"适才常侍传话，要拜老夫为司徒。司徒和司空虽然同为三公，司徒府却正对着苍龙门，也是天子常到之处。"见曹操心领神会，杨彪看着几上，用手指指，"来来来，吃个橘子。"

橘子？桃子，李子，橘子。

"相国让奉先送来的。"杨彪指着橘子说。

吕布？曹操拿起杨彪示意的橘子，看了看便顺着上面的裂缝掰成两半放下。杨彪接过另一半，眼睛却看着曹操身后。曹操回头，只见空空荡荡的书架上，放着原本不该在那里出现的虎符。

4

城门校尉居然要别人帮忙出城，这让无盐觉得可笑。但是她既没多问也没有犹豫，头一甩就让曹操钻进了车箱，又在雍门用董卓夫人的手戟对付了盘查。那个满脸横肉的家伙认出手戟后，赶紧点头哈腰摆手放行。看得出他们对董夫人怕得要死，无盐差点笑出声来。

雍门是洛阳城西面中间的城门，从这里出城显然反了方向，但是曹操别无选择。因为无盐的商队在金市，就近自然走雍门。不过这样也好：万一被人看见或者认出，就说是要去长安。

"出来吧！"无盐勒马，喊了一声。

曹操从衣车跳出，往四处看了看。

荒野一片，洛阳城依稀在望。

商队的人都不说话，那个名叫范铁的显然忧心忡忡。

　　"我们还要抢在日落之前回城，恕不远送。"无盐说。

　　"足下当真定要回城吗？"曹操看着无盐，"我在金市说过，董卓搜捕甚急，此地不可久留。就算还有未了之事，也不可拖延。"说完他从怀里掏出短刀，"这把刀是董卓的，拿着或许有用。"

　　"怎么，你也认定我们……"

　　"蒙面劫匪，谁能指认？只是那些人不讲道理。"

　　"好吧！"无盐接过短刀，"谁敢胡说，我就用这刀杀了他。这点麻烦我当然自能料理，倒是阁下令人费解。如此狼狈逃窜，莫非犯了什么事？呵呵，是犯上作乱，图谋不轨，还是做了劫匪？"

　　"你说的是董卓那贼，"曹操脸色大变，吓了无盐一跳，"他才是趁火打劫之匪。劫持了天子，劫持了朝廷，劫持了百官，以至于大权独揽，朝政专擅，他为刀俎，人为鱼肉。曹操既不想助纣为虐，也不愿任人宰割，当然要出走。不走，陪他吃饭吗？"

　　"哈哈，这样啊？"无盐大感兴趣，"好吧，那你打算咋办？归隐山林？浪迹江湖？还是也卖私盐？欢迎加盟啊！"

　　"实不相瞒，曹操不是逃跑，而是要起兵。"

　　"起兵？就凭你这匹马单枪？"

　　"我早就通知谯县兄弟变卖家产，招兵买马。"曹操说，"原本也只是料想天下将乱，须防盗防贼。既然董卓是贼，那就讨董。"

　　"曹孟德，"无盐肃然起敬，也改了称呼，"我们在各处……"

　　"宗主。"范铁摇了摇头。

　　"在各处都有朋友。"无盐听出范铁的意思，改口，"需要帮忙的话尽管说一声。你的马你还骑去，一路好走，多加保重！"

　　"谢过各位，足下保重！"

曹操拱了拱手，上马，走了几步又回头。

"我还是想不明白，"曹操说，"足下为什么要袭扰董卓家人？"

"你一个亡命之徒，管这做甚？"

无盐勃然变色。

5

卞夫人跪在相国府大堂，梨花带雨。没有人知道她度过了怎样的不眠之夜。曹操回家把事情一说，她就知道夫君非走不可。夫君心高气傲，岂能接受那个职务？如果不走，明天又该到任还是不到？于是她对曹操说："放心！董卓不杀袁家，也不会杀我们曹家。"

但，一夜无眠。

清早却有位不肯通报姓名的女子送来董卓的刀，说这东西持有人已经用不着了，请夫人自己留着。卞夫人赶紧谢过那女子，不慌不忙安排家务，又托管家看好丕儿，到了傍晚时分才去求见董卓。

"夫人快请起。"董卓满脸微笑，"夫人坚持要见老夫，不知有什么事？莫非孟德欺负你了？哈哈，孤可管不了你们的家务事。"

"民妇是来报案的。"卞夫人起身，"夫君失踪了。"

"失踪？怎么失踪的？该向洛阳县报案啊！"

"夫君一早就到相府谢恩，至今不回，不该来相府要人吗？"

"有这等事？"董卓说，"你先回去，待孤查来。"

卞夫人含着眼泪行了个礼，谢恩退出。

"文和，她这是搞什么名堂？"

董卓问旁边站着的贾诩。

"她是来告诉明公，曹操跑了。"

"曹操跑了？为什么要跑？"

"当然因为少府的任命。"贾诩说，"确实，先帝也曾让明公担任此职，但是明公到任了吗？己所不欲，勿施于人。再说了，让宦官的孙子去管宦官，他会怎么想？换成诩，也要跑。"

董卓笑了，笑得比哭还难看。

贾诩自知失言，心里盘算该怎么说。许多人都说贾诩滑头，其实他有自己的原则：受人之托，忠人之事；先保自己，再帮别人；好话未必说尽，坏事不可做绝。这就是"贾诩三原则"，现在用得着了。

"曹操逃跑，她来报告？"董卓继续问。

"因为她还要告诉明公，这事没有她的责任。"

"为了撇清关系，就把夫君卖了？"

"非也！曹操跑了，明公很快就会知道，反正瞒不住，她也还有三岁的儿子要保全。"贾诩先帮卞夫人脱离险境，然后按照第一条原则为董卓出谋划策，"曹操回谯县，必走成皋、中牟、陈留、己吾。明公只要立即通知沿途郡县缉拿人犯，谅他插翅难飞。"

6

汉代城市都由三个区域组成——居民区、商业区和办公区，也都由道路隔开。居民区叫里，商业区叫市，办公区则要看情况，郡一级的叫府，县一级的叫寺。但无论郡府或县寺，都有长官居住的官舍和吏员居住的吏舍，以及官仓、武库、传舍和监狱等等。

当然，也有大堂和堂前的庭院。

此刻，中牟县县寺大堂里正在审案。铜印黑绶秩六百石的中牟县县令坐在正中，旁边站着秩二百石的功曹，还有个亭长。秦汉，郡以下是县，县以下是乡，乡以下是亭，相当于派出所。城市里的亭叫作都亭，城外的叫野亭，亭长都有维持治安和捕拿盗贼的职责。

今天抓到的嫌疑人，是曹操。

曹操五花大绑站在堂前，一言不发看着县令，县令被他看得浑身发痒，心里发毛。何况他其实并不知道对方是谁，不过是那亭长送来的可疑之人而已。这就只能虚张声势，于是喝道："跪下！"

"凭什么要我跪下？"曹操说。

"因为你，"县令顿了一下，"是逃犯。"

"凭什么说我是逃犯？"曹操又说。

"因为你"，县令又顿一下，"形迹可疑。"

"凭什么说我形迹可疑？"曹操再说。

"当然可疑，要，要，要不然，"县令心虚，结巴起来，"要不然为什么会，会，会被捉拿归案？"

"归什么案？"

"当然是你，你，你作的案。"

"我作什么案了？"

"自己作的案，你，你，你不知道？"

"我不知道。"

"那你叫，叫，叫什么名字？"

"曹操。"

县令喜出望外，说话马上流畅起来。

"哈哈，抓的就是你，有朝廷文书在此。"

"谁的文书？"曹操问。

"相国。"县令答。

"董卓啊！"曹操撇了撇嘴。

"相国也是你，"县令顿了一下，"可以直呼其名的？"

"那叫什么？"曹操嗤之以鼻，"对，应该叫董贼。"

县令愣住，曹操却训斥起这家伙来。他告诉那县令，自己确实是从京师出走的。但是第一，天子并未免我官职，还是朝廷命官。第二也不是要作奸犯科，而是要起兵讨董，匡扶汉室，剿灭国贼。曹某是反董而非反汉，是义士而非逃犯，你不要搞错！最后曹操眯着眼睛对县令说："怎么样，要我告诉你董贼如何祸国殃民吗？"

"我不要听。"县令连连摇头，"我只知道他是当朝相国。"

"笑话！"曹操一声怒吼，"他是相国，我还二千石呢！你这六百石的蕞尔小吏，见了长官为什么还不下拜？"

县令完全被曹操的气势给镇住了，也被弄糊涂了，不知道是应该把曹操当作长官呢，还是逃犯，只好看着站在旁边的功曹。那个年纪轻轻的功曹见状微微一笑，走过去在他耳边说了几句。

7

汉代监狱又叫牢狱，一般在县寺的北面或东北。按照那个功曹的建议，曹操被送进关押重囚的大牢，而且是特号。特号设在一条长廊的尽头，两边是墙，没有房间更没有其他人犯。这种半地下室结构的牢房其实是地牢，地下占三分之二，地面的墙上开着小窗。透过窗格往下看，已经松绑的曹操半躺在干草上，正在用麦草编织什么。

油灯映照下，他的脸忽明忽暗。

过了一会儿，功曹穿过长廊，走到牢房门前。

这回他看清楚了，曹操编的是蚂蚱。功曹背着手，站在门口静静地观察了片刻，见对方不予理睬，便从腰间取下钥匙扔了进去，然后转身就走。曹操瞟了钥匙一眼，无动于衷地继续编织。功曹走到长廊尽头不见有什么动静，又掉头回到牢门前，曹操却头都不抬。

"怎么？想在这里安营扎寨吗？"那功曹问。

曹操还是不予理睬，只有一只老鼠飞快地钻进洞里。

"你不走，我进去。"功曹说。

曹操抬头看了他一眼，继续编织蚂蚱。

"钥匙给我！"功曹说。

曹操伸腿，将钥匙踢到门口。功曹弯腰拾起钥匙，打开房门进去坐下，也拿起麦草编起蚂蚱来。这人的动作很熟练，三下两下就编好一只，定睛看了看，然后轻轻放了曹操编成的那只旁边。

"手艺不错。"曹操这才开口。

"草也不错。"那功曹说。

"还有更好的。"曹操说。

"对！千里草。千里草，何青青。"

"十日卜，不得生。"曹操接了下半句。

这是京师流传的民谣，其中"千里草"就是董，而"十日卜"则是卓。意思也很明白：现在不可一世，将来不得好死。曹操当然清楚这些含义，便又看着对方说："从来天意就是民意。"

"天在哪里？"功曹问。

"在头顶，也在人心。"曹操说。

"那么，给你钥匙，为什么不走？"

"我不是逃犯！"曹操愤然。

"你就是逃犯!"

功曹突然变脸,站起来说。

曹操往墙上一靠,冷冷地看着对方。

"要不就是奸细,还是不咋样的。"功曹语含讥讽,"就连那小小的亭长都能看出形迹可疑,真是太不在行了。"

"你才是奸细!"曹操勃然大怒,也站起来说。

"也是,小看你了。"功曹撇了撇嘴,"你这种人,就算做贼那也是国贼,即便为奸那也得是奸雄,岂能是奸细?治世之能臣,乱世之奸雄,这是许劭先生对你的评语吧?要不要鄙人解释一下?"

"说来听听。"曹操也撇了撇嘴。

"阁下任洛阳北部尉时,只有二十岁吧?"

"是又怎样?"

"比此刻的我年纪还轻。到任之后,居然在衙署门边各悬十来根五色大棒,打得京城权贵恶少纷纷敛迹,不敢横行。实话说,大丈夫莫过于此,可以算得上是雄。但是,废立皇帝你带头附议,听民谣说董卓不得好死又反董出京,投机取巧也莫过于此,这就是奸。"

"知道的还挺多。"曹操哈哈大笑,"如此奇才,却只在这中牟县当个小小的县吏,真是委屈你了。"

功曹脸色铁青:"到底为什么要反董出京,说!"

"当真想听?好吧!"曹操弯腰拿起那草编的蚂蚱,"知道这叫什么吗?天地不仁,以万物为刍狗。这就是刍狗。桓灵两朝以来,天下腐败不堪。朝廷卖官鬻爵,臣僚文恬武嬉,巨商为富不仁,士族醉生梦死。刚刚秋收,还是丰年,农民就只能吃蝗虫了。这叫什么?这叫以百姓为刍狗。刍狗就刍狗吧,好歹还有序,还能过日子。可是董卓当政,日子都过不成了,将来必定是神州板荡,风雨如磐。只要讲天

180

地良心，就不能袖手旁观；只要是热血男儿，就应该挺身而出。报答国恩在此，建功立业在此，成仁取义也在于此。哼哼，你问我为什么不走，实话告诉你，曹操从离开京师的那一刻起，就已经将生死置之度外。怕死？那又何必反董，更何必刺张？"

"大言炎炎，这种空话谁不会说？"功曹哼了一声。

"钓鱼以饵，这种伎俩谁不会使？"曹操反唇相讥。

"什么意思？"功曹瞪着眼睛。

"我要真用那把钥匙开了门，可就真成了逃犯，还是越狱。"曹操语气平静，"那样的话，你们都不用费事押解，直接送人头就行。"

"你倒在行。"

"略知一二。"

"也是，做过洛阳北部尉。"

曹操不置可否，功曹却说："要想省事，现在就可以杀了你。越狱不越狱，不是我们说了算吗？到时候，谅你也开不了口。"

"但是谅你不敢。"曹操笑了，"你那县令，显然不是什么有主见有能耐的人，就连把我关在这里也是听了你的耳语。他怎么知道董卓要活的还是死的？朝廷的文书上，也谅必没有人头二字。"

那功曹愣住，半天不说话，然后转身就走。

8

功曹回来的时候，只见房门依然开着，人没了。

跑了？功曹觉得血涌上了脑门，肩膀却被拍了一下。

回头一看，竟然是满脸平静的曹操。

"你们中牟县这牢狱形同虚设嘛！"

曹操若无其事地走回牢房坐下，两腿伸直靠在墙上。

"什么意思？"功曹跟了进来，站着问。

"一个人犯都没有，总不至于专为曹某所设。"

"怎么，你去看过了？"

"不可以吗？门又没关。"

"那是。"功曹愣了一下，马上又恢复平静。

"看来你们没有关门的习惯，难怪人犯都跑了。"

"不，平时都关着。"功曹冷笑，"他们是我放的。"

"呵呵！原来是个喜欢放人的。"

"不喜欢。只不过，清平之世，牢狱里不该关着无辜的人。"功曹定睛看着曹操，"所以，我打算把你也放了，如何？"

"欠妥。"曹操摇了摇头。

"为什么？"

"天太黑。杀人倒合适，放人却不智。"

功曹愣住，看着曹操。

"再说，没有符传，也出不了城。"

"确实。"功曹点点头，从怀里掏出一个物件扔了过去。

曹操拾起那物件——两片捆在一起五寸长的木简，捆绑的绳结上封了泥，泥上盖了印。在汉代，这就是出城门的通行证。

"你那县令，似乎不是爽快的人。"曹操淡淡地说。

"当然不是，所以……"

"你把他杀了。"

换过衣服了，没有血啊！

功曹下意识地看了看自己身上。

"老鼠其实很有灵性的，尤其是牢房里的。"

曹操的眼睛看着老鼠洞。

杀气？我的身上，有那么重的杀气吗？

"要出远门，当然得换衣服。"

见曹操又看着自己身上，那功曹说。

"出远门？去哪？"

"当然是京师。你不知道吧？县令已经写好了信函，也已经派出信使急送相国府。囚车当然也准备好了，明天就由我押送进京。县令说了，他要是荣升郡守，就举荐我来接任。"

"呵呵！那你为什么把他杀了？"

"你杀的，还伪造了符传。你的罪越大……"

"太费事了。"曹操打断功曹的话，"只要送我去京师，董卓必定重赏，六百石又何足挂齿？他那里，缺的就是读书人，说不定会收你为义子，跟吕布正好一文一武。说吧，你到底是谁，想干什么？"

功曹突然跪下，将两片捆在一起的木简举过头顶。

曹操起身接过来打开一看，只见上面写着一行字：

　　山阳郗虑　年二十二

当代大儒郑玄（字康成）的学生？

"是鸿豫吗？"曹操大吃一惊。

"啊！足下知道我的表字？"郗虑也很惊诧。

"郑康成先生的亲炙弟子，岂能不知。"曹操一边说，一边迅速地调整了坐姿，将臀部放在脚后跟上，两个人都变成了跪坐。

"怎么会沉沦在此？"曹操又问。

"朝中无人，家中无势，还能怎样？"郗虑回答。

曹操马上明白前面说他屈才，是刺激到他了，但不知道如何表示歉意。郗虑却不计较，看着曹操："天下将乱，正待英雄出世，以非常之人，行非常之事。虑虽不学无术，也知良禽择木，良臣择君，因此愿随左右，奉为宗主。如蒙不弃，请受臣一拜！"说完磕下头去。

"万不敢当。"曹操赶紧将郗虑扶起。他当然知道郗虑是要建立君臣关系，叫策名委质。委质为臣，无有二心。一旦行过这表示献身的大礼，对方就将把自己完全交出去，至死不渝。这样的忠臣是曹操十分需要的，却没想到竟得于狱中，便苦笑着说："鸿豫啊，伯牙得遇钟子期，此生足矣！这木简我收下，宗主却叫不得。"说到这里，曹操突然想起无盐，"我既非牧伯，亦非帮首，只是个逃犯。"

"狐突之子策名委质的宗主重耳，也曾流亡。"

要我做晋文公？曹操将木简放进怀里。

9

郗虑躺在地上闭着眼睛，耳朵却警惕地听着动静。昨天晚上他杀了县令，跟曹操一起从北门出走。汉代的每个县都有县尉，主管治安司法，秩四百石，铜印黄绶。郗虑深知中牟县尉的办案能力。如果走东门，他马上就会判断是去谯县。走西门则会判断为声东击西，因为进京才往西走。出北门则看起来是要走阳武，奔邺城，而袁绍的朋友韩馥就在那里。事实证明郗虑算得很准，第二天县尉果然在北边到处搜索，还说："郗虑料定我们会反其道而往南追，我偏不上当。"

可惜他们都不知道，袁绍此刻其实在东北方向的河内郡。

但，匆忙之间，刀和刀鞘却遗失在死者身边。

而且，改道东南之后才发现。

这事让郗虑在逃亡途中惴惴不安。他时不时摸摸腰间，剑在而刀不在。过会儿再摸，仍是剑在刀不在。等到东方欲晓，他们疲惫不堪走进曹操老朋友吕伯奢家里时，郗虑又下意识摸摸腰间，还用鹰隼般的眼光将所有角落都扫了一遍。当时吕伯奢出门在外，他的三个儿子被这反客为主的态度看得心里发毛，郗虑却更加疑心重重。

曹操看了郗虑一眼，他这才收回目光。

用过饭以后，曹操在客房榻上倒头便睡，躺在旁边地下的郗虑却睡不着。外面不时传来蹑手蹑脚的走动声，窃窃私语的说话声，不轻不重的马蹄声。郗虑竖着耳朵，突然听见陌生的声音。

"有人吗？鬼鬼祟祟地都躲哪去了？"

郗虑一跃而起，站在窗前透过窗格往外看，但见庭院里一个官差模样的人大大咧咧进来，吕家长子迎上前去叫了声"伯宁兄"。

"你们三个倒清闲。有酒吗？"那人说。

"官身不由己，"吕家长子说，"伯宁兄怎么有空到这里来？"

"送你个发财的机会。官府悬赏……"

"小声点！我们到偏房说话。"吕家长子道。

郗虑站在窗前，只觉得身上发冷，胃部痉挛，口干舌燥。

等等，再等等看。

过了一会，吕家兄弟从偏房回来，说话声隐隐约约。

"那人真是曹操？"

"假不了。"

"跟他来的那个，我好像在官府见过。"

"少废话，快去磨你的刀！"

"什么时候杀？"

"磨好刀就杀。"

郗虑摸了摸腰间，剑在刀不在。

他拔出剑来，冲了出去。

10

曹操被尖叫声、重物倒地声和叫个不停的狗声惊醒，出门就看见地上躺着吕家长子，冲到院子里又看见老二和老三的尸体。郗虑提剑站在旁边，看家狗凶巴巴地向他狂吠，却又不敢上前。

"怎么回事？"曹操问。

"被官府收买了。"郗虑说，"刚才有人来说悬赏的事。"

"悬赏归悬赏，不等于被收买。"

"他们磨刀霍霍，窃窃私语，还牵走了马。"

曹操看了郗虑一眼："跟我来！"

郗虑收剑入鞘，跟着曹操走到马厩，他们的马在吃草。

两个人又来到厨房，厨房门口绑着一头猪。

"官府的人呢？"曹操问。

郗虑环顾四周，目瞪口呆。

见鬼，官府的人呢？应该先杀那家伙的。

看家狗不叫了，曹操狠狠地看着郗虑。

牵马是要喂马，磨刀是要杀猪，低声说话是怕吵醒客人，这一切都理解错了。但是，明明看见有官府的人啊，难道做梦不成？空气中充满了血腥，血腥得非常真实，郗虑觉得自己快要发疯。

那看家狗忽然又一声哀号。

"看来是误杀，但臣来不及详查。"郗虑说。

"你不知道这是我老朋友的家？"曹操问。

"父是父，子是子，臣必须确保宗主万无一失。"

"杀一无辜非仁也，人也是可以随便杀的吗？"

"反正已经杀过了。那县令也罪不至死，不杀行吗？"

"照这么说，你还有理了？"曹操怒火满腔。

"常言道，慈不将兵，义不理财。"郗虑跪了下来，"宗主要匡扶汉室，平定天下，就不要存那妇人之仁。如果宗主认为臣有罪，不妨现在就杀了臣。臣微不足道，可有可无。只希望臣死之后，宗主能够再造天下，让底层士子也有出头之日。"说完磕下头去。

"难道就没有别的办法？"曹操忽然莫名地觉得词穷。

"没有。臣的刀和刀鞘落在县寺了。"

"那你就去找回来！"

"找不回，没了就是没了。"

"那你待要如何？"

"也只好我们对不起人家，不能人家对不起我们。"

"再说一遍？"

"宁我负人，勿人负我。"

曹操拔出剑来架在郗虑的脖子上，手却在颤抖。

郗虑抬起头来，坦然正视曹操，脸上没有眼泪，只有泪痕。曹操看着自己人生中第一个委质为臣的年轻人，感到熟悉而陌生。他不能赞成这种说法，却又无法驳斥，甚至有点认同，更想不到这话将来会传成何样，便收剑入鞘喃喃自语："宁我负人，勿人负我？"

"好一个混账道理！"

苍老浑厚的声音在庭院里响起，动人心魄。曹操回过头去，郗虑抬起头来，惊讶地发现吕伯奢不知何时已经回家，正满腔悲愤地看着这两个人。曹操硬着头皮迎上前去，拱手叫了声"伯奢兄"。

"曹孟德，你让我断子绝孙，还好意思称兄道弟？"

吕伯奢脸色铁青，泪眼通红，浑身颤抖。

曹操无地自容，郗虑更无话可说。但，到了这个份上，吕伯奢却仍然恪守礼仪，以字相称，不能不让人敬佩那君子风度。

"我不知道这位跪着的后生是谁，但是你刚才那番话可真是大错特错。"吕伯奢看了郗虑一眼，"什么叫妇人之仁？没有妇人，哪来的子孙，又哪有仁爱？这位后生，你没有子女，也没有母亲？"

"老伯训斥的是。"郗虑说，"刚才是小子失言。"

"失言？你不会还说失手吧？"吕伯奢看着郗虑。

"是我有罪，但人死不能复生。如蒙不弃，贱躯愿替已故诸兄长床前尽孝，改姓更名也未尝不可。"郗虑磕下头去。

"吕某再教子无方，也养不出你这样的。"吕伯奢冷笑。

"是小生高攀。"郗虑抬起头来，"那就请将鄙人送至官府。千错万错，罪在一人。我宗主还要解民倒悬，愿老伯为天下计！"

"为天下计？"吕伯奢看着郗虑，"志士仁人之梦寐以求者，无非老吾老以及人之老，幼吾幼以及人之幼，四海之内皆兄弟。如果只要号称为国为民，安定四海，就可以滥杀无辜，还扬言宁我负人，勿人负我，请问这种天下留他做甚，如此大业又功在哪里？"

曹操闻言如遭雷击，扑通跪下，双手将剑托起："误杀诸郎，小弟有罪。断人之后，死有余辜。请仁兄杀了曹操，以慰在天之灵，以儆效尤之辈，以定处世之则。如此，我心或安。"

吕伯奢却看了看那狗。

狗呜咽着趴在吕伯奢脚下，曹操和郗虑满脸不解。

"这年头，想做太平犬，看来也不可得。"吕伯奢叹了口气，茫然四顾，村落里十分安静。炊烟袅袅升起，寒气阵阵袭来，没有人知道这里刚刚发生了惨案，更没人知道这还只是开头。未来的道路和岁月注定不同以往，将由更多的尸骨铺就，鲜血染成。

"你们两个，究竟是谁杀了我的儿子？"

"我。"曹操和郗虑一齐说。

"倒是都不躲闪。"吕伯奢哼了一声，然后定睛看着郗虑，"你这后生，刚才说什么？他是你的宗主？你策名委质了？"

"是。"郗虑答。

"那就是他杀的。"

君臣一体。君辱臣死，臣之罪当然就是君之过。

郗虑无言以对，吕伯奢却看定曹操。

"曹孟德，你当真知罪？"

"知。"

"当真后悔？"

"悔。"

"当真不会再说这种话，再干这种事？"

"不会。"

"未必。"吕伯奢将剑接了过来。

郗虑忽地站起。

"鸿豫，不许动！"曹操低声吼道，自己依然跪着。

"清平之奸贼，乱世之英雄；乱世之英雄，治世之奸贼。"吕伯奢先是自言自语，然后看了看剑，并不抽出，而是用它直指曹操，"许劭许子将先生对你的评语，到底是哪个？你自己，又认哪个？"

曹操愣住。他完全没有想到，吕伯奢会提起这件事。而且，许劭说的明明是"治世之能臣，乱世之奸雄"嘛，怎么传来传去，变成了那个样子？自己还活着，说法就有三种。可见传言断不可信，死后的是非更由不得自己，也只好说："仁兄相信哪个，便是哪个。"

　　"也是，反正都一样。"吕伯奢道。

　　都一样？怎么会？曹操想。你们那两个确实大同小异，跟我听到的却迥然不同。奸贼和奸雄难道一样？于治世是奸贼还是能臣，更有天壤之别。就算做能臣不得而为奸雄，那也是时势使然。但，他无意争辩也不能争辩。现在能做的，是尽量让吕伯奢消火出气。

　　"我再问你，这评语怎么来的？"吕伯奢又说。

　　曹操抬头看了看他，依然沉默。

　　"威逼胁迫而来，不是吗？"

　　郗虑愣住，看着曹操，曹操还是不说话。

　　"老太尉桥玄跟你说，当今之世要想成名立足，必须有许劭先生的评语。可是你去见许先生，无论怎样卑辞厚礼，低三下四，人家都不予理睬。为什么呢？你这人从小顽劣不堪，恶名远扬，许先生看不起你。后来，不知被你抓住了什么把柄，先生不得已说了两句，你倒以为从此是个人物了，简直笑话！这些传言，以前我从不信，从来就把你当作亲兄弟。"说到这里，吕伯奢悲愤满腔，"没想到，你却灭我满门，还说什么宁这勿那的。看来他们说得有道理。清平也好，治世也罢，你都是奸贼。但，一个奸贼，又岂能是乱世英雄？"

　　"伯奢兄，请问何以不能？"

　　"因为你是天生的恶种，改不了的。"

　　曹操闻言，站了起来，郗虑惊异地看着他。

　　吕伯奢却道："曹操，你敢说骨子里无恶？"

"不敢。"听吕伯奢改了称呼，曹操凛然答道。

"倒有自知，可见是恶由心生。"

"训诫的是。"曹操说，"请将剑还我。"

吕伯奢将剑扔了过去，被曹操一把接住。

"怎么，莫非你要杀了那后生？"

"不杀。"

"杀你自己？"

"也不。"

"难道还杀了我不成？"

"正是。"曹操拔出剑来，刺了过去。

郗虑目瞪口呆。他眼睁睁地看着吕伯奢倒了下去，脸上似乎挂着笑容。是的，似乎而已。曹操那一剑却是又准又狠，没有片刻的犹豫和拖泥带水，脸色则凝重得就像门前的上马石。莫非跟错人了？郗虑冷汗直冒，也拔出剑来指向曹操："吕伯奢，真是你的朋友？"

曹操呆如木鸡，偏房却响起了撞门声。

11

郗虑拉开房门，一条汉子跌了出来，果然官差模样，只不过五花大绑，嘴里还鼓鼓囊囊。郗虑扯下那人嘴里塞的布，汉子便大口喘气挣扎着想站立。郗虑却一把将他拎起，又朝膝弯踢了一脚，然后站在后面用剑按住，脸色铁青地说："跪着回话就好。"

"你就是曹操？"汉子抬头。

"是又怎样？"曹操说。

"其貌不扬。"那人撇了撇嘴。

"彼此彼此。"曹操说。

郗虑这才提剑转到前面，只见那汉子三十多岁，五短身材，皮肤黝黑，满脸横肉，眼睛很小，让紧张兮兮的郗虑忍不住想笑。那人却叹了口气道："我确实长得丑，所以本事再大也升不了官。"

"好吧！"曹操看着汉子，"说说你是谁？怎么回事？"

汉子说，他是河南尹吏员，职任案狱仁恕掾。东汉天下分为十三州部，为首的司隶校尉部管辖着七个郡级行政区。西部最重要的是京兆尹，长安在那里。东部则数河南尹，洛阳在其中。河南尹手下官吏九百多人，案狱仁恕掾秩百石，官阶最低，职权却重。作为京师地区的刑侦队长，他们搜捕捉拿的不是江洋大盗，便是朝廷要犯。

显然，董卓这回不想放过曹操，河南尹的动作也够快。因为出了中牟便是兖州，到了浚仪就不归河南尹管辖，如果到了陈留那就进入张邈的地盘，想想真是只差一步。汉子又说，他今天原本想请吕家三兄弟帮忙寻找曹操，不料反倒被绑了起来关进偏房。"看来他们为了你这贼人，竟然无视王法。现在落入你手，也只好任杀任剐。"

"奇怪，"郗虑冷笑，"原本藏得好好的，为什么要撞门？"

"因为你们两个吵起来了，想出来看看热闹。"

"就不怕杀了你？"郗虑还是冷笑。

"敢？鄙人虽然不过秩百石，算不上朝廷命官，但好歹也有擒拿要犯的公差在身，岂是可以随便杀的？"汉子瞪着那小眼睛，见郗虑不以为然，便又说，"实不相瞒，鄙人在河南尹公办多年，最受不了的就是案子在我手里破不了，那可生不如死。"回答了郗虑，那人又看着曹操，"说吧，吕伯奢是不是你朋友？如果是，为什么要杀他？"

"与你何干？轮不到你问。"郗虑也瞪着眼睛。

"咦，你这人好不晓事。鄙人职任案狱仁恕掾，阅人无数，正可以帮你了断此案。怎么，不相信？"汉子咧嘴一笑，"足下就是中牟县功曹郗虑，没认错吧？刚才曹操可是叫你'鸿豫'来着。"

"你怎么知道，鸿豫就是郗虑？"

"中牟属我河南尹，谁人不知郗鸿豫。"

"那么，你又是谁？"郗虑再问。

"小吏满宠。"

"他们叫的'伯宁兄'就是你？"郗虑点点头，"难怪，无案不破满伯宁。"然后半开玩笑半认真地问，"要给你弄个坐垫吗？"

"不用，跪着也能审。"满宠笑笑。

郗虑收剑入鞘，回头直视曹操。

曹操看着趴在吕伯奢尸体边呜咽的看家狗，一声长叹："伯奢确实是我老友，那些声讨也字字在理，可惜有句话却说得不对——我没灭他满门，杀了他才凑够全家。"郗虑和满宠大出意外，面面相觑，曹操却扑通跪下叩首说："伯奢兄，谢你成全，让我做了恶人。"

说完，他放声大哭，哭得撕心裂肺。

郗虑先是愣住，然后醒悟，终于泪目。他没想到，曹操会用这种方式将所有罪责都揽了过去，并与自己立下血盟。但他不知道，刺向吕伯奢那一剑，其实也定了曹操的终身。他的感谢成全，还有那痛哭之所以撕心裂肺，郗虑要到很久以后才能完全明白，真正读懂。

现在，他还太年轻。

一个人影从角落里窜出，飞奔出门。

看家狗"汪"了一声，也跟了过去。

郗虑立即拔出剑来就要追，却被曹操喝止。"让他去好了，你怕他什么？如果报官，我等本该偿命，何况官差也已然在此。怕他跟别人嚼舌头？那就嚼！鸿豫啊，宁做真小人，不做伪君子。不厌其诈那是用兵，做人却不能耍赖。告诉你，这恶名我背到底了。"接着，他压低声音咬牙切齿地说："何况这笔账，终究要算在董卓那贼头上。"

啊，还有这一说？郗虑愣住，又莫名地感到轻松。

满宠却点了点头。"原来如此。现在你们可以杀我了。"

"足下职责所在，何罪之有？杀一无辜非仁也，曹操又岂能一错而再错？"曹操看着满宠，"不过现在就放了你，恐怕亦属不智。我看这样好了，你先跟我们走，走出中牟再说。这一路，你不妨继续搜集我们的罪证，看看又有什么罪行，然后再回洛阳复命，如何？"

"敢不承命！"满宠说，"不过，吕家惨遭灭门，因我而起。阁下要是信得过，就请松绑，让小人埋葬了他们再走。"

"可以。"曹操举起剑来，准备将满宠身上的绳子挑断。

"且慢！"郗虑大喝一声，举剑先将曹操的剑拨开，然后又把剑架在满宠的脖子上，"你这奸细，竟敢满嘴谎言，可知罪吗？"

"鸿豫！又要干什么？"曹操怒吼。

"宗主！"

"我说过了，不要叫宗主。"

"好吧，足下！"郗虑愣了一下，然后冷冷地说，"足下难道当真没有听见？已经有大队人马来了。"

194

第六章

联盟

汉献帝初平元年
庚午　马
曹操三十六岁

正月
至
三月

1

吕布看着何太后和弘农王，没有怜悯只有感慨。常言道，没毛的凤凰不如鸡，这两个曾经的人上人此刻真不如九原县的流浪儿。当年自己虽然居无定所，衣衫褴褛，不知道明天的饭食在哪里，却能自由行走，想哪是哪，爱谁是谁。哪像他俩，简直形同死囚。

冷宫也确实很冷。吕布下令生火后，才暖和起来。

这是汉献帝初平元年正月二十日辛酉。相国府刚得到消息，关东州郡同时起兵讨董。后将军袁术、冀州牧韩馥、豫州刺史孔伷、兖州刺史刘岱、河内太守王匡、渤海太守袁绍、陈留太守张邈、东郡太守桥瑁、山阳太守袁遗、济北相鲍信等组成联军，齐聚酸枣，公推袁绍为盟主。袁绍自号车骑将军，任命曹操代理奋武将军。

反了，反了，竟敢如此！董卓勃然大怒。

吕布立即奉命来到冷宫，还带了些女孩子。

"启禀太后。"吕布清清嗓子，又看看身后的人，"这些绝色女子都是相国令臣精心挑选。有的是处女，有的不是，各有好处。但都很干净，也都聪明伶俐，善解人意，全看殿下喜欢。"

"吕布，"太后沉着脸，"你什么意思？"

"弘农王之前没有皇后，此刻没有王妃。"吕布一本正经，"宫中冷冷清清，长夜难眠。殿下身边无人侍席，不该送几个来吗？"

"那又岂能随随便便。"太后说，"得有册封大典。"

"用不着那么多繁文缛节。"吕布满脸坏笑，"说起来殿下也已经十五岁了。臣这么大的时候，早就不知睡过多少。"

"放肆！"何太后怒斥，"弘农王是什么人，你又是谁？"

"王侯将相与浪子草民同样是人，"吕布撇了撇嘴，"没睡过女人就不算男人，太后不想殿下成人吗，还要等到阳春三月猫叫？"他又回头命令身后的女子，"脱，把衣服全脱了，让殿下好好看看。"

何太后完全没有想到，目瞪口呆。

"有什么不好意思的？"吕布瞪着眼睛，"早脱晚脱都是脱。再说这里除了我，没别的男人，还怕我看不成？"

说完，吕布看了旁边的宦官一眼。

宦官们都低着头，不敢吭气。

吕布又瞪着女孩子们。

不是处女的带头，哆哆嗦嗦把衣服脱了。

"成何体统？"何太后气得浑身颤抖。

"多好看啊，水灵灵的。"吕布不管太后，看着刘辩，"殿下难道还起不来？"吕布不禁真心同情起这少年。实际上，他今天的任务是要逼那两个人服毒自尽，药酒都带来了。行前，贾诩曾跪下极力劝阻董卓，说弘农王是先帝骨血，何太后是先帝遗孀。何况从来就只有废皇后的，没有废太后的。董卓却说，只要这两个人活着，就总会有人胡思乱想，酸枣那帮人也总有旗号可打，因此非杀不可。

废都废了，还是什么君？

董卓的原话如此。

吕布当然只能听董卓的，却认为应该让弘农王尝尝女人味。荆轲刺秦王之前，便是车骑美女恣其所欲，自己上战场之前也如此，因为谁知道还有没有明天。何况那少年还从未有过房事。不过，这个环节是吕布自己加的，不能拖泥带水，时间长了没法交代，便蹲下来看着刘辩，轻声细语地说："殿下，众女子都等着呢！"

刘辩不知所措，满脸通红。

"也是，没人教，不会。臣倒是无师自通，不过让臣示范，总不合适。再说，臣这一身，穿得也太多。"吕布站了起来，袍子里面发出声响。他看着何太后问："男女之事谓之敦伦，是吧，太后？"

敦伦的字面意义是敦睦夫妻之伦，而且据说是周公提出的，因此被赋予道德光环，何太后无法反对。吕布便得寸进尺地说："太后母仪天下，请太后教导敦伦之礼，臣且退下半个时辰。"

半个时辰？何必急成这样？

这时她才注意到，吕布竟是佩剑着履进宫。

"那好！弘农王今晚便行此礼，你明天再来。"

何太后意识到什么，决定拖延时间，另想办法。

"半个时辰足矣，相国还等着复命呢！"

"吕布，你不要欺人太甚！"何太后终于忍无可忍。

"太后，此话怎讲？"自从跟了董卓，吕布学得油腔滑调，"臣等当真是为殿下好，说不定就留下种子了呢？再说了，人生一世，草木一秋。如果连这事都没干过，岂不是白活了一辈子？"

刘辩明白了，眼泪汪汪，浑身颤抖。

"吕布，你莫非要弑君？"何太后也确认了自己的猜测。

"废都废了，还是什么君？"吕布说出董卓的话。

"你这无君无父的畜生，必将不得好死！"

何太后红了眼睛。

"什么叫好死，什么叫差死，臣实不知。不过呢，什么叫做生不如死，倒是略知一二。"吕布拔出剑来冷笑说，"听明白了，顶多再加半个时辰。只要行过房事，便不枉此生，不要不识好歹。"

2

好气派的辕门，曹操想。

辕门就是军营大门。古代行军打仗，安营扎寨后要用车子围起来作为屏障，出入口则竖起两辆车子，让车辕交叉，形成门洞，所以叫辕门。想当年，项羽率楚人孤军奋战大破秦兵，原先作壁上观的联军将领无不震撼。他们被召见时，进入辕门就跪下膝行，不敢仰视。

袁绍却远比项羽更讲威风和排场。代替车辕的是两座望楼，高高大大巍然屹立，瞭望台和楼梯上都站着士兵。这哪是辕门，简直就是双阙。那"阙然之道"上，全副武装的甲士手持兵器分成两行，威风凛凛从辕门一直排到大帐，两个文士服装的人一左一右立在门前。

呵呵！这袁本初，难道要做西楚霸王？

其实，酸枣结盟是在曹操起兵的一个来月后，而曹操是在吕伯奢家的坟前集会盟誓的。参加盟誓的有堂弟曹仁和曹洪、姻亲夏侯惇和夏侯渊，郗虑所说"大队人马"便正是他们带来的子弟兵。这几家都是谯县豪强，财大气粗，也都有私人武装。黄巾军起义之后，各郡县的土豪纷纷建军自保，自顾不暇的朝廷对这种杂牌军都算不上的家丁和兵勇则睁眼闭眼，他们现在却正好成为曹操的武装力量。

当然，原本要去洛阳的夏侯惇等人带来的并非大队人马，只不过先头部队，但这百十号人已让曹操喜出望外。他在巨大的坟茔前庄严宣誓，定要剿灭董贼，匡扶汉室，安定天下，以慰吕兄在天之灵！

吕伯奢的账，果然算到了董卓头上。

之后便是移师陈留境内的己吾。在那里，曹操得到当地豪强卫兹的资助，招兵买马，再加上谯县的子弟兵竟有五千之众。袁绍也很够意思，做了盟主便拜曹操为代理奋武将军。虽然这只是建制外的杂号将军，比不上大将军、骠骑将军、车骑将军等名号将军，但总算是由校尉进入了将官序列，因此曹操觉得应该前往酸枣助一臂之力。

然而到达辕门，却被交叉的戈拦住。

曹操笑了。他想了想，滚鞍下马。

士兵收戈，曹操步行走了进去，却听见身后戈的声音。曹操想都不用想就知道随行人员又被拦住。他停下脚步却并不回头，过了片刻便继续前进，在面无表情的两行士兵中不紧不慢走到大帐门前。

"将军请解剑！"站在门口的许攸躬身。

"子远啊！"曹操笑了，"盟主大帐，也不能佩剑着履？"

"今天都不佩剑，请将军见谅！"另一边的荀彧也躬身。

曹操扫了一眼，见卫士们的手上都拿着剑，门口摆满了鞋，立即解下佩剑交给卫士，又脱了鞋，拱了拱手便跨进门槛。

3

曹操走在鲜盔亮甲的两行士兵之间时，相国府正大摆宴席，宴请的是太傅袁隗、太尉黄琬、司徒杨彪和司空荀爽。董卓知道他们心存疑惑，便呵呵一笑说："今天请大家共进午餐，可不是摆鸿门宴。实在是有一事不明，百思不得其解，要请教诸公。"

四位头面人物正襟危坐，不知董卓又有什么名堂。

董卓却从几上拿起一块玉玦，欠了欠身交给袁隗。

袁隗看了一眼，又交给其他三人传看，所有人都惊诧狐疑。

"杨公，能告诉我这是什么吗？"董卓看着杨彪。

"玉玦。"司徒杨彪回答。

"那么，有没有什么含义呢？"

"有。玉玦跟玉环正好相反。绝人以玦，反绝以环。所以，玉玦往往表示决绝和决裂。只是看这形制，似乎应该是……"

"不错，正是宫中之物。"董卓说。

袁隗等人一愣，面面相觑。

"可惜却是从劫匪手中缴获。没错，就是去年九月想要劫持老夫家眷的那伙，现在已经人赃俱获。"见袁隗等人又一愣，董卓便从怀里掏出一枚银印，"诸公不妨再看这个。"

"大长秋？"接过银印的太尉黄琬大感意外。

"正是，何太后的贴身心腹余忠。诸公没注意他失踪了？"董卓扫了众人一眼，"倒不奇怪，反正寻常也见不着，可惜丢了玉玦。绝人以玦，反绝以环。太后如此决绝，恐怕也只好成全。"见袁隗四人神色紧张，董卓笑笑，"先不说这个。劫匪的同伙，诸公可知？"

袁隗等人你看看我，我看看你。

"曹操。"董卓自己回答，"放走那些人的，就是他。"

屏风后面的贾诩闻言一惊。

我没有说过自己的判断啊，他猜出来的？

贾诩更加竖起耳朵。

"曹操的同伙又是谁?"董卓看着袁隗,"正是袁绍。"

袁隗闻言,摇晃着就要起身。

"太傅请坐。太傅是太傅,袁绍是袁绍,两回事。"董卓恭恭敬敬向袁隗拱了拱手。见袁隗重新坐下,他又问:"有人罔顾王法,伙同心怀不轨的州牧刺史、郡守国相私自结盟,对抗朝廷,诸公可知?"

"已知。"杨彪说。

袁隗等人全都意外地看着他。

"杨公倒消息灵通。"董卓笑了。

"我也是在赴宴之前,刚看到河南尹的公文。"杨彪说,"司徒府近苍龙门,消息传得快些。所以,太傅、太尉和司空或许不知。"

"我等确实不知。"袁隗、黄琬和荀爽说。

"现在知道了。"董卓说,"那么,领衔的是谁?"

"后将军袁术。"杨彪答。

"盟主又是谁?"

"渤海太守袁绍。"

"现在自号车骑将军了。"董卓说。

杨彪叹了口气,又摇了摇头。

董卓又问:"结盟之处在哪里?"不等杨彪开口,董卓一口气自问自答:"酸枣。酸枣何属?陈留。陈留太守是谁?张邈。"然后笑眯眯地看着袁隗:"看来这三个人,太傅当初没抓错,可惜放了。"

"那不是……"袁隗张口结舌。

"我只放了吕布。"董卓又变了脸色,严肃地看着袁隗。

"那么依相国说,是谁放了那三个人?"杨彪忍无可忍。

"曹操。不是吗?"董卓瞪着眼睛。

说来也是。杨彪只好苦笑。

"所以，他们三个要投桃报李，拜曹操行奋武将军嘛！"董卓振振有词，"这个且不管他。请问诸公，酸枣结盟是冲谁来的？"

鸦雀无声，一片寂静。

"天子。"董卓自己回答，"当今天子非袁绍所愿立，他早就怀恨在心，必欲去之而后快。曹操虽然拥立，却与劫匪勾结，罪行暴露便只好投奔袁绍。这就足以证明，劫匪与曹操和袁绍是同伙。"

胡搅蛮缠！屏风后面，贾诩松了口气。

"但是天子不安全了。"董卓又说，"孤尚且难免被人暗算，况乎主上？项庄舞剑，意在沛公。曹操作为袁绍内应而勾结劫匪，正是要先除老夫，再劫天子。所以，天子若仍居洛阳，恐有不测。"

见鬼！曹操不是由于罪行暴露才投奔袁绍的吗，怎么又成了袁绍的内应而去勾结劫匪？但是四个人都听明白了，董卓是要迁都。迁都当然对他有利，既能避酸枣联盟之锋芒，又离凉州大本营更近。这才是他的真实意图。追查旧案，指认同谋，都不过铺垫和说辞。

杨彪清了清嗓子，准备说什么。

吕布却进来了。他连招呼都不打就大步流星走到董卓身后，袍上还血迹斑斑。杨彪马上意识到，还是少安毋躁为好，便端起酒杯喝了一小口，眼睛看着几上。袁隗见状，只好把目光投向黄琬和荀爽。

坐在对面的黄琬和荀爽也不表态，都看袁隗。

袁隗再看着吕布，吕布却脸色铁青，眼睛望着远处。

实际上，就在刚才，就在他倒出毒酒的时候，何太后突然从头上拔出簪子扑了过来。吕布立即将剑刺向太后，溅了一身鲜血。但他没想到，那个柔弱胆怯到连女人都不敢碰的弘农王刘辩，竟毅然决然地端起酒来一饮而尽，然后目不转睛地看着自己。

朕就算变成厉鬼，也要报此深仇大恨！

何太后的声音再次在吕布的耳边响起。那声音充满怨毒，那眼光让人难忘。杀人无数的他，从来不曾如此惊恐。

董卓却对吕布视而不见，只是看着袁隗。

袁隗颤颤巍巍拿起筷子，又放下。

"来来来，"董卓笑容可掬，"请继续用膳。"

"我等已酒足饭饱，吃不下了。"四个人一齐说。

酒足饭饱？还没吃呢！

也好，董卓想。反正今天只是吹吹风，便吩咐吕布送客。

吕布将四位头面人物送到相国府门前，袁隗竟晃了一下，被杨彪上前扶住。袁隗不禁感叹，自己的腿脚真是越来越不行，杨彪却会意地点了点头。黄琬和荀爽看着他俩，又互相看看，也各自离去。

袁隗等人离开后，贾诩便从屏风后面走了出来。他高声赞扬董卓威武，又提议长安那边要早做安排。董卓也深以为然，便将打前站的任务派给贾诩。贾诩领命，轻车简从来到上西门。在那里，他将城门校尉董承拉到一边，在他耳边悄悄地说了什么。

4

炭火熊熊，酒香四溢，酸枣大营宴会厅温暖如春。东西南北四面的屏风遮挡了帐外寒气，所有几案上也都水陆杂陈。袁绍和袁术并排坐在正中，右边冀州牧韩馥、豫州刺史孔伷、济北相鲍信、河内太守王匡，左边兖州刺史刘岱、陈留太守张邈、东郡太守桥瑁，以及山阳太守袁遗。主位远远的对面，孤零零一张几案，一个坐垫。

这是给我留的？绕过屏风进入会场，曹操笑了。

许攸和荀彧则站在了他的后面。

曹操稍作停顿，打量一番，坦然坐下。他一眼就看清楚了，袁绍羽扇纶巾依然名士风度，着左将军官服的袁术肩膀上架着鹰。其他人全都峨冠博带，只有冀州牧韩馥与河内太守王匡身着戎装。

这是什么奇怪的宴席？曹操想。

"今日设宴为孟德接风，请大家尽兴！"袁绍举起杯来。

"我怎么觉得倒像廷尉寺大堂？"曹操半开玩笑地说。

"正是。"斜对面的王匡叫道，并不管袁绍、袁术和张邈尴尬。

"那么，嫌犯是谁？"曹操左右看看。

"你。"王匡说。

"赃物呢？"曹操又笑，"捉贼总要捉赃吧？"

"在你后面。"王匡冷笑。

曹操回头，只见身后的屏风上早就挂着地图。

"你来酸枣之前，是否已向盟主献策？"王匡问。

"确实，如图所示。"曹操说，"盟主与府君兵临孟津，后将军由丹水和析县进入武关，挺进左冯翊、右扶风和京兆尹。其余各部分别把守成皋，占据敖仓，控制轘辕（读如环原）和太谷。如此便可形成合围之势，置洛阳于掌中，董卓于罗网，天下可立定也。"

汉代，郡太守尊称府君，又称明府。曹操刚才说的府君，当然是指河内太守王匡。盟主和后将军，则是袁绍和袁术。

所有人都不说话，只有袁术笑了。

"啊哈，好主意。却不知为什么要让我跑那么远？"

"因为将军的主力在南阳。"曹操说。

南阳是荆州的一个郡。袁术逃出洛阳奔南阳，正好遇到长沙太守孙坚杀了原来的太守张咨，将这地盘拱手相让。荆州牧刘表只好上书朝廷，举荐有着后将军头衔的袁术担任南阳太守。投桃报李，袁术则举荐孙坚担任豫州刺史。当然，这些动作都只是走过场。董卓的朝廷不会批准，袁术和孙坚也不在乎。袁绍则连程序都懒得走，自封车骑将军，位在后将军之上。哼哼！他才不担心没人叫他"袁车骑"。

军阀割据、占山为王的时代，却是当真开始了。

"确实。但，我为什么要军进武关？"袁术问。

"因为董卓必定迁都长安。"曹操说。

"迁都长安？"袁术问，"阿瞒，你怎么知道？"

"他当然知道。"王匡已拍案而起，"因为此贼是奸细。"

"说我是奸细，总要有个理由吧？"曹操仍然笑眯眯的。

"当然有。"王匡一声冷笑，走向地图，用手指着说，"诸位一看便知。孟津在洛阳之北，只有咫尺之遥。轘辕和太谷却在南，成皋和敖仓则在东，武关更是遥不可及，可以呼应吗？曹操此计，分明是要让盟主和我孤军深入，羊入虎口，有去无回。"

"果然没有猜错，曹操是奸细。"又一个声音响起。

说话的叫韩馥，字文节，曾任御史中丞。由于是颍川名士，便被董卓任命为冀州牧。冀州是仅次于司隶校尉部的大州，袁绍任太守的渤海是其九郡国之一，韩馥则是袁家的门生故吏。所以，如果说袁绍召董卓进京是引狼入室，那么董卓的任命就不但是放虎归山，而且是为虎添翼了，难怪他听到酸枣结盟的消息会气成那个样子。

韩馥定睛看着袁绍，袁绍却纹丝不动。其他人将信将疑，也不肯表态，只有袁术歪着脑袋说："奇怪。阿瞒又为什么要做奸细？"

"后将军自然心中有数。"王匡冷笑。

"什么意思？"袁术瞪着眼睛。

"曹操昨天来，盟主可曾迎接？"

"好像不曾。"

"孟卓是地主，又是老朋友，可曾相见？"

张邈闻言，脸红了一下，低下头去。

"好像也没有。"袁术说。

"其他人呢？"王匡再问。

"倒不清楚。"

"曹操可疑，酸枣无人不知，所以敬而远之。不过，要说所有人都不理他，也不尽然。"王匡冷笑，看着袁术说，"后将军昨天去了他的营帐吧？密谈了些什么，岂非天知地知？"

"我若告诉你，你会相信？"袁术笑了。

"不信。"王匡说。

"曹操既然可疑，本初为什么要他来？"

"不让他来，岂能查明真相？"

"来了就查得清？不问吧，没法查；问吧，你又不信。再说他那阴谋诡计又没人逼你听，让他来岂不是糟蹋粮食？"袁术笑了，"如此奇思妙想，也就你王府君。还有，我又为什么要掺和进来？"

"官阶最高，又是袁家人。一旦渤海有难，这盟主……"

汉代，地方官以任职的地名为代称，王匡说的渤海就是袁绍。

"有道理，很有道理。"袁术连连点头。

"何况我们来酸枣，都带着兵，后将军却只身一人。"王匡继续往下说，"还有，孙坚也是太守，为什么不让他来与盟？"

"两个好细了。"袁术拍案叫好，"再查，看看还有没有。"

"有一个就够麻烦，"王匡道，"先弄清楚这个再说。"

全场鸦雀无声，袁术也不再说话。

王匡看着曹操："姓曹的，怎么样？招了吧！"

"公路，我来酸枣之前，给你写过信？"曹操却问袁术。

"你要真写了，我还懒得看。"袁术撇了撇嘴。

"骗你羊入虎口，需要我带路吗？"曹操又问王匡。

"只会溜之大吉。"王匡撇嘴。

"那我何必带兵来？"曹操反问。

"你怎么想，我哪里知道？"王匡冷笑。

"府君这样的鸿鹄，安知我等燕雀之志？"曹操语含讥讽，"那就告诉你，一旦开战，我军必定先行一步，为马前卒。"

所有人都愣住了。

"奋武将军果然奋武。"王匡也愣了一下，回到席位端起酒杯一饮而尽，"可惜我不会上当。奋武将军的家眷，不是还在洛阳吗？做开路先锋？怕是要趁机回到京师，阖家团圆，邀功请赏吧？"

王匡坐下的时候，曹操站了起来，走到地图前说："那就看看我的家乡谯县在哪里吧？在这里，更远。做奸细？当真要做，我曹操一人就足够，犯得着让子弟兵千里迢迢跑那么多路吗？"

"公节，这话有道理。"鲍信叫着王匡的字说。

鲍信字元诚，是何进旧部，也是袁绍和曹操的老朋友。东汉延续西汉的郡国制，州之下既有中央政府管辖的郡，也有名义上封给皇子的国，但诸侯王国的军政大权却归朝廷任命的国相。国相跟郡守都是秩二千石，鲍信就是兖州济北国的相。他最早建议袁绍灭董卓，也很看好曹操，因此最不愿意联盟内讧，造成分裂。

其他人却还是稳坐不动，静观其变。

"大言不惭，谁不会？"王匡却不听鲍信的，撇了撇嘴说。

"那好，我们现在就走。"曹操的语气依然平静。

"走？去打孟津？就凭你这几个乌合之众？"

"你说什么？"曹操看着王匡，"再说一遍。"

"乌合之众。"王匡也看着曹操，"怎么了？"

曹操无法保持冷静，回到席前一脚踢飞了前面的几案。

与此同时，王匡也站了起来。

"曹孟德，你待要如何？"

"道歉！"曹操走到王匡面前，定睛看着他。

"道歉？这件事某人还不会。"

"可以学习，现在就学。"曹操毫不含糊，"我这些弟兄，在谯县日子过得好好的，只是为了共赴国难，才倾家荡产招兵买马，还准备随时随地搭上性命。如此壮士，岂容羞辱！"

"那又如何？"王匡无剑可拔，只好抓起酒杯摔在地上。

"绝对不能答应！"曹操从地上拾起酒樽，扔了过去。

几案上的餐具酒具被砸得稀烂。王匡勃然大怒，二话不说，向着曹操就一拳打来。曹操眼明手快，一把抓住对方的右手，狠狠将他摔倒在地。只听见咔嚓一声，王匡缩身哀号，显然是骨折了。

"怎么能这样？君子……"

大惊失色叫起来的是孔伷。此君字公绪，兖州陈留人。由于饱读诗书，名声在外，被董卓任命为豫州刺史。其实孔伷的本事，只不过引经据典，高谈阔论。若上战场，不管谁都能让他满地找牙。

"咦？我说这是接风呢，还是？"袁术却幸灾乐祸起来。他故意左顾右盼，高声喊着："盟主呢？盟主在哪里？怎么还不发话？"

众人都看袁绍，看他如何处置。

袁绍大出意外，脸色铁青。实际上，他是相信曹操的，或者说他非常希望自己相信曹操。因为除了曹操、张邈和韩馥，他也没有人可信任。但是韩馥吹的耳边风，又不能完全置若罔闻。今非昔比，世风日下，人心不古啊！谁知道过去的兄弟，不会变成将来的劲敌？就说眼前这些人吧，除了只会夸夸其谈的孔伷，哪个好惹，又有谁是省油的灯？之所以结成联盟，只因为单打独斗谁都不是董卓的对手。公推自己为盟主，也只因为需要旗号。此刻，却正在看旗手的笑话。

于是袁绍摔杯大喝："来人！"

甲士们从屏风后涌出，全都愣住。

宴会厅的状况千奇百怪，不可描述。王匡躺在地上哀号，曹操站在旁边盛怒，袁术满脸诡异，张邈稳坐席上，其他人都看袁绍。

"国有国法，盟有盟规。"袁绍咬了咬牙，"将曹操拿下！"

"等一等！"袁术叫道，"别忘了，奸细是两个。"

"那就都拿下！"忍无可忍的袁绍怒视坐在旁边的袁术。

"慢！"张邈站了起来，"诸位不该忘记，酸枣是哪个郡的，陈留太守又是谁吧？"袁绍狼狈不堪，只好挥挥手要甲士们退下。张邈却让他们留步，吩咐他们送王匡去疗伤，然后铁青着脸直视众人："诸位各自回营为好。再若胡闹，从明天起断粮。"

5

第二天是正月二十一日，按照惯例要开朝会，南宫崇德殿内却是空空荡荡。刘协在御榻上正襟危坐，渠穆站在后面低眉顺眼。朝臣们的位置上除了董卓，便只有虎贲中郎将吕布和城门校尉董承。

他们俩，都孤零零地站着。

"常侍，时间早就过了吧？"董卓看着沙漏问。

"是。太傅、太尉和司空都请病假。"

211

"其他人呢？"

"也一样。"

"就没有不请病假的吗？"

"有。"渠穆看着殿门说。

董卓回头，看见杨彪穿着袜子走了进来，跪下行礼。

"司徒请起。"刘协说。

"看来，杨公倒是别来无恙。"董卓也插一嘴。

杨彪却并不起身，更不看董卓，而是看着皇帝："启禀陛下，臣没有病，当然要上朝。公卿百官，其实也没有病。"

"那他们为何不肯上朝？"董卓问。

"因为朝廷病了。"杨彪答。

"蹊跷。"董卓撇了撇嘴，"朝廷有什么病？"

"乾坤颠倒，纲常失序。皇太后和弘农王……"

"此事陛下已然知晓。"董卓粗暴地打断杨彪，"杀人偿命，欠债还钱，这道理平民百姓都懂，司徒不懂？何况那女人谋杀的还是陛下的生母和亲祖母。两笔血债啊！陛下宽厚仁慈，于心不忍，我来替天行道，雪此夺慈之恨，报这杀母之仇，不可以吗？"

刘协心里五味杂陈，含着眼泪低下头去。

"那么弘农王呢？何罪之有？"杨彪问。

"他自己愿意追随先慈于黄泉，老夫管得着吗？"董卓不顾刘协惊异地抬头，继续满脸狞笑地说，"丧事当然要办，但是得从简。我朝素以孝治天下。如果朝廷要表彰弘农王的孝道，孤也不反对。"

杨彪被董卓的凶狠残暴和厚颜无耻惊呆了，说不出话来。

"司徒没话说了？"董卓冷笑，"那好，我有。"他看了一眼跪在地上的杨彪，转过身来换了语气对刘协说："陛下天之骄子，登基不几

212

日便海内初平。可惜，天下妖氛犹盛，前朝余毒犹存。渤海太守袁绍等人辜负国恩，竟起犯上作乱之意，图谋不轨之心。当然，陛下理应将其免职，以儆效尤。但为长治久安计，还请移驾长安。"

"迁都？"刘协大吃一惊。

"是。"董卓说，"请陛下圣裁。"

杨彪知道，何太后和弘农王的事已经无可挽回，能够力争的只有迁都。公卿百官全都称病不朝，他却只身赴阙，也是为了这个。于是定了定心，他语气平静地问："相国要迁都，总得有个理由吧？"

"当然有。"董卓说，"关中沃野千里，天府之国，秦人据此并吞六国，兼有天下。这就是地利。高皇帝都长安，至今十一世。光武帝都洛阳，至今也是十一世。十一世则迁，这就是天意。"

"谁说的？"杨彪问。

"书上说的。"董卓回答，又喊，"奉先！"

吕布走过来，递上一卷帛书。

杨彪看着帛书，又奇怪地看了看董卓。

刘协没有想到，也在御榻上直起了身子。

"别以为武夫就不读书。这不是书吗？"

董卓举着帛书得意洋洋。

"敢问相国手里是什么书？"杨彪问。

"《石苞室谶》。"董卓答。

"那是妖书，应该烧了！"杨彪忽地站了起来。

"烧了？"董卓瞪眼，"我还想把洛阳烧了呢！你以为不敢？"

御榻前的火盆里，炭火熊熊。杨彪走了过去，重新跪下说："此事根本不难。殿中就有木炭，请相国现在就烧了杨彪。"

说完，他俯下身去，再不抬头。

吕布和董承面面相觑，气都不敢出。

未满十岁的小皇帝显然也被吓住了，一言不发。

董卓立即明白，这件事不能霸王硬上弓。好在他这人变脸比变天还快，便立即走了过去将杨彪扶起，道歉说："杨公，多有得罪！刚才烧这烧那的都只是戏言，请不要跟凉州野人一般见识。"

杨彪站着，却并不理睬董卓。

董卓又走到火盆前，将帛书扔进火里。

然后，向渠穆使了个眼色。

"陛下累了，退朝。"

渠穆心领神会，不失时机地喊了一声。

6

北宫东明门外，董承带着妻子和女儿站在那里。元月下旬的洛阳仍然很冷，好在阳光灿烂，照得身上暖融融的。过了一会，渠穆大摇大摆走出宫门。董承赶紧迎上前去，拱了拱手，然后从怀里掏出密封函件恭恭敬敬递上，低声说道："常侍，秘方在此，请验收。"

渠穆却不打开，而是看看董承家人。

"送个秘方，好像不用全家出动。"

"小女好奇，总想到宫中看看。"董承实话实说。

"人之常情。"渠穆笑笑，"况乎掌上明珠。"

"是，是，"董承不好意思，"疏于管教，任性得很。"

"可是这不合规矩。"渠穆依然微笑。

"确实，确实。"董承连连点头。

"见谅，见谅。"渠穆嘴上这样说，却并不挪步。

"那么，可否请常侍看看小女的绣品？"董承又从怀里掏出一个锦盒递上。渠穆打开一看，里面放着玉环，便纳入袖中，然后笑眯眯地问董承："令爱芳龄几何，叫什么名字？"

"启禀常侍，小女子贱名董青，十二岁。"

渠穆没想到那女孩会自己上前行礼，便笑着说："知书达理，好生让人怜爱。"又问："董，自然是父姓。后面那个字……"

"青红皂白的青。"女孩答。

"啊？"渠穆一愣，"记得相国的孙女，好像叫董白？"

"常侍好记性。"董承点头，"确实攀附，不过总算也都姓董。"

渠穆马上就明白了，小女孩哪里只是想到宫中看看？他不由惊异董承两口子的心机，却并不反感，更不反对。皇帝今年十岁，并没有玩伴，更没有异性玩伴。将来，也还得有侍席之人。再说了，跟董承建立特殊关系，于公于私都没坏处。君子成人之美，何不……

事情却远比想象的简单。渠穆将董青带到芳林园，立即引起刘协的注意。当时皇帝正在赏梅，看见来了个小姐姐先是一愣，然后马上就喜笑颜开，邀请董青陪着散步。这对少男少女走在梅林中，不禁让人想起《诗经》的句子："溱与洧，方涣涣兮；士与女，方秉蕳兮。"

当然，芳林园里没有河水，也没有泽兰。

"你认识这是什么花吗？"刘协问。

"梅花。"董青答。

"读过《摽（读如鳔）有梅》吗？"刘协又问。

"小女子粗通文墨，岂敢与陛下谈诗。"董青说。

"摽有梅，其实七兮。"刘协吟道。

"什么意思啊？"董青问。

"梅花谢了，就会长出梅子。梅子要是落了……"

"就会有人来说媒。"董青飞快地接话。

刘协停下脚步，看看这小姐姐，小姐姐却低下头去。

哈，这事董卓可管不了。

跟在数步之外的渠穆想。

7

董卓坐在餐厅等吃饭，满脑子都是迁都的事情。他也料定这事会引起争议，却没想到反对和反弹如此强烈，就连明哲保身的杨彪都要以死相抗。没奈何，他只好带了几樽酒去给杨彪压惊，并且开诚布公地告诉对方，动意迁都也是迫不得已，因为要避酸枣之锋芒。

杨彪却说，那帮人看起来声势浩大，其实不堪一击。袁本初贵介公子，袁公路纨绔子弟，张孟卓非礼勿视，孔公绪夸夸其谈，都不是军旅之才。何况关东承平日久，民不习战。若向久经沙场的凉州军和并州军发起进攻，无异于驱犬羊而迎虎豹，扬枯叶而战疾风，我杨彪谅他袁绍不敢。所以，相国诚不如固守京师，以逸待劳。

董卓又问起曹操。杨彪点了点头，说此人曾任骑都尉，带兵讨伐过黄巾军，确实不可小觑。但毕竟势单力薄，不足为虑。董卓只好说了声"受教"便起身告辞，然后回府陪夫人吃饭。

夫人兴致很高，问道："想吃什么？"

"都可以啊！"董卓随口说。

"凉州的羊，并州的牛，哪个？"

"长安在司隶校尉部，什么凉州、并州？"

"你怎么心不在焉？"夫人拉下脸来，"又在想哪个狐媚？"

"哪有？"董卓说，"吃饭吧！吃完饭，给夫人泡脚。"

夫人看了他一眼，便吩咐侍立在旁的婢女温酒。

陶樽被放在了炭火上。董卓看着那个陶樽，觉得十分眼熟。过了片刻，更是越看越起疑，便一跃而起，将夫人压在了身下。

与此同时，陶樽爆炸。

其他人没经历过这种事情，全都吓得魂飞魄散。董卓两口子倒是很快就坐了起来，定睛看着砖地上的碎陶片和炭火，以及倒在火盆旁血肉模糊的婢女。爆炸现场虽然恐怖，他们俩却毫发无损。夫人甚至有些高兴，笑了笑说："生死关头，你倒是首先想到我。"

"那是当然。"董卓并不回头，"这东西，哪来的？"

"宫里。"见夫君狐疑，夫人又补充说，"天子御赐的新酒，秘方酿制，还特地交代要温了喝。不信，你问老胡。"

"这东西，真是宫里来的？"董卓看着叉手而立的管家。

"小人不敢肯定，只知道送酒的是宦官。"

"宦官？见过吗？"

"没。"管家说，"但那模样，装束，做派，声音，假不了。"

董卓的眼前立即浮现出黄河边跳板上那一幕。他当然不认为还有张让的余党来行刺，会爆炸的陶樽来自宫中却毋庸置疑。于是第二天清早，他便只身一人来到了北宫东明门，等在那里。

"相国要进宫？"匆匆赶来的渠穆问。

"是，进宫谢恩，请常侍通报一声。"

"那是当然。不过，敢问相国因何事谢恩？"

"昨日天子御赐新酒一樽。"

"哪有这事？若有，渠穆应该知道。"

"当真没有？"董卓问。

"事关天子，岂敢戏言。新配方倒是有，酒还没酿。"

"新配方？什么新配方啊？"

"谯县县令南阳郭芝的九酿春酒法。"渠穆说，"这秘方原本是在曹操手里，前些天董承交给了我。我的心思是自己先试试，果真好喝再献到宫里。所以，断然不会有天子御赐新酒的事。哎呀，相国不会认为渠穆欺君罔上私藏秘方，要查个水落石出吧？"

"哪里。"董卓笑笑，"只是这秘方，怎么会在董承手里？"

"城门校尉一职，不是从曹操那里接任的吗？"

"也是。"董卓点了点头，若有所思。

渠穆也不多说，只是心态平和地一笑。

8

冬去春来，日子过得很快，转眼就到了二月十一日。十九天前在朝会上碰了钉子以后，董卓没有再提迁都的事，董承却被抓了。实施密捕的是李傕和郭汜，负责审问的也是他俩。然而十多天过去，无论怎样拷问，董承都一口咬定自己只知道秘方，并没有用过。除了渠穆也不认识什么宦官，更没有往董府送过酒。这就让李傕和郭汜都觉得有点冤了。他们对董卓说，我们凉州军不会出叛徒。董卓却道，你们俩当然不会，一个北地的，一个张掖的。他也是凉州人吗？

那么，吕……

郭汜差点就脱口而出。

李傕瞪了他一眼，他才把话吞了回去。

董卓却只能把董承放了。八天前，董卓去见了渠穆。在那个原先属于张让的府邸里，董卓告诉这位炙手可热的中常侍，议定迁都实乃不世之功，事成之后理当封侯。渠穆则在刚才回复，天子已经同意迁去长安，但请相国将董承放出。因为董承的女儿董青不走，皇帝也不会走。陛下已经问过长安的梅花，而渠穆肯定地回答说必须有。

当然，他也说了西京是老相国萧何所选，龙兴之地。

但这显然并不重要。

看不出，董承这家伙心计还不少，董卓心想。但他这时不能计较也不必计较。天子大婚还在猴年马月，完全可以从长计议，献女进宫更非图谋不轨那样让人担忧。更重要的是，阻力重重的迁都大计竟然轻而易举地变得顺风顺水，很让董卓心情舒畅。于是，他将董承叫来训诫了一番，便让他官复原职，戴罪立功，张罗迁都的事。

没人关心小皇帝刘协的真实想法，何况就算去问也问不来。但是公卿百官全都明白，天子同意迁都，此事就不可挽回，能做的便只有自行选择——跟着走还是留下来。袁家拒绝搬迁，杨家却在爆炸案的第二天就将所有的书籍全部装箱。杨修对他父亲说，这件事不知是谁干的，为了什么，也许是要阻止迁都。可惜适得其反。董卓只会觉得洛阳更不安全，迁都的决心更大，没有人拦得住。杨修甚至自我解嘲地说："搬去长安也好。灞上杨柳，未央桃花，值得一看。"

二月十七日晨，由杨彪跟随，李傕护驾，董青陪同，天子出洛阳上西门前往长安。董卓站在车前，百官跪在地上，为皇帝送行。刘协的脸色十分平静，但坚持等到渠穆领来董青才肯上车。杨修骑马立在父亲的衣车旁，依依不舍地看着洛阳，眼中满是惆怅。

杨彪却说："不用看，带不走。带得走的只有命。"

车队和马队终于缓缓行走在洛阳城西的官道上。

天子西迁，常侍理当随扈。爱女远行，父亲理当陪同。董卓却把渠穆和董承留了下来。他在洛阳城西的长亭解释说，因为有几笔旧账未了，需要他们帮忙。董承又紧张起来，渠穆却只是微微一笑。他很清楚，早就应该有一匹快马出了洛阳上东门，向东方飞奔而去。

太阳升得很高，刘协的车队和马队走远了。

9

天子西迁的消息很快就由陈留郡邸传到了酸枣，并由张邈挨个地通知到联盟的各路诸侯，包括奋武将军曹操。张邈还特地向请到帐中的曹操表示歉意，说酸枣在陈留，他这个地主不好做人。为了不让人说厚此薄彼，只好跟谁都不私下来往，也不便去看望云云。

曹操回去以后就召开会议，还请来了满宠。起兵后，曹操便告诉满宠可以自便。满宠却表示暂时不走，因为还要搜集更多证据。曹操笑了笑不置可否，也不加看管和约束，由着他在军中走动，一来二去竟混得像自己人。结果，不但生性豪爽的曹洪和夏侯惇等人跟他称兄道弟，喝酒骂娘，就连心思缜密的郗虑似乎也不见外。

对于天子西迁的消息，大家都不怀疑，因为郡邸其实就是各郡的驻京办事处，如此巨变情报不会有误，何况朝廷也会发文昭告。可疑的是："董卓为什么还留在洛阳，天子又为什么会同意西迁？"

思来想去，不得其解。

"那就是被胁迫的。"曹洪说。

"不像。"郗虑摇了摇头，"刚才说了嘛，天子离开洛阳可是大张旗鼓，仪式隆重，不但百官送行，而且百姓围观。董卓这样做，其实正是要遍告天下，主上是自愿西迁，非他所迫。还有，据说天子等到董承的女儿到来才肯上车。不过，总不能是说为了这女子，才同意去长安吧？"郗虑忽然笑了笑，"陈留郡邸那人，倒是心细如发。"

那是当然，满宠想。

但他一言不发。

"今日之事非同以往。"曹操见众人已畅所欲言，便往火盆里添了根木柴，然后说道，"光武中兴以来，我朝天子幼年登基者众，但是都有太后临朝，外戚辅政，当今主上却真是孤家寡人。外则董卓，内则渠穆，太傅和三公又把他看作孩子，便有疑难可问谁？怕也只能自作主张。恕我说句不恭的话，幼犬都知道察言观色，趋利避害，何况我天子原本早慧，定然自有考量，甚至另有安排也未可知。"

满宠看着曹操，感慨万千。在案狱仁恕掾任上，他与各色人等和犯罪团伙没少打交道，深知真正的江湖豪雄都有个特点——比前来求他帮助的弱者自己，更知道对方有多难。这种洞悉人心和推己及人的能力，袁本初不多，袁公路更少，故虽能聚众而不能久。但在曹孟德这里，设身处地，将心比心，却不仅是能力，更是情怀。

成大事者，非曹操而谁？

实际上，早在吕伯奢家，满宠就已心动。他抓过恶人无数，从没听说有自认恶名的。所有恶贼都说自己是好人，窃国者更是旗号冠冕堂皇。公开宣布愿担恶名，岂非也算有肩膀有骨头？不过满宠可没有郗虑那么冲动，这才借口收集证据留在了曹操军中。但是现在用不着再犹豫，便看着曹操说："天子定然无虞，将军的家眷却危险了。"

"你不是说，我们去接更危险吗？"曹洪问。

是有这个说法。接风宴以后，夏侯惇他们就极力主张尽快将曹操的家眷接来酸枣，满宠却表示反对，认为那样更危险。他说，卞夫人等安然无恙，是因为董卓把他们当作了人质。只要人质在，他就相信曹操投鼠忌器，不敢轻举妄动，因此也必定严加监视。但是现在情况有变。满宠说："之前董卓还有分寸，此刻却已发疯。以我办案多年的经验，那贼留在洛阳，只怕要做惊天大案，犯滔天罪行。"

"是。"郗虑说，"如果他跟去长安，洛阳反倒没事。"

"既然如此，我们去。"夏侯渊说。

"你们去？"满宠笑了，"先攻城，再抢人？"

夏侯渊愣住，曹仁却问："你说该如何？"

"不能抢，只能偷。"满宠答。

"谁去偷？"夏侯惇问。

"当然是会抓贼的。"满宠笑笑。

夏侯惇等大出意外："你还不是我们的人呢，就……"

曹操却只是摇了摇头："不可，会被认出来。"

"以前会，现在不。天子西迁，朝廷动荡，衙署空虚。董卓的人不认识我，认识我的都自顾不暇。再说，我原本就该回去复命。"说到这里，满宠拍了拍脑门，"使命在身，怎么忘了？"

说完，他的眼睛直视曹操。

没想到曹操却问："到了洛阳，住哪里？"

"陈留郡邸。"满宠答。

"有熟人？"曹操又问。

"有一个。"满宠又答。

"何时启程？"曹操再问。

"事不宜迟。"满宠再答。

"那就拜托伯宁了。"曹操向满宠拱手。

满宠还礼，又对曹洪等人拱手，然后飘然而去。

如此大事，就这样交给这么个不知底细的人？曹洪等虽然跟满宠混得很熟，也还是大吃一惊，便都看着郗虑。郗虑却视而不见，而是对曹操说："天子西迁的消息，袁渤海似乎比张陈留先知道。"

"是吗？"曹操淡淡地问。

"应该是。而且，他们可能还得到了别的什么。"郗虑说，"最近两天，韩冀州与袁渤海常常密谈。出帐时，荀文若面无表情，许子远面有得色，看见我便打哈哈，闪烁其词，十分诡异。"

"混账！"曹洪发怒，"还在算计我们。"

"如果只是算计我们，那就简单了。"郗虑摇了摇头。

他们还会有什么更大的阴谋？

曹洪和夏侯惇等人都百思不得其解。

10

董卓留在洛阳，果然并未闲着。天子离京第二天他就宣布，贪官污吏和不法奸商，都必须在三月初五前投案自首，违者杀无赦。收缴赃款和税款的任务，便交给了郭汜。然后，他又派出凉州军和并州军前往北邙挖陵掘墓盗取财物，负责人是吕布和董承。安排完毕，董卓进宫去见渠穆，希望能够了却他的第三件未了之事。

"天子西迁，宫中无主，不知相国有何公务？"渠穆问。

"实不相瞒，是有一事相求。"董卓满脸诚恳，"上个月老夫险遭不测之事，常侍想必已经知晓。刺客用的物件，正是去年八月张常侍在北邙使用的，送东西的又是宦者，所以……"

"相国莫非以为是渠穆……"

223

"不不不，怎么会？当时据曹操推断，这物件应该是马元义通过封谞和徐奉带进宫中，准备谋杀先帝的。张常侍也说，他自己其实并不认同太平道。事发之后不说出药物，也只是兔死狐悲。"

"相国所言甚是。"

"那时孤也认为有理。药物放进陶樽，加热便会爆炸，这种事情闻所未闻。所以，张常侍为封谞和徐奉密藏的也应该少之又少，用完就没了，怎么又出现一樽？"说到这里，董卓直视渠穆，"看来，张让出走时并未悉数带出，常侍知道剩下的都在哪里吗？"

"不知，前辈并未交代。"渠穆坦然答道，"天子已然西迁，宫中其实无人。相国不妨派兵来搜，仆即刻待罪家中。"

"常侍言重。"

"理当如此。"

"协助常侍寻找，也是老夫本分，孤的人多嘛。"董卓并不否定要搜查，"不过，也可能只是留下了秘方，常侍可能找到？"

"这就太难了。"渠穆道，"既然是秘方，自然是藏了起来。"

"所以要请常侍留意。"

"那是当然。不过，渠穆不明白相国要这配方做甚？"

"可以用来讨贼啊，比如炸桥炸城门什么的。"

"原来还有这用处，相国真是才思敏捷。"

"这可是不世之功。岂止封侯，封公都不为过。"

"如此，敢不尽力！"渠穆拱了拱手。

"听说秦始皇的宫里有一种爬虫，能看守钥匙，名叫守宫？"

"确实，其实就是壁虎。"渠穆回答。说完，他看看空空荡荡凄凉冷清的宫殿，笑了笑说："人去楼空，仆倒真成守宫了。"

"是壁虎，不是变色龙？"董卓又问。

"应该不是。"

"不是就好。"

两人相视一笑，拱手告别。

11

曹操原本以为，天子西迁的消息会震惊联盟，没想到诸侯们全都若无其事。袁绍也不召开紧急会议，只有袁术劲头十足，天天去袁绍帐中催问。这样拖到三月初五，大家才齐聚酸枣大营议事厅，席位则仍如接风宴所设。袁术却最后才进来，直接走到曹操跟前。

"阿瞒，让个地方。"

曹操奇怪地看了袁术一眼，挪出半边。

袁术大大咧咧在曹操旁边坐下。

"后将军，"韩馥问，"怎么坐在那里？"

"我们不是奸细吗？"袁术一声冷笑，"当然要坐在一起。"

右手绑着绷带的王匡气哼哼地看了他俩一眼。

袁绍不知道他弟弟又要出什么幺蛾子，但也没有办法，只好装作若无其事，清了清嗓子便准备宣布会议开始。坐在曹操旁边的袁术却阴阳怪气地先开口了："天子西迁，这是哪个奸细所为？"

"哪有奸细做得了。"韩馥说，"祸首当然是董卓那贼。"

"那么，酸枣大营里，究竟有没有奸细？"袁术又问。

议事厅里一片沉默。

"说！有，还是没有？"袁术不依不饶。

"应、应该没有。"韩馥结结巴巴。

"我看有。"袁术说。

"谁?"韩馥问。

"你。"袁术答。

"韩冀州又怎么会是奸细?"斜对面的王匡撇了撇嘴。

"当然是。"袁术早就对韩馥咬牙切齿。作为袁家门生故吏,韩馥只认袁绍不认自己,难道不该教训?便道:"使君自己说呢?"

汉代,州牧又称使君,所以袁术这样称呼韩馥。

韩馥立即慌乱起来:"左将军何出此言?"

"因为你疑点甚多。"袁术定睛看着韩馥,"我等结盟逾月,天子西迁也将近两旬。盟军却按兵不动,观望狐疑,只见你频繁出入盟主帐中,许攸那小人则穿梭往来。啊哈,这里面难道没有鬼祟?别以为我袁术是瞎子。说吧,你们之间究竟有什么密谋?"

坐在袁绍后面的许攸面如土色,荀彧依然面无表情。

"哪、哪有密谋。"韩馥出乎意外,吞吞吐吐。

"没有就好。"袁术说,"那么请问,准备何时出征?"

韩馥当然回答不了,其他人也都看着袁绍。袁绍却很淡定,侧脸看着张邈问:"孟卓,这些天有消息来吗?"

"没有。"张邈摇头。

"诸位在京师的郡邸,有消息吗?"袁绍又问其他人。

"也没有。"众人也都摇头。

"天子现在何处,有人知道吗?"袁绍再问。

"没有。"众人又都摇头。

"这样看来,各地郡邸多半已被董卓查封。"袁绍点点头,"天子不管到了哪里,应该都在此贼的掌控之中。如果现在出征……"

"董卓就会杀了天子。"韩馥马上说。

这话未尝没有道理，就连曹操也只能沉默。

其实他们都不知道，就在这天，皇帝已经到达长安，驻跸京兆尹的衙署。因为长安的宫殿废弃已久，早就破败不堪。好在，担任长安地区军政长官京兆尹的刘和，是大司马兼幽州牧刘虞之子，父子两人都是汉家宗室。再加上司徒杨彪和董青随行陪同，并无可虑。

"好吧，"袁术说，"既然闲着也是闲着，那就干点别的。"

"后将军要干什么？"韩馥问。

"另推盟主。"袁术答。

"果不其然，你想当盟主。"韩馥满脸鄙夷。

"我要有这意思，还用等到今天？"袁术嗤之以鼻。

"那你要推谁？"韩馥问。

所有人都屏声静气，看着袁术。

袁术的脸上笑开了花："奋武将军曹操，不行吗？"

话音刚落，曹操立即离开座席，匍匐在地。

这是表示诚惶诚恐或愧不敢当的动作，叫避席。

"阿瞒，你避的什么席啊？"袁术说。

"当然要避。否则，你们两个如何一唱一和，装腔作势？"袁术循声望去，但见王匡满脸冷笑，用挑衅的眼光看着自己，便仰面朝天呵呵大笑道："府君请回头，看看还有谁也避席了？"

王匡回头看去，袁绍也已经离开座席，匍匐在地。

"看来本初跟我们，也是串通一气的。"袁术反唇相讥。王匡哑口无言，看着袁绍。袁绍却直起身子说："主盟无方，理当让贤，又岂止避席而已。却不知刚才公路所言，孟德是否愿意？"

"愿意。"曹操也直起身子。

袁绍大出意外，愣在那里。

所有人的眼光也都齐刷刷地看着曹操。

曹操却看着豫州刺史孔伷："诸君会盟，可曾歃血？"

孔伷立即回答："那是当然。"

"歃血为盟之礼，如何？"

"先要割牛耳取血，将其注入敦（读如对）中，然后与盟者依次口含或涂抹，以示真心诚意，永不反悔。"

"歃血之序呢？"

"依照地位高低。第一个歃血的，为盟主或主盟。"

"那敦，要放在盘子上吧？"

"还要用桃木和扫帚驱扫不祥，再端过去。这就叫执牛耳，也叫操盘和执事，照例由小国诸侯或地位低的大夫来做。"

"这么说，执牛耳并非盟主？"

"当然，操盘和执事而已。"

"这个最适合我来，可惜晚到一步。"曹操说，"不过我倒是很想知道，割牛耳取血，再端着盘子请诸位歃血的，倒是谁啊？恐怕不会是王河内吧？难道是袁山阳？会是桥东郡吗？要不然孔豫州？"

谁都知道，曹操说的是河内太守王匡、山阳太守袁遗、东郡太守桥瑁和豫州刺史孔伷。然而这种称呼方式从来只用于背称，没有当面叫的。但曹操是自言自语，又不能算失礼。于是，听出了讥讽之意的济北国相鲍信便皱了皱眉说："孟德，何必明知故问？"

"当然不会是你们。"曹操站了起来，"这种事，你们不想、不屑也不敢做。执牛耳于祭坛，又贱，又脏，又血腥，还有风险，哪里比得上指点江山，高谈阔论，把死的吹成活的，枯叶说成春芽。大家都推来让去，操盘执牛耳的，竟是孟卓手下的功曹臧洪。"

"臧洪海内奇士，有何不可？"张邈说。

"当然可以。所以就连盟誓，也都由他起草和宣读。"曹操背诵起那个誓词，"贼臣董卓，威逼至尊，祸乱天下，荼毒百姓，故我等纠合义兵，共赴国难。凡我同盟，齐心戮力，虽死犹荣，必无二志。言犹在耳啊！然而那位臧洪壮士，却被派遣到幽州牧那里去了。"

这事他也知道？袁绍不禁愕然。

"合纵以防连横，又有何不可？"韩馥赶紧说。

"但愿如此，可惜杳无音信。"曹操说。

韩馥决定什么都不说。

"那就说自己吧！"曹操看着韩馥，"使君何人？袁门故吏。"然后又侧脸去看兖州刺史刘岱，"使君何人？汉室宗亲。照理说，都最应该披坚执锐，冲锋陷阵于敌前，为天下先。但是如何？毫无动静。这是为什么呢？"曹操自己回答："或者不敢，或者不能。"

坐在袁绍后面的荀彧抬起了眼皮。

"使君就是不敢。"曹操走到韩馥面前，"直到结盟之前，还在问身边的谋士，是应该助董，还是助袁。只是因为从事刘子惠说，兴兵为国，何谓董袁，你这才勉为其难地参加了联盟，出工不出力。此事人人皆知，早已传遍天下。请使君说，是也不是？"

韩馥狼狈不堪，不敢回答。

"孟德，夫子有云，既往不咎。"袁绍赶紧打圆场。

曹操又走到刘岱面前，看着他说："兖州五郡三国，来了三位太守和一位国相，实力之雄厚当莫过于此，为什么也按兵不动？因为一山不容二虎，好马太多反而拴不到一个槽上。啊！使君无须辩解，曹操也无意深究，只是觉得这样的联盟还真不如就地散伙，也给孟卓减轻点负担。十路诸侯，数万将士，人吃马喂，他容易吗？"

张邈见他说破实情，不禁一声长叹。

"今日之事，与春秋无异，就是要尊王攘夷。"曹操又说，"王即当今天子，夷即凉州董贼。至于谁是齐桓公，谁是晋文公，将来自有定论，不必争在一时。公路所言，我事先不知，更不敢附议，请将军坐回原位。何去何从，诸君自己掂量，曹操告辞。"

12

接到暂停挖陵掘墓的命令，董承松了口气。这些天来，他夜夜都要做噩梦，哪怕睡前跟小妾翻云覆雨折腾到半夜也如此。小妾想不通此人忙了一天，怎么还有这么大的劲头。董承却清楚董卓让他和吕布去干这种断子绝孙的缺德事，不光是要敛财，也是要把他们两个死死地绑在自己的战车上。如果不服从，那就活不到后天。

董承当然不知道，吕布跟他一样每天晚上都要疯狂发泄，只不过胆子更大，竟偷了董卓的婢女。但是，当董承与吕布骑马并行，发现那家伙眼圈发黑时，便觉得可以说些什么了。

"中郎将是并州九原人？"

"是啊，怎么了？"吕布问。

"难怪不熟悉中原习俗。"

"什么意思？"

"中原人说，我们干这种事，会天打五雷轰。"

董承左右看看，然后悄悄对吕布说。

吕布吃了一惊，也左右看看，低声问道："那你为什么来？"

董承低声说："我是挖一半，留一半。"

吕布也低声："我只拿东西，不动遗骸。"

两人相视一笑，不再说话。

装满东西的车子跟在董承和吕布后面缓缓前行。

回头再看北邙，到处都是惨不忍睹的大坑。

13

按照董卓的命令，除了袁隗的门生故吏，比二千石以下的官员都来到都亭站成几排，由董承和郭汜骑马带兵在两边守着。他们不知道董卓这样做，是因为头天出了件怪事——董卓拆开李傕从前方送来的密封函件，发现里面竟是匕首，木简上则写着"小心狗命"。

站在旁边的李儒顿时魂飞魄散。李儒字文优，是相国府秩千石的长史。他战战兢兢地回答董卓，密件是否当真为李傕所送，其实无从得知，只知道封套和封泥没错，自己并不敢拆。董卓满脸狐疑，又问郭汜、吕布和董承的事情办得怎样。李儒叉手回答，北邙值钱的东西均已运往毕圭苑，商人和官员则说自己奉公守法，无人自首。

于是董卓吩咐李儒，明天在都亭召开会议。他还交代，自己要跟百官亲切交谈，简朴为好，因此自驾轺车（轺读如摇）前往。轺车是四面敞露的小车，只用一匹马，两匹马拉就叫轺传，有着华盖帷幕的豪车则叫辎軿（读如资平）。董卓原本应该乘坐辎軿，却自驾下级军官使用的轺车，称得上是轻车简从，足以让官员们意外并感动。

没想到，轺车刚刚拐弯，准备进入都亭广场，一支响箭便呼啸着飞了过来。董卓本能地放开缰绳伸手拔剑，驾车的马却受惊狂奔完全失控。紧接着，车轮脱落，车身倾斜，董卓掉下车去。

跟在后面的吕布来不及反应，呆在马上。

广场上的官员中，有个人忽然笑了一声。

其他人你看看我，我看看你，也都笑了起来。

"不许笑！"郭汜呵斥，说完自己也捂着嘴。

董卓像球一样在地上滚。

官员们再也不管不顾，放声大笑，笑得眼泪都出来了。

拉车的马又跑了几步，终于被轮子脱落的车拖住停下。这时吕布已经下马，赶紧上前搀扶董卓。董卓站起来推开吕布，自己走到车前查看，又四下张望，然后灰头土脸转过身来问："谁在笑？"

话音刚落，官员们齐声大笑。

"有不笑的吗？"董卓铁青着脸再问。

没有。官员们继续大笑，居然前仰后合。

"统统收狱。"董卓怒道。

官员们自己排好队往外走，边走边笑，肆无忌惮。就连押送他们的郭汜和董承，也很想以手捂嘴，却只能拼命咬紧牙关。

14

曹操家早就门可罗雀，就连监视者们都没精打采。因此，当他们看见一个商贾打扮的人由身着公服的陪同走来，后面还跟着几个街头小混混，便立即来了精神，上前一把拦住："干什么的？"

"讨债。"商贾打扮的说。

"办案。"身着公服的说。

"跟着个做生意的，办的什么案？"监视者问。

"帮他要债。"穿公服的说，"他们告到官府了。"

"欠多少钱啊，也告官？"

"相国要追缴税款，不要账，怎么交？"商贾打扮的说。

监视者觉得也有道理，便半信半疑带他们进门。

"这是你夫君的借据。仔细看看，是否无误？"

商贾打扮的掏出木简，看着迎上前来的卞夫人。

监视者一把夺了过来，看了看才交了过去。

卞夫人接过木简，一看便知是夫君手迹。当然，她并不知道商贾打扮的是满宠，穿公服的叫徐奕，是陈留郡邸负责情报的。但卞夫人非常清楚，曹操从不欠债。于是，她垂下眼帘，十分恭谨地说："确实是夫君的旧账。只是一时半会还不起，请过几天再来。"

"抓紧点吧，"满宠说，"粮食可是一天一个价。"

"曹操那么大的官，还欠债？"监视者狐疑。

"这你就不懂了。"满宠说，"想当年，高皇帝还欠过酒债呢！"

15

都亭的事故原因很快就查清楚了。翻车是因为车毂（读如谷）被做了手脚，飞来的响箭则叫做鸣镝，原本是匈奴冒顿单于（读如墨独蝉于）发明的。发明以后，冒顿对部下说，鸣镝射向哪里，你们就要射向哪里。有不射的，格杀勿论。于是，他先将鸣镝射向爱马，结果有人射有人不敢，冒顿就杀了那不敢射的。过了几天，冒顿将鸣镝射向爱妻，然后又杀了不敢射的。最后，冒顿将鸣镝射向了父王，他的部下没有片刻犹豫，同时发箭射向老单于，夺了他的位。

"所以，鸣镝是发信号的响箭。"李儒对董卓说。

"如此说来，当时还有伏兵？"董卓问。

怎么会？有伏兵就出来了。李儒低头不语。

"明白了。他们要以我为敌，以此为号令，天下共诛之，天下共讨之。"董卓恍然大悟，"很好！传我号令，十二城门全部关闭，老子要关门打狗。"然后又看其他人，"你们看，匪徒是谁？"

"我们都是武夫，听李先生的吧！"郭汜说。

"好，文优说。"

"前天相国收到恐吓木简，昨天就都亭出事。很显然，对方蓄谋已久，组织严密，配合默契，能力超强，"李儒定睛看着董卓，"因此绝非某个莽汉或歹徒的一时兴起，偶一为之。"

"那么文优认为，哪些人可疑？"

"宫中、府中、军中、酸枣、江湖，都有可能。"

董卓双眉紧锁，吕布、董承和郭汜都神色紧张。

"宫中可疑，是因为此前还有宦官模样的人送来爆炸之物。不过天子西迁以后，将近二十天没有动静。所以，那歹徒若是宦官，多半已经人在长安，不会再在洛阳行凶作恶，除非匪首是渠常侍。"见董卓点头，李儒又说，"可惜他身边只有几个小宦官，不成气候。替换李催送来的密报，破坏车毂和射响箭，也不是他们和朝臣所能作为。因此宫中和府中基本上都可以排除，最为可疑的是军中。"

董卓看了吕布、董承和郭汜一眼，三个人更加紧张。

"不过，军中即便有内鬼，也不会是主谋。"李儒说，"主谋必定对相国怀有深仇大恨。这样的人，凉州军和并州军中哪有？当真有就不会这样小打小闹。相国若疑神疑鬼，自断臂膀，便中了奸计。"

吕布、董承和郭汜感激地看了李儒一眼。

"那么文优认为，主谋是谁？"

"酸枣。他们是要让相国先自乱阵脚，然后乘虚而入。"

"不对，"董卓摇了摇头，"酸枣鞭长莫及。"

"这就要勾结太平道。"李儒说，"太平道无处不在，早已经上至庙堂，下至江湖，其中不乏鸡鸣狗盗之徒。他们结为死党，专与朝廷作对。袁绍等人要犯上作乱，也只能与之化敌为友，相互利用。其中说不定就有官道上的劫匪和送酒樽的，太平道里本来就有宦官。"

"果不其然。"董卓说，"掘地三尺，也要搜出来！"

"相国，很难。"李儒摇摇头，"洛阳十二城门，二十四街，里坊星罗棋布，更兼有皇宫、衙署、郡邸、市场。河南尹百万人口，竟有半数在此。上至皇亲国戚，下至贩夫走卒，内有戍卒学子，外有番使胡商，鱼龙混杂，摩肩擦踵，人海茫茫，怎么搜？"

"那你说怎么办？"

"悬赏。"

16

东汉洛阳有二十四街，也有二十四亭。最重要的叫都亭，其余的则各有名字，比如芳林亭和奉常亭。董卓悬赏的文告，便由白麻布写就悬挂于二十四亭。数日后，芳林亭的亭长带着一个小混混来见城门校尉董承，说是这家伙发现了可疑之人，有男有女，不三不四，还有外地口音。不过他们神出鬼没，晚上才回窝点。董承半信半疑，告诉小混混抓到歹徒再给赏钱，便让他带路来到一处皇家园林。

园林在北宫西面，叫濯龙园，汉章帝时就颇负盛名。经过汉桓帝的大规模修缮，更是美不胜收。园中景致，号称九谷八溪，处处林木森森，流水潺潺，曲径通幽。只是天子西迁后，这里人去楼空，反倒显得阴森。天上有云，月亮时隐时现，董承不禁打了个哆嗦。

突然，暗处一箭射来，正中举着火把的兵丁。

小混混迅速滚到坡下。

中了埋伏？董承也立即趴下，下令放箭，然后一把拽住那小混混低声吼道："你这奸细，竟敢诳我？"

"小人岂敢，"小混混浑身发抖，"那箭又没长眼睛。"

兵丁们却已经张弓搭箭，纷纷射出，同时又有人中箭倒下。董承正想说什么，却听见对面有凉州口音的人在喊："都不要慌，贼人就在对面。瞄准举火把的射，不要让他们跑了！"

"都趴下，别放箭了。"董承大喊。

然后，他叫着郭汜的小名问："喂，对面的，是郭多吗？"

一阵沉默后，传来声音："怎么？是城门校尉？"

董承和郭汜的残余人马终于在桥边会合。郭汜的队伍里冲出来个小混混，一把揪住董承这边那个破口骂道："你这死贼！这地方是老子发现的，竟敢瞒着我带官兵来，你他妈的想私吞赏钱吗？"

"三哥，你不也没叫上我吗？"董承这边的小混混说。

"你们两个少废话！"郭汜道，"说，他们的窝点在哪？"

"过了桥，对面那栋石头房子就是。"

石头房子是濯龙园里桓帝的一处别馆，由海西国（古罗马）工匠所建，所以样式不同于中土。厚厚的石墙挡住了烈日和寒风，也挡住了声音，还易守难攻。此刻又没人住，确实便于匪徒做窝点。董承和郭汜都认为强攻并不可能，见窗户亮着灯，又发现不远处堆放着想必是用来做饭的柴草，便决定放火，将匪徒们逼出来。

烈火熊熊，浓烟滚滚，兵丁们全部张弓搭箭，对准房门。

"贼人快快出来请降，饶你们不死！"郭汜大喊。

房门终于开了，董承和郭汜大惊失色——满脸烟尘狼狈不堪走出来的，竟是胡乱穿着衣服的董卓，后面还跟了个捂住嘴巴的女人。

董卓上前，一人一耳光。

紧接着，吕布也衣冠不整地从林子里匆匆赶来，董卓马上就明白了是怎么回事。但他忍住没有发火，只是狠狠地瞪了吕布一眼。

"谁要你们来的？"董卓这才问董承和郭汜。

董承和郭汜四下张望，两个小混混早已不见踪影。

17

三月十五在汉代并不是什么节，董卓却决定在上西门外的平乐观表演百戏，还特地进宫邀请了渠穆。渠穆感谢相国的好意，却也表示自己不便出宫，更不用说出城。董卓又问起配方，渠穆回答说，既然是秘方，就要能随身携带，也就不会是简，只能是帛书。那就太容易密藏。说完，渠穆拿起一片细绢卷成小团，塞进中空的木珠。

董卓点了点头。他也知道，这样的东西宫中比比皆是。如果没有线索，要想在偌大的宫殿找到此物，无异于大海捞针。何况，他的人在宫里到处搜索，将所有陶樽中的酒都喝完了，也没发现炸药。董卓决定放弃努力。哼哼，什么秘方，什么暗桩，一把火都能烧光。

实际上，董卓已经在二十四亭，全都悬挂了用绳子穿起来的巨大木简，同时由亭长们口头宣示命令：宫中宦官、朝廷百官及京师百姓不得晚于本月十八黄道吉日自愿迁往长安，违者杀无赦！

董卓已经决定对洛阳人赶尽杀绝。

不过，戏还是要演的。

十五的月亮很圆，月光洒满平乐观。这是东汉洛阳表演大型综艺节目的主要场所，这天晚上却只有特殊的观众——坐在高车上的董卓和坐在地上的被捕官员，以及把他们包围起来的军队。

董承和郭汜把守两边，吕布骑马陪着董卓。

最先表演的是假面舞。被称为"象人"的演员戴着面具，装扮成虾兵蟹将和兔女狐仙之类，狮跃虎啸，群魔乱舞。这是演出前暖场的戏码，凉州军和并州军都看得津津有味，官员们却面无表情。

接下来，是巾舞。

巾舞是表现男女之情的歌舞小戏。女艺人头上三个髻，穿着长袖上衣和长裤短裙，男艺人上身赤裸，下身无裆长裤。两个人配合默契地载歌载舞，歌词则是《诗经·王风·大车》的口语化。

女艺人唱：

> 牛车款款，毛衣软软。
> 我想约会，怕你不敢。

男艺人立即做出想要又不敢要的样子。

军队哄堂大笑，官员无动于衷。

女艺人又唱：

> 牛车缓缓，毛衣展展。
> 我想私奔，怕你不敢。

男艺人再次做出想要又不敢要的样子。

军队又哄堂大笑，官员仍然无动于衷。

两个艺人开始在舞台上跑，最后抱在一起合唱：

> 活着不能睡一床，死了也要同一房。
>
> 你要问我真与假，看那天上红太阳。

军队欢呼雀跃，一片叫好，官员们却纹丝不动。

"你们今天怎么不笑了？不好笑吗？"董卓勃然大怒，下车走到台前，一把拎起一个官员吼道，"笑！你给我笑！"

那官员昂然而立，一言不发，也不笑。

"奉先过来，"董卓吩咐，"斩了他！"

吕布下马，提剑走来。

"相国息怒，想必是我等演得不好。"

百戏班主赶紧过来打圆场。

"还有好的吗？"董卓问。

"有，有，上！"班主说。

董卓放开那官员，站在原地看着舞台。吕布也收剑入鞘，紧贴着他的义父，眼前突然浮现少年时代在县城看演出的场景。舞台上两个艺人开始表演吞刀吐火。军队又叫好，官员们仍然不动。

"再上！上弄丸！"班主吩咐。

又有两个艺人上场，将六个铁珠轮流抛起，边接边抛。军队齐声叫好，官员们还是不动。又一个艺人上场，抛出一把铁珠，飞快地边接边抛。军队拼命叫好，董卓也看得入迷。疯狂喝彩声中，三个艺人突然同时将铁珠收到手中，然后一声呐喊，齐刷刷向董卓射去。

与此同时，警觉的吕布早已拎起一个官员挡在前面。

舞台上，火把熄灭，人们的眼前顿时暗了许多。

艺人们突然退场，迅速消失，班主也不见踪影。

郭汜和董承立即赶到董卓身边。董卓却并不吩咐他们去追杀捉拿刺客，而是冷冷地看着地上的官员说："奉先送我回府，这些人就交给你们了。北邙不是挖了许多坑吗？空着也是空着。"

月光下，那些匪徒跑不掉的，为什么不追？

董承和郭汜都想不明白。

18

脸色铁青的董卓刚刚进门，就挨了一耳光。

"夫人，这又是何故？"董卓只好忍气吞声赔小心。

怒气冲冲的夫人看着旁边："你自己知道。"

董卓扭头看去，只见一个胖女人扭着腰肢走了过来，笑眯眯地向他行礼。"小妾拜见相国！"说完，还抛了个媚眼。

"这是什么人？"董卓一头雾水。

"不是你纳的妾吗？"夫人咬牙切齿，"还说是要跟我比美。"

"嗯哼！"肥婆扭扭腰肢。

仆人和婢女都在拼命忍住不笑。

董卓眼前浮现官员们狂笑的场面，却只能强忍怒火。

"到底是谁让你来的？"

"哎呀，那还用问，当然是相府女公子。"肥婆娇声嗲气，"眉心有痣，可好看可好看了，我也学着点了一个。嗯哼！喜欢吧？"

眉心有痣？果然是那劫匪。

董卓和夫人交换了一下眼神。

"什么女公子！"夫人说，"来人，把她轰出去！"

仆人们忍住笑围过来。胖女人却说："你们不用动手动脚，我可很娇贵的。"说完，扭着腰肢往外走，走到门口还回头看了一眼。

董卓却喊："打水，孤要给夫人洗脚。"

19

不出所料，到了三月十八日，洛阳城里已经没有多少居民。董卓下令继续大开上西门，自己则带着吕布、董承和郭汜来到袁府。随行的还有二三十个袁家的门生故吏，以及押解他们的军人。

四周已是一片废墟，更显得依然故我的袁府孤零零的。董卓等人进入庭院以后，中门打开，袁家人先走出来，站在台阶上。最后出门的袁隗却规行矩步，慢条斯理，凛然不可犯地走到了董卓面前。

董卓想了一下，拱手："太傅终于肯出门了。"

"是得出来看看，"袁隗并不拱手，"这一片已经面目全非。"

"都是贪官污吏，所以得抄没家产，拆除房屋。"董卓说。

"想必所获甚多。"

"充公而已。"

"老夫刚刚占得一卦，是需。"袁隗说，"需卦上六的《爻辞》是什么？入于穴，有不速之客三人来。"说完他笑了笑，"不过，老朽倒是入于穴中，你们却来了四个，岂非不三不四？"

"好像后面还有一句。"董卓说。

"敬之终吉。"袁隗说，"可是，你们值得尊敬吗？"

"怎么，不值得吗？"

"当然。"袁隗平静地说，"掘人祖坟，毁人家室，是不仁。出尔反尔，恩将仇报，是不义。祸加至尊，辱及百官，是不礼。倒行逆施而自树其敌，是不智。名为重振朝纲，实则祸乱天下，是不信。五常一个没有，五毒倒是俱全，可有一丝一毫值得尊敬？"

"骂得好！"董卓说，"看来，太傅是不怕死了。"

"人固有一死。不过，死在你手上，真是轻于鸿毛。"

"也可以重于泰山。"董卓不再客气，指着那些被士兵押解的官员们说，"看看这些人吧，全都是太傅的门生故吏。仅仅因为太傅不肯去长安，他们也不走。如果太傅襄赞迁都，岂非仍是泰斗？"

"与老朽何干？何况老朽的门生故吏，好像也不止他们。"

董卓当然知道他是在说酸枣的人，也是在说自己，却故意装作没听懂。"那么旧部就只好在太傅面前杀了他们。哎呀，说起来都是国之栋梁，可惜不识时务，专与董某为敌。太傅说，先杀哪个为好？"

"你已经杀了那么多，挑选过吗？"

"那倒也是。"董卓居然面不改色。

"看来，此事还得老朽料理。"袁隗定睛看着董卓，"有句话你要记住了，不义之人，必死于不义之手。你的那些鹰犬，终将有人不再为虎作伥，定会反戈一击。"袁隗扫了吕布、董承和郭汜一眼，"至于将来动手的是他们当中的哪个，留给你自己想吧！"

说完，袁隗从袖中掏出药丸，一口吞下。

"跟他们拼了！"袁绍和袁术的大哥、秩中二千石的太仆袁基一声怒吼，袁家人立即冲上前去。董卓并不惊讶，更没有怜悯，只是挥了挥手，前赴后继的几十号人便纷纷倒在了甲士们的箭下。

袁隗闭眼，血从嘴边流出。

吕布和董承冲上前去一把扶住。

董卓看了他俩一眼，又看了看庭院中的尸体，以及跪倒在地痛哭流涕的袁隗门生故吏，冷冷地说："装车，死了也要运到长安。"

吕布和董承却仍然扶着袁隗，都不肯先动。

就连郭汜也似乎被这屠戮吓着了，低下头去。

太阳已经升得很高，火辣辣地刺人眼睛。

桃花却早就谢了。庭院里除了血，看不见红。

20

宫门外只停了一辆车。宦官们站在车旁，全都换上了郭汜送来的衣服，因为董卓命令一根丝也不许带走。渠穆到最后才走出来，依然中常侍服饰，头戴金珰、貂尾、蝉文的貂蝉冠，尽显威仪。

"配方还是没找到？"董卓问。

渠穆摊开双手，摇了摇头。

两个卫士走上前去，渠穆说了声"不用"就自己脱衣服。他先是脱下鞋袜，交给旁边的小宦官，然后取下帽子，打开发髻，让头发散开来披在肩上。见董卓和郭汜都不说话，这才从上衣脱到下裳，直到一丝不挂，还低下头去看了看说："真没有，什么都没有。"

"多有得罪！"董卓拱了拱手，又吩咐给常侍换套衣服，然后看着宫殿摇了摇头说，"既然连个配方都找不到，不如烧了。"

柴禾早就堆满殿前，还浇了油，只等一声令下。

顷刻间，浓烟四起，火光冲天。

渠穆光着身子向马车走去，并不回头多看一眼。

董卓带着吕布、董承和郭汜赶到中东门，城门已洞开多时。大批不愿迁往长安又不敢留在洛阳的平民百姓向外涌去，场面混乱。看守城门的士兵全都听之任之，无所作为，既不维持秩序也不阻拦。董卓勒住马，让吕布喝令制止。百姓们却根本不听，继续往外走。

"鸣镝警告！"董卓下令。

响箭射出，百姓们纷纷趴下。

"都不许动！"董卓说，"老夫倒要看看，是谁开了城门。"

"老贼，是我。"

董卓抬头，循声望去，看见一个女子站在城墙上，手中的剑架在城门候的脖子旁。吕布觉得似曾相识，但顾不上细想，张弓搭箭。

"奉先，"董卓举手，"要活口。"

吕布收弓，但继续看着城墙上。

"女子，你跑不了啦，下来吧！"董卓向上喊话。

"老贼，我跑不了啦，上来吧！"女子向下喊话。

"你手中有剑。"董卓说。

"你手中也有。"女子说。

包括吕布、董承和郭汜，将士们都看着董卓。原来趴下的百姓也都站了起来，等着看热闹。董卓看了看众人，下马走上城墙，站在了女子的对面。他看见那女子收剑入鞘，也清楚地看见她眉心有痣。

城门候却不敢动，苦着脸看着他俩。

"果然是你。"董卓说。

"要不是谁？"女子说。

"你是何人？"董卓问。

"民女无盐，你的死对头。老贼何人？"

"你连我是谁都不知道？嘁！搞什么鬼？"

"当然知道，验明正身而已，以免滥杀无辜。"

"你是在谴责孤？"

"不应该吗？你这老贼害人无数，罪大恶极，早该碎尸万段。"

"你以为杀得了老夫？"

"杀不了。至少今天不行。"

"那还不束手就擒？"

"着什么急啊！诶，送去的小妾，感觉如何？"

"这么说，此事乃你这女子所为？"

"响箭，车，刀，还有那樽酒，都是。怎么样，味道不错吧？"

"劫持老夫的家眷呢？"

"也是。不过，尊夫人倒是让人敬佩。"

"收了她的手戟，就这样恩将仇报？"

"若非看夫人面子，早就取你性命了。"无盐笑道，"你以为有个义子跟着就平安无事，就可以出去偷腥？不过下不为例。"

董卓想起濯龙园的事，不禁后怕。他当然想不到，正因为吕布常在身边，无盐一伙才不敢公开下手，只能骚扰。即便在并无重兵把守的濯龙园，也如此。平乐观行刺，则是百戏班主的自作主张。这是些决心真实演出荆轲故事的勇敢艺人，意外的是董卓竟然没追。

当然，在无盐的安排下，现在他们已经远走高飞。

"那樽酒怎么讲？"董卓又问。

"没想到你们夫妻恩爱，我还以为你会跟……"

无盐突然觉得就连送去那胖女人，都对不住董卓夫人，不禁涨红了脸摇摇头说声"算了"。董卓却显然不想算了。他问："足下再三跟老夫过不去，究竟是何原因？你一个小女子又哪来那么大能耐？哈哈哈哈，说吧，谁指使的？从实招来，饶你不死！"

　　"想知道吗？"无盐说。

　　"当然。"

　　"那得比试。"

　　"比什么？"

　　"射箭。怎么，不敢吗？"

　　董卓哈哈大笑。他很清楚所有人都在看着自己，也不认为自己的射艺会有问题，更对这女子大感兴趣。实际上，他在平乐观放走那帮刺客，便有敬重之意在。于是他向城下喊话："送两副弓箭上来！"

　　少顷，兵丁送来两张弓，两袋箭，放下就走。

　　"怎么比？比什么？"董卓问。

　　"百步穿杨。"

　　古人以跨出一足为跬，再跨一足为步。一百步距离不短，何况又在有风的城墙上，未尝没有难度。于是董卓问："杨在哪里？"

　　"他就是。"无盐指着城门候。"待会儿你我同时射箭，看谁能射中他。都射中了算你输，都没射中也算你输。只有你中我不中，才算我输。我输了由你处置，想问什么都告诉你。你若输了，乖乖地放我走人，中东门今晚也不许关闭。老贼，敢也不敢？"

　　"有什么不敢？"董卓觉得可笑。

　　"只能射一箭，一箭定乾坤。"

　　"当然！难道老夫还用射两箭？"

　　"那你折箭为誓。"无盐说。

董卓从箭袋里抽出一支箭，直接插在城墙上。

"众目睽睽，可以了吧？"

夕阳映照下，一支箭在风中晃动。

"可以了。"无盐走到董卓身边。

董卓命令城门候："你，走一百步！"

城门候走出一百步，停住。

"转过身来！"无盐命令。

城门候转身，面对董卓和无盐。

"举！"无盐发令。

两个人一起举弓。

城门候浑身发抖，就像被钉在地上。

"引！"无盐又发令。

两个人一起拉弓。

城门候面如死灰，快要哭出来。

"放！"无盐再发令。

两支箭几乎同时射出。

感觉必死无疑的城门候闭上了眼睛。

22

曹家门口的监视者，今天只剩下一个。满宠掏出匕首，乘其不备割断了他的喉咙，然后进屋告诉卞夫人，城中已经大乱，没人顾得上这里。中东门也不知道被谁打开，徐奕已在城门接应，正是等待已久的出走时机。因此，满宠请夫人带上儿子，跟老管家立即动身。

老管家却不肯走。他摇头表示，老马识途，老狗恋家，自己还是愿意留在这里守着旧宅，也相信总有一天曹操还会回来。

"放心，他们要我这把老骨头没用。"

满宠他们只好从命，没想到却被堵在门口。

"卞夫人？"那个凉州军官模样的人问。

曹丕吓得躲进母亲怀中，惊恐地看着来者。

"相国有令，跟我们走！"那军官说。

23

听见城下欢声雷动，城门候睁开眼睛，惊异地发现自己居然毫发无损，反倒差点晕了过去。屏声静气在城下仰望的军民人等却看得非常清楚，那两支箭虽然几乎同时射出，董卓的却被无盐的击落。

按照约定，董卓输了，还输得心服口服。

所以，当他们俩从台阶上走下来时，百姓们全都跪倒在地，董军将士们也投去敬佩的眼光，包括吕布、董承和郭汜。

无盐却走到董卓的马前说："这匹马得归我。"

这回，她没叫"老贼"。

董卓也干脆表示大度："当然，请！"

"中郎将，过来帮我一把。"无盐又看着吕布。吕布满心以为可以一亲芳泽，忙不迭跑了过来，无盐却指着地说了声"有劳"。原来是要他做上马石。众目睽睽之下，吕布无奈地趴在了董卓马前。无盐踏着吕布的身体上马，然后说："百姓们，跟我走！"

百姓们却不敢动，都看着董卓。

"去吧，孤不会关闭中东门。"

董卓觉得，江湖信义还是要讲的。

"好！想知道的事，下次也一定告诉你。"无盐嫣然一笑。

百姓们这才开始跟着无盐往城外走。队伍中，有乔装打扮的范铁和其他同伙，也有在城门等候已久的徐奕。徐奕一边慢慢走着，一边苦苦思索："满伯宁和卞夫人，怎么还不来呢？"

他想了又想，决定天黑以后返回去，今夜城门不会关闭。

夜幕终于降临，宫殿仍在焚烧，城内火光冲天。

满宠背着曹丕，和卞夫人一起被凉州军押送，迎着火光走去。

24

张邈发出会猎乌巢的邀请，是在火烧洛阳的数日之后。早在三月初六，董卓就关闭了十二城门，封锁了所有郡邸，完全断绝了洛阳与外地的任何联系。这么长时间音信全无，让袁绍感到事态严重，必须当机立断，向联盟宣布自己的那个大方略。这件事谋划已久，终归要告白于天下。继续秘而不宣，不要说曹操，他人也会起疑。

只是谁都没有想到，袁绍竟将会场设在了猎场。

这其实是韩馥的主意，因为曹操的营寨在酸枣城西南，乌巢则在城东。他甚至建议，由自己和袁绍、张邈、王匡各出精锐，佯装练兵包围曹营。曹操若反对会上提出的大方略，即于座中取他首级，号召其部下。愿意投降的，分散编入四军。不想留下的，就地遣散。胆敢造反的，格杀勿论。韩馥还说，想想看，共灭暴秦之后，楚霸王待我高皇帝如何？若非他存妇人之仁，今天我们就不会活在大汉朝。

袁绍却只同意会猎。他说，二人同心，其利断金，岂能大局未定就手足相残？其实他心里清楚，韩馥的提议，张邈未必赞成，王匡也不好说。韩馥无奈，只得自己部署。好在，他的营寨不远。

而且，要打个招呼，让那人知道利害。

结果，张邈的邀请函和韩馥"愿借贵营附近空地练兵"的商请函先后送达。曹操笑了笑，第二天一早就解下佩剑交给郗虑，留下曹洪等人守营，自己带了亲兵数人便去乌巢。不出所料，狩猎几乎就是走过场。王匡宣称右手受伤只能在旁观望，曹操表示自己来酸枣是准备打仗，不是打猎的。袁术虽然兴致勃勃放出猎鹰和猎狗，但见众人全都懒洋洋地无所用心，打了几只兔子和山鸡便草草收兵。

之后的野餐却郑重其事，安排了坐席。袁绍和袁术分别坐在左右两列的上首，荀彧和许攸坐在那两列的下首，最尊贵的正中上座居然空着。张邈笑着对曹操说："今天是本初、公路和小弟做东，请盟军的各位作陪。七个月前，我们三人进了诏狱，可是孟德送的牢饭。一饭之恩，韩信尚且想着报答，弟等又岂能忘了？"

"正是如此。"袁术大笑，"阿瞒，坐！"

袁术也是做东的？曹操不禁诧异。但他也只是说了声"恭敬不如从命"就走了过去，坦然坐下，还少见地整理了衣冠。

"如此甚好，免得打架。"坐得较远的王匡说。

"公节当年横行泰山，素以侠闻。"曹操诚恳地看着王匡，说起他的往事和名望，"曹操鲁莽，多有得罪，还望府君海涵！"

王匡哼了一声，不再多说。

张邈见状，马上请袁绍致辞。袁绍端起酒杯，笑眯眯地说："阳春三月，日丽风和，群雄毕至，豪杰云集，当赋诗一首。"

"如此甚好，盟主请先。"韩馥说。

袁绍有备而来，装模作样一下以后，就脱口而出：

　　春日起春愁，几处人怀忧。

　　平生快意事，马上取封侯。

韩馥带头叫好。

"陈词滥调，不过尔尔。"袁术撇撇嘴。见袁绍装作没听见，低头喝酒，又看着豫州刺史孔伷，"公绪，你来一首。"

孔伷风度翩翩地拱了拱手，吟道：

　　山高流水泻，世乱知音稀。

　　鸱嚇何须畏，独上梧桐栖。

"都说孔公绪之言能起死回生，果然。"韩馥说。

众人低声哄笑，孔伷面红耳赤。

"孟德，你才是诗人，你来。"袁术又说。

曹操想了一下，便慨然吟道：

　　国贼入河洛，天子走咸阳。

　　朝廷无定所，日夜盼勤王。

　　关东起义士，踟蹰而雁行（读如杭）。

　　生民入虎口，念之断人肠。

所有人都低头不语，一时冷场。

韩馥如坐针毡，轻轻咳嗽一声，看了看袁绍。

袁绍也觉得应该亮出底牌了，沉吟片刻之后不紧不慢地说："匡扶汉室，我等天职。勤王理所当然，讨董也势在必行。"说到这里他特地停顿了一下，然后再说，"却未必定要兴兵，至少不必过急。"

见众人诧异地看着自己，袁绍又说："董贼难以撼动，无非因为挟天子以令诸侯。我等按兵不动，其实因为投鼠忌器。因此，与其扬汤止沸，不如釜底抽薪，让董贼没有天子可挟。"

"说打猎呢？"袁术撇嘴，"为了捕狼，先放只兔子出去？"

"不是兔子，是天子。"韩馥赶紧声明。

众人又诧异地看着他。

"本初考虑再三的方略，是另择宗室长者，立为天子。"韩馥得意洋洋地说，"如此，则董卓并无奇货可居，我们也不费一兵一卒而天下可定，还能坐拥奇功，拜相封侯。诸位，如何？"

这话正中某些人下怀，孔伷、桥瑁和袁遗开始点头。

"一派胡言！"袁术却嗤之以鼻。见众人将目光投向自己，袁术又接着说："哪有先帝之子尚存，另外去找什么宗室的？笑话！"

"可是天子在董贼手里，形同虚设。"韩馥说。

"虚设也是天子。"袁术说，"当年齐桓晋文，可曾另立？"

韩馥无言可对，兖州刺史刘岱却问："你们想立谁？"

"幽州牧刘虞。"韩馥说。

"更是笑话！"袁术满脸冷笑，"请问，你们拥立的新君，幽州牧刘虞，该在哪里建都，何处登基？幽州？离匈奴太近。洛阳？被董卓占了。长安？当今天子在那里，还离董卓的凉州不远。那么，总不能在酸枣吧？深谋远虑？好一个深谋远虑！"

韩馥被他问住，张口结舌，只好用眼光向袁绍求援。

"孟德以为呢？"袁绍看着曹操。

"这事之前不曾与闻，现在也无话可说。"曹操也看袁绍，"孟卓不是说，今天是请我吃饭吗？那就喝酒，小弟先敬本初一杯。"

"孟德如果不吟那诗，不是也没这个话题吗？"袁绍说。

曹操心想，是这样吗？但他只是笑了笑，点头说道："看来曹操又成了祸端。好吧，请本初听我一言。当初你反对董贼废立皇帝，天下交口称赞，可谓言犹在耳，岂能首鼠两端，毁了一世英名？"

"也是。"韩馥撇嘴，"当今天子是你与董卓共立。"

你想说什么？曹操鹰隼般的目光投向韩馥，不怒而威，韩馥吓得缩了回去，不敢正视。见他自知理亏，曹操这才柔声问道："本初刚刚说过投鼠忌器。你们拥立新君，就不怕董卓杀了当今天子？"

"不会。"袁绍十分淡定，"相反，这正是陛下之意。"

25

此刻的洛阳已经成为一座死城。没有行人，没有车马，甚至没有炊烟。吕布带着兵挨家挨户搜查，却被董卓召回。受命之后，他回到并州军营帐中等待自己的亲信高顺，眼前却不断浮现某个里坊民居的那一幕：士兵破门而入，一位老人端坐堂屋。吕布问他难道不知违者格杀勿论，那老人却抬头看着屋梁，梁上挂着一根绳子。

想到这里，吕布不寒而栗。

没过多久，高顺来了，将一堆木简放在几案上。

"中郎将，骑兵和步兵全数在此。"

"知道调兵干什么吗？"吕布问。

"进剿酸枣。"高顺答。

"为何相国只调我并州军，不调他凉州军？"见高顺不解，吕布笑了笑说，"这个仗不好打啊！多半会杀敌一千，自损八百。"说完他随手从木简中挑出几片，吩咐道："这些将佐，要他们请病假。"

高顺走了，吕布陷入沉思。想着想着，忽然苦笑。自己做事从来就不瞻前顾后，什么时候开始想问题了？他又想起董卓那婢女，今晚肯定得偷她一次。此去山高路远，下回可不知在何时。

只是，吕布怎么都想不起那女子长什么模样。

26

皇帝之玺？袁绍说完"这正是陛下之意"那句话后，正中空地上便新设了几案，上面放着打开的锦盒和一枚玉玺，所有人都围在几旁目不转睛地看着它。除了韩馥和张邈，以及荀彧和许攸，谁都不知道袁绍手里还有这东西。他那个大方略，也不能说没有合法性。

"天子派人送来的？"袁术问。

"正是。"袁绍说，"要不要讲讲玺之用途？"

当然不用。谁都知道玺有三种：传国玺、皇帝玺、天子玺。传国玺只有一枚，皇帝玺和天子玺则各有三枚，用途分别是——

皇帝行玺，册封王国和侯国。

皇帝之玺，颁赐诸王诸侯书。

皇帝信玺，拜将发兵。

天子行玺，征召大臣。

天子之玺，册封外国君主。

天子信玺，祭祀天地鬼神。

由此可见，传国玺乃天命之象征，天子玺乃万邦之朝奉，皇帝玺乃治国之权柄。因此袁绍说："传国玉玺已失。皇帝之玺既然用于颁赐诸王诸侯书，岂非就可号令天下？若有缓急，也可以拥立新君。"

"拥立新君？这是窃国。"曹操斩钉截铁地说。

"董卓废少帝，另立陈留王，又算什么？"袁绍勃然变色。

"太傅与群臣在朝堂共议共决，太后也无异议。"

"均无异议？是没有，还是不敢？"袁绍反唇相讥。

"如此说来，另立天子于外，岂非比董卓还要董卓？"

"天子若有此意呢？否则何必授此玉玺？"

"那么，请问天子何时所授？"

"离开洛阳当天。"

"谁人送来？"

"宫中宦官。"

"那个人呢？"

"当天就回去复命。"

"可有诏书？"

"这个，"袁绍迟疑了一下，"倒是没有。"

"可有口谕？"曹操又问。

"也没有。"袁绍回答。

袁术撇了撇嘴，王匡满脸疑惑，刘岱沉吟不语。

"那就是了。"曹操说，"当今天子虽然年幼，却天资聪明，用意也非常之清楚。首先是希望以此为证，号令天下勤王。次则万一自己遭遇不测，也不能让重器落入董卓之手。如果现在就另立新君，势必天下分崩离析。这不是救国，是乱邦。不是讨董，是讨汉！"

"既然没有诏书，天子之意岂能由你妄测？"韩馥反唇相讥。

"也可以请诸君公议。"曹操说。

"那好!"见众人各自回席,袁绍说,"赞成另立的请举杯!"

韩馥、孔伷、张邈、桥瑁和袁遗都举起酒杯。

刘岱犹豫了一下,也举杯。

鲍信见刘岱举杯,叹了一口气,端起酒杯晃了晃。

傲然望天,纹丝不动的,只有袁术和王匡。

袁绍默然。孔伷名士风流,徒有空谈之技,并无军旅之才;刘岱汉室宗亲,初到兖州,根基不牢;张邈心腹弟兄,其他那些人都是些墙头草,自己那个弟弟则向来作对,他们的态度都在意料之中。没有想到的是王匡居然反对,幸亏没听韩馥之计向他借兵。不过,多数人都表示赞成,谅那曹操也不能怎样,尽管他现在天下瞩目。

"各位如此,鄙人无话可说。"曹操一声长叹,"想我讨董联盟已成立多时,却只见诸君日日置酒,吟诗作赋,谈笑风生,真不知是何心肝!当初董贼在洛阳,虽以无道行之,毕竟依王室之重,东向以临天下,难以撼动。如今他悍然西迁,正是逆天而行,其亡必也,不知为何还要另立新君?好吧,诸位尽管北面称臣,我自西向讨贼!"

"也是笑话!"袁术却又一声冷笑,"你有几个人?"

"董贼又有几人?"曹操说,"是,有凉州军,还有并州军。但与天下相比,何足挂齿。想当年,陈胜吴广戍卒而已,斩木为兵,揭竿为旗,而天下影从,暴秦卒亡。如此,我曹操又何惧以卵击石!"

"以卵击石?"王匡也一声冷笑,"投怀送抱吧?"

"怎么,你还怀疑我是奸细?"曹操怒不可遏。

"我不赞成另立新君,也不相信你会讨贼。"王匡傲气十足。

话音刚落,一匹快马奔来,卫士滚鞍下马。

"什么要紧事?匆匆忙忙的!"袁绍发火。

"奋武将军的家眷到了。"

"什么?"曹操和袁绍一齐叫了起来。

27

董卓突然来到毕圭苑,着实让董承吓了一跳。毕圭苑在洛阳城的宣平门外,是汉灵帝在光和三年修建的。这年他做了三件大事:册封独生女为万年公主,立何进的妹妹何贵人为皇后,建毕圭苑。第三件事遭到杨彪父亲、时任司徒杨赐的极力反对,但是在宦官们的怂恿下仍然得以完成。没想到,此刻变成了董卓的行营和库房。在北邙挖出的陪葬品,从官员和商人家里搜来的金银财宝,都集中到这里由董承负责,分门别类打包装箱,准备运往长安。

刚才幸亏只藏了出廓璧,没动那两尺高的错金博山炉。

每天都要带点东西回家的董承暗自庆幸。

"曹操的家眷到了哪里,有消息吗?"董卓问。

"还没有。"董承答,"按照相国吩咐,第二天一早,我就让他们出发了。轻车快马,应该到了。酸枣那边定然乱成一团。"

"何以见得?"

"凉州军战无不胜,是因为将士们都只认相国,不认天子,更不认朝廷。"董承回答,"酸枣那些人却是同床异梦,各怀鬼胎。袁太傅家满门抄斩,曹操的家眷却被送了回去,还不……"

"你什么时候也学会用计了?"董卓突然变色冷笑。

董承吓得扑通跪下:"胡、胡乱猜的。"

"哼哼!不是贾诩教的?"

"不，不是，他只给了酿酒的秘方。"

"为什么要给你？"

"是我问他，有什么办法可以接近渠常侍。"

"就是为了将女儿送进宫中？"

"是，属下该死。"董承磕下头去。

"倒也无妨。他还给你出了什么主意？"

"没，没有。"

"那么，他人在哪里，有消息吗？"

"也，也没有。"

"老狐狸！活不见人，死不见尸。"

董承不敢作声，只觉得汗流浃背。

28

满宠一行四人出现时，所有人都不敢相信自己的眼睛，也不知道该如何反应。照理说，曹操应该欣喜若狂，众人应该表示祝贺。然而跟着过来的凉州军官，却让他们全都充满疑惑。更何况，在袁绍他们眼里，这两人一个似曾相识，另一个则服饰标志鲜明。

非常时期，来者多半不善，不可不防。

因此，尽管曹丕已经扑进了父亲怀里，卞夫人也恭恭敬敬向众人行礼，袁绍却像是忘了他跟曹操的通家之好和诏狱里的酒菜，既没有向曹操道贺，也没有还礼，而是看着满宠问："足下何人？"

"小吏满宠。"

"无案不破满伯宁？"

"不敢当。"

"足下不是河南尹案狱仁恕掾，来此收集逃犯证据的吗？"满宠其人其事，袁绍听许攸说过些许。听他自报家门，更觉得这件事疑点重重，便又问，"怎么没将逃犯捉拿归案，反倒将他家眷送来？"

满宠不知从何说起，竟然语塞。

"旁边这位又是谁？"袁绍再问。

"护送我们的凉州军司马。"满宠答。

"你是何人所派？"袁绍又问那凉州军官。

"相国。"那人回答。

董卓派兵送回来的？他是发了善心，还是……

"洛阳情况如何？"曹操赶紧问。

"惨！"满宠回答。然后，他开始讲述洛阳发生的一切，讲了董卓如何受到官员的抵制和百姓的反抗，也讲了董卓派吕布和董承到北邙挖掘帝陵和公卿坟墓，烧毁宫殿、衙署和民宅，强行将洛阳居民数十万人迁往长安，不肯离开的全都被杀。满宠是老案狱，描述案情原本不动声色，只求准确无误。但讲到袁隗之死，也不禁潸然泪下。

"太傅和太仆都当真遇难？"曹操追问。

"五十余口，无一幸免。"满宠低下头去。

这个消息有如晴空霹雳，震得所有人都呆如木鸡。

袁绍最先作出反应。他眼圈通红，眼含泪花，声音低沉，态度则冷静到吓人的地步："曹孟德，你听见了吧，北邙亡灵不安，洛阳火海一片，人民伏尸百万，帝都血流成河，只有你们一家平安无事，还被派兵护送归来？好好好好，很好！董贼为什么对别人心狠手辣，无所不用其极，唯独对你关怀备至，情有独钟？"

曹操百口莫辩，不知该如何回答。

袁绍突然怒吼："来人，将奸细曹操拉出去砍了！"

此时，城西南曹营边，韩馥的军队在摇旗呐喊进行操练。孤零零那座军营中悄无声息，夏侯惇、夏侯渊、曹洪和曹仁也都不见。唯独辕门外，郗虑坐在胡床上悠然地吹着笛子。

29

"明公！"向来面无表情的荀彧突然开口。

荀彧比曹操稍早离开洛阳。他和叔父荀爽都作出判断，董卓专擅朝政，天下必将大乱。颍川四战之地，其实不宜再居，应该带领族人远走高飞。袁本初官拜渤海太守，那地方天高皇帝远，也非兵家必争之地，董卓更是鞭长莫及，可以先避祸乱，再徐图发展。

没想到，袁绍其实在河内，这倒省了路程。

袁绍也立即将荀彧奉为上宾，荀彧则与之约定：但为宾友，不做食客。凡事当言则言，且一定言无不尽。不当言则不言，且一定守口如瓶。说与不说在荀彧，听与不听在袁绍。所以，就连另立刘虞之事他也不置可否。毕竟，袁绍有天子送来的皇帝之玺，必须慎重。

现在却非说不可，还必须当众以"明公"相称。这个尊称在东汉是三公和位比三公者才能使用的，袁绍那个车骑将军却是自封。然而此刻顾不得了，尽快让其息怒，以免祸起萧墙，才是当务之急。

"明公节哀！"荀彧的语气沉稳肃穆，"太傅威武不屈，足为天下立范。董贼丧心病狂，必将自取灭亡。骤闻京师毁于兵火，袁门惨遭屠戮，谁不五内俱焚？明公哀痛如切肤，震怒如雷霆，谁又不是感同身受？但，今日之事蹊跷到了不合常理的地步，不该三思吗？"

"这，这，这怕是离间计。"许攸也反应过来。

"子远所言甚是，明公不可上当。"荀彧又说，"联盟初立，人心浮动，倘若一战未决而自断手足，岂非令亲者痛，仇者快，徒使有识之士无可奈何于征程，无耻之徒幸灾乐祸于贼路？"

袁绍看了他们俩一眼，慢慢平静下来。

"不对，还是可疑。"平时吊儿郎当的袁术变得异常冷静。他眼圈通红，眼含泪花，走到满宠面前问道，"你和曹操的家眷在一起，究竟是跟着来的，还是派出去的？从实招来，不得隐瞒！"

"是我自告奋勇前往洛阳，将家眷秘密接来。"满宠回答。

"你的职责不是抓贼吗？"袁术又问。

"贼是董卓。"

"倒变得快！"

"见贤思齐，不可以吗？"

"此事在酸枣大营，可有其他人与闻？"

"事关机密，无他人知晓。"

"你去之后，跟曹操可有联系？"

"郡邸被查，城门被封，无法传递消息。"

"那你就在洛阳无所事事？"

"与夫人取得联系以后，就只能等待机会。十八那日，董卓杀害太傅全家，又纵火焚烧宫殿。城中大乱，中东门不知被谁打开。小吏正想带着夫人和公子趁机出城，却被董卓的凉州军堵在门口。"

"说了要将你们送回酸枣吗？"

"没有。"

"提出什么条件了吗？"

"没有。"

"路上说什么了吗？"

"也没有。"

"那好，没你的事了。"袁术转过身来，又问那凉州军官，"他们三人，是董卓让你送回来的？"

"相国之令，城门校尉董承传达。"军官回答。

"为什么要送回来？"

"不知。"

"董承怎么交代的？"

"务必送到，当面交接。"

"还跟你说什么了吗？"

"没有。"

"有书信吗？"

"没有。"

"有口信吗？"

"也没有。"

"那好，说不清楚了。"袁术转身看着张邈，"孟卓兄，请将此人绑了。"张邈一声令下，甲士们上前，将凉州军官五花大绑。袁术看着曹操满脸冷笑："阿瞒，如果你不是奸细，那就把他杀了！"

"杀一无辜非仁也。"曹操说，"他不过碰巧被董卓派遣，既不是暗桩又没有罪行，为什么要杀他？"

"因为你不清白。"袁术说，"若不杀他，那就自杀！"

第七章

第一战

三月
至
四月

1

"我为什么要自杀？"曹操看着袁术。

"自证清白啊！"袁术回答。

"清者自清，浊者自浊。"曹操说，"冤有头，债有主，一切均由董卓所起，诸君又何必喋喋不休，查来查去？曹操即刻带家乡子弟兵征讨那贼，定为袁家和百姓讨还血债，也为自己讨个清白。"

"出征？"韩馥嗤之以鼻，"趁机开溜吧？"

"你想多了。曹操愿将妻儿留在酸枣，作为人质。"

"人质？质于何处？"韩馥又问。

曹操看都不看他一眼，走到王匡面前拱手："府君可愿收押？"

王匡先是一愣，然后慨然允诺："敢不承命，定然礼遇厚待。将军凯旋之日，如果发现少了一根毫毛，尽管取我项上人头。当然，如果有人能够留下来陪伴嫂夫人和小郎君，那就更好。"

卞夫人正要说什么，旁边的满宠却跪倒在地，看着曹操说："如蒙将军不弃，满宠也愿策名委质。"说完，他从怀里掏出早已写好姓名的木简，高高举起，"大军出征之后，臣惟王河内之命是从。"

265

曹操赶紧扶起："伯宁，拜托！"

"邪不压正，天不灭曹。"卞夫人从怀里取出一把刀，"妾愿夫君平安归来。带上这个，也许有用。"说完，搂住眼泪汪汪的曹丕。

董卓的刀？不是交给无盐了吗？

但他很快就明白了，便对张邈说："两国交兵，不斩来使。"张邈看了看那凉州军官，立即下令松绑。曹操拿着刀走过去说："这把刀是董卓的，去年八月差点杀了袁渤海。后来我又用它调兵，救了董某人的家眷。这位兄弟，麻烦你辛苦一趟，走官道过驿站，尽快将刀送到洛阳，告诉那祸国殃民的老贼，我曹操正式向他宣战了！"

2

曹操的壮举让韩馥无话可说，其他人则肃然起敬。张邈当场派出自己的部将、曾经资助过曹操的卫兹，鲍信更是挺身而出，表示亲自跟随出征。袁绍缓过神来，含泪拱手。袁术依然大大咧咧，道是你曹阿瞒既然敢死，我便敢埋。如果阵亡，负责派兵送回谯县厚葬。

不过他们都没想到，曹军竟会与吕布相遇于荥阳汴水。

军情是都虑报告的，他说："我方兵出酸枣，本意是要拒成皋而逼洛阳。不料吕布先行一步，已驻兵于此。吕布军号称三万，其实虚张声势。并州军极为骁勇的张辽部，也不归他节制，仍在京师负责城外防务。堪称劲敌的是高顺。此人英勇善战，廉洁奉公，不饮酒，也不贪财，从来就拒受一切馈赠。所部七百，号称千人，铠甲齐整，兵器精良，攻无不克，战无不胜，有'陷阵营'美誉，不可小觑。"

所有人都看着地图不语。

"子许，张陈留可有交代？"曹操叫着卫兹的字问。

张陈留就是张邈，卫兹的上级。

"没有。何况将在外，君命有所不受，但听将军调遣！"

"元诚的意见呢？"曹操又问鲍信。

"我本儒生，哪里会将兵？还是孟德指挥。"鲍信苦笑。

"好吧，那我先问，吕布固然虚张声势，我军号称五千，也名不副实吧？"见众人都笑，曹操又说，"敌众我寡，只能智取。吕布贪财好色，三心二意，又原本与我无仇，明天绝不会倾巢而出。高顺心无旁骛，恃勇而骄，必定冲锋陷阵。所以，若能将高顺一举剿灭，吕布失去利器，心慌意乱，就会不战而走，逃之夭夭。"

"那么，如何才能剿灭高顺呢？"卫兹问。

"只能诱敌深入。"曹操叫着夏侯渊和曹仁的字说，"妙才和子孝沉着，明天率步兵在正面列阵，专等他高顺来陷。记住了，必须让他深陷其中，才能瓮中捉鳖。所以，初次交战时，只许败不许胜，只许退不许进，一定要让他们进到阵里来，做得到吗？"

夏侯渊咬咬牙说了声遵命，曹仁却说："等一下！"然后看着郗虑问道："鸿豫，据你所知，高顺陷阵，通常用骑兵还是步兵？"

"他那七百人，骑兵和步兵都有，也都并用。"郗虑答。

"先出骑兵，还是步兵？"

郗虑答不上来。

"这还用问？当然是骑兵。"曹操笑了，"我朝论功行赏，历来就是陷阵与先登高于杀敌，诸位知道是为什么吗？"

所有人都表示不明白。

于是曹操又说："先登就是最先登上对方城头，陷阵就是最先攻进敌军兵阵。先登并不等于破城，陷阵也并不等于灭敌，那又为何要算

267

首功？非常简单，攻心为上，攻城为下。兵阵被冲开冲散，城头出现敌军，都会让列阵守城的战士心慌意乱，斗志全无。吕布必以高顺的陷阵营为先锋，原因正在于此。所以，敌兵入阵不要惊慌失措，告诉将士那是来送死的，尽管让路。只要我军心中不乱，沉着应战，高顺的冲锋陷阵就毫无意义，只能损兵折将，无功而返。"

众人都点头。

曹操又说："不过步兵陷阵，要靠近距离肉搏砍杀，远不如骑兵来得快捷。所以我料定高顺明天必以骑兵在先，杀开血路，然后继之以步卒。这也是吕布历次征战的惯用手法。哦，对了，鸿豫，"曹操看着都虑问道，"知道他们有多少铠马吗？"

这话问得在行到位。先秦时期诸侯混战，主要使用战车。用骑兵应该在赵武灵王胡服骑射之后，主要作战方式是骑在马上射箭。这是从北方游牧民族那里学来的，匈奴冒顿单于便以"引弓之民"自称他的部落和部落联盟。只要会骑射，散兵游勇也能战斗。

汉代开始，长戟成为骑兵的武器。这是从步兵那里学来的，后来进化为长矛和马槊。马槊就是加长的矛，俗称"丈八蛇矛"，槊锋有破甲棱。使用这类长兵器作战，虽然也需要武艺，比方说躲过甚至夺取对方的矛槊，但主要依靠纵马奔驰产生的冲击力。由于速度高，骑士手持的长兵器足以将敌人刺穿，或者撞下马来，但是之后还要靠步行的人帮忙斩首——冷兵器时代，将士们的战功是靠首级计算的。

骑兵会掉下马来，是因为直到西晋之前还没有发明马镫子，能够依托的只有鞍桥。骑士们完全可能由于反作用力，或者贯穿敌人身体的武器拔不出来，而从马背上跌落。所以，脚下没有着力点的武将们骑在马上来回对打，完全没有可能，汉末三国时期参战的兵种也均以步兵为主。骑兵的主要任务，是充当近卫队、侦察兵和陷阵营。

陷阵是夺敌魂魄，必定遭到拼死抵抗。骑兵冲进行列齐整、甲士密集的步兵军阵，被箭矢射中、长戟砍伤的概率很高。这就要给战马披上铠甲。战马的铠甲叫马铠，先秦就有。披上马铠则叫具装。具装的马就叫铠马，也叫铁马或铁骑。想想就知道，每当这种全身披挂的具装甲骑扬起尘土，威风凛凛而来时，会给对方怎样的震撼。

铁马，除了杀伤力强，还能起到威慑作用。

所以，曹操要问这个问题。

"骑着的是秃马，"郗虑回答，"马铠却装了好几车。"

"陷阵意在耀武扬威，先声夺人，必定铁马金戈，再说铠马也不容易被砍伤射伤。"曹操说，"但是，马铠沉重。时间长了，反倒成为负担。如果冲开我阵之后，还要掉转头来再从阵后冲击，那么几个回合下来，威风八面可就变成气喘吁吁了。"

"明白。"夏侯渊说，"先让他们跑几个来回。"

"倒也未必。"曹操笑笑，"跑多少来回，由不得我们，也由不得他们，要有瞬息万变的打算。"他又叫着夏侯惇和曹洪的字说，"元让和子廉骁勇，可率我'虎豹骑'列于两侧，随时准备对付那些跑不动的铠马。我军马铠原本不多，干脆不用，轻装上阵，以逸待劳。如果高顺用步兵陷阵，那就只能短兵相接，妙才和子孝也要有准备。"

"且慢！"鲍信说，"吕布若来接应，为之奈何？"

"这就要请元诚辛苦，"曹操叫着鲍信的字说，"今夜带兵抄小路深入敌后，鸿豫的斥候（侦察兵）可以带路。战事一开，就劫其粮草辎重。能运走就运，运不走就烧，让吕布措手不及，首尾难顾。子许和我留守大营，随时准备接应各方。兵形如水，本无定势。不可胜在于己，可胜在敌。明天的仗怎么打，还靠诸位相机行事。"

"遵命！"众人一齐拱手。

"胜败在于顺逆，诸君听我檄文。"

曹操站了起来，朗声诵道：

汉家不幸，浮云蔽日。贼臣董卓狼子野心，谋弑少帝，逼挟天子，此诚旷古未有之逆行也。行奋武将军操，谨奉天意，且顺民心，率义兵伐鼓征讨。凡我汉臣，均当同仇敌忾，鼓雷霆而奋疾风，共灭寇匪，翦除帮凶。呜呼！天网恢恢，疏而不漏。旌旗所指，势如破竹。认贼作父之吕布等速降可也！

这檄文，很快就会传遍天下。

谁胜谁负，却还要拭目以待。

3

吕布和高顺骑在马上立于辕门，远远看见曹军已经布阵。曹洪和夏侯惇手持马槊率领骑兵布在两侧，中部是步兵。步兵每百人为一个方阵，外围是持刀的盾牌手，其次是长矛手，最里面是强弩手。方阵共八个，前四后四，距离很宽，看上去排得松松垮垮。夏侯渊和曹仁骑马站在两阵中间，身边都有鼓手、旗手和传令官。

"兵法有云，行唯疏，战唯密。"高顺忍不住摇了摇头，"阵以密则固，锋以疏则达。曹操这是布的什么阵？"

"乡巴佬阵。"吕布撇嘴。

高顺却皱起眉头，总觉得这里面有什么问题。

"曹操可是打过仗的。"他说。

270

"现在却只有临时招募的乌合之众。"

这倒也是。高顺点了点头。

"灭此朝食可也！"吕布说。

高顺想了想，挥手。

传令官摇旗，鼓声响起，两队具装骑兵手持长矛出发。战马全都披着马铠，战士也全都鲜盔亮甲。他们向曹营缓缓走去，威风凛凛地扬起尘土。飞扬的尘土中，可以看见跟在骑兵后面的是步兵。第一排是盾牌手，第二排是弓箭手，第三排是长矛手，步伐虎虎生风。

战争，就这样开始了。

曹操的步兵望见尘土，立即严阵以待。前排四个方阵，最外围的盾牌手举起一人高的盾牌连成一片，形成四方的干城。他们的后面是长矛手，里圈则是六排强弩手。所有人都精神饱满，高度警惕。

陷阵营骑兵走到中间地带，兵分两路开始奔驰。

这是冲着当中两个方阵来的，夏侯渊和曹仁立即下令。

"盾伏！"前阵的传令官喊。

盾牌手和长矛手蹲下。

"弩起！"

强弩手都端着弩站立。

"放！"

箭从弩中射出，飞向迎面而来的骑兵。

"换！"传令官又喊。

第一排强弩手退下，第二排上前。

"放！"

箭从弩中射出，飞了出去。

"换！"

第二排强弩手退下，第三排上前。

"放！"

箭从弩中射出，急雨般飞向高顺的骑兵。纵马奔驰的陷阵营骑兵挥动长矛将弩箭击落，也有人和马中箭倒下。不过，大部分具装甲骑仍然扬起尘土，冒着箭雨继续冲刺，眼看就来到阵前。

"停！"曹军的传令官突然喊，强弩手立即停止射击。

"移！"传令官又喊。

"左！"前后两个左中阵的阵长下令。

"右！"前后两个右中阵的阵长下令。

四个中阵同时迅速移动，左边的向左，右边的向向，与左右两边的军阵合为一体，八阵变成了四阵。阵的距离原本就很宽，随即形成大片空旷地带。高顺的陷阵营骑兵停不住脚，从空档处冲了过去。

曹军的传令官突然大喊："转！"

所有的战士都转过身来，后阵变成前阵。

"盾伏！"后阵的传令官喊。

盾牌手和长矛手蹲下。

"弩起！"

强弩手都端着弩站立。

"放！"

箭从弩中射出。

"换！"

第一排强弩手退下，第二排上前。

"放！"

箭从弩中射出。

"换！"

第二排强弩手退下，第三排上前。

"放！"

箭从弩中射出，急雨般飞向高顺的骑兵。只不过，现在纵马奔驰的陷阵营骑兵是背对着曹军，无法挥动长矛将弩箭击落，只有人和马中箭倒下。站在望楼观战的高顺叫声不好，立即向传令官挥手。

传令官摇旗，鼓声响起，陷阵营步兵开始跑步。

"前阵转！"曹军的传令官立即大喊。

变成后阵的战士再转过身来，重新变成前阵。

"盾伏！"前阵的传令官喊。

盾牌手和长矛手蹲下。

"弩起！"

强弩手都端着弩站立。

"放！"

箭从弩中射出，急雨般飞向高顺的步兵。

与此同时，早就放慢速度的陷阵营骑兵已经掉转马头，重新调整队形，发起进攻，很快就冲进曹军后阵。这时，具装骑兵的优越性就显示出来了。他们居高临下，或者用马践踏，或者用矛刺杀。战场上确实瞬息万变。高顺会迅速起用步兵，冲出了兵阵的骑兵会那么快就卷土重来，都在计划之外。后阵的曹军步兵无法故伎重演，再像上次那样闪开通道，只能合力迎战，拼死不让他们冲到前阵。

前阵同样只能奋起迎敌。高顺陷阵营的步兵由盾牌手开道，因此尽管空中乱箭齐飞，损员却不多。夏侯渊和曹仁立即擂起鼓来，两军陷入混战。盾牌手互相推挤，并且用刀砍杀。长矛手刺向对方，也被对方刺伤。弓箭手和强弩手无用武之地，只好改用短兵器。

前有陷阵步兵，后有具装甲骑，曹军腹背受敌。

"曹操果然不过如此。"

望楼上，仍在观战的吕布对高顺说。

"中郎将！"部下从大营里跑过来报告。

"什么事？"吕布问。

"有人劫我粮草辎重。"

"无逆，"吕布叫着高顺的字，"我去看看，这里交给你。"

"诺！"高顺应了一声，继续观察对方阵地，只见两支轻骑兵杀将过来，为首正是曹洪和夏侯惇。高顺见势不妙，赶紧下楼上马，叫了声"跟我来"就拍马便走。传令官举着大旗骑马紧跟，鼓手在鼓车上擂起战鼓，军营中的大部队纷纷出动，跑步前进冲向战场。

战场上，已是难解难分。

曹洪一马当先，手提马槊率部杀进前阵。高顺陷阵营在曹军前阵只有步兵，哪里是轻骑兵的对手，很快就丢盔弃甲。夏侯惇带兵杀进后阵，曹军步兵迅速闪开。轻骑兵冲向具装甲骑，靠着冲击力用马槊或长矛将敌人刺下马去。落马的高顺军都被曹军步兵斩首，抓住对方长兵器的则被曹军强弩手射落马下。陷阵营骑兵被围剿，重装备成为负担，移动缓慢，但战斗力还有，曹军也不断有人受伤和阵亡。

胜负难分的两军，实际上处于胶着状态。

高顺却带着增援部队赶了过来。

骑在马上的夏侯惇远远望见尘土飞扬，知道关键时刻到了。急中生智的他声如洪钟，大声喊道："并州贼覆没，我们赢了！"

"赢了！赢了！赢了！"后阵的曹军齐喊。

声音一浪高过一浪，传到前阵。正在厮杀的陷阵营步兵听到喊声心慌意乱，曹军则士气高涨愈战愈勇。高顺并不可能清楚地知道发生了什么，但情况异常却还是能够感到，便加快了速度。

也就在这时，吕布军营里响起了钲声。

钲读如征，是一种青铜乐器，形状像钟而狭长，还有长柄。古代战争发布军令，最简单的方式就是使用金鼓：要进攻就击鼓，要收兵就鸣钲，也叫鸣金。高顺当然猜不到，此时钲声大起，正是曹操手下郗虑的杰作。他早就带着人装扮成并州兵潜伏在军营，见大部队倾巢而出，立即数箭齐发，射死了鼓手、钲手和卫士，登上钲车鸣钲。

听到钲声，高顺本能地勒马，大部队也止步，原本就无心恋战的陷阵营步兵开始后撤。曹军的士气更加高涨，掩杀过去。陷阵营步兵且战且走，慢慢加快了速度。过了一会，具装骑兵也落荒而逃。因为他们看见对方军营里，大批人马正杀声震天地冲了出来。

"曹操来了！曹操来了！"陷阵营步兵狂奔。

"站住，杀回去！"高顺连斩数人。但是没人听他的，就连他自己的马也被撞转了身。无奈，被人流裹挟的高顺也只好回营。

辕门口，牙旗飘扬。

鼓车和钲车上，空无一人。

从阵前撤回的骑兵和步兵蜂拥而入。高顺也不再管他们，一个人傲然骑在马上，静听震天的杀声越来越近。等到曹操和卫兹以及四员大将带兵扑面而来时，高顺张弓连发三支响箭。响箭呼啸着在曹军的头顶飞过，曹操等人和他们的军队放慢脚步，最后停了下来。

两军之间，一片寂静。

已经回营的并州军也陆续出现在辕门内外。

曹操骑在马上，凝视着高顺。

高顺面不改色，凝视着曹操。

"你就是高顺？"

"你就是曹操？"

"不想请我到贵营看看吗？"

"将军还是回自己军营看看吧！"

曹操先是一愣，然后回头。

远处，曹营尘土飞扬，杀声震天。

"去吧，"高顺说，"我们还要吃饭呢！"

4

曹操等人回到自己的辕门时，军营里已经安静下来，只见四处插满了"吕"字大旗，鲜盔亮甲的并州军站在大帐前。过了片刻，帐前的龙虎旗打开，吕布手持马槊骑在马上，春风满面。

匆匆赶来的曹操和卫兹等目瞪口呆。

"将军别来无恙！"吕布笑眯眯地，"调虎离山确实是好计，可惜太把那点粮草辎重当回事。也不想想，你才打过几次仗。对了，张让抄的那诗怎么说？南山有鸟，北山张罗。鸟自高飞，罗当奈何。"

"中郎将知道的不少。"曹操也笑。

"可惜鸟自高飞，罗倒没了。"

"空营而已。想要，可以奉送。"

"当真这么想？那你回来干什么？"见曹操无言以对，吕布笑笑又说，"奇怪这里为什么动静挺大是吗？没错，刚才是打了一仗，不过没什么意思，无聊得很。啊，啊！想知道败将是谁吗？来人！"

一个五花大绑的战俘被押了过来。

"这个人你认识吧？"吕布看着曹操。

王河内？曹操大吃一惊。

吕布的战俘，竟是河内太守王匡。

"果然是故人。"吕布得意洋洋。

"府君怎么在这里？"曹操问。

"因为信不过你。"王匡说。

曹操愣住，跟在后面的其他人也面面相觑。

"以前不相信你真会讨董，后来不相信你打得赢。"王匡说。

"哈哈，曹孟德，你这朋友很够意思。"吕布放声大笑，"实话跟你说，我来到这座空营，正愁没仗可打，他倒送上门来，让我捡了个小便宜，也摸清了虚实。原来你这里有羊杂碎，还有猪头肉。"

"公节，你不该来。"曹操看着王匡。

"来都来了，有什么不该？你来得，我来不得？"

"那你就是小人！"曹操说。

"岂有此理！明明是来帮你的，怎么倒成了小人？"吕布说。

"君子坦荡荡，小人长戚戚。"曹操说，"他要真心讨董，随我同行就是，为什么要偷偷摸摸带兵跟在后面？其实是守财奴心思，怕火烧到他河内郡。吕奉先，这种小人留着没什么用，交给我吧！"

"这样啊，那就现在杀了，送来送去岂不麻烦？"吕布说。

"实不相瞒，曹操与他有私怨未了。"

"是吗？"吕布看着王匡。

"我的右手就是他掰断的，否则怎么会败给你？"王匡道。

"这点小事，也要了结？"吕布看着曹操，"再说，他的右手被你掰断，你把人要回去，打算如何了此私怨？杀了他不成？别以为这种哄小孩子的伎俩能够得逞。你们还跑得掉吗？看看后面！"

众人一齐回头，但见高顺的军队已经开了过来。

"原来他们不吃饭了。"

曹操摸摸鼻子，打了个喷嚏。

"你当是袁本初啊，钟鸣鼎食。"吕布又笑。

"既然如此，何不放他给我？"曹操说，"不敢吗？"

"那倒未必，放就放！不过，得让你长点记性。"吕布用马槊挑断王匡身上的绳子，然后在他右肩重重地敲了一下，"走吧！"

肩胛骨受伤的王匡，忍着疼痛迈出步伐。

"等一下！"吕布突然叫道。

曹操这边的人都一惊，王匡也停下脚步。

"不怕我背后放箭？胆子不小。"吕布冷笑。

"败军之将，不敢言勇。"王匡头也不回。

"知道是我手下败将就好。"吕布又说。

"背后放箭？谅你也丢不起这脸！"王匡仍不回头。

"有什么丢不丢脸的。"吕布大笑，"别忘了我可是小人。满天下都知道，认贼作父的小人。怎么样，府君还敢走吗？"

王匡毫不犹豫，继续往前走。

帐前的并州军立即让出一条通道。

辕门外，曹操的人都看着吕布。

吕布依然手提马槊，纹丝不动。

王匡却谁都不看，朝着曹操走来。

曹操赶紧下马，迎上前去。

"当着众人的面说，你我如何了断？"曹操大声喊道。

"你当众踢翻了几案，也得让我踢一回。"王匡也大声。

"那你跟我来！"曹操大声说道，然后走到自己的马前，四肢着地拱起身子，大声说："这个几案如何？踢吧！"

所有的将士们都看着他俩。

走到马前的王匡却低声说："我不走，与你同生共死！"

"公节在这里只能添乱。"曹操低声说，"快去酸枣求援，也只有你说得动他们。"与曹操同时下马的夏侯渊和曹仁看出意图，立即过来将王匡扶上马去。王匡只好左手持缰说道："孟德保重！"

话音刚落，马已扬蹄，曹军将士也纷纷让路。吕布脸上满是意料之中的冷笑，顺手将马槊交给身边的侍卫，张弓搭箭。

曹操站起身来大喊："吕布，你不要做小人！"

话没说完，箭已射出。

王匡应弦中箭，摔下马来。

"吕布！你这无情无义的逆贼，胆敢如此，看我取你首级！"曹洪怒吼一声，与夏侯惇一起挺着马槊就要冲过去。

战士们也齐声怒吼，呐喊上前。

也就在这时，高顺军赶到，夏侯惇和曹洪只好率众转身迎战。

曹操飞快地跑过去扶起王匡："公节！公节！"

王匡睁开眼睛，笑了笑着说："你这几案非同一般。"

说完，他永远地闭上了眼睛。

"妙才，子孝，"曹操立即吩咐赶了过来的夏侯渊和曹仁，"你们两个，用我的马送王府君回酸枣去，不得有误！"见他们俩犹豫，曹操又说，"放心，我死不了，吕布才是死期不远。"

目送曹仁和夏侯渊等人护送王匡离去，曹操拔出剑来，跑步奔向吕布。这时，两军将士大多已投入战斗，帐前少量的并州军立即站到主将的前面。吕布却只是撇了撇嘴，稳坐马上再次张弓搭箭。

奔跑着的曹操胸前中箭倒地。

曹洪赶紧大喊："鸿豫！"

郗虑骑马提剑向曹操跑去。

吕布冷笑，从侍卫手里接过马槊，也打马上前。

夏侯惇又大喊："子许！"

卫兹策马过来，迎向吕布。

曹洪留下夏侯惇对付高顺，卫兹对付吕布，自己飞奔过来，滚鞍下马，跟几个士兵一起将曹操抬到马上，又看着郗虑说："鸿豫，天下可以没有曹洪，不能没有大兄。我来断后，你们快走。"

郗虑带着人马就走。

那边，吕布一声怒吼，用马槊将卫兹挑下马去。

5

"站住！"听到这声音，郗虑回过头来。

这是在荥阳到酸枣的官道。护送曹操的七八个人慢慢走着，原本与一队人马擦肩而过，没想到被对方叫住，立即勒住了马。郗虑当然不知道这是无盐的车队，只见这伙商贩模样的人都带着兵器，为首的女子骑在马上，看着伏在马背的曹操，叫了声"将军"。

"请问足下是什么人？"郗虑警觉地问。

"他的朋友。"无盐说。

"没听说过。"郗虑仍然高度警惕。

"这你管不着。"无盐说，"足下又是什么人？"

"他的部属。"

"有你这样的部属，曹将军真是幸运。"

"有你这样的朋友，却不知是幸，还是不幸。"

"少废话！将军伤重，不能再走，赶紧先扶下马来。"

郗虑也知道这话有道理，便滚鞍下马，跟战士们一起将昏迷不醒的曹操抬下马来，轻轻放到路边的草地上。无盐也走了过来，先回头看了看范铁，然后蹲下来解开曹操战袍，看了看就准备拔箭。

"这是要杀谁呢？"

苍老的声音传来，无盐和郗虑同时抬头，只见一位老者骑着毛驴从旁边的小路上缓缓而来，后面还跟了个挑药葫芦的少年。两人来到草地，老者看着无盐说："足下不知道箭不能随便拔吗？"

悬壶济世？这是医家。我正想沿途寻找呢，他倒来了。

郗虑暗自庆幸。

老者却下了毛驴，不由分说拨开众人看了曹操一眼，然后又看着无盐说："矢镞（读如族，箭头）有多种，或有双翼，或有三刃，或有暗槽，或有逆钩。暗槽藏毒，逆钩则如倒刺。这支箭近于心口，如果镞有逆钩，拔了就会大出血。不过，看样子无毒。"

"谨受教！"无盐拱手，"依先生之见，又当如何？"

老者向少年伸手，少年蹲下打开藤篓，取出布包展开，只见里面包着大小长短不一、形状各异的九种针。老者从中挑出一把有着双刃的刀状铍（读如披）针，举起来说："用这个。"

曹操突然醒来，本能地将手伸向腰间，就要起身。

守在旁边的郗虑迅速拔剑，架在老者脖子上。

"慢！"无盐喝道。

老者满不在乎，铍针仍然举在手上。

"哦，你来了？"曹操看见了无盐。

"是的。"无盐答。

曹操放心地躺下，闭目睡去，郗虑也将剑收回。

"先生可是要开胸取箭？"无盐问老者。

281

"别无选择。"

"先生可知道他是什么人？"

"医家只管救死扶伤，并不管伤者是谁。"

"那么先生有几分把握？"

"难说，也许死得更快。"

郗虑重新把剑架在老者脖子上。

"天下无不败之战，不死之人。不想救，那就算了。"老者说。

无盐用马鞭将郗虑的剑拨到自己的脖子上："请先生动手！"

"徒儿，"老者叫那少年，"麻沸散。"

6

夏侯惇和曹洪不是吕布和高顺的对手，终于战败，就连战马也都没了。两个人只能带着亲兵杀开血路，且战且走，夏侯惇的马上驮着卫兹的尸体。他们下定决心，哪怕只剩一个人也要送回陈留。

"这样走不了，得有马。"曹洪说。

"正是。盾牌手，合围。"夏侯惇下令。

盾牌手迅速围过来，筑起一道防卫墙。

"后面就是汴水，我们已无退路，大家拼死一战！"曹洪说。

所有人都抖擞精神，准备迎战正在逼近的高顺骑兵。夏侯惇沉稳地交代战士们不要慌，让他们冲进来。等到对方步步逼近，这才吩咐大家看准，只射人不射马，然后一声令下："投！放！"

长矛手投出长矛。

强弩手射出箭支。

对方的骑兵纷纷倒地。

"上！夺马夺兵器！"曹洪下令。

战士们冲上前去，有的夺马，有的杀敌。夏侯惇和曹洪都各自抢得一匹马，曹洪立即大喊："元让，带子许先走。"

"走？你们走得了吗？"

曹洪回头一看，高顺已经冲了过来。

7

巧遇无盐实在是大幸，他们车队里应有尽有。曹操被移到腾空的货车上，范铁等人用燧石点着了火，火上架着釜。他们又从车上取来陶樽放在火边，那少年用温酒为曹操冲服下麻沸散。在药和酒的双重作用下，曹操很快就不省人事。老者先将铍针在釜里煮过，再在火上烤了烤，然后动作敏捷地切开口子，将箭取出，让众人看那矢镞。

箭头上赫然有逆钩。

"果然拔不得。"无盐点头。

"现在要缝合。"老者又取出一根针。

"用什么线？"无盐问。

"桑白皮。"少年答，"可是用完了。"

无盐愣住，老者却叹了口气道："也只能用头发了，丝线毛绳之类总归是异物。不过，最好是又细又软又干净的。"

那还有谁？众人都看着无盐。

"救人救彻，可否借青丝一根？"老者也看着她说。

身体发肤受之父母，岂能……

郗虑却将剑从无盐的脖子边收回。

"那就用我徒儿的,"老者见无盐犹豫,又说,"只是……"

女孩的更好,阴阳和合。

无盐听懂了老者的意思,解下巾帼,露出堕马髻。巾帼就是女人缠束覆盖发髻的纺织物,堕马髻则是大将军梁冀之妻孙寿发明的时尚发型,特点是头发梳在一边,就像从马上坠落。无盐解开发髻,拔下一根头发交给老者。老者接过,在釜中煮了煮,开始缝合伤口。

伤口很快就缝合完毕。郗虑持剑护卫在车旁,无盐则陪着老者到溪边洗手,恭敬地说:"大恩不言谢,愿能请教先生尊姓大名。"

"治病救人,医家本分,姓名何足挂齿。"

"江湖传言,我大汉有位神医,起死回生,手到病除,有如天竺药神阿伽陀,故而人称华佗,正所谓'华夏阿伽陀'是也。"无盐看着鹤发童颜的老者,问道,"莫非就是先生?"

"言过其实,不敢当!"

"请问这位少侠?"无盐又看少年。

"小子吉本,是先生的徒弟。"

"幸遇二位,真是天不灭曹。"

"所谓天意,无非仁心,"华佗说,"医道也就是王道。"

"可是刚才先生用刀,却霸道得很。"无盐一笑。

"庄周论剑,有天子剑,有诸侯剑,有庶人剑。"华佗和蔼可亲地看着无盐,"所以王霸之别不在器而在道,不在术而在心。非常之世须有非常之人,非常之时须有非常之法,只要不忘初衷就好。"

溪边山花烂漫,流水潺潺。匆忙间重新结起的堕马髻,不免有些松松垮垮,在夕阳下却反倒显得妩媚。无盐有意无意将目光投向躺着曹操的车,猛一回头却发现华佗正慈眉善眼地看着自己。

"先生有什么要说的吗？"无盐猛醒。

"老夫号过他的脉了，此人很有意思。"华佗点了点头说，"明明表卫不固，易受外邪侵袭。实际上呢，却又百病不入。"

"那会怎样？"无盐问。

"会莫名其妙地打喷嚏。"

"苟如此，倒也没有什么。"

"还会成不能成的大事，杀不该杀的好人。"见无盐不解，华佗又解释说，"百病不入是因为骨硬，易受侵袭是因为心软。平定天下要的是杀伐决断，骨硬倒是好的，只是不能又心软。骨硬则率真，心软则多情，多情则多疑。率真多情，做诗人倒是合适，做……"华佗突然停住不说，问道，"你能告诉老夫，这位将军是谁吗？"

"曹操。"无盐回答。

华佗点了点头，好像在意料之中，甚至早就盼着这个答案。但他什么都没再说，只是看了看天色，然后以医家的口吻嘱咐道："曹将军元气大伤。最好就近住下，还最好能有鸡汤补补身子。"

这年头，谁家还有鸡啊！

无盐不禁苦笑。

8

李儒矜持地走在毕圭苑小道上，心中暗暗得意。刚刚，他将一个蒙面人带进了董卓的密室，此刻董承又悄悄来见他。他当然猜得出这是有事相求，却若无其事地邀了这位城门校尉闲庭信步，看似无意地卖弄起学问来："其实这毕圭苑，跟曹操和杨彪都有关系。"

"倒不曾听说。"董承道，"请先生赐教。"

"此地以鱼梁台为界，分为东西两苑。"李儒说，"周长嘛，东苑五里，西苑十一。想想看这得花多少钱？所以杨彪的父亲杨赐便极力反对，结果他那司徒就当不成了，换成了袁隗。"

"原来如此。"董承说，"但跟曹操又有什么关系？"

"修园子不是要有钱吗？库里没有，只好卖官。曹操的父亲便买了个太尉。"李儒笑了笑，"说来先帝也是荒唐。游园之时，狗都身披绶带，头戴峨冠，自己倒穿着商贾的衣服，跟宫女们做买卖。这逢君之恶的，岂非那些中常侍？难怪袁绍他们要诛杀宦官，何大将军也要召相国进京。不过阁下约我出来，不是要听掌故吧？"

"当然不是。"董承左右看看，然后往李儒手里塞了东西。

李儒低头一看，是一块廓璧。

"先生，小女在长安，鄙人十分挂念。"见李儒只是笑了笑，董承又道，"再说了，杨彪在那里主政，相国就那么放心？"

确定四下无人，李儒将玉璧放进怀里。

9

在借住的民宅喝了十几天少盐的野鸡汤后，迅速复元的曹操再也躺不住了，执意要回酸枣大营与诸侯商议讨董。此前，由于敷了华佗的药膏，伤口愈合很快。无盐的那根青丝也被抽出，曹操在征得同意后便将它珍藏起来。有了这层关系，两个人说话慢慢变得随意。

"这野鸡汤为什么总是淡的？"曹操问，"你还缺盐？"

"我不缺，有人缺。"无盐扑哧一笑。

曹操没有想到还有此说，不禁愣住。

"行奋武将军操，谨奉天意，且顺民心，率义兵伐鼓征讨。凡我汉臣，均当同仇敌忾，鼓雷霆而奋疾风，共灭寇匪，翦除帮凶。"无盐背诵起讨董檄文，然后又笑着说，"只是，远近汉臣，好像并没有同仇敌忾。旌旗所指，好像并没有势如破竹。那认贼作父的家伙，也好像并没有速降，当然也没追过来。缺盐的，可不是很多？"

"惭愧！"曹操不禁满脸羞涩。

"那倒不必。"无盐笑笑，"我只是奇怪，将军是盟主？"

"不，盟主是袁本初。"

"地盘最大？"

"那要算韩冀州。"

"人马最多？"

"只有家乡来的子弟兵。"

"一仗下来，恐怕还所剩无几。"无盐道，"所以我不明白，你们那伙人中，论官阶你最低，论实力你最弱，怎么就你出头？"

"曹家世受国恩，理当报效。"

"世受国恩的多了去，还有人四世三公，又如何？"

"别人的事我管不了。"曹操只好这样说。

"看来，你也知道他们不会听你的。"

"当年孔夫子，不也知其不可而为之？"曹操又只好说。

"可是郑国那个人怎么说他？"无盐道，"累累若丧家之狗。知其不可而为之者，谁不如此？如今天下方乱，又何以家为，还不如像我这样四海为家。怎么样，要不要跟我一起去贩盐？"

曹操不知该如何应对，摸摸鼻子，打了个喷嚏。

他还真打喷嚏啊？

率真多情，做诗人倒是合适，做……

无盐想起华佗的话，不禁心头一颤。

第二天，她让曹操上了车，自己骑马和郗虑等人一起，将他送回酸枣。可是万万没想到，当他们晓行夜宿终于来到联盟大营时，却只看见凌乱的残留物和孤零零一座大帐。郗虑扶着曹操下车，曹操四下张望，满心狐疑，失望地问："人呢？他们人呢？"

"将军难道没有看出，"无盐说，"这是已经散伙了吗？"

"散了？这才多少天，怎么会散了呢？"

"成不了事的，散了也好。"无盐哼了一声，满宠和卞夫人却已经带着曹丕出门迎接。卞夫人马上认出，曹操身边正是当初送刀报平安的侠女，赶紧上前行礼说："多谢足下相助！"

"举手之劳，何足挂齿。"无盐以江湖人的身份拱手还礼。两个人相互凝视片刻，无盐又说："夫人，民女就此告辞！"

"你要去哪里？"曹操问。

"我还得贩盐去，要不然吃什么？"无盐好像气哼哼的。

曹操目送无盐带着范铁等人扬长而去，怅然若失。郗虑却走过来轻声说道："这个人，臣看她不像是贩私盐的。"

"是吗？"曹操淡然说道，"我看像。"

第八章

夺命邺城

四月
至
六月

1

“董承什么时候到的？”

长安旧宫工地上，左右已经屏退，只有君臣三人。听杨彪讲完刚得到的密报，小皇帝刘协并没有大吃一惊，只是淡淡地问。

“昨天下午。”渠穆回答，“此刻应该跟女儿在一起。”

“这么说，他到长安以后，先去见了司徒？”刘协又问。

“是。”杨彪回答，“董承说要先公后私。”

“他为什么要告诉司徒？”

“董承说只有臣能够阻止。”

“他又为什么要阻止此事？”

“据说，因为他效忠陛下。”

刘协不再说话，渠穆也马上就明白了董承的心思——效忠于当今天子自然是因为女儿，先见杨彪则是要与之联手，这才既不直接报告皇帝，也不通过董青透露消息。于是，渠穆左右看看，然后压低声音问道：“袁绍和韩馥要另立幽州牧刘虞为天子，他怎么知道？”

“他说有人通风报信。”

"谁?"渠穆又问。

"他不肯告诉臣。"杨彪回答,"但应该不敢信口雌黄。"

"那么,这件事他还跟谁说过?"

"据他说,只有臣。"

"杨公,兹事体大,可有实据?"渠穆看着杨彪。

"没有,而且臣也存疑。天子,岂是想另立就能另立的?"

渠穆看了看刘协,欲言又止。小皇帝却平静地说:"传国玉玺早已遗失,下落不明,应该不会在袁绍或者刘虞的手中。不过,袁绍那里也确有一枚皇帝之玺。"见杨彪目瞪口呆,刘协又说,"是朕离开洛阳那天,让常侍派人送到酸枣的。本意是希望袁绍以此为凭,号令天下勤王。万一朕有不测,也可另立新君,如此则汉室尚存。"

杨彪完全没有想到还会有这样的事,双腿一软跪下。

"陛下深谋远虑,只是……"

"司徒请起。"刘协赶紧说。渠穆也赶紧上前扶起杨彪,见皇帝向自己示意,便又问道:"刘虞可知此事? 他又是什么态度?"

"并不清楚。"杨彪说。

"是司徒不清楚,还是……"

"听董承的意思,似乎就连袁绍他们都不清楚。"

"刘和呢? 他怎么想,司徒清楚吗?"渠穆马上想到,天子此刻正住在那人之子刘和的京兆尹府中,便又问。

"也不清楚。"杨彪答,"臣失职,请陛下治罪!"

说完,他又要跪下。

刘协赶紧亲自扶住,苦笑说:"这事与司徒有什么相干。"

杨彪定了定神,说道:"幽州天荒地老,动乱频繁,道路又常常被鲜卑、乌桓或匈奴阻隔,没有消息也算正常。但是,袁绍和韩馥要与长安联系，就没有那么麻烦。只不过因为董卓在洛阳，必须绕道鲁阳而已。所以，如果当真私谋另立，无论是否得到刘虞的答复，他们都会联系刘和。刘和若是知情不报……"杨彪停了一下，然后说，"事关朝廷大员，臣不敢妄测。但从今天起，请常侍不要离开陛下一步。"

"那么，此事相国可知？"渠穆再问。

"臣也问过董承，董承说他并不清楚，只能肯定相国在自己面前从未提起。不过，相国已上表朝廷，奏请陛下拜刘虞为太傅。"

杨彪一面回答，一面从怀里掏出帛书，交给渠穆。

刘协和渠穆互相看了一眼。

"这也是董承带来的？"渠穆问。

"不，驿站邮传，刚刚收到。"杨彪说。

"这么巧？"

"是巧。"

"那么，相国派董承来，有何使命？"

"据董承说，并无密示，只是让他来长安看看。"杨彪答，"又说司空荀爽病情加重，太尉黄琬素无作为，怕臣独木难支。"

刘协和渠穆又互相看了一眼。

"依杨公之见，董卓是什么意思？"渠穆问。

"陛下初即位时，为了自己担任太尉，董卓曾经奏请将遥领太尉的刘虞拜为大司马。现在再拜为太傅，倒也无可挑剔，只是时间未免过于凑巧。"杨彪说，"臣以为，扬汤止沸，不如釜底抽薪。不管董卓用心何在，都请陛下准其所奏，拜幽州牧刘虞为太傅，同时令他即刻进京。只要刘虞到了长安，一切阴谋或谣言便不攻自破。"

"如果他不来呢？"渠穆又问。

"那就是抗旨，也就是谋逆。"杨彪说。

"董卓的表文，说了要让刘虞进京吗？"渠穆再问。

"没有。"杨彪答，"不过，董卓不应该赞成另立啊！"

"当然。只是照理说，他会更希望刘虞那太傅也是遥领。"

"确如常侍所言。但，如此不约而同，必定事出有因，那人也不可再留幽州。当断不断，反受其乱，请陛下圣裁！"

"准奏！再颁诏，拜相国董卓为太师，位在诸侯王之上。"

"陛下圣明！"杨彪由衷赞叹，又问，"刘和呢？"

"请司徒将他看管起来。"渠穆说。

"常侍，有兵吗？"刘协苦笑。

"况且将来他们父子也还要见面。"杨彪说。

"袁绍现在何处？"刘协又问。

"河内郡治怀县。"杨彪说。

"距离荥阳只有一步之遥。"刘协又说，"颁旨！加京兆尹刘和侍中衔，城门校尉董承虎牙将军衔，持节赴洛阳册命董卓，再前往荥阳册封吕布为都亭侯。请司徒密嘱董承，到了荥阳以后设法将刘和送到河内。再传朕的口谕，令刘和到达河内之后，督促袁绍勤王。"

"陛下！"杨彪大惊失色，"若让董卓知道，后果不堪设想。"

"只要刘和是忠臣，就不会让他知道。"刘协说。

"战事一开，阵前相遇，又怎么瞒得住？"杨彪说。

"那个时候，谁都要证明自己并非逆贼，袁与董概莫能外。"刘协笑了，"之前袁绍按兵不动，还可以说是投鼠忌器。现在不是了。朕在长安，董卓在洛阳，他又有什么要瞻前顾后的？所以，袁绍是否起了不臣之心，另有图谋，只要看他如何动作，即刻可知。"

"可是，万一刘虞抗命不来，刘和又一去不返，岂不……"

"天威自于天命。若天命不在朕，逊位就是。"刘协说。

这样啊？皇帝才十岁，便能如此，难道多难当真可以兴邦？

杨彪和渠穆心中五味杂陈，不约而同跪倒在地。

刘协却淡淡地说："传旨将作大匠，修缮之事从简。"

2

曹操的到来让袁绍非常高兴，便在河内太守府设宴接风，还请了荀彧来作陪。几上水陆杂陈，曹操却吃了两口就放下筷子。袁绍不禁有些扫兴，便说："怎么不吃了？我家厨子手艺不错的。"

"的确。"曹操点了点头，却还是不动筷子，"但，本初兴师动众把小弟喊来，不是要切磋厨艺吧？我可是连豆腐都做不了。"

听了这话，袁绍不知怎么说才好。

作陪的荀彧却很理解曹操的心情。汴水之战后，好不容易才死里逃生的曹洪和夏侯惇，将卫兹就近安葬在酂城亭；曹仁和夏侯渊则将王匡的遗体礼送到他在泰山郡的故里，还从河内郡带回袁绍"孟德可来我处"的帛书。没想到曹操只是看了一眼，就扔进了灶火中。

没错，那时曹操正在磨房做豆腐。

豆腐是淮南王刘安的发明。可惜此人谋反事败，畏罪自杀，方法失传，只留下"磨豆为乳脂，名曰豆腐"的记载。三百多年来，既没有人见过，也没有人吃过，这位奋武将军曹孟德倒会做？

所以许攸见了，便不禁哑然失笑。

然而曹操宁可箕踞于灶前，做那可能永远都做不成的豆腐，也不接受韩馥的建议，到冀州魏郡的内黄去当县长。反正张邈很够意思地留下了营寨和粮草，许攸也只好喝了杯热豆浆便回邺城复命。

不过，当荀彧带着两队轻骑兵和许多车辆来接他，曹操却不能不动心。先有帛书，后有许攸，再来荀彧，堪称三顾。看来袁绍是真心对待自己，何况许攸透露的消息也让人警惕。拿定主意后，曹操只身一人跟着荀彧到了河内的郡治怀县，打算认真谈谈何去何从。

袁绍却只想着要曹操吃东西。他指着几上，先说五侯鲞工艺复杂不吃可惜，又说马奶酒过去只有天子恩赐才喝得到。见曹操稀里哗啦喝完，只好耐心地说："葡萄酒是西域所产，好不容易才……"

话音刚落，曹操已经一饮而尽。

"哎呀！这个是要慢慢品的。"袁绍终于叫了起来，没想到曹操竟红了脸，低下头。袁绍明白他不是撒气，便低声说："事缓则圆，何况大事。董卓该除，但不可猝除。孟德不是小试锋芒了吗？难道再派人行刺不成？"见曹操的脸色变得非常难看，袁绍赶紧又说，"孟德千万不要在意，我没有讥讽之心，只是说凡事都要谋定而动。也罢，你我兄弟不要争了，听听文若先生怎么说，行吗？"

"愿听教诲。"见荀彧要推让，曹操赶紧说。

"那么恕我直言，以不兴兵为好。战事一开，生灵涂炭。"见袁绍面有得色，荀彧又说，"但是天下不能分崩，另立也不可取。"

"如此说来，莫非还有第三种办法？"曹操笑了。

荀彧却并不急于回答，而是问曹操："汴水之役，将军失利。高顺虽然受伤，吕布却余勇可贾。那么，他乘胜追击了吗？"

"没有。"曹操答。

"进攻酸枣了吗？"

"没有。"

"撤兵了吗？"

"也没有。"

荀彧又问袁绍："明公的兵力与吕布比，如何？"

袁绍想了一下，如实回答："不如。"

"明公所在之怀县，距离荥阳几何？"

"一河之隔，咫尺之遥。"

"那么，吕布为什么不进攻？"

"先生！曹操虽然全军覆没，吕布也元气大伤啊！"曹操说。

"如果董卓调并州军张辽部，再加凉州军董承部呢？"见袁绍和曹操都不说话，荀彧问袁绍，"请问明公，是对手吗？"

"不是。"袁绍摇了摇头。

"那么，董卓为什么不？"见袁绍和曹操都看着自己，荀彧点了点头回答，"只有一个原因，他并不想打。"

"是这样吗？"曹操问。

"不是吗？"荀彧说。

曹操皱了皱眉，决定沉默。

袁绍张了张嘴，也决定不说。

"不想打，就能讲和。"荀彧说，"也就能拯救天下苍生。"

"条件呢？"曹操问。

"迎回天子，还都洛阳，重建纲常。"荀彧答。

还有这种办法？未尝没有道理。曹操不禁心中一动，便看着荀彧说道："还于旧都，天子和百官想必乐观其成，只是洛阳已毁。"

"毕圭苑安然无恙，可以请董卓让出。"

"相国之位呢？独揽之权呢？"曹操又问。

"既然讲和，总要让步。依荀彧之见，权须夺，位可留。"

"设虚位予董卓，赋实权予本初？"曹操再问。

"是。共治天下。"

"文若啊！"袁绍有些感动，却认为不可思议，便苦笑说，"你这是与虎谋皮。董卓会让权？只怕连毕圭苑都不让。"

"不让，就无和可讲。"

"岂止，只怕有去无回。如此使命，谁能承担？"

"如果明公信得过，荀彧愿往。"

袁绍完全没有想到，半天说不出话，曹操却拱了拱手说道："先生忠于汉室，不避风险，曹操佩服！但是先生有没有想过，董卓可是杀了袁家满门的。血海深仇，如何同朝为官？"

"也只好请渤海舍小家，为国家。"荀彧一声长叹。

"先生舍生忘死，袁绍自然也可以舍家为国。"见荀彧如此，袁绍红了眼圈，"但是与董卓讲和，绝非我意，故此事可一不可再。如果赴洛阳讲和不成，就只能另立天子，文若可同意？"

"本初何必！"曹操立即意识到这条件不能讲，赶紧拦住，又看着荀彧问道，"谋不得虎皮，必死无疑。先生可想清楚了？"

"苟利社稷，死生以之。这古训，荀彧记得。"

曹操肃然起敬，拍案而起说："文若先生倘有不测，曹操愿意效法古侠，更名改姓，整容变形，带三五心腹，潜入洛阳取董卓人头祭于先烈灵前。何况盼那恶贼速死的，还不止曹操一人。"

3

刚刚推门进去，脖子上就架了把刀，这可不是郗虑想要的。随同荀彧去河内前，曹操安排满宠将卞夫人和曹丕送到陈留，夏侯惇等人去募兵，原则是有多少算多少，适可而止，见好就收。去洛阳的秘密任务则派给了郗虑，这当然是怕满宠被认出来。不过，满宠还是交代了一个可以接头的人。此人姓徐名奕字季才，本是陈留郡邸负责情报的吏员。洛阳大火那天他与满宠失散，但既然没有来酸枣，或许仍在城中，只是无法联络。能不能遇见，全凭运气。

郗虑问满宠，徐奕是个什么样的人。

满宠回答了两个字：知音。

于是，郗虑卖艺人打扮，在洛阳金市中吹起了笛子。这里是董卓为了自己军队做买卖方便，保留下来没有烧毁的地方，因此来来往往的多半是西域胡商，以及凉州和并州的军人，郗虑甚至应凉州军官的要求用芦管吹起凉州乐曲。薄暮时分，市门将闭，郗虑收拾东西准备离开时，一条汉子走了过来，在地上放了只空碗，便飘然而去。郗虑拿起碗看了看，又翻过来，碗底有一个"曹"字。

徐奕？

郗虑想起曹操的话：有空能去看看我那老管家最好，也不知道他老人家现在如何，家恐怕也早就毁了。然而实际情况，却是宅院保存完好，并没有被拆除烧毁。郗虑自己，倒被吊在了梁上。

对面榻上躺着老管家，金市见过的那条汉子在给他喂水。

"你还是从实招来为好，免得皮肉受苦！"

郗虑对面，一个凉州军官用刀抵在他的胸口。

"刚才已经说过，我是曹操部下郗虑。"

"到洛阳来干什么？"

"将军对老管家放心不下，差遣郗虑前来探望。"

"没有别的事？"

"没有。"

"为什么在金市卖艺？"

"不卖艺,哪有钱用?"

"来的时候,曹操没给你钱?"

"被人抢了。"郗虑说,"对!就是你们凉州毛贼。"

"哼哼!你笛子上挂的玉坠,好像价值不菲。"

"要杀便杀,问那么多干什么?"

"我正在考虑,从哪儿下手。"军官撇了撇嘴,举起刀来,郗虑也闭上眼睛。没想到,那军官手起刀落,绳子被砍断。郗虑落地,又被命令转过身去,却惊讶地看见无盐笑眯眯地站在他面前。

"足下,这玩笑开大了吧?"郗虑气哼哼地说。

"玩笑?"无盐眯起眼睛,"先生不觉得自己很可疑吗?洛阳城里惨不忍睹,杨宅荒废,袁府被毁,唯独曹家安然无恙,为什么?还不是想钓鱼,先生却毫无顾忌地闯了进来。这就奇了怪了。心细如发郗鸿豫,无案不破满伯宁,江湖上谁人不知?莫非……"

"不入虎穴,焉得虎子。再说,足下又为什么在这里?"

"最危险的,就是最安全的。不过,这是对我而言。"无盐又转过身子对凉州军官道谢,"弟兄们辛苦了!"

"宗主客气!我们仍去周边设伏。"那军官道。

说完,凉州军人全部退出。

"他们是假的?"郗虑目瞪口呆。

"怎么会?货真价实,董承部下。"无盐笑笑。

"董承是足下的人?"郗虑更加吃惊。

"更不会,只是都反对另立而已。"无盐笑得更加好看,"说起来也是碰巧,派来监视曹宅的是他。"

"灯下黑。"郗虑说,"所以就把这里变成了安身之所?"

"两全其美,不可以吗?"

果然不只是贩私盐的，郗虑想。

老管家身边那条汉子却站了起来。

"足下是季才？"郗虑问。

"鸿豫，多有得罪！"徐奕拱手，"你我从未谋面，焉知真假。"

"哪里！此处危险，确实不可不防。"郗虑还礼，"只是，季才兄又何以知道，我是奋武将军派来的人？"

"你笛子上挂的玉坠，是我送给伯宁的。"

"老伯可好？"郗虑又问候老管家。

"多谢惦记！这位后生远道而来，怕是有事吧？"

"是，"郗虑点头，"还非常棘手。"

4

背对门口坐着的那人揭下傩戏面具后，李儒着实吓了一跳。无论如何，他也想不到约自己到这家酒肆密谈的，竟会是在曹操手下效力的同门师弟郗虑。不过，这反倒让他更感兴趣，于是走到郗虑的对面坐下，左右看看，低声问道："就你一个人？"

"怎么，还要再请几个朋友吗？"郗虑为李儒舀了杯酒。

李儒又左右看看，发现连酒保都没有，便道："你胆子不小。"

"仁兄应该知道的。"郗虑似乎在笑。

"不怕我告发？"

"怎么会？"

"那你为什么不直接去找我？"

"去毕圭苑？那就不好说了。"

301

"如此说来，这个东西是你派人送来的？"

李儒从怀里掏出一个锦盒，放在几上。

"那位兄弟原本也是官府中人。送个锦盒，真是委屈他了。"郗虑拿起锦盒打开，取出一枚响箭的箭头，"没有兴趣吗？"

"你想送我富贵？"李儒问。

"哪有那么好心，做笔生意而已。"

"你想知道什么？"

郗虑低声问了一个问题，李儒立即连连摇头，矢口否认："你简直胡说八道，这种事怎么可能！他明明是你们……"

"算了吧仁兄！你那大惊失色，我可是看得清清楚楚。"

李儒这才发现座位是精心安排的——郗虑背着光，自己倒被堵在了里面。他正气得咬牙切齿，郗虑却要他回头看看。李儒回头，只见无盐、范铁和一个凉州军模样的人，已经悄无声息地站在背后。

"你就是……"李儒指着无盐。

"民女无盐。在中东门我答应过董卓，想知道的事情以后定然会告诉他。不过，跟你说也一样。送那位美女到他家的，是我。"

"就知道是你。"李儒道。

说完，他自己也忍不住笑了。

"这位，送去了那樽会爆炸的酒。"无盐一本正经介绍范铁。李儒哼了一声，无盐又指着凉州军模样的人说："弄坏车子的是他。"

李儒又哼了一声。

"至于偷换了李傕密报的嘛……"

"是谁？"

"是你。"

"怎么是我！"

李儒差点就暴跳如雷。

"我要跟董卓说是你，那就是你，你不是管文书的吗？"见李儒气得浑身哆嗦，无盐又道，"说出董卓那藏娇金屋的，也是你。"

"胡说！"李儒道，"这地方只有吕布知道。"

"是啊，正是如此。"无盐笑眯眯地说，"所以呢，董卓一定很想知道，你是怎么从吕布那里探听到这个秘密的。吕布呢，也当然不肯承认他告诉过谁，先生不觉得很麻烦吗？要是连夫人也知道了，恐怕就更麻烦。她至少会问，为什么你这家伙知情不报。"

李儒顿时觉得不寒而栗。

郗虑却慢条斯理道："所以呢，兄，酒还是自己喝为好！"

5

荀彧收拾停当准备出发，袁绍却收到董卓来信，说他近期会派人来共商国是。这当然证明荀彧的判断正确，但对方如此主动还是出乎意料。更让袁绍感到奇怪的是，曹操建议他去邺城见董卓的人。

"他们是来跟我谈的，为什么要去邺城？"袁绍不解，"再说邺城至洛阳七百里，怀县才一百二十，何必舍近求远？"

"因为继续留在河内，会有危险。"

说这话时，距离董卓来函已经不少时间，郗虑也已经从洛阳回到河内。袁绍、曹操和荀彧聚在王匡的河内太守府大厅共同商议，厅里面有巨大的平铺地图。见袁绍疑惑地看着自己，曹操一面感叹王府君真是有心人，一面从随身携带的篮子里拿出写着名字的人偶。

他还会做这个？荀彧有些诧异。

曹操却不解释，只管将人偶摆在相应的位置——

后将军袁术，荆州鲁阳。

冀州牧韩馥，冀州邺城。

豫州刺史孔伷，豫州颍川。

兖州刺史刘岱，兖州鄄城。

陈留太守张邈，兖州陈留。

山阳太守袁遗，兖州昌邑。

东郡太守桥瑁，兖州濮阳。

济北相鲍信，兖州卢县。

渤海太守袁绍和河内太守王匡，司隶校尉部怀县。

天子和董卓，洛阳。

"我联盟中，兖州来的最多，占了一半。其余也相距不远，甚至连成一片，此所以能够成盟者也。"见袁绍点头，曹操继续说，"堪称前线的则是河内，与洛阳和长安同在司隶校尉部。王河内邀请本初到这里，不但有共谋讨董之意，也因为本初曾经是司隶校尉吧？"

"确实。"袁绍又点点头。

"当是时也，诸君齐聚酸枣，公推本初为盟主。敌我双方，至少旗鼓相当，可以抗衡。否则，董卓为什么要迁都，又为什么要把洛阳变成焦土？"说到这里，曹操开始移动起人偶，"可是今非昔比。天子西迁，酸枣食尽，各路人马都回原处，吕布却驻兵荥阳，"曹操又拿起一个人偶放在地图上，"河内成了虎口之食。没有被吃掉，是因为董卓要讲和。但是，招呼早已打过，来讲和的却为什么迟迟不见？"

"或许是还没有找到合适的人选。"袁绍说。

"更可能是拖延时间。"曹操说，"先让我们放松警惕，同时调兵遣将，安排部署。不能打仗，就不能言和，也无价可讲。所以，使节到来之时，必定是大兵压境之日。到时候，怀县危如累卵，盟军救援不及，请问那城下之盟，本初是订，还是不订？订则声名尽失，不订则死不旋踵，还有进退回旋的余地吗？"

"那怎么跟董卓说？"袁绍暗暗吃惊，却依然不动声色。

"退避三舍，以示诚意。"曹操说。

"孟德的意思，是将河内拱手相让？"

"和谈期间，董卓也要表示诚意的。"

"之后呢？"

"那就要看谈的结果了，很可能再也回不来。"

袁绍点了点头，一声长叹："进退失据！"

曹操马上就明白了，自己的猜测和郗虑的情报都没有错。但他很清楚，现在还不能说穿，也必须给袁绍留足面子，便问："什么叫进退失据？莫非连邺城也去不得？"见对方沉默不语，曹操又说，"请本初直言相告，你们那个另立天子的事，是韩冀州在张罗吗？"

"是。"袁绍极不情愿地承认。

"进展如何，他怎么说？"

"每次来书，都说少安毋躁。"

曹操拿起袁绍的人偶放到邺城。"那就更要去！不去，又如何探得虚实？如果韩馥真有不臣之心，那就立即拿下，夺他冀州！"

袁绍瞪着眼睛看曹操，不知该如何应答。他很理解曹操对韩馥的厌恶和提防，却没想到会说出"夺他冀州"的话来。但，当袁绍再次低头看地图时，他突然明白这步棋非走不可，而且看样子荀彧也并不反对，便为难地说："不过，河内总还得有人。"

"当然，这是和谈的筹码。本初信得过，小弟愿意留下。"

"不，不，不！孟德怎么能不去邺城？"

"明公，"荀彧看着袁绍，"荀彧愿意留守。"

"那怎么行！"曹操说，"文若先生抵挡得了吕布？"

"当然抵挡不了，"荀彧笑了，"所以反倒安全。"

这才真叫作有勇有谋，曹操心中更加敬重。于是，当天晚上他便来到荀彧的住处请教棋艺。见荀彧拿出十七道棋盘和棋子，曹操笑了笑说："孟子云，奕之为数，小数也。那么，能不能小题大做？"

"如何做？"荀彧笑着问。

"先生按照曹操的想法下子，曹操按照先生的想法出棋。"

荀彧笑笑，说声"从命"便拿起一粒黑子，放在了棋盘正中。

"向死求生？先生何以认为这是曹操的想法？"

"去邺城，不就是吗？"

曹操笑笑，拿起一粒白子，放在了棋盘的一角。

"置于死地？将军何以认为这是荀彧的想法？"

"守河内，不就是吗？"

两人拊掌大笑，窗外的夏虫叫得更欢。

6

涿郡太守臧洪骑马回到他驻幽州的郡邸，却看见自己的拴马桩上拴着马，旁边站了个少年。臧洪当然并不知道那少年是杨修，便皱了皱眉问道："你的马，为什么要拴在我的桩上？"

"因为我要见府君。"杨修答。

"见我干什么？"臧洪又问。

"听说府君酒量过人，想比试比试。"

"你这小儿，口气不小。喝不过我呢？"

"任打任罚。"

"喝得过我呢？"

"请府君带我去见刘幽州。哦，哦，现在是太傅了吧？"

"见刘幽州？你这小儿，从哪里来？"

"长安。"

"贵姓？"

"杨。"

"羊质虎皮的羊？"

"杨柳依依的杨。"

"似乎来头不小。"

"那是。"

"既然如此，你见刘幽州，为什么要我带着去？"

"因为府君是酸枣会盟的操盘者。"

"这个你也知道？"臧洪勃然变色，"说吧，到底因何而来？"

"没想到我的马，还真能跑这么远。"杨修答非所问。

7

韩馥坐在袁绍旁边，看着对面的刘和与董承，心里既得意又有些紧张。袁绍竟会要求在邺城和谈，董卓也竟会欣然同意，派来的使者居然是刘和与董承，他俩又竟然既受天子委任，又受董卓派遣，兼有天使和特使的双重身份，实在是太让韩馥喜出望外、兴奋不已了。

只是，曹操讨厌。

那个家伙会跟着袁绍来邺城，本在韩馥的意料之中。可惜这无法阻拦，只好将他和那个同样讨厌的郗虑安排在独门独户的小院，暗中监视起来。但没料到，曹操对袁绍的影响之大超乎想象。昨天，韩馥专门为袁绍准备了漂亮衣服，好不容易才说服他郊迎特使。可是到了长亭，听说曹操不想迎接董卓的人，袁绍竟扭头就走，兖州刺史刘岱也跟着退场，只剩下东郡太守桥瑁和自己，韩馥不禁怒火中烧。

好在和谈如期举行。冀州牧衙署大堂，董卓的特使和联盟的代表已经分宾主坐下，西席刘和与董承，东座袁绍与韩馥。南边面对巨大屏风则有三个席位，刘岱居中，桥瑁居右，左边空缺。

袁绍扫了会场一眼，问："奋武将军呢？"

"我倒是虚位以待。"韩馥回答，"可，他不是不感兴趣吗？"

"谁说的？"

众人循声望去，只见曹操从门外不慌不忙走了进来。他走到刘岱旁边站定，却不落座，而是先向董承点了点头。前后两任城门校尉在这里见面，都有些感慨，也都不便多说，只能相互注目。见董承点头还礼，曹操又向刘和拱手问道："阁下侍中？"

"不敢当，鄙人刘和。"刘和拱手还礼。

"侍中从长安来，天子可好？"曹操又问。

"天子安，多承奋武将军记挂！"刘和赶紧站起来回答。

看着刘和重新坐下，韩馥对曹操更加憎恶。谁都知道，刚才曹操问候的是哪个人，刘和的动作也完全符合礼仪。但这样一来，无形中就给会谈定了调调——当今天子具有毋庸置疑的合法性。不过韩馥倒也不紧张，因为袁绍并不认这个皇帝。昨晚密谈时，他还说出"董卓所立非先帝之子"的话来。哈哈，那就且看他俩如何内讧。

"奋武将军可以入座了吧？"韩馥笑呵呵地说。

"是啊，"袁绍也点头，"孟德，坐下说。"

"谢过盟主和东道。"曹操向袁绍和韩馥拱拱手，然后看着斜对面的刘和与董承，问，"不过我想先知道，二位此行何意？"

"怎么，将军并不清楚？"刘和问。

"不甚了然，请予明示！"

"招降纳叛。"见刘和看看自己，董承直截了当地回答。

"这倒有意思，不妨听听。"曹操从容坐下，又罕见地整理了自己的衣冠，然后不紧不慢地问道，"那么谁是降？谁是叛？"

"将军说呢？"董承微笑，"总归有人心知肚明"。

"这我不知。怎么，又怀疑曹操是奸细？"

"我看像，"桥瑁撇嘴，"否则为什么进来就胡搅蛮缠？"

"不，孟德问得好，当然应该问！"袁绍一声断喝，"谈什么都不清楚，又怎么谈？"见桥瑁吓了回去，低头不语，袁绍这才看着刘和说道，"敢问侍中，刚才虎牙将军所言属实？"

"正是董太师之意。"刘和不动声色地回答。

"招降纳叛？"袁绍继续追问。

"是。愿降者赦，愿叛者赏。"刘和依然语气平静。

"只要交出兵权，归隐的赐田，留任的加衔。"董承又补充道。

"岂有此理！董卓来函，不是说共商国是吗？"袁绍闻言，不禁勃然变色。韩馥也完全不曾料到会有此说，脸色立即变得惨白，慌慌张张地说："对，对，对！清清楚楚，共商国是。"

"没错，共商国是。"董承不慌不忙，从容应对，"不过，现在是董太师当国。所以呢，如何消灭跟他作对的那些势力，就是眼下最大的国是。当然，投降太师，背叛联盟，我们都笑纳。"

"如果不同意呢？"袁绍哼了一声。

"并州军张辽部正开赴荥阳。"董承柔声答道。

果不其然。袁绍看了曹操一眼。见曹操点了点头，便侧过脸看着韩馥。韩馥大出意外，猝不及防，立马乱了阵脚，急不择言道："你们说的不对。不对，不是这样的。怎么会这样？"

"那么请问，又是哪样呢？"董承说。

"这个……"韩馥张口结舌。

"我来替他回答吧！"曹操笑道，见众人都看自己，又说，"他们双方私下里的约定，应该是二帝并立，分治天下。"

此言一出，大堂里鸦雀无声。

"且慢！"刘岱突然插话，"什么意思？"

"简单得很，就是当今天子定都长安，是为西帝。另立新君建都邺城，是为东帝。彼此休兵，各行其是。"曹操语气平静地说，"至于以什么地方为界，恐怕才是今天要跟特使敲定的。"

"简直疯了，"刘岱说，"天底下哪能有这种事？"

"当年齐湣王与秦昭襄王，就曾并称东西两帝。"曹操说。

刘岱闻言，脸色突变，怒道："那是在战国，现在还是吗？再说那齐湣王，不是马上就后悔了吗？效法齐秦互帝？简直异想天开。什么分治，明明是分裂！"他看着韩馥，"使君，这就是你的计谋？"

韩馥大惊失色，用怀疑的眼光看着袁绍。

袁绍也很奇怪，问："孟德，你听谁说的？"

曹操马上明白，这事韩馥跟袁绍打过招呼，不过应该是到了邺城之后，说不定就是在昨晚。而且可以肯定，袁绍并不赞成，但也没有翻脸。于是，他微微一笑道："听谁说的并不重要，曹操只想知道是也不是。虎牙将军，"曹操看着董承，"分治天下，是太师的提案？"

"怎么会？"董承撇了撇嘴。

"那么，你们私下里许诺了他？"曹操又问。

"天无二日，人无二君，哪能有这种事？"

见董承嗤之以鼻，众人的眼光齐刷刷地射向韩馥。韩馥不料自己被卖得干干净净，又见袁绍脸上冷若冰霜，便横下一条心来，咬了咬牙说："没错，我是跟董卓，"说到这里，韩馥停顿了片刻，然后接着说道，"对，是这样说过。但、但、但那是用计嘛！"

昨天晚上，你可没告诉我跟董卓说过。

袁绍哼了一声，转过脸去。

"明修栈道，暗度陈仓？"董承眯着眼睛问。

"对！先缓董卓之兵，再择日另立新君。"韩馥也豁出去了。哼哼哼哼！你们不仁，就休怪我不义。何况这是我的地盘，谅你董承也不能如何。事实上，他已经欣慰地看到袁绍的脸色缓了过来。

"果然好计。"董承轻轻点头，又问其他人，"你们都不知道？"

"鄙人从未听说。"刘岱脸色铁青。

"那么，府君呢？"董承又看桥瑁。

桥瑁不置可否，就像没听见。

"奋武将军清楚？"董承又问曹操。

"有所耳闻，但非得知于冀州。"

"事关机密，岂能人人皆知。"韩馥赶紧说。

"你们要立的新君，是当朝太傅刘幽州吧？"董承看着韩馥。

"正是。"韩馥坦然承认。

"那么太傅同意了吗？"

韩馥无言以对，只好沉默。

"尊公到底意下如何？"董承又问刘和。

"不知。"刘和面无表情。

"阁下自己呢?"董承再问。

"如故。"刘和面不改色。

韩馥高兴得差点跳起来——昨天晚上他夜访刘和,刘和就是这么表态的,现在又说给董承和众人听。机不可失,时不再来,韩馥赶紧说道:"好好好!择日不如撞日,今天就立侍中为天子,遥尊刘幽州为太上皇,再杀了董承这贼祭旗衅鼓。本初,诸位,如何?"

"原来如此!"其他人还没开口,董承先笑了。

"不可以吗?"韩馥的脸色立即变得狰狞。

"使君啊,拜托你说话之前先过过脑子。"董承十分淡定,"我是太师派出的特使,也是天子派出的天使。杀我,就是大逆不道,公然谋反。一旦大兵压境,十日之内邺城必破,韩馥你尽管动手!"

"待我立了新君,你们那个就是伪朝廷。"

"就凭你?"董承哈哈大笑,"问过董太师了吗?"

"用不着!"韩馥想起自己被出卖就浑身冒气,傲然答道,"我们的事,为什么要问那祸乱天下、言而无信的老贼?"

"问过侍中了吗?"董承又笑了笑。

"当初立陈留王为天子,问过陈留王了吗?"

听韩馥这么说,董承差点笑出声来。坐在你对面的刘侍中,难道跟那时的陈留王一样,也只有九岁?但他并不看刘和,而是看着袁绍笑笑,又环顾四周问道:"那么,问过其他人了吗?"

韩馥醒悟过来,紧张地看着袁绍。

袁绍平静地说:"文节,这当真是你的初衷和计划?"

"是啊!怎、怎么,不是吗?"韩馥心里发虚。

"正是如此,我可以证明。"

桥瑁大声叫道,好像他一直想说出这句话。

"莫非府君早就听韩馥说过？"

董承又笑眯眯地看着桥瑁。

桥瑁自知失言，一时不知该如何回答。

曹操冷眼旁观，不禁对董承刮目相看。他没想到，凉州军里还有这等头脑清楚的人物。那老贼派他监视自己的旧宅，又派他作为副使来邺城谈判，岂非天助我也？当然要推波助澜，便呵呵一笑说："看来知情的不少。今天在座的，好像只有两个人蒙在鼓里。"

袁绍和刘岱的脸色马上变得十分难看，桥瑁却坐不住了。他并不明白事情为什么会变成这样，曹操跟董承又为何会配合默契，只觉得不能再坐视不管，便不顾中间隔着刘岱，侧过身子用手指着曹操狠狠地说："就知道你会兴风作浪，因为你根本就不赞成另立。"

曹操却打了个喷嚏，然后说："谁说的？现在我赞成了。"

"且慢！"韩馥看着曹操，"你也赞成另立？"

"怎么，"曹操缓缓起身，站起来笑眯眯地说，"不行吗？"

"行，当然行。"韩馥将信将疑，"不过……"

"对，不过，"曹操脸色一变，"得换个人。"

8

袁绍端坐不动，静若处子，心里却倒海翻江。事情看来已经十分清楚——董卓骗了韩馥，韩馥骗了自己。但那曹孟德，为什么却讲起另立来，他的葫芦里又卖的什么药？不过，袁绍决定静观其变，且看韩馥如何。韩馥也果然问道："换人？你要换谁？为什么要换？"

"当今天子并无过错，你们又为什么要换？"曹操反问。

"来历不明，非先帝之子。"韩馥撇嘴。

"这话是谁说的？"曹操厉声问道。

当然是袁本初！韩馥差点就脱口而出。昨天晚上，我韩馥就向他问过这问题，当时袁绍霸气十足地回答：我说的，不行吗？他还大义凛然地说：只要建都邺城，另立天子，就不必理会那伪朝廷，讨董也名正言顺，理直气壮。董承可谈的，只有怎么投降。想到这里，韩馥看了看袁绍。袁绍却无动于衷，根本没有认账的意思。韩馥当然不敢将这些和盘托出，只好硬着头皮说："徒有虚名，总归是实。"

"这么说，你们要立个真命天子？"曹操问。

"那是当然。"见曹操竟不纠缠，韩馥松了口气。

"能够亲理国事，君临天下？"曹操又问。

"一点不错。"韩馥回答。

"你们的另立，也并非要另谋私利？"

"怎么会？"

"非得今天不可？"

"箭在弦上，刻不容缓。"

"那好！刘幽州人都不见，请问如何亲政？"

"所以要改立侍中。"

"父尚在而立其子，合于孝道吗？"

"刘幽州态度不明，也只好这样。"

"倘若如此，又置刘幽州于何地？"

"刚才说过，尊为太上皇。"

"好主意！"曹操一声冷笑，"不过我要告诉你，刘幽州只是态度不明，可从来没有表示过反对。你今天立了他儿子，他要是明天就来了呢？他要是不肯当那个什么太上皇呢？是让新君逊位，还是让父子

314

俩打起来？逊位，你是笑柄。相争，你是罪人。就算不来，他在幽州自己称帝，还怕没人拥戴，还怕没有说法？他的手上，不是有你们的劝进表吗？你韩文节不要脸面，袁本初还要哪！"

袁绍立即觉得问题严重，斜着眼睛看韩馥。

韩馥大出意外，结结巴巴半天说不出话来。

"如果真心为了汉室而另立，又何必舍近求远？此刻这里，就有真正能够平治天下，还马上就能即位的最佳人选。"

说完，曹操笑眯眯地看着刘岱。

"啊？你是说……"韩馥这才反应过来。

"高皇帝之后，同样是州之长官，不行吗？"曹操说。

"那也得问问人家愿不愿意吧？"韩馥说。

"刚才使君不是说，立陈留王，可以不问陈留王吗？"

韩馥哑口无言，大堂里顿时安静下来，安静得刘和可以听见自己的心跳。过了片刻，董承打破沉默，幸灾乐祸地拍着手笑道："说的也是啊！刘兖州，刘幽州，没什么区别嘛！好好好！我大汉现在有三个天子了。"他笑眯眯地看着刘岱，"使君意下如何啊？"

刘岱缓缓站起，一声长叹："刘岱有罪！"

"使君何罪之有？"曹操问。

"当初在酸枣议论另立，刘岱也举了酒杯，没想到一念之差竟会惹出如此之多的事端，可谓害人害己。"刘岱的语气十分沉重，"现在我想明白了，也看清楚了，天下不可分崩，天子不可动摇，另立不可再议。诸君如果相逼，刘岱只好自裁于列祖列宗灵前。"

"曹操果然没有错看使君。"曹操向刘岱躬身长揖。

"我也没有错看，曹操果然是贼。"桥瑁也站起身来。

"呵呵，"曹操笑了，"凭什么说我是贼？"

315

"你那个换人之说，分明是诈术。"桥瑁道。

"兵以诈立。不用诈术，如何抓得到贼？"

"抓贼？你想说谁？"

"片刻便知。"曹操扫了桥瑁一眼，再看韩馥，"昨晚曹操请使君的手下人送去食盒一只，不知是否收到？"

"收到了。"韩馥有些莫名其妙，"空的嘛！"

"府君呢？"曹操又问桥瑁。

"也收到了。"桥瑁说，"不过，送空食盒给东道主，可能是嫌他招待不周。送给我，就不知道是什么意思了。"

"打招呼，打招呼而已。"曹操点了点头，然后看着桥瑁，"明人不做暗事。要想人不知，除非己莫为。招呼既已打过，府君是不是该当众讲讲，如何与某人私下合谋，夺取兖州刺史之职？"

"信口开河！我为什么要夺兖州？"桥瑁瞪着眼睛。

"因为你我旁边的这位刺史绝不会与董卓勾结，是障碍；也因为既有冀州，又有兖州，才无论是私通老贼，还是自立山头，都有不容小觑的本钱。因此……"话没说完，桥瑁已拔出剑来，准备越过刘岱扑向曹操。刘岱却眼明手快，同时拔剑刺进了桥瑁的身体。

桥瑁倒在地上，鲜血涌出。曹操正要说什么，却发现刘岱貌似不经意地看了董承一眼。董承则对刘岱笑笑，然后皮里阳秋地说："若士必怒，流血五步，这可是古风啊！不过《战国策》说的，好像是伏尸二人，天下缟素。你们这个对不上。"说完，他瞟了刘和一眼。

刘和却不理他，而是看着韩馥和袁绍。韩馥看见这目光，也看着袁绍。袁绍知道自己不能没有表示，便脸色阴沉地看着刘岱说："一言不合就拔剑而起，请问公山，这难道该是宗室所为？"

"本初的意思，莫非要看着他杀人灭口？"刘岱说。

316

"对啊，这是见义勇为。"董承看着对面。

"不对，他这是胡作非为。"见袁绍如此轻描淡写，还叫着刘岱的表字，韩馥知道不能指望这人，便拍案而起，厉声喝道，"刘岱！你不要太过分了！我这里是冀州，不是兖州。是邺城，不是鄄城。"

"那又如何？"刘岱傲然问道。

"来人！"韩馥大喝一声，甲士们蜂拥而入。刘和看着刘岱，轻声问道："府君，私杀朝廷命官，知道是什么罪过吗？"

"另立天子又是何罪过？侍中是天使，想必知道。"董承说。

"问得好！"见董承反唇相讥，刘岱高声喝彩，然后一个箭步冲到韩馥跟前，用剑抵住他的喉咙，冷笑道，"韩馥你仔细听着，刘岱这把剑忠于当今天子。今天就是要杀一儆百，看谁胆敢再言另立！"

韩馥脸色惨白，袁绍目瞪口呆，刘和大惊失色。曹操看了看微笑旁观的董承，按剑踱到刘岱旁边劝道："使君，有话好说。"

刘岱后退一步，却仍然剑指韩馥。韩馥很清楚，若不让步，可就当真会伏尸二人，只好命令甲士把桥太守抬下去。甲士们走过来抬起桥瑁的尸体，刘岱也收剑入鞘退回原位。曹操点点头，说了声"如此甚好"便拍手叫道："子远呢？子远在哪里？可以上酒了。"

9

自从见过郗虑和无盐，李儒就一直忐忑不安。他甚至暗暗佩服起贾诩来。这只老狐狸，早就看出伴董如伴虎，溜之乎也。自己却还以为正好可以上位，真是利令智昏。好在郗虑和无盐很够意思，没有再来找麻烦。但，如果胆敢逃离这是非之地，只怕……

"文优，你为何神色紧张？"

毕圭苑行营大厅里，董卓看着李儒问。

"太师，"李儒定了定神答道，"孙坚军进大谷。"

孙坚是扬州吴郡富春人，据说是军事家孙武的后代，曾经在司空张温的手下当军事参谋，当时就主张杀了桀骜不驯的董卓。后来由于战功卓著，官拜长沙太守，爵封乌程侯。酸枣结盟后，孙坚率军北上讨董，先杀荆州刺史王睿，再杀南阳太守张咨，然后前往鲁阳与袁术相见，被袁术任命为代理破虏将军。此人扬言，不灭董卓三族，死不瞑目，不久前已经军进梁县，现在居然距离洛阳只有九十里。这真让董卓头疼，便皱了皱眉问："不是已经让华雄去对付了吗？"

"华雄被孙坚在阵前杀了。"李儒回答。

"黄口小儿竟敢如此猖獗，孤自去会他。"董卓哼了一声，又看着李儒问道，"刘和与董承，有消息吗？"

"没有。"李儒答，"不过，虎牙将军一向可靠。"

"是吗？"董卓看着李儒，"那么，刘和呢？"

那不是太师自己选的人吗？我哪知道？

但，李儒并不敢这么说，只好低头不语。

10

刘和大吃一惊。他看到，曹操拍手之后，应声从屏风后面闪出的许攸并没有上酒，而是带来了两个人。其中一个是杨修，另一个则被袁绍和韩馥认出，他们也都同时起身叫道："子源，你回来了？"

莫非是臧洪？他怎么会来？

扭头再看袁绍和韩馥，似乎也一头雾水。

臧洪却拱手道："盟主，钧命在身，恕不能行参拜之礼。"

袁绍立即察觉到臧洪礼貌背后的冷淡，看了韩馥一眼。韩馥也有相同的感觉，却不好说什么。臧洪则先向刘岱和曹操拱了拱手，然后恭敬地向刘和与董承行礼，唱名道："涿郡太守臧洪参见天使。"

"府君客气！"刘和与董承也都同时起身。

天使？这么说，臧洪早就来了，恐怕还在后面听了一会。要不然他与董承素不相识，怎么知道对方的身份？问题是，臧洪为什么只说天使，不说特使，旁边又为什么会有个杨修？一个本在幽州，另一个在长安，怎么会同时出现？所谓"钧命在身"又是什么意思？这里面疑团太多。韩馥觉得必须控制住局面，又不便盘根问底，便以东道的身份含糊其词地说："二位远道而来，风尘仆仆，要不要用膳？"

"不用不用，酒足饭饱。"杨修摇头说。

韩馥正要说什么，董承却呵呵一笑："司徒果然心系社稷，连公子都悄悄用上了。怎么样，杨公子，不觉得鞍马劳顿？"

杨修也笑："北国风光，别具一格，看看也好。"

说完，他向袁绍躬身行礼道："家父问将军安！"

"问司徒安！"袁绍赶紧拱手。

"各位请坐啊，折杀杨修了。"杨修又说。

见杨修反客为主，韩馥哭笑不得，只好坐下。坐下前，他用询问的眼光看了许攸一眼。许攸左顾右盼，就是不看韩馥。袁绍感到事情蹊跷，原本想说什么，也只好先随众人落座，刘和却仍然站着。臧洪等众人坐定，便走到刘和跟前，换了称呼叫道："公子！"

刘和一听就明白，立即叉手，问："家父有何吩咐？"

臧洪并不回答，而是看看杨修。

杨修马上换了表情，庄重地从怀里掏出帛书。

刘和恭恭敬敬接过，徐徐展开，朗声读道："方今皇纲解纽，天下崩乱，主上蒙尘。刘虞东海恭王之后，世受天恩，当匡扶汉室，清雪国耻，不知有他。凡我部属、族人、子女，均须忠贞不贰。若有妄言废立或自行僭越，陷我于谋逆之污名者，杀无赦！"

袁绍和韩馥顿时脸色惨白。

"公子意下如何？"臧洪问。

"府君带剑了吗？"刘和说。

"当然。"臧洪拔出剑来。

"那就请府君代行家法。"

"如此，恕臧洪无礼！"见刘和跪下，臧洪持剑指着他说，"太傅问你，另立天子一事，是否早已知晓？"

"是。"刘和答。

"为何不报？"臧洪又问。

"心存疑虑。"刘和回答。

"何虑之有？"臧洪再问。

"祸福相倚，依违两难。"

"两难之情，为何不报？"

"事关顺逆，闻者有罪。"

"这么说，你还是心有所动？"臧洪问。

"是。"刘和坦然答道，"要说毫不动心，那是伪君子，刘和所不屑也，再说又有何动心不得？天下乃天下人之天下，社稷乃高皇帝与光武帝之社稷，岂能认定天子非谁不可？社稷存亡，系于国运。天下治乱，关乎万民。只要顺天应人，能实现国泰民安，便是改朝换代又如何？周武王不是伐纣了吗？我大汉不是灭了暴秦吗？"

所有人都听得心惊肉跳，全都屏声静气。

"如此说来，你竟想谋逆？"臧洪厉声问道。

"非也！"刘和摇了摇头，"当今天子宽厚仁爱，睿智聪明，有周成王之资质，却可惜没有周公，反倒有那庆父，关东诸将又犹豫观望踟蹰不行。因此，臣窃以为佯许另立，或者能让董卓有所收敛，现在想来糊涂透顶。更兼隐瞒天子，罪不容赦，甘愿引颈受戮！"

说完，刘和闭上眼睛。

臧洪却举起剑来又收剑入鞘，说道："边乱大起，州无宁日。太傅守土有责，暂时无法奔赴长安。奉太傅命，请公子随我回蓟北，共赴国难。"说完扶起刘和，又看着众人说，"但愿诸君中能有周公。"

听了这话，曹操和董承都没看袁绍。

"那是，那是。子源啊，太傅教训的是。"韩馥赶紧起身，态度好得出奇，心里却在骂娘——原来刘和信誓旦旦的"如故"不过"佯许另立"而已，而口口声声匡扶汉室的那位太傅，则居然不顾儿子还有天使身份，也不等他回长安复命就弄回幽州。看来，这年头守住自己的地盘才最重要，于是对臧洪拱了拱手说："我这就安排饯行。侍中难得来邺城，多住几天何妨？漳水边风景不错的。"

岂有此理！袁绍想。桥瑁刚刚被杀，真正的尸骨未寒，你就安排起吃喝玩乐了？即便小人之交，也不至于。他正要开口说话，却听见刘和对臧洪说："府君稍候，我还有使命尚未完成。"

"公子还有未了之事？"臧洪不解。

刘和摇摇头，又笑了笑："府君难道忘了，我除了是董卓派来招降纳叛的特使，以及某些人预备另立的新君，也还是天子使臣，只不过使命有公开和秘密的两种。虽未亮明身份，却不敢玩忽职守。"

说完他正色道："渤海太守袁绍听宣！"

此言一出，曹操等人都站了起来，就连韩馥也表情肃然，袁绍却呆呆地看着那巨大的屏风。如果是联盟会议，他应该和韩馥一起坐在屏风前。但因为是会谈，只能分宾主坐下，前面无人的屏风竟无形中成了天子的象征。屏风后面，则似乎有着说不清的力量。

更奇怪的是，那屋梁上怎么好像挂着蜘蛛网？

刘和见袁绍不动，知道他心中有疑，便凛然说："普天之下，莫非王土。率土之滨，莫非王臣。袁绍还是汉臣否？"

当然得是。袁绍犹豫片刻，站起身来。

"天子问你，"刘和又说，"皇帝之玺是否送达？"

袁绍马上明白，对方的密使身份不假，他问的这件事当然也不能否认。一旦否认，自己出示给联盟诸君看的，岂非伪造？但是承认了皇帝之玺，就得承认当今天子，便立即跪下说："确在臣处。"

"你可知天子之意？"刘和又问。

"锦盒之内，只有玉玺，并无只言片语。"

"以将军之聪明睿智，就不能心领神会？"

"天心难测，臣实不知。"

"当真不知？"

"确实不知。"

"既然不知，为何以此为凭，妄言另立？"

"天子西迁之后，杳无音信，不知存亡。"袁绍匍匐在地，"国不可一日无君。因此绍等妄测，送来皇帝之玺，或许有托命之意。"

"当真如此？"刘和问。

"微臣愚妄，罪该万死！"袁绍说。

"愚妄之辈，还有哪些？"刘和又问。

韩馥闻言，顿时面无血色。

袁绍却慨然答道:"此事罪在一人,只杀袁绍即可。"

果然有担当,难怪在酸枣要公推他为盟主。刘和暗自叫好,转过脸去问曹操:"奋武将军,夜走北邙之时,宦官张让劫持了当时的天子和陈留王,要司隶校尉袁绍拿命来换,袁绍怎么说?"

"只要天子能够还朝,任杀任剐。"曹操答。

刘和又看袁绍:"天子问,这件事可还记得?"

"恍如隔世。"袁绍没想到竟会有此一问,不禁感动并怅然,同时他也明白,这个问题绝非刘和的灵机一动,那位十岁的小皇帝真不容小觑,便诚恳说道,"臣之本分,敢劳天子记挂,臣感激涕零!"

"天子口谕,袁绍能为救我皇兄不顾生死,定当移忠于朕。皇帝之玺乃号令天下勤王之凭证,不可移作他用,卿其慎之。"说完,刘和扶起袁绍,"幽州事急,刘和即刻启程,天下事请将军上心!"

"敢不承命,且容绍等认真筹措谋划。"袁绍有苦难言,只好这样回答。韩馥却叫起来:"天使放心!我冀州甲带百万,谷支十年。只要杀了两个人,今天就可以出兵讨贼,迎天子还于旧都。"

"莫非又要杀我?"董承笑了,"还有谁啊?"

"曹操。"韩馥咬牙切齿吐出两个字。

11

"陛下,为什么胡饼只有一块?"

按照小皇帝的吩咐,长安旧宫仅仅进行了简单的修缮。这是迁入新居的第一天,几案上的漆盘里却只放着一小块芝麻烤饼。董青不解地看了看站在旁边的渠穆,又问坐在对面的刘协。

"因为要做游戏。"刘协说,"你来看啊,两个人,一块饼。如果饼没了,怎么知道是谁吃了呢?"

"怎么知道呢?"董青问。

"你闭上眼睛。"

见董青照办,刘协飞快地拿起胡饼晃了晃,再藏在几案下,然后拍了拍手说:"睁开眼睛。"

"咦,饼没了。"

"是啊,你吃了呀!"

"没有。我什么时候吃了?"

"你要没吃,芝麻怎么会在你那边?"刘协笑着说。

"陛下冤枉人!"董青快要哭出来。

刘协顿时觉得,这个小姐姐眼泪汪汪,反倒格外好看,便一面从几案下拿出胡饼递过去,一面目不转睛地看着她。

渠穆微微一笑,悄悄退出。

12

"看看看,你又糊涂了吧?"曹操笑呵呵地看着韩馥,心中仅存的一丝怜悯也荡然无存,"两国交兵,尚且不斩来使,何况虎牙将军也是天使。听了刚才那些话,你应该明白,就算没有董卓派遣,他也会将侍中送来面见本初。"曹操又看刘和,"是吧,侍中?"

"正是如此。"刘和点头,"虎牙将军忠于天子,毋庸置疑。"

"没错。"杨修插嘴,"他的女儿董青,每日都在天子身旁。"

众人没想到还有这情况,都看杨修。

"玩伴啊！"杨修满不在乎，"天子也要有人陪着嘛！"

"所以呢，虎牙将军的事，使君就不要再想了。"曹操笑容满面地看着韩馥，"不过曹操为何是贼，倒不妨说来听听。"

"好，我来问你，"韩馥咬咬牙，"汴水之役，伤亡几何？"

"不计其数，王河内和卫子许不幸阵亡。"曹操答。

"你倒安然无恙？"

"文节，话不能这么说，孟德也身负重伤嘛！"袁绍皱起眉头。

"身负重伤却逃出虎口？护送你的那个郗虑一介书生，岂是吕布的对手？"韩馥见袁绍面有怒容，又说，"就算战场上瞬息万变，你也凑巧侥幸逃生，那我再问，吕布乘胜追击了吗？"

"没有。"曹操说。

"撤兵了吗？"

"也没有。"

"不战不和，什么意思？"

"当然是蓄势待发，静观其变。"

"哈哈！终于不打自招。"韩馥放声大笑，"我说呢，许多机密你怎么会知道？原来跟董卓早就暗通款曲。要不然，我要杀董承，你为什么拦着？因为是同伙。还有，和谈原本该在河内，为什么舍近求远要来邺城？还不是想趁机夺我冀州。只是你万万没有想到，刘侍中却不是你的狐朋狗党，失算了，对不对？"

"原来还有这么多说道，真真妙不可言。"曹操也笑了，只不过是微笑，"好得很，那就顺着你的话往下说。我想请问，邺城又有什么来不得？你们另立天子，不正是想建都邺城吗？既然是新都所在，为何千方百计不让本初来？只可惜，你拦不住，也不敢！"

"荒唐之极！我怎么会不肯？"韩馥说。

"因为你和桥瑁所谋，与本初的想法相悖。"曹操神闲气定，看着韩馥，"二帝并立，分治天下，也只能跟董卓密谈，比方说以什么地方为界等等。你们的地图恐怕早就画好了吧？但可惜桥瑁无能，夺不了兖州。你们实力不够，讲不起价钱，这才一拖再拖。"

"一派胡言！当真如你所说，我为什么要在今天立侍中？"

"因为吕布的不战不和，不攻不走，让你误以为董卓是在给你留时间。不料虎牙将军一来，计划全乱，还暴露了诸多秘密，这才心急火燎地非得在今天另立天子不可。也难怪，你要杀他。"

"信口雌黄！我杀董承，是为了明志。"韩馥说。

"算了吧，你是为了灭口，也是杀人泄愤，更是气急败坏。"曹操笑了笑又说，"不想知道虎牙将军为什么要这样吗？"

"想！"韩馥咬牙切齿，"董承，你为什么要出卖我？"

"无可奉告，"董承微微一笑，"谨遵太师钧命而已。"

但是，他的手已经按在了剑上。

"其实董卓从来就没有把你放在眼里。"曹操看着韩馥，越来越觉得这人可怜，"想你韩馥何德何能，也敢另立天子？他也绝不可能赞成二帝并立，所以这事从一开始就是痴心妄想，只是你鬼迷心窍。算了算了，现在还是讲讲，你和桥瑁打算怎样夺取兖州吧！"

"哪有的事？他被杀了，只好由你胡说。"韩馥撇嘴。

"好吧！那么，不想知道怎么就走漏了风声？"曹操又问。

韩馥张了张嘴，又把话咽了下去。

"当然是事不机密。"曹操已不经意地瞟了董承一眼，见董承只是笑笑，便仍然看着韩馥说，"文节也是颍川名士，总该知道枚乘的《上书谏吴王》吧？欲人勿知，莫若勿为，岂能利令智昏？"

刘岱点头，向前挪了一步，手也按在了剑上。

韩馥不再说话，把脸别了过去。

"不过实话实说，你也差点就成功，差点。"曹操神情自若地看着韩馥，"如果子源没有来，本初又犹豫，你多半会强行另立，把那皇帝之玺硬塞到侍中怀里，然后昭告天下。毕竟，这里是你的邺城，本初拗不过你。杀掉一两个唱反调的，更是易如反掌。"

刘和闭上眼睛，一声长叹。

袁绍也低下头，不敢正视。

臧洪向前一步，手也按在了剑上。

"哦，哦，差点就忘了，不想知道子源的故事吗？"曹操却笑了起来。韩馥猛醒，瞪着眼睛看许攸。许攸这才向韩馥拱手，满脸无辜地说："许攸是贪财。不过与天下大事相比，使君的那点意思实在不够意思。所以，昨天晚上知道了太傅和司徒的意思以后……"

说完，他摊开双手。

昨天晚上？韩馥无论如何也想不通，杨修却嬉皮笑脸地说："家父总是不让我喝酒。其实，有个喝酒的朋友才好。"

"这叫什么呢？"曹操换了表情，"另立不得人心。"

"主张另立的，也不是只有韩某。"韩馥一声冷笑。

"本初吗？"曹操胸有成竹，"那就讲讲你如何陷害出卖他。"

"更是无耻谰言。"韩馥气急败坏，"曹操，你不要太过分了！"

"我过分，还是你？"曹操平静地问，"请问，本初的兵力与吕布相比，如何？远非对手。河内郡距离荥阳多远？近在咫尺。这么危险的地方，他为什么要去？你又为什么不让他到渤海郡赴任？他是有苦难言，你是把他当棋子。所以，名义上是他主张另立，实际上是你在暗中操作。别的不说，二帝并立，他可事先知道？"

韩馥昂首望天，不予回答。

袁绍叹了口气，低头不语。

"我不知道你有多少事瞒着本初，"曹操继续分析，"但可以肯定为数不少。因为冀州虽然富甲天下，马壮兵强，你却没有四世三公的显赫家世，首倡义兵的美誉令名。你要实现狼子野心，就只能让本初出头露面，自己则主控一切。王公节以河内郡相托，正是你求之不得的事情，当然顺水推舟，甚至极力怂恿。本初好面子啊，也只好待在那里，实际上变成你随时都可以牺牲的马前卒。"

说到这里，曹操停了一下，然后说："或许，是礼物。"

"越来越离奇。"韩馥哼了一声，见曹操微笑，便又说，"河内郡乃我联盟前沿阵地，怎么会拱手相让？"

"因为董卓志在必得。"曹操说，"你们不是要中分天下吗？不管怎样，长安和洛阳所在的司隶校尉部都会划归所谓西帝，河内又岂能归你？迟早是董卓的。让本初守在那里，不过拖延时间。至于将来是主动撤出，还是任由董卓自取，那就相机行事了。反正你不在乎卖友求荣，也不在乎本初的死活，新朝廷没他也许更好。你质问我为什么舍近求远来邺城和谈？实话实说，就是来打破你如意算盘的！"

"哼哼！"韩馥冷笑，"如意算盘？你的吧？"

"看来，得算笔账。"曹操叹了口气，喊道，"鸿豫！"

郗虑进门，手上还抱了个锦盒。

"孝顺皇帝永和五年所查，凉州人户多少？"曹操问。

"九万二千户，四十余万口。"郗虑答。

"并州呢？"

"十一万五千二十六户，六十九万六千七百八十九口。"

"董卓的家乡陇西郡呢？"

"五千六百二十八户，二万九千六百三十七口。"

328

"吕布的家乡五原郡呢？"

"四千六百六十七户，二万二千九百五十七口。"

"文若先生的家乡颍川郡呢？"

"二十六万三千户，一百四十三万六千五百口。"

"袁家的汝南郡呢？"

"四十万四千户，二百一十万口"。

"杨家的弘农郡呢？"

"四万六千户，十九万九千口。"

"诸位都听清楚了吧？凉州和并州两个州，加起来还抵不上颍川一个郡。这就是我大汉十三州部的实际情况——东富西贫，就连司隶校尉部也如此。最富庶的是东南的河南尹……"

"二十万八千四百八十六户，人口过百万。"郗虑说。

"其次是东北的河内郡……"

"十五万九千户，八十万口。"

"最贫穷的是最西边的右扶风……"

"一万五千户，九万三千口。"

"就算最富庶的河南尹，人户也只有豫州汝南郡的一半。冀州和兖州也都沃野千里，财赋充足。"曹操看着韩馥，"中分天下，好地方都归了你，请问董卓能得到什么？让他去征荆州和益州不成？董卓又不蠢。这笔账他不清楚，长史李儒也会帮他算。"见众人诧异，曹操笑笑说，"李儒是鸿豫的同门。鸿豫能做的，他也能。"

冷眼旁观的董承马上笑了。

"可是你，"曹操看着韩馥，"竟还想以华山和潼关为界，把司隶校尉部最富庶的四个郡河南、河内、河东和弘农也划过来。你不觉得这是痴心妄想吗？韩文节，你们未免也太贪了吧？"

"漫天要价，就地还钱，也正常。"

没想到，董承倒帮韩馥说话。

"那是。"曹操点点头，又扭过脸来问，"讨价还价的结果，司隶校尉部全归董卓。虎牙将军，是这样吧？"

"佯许，佯许而已。"董承笑笑，"如侍中。"

刘和的脸红了，曹操却问："但有附加条件？"

董承笑而不答。

"使君，你已经收到我的空食盒了。"曹操又看韩馥。

"那又如何？"韩馥说，"鬼知道那是什么意思？"

"我说过了，打招呼。"曹操怜悯地看着韩馥，"自首吧，不要逼我把最骇人听闻的说出来，也不要以为食盒真是空的。"

"难道《山海经》有人新写？"韩馥干脆死猪不怕开水烫。

"那我就只好说了。"曹操叹了口气，"即便如此，董卓还是声称东富西贫，自己吃亏，要求献上一份厚礼，让他快意恩仇。虎牙将军此行，就是来取货的。诸位知道那是什么吗？"

所有人都屏声静气，等着曹操回答。

韩馥头晕目眩，眼看就要倒在地上。

"算了，"曹操突然于心不忍，"到此为止。"

"孟德，但说无妨。"袁绍反倒非常冷静。

"你的人头。"曹操忍了又忍，然后看着袁绍回答，"诸位如果要证据，我们也从洛阳取来了。"郗虑闻言，走过来将锦盒放在袁绍面前的几上。曹操看了看锦盒，然后看着韩馥说："给董卓写信，是你亲自动手的吗？文笔还不错。怎么样，自己读，还是本初来？"

此言一出，刘岱和臧洪都把剑拔了出来。

韩馥面如死灰，战战兢兢地说："我要如厕。"

韩馥摇摇晃晃地走了出去，没有再回来。过了一阵子，侍从神色紧张地进来报告，韩馥已用随身携带的书刀自尽。刘和、刘岱与臧洪面面相觑。董承却嘿嘿一笑说："果真伏尸二人。"

袁绍五味杂陈，说不出话来。

"冀州是本初的了。"曹操闭上眼睛，袁绍不知该说什么。曹操却又睁开眼睛，定睛看着袁绍说："只是，不可再谋另立。"

刘和、董承、刘岱与臧洪也都点头。经历了如此之多变故的袁绍知道必须放弃之前的想法，一声长叹。不知何时溜走的许攸，却带着一群人进来。他们走到袁绍跟前躬身长揖，先后自报家门。

"冀州钜鹿沮授，参见将军！"

"冀州魏郡审配，参见将军！"

"冀州钜鹿田丰，参见将军！"

"荆州南阳逢纪，参见将军！"

"豫州颍川郭图，参见将军！"

"豫州颍川辛评，参见将军！"

"豫州颍川郭嘉，参见将军！"

袁绍大出意外，赶紧拱手还礼。

"明公，这七位都是韩冀州的谋士，郭图郭公则、辛评辛仲治和郭嘉郭奉孝还是文若的乡党。"许攸介绍说。为首的沮授则说："我等辅佐韩冀州，言不能听，计不能从。刚才在屏风后面听得'罪在一人'那句话，便已拿定主意，愿奉将军为冀州宗主。"

说完，七个人就要下拜。

"这如何使得？"袁绍赶紧扶住沮授。

"我看使得。"刘和笑眯眯地看着袁绍，"国不可一日无君，州不可一日无主，将军何妨先代行其事？待刘和回到幽州，定然恳请家父上书朝廷举荐。天子既然对使君寄予厚望，也想必恩准。"

见刘和这样说，还使用了州牧和刺史专用的"使君"称呼，许攸等人都拍手叫好。沮授原本职任治中从事，相当于秘书长，负责保管州牧的印信和绶带，立即将这些东西取来，放在了几案上。

这时大家才注意到，几案上还放着郗虑送来的锦盒。

袁绍看着锦盒问："孟德缴获的密函？"

许攸点头，杨修也踱了过来，问："要不要看看？"

"看！"袁绍说。

杨修拆开密封，打开锦盒，里面空空如也。

众人目瞪口呆，面面相觑。

"兵不厌诈。"许攸大笑，"但，不做贼，也不会心虚。"

沮授却脸色阴沉地说："明公，曹操绝非池中之物，不能放他走。"

袁绍这才反应过来，问道："咦，孟德呢？"

长篇历史小说

曹操（修订版）下

易中天 著

山东文艺出版社

目录

第十八章

无风也起浪

建安十二年
丁亥　猪
曹操五十三岁

1

"如卿所言，曹操到了易县？"

朝会以后，刘协将孔融留下，问。

这是建安十二年五月，官渡之战的七年后。七年间，曹操的主要精力都用于平定北方。建安七年五月，袁绍发病呕血而死，长子袁谭与三子袁尚争夺冀州。曹操利用他们的矛盾各个击破，九年八月攻进邺城，十年正月斩杀袁谭。袁尚和他二哥袁熙，只好投奔活跃在幽州辽西等三郡的乌桓。这些少数民族部落的酋长被袁绍嫁以族女，封为单于，屡为边患。曹操下定决心，不惜代价也要率军征讨。

所以，刘协留下孔融，便先问战事。

"恐怕已经军进无终，然后直捣柳城。"孔融回答。

单独留下孔融询问，也是有原因的。攻进邺城以后，曹操便辞去兖州牧职位，自领冀州牧。邺城成为曹军大本营，干吏和能员也不断被抽调到那里。所剩无几的朝廷公卿，司徒赵温胆小怕事，太常杨彪称病不朝，太仆韩融和卫尉周忠多一事不如少一事。可问之人，算来算去也就只有口无遮拦的少府孔融，何况他最近也很活跃。

"依卿所见，胜算几何？"刘协又问。

"不多。"孔融说。

"何故？"

"那里本是极北之处，气候和地形都与中土不同。袁家两位公子与乌桓相依为命，休戚与共，必将拼死相搏。曹操既不得天时，又不得地利，还难得人和，只怕是全军覆没，有去无回。"

"那么又当如何？"刘协再问。

"陛下知道西园八军吗？"孔融反问。

当然知道。但，有什么意思吗？

"臣意以为，铸九鼎不如建八军。"

孔融这样说，是因为朝廷收到了曹操的疏文：

天下崩乱，群凶豪起，州郡观望，二袁篡逆。当此之时，陛下与臣寒心同忧，猛敌共受，常恐俱陷虎口。今赖陛下神威，且将士用命，海内初平。请收州郡之铜，重铸九鼎，以崇天子之美，以显汉室之隆。臣奉陛下之命讨逆除凶，麾下诸将不遗余力，朝野贤人不吝其谋，共从戎事，克成厥功。此诚天助人和，非臣一人可居其劳者。陛下赐臣户邑三万，愧不敢当。窃此大赏，于心何安！诚请改封功臣二十余人，皆为列侯，其余以次，并免阵亡将士遗孤徭役租税，以告在天之灵！侍中守尚书令万岁亭侯彧，积德累行。自在臣营，即参同计画。奇策密谋，悉皆共决。及至抚事台中，则勤劳王事。怀忠念治，如履薄冰。河北初定，彧与臣事通功并，而所受不侔其成。请增封千户，位进三公。

很清楚，三件事：铸九鼎、封功臣、以荀彧为三公。

4

第二条没有争议，就连孔融也不敢反对。第三条，司徒赵温认为此奏甚妥。他说，三公之职早已缺位，曹操又常年在外，自己实在是独木难支。因此，请以曹操为太尉，荀彧为司空，则朝野安定，内外畅通。刘协表示准奏，荀彧却说不敢奉诏。三公乃论道之官，须德高望重者任之，岂能滥竽充数？此奏失当，请复以杨彪为太尉。

见司隶校尉钟繇和御史中丞郗虑都不反对，刘协点头。

孔融又趁机提出：重铸九鼎，臣请再议。

当然要再议，这件事太大了。实际上直到现在，九鼎都只是一个看起来确有其事的传说——大禹治水成功之后，分天下为九州，又从九州各取一些青铜铸为九鼎，象征着平治天下的公权力。此后，九鼎从夏传到商，从商传到周，周亡以后就不见了。所以，不要说这宝贝长什么样，就连它是一个名叫"九州鼎"的重器，还是有九个，东汉末年的人都说不清楚，请问如何重铸？这不是开玩笑吗？

因此孔融怀疑，曹操别有用心。因为九鼎之铜来自九州，铸九鼎就得将大汉的州部从十三个改成九个。结果怎么样呢？按照书上画的禹贡九州图，现在的幽州、并州和司隶校尉部，大半都属冀州。那么请问，这是崇天子之美、显汉室之隆呢，还是让曹操占便宜？

建八军就不一样了，西园八军可是直属皇帝。

果然，刘协听了动心。他想起九岁时随董卓去洛阳的西园，十六岁扮作轻骑兵随曹操来许县，之后偷偷溜进曹操的军营。呵呵！往事并不如烟，皇帝心驰神往。只是，有可能吗？

孔融认为完全可能。他的方案是太尉杨彪、司徒赵温、司空曹操和常侍渠穆各领一军，自选可靠之人充任校尉。扬州、荆州、益州和凉州也各派千人来许，加起来岂不就是八军？

"千人？不成军啊！"渠穆道。

"多了曹操会有想法。再说，想多也没有。"

"扬州、荆州、益州和凉州会派兵吗？"渠穆问。

孔融只好又解释：他们确实连田租商税都不交，但那是因为没有好处。参建西园八军可是参与朝政，驻兵京师更是求之不得。荆州牧刘表和益州牧刘璋本是宗室，责无旁贷。扬州没有州牧，可以让据有江东的讨虏将军孙权出兵。凉州那边，征西将军马腾因为与镇西将军韩遂不和，已经上书求还京师，正好可以顺水推舟。

刘协和渠穆都听明白了：孔融这八军，等于来自八方。这样一来曹操便不能独大，也没人能挟持天子。如果再仿效先帝故事，由渠穆亲任上军校尉总其成，岂不就能……

但，曹操会同意吗？

2

"重建西园八军？好主意！奉孝你猜，谁的？"

"除了孔文举，还能有谁！"

右北平郡无终县曹操大帐，帐外大雨倾盆，帐中滴滴答答。曹朗拿了个盆接住，又往铜盆里添了炭。炭火是为郭嘉设置的，此刻他正脸色惨白躺在榻上，回答问题的声音有气无力。曹操叹了口气："不该让你同行。孤只知你怕南方瘟疫，没想到也怕北方风寒。"

"贱躯无碍，且说杨太尉怎讲。他不是当太尉了吗？"

"他提出，铸九鼎不如建八军，建八军又不如修文治。三公虽已齐全，九卿仍有缺位，因此奏请选贤与能充任之，庶几可望礼制存亡继绝，教化不绝如缕。"曹操看着帛书，转述郗虑送来的情报。

"不知可有人选？"郭嘉问。

"有。"曹操点头，"第一个就是前司空张喜，请为太常，居九卿之首。次为刘和，请为光禄勋。再次王谦，请为大司农。另外，廷尉一职请虚位以待马腾，余职待选家世衣冠、堪称清流者补之。"

家世衣冠、堪称清流者？也是。

张喜，故太尉张酺曾孙，故司空张济之弟；

刘和，故太傅刘虞之子，宗室；

王谦，故太尉王袭之孙，故司空王畅之子；

马腾，故伏波将军马援后代。

杨彪的用心，一目了然。

修文治与建八军，则可谓双管齐下。

曹操和郭嘉默然。实际上，做出北征乌桓的决定并不容易，阵营内部强烈反对的不在少数，只有郭嘉力挺。郭嘉的理由是：乌桓仗着自己远在天边，有恃无恐。若乘其不备，骤然临之，一举可灭。千里奔袭，贵在神速。所以大军到达冀州河间国易县时，他便劝曹操留下辎重，轻兵疾行，挺进无终，哪里想到许都会无风也起浪呢？

"事急矣，请尽快去见田畴！"郭嘉坐起身来说。

3

曹操带着张辽来到徐无山中田畴的村寨里时，雨停了。群山环绕中的村落男耕女织，炊烟袅袅，一片祥和。郭嘉力荐的田畴是右北平无终县人，字子泰，自幼好读书，善击剑。董卓迁都那年，二十二岁的他奉幽州牧刘虞之命出使长安，归来后刘虞已被公孙瓒杀害。田畴拒不交出朝廷文书，公孙瓒也无可奈何。于是，田畴便带领族人隐居徐无山中，躬耕垄亩以养父母，几年之后竟已聚众五千多户。袁绍为他刻将军印，袁尚为他颁任命书，田畴连理都不理。

这样的人，只可礼聘，不可招使。

在村民的指引下，曹操和张辽来到铁匠铺，只见三十九岁的田畴光着上身在打铁。田畴看了他们俩一眼，用铁钳夹住打造的兵器放进水里淬火，然后再放进炉中。曹操想了想，坐下来便拉风箱。见田畴夹出烧红的兵器放在砧上，张辽将小锤递给他，自己抢起了大锤。

乒乒乓乓之后，一件兵器打成了。

"足下好手艺！"张辽说。

"不敢当！敢问足下尊姓大名？"田畴道。

"下走张辽。"下走是谦称，意思是趋走之仆。

"原来是荡寇将军，失敬！拉风箱这位就该是……"

那还用说？于是，曹操和张辽被请到了田畴家里。看着曹操连汤带水大口吃鸡，汤汁滴到胸前和胡子上也不管，吃完以后还意犹未尽地赞叹还是农家快乐，田畴笑道："司空也可以住在敝村。"

"不行啊！孤还要征乌桓。"曹操说。

"乌桓与司空何干？"田畴问。

"实乃我大汉边患。"曹操道。

"只怕因为容留了袁尚和袁熙吧？"

"也是。"曹操决定说实话。

"听说司空与袁冀州一起偷过新娘子？"

"是。"曹操愣了一下，答。

"还曾一起夜走北邙？"

"是。"曹操回答，不再犹豫。

"后来又帮他夺了韩馥的冀州?"

"是。"曹操回答得更加肯定。

"现在冀州已经是司空的了,他的长子袁谭和外甥高干也已经被杀了,还不够吗?"见曹操看着自己,田畴又说,"畴本野人,却屡蒙袁氏看顾。虽然未受征召,帮司空杀袁尚和袁熙仍是不义。"

"孤答应你,攻进柳城之后,放他俩一条生路。"

"如果袁尚和袁熙逃往辽东,也不追杀?"

"平定乌桓,即从柳城回师,不去辽东。"

"如何可以为誓?"

"子泰,我们还去打铁吧!"

曹操叹了口气,叫着田畴的字说。

4

白狼山在今天的辽宁省喀喇沁左翼蒙古族自治县,曹操率兵到此已是八月。那天饭后曹操跟田畴又去打铁,两个人都一言不发。等到在水里淬过火的箭镞再次放进炉中烧红,又被夹出放在砧上,张辽也抡起了大锤时,曹操突然指着箭镞说:孤若食言,有如此物!

于是田畴说:无终前面这条路,每到夏天和秋天就会积水。水浅处不通车马,深的又深不到可以行船,其实走不了。不过,右北平郡的郡治原本在平冈,从那里出卢龙塞可以到柳城,可惜二百年来再也没人走过。走这条小路得绕道,但是过了白檀就胜利在望。

曹操问:此地可有向导?

田畴说当然是自己带路,只是有个条件。

曹操又问：什么条件？

田畴说：只带路，不参战。败了不受罚，胜了也不受赏。

这样啊？先答应下来再说，又在无终的路旁竖了块木牌：

方今暑夏　道路不通　且俟秋冬　乃复进军

所以，当曹操在白狼山登高望远，发现敌军阵势不整时，就知道乌桓的斥候已经看过那木牌。对方是刚刚得到消息，仓促迎战。问题在于，曹操身边也只有在崇山峻岭中疾行了数百里的先头部队，大军还在赶来的途中。猝然临敌，且敌众我寡，为之奈何？

"子泰，你看孤当怎样？"

见左右皆惧，曹操问田畴。

"畴说过，只带路，不参战。"田畴说。

"辽请战！"见曹操摸摸鼻子，打了个喷嚏，张辽说。

好！狭路相逢勇者胜。趁他们立足未稳，且不明我方底细，一鼓作气，迎头痛击，庶几可予剿灭，等待后续只会失去战机。曹操没有片刻犹豫，就将自己手中意味着三军指挥权的麾交给了张辽。

张辽反倒迟疑，因为许褚和曹朗被留在后方陪伴郭嘉。

"司空，仲康和子净不在身边……"

"不怕，有子泰。"曹操说。

再看田畴，却是面无表情。

张辽接过麾，自选轻骑兵数千直奔敌军主阵，同时让张部和徐晃率兵在两侧山头摇旗呐喊，奔走呼号，造成人多势众的假象。这一招果然管用。张辽大呼自名杀入敌阵，敌军立即阵脚大乱。两侧山头的张部和徐晃见陷阵成功，带着人马就下山，对方顿时尸横遍野。

10

"好！"曹操一声喝彩。

"不好！"田畴叫道，"乌桓骁勇。刚才只是猝不及防，现在肯定会反扑，恐怕不能再等后续。司空要是信得过，畴愿意带兵抄小路到敌阵后方取乌桓单于首级。如此，则敌军必大溃败。"

你不是只带路，不参战吗？曹操想。

但他说的却是："孤身边的虎士，尽管带走！"

5

荆州牧刘表率先响应朝廷号召，派长子刘琦带队来许，这让孔融喜出望外又得意非凡。所以，当刘琦来府中拜访时，他便不假思索地脱口而出："朝廷原本担心荆州不肯来人，没想到开风气之先。"

"实不相瞒，家父倒是两可，豫州力赞此事。"刘琦说。

"玄德吗？恕我直言，比尊公更像英雄。"

见刘琦说到老朋友刘备，孔融又忘乎所以。

"是。所以豫州交代，到许之后都要先来见少府。"刘琦说。

"承蒙抬举！不过我这人并无什么大志。平生所求，无非座上客恒满，樽中酒不空。所以曹孟德下禁酒令，老夫就把他顶回去。"

"不知少府怎么说？"

"夏和商皆因女人而亡国，为什么不禁婚姻？"

说完，孔融放声大笑，笑得前仰后合。

刘琦咧了咧嘴，脸上的表情比哭还难看。孔融却意犹未尽，继续神秘兮兮地看着对方问："子桓的事，你可知道？"

子桓，是曹丕的字。

"不知。"刘琦恭恭敬敬地回答。

"三年前攻破邺城之后，子桓将袁熙之妻甄氏据为己有。老夫便致函曹孟德，道是武王伐纣，以妲己赐周公。曹孟德得书，竟然问我这是出自哪部经典。老夫只好又说，以今度之，想当然尔！"

说完，孔融又自己笑得前仰后合。

刘琦却笑不出来。他其实早就听说过这故事，但是想不通以曹操之博览群书和聪明过人，怎么会看不出孔融是在讥讽他们父子？而且来许之前他就得知，官渡之战后，曹操设置了大批刺奸官，都归御史中丞郗虑统领。这件事与那些被烧毁的密函有没有关系不好说，私通袁绍的朝廷公卿中只怕多半有孔融。他竟然还如此肆无忌惮。

"请问，少府知道刺奸吗？"

看在刘备的面子上，刘琦觉得应该暗示一下。

"刺奸？知道啊！督察奸吏之人嘛！王莽那会儿就有。郗鸿豫在吕布营中策反的那个人，叫张弘吧，当时的职务就是刺奸。"

孔融不知道刘琦为什么要问，满脸的莫名和诧异。

讲笑话，别人不笑自己笑的，据说大多缺心眼，果然。

刘琦觉得还是赶紧告辞为好。

6

曹操轻手轻脚走向榻前时，郭嘉依然昏睡不醒。一盆炭火在旁边熊熊燃烧，曹朗不停地为郭嘉擦去虚汗，高大威猛的许褚则蹲在地上押飞碗。也许，这憨子认定，如此这般就能让郭嘉醒过来。

"子泰，你回来了？"郭嘉突然问。

神机妙算，还是感觉灵敏？众人面面相觑。

田畴赶紧上前问："奉孝，好些了吗？"

郭嘉却道："司空可曾食言？"

当然没有，也不必。乌桓单于被田畴用长矛撞下马来，又被曹操的虎士砍下头颅之后，战场上的形势立即大变。失去首领的乌桓士兵精神崩溃，潮水般的逃亡，紧接着曹操的后续也来了。田畴马上请求下令停止战斗。因为继续追击，袁尚和袁熙便不会有生路。

曹操同意了，任由那两人逃往辽东。这不仅是信守承诺，也因为算准了袁尚和袁熙只有死路一条。乌桓溃败，他们只能投奔辽东太守公孙康。公孙康向来惧怕袁家，现在更怕曹操，岂能因为这两个丧家之犬而与我为敌？他俩若是虎就更不能容，那会夺了公孙康的山。

果然没过多久，两颗人头就送了过来。

"不曾食言，就不必变成你砧上烧红的箭镞。"郭嘉道。

田畴不知道该如何回答，只觉得眼眶湿了。

郭嘉却闭着眼睛吟诵道：

> 东临碣石，以观沧海。水何澹澹，山岛竦峙。
>
> 树木丛生，百草丰茂。秋风萧瑟，洪波涌起。
>
> 日月之行，若出其中；星汉灿烂，若出其里。

这是曹操的诗。从柳城撤兵之后，他改走西南，取道昌黎，登上著名的碣石山居高临海。当时，海水惊涛拍岸，视野开阔辽远，将士军容齐整，旌旗迎风飘扬。曹操的吟诵与海涛声交响，仿佛在天地间回荡。现在被郭嘉有气无力地断断续续读出，却是另一番滋味。

"奉孝，孤诗不足为道。"曹操觉得眼泪要掉下来了。

"此番可谓险胜，回师也当不易。"郭嘉又说。

当然不容易。去的时候道路被淹，回的时候二百里干旱。将士们只能杀马为粮，掘地三十余丈方才得水，差点就困死路上。

"是嘉之过。"郭嘉说。

"孤征乌桓，当时都有谁反对？"曹操环顾四周。

"我。"张辽说。

"我。"徐晃说。

"我。"张郃说。

"诸君所谏，实为万全；孤之所胜，实为侥幸，还连累奉孝受了风寒。幸亏仲康和子净当机立断，转移到易县，补孤之过。"曹操心疼地看着床上的郭嘉，"即拜偏将军张郃为平狄将军，偏将军徐晃为横野将军，荡寇将军张辽增邑假节，明日便奏明天子。"

说完，曹操又看田畴，想说什么。

田畴马上摇头："此前有约，畴不受封。"

"朗儿，华佗先生还是没有找到？"曹操又问。

"他老人家行踪不定，子月也……"

曹朗话没说完，郭嘉突然睁开眼睛，挣扎着要起身。

"奉孝，不要动！"曹操赶紧按住。

"死生有命，富贵在天，神医也无回天之力。"郭嘉笑了笑，气若游丝，"有几句要紧话，必须跟明公说。孔融建西园八军，杨彪以世族入朝，都意在沛公。刘表这坐谈之客、自守之贼，竟然受刘备怂恿派刘琦到许，不可不防。荆州地处江之中游，顺江而下可控孙权，逆流而上可达益州。所以，司空回去以后，定要……"

郭嘉停住，然后一口血喷了出来。

"奉孝！不要再说！"曹操叫道。

郭嘉用手指蘸着血，写下三个字：杀、征、废。

写完，他昏了过去。

"奉孝！"曹操再叫。

郭嘉又醒了过来，看着曹朗说："子净！司空出行，从来就是你和仲康不离左右。这回连累你们不能立功，只怕那憨子要恨我。"

许褚却扔了木碗放声大哭："我从来就没猜对过！"

7

十一月的天气已经寒冷，许都的阅兵场上却洋溢着热情。阅兵场是尚书令荀彧亲自选址新建的。规模不大，但离城不远。今天，皇帝要在这里检阅他的西园八军，写着"汉"字的大旗迎风飘扬。

刘协和公卿们都坐在检阅台上。除了太尉杨彪和司徒赵温，新任太常张喜、光禄勋刘和、大司农王谦和廷尉马腾也都到位，司隶校尉钟繇、尚书令荀彧和御史中丞都虑则坐在台下。跟台上的一样，他们也都坐在胡床上。胡床原本为腿脚不便的杨彪所准备，然而杨彪坚持不肯特殊。于是渠穆建议，为观兵方便，都坐胡床。

卫尉周忠、太仆韩融、大鸿胪荣部和少府孔融欣然同意。

阅兵式由羽林中郎将王必主持。

先来觐见的，是前四军校尉：

上军校尉渠穆。

中军校尉杨修。

下军校尉赵道。

典军校尉曹丕。

"令郎一表人才，可贺可喜！"刘协看着杨彪说。

"承蒙陛下夸奖，愧不敢当！"杨彪拱手行礼，刘协又说，"先帝时的中军校尉，是袁绍吧？这位下军校尉赵道……"

"是臣之子。"司徒赵温赶紧回答。

"令郎温文尔雅，不知表字是……"

"非器。"赵温拱手行礼。

"哦！夫子所云，君子不器？"

"惭愧！"赵温又赶紧拱手，"臣之子不识武备，还须历练。司空之子曹丕字子桓，剑术超群，诗文俱佳，堪称青年才俊。"

"先帝时的典军校尉，也正好是曹操。"杨彪马上补充。

"哦？这是凑巧，还是特意安排？"刘协问。

"常侍领上军，其余依三公序，刚好如此。臣以为是天意。"

孔融抢着回答，还毫不掩饰地面有得色。

新任光禄勋刘和眼中闪了一下，什么都没说。当年在邺城，自己可是领教过曹操的手段。此刻在许都，又真切地感受到杨彪堪称老谋深算。尽管表面上看，是孔融抛头露面，在上蹿下跳。

孔融这人，怕不会有好下场。

听皇帝说不必看朝廷四军的操练，王必举起了令旗。

战马嘶鸣，凉州军上场。马腾的儿子马超骑马走在前面，轻骑兵则在通过检阅台时开始表演：有的手持铁戟扶鞍倒立，有的立于马背高举长刀，有的抓住鞍子飘了起来，有的贴在马肚若隐若现，还有的抓住马鞍忽上忽下，全都彪悍之极，看得人眼花缭乱。

检阅台上一片喝彩。凉州军退场，马超掉转马头。

"助军左校尉臣超参见陛下！"

马超下马，走到台前，躬身拱手行礼。

"凉州马术果然精湛，征西将军后继有人。"

见皇帝满心欢喜地看着自己，赞不绝口，已担任廷尉的征西将军马腾立即拱手行礼："臣及臣之子带来的，全部交给陛下！"

刘协面含微笑看着马超："卿随朕观兵就好。"

马超站到了赵道旁边，王必又举起令旗。

号角响起，荆州军上场，边走边唱军歌：

> 汉水清且广，汉家国祚长。
> 汉将奉天子，汉兵守四方。

然后整整齐齐站在检阅台对面，载歌载舞：

> 汉江广，国祚长。奉天子，守四方。
> 诚既勇兮文以武，魂魄毅兮奏国殇。

检阅台上一片喝彩。

领队的刘琦下马行礼："助军右校尉臣琦参见陛下！"

"久闻尊公在荆州大兴文教，如今看来果不其然！"刘协说。

"多谢陛下夸奖，臣等定将努力！"刘琦躬身拱手。

"好！卿且随朕观兵。"

荆州军退场，刘琦站到了曹丕旁边。这时，即便再迟钝的人也能看出这新建西园八军的校尉很有意思：太尉杨彪之子杨修、司徒赵温之子赵道、司空曹操之子曹丕、廷尉马腾之子马超、荆州牧刘表之子刘琦。剩下两个，难道是益州牧刘璋和讨虏将军孙权的儿子？

孙权的虚龄才二十六，没儿子带兵吧？

鼓声隆隆，江东军上场。

这是清一色的英俊少年，服装靓丽，兵器闪光，他们走到检阅台前排开阵势，传令官则举起令旗，依次发布各种命令：

"立如松！"

"卧如弓！"

"龙从云！"

"虎从风！"

"鹰捉燕！"

"鹘击鹏！"

"狮搏兔！"

"狼遇熊！"

"泰山崩！"

"两岸通！"

听到命令，士兵们先是立正，然后弯腰，再不断变换队形，然后做出相应的搏击动作，四散跑开以后又回到最初的队形。

检阅台上一片喝彩，江东军的领队下马行礼。

"右校尉臣肃参见陛下！"

鲁肃？这个名字陌生。刘协低头看了一眼杨彪递来的木简，觉得应该多说几句，便笑道："卿是讨虏将军属下？江东自古多才俊，果然训练有素，进退自如。吴王金戈越王剑，下回朕还要看兵器。"

"幸不辱陛下使命，敢不遵旨！"鲁肃躬身拱手。

"好！随朕观兵。"

江东军退场，鲁肃站到了刘琦旁边。因为按照规矩，右校尉就该跟助军右校尉站在一起，与这两个人的爱憎无关。刘琦也顾不上尴尬和不快，他想的是：本该先出场的左校尉，怎么排到后面了？

18

王必举起令旗，结果却是悄无声息。

出什么事了？孔融紧张地站了起来。

过了一会，一支穿着西南少数民族服装的部队，松松垮垮地走了过来，个个奇形怪状，奇装异服，兵器五花八门。领队骑了匹矮脚马走在前面，到了检阅台前便下马行礼："左校尉臣松参见陛下！"

"你就是益州别驾张松？"刘协满脸不悦，"依顺序，你部应该在江东军之前，为何不守规矩且姗姗来迟？"

"启禀陛下，臣等差点还来不了。"张松叉手。

孔融看看杨彪，杨彪摇了摇头。赵温见状，赶紧咳嗽一声。刘协立即明白不可追究，又问："你带来多少人马？"

"三百。"张松回答。

"不是每州千人吗？"刘协再问。

"益州边远，再说兵不在多。"

"你这是什么兵？为什么如此奇怪？"

"西南蛮夷，号称叟兵。"

"也可以打仗吗？"

张松并不回答，只是吼了一声。随着令下，四条汉子一拥而上将他抓起抛向空中。张松被抛得比旗杆还高，然后落进人群里，另一些叟兵轻轻接住后又抛向空中。张松又被抛得比旗杆还高，然后又落进另一边人群里。另一些叟兵将他轻轻接住，再次抛向空中。

检阅台上的人又一齐看向天空。

张松在空中翻了个跟头，落下。

这一次却没人接他，检阅台上一片惊叫。

四个叟兵突然飞快地冲过去，将张松轻轻接住，又轻轻放下。

张松稳稳当当站在地上。

检阅台上一片喝彩。

"如果捉拿的是敌酋，就会扔到石头上去。"

张松面不改色地说，刘协也转怒为喜。他站起来，将渠穆以外的七个校尉叫到面前问道："诸卿年方几何？"

"臣三十三岁。"杨修回答。

"臣三十二岁。"赵道回答。

"臣二十一岁。"曹丕回答。

"臣三十二岁。"马超回答。

"臣三十一岁。"刘琦回答。

"臣二十八岁。"张松回答。

"臣三十六岁。"鲁肃回答。

"朕二十七岁。"刘协说，"复兴大汉，愿与众卿共勉！"

8

阅兵式在"复兴大汉"的欢呼声中结束了。没人知道，下令三军缟素的曹操，此刻已经扶着郭嘉的灵柩回到邺城。由于上军校尉渠穆不便出面，杨修便以中军校尉的名义宴请同仁。这是二三十岁少壮派的聚会，就连鲁肃都没意识到，刚刚去世的郭嘉只比自己大两岁。

在座的都觉得，年轻人的时代就要开始。

朕二十七岁。刘协这句话，让他们振奋不已。

杨修更是春风满面。孔融说，曹丕碰巧担任了他父亲当年的职务乃是天意，那么，自己接替当年袁绍的中军校尉又意味着什么？莫非将来朝廷是我们俩的？赵道那家伙，可成不了什么气候。

当年的下军校尉鲍鸿，不是身败名裂了吗？

哈哈！有意思，太有意思了。

"下走还要单敬德祖一杯。"

张松举起酒杯，叫着杨修的字说。

"为什么要单敬德祖？"

坐在张松和马超上首的赵道问。

"因为是他把我从许县大牢里弄出来的。"

"子乔怎么会进了那里？"赵道又叫着张松的字问。

"还不是满宠狗眼看人低。他说我贼眉鼠眼，不像好人。我看他才是凶神恶煞，分明酷吏。也不知是谁其貌不扬。"见众人都笑，张松又说，"不过，诸位都仪表堂堂，兄弟自惭形秽，自罚一杯。"

"人不可貌相，海不可斗量。益州叟兵，让我大开眼界。"

赵道又说。

张松摆了摆手："不足为道，杂耍而已。"说完，有意无意地看了旁边的马超一眼。马超当然明白张松这话什么意思，却叫着对面刘琦和鲁肃的字说："子美，子敬，我们喝一杯？"

刘琦和鲁肃互相看了一眼，浑身不自在。

不自在是肯定的，他们两家是世仇。孙坚就是被刘表部将黄祖的军士所射杀，孙权也没有一天不想灭了刘表。杨修当然知道马超是在躲避张松的目光，但觉得应该自己来控制局面，便举起酒杯微微一笑说道："率土之滨，莫非王臣。来来来，都喝！"

"我们三家，还共饮一江水呢！"

张松也决定放过马超，看着刘琦和鲁肃笑道。

再不给面子就不合适了，所有人都喝了一杯。

"这酒味道特别，莫非……"张松问。

"猜得不错，正是九酿春酒。"杨修说。

"哦？子桓带来的？"张松又问。

"司空的秘方就不能给我们家吗？"杨修得意忘形，借酒装疯地看着曹丕说，"对了！子桓，枯坐无趣，何不舞剑以助酒兴？"

"德祖要杀谁呢？我可不是项庄。"

拿我当什么人？曹丕心中不悦，便半开玩笑地说。

笑容凝固在杨修脸上。坐在曹丕斜对面的马超看出微妙，便决定出来打圆场："久闻子桓剑术超群，要不我俩切磋切磋？"

张松看热闹不嫌事大，马上表示如此甚好。赵道胆小怕事，忙问会不会伤人。坐在曹丕下首的刘琦和鲁肃本来就不自在，当然都保持沉默。曹丕四下看看，起身从墙边拿起甘蔗，扔了一根给马超。

"公子，要上酒吗？"侍立在旁的仆人问。

"不用！"这个新来的家伙好没有眼色，杨修想。

9

"没想到阁下的府邸如此……"

贾府客厅里，孔融左看右看，竟不知该如何表述。

"寒酸。老夫已过耳顺，少府尽管随意。"

六十岁的贾诩淡然一笑。

"不不，俭朴。也好，正是司空之所主张。"

"老夫原本草民，习惯如此。世家大族的做派就算想学，怕也学他不来。再说寒舍一向门可罗雀，又何必弄得那么宽敞？"

见孔融赶紧纠正，贾诩又是一笑。

"看这几上，却似乎有好酒。"孔融又说。

"座上客恒满，非所愿也。樽中酒不空，固所求也。"贾诩从樽中舀出酒来，倒在两个耳杯里，然后举起酒杯说，"请！"

孔融喝了一口："九酿春酒？"

贾诩微微一笑："少府行家。"

"也是。这秘方，原本就是先生传出去的。"孔融点了点头。

"此事早已人人皆知，不知少府还知道些什么？"

"宫中密对，大约也有多次。"

"少府屈尊光临，是为这个？"

"哪里！是想为府上说门亲事。"

"有劳费心！不过，寒门岂敢高攀世族？"

"太中大夫，尊荣显贵。"孔融道。

这是话里有话。攻破邺城后，曹操自己担任冀州牧，将贾诩改为太中大夫。太中大夫秩千石，有职无权，根本无法与执金吾和冀州牧相比，尽管那冀州牧原本只是遥领。这哪像是功臣的待遇。

兔死狗烹，过河拆桥？孔融觉得有机可乘。

"位居太中而宅于陋巷，莫非是要学习颜回？"

见贾诩默然，孔融又说。

"少府过奖！诩卑鄙小人，岂敢装模作样效法先贤？"

"闭门自守，退无私交，莫非是要大隐于朝？"孔融又问。

"阁下可曾听说，有大隐于朝的谋臣？"贾诩笑了。

"鄙人也以为非。"孔融又洋洋得意起来，"先生原本苏秦和张仪一类人物，不甘寂寞，这才一辅董卓，二辅李、郭，三辅张绣，之后归曹，意在纵横捭阖于天下。如今谨小慎微，无非心怀恐惧。"

"不知贾诩又何惧之有？"

"匹夫无罪，怀璧其罪。先生身怀绝技，足智多谋，正可谓张良再世，陈平复生，可惜却非司空旧臣。那人生性狡诈，礼遇先生不过做宽宏大度状而已。哦，对了，阁下清贫，可也在府上种菜？"

"不曾。贾诩不是刘豫州，韬光养晦也没什么用。"

"先生果然是明白人。"

"少府的意思，莫非是要拉贾诩入伙？"

"同为汉臣，效忠汉帝而已。"

"重建西园八军，可是为了对付曹孟德？"

孔融笑而不答，举杯喝了一口。

"那么，我有三事不明。"贾诩道。

"请问！"孔融说。

"荀令君为什么不反对？"

"文若忠于汉室，众所周知。"

"曹司空为什么不反对？"

"他既然号称尊奉天子，岂能无理取闹？"

"刘表、刘璋和孙权为什么派兵，马腾又为什么带儿子来？"

"公府有行文，奉召而已。"

"不对吧？天子蒙尘之时下诏勤王，怎么一个都不来？"

"趋利避害，见贤思齐，都是人之常情。"

"四州之军，依少府看如何？"

"堪称精兵强将。"

"是吗？"贾诩笑了，"想当年少府任北海国相，为寇所迫，一走朱虚，二走都昌。幸亏有平原相刘玄德出手相助，这才得以暂领青州刺史，没想到又遭遇袁谭来攻。自春至夏，手下只剩战士数百，流矢雨集，戈矛内接。阁下却凭几读书，谈笑自若，有吗？"

"临危不惧，君子本分，不足为道。"孔融面有得色。

"结果却是自己败走东山，妻与子被掳，是吧？"

见孔融愣住，满脸尴尬，贾诩心里忍不住冷笑。他很清楚自己的身份和分量，也很清楚曹操若有怀疑或不满，绝不会公然贬官，只会明升暗降。想想看吧，郗虑担任的御史中丞官阶就是秩千石，尚书令也是，荀彧还坚决不肯位进三公。可见职位高低并不说明问题，德不配位反倒危险。对于一个降臣来说，执金吾领冀州牧，地位实在是太高了。当时虽然却之不恭，现在却是适得其所。贾诩甚至认为，曹操的安排是一种体谅：有职无权的太中大夫乃清要之职。愿意管事可以进言，不愿管事可以旁观，不必像荀彧和郗虑那样负实际责任。

面前这家伙却以为有机可乘，简直就是自作聪明。就这点能耐也想图谋不轨？贾诩决定不再跟他绕弯子，便直筒筒地说："可见阁下并不知兵，当然也不知蛇。兴平元年，司空被吕布困于咸城，就是杀蛇果腹的。那些蛇如果自己不出洞，也不会成为别人的盘中餐。"

孔融顿时目瞪口呆。

"少府放心。"贾诩说，"老夫归曹并非意在纵横，只想为张将军和自己找个靠山，谋条出路。陛下那边，想必也不会垂问。所以阁下但请自便，恕不能远送。杨修的筵席，只怕也该散了。"

10

孔融走后，郗虑来了。

贾诩当然知道来者何意。如果是要打探孔融说了什么，那就完全用不着。许都城里遍布他的耳目，自然有人会去报告。那些刺奸官是

25

在密函被烧之后大批设置的。孔融肯定是监视对象，贾诩却绝非私通袁绍之人。当然，郗虑也不会来叙旧。这家伙对人情往来的不感兴趣更甚于贾诩，何况一个自称滴酒不沾的也很难有什么应酬。

如果我是凉州荒野上孤独的狼，那么他是什么？

鹰犬的眉宇间，又哪来挥之不去的忧郁？

"先生这里，虽非座上客恒满，却是樽中酒不空。"

坐定之后，郗虑看看几上，道。

"确实，刚才孔融来过。"贾诩实话实说。

"知道。"郗虑也不掩饰。

"不过杯子已经换了，鸿豫喝一杯？"

"郗虑滴酒不沾。"

"却也千杯不倒。"

"先生的酒，可是一沾就倒。"

是啊，一晃十年了。十年前郗虑刚刚三十岁，转眼间却到了不惑之年。不过自从那次过招，两人再无交集。即便后来同在曹营，他们也退无私交，郗虑更是从来不问贾诩当年用了什么药。也好！贾诩从樽中舀出酒来，倒在两个耳杯里，然后举起酒杯，自己一饮而尽。

"九酿春酒？"郗虑问。

"当然！不尝尝？"贾诩道。

不！郗虑摇摇头。

"也不问？"贾诩又说。

哦！郗虑笑了笑。

"看样子是要老夫不打自招了。好吧，鸿豫，我先问你，伯宁为什么要抓张松？难道就因为张松把兵带来留在城外，自己一个人进城探头探脑？实话告诉你，江东军、荆州军和凉州军都是花架子，那些武艺也是演给天子看的，只有最不起眼的益州叟兵能打仗。孔融一介书生，哪里看得懂？征西将军马腾，却应该心里有数。"

听贾诩这么说，郗虑微微点头。

"四州之将也无不可疑。不过刘琦无能，只怕自守都难，要防的是刘备。马腾入朝为官，等于做了人质，所以马超不足虑。张松其貌不扬，鲁肃高大魁梧，却均非等闲之辈。如果老夫猜得没错，杨修的筵席上，多半会是张松装疯卖傻，鲁肃冷眼旁观。这两个家伙，一个带来叟兵，一个带来歌舞；一个江之头，一个江之尾……"

嗯嗯！中间是刘表。

"孙、刘是世仇，怎么都派了兵？刘璋昏弱，益州边远，为什么要来蹚这浑水？孔融前脚出，鸿豫后脚进。无约尚且可同，如果私下有约呢？"贾诩又举起酒杯，"怎么，真的一口都不喝吗？"

11

不出贾诩所料，曹丕和马超以甘蔗代剑，比试了几个回合，筵席就散了。赵道首先表示不胜酒力，众人也都表示多谢款待，杨修只好拱手送客。将这帮少壮派拢在一起自己当头，确实没那么容易。

那就从长计议，杨修想。

转眼便是十二月，马超等人接到了曹丕的邀请函。进来落座以后他们发现，上首的三个座位一直空着，主人身份的曹丕也站着。过了一阵，感到蹊跷的刘琦忍不住问："德祖和非器还没到？"

"抱歉，今天没请他们。"曹丕说。

"那么，空着的座位是？"刘琦又问。

话音刚落，郗虑走了进来。

"中丞？"马超等四人全都直起身子，准备起身。

"诸位请坐，我是来作陪的。"郗虑拱了拱手，然后径直走到刘琦旁边落座。刘琦还没来得及反应，只见荀彧也走了进来。

"令君？"马超他们又直起身子。

"诸位请坐，我也是来作陪的。"

荀彧拱了拱手，然后坐在了马超的旁边。

不请杨修和赵道，却有荀彧和郗虑作陪，莫非……

果然，接着走进来的是曹操。

"司空？"马超他们发出惊呼，马上一齐避席，俯首行礼，荀彧和郗虑也起身弯腰拱手。再看曹丕，早就已经跪下。

"请起，请起，不必拘礼，都坐！"

曹操笑容满面，自己在当中坐下。

"丕儿上酒！"见众人都坐回原位，曹操吩咐曹丕。曹丕起身走到席间樽前，面向曹操跪下打开樽盖，用勺子舀出酒来倒进耳杯。

厅里鸦雀无声，只听见倒酒的声音。

七个耳杯都斟满了酒，曹丕端住托盘起身，先轻手轻脚走到曹操面前跪下，将酒杯放在父亲的几上，然后依次给客人上酒。马超等人低头，看见端来的杯中酒纹丝不动，不禁暗自佩服曹丕的功力。

"薄酒一杯，不成敬意，请！"

见儿子退到身后侍立，曹操举起杯来。

"为司空寿！"众人也都举杯。

"尊公入朝为官，孟起参建八军，朝野瞩目啊！都说到底是元勋之后，世代勇武，满门忠烈。孤也是敬佩得很！"

酒过三巡，曹操首先看着马超，叫着他的字说。

"司空过誉！先祖有遗训，不敢懈怠。"

马革裹尸吗？这确实是伏波将军马援的名言。作为后代，马超也理应这样回答。曹操马上点头表示赞赏，脸上的表情也变得更加和蔼可亲："丕儿年轻不懂事，你这当兄长的还要多加指点！"

"仲父抬举！"见曹操拉近关系，马超立即投桃报李，"子桓文武双全，超却只是武夫，自愧不如。其实要说失礼，正是小子们。原本以为是子桓请客，便公然坐了。不知司空已经回许，还要赐宴，实在诚惶诚恐。早知如此，理当在门口跪迎。"说完，避席叩首。

"孟起见谅，是小弟之过。"曹丕见状，也立即跪下。

演得不错！曹操马上佯怒："这是闹的哪出？都给我起来！"看着曹丕起身，马超坐回原位，他又说："孟起误会。让丕儿出面请客是怕你们不来。其实孤也是刚到，没什么人知道，不信你问令君。"

是吗？荀彧为什么微微一愣？郗虑为什么面无表情？面对面坐着的张松和鲁肃互相看看，马超更觉得这饭不会好吃，便道："司空突然回许，想必是有军国大事，超等岂敢妨碍公务？要不……"

"哪有！孤赶来，是怕再难见到孟起。"曹操说。

什么意思？马超愣住，不知说什么好。

"天子已拜孟起为偏将军，又封都亭侯，领尊公部曲，岂非迟早要走？凉州那地方山高路远，朝廷鞭长莫及，非忠臣镇守不可。至于尊公嘛……"曹操看着儿子，"丕儿可代你孟起兄尽孝！"

"理当如此！"曹丕立即跪下。

"承蒙关照！"马超只好拱手。

代孟起兄长尽孝？只怕是看守吧？原本满头雾水的刘琦突然觉得如坐针毡。曹丕却已起身，又开始斟酒。他先是取来曹操的空杯斟满送过去，再不慌不忙地轻轻拿起荀彧的空杯，然后……

厅里又只听见倒酒的声音。

啊？一个个来？

果然，斟满酒的耳杯放在几上时，曹操转过脸来："子美！孤记得初平元年，尊公受命荆州，为袁术所阻。尊公竟单马入宜城，与蒯越和蔡瑁决策，结果八郡传檄而定，江南悉平，可是？"

"司空好记性！"刘琦毕恭毕敬回答。

"啊！如果孤没记错，你好像有个弟弟叫刘琮？"

"是！"刘琦猝不及防，慌忙答道，心里却翻江倒海。他确实有个弟弟叫刘琮，娶了刘表后妻蔡氏的侄女。蔡氏是荆州豪族，诸葛亮的岳父黄承彦便是蔡家女婿。这些世家大族通过联姻形成的关系网盘根错节，要在荆州立足谁都不能不顾，单枪匹马的刘表更如此。耳边风再加利益考量，刘琦这个嫡长子的继承人地位岌岌可危。

曹司空莫非要问此事？刘琦冒出冷汗。

没想到，曹操却看着众人说起袁绍来。

"诸位知道袁本初为什么会一败涂地，还倾家荡产吗？他原本有三个儿子，可谓后继有人。袁谭长而慧，袁尚少而美，应该立谁为嗣其实毋庸置疑。他们夫妻却偏心小的，又不敢公然坏了规矩，便四分其地，还任由谋臣各有拥立。所以本初一死，兄弟就自相残杀，结果被孤各个击破。"说到这里，曹操又看着刘琦，"知道袁谭为什么能够与袁尚抗衡吗？因为他是青州刺史，有地、有兵、有粮草。"

啊！他也这么说？来许之前，刘琦曾问计于诸葛亮，诸葛亮只是提醒他：春秋时晋献公要废长立幼，留在国内的太子申生被害，流亡国外的公子重耳后来却成为晋文公。看来，应该赶紧回去谋求江夏太守的职位。夏口（今武汉市汉口）远离襄阳，可保无虞。

刘琦正在盘算，曹操却又看众人去了。

"本初为什么要废长立幼，有谁知道吗？"

当然知道，不过没人回答。

"居然是要选个长得漂亮的。"曹操笑了。说完又看着张松，叫着他的字说，"子乔，天底下可有这种道理？"

怎么没有？现在不就是以貌取人的世道吗？

但他不能这么说，便道："表里未必如一，也未必不一。"

"那么，刘益州呢？"曹操马上顺水推舟问起益州牧刘璋。

"他跟敝州，可谓互为表里。"张松不卑不亢地回答。

"如何？"曹操又问。

"一言以蔽之——疲敝。"

没人想到张松会如此回答，都目不转睛地看着他。

曹操却淡然一笑："子乔何出此言？"

"张鲁据汉中而不能征，孟获据南中而不能讨，士庶离心而不能笼络，祸乱数起而不能平定。内外交困，非疲敝而何？"

见张松慨然直陈，曹操竟不知该如何回应。他当然想不到，七年以后，益州会变成刘备的，起到重要作用的就有这个张松。益州太过边远，与荆州和扬州相比也分量较轻，此刻还提不到议事日程。

坐在张松对面的鲁肃，却觉得应该说点什么。

鲁肃是今天安徽省滁州市人，官渡之战那年由周瑜引荐，投奔了据有江东的孙权。周瑜引用马超先祖马援的话说：当今之世，非但君择臣，臣亦择君。孙权与鲁肃也一见如故，当即跟他合榻对饮，询问在"汉室倾危，四方云扰"之际，如何能够成为齐桓晋文。

没想到鲁肃回答：汉室不可复兴，曹操不可卒除。

这种惊人之语只怕没几个人说得出。要知道当时袁绍还在，各路诸侯也还打着"匡扶汉室"的旗号。鲁肃却还要为孙权规划：第一步先与曹操和刘表形成三足鼎立之势，时机成熟之后再进伐刘表，吞并荆州，与北中国划江而治，然后建号帝王以图天下。

如此天下三分，比诸葛亮的"隆中对"早了七年。

刚刚从兄长手里接过江东的孙权，只能表示无此非分之想。然而借应召之名到许都一探虚实，则只赚不亏。观察的结果，让鲁肃更加相信自己没有误判：汉室确实不可复兴，曹操确实不可卒除。且不说此人实力雄厚，单单他那举重若轻的能力，便非常人可比。就连杨彪恐怕都不是对手，更不用说孔融。匡扶汉室？唱唱高调罢了。

不过曹操的表面文章，做得倒是滴水不漏。他非但并不反对重建西园八军，还做出乐观其成的样子。今天的宴请也很有些意思。表面上看，他是按照八军校尉的排名顺序在挨个儿谈话，其实却是先搞掂容易对付的。既然如此，与其等着点名，不如自己开口。

"益州江之头，扬州江之尾。司空问了益州，想必要问江东。"

曹操没想到鲁肃会主动发言，点了点头。于是，鲁肃便叫着孙权讨虏将军的官衔说："讨虏与江东，也是互为表里。"

"如何？"曹操问。

"一言以蔽之——少壮。"

没人想到鲁肃会如此说话，曹操甚至打了个喷嚏。接过侍者递来的手帕擦了擦鼻子后，他看着鲁肃问："何谓少壮？"

鲁肃马上给出了数据：

讨逆将军孙策接领其父孙坚之军时，十八岁。

讨虏将军孙权继位时，十九，现在二十六。

中护军周瑜与孙策同年，现在三十三。孙策迎娶大桥，周瑜迎娶小桥那年，都只有二十四岁，吴中呼为孙郎和周郎。

"如此，非少壮而何？"鲁肃说。

"哦哦！少则少矣，壮则未必。"曹操说。

"肃愿为司空言。"鲁肃直起身子，"董卓祸乱，天子蒙尘，四方豪雄奋起。然而真正出兵讨董的，却只有司空、河内太守王匡和破虏将军孙坚而已。敢问那时，司空多大年纪？"

"三十六岁。"曹操说。

"岂非少壮？"鲁肃问。

"那倒也是。"曹操点头。

没想到，鲁肃却接着说："破虏将军孙坚，正好与司空同年。不才如肃，今年也正好三十六。可是在江东，已是年长。"

"啊！今非昔比！当年西园八校尉，孤还要算年轻的。"

"如今八校尉，最年轻的是子桓，二十一岁。"鲁肃又说。

曹操默然。贾诩分析得不错，张松和鲁肃都不可小觑。年轻一代的蓬勃兴起，更让他思绪纷飞，感慨万千。说些什么才好呢？道义在我辈，更在尔辈？任重道远，君其勉之？这些场面话不说也罢。

"后生可畏，焉知来者之不如今也。"说完《论语》这句话，曹操的双手在脸上抹过，"你们说，孤是不是该退位？"

马超赶紧说："是超等该退席了。"

12

"中二千石齐聚本台，不知有何见教？"

荀彧看着对面平静地问。这是曹操宴请马超他们的数日后，少府孔融牵头，联合太常张喜、卫尉周忠、光禄勋刘和、太仆韩融、廷尉马腾、大鸿胪荣郃、大司农王谦，一齐来到了尚书台。

"听说司空曾经回许，不知是也不是？"孔融问。

"是。不过第二天一早就走了。"荀彧回答。

"如此来去匆匆，不知是何原因？"

"司空既然只是回府，当然是府中有事。"

"不知司空府中，又有何急事？"

"府中之事，岂是荀彧管得了的？荀彧并非管家。"

"既然到许，为什么不面君？"

"战事未了，还不到献俘阙下的时候。"

"听说当天下午，司空宴请了马超、刘琦、张松和鲁肃？"

"确有其事，荀彧也叨陪末座。"

"不知筵席之上，司空说了些什么？"

"廷尉应该清楚。"荀彧看看马腾。

"据小儿说，寒暄而已。"马腾赶紧回答。他其实并不愿意掺和到这件事情里面来，只是却不过孔融的情面，随了大流。见孔融不相信的样子，便又补充道："他们都是晚辈。初次见面，能说什么？"

"可是宴请之后，他们都突然各回各州。"孔融道。

"孟起不会是不辞而别吧？"荀彧又看马腾。

"岂敢！天子恩准的。实在是边患又起。"马腾赶紧回答。

"其他三人，应该也各有原因。"荀彧看着孔融。

"理由倒都有。"孔融一声冷笑，"刘琦说父亲病重，张松说南蛮不服。鲁肃更加莫名其妙，竟是要赶回江东劝阻孙权射老虎。"

"少府知之甚多。"荀彧笑笑。

孔融愣住，马腾悄悄叹了口气。

"既然如此，少府也该知道，孙权爱射老虎。"

"那又如何？天大的事吗？"孔融道。

"射虎毕竟危险。周瑜不在身边，张昭劝他不住，大约也非鲁肃不可。"荀彧淡淡地说，"何况兵已送来，他们四人可留可不留。不如将四州之兵都交给羽林中郎将王必，也算天子亲领。"

"话虽如此，但这样不约而同，不觉得奇怪吗？"孔融说，"令君不必装聋作哑！本朝制度，朝廷虽设三公，其实事归台阁。录尚书事的只有司空，常年在外征战。居间调和的，就是阁下。现在事情如此蹊跷，难道我等不该来问个究竟，令君又不该说个明白吗？"

"诸位兴师问罪，是为了这个？"荀彧道。

"言重，言重！"见孔融又要发作，马腾赶紧打圆场，"少府也是公忠体国，我等不过随便问问。诸位说，是吧？"

"当然，随便问问。"刘和等人马上表态。

"也好。荀彧正要面君，诸位不妨随行。"

"令君当真要见天子？"太常张喜问。

"正是。实不相瞒，出大事了。"

13

听荀彧报告匈奴军南下，已经到了洛阳，正在操场观看新军训练的刘协等人都大吃一惊。太尉杨彪和司徒赵温面面相觑，孔融怀疑地看着郗虑，郗虑则视而不见，面无表情。杨彪问消息何来之迟，荀彧回答自己也不清楚，只听说一路并无战事，畅通无阻。他还说，西园八军重建之后，军情已归公府，因此太尉和司徒应该知情。

杨彪和赵温无言以对，就连孔融也只好沉默。懂军事的马腾立即提醒皇帝：过了辕辕是阳城，过了阳城是阳翟。如果过了阳翟，那可就是许都。善者不来，不能等他们过了辕辕关再说。孔融立即请陛下颁诏，令曹操速速调兵，却被荀彧顶回。他说，为了让位西园，司空用于护卫天子的军队早就去了邺城，少府认为赶得过来吗？

养兵本为用兵于急时，请以西园八军迎战。

荀彧这个主张，又让所有人无话可说。尽管谁都知道，这些新军组建不久，能否迎战根本没有把握。可惜马腾不敢说穿儿子带来的兵中看不中用，心知肚明的贾诩和郗虑都一言不发。因此，当兴奋不已的孔融表示附议时，别无选择同时也另有想法的刘协宣布准奏。

剩下的问题，是以谁为将。

上军校尉渠穆当然不行，他得留在皇帝身边。中军校尉杨修自告奋勇，却被父亲杨彪喝止，警告他狂妄自大会误国误君。司徒赵温则扑通跪下，声称七十老臣只有这一个儿子，从未上过战场。再看那位下军校尉赵道，脸色忽红忽白，眼睛左顾右盼，根本说不出话。

刘协心里，大失所望。

解围的是典军校尉曹丕。他上前扶起赵温，然后请战。获得批准之后，曹丕告诉皇帝：事发突然，情况不明，需要沉着应对。南匈奴早已归顺，一向安静。李傕和郭汜之乱时，还护驾有功。此一次突然前来，恐怕事出有因。如果小题大做，弄不好会有失天朝体统。

那么，又该如之何？

曹丕的建议，是自将所部千人为前锋，凉州和江东军由副将率领紧随其后，迎于阳翟。南匈奴长途奔袭，劳师远征，师老则疲。如果以逸待劳，便可御敌于国门之外。其余西园五军，杨修部、赵道部和荆州军守城，请廷尉马腾统领。益州军和渠穆部守宫，由羽林中郎将王必统领。如此三道防线，步步为营，可保万无一失。

马腾立即表示，这是知兵之言。

看来，靠得住的还是曹家人，刘协想。

既然如此，准奏！

杨修却郁闷之极。父亲的表态已经让他颜面尽失，曹丕又在皇帝批准其方案后，提出让自己随行。理由是：此去是剿是抚，恐怕也不一定。中军校尉文笔既好，口才又佳，应该用其所长。那家伙甚至还笑着说：如果遇彼于鸿门，自然是德祖设宴，曹丕舞剑如项庄。

当然准奏，就连太尉杨彪也不好意思反对。

结果，杨修被夺了兵权，变成副手，满心不悦又不敢发作。皇帝又命令下军校尉赵道也去，殿后就好。理由是：没有历练，将来如何掌兵？于是，曹丕率领的队伍之中，便跟了个老是躲在后面的。这人浑身上下裹得严严实实，好像时刻担心有流矢飞来。

犯不着怕成这样吧？曹丕和杨修都不以为然。

阳翟的郊野上，却毫无战争的气息。站在山包远远望去，夕阳下南匈奴的营帐历历在目。四处炊烟袅袅，战马也悠闲地吃着草，居然一片祥和。打过仗的杨修当然能感到氛围的异样，再看曹丕也是满脸平静，便问："子桓率兵到此，莫非要夜袭？"

"也可以是夜访。"曹丕用马鞭一指，"当中那个最大的，应该是单于的大帐。德祖，敢不敢过去看看？"

"反正舞剑的是项庄，有何不敢？"

曹丕二话不说，带着少数亲兵便策马前进。杨修正想问要不要叫上赵道，回头一看那人也跟了上来。这一路如入无人之境，很快就来到单于的大帐。众人伫立帐前，听见帐内传出异国风情的音乐。

"轻歌曼舞？不会中了空营计吧？"杨修有点紧张。

"很有可能。当年吕布从袁绍那里逃跑，用的就是这招。"

曹丕看了看杨修，十分冷静地回答。

何况现在，还走得了吗？

少顷，女声之歌从帐内传出：

> 雁南征兮寄边声，雁北归兮得汉音。
>
> 雁高飞兮邈难寻，空断肠兮思愔愔。

过了一会，传出男声之歌：

> 狐既老兮归首丘，人去久兮起乡愁。
>
> 边地远兮林木修，托鸿雁兮解君忧。

这声音好像是……

曹丕和杨修互相看了一眼，正想说什么，大帐门却开了，呼厨泉单于走了出来，接着是曹操。曹丕和杨修滚鞍下马，正要行礼，曹操却不予理睬，而是看向他俩的后面。两个人一齐回头，发现所有人都已经下马站着，只有一个人纹丝不动，还骑在马上。

"非器！犯什么浑，还不下马？"杨修急喝。

唯一骑在马上的人摘下面罩，竟是刘协。

"免礼！"刘协制止了大吃一惊的众人，却骑在马上不动。是因为没人搀扶就不会下马，还是准备在马上接见群臣？当然都不是。曹操明白，这时需要确定君臣名分的动作，便喝道："丕儿何在！"

曹丕心领神会，立即小步快走上前，准备跪下。

当然不能让曹丕做下马石，刘协立即滚鞍下马。

"没想到司空在此。"皇帝看着曹操说。

"没想到陛下到此。"曹操也躬身拱手。

"那个下军校尉不好奇嘛，朕只好做他替身。"刘协笑笑。

"陛下英武！"曹操也微微一笑。

整整八年了，这是君臣二人第一次真正面对面地谈话。不过僵局既已打破，也就不再尴尬。刘协干脆把好人做到底，笑了笑说："十二年前，朕不就是扮作轻骑兵，跟着司空到许的吗？"

"陛下既然想起了故事，那就请再见位故人。"曹操说。

所有人都看大帐门，只见蔡琰身披狐裘怀抱琵琶走了出来。

"文姬？"这回轮到刘协吃惊了。

14

呼厨泉单于大帐内，火上烤着肉，火边温着酒。单于和曹操坐在刘协的左右两边，曹丕和杨修也奉命坐下，所有人都脱了外衣。刘协已经明白，对方此行是要送文姬归汉。这当然令人欣慰。但是蔡琰像单于那样行匈奴礼，自称外臣，却让他怅然若失，五味杂陈。

曹操马上解释：蔡邕老先生是臣的恩师，膝下又无子。满腹经纶必须有人承继，等身著作也要有人整理。正好左贤王病故，所以自作主张。刘协听完皱了皱眉："这等好事，似乎也用不着瞒。"

"没人瞒啊！只不过没有张扬。啊啊，也是，让陛下误以为大兵入境了。"曹操先是满脸无辜，然后做出恍然大悟的样子，最后又看着曹丕脸色铁青地问道，"典军校尉，难道是你谎报军情？"

"臣岂敢！"曹丕立即俯下身子。

"启禀司空，此乃荀令君所报。"杨修也俯下身子。

"军情已归公府，为什么是尚书令来报？"曹操又问。

杨修和曹丕都不回答，也不抬头。

"是了！想必是公府浑然不觉，台阁例行公事。"曹操又做出恍然大悟状，向刘协俯下身子，"臣也是三公之一，臣有罪！"

"什么话！倘无误会，哪来今夜之欢？"刘协非常清楚这些装模作样的问答都是什么意思，更清楚杨彪和孔融不是曹操的对手。不过看穿不必说穿，反倒应该假装不在意，于是笑道："司空，刚才朕听见帐中对唱，声情并茂，词曲俱佳，甚是好听，二位何不继续？"

"信口开河，敢辱圣听？"曹操微微一愣，然后笑道。这倒不是故作姿态。之前在帐中，蔡文姬唱的是《胡笳十八拍》段落，自己的回应则是临时由旧作《却东西门行》和《塘上行》改写。

"司空这样说，置文姬于何地？"刘协笑容满面。

"外臣谨奉圣命！"蔡琰马上起身行礼。

"文姬既已归汉，不能再称外臣。"单于立即纠正。

说完，他转身吩咐："调弦！"

乐师奏乐，蔡琰又唱起《胡笳十八拍》段落：

城头烽火不曾灭，疆场征战何时歇？
杀气朝朝冲塞门，胡风夜夜吹边月。

曹操想了想，略改《胡笳十八拍》回应道：

东风应律暖气多，汉家天子布阳和。
百姓舞蹈共讴歌，两族交欢罢兵戈。

这样啊？那就换词。

于是蔡琰又唱：

> 罢兵戈兮雁南飞，共讴歌兮喜且悲。
> 天苍苍兮无可语，路漫漫兮当问谁？

曹操想想，改动旧作《陌上桑》和《气出唱》回应：

> 持桂枝兮佩秋兰，驾云车兮度关山。
> 出随长风列之雨，鼓瑟吹笙迎君还。

蔡琰再唱：

> 得生还兮逢圣君，谢曹公兮赎妾身。
> 胡笳赋得十八拍，诗以言志五味陈。

"陛下，臣已辞穷。"曹操笑着向刘协躬身。征得皇帝同意，曹操招手从乐队中叫出一位中年男子。这人先向刘协行礼，然后唱出根据蔡琰《胡笳十八拍》和曹操《短歌行》改写的新词：

> 胡笳本自出胡中，缘琴翻出音律同。
> 但得沉吟为君故，天涯何处不相逢。

有意思，很有意思。
"这是何人？"刘协悄悄问。
"董祀，职任典农都尉。"曹操低声回答。

41

"哦!"刘协目不转睛看着董祀。

"也是迎接文姬归汉的特使,一路同行到此。"曹操又说。

"倒是英俊潇洒,多才多艺,不知身世如何?"刘协问。

"故车骑将军董承族子。"

原来如此!看来这一切都是曹操的精心安排,且环环相扣,滴水不漏。刘协却没有反感,倒有几分感动。他甚至意外地发现,自己也早就盼着这样的重归于好,只是没想到有如梦中。

但,为什么呢?

这时,董祀已经走到蔡文姬身边,两人翩然起舞。

南匈奴的乐队也齐声合唱:

> 东风应律暖气多,汉家天子布阳和。
> 舞翩翩兮合琴瑟,花列阵兮水扬波。

生活,当真可以重新开始吗?

第十九章

非改制不可

建安十三年
戊子 鼠
曹操五十四岁

上半年

1

许县县寺门前竖着一排草人，旁边摆了一盆炭火。进京参加考试的孝廉——郡县举荐的孝子廉士齐聚此地，但并不群情激愤。他们都看着大门的台阶上，那里站了个二十八岁的读书人。

"太尉杨彪，擅改祖制，留之何宜？"

"无宜。"听读书人问，众人齐声回答。

读书人指着一个草人说："那就烧了！"

草人被炭火点着。

"司徒赵温，尸位素餐，留之何宜？"

"无宜。"听读书人问，众人齐声回答。

读书人指着一个草人说："那就烧了！"

草人被炭火点着。

"司空曹操，不理朝政，留之何宜？"

"无宜。"听读书人问，众人齐声回答。

读书人指着一个草人说："那就烧了！"

草人被炭火点着。

三个草人插在地上，熊熊燃烧。

县寺门开，县令满宠从里面走了过来。读书人和孝廉们一齐躬身行礼，满宠看着那读书人问："你是什么人？"

"草民山阳仲长统。"读书人答。

"为什么要烧草人？"满宠又问。

"长官问得奇怪！草民不烧草人，难道烧活人？"

见仲长统这样回答，孝廉们都窃笑。

"为什么要在本寺门口焚烧？"满宠再问。

"如果有更合适的地方，请长官指教。"仲长统说。

"那么，这些也要烧？"满宠看着剩下的草人。

"今天不烧了，明天再说。告辞！"

说完，仲长统长揖，然后转身就走。

孝廉们留下草人，也一哄而散。

2

听完满宠的报告，永安殿朝堂里鸦雀无声。谁都知道，这是杨彪惹出的祸。本朝制度，仕途主要有两个。乡选里举，循序渐进，叫作选举。才高名重，破格录用，叫作辟召。选举又叫察举，主要科目是孝廉和茂才。孝廉就是孝子廉士，茂才就是才子秀士。孝廉和茂才先由郡县举荐，然后进京参加考试。如果录用，便为郎官。五十岁以上的入中郎署，其次入左右署。已故大将军袁绍，现任司空曹操，还有中军校尉杨修，便都是二十岁举孝廉为郎，进入官场。

现在，这个制度却因杨彪的极力主张，要改了。

主要的改动，是废察举而专用辟召。杨彪提出，尽管袁绍和曹操都是举孝廉为郎，但他们均为官家子弟，久在京师。孝逆贤愚，众所周知。乡选里举却事在地方，很容易弄虚作假，名不副实者众。何况州郡自立已久，朝廷鞭长莫及。因此他主张，公府卿寺的掾属，一律由三公和九卿自行征辟。考虑到察举制肇始于武皇帝，骤然废之会出事端，不妨采纳孝顺皇帝时尚书令左雄之策，年不满四十者不得举为孝廉，适龄的也须先谒公府面试家学，课其笺奏，练其虚实。

如此，就不会"举茂才，不知书；察孝廉，父别居"了。

至于年龄限制在四十岁以上，是因为四十而不惑。

杨彪草拟的这章程，未尝没有一定道理。他和赵温的打算也原本是想等曹操回许后，再三公会议。可是不知道为什么，这事已经传得几乎满城皆知。郡县举荐的孝廉正好大批到许，其中年龄不满四十的大有人在，超过四十的也不会赞成专用辟召，还不闹起来？

这就不知如何是好了，朝臣们面面相觑。最后，还是沉不住气的孔融打破沉默，看着满宠说："你就这么放他们走了？"

"请问少府，又能如何？请他们吃饭？"满宠说。

"吃什么饭？当然是法办。"孔融说。

"如何法办？没有罪名啊！"

"焚烧当朝三公，还不违法？"

"何以见得？草人身上既无衣冠，也无姓名。"

"烧的时候，不是指名道姓了吗？"

"口说无凭，也可以说不是。"

"聚众闹事，岂非罪名？"

"烧了三个草人而已。草人本是刍狗，刍狗原本可烧。烧刍狗也要法办，于法无据。再说他们很安静，也算不上闹事。"

"心怀不满，总是吧？"

"是。所以要来禀告。"

"不满朝廷，还不法办？"

"党锢之祸，也因于此，为什么平反？"见孔融哑口无言，满宠又说，"何况朝廷之事，又岂是小小的县令管得了的？"

确实。孔融只好看着太尉杨彪。

"陛下！请将此事交'三独坐'审理。"

刘协批准了杨彪的提议，没想到司隶校尉钟繇却站起来说："臣等领旨。但是敢问陛下，仲长统既不违法，要查什么？"

"问他们有何不满，又受谁人指使。"杨彪说。

"明白。但这就不能是会审，否则不敢奉诏。"钟繇说。

"不是会审，是什么？"孔融问。

"约谈。"钟繇说。

3

仲长统被带进司隶校尉府，见司隶校尉钟繇居中，尚书令荀彧和御史中丞郗虑一左一右，便道："三独坐齐聚，莫非要三堂会审？"

"不，聊聊。请坐！"钟繇说。

坐就坐。仲长统大模大样坐了下来。

钟繇慢慢翻看简牍，大堂里一片寂静。过了片刻，钟繇突然抬头问道："仲长统，字公理，兖州山阳郡高平县人？"

"是。"坐在对面的仲长统回答。

"县里举的孝廉？"钟繇又问。

"州郡辟召草民都不就，举什么孝廉！"仲长统说。

"不是孝廉，跟着他们闹什么事？"钟繇再问。

"长官之意，是要审问？"

仲长统忽的一下站了起来。

"不，刚才说过，聊聊。"钟繇道。

"那么长官此言欠妥！什么叫闹事？分明是有人擅改祖制，霸占仕途。天下者，乃天下人之天下也，岂容三家五族私分？寒门贫士的晋身之阶又岂容阻隔？三公不公，九卿唯亲，难道骂他不得？"

郗虑抬起眼皮，荀彧默然不语，钟繇笑了。

"这么说，烧草人果然因为废察举而专用辟召？"

"是又怎样？"仲长统说。

"此事三公尚未会议，你们如何得知？"

"长官想知道这个人的名字？"仲长统问。

"正是。"钟繇说。

"抱歉！我不告诉你。"仲长统重新坐了下来。

4

杨彪他们没想到的是，三独坐在仲长统那里没有问出结果，曹操却辞职了。这段时间，那些孝廉虽然不再聚会，也不烧草人，却不断上书。杨彪和赵温一筹莫展，只好奏请天子，让郗虑去了邺城。于是曹操得知，那个仲长统坚决不肯说出是谁走漏风声，郗虑则把他请到御史中丞府住着。这不仅因为他们同为山阳郡高平县人，更因为所见略同。郗虑死心塌地追随曹操，就是为了寒门士子有出头之日。

住进御史中丞府的仲长统并不与郗虑秉烛夜谈，只是索要笔墨和木简，写些什么不知道。杨彪和赵温，也不要求再查泄密的事。走漏风声的，除了门庭若市、每餐必饮、每饮必醉那位，还能是谁？

座上客恒满，就鱼龙混杂。樽中酒不空，就口无遮拦。

但，孔融建八军，杨彪废察举，可谓双管齐下，必须釜底抽薪。

于是在朝会上，郗虑便宣读了他从邺城带回的奏章：

> 臣蒙先帝厚恩，致位郎署。又蒙陛下错爱，窃名三公。非敢望高官厚禄，诚愿效犬马之劳。是故经年累月，征战于外，无暇顾及朝政，以至于物议沸腾，群情激愤，使陛下蒙羞，臣亦窘迫。恩请职辞司空，唯领冀州。身非己有，岂敢自私？但求夷灭丑类，平定祸乱，灰躯尽命，报塞君恩。臣武平侯冀州牧操顿首。

郗虑读完，将帛书卷起，由渠穆接过放在刘协面前的几上。

"曹操要辞职？"孔融先叫起来。

"只是辞去司空之职，仍领冀州。"郗虑冷冷地说。

"他要学袁绍？"孔融又叫起来。

"袁绍并没有请辞大将军。"郗虑仍然冷冰冰的。

杨彪看了孔融一眼，孔融这才不再说话。赵温却俯下身子："老臣七十二岁，又教子无方，有负圣恩，请辞司徒之职。"说完避席。

紧接着，杨彪俯下身子："臣六十七，辅政失职，请辞。"

说完，他也避席。

刘协请杨彪和赵温都回原位，然后再问众人："诸位看呢？"

"臣请陛下挽留！"太常张喜说。

"臣以为恭敬不如从命。"光禄勋刘和说。

其他人都不说话，孔融张了张嘴，没说。

"准奏！"刘协将所有人都看了一遍，然后说，"太尉杨彪以太傅衔致仕，食全俸，岁时朝见不趋。司徒赵温致仕，食司徒全俸，恩准告老还乡。曹操着免司空之职，不再录尚书事，领冀州牧如故！"

致仕就是退休，也叫休致。杨彪和赵温都俯下身子谢恩，孔融又忍不住了，叫道："陛下！三公俱辞俱免，这朝政……"

"大事由朕亲理，细务交由台阁。"刘协说。

"遵旨！"荀彧也俯下身子。

5

刘协的决定震惊了朝野，只是谁都想不到会与贾诩有关。朝会的前一天，皇帝在便殿召见贾诩，由渠穆告诉他：孝廉不断上书，公卿招架不住，街谈巷议也颇多微词。不过更为糟糕的是，最近又有谶语出现，到处流传。说完，渠穆将一片木简交给贾诩。

贾诩接过来一看，只见简上写着：代汉者，当涂高。

这不就是袁术称帝时流传的吗？按照袁术的解释，当涂高的意思是高高大大在路上，而他的字正是公路。现在再次出现，实在是没有道理。如果真有所指，既然不是路，那就只能是公。

三公？刘协和渠穆一齐问。

臣不敢妄言。贾诩顿首。

不管他了，刘协想。皇帝今年虚龄二十八岁，名义上也已经做了十九年天子，当然很想亲理朝政。三公俱辞，正好给了他机会。本朝虽置三公，其实事归台阁；而尚书令荀彧，又非常靠得住。

所以，完全用不着找人替代杨彪、赵温和曹操。

制度，也不妨趁机改改。

于是朝会第二天，刘协便由渠穆陪同来到尚书台。由于决策已经在于皇帝，细务全都交由台阁，三公府不再有存在意义，原来的下属官吏转到了尚书台。他们站成三列，把朝堂挤得满满当当。

这么多！刘协不禁感慨。

荀彧解释：本朝制度，三公府各有长史一人，秩千石。其下则有掾属和御属，秩四百石到百石不等，全都分曹理事：

西曹主府史署用；

东曹主二千石长史迁除及军吏；

户曹主民户、祠祀和农桑；

奏曹主奏议；

辞曹主辞讼；

法曹主邮传驿站；

尉曹主士卒徒运；

贼曹主盗贼；

决曹主罪法；

兵曹主兵事；

金曹主货币盐铁；

仓曹主仓谷。

三府，掾属和御属总计一百八十八人。

眼见皇帝头疼起来，荀彧又解释：政务原本就繁杂。不过，由于分曹理事，各司其责，按部就班，倒不忙乱。如果有问题，各曹汇总于长史，长史择其要点报与三公，三公也不至于要日理万机。

如此甚好！刘协正要说什么，一个吏员突然倒下。

52

还说不忙，这不是累倒了？刘协看着荀彧。

不可能累倒！怎么可能？

荀彧立即走了过去，他和纷纷让开通道的吏员清楚地看到：倒在地上的那人眼球突出，目光闪烁，表现出惊恐的状态。荀彧正要奏请即传太医，突然又有几个人倒了下来，朝堂内一片惊叫和混乱。

就这样，建安十三年正月底，瘟疫在许都爆发了。

6

"瘟疫？"刘协坐在便殿正中榻上，惊诧地问。

"很可能。刚才太医诊断，公府吏员高烧不退，舌苔黄厚，神情呆滞，且有血块淤肿，所患为疠疾无疑。"荀彧忧心忡忡地说，"何况满宠奏称，近日许县出殡民户暴增，更有出殡人倒在途中，此非疠疾而何？疠疾相染，即成瘟疫。"说完，他看了看旁边的满宠。

满宠一声长叹，摇了摇头。

"此疾相染吗？"刘协问。

"难说。"荀彧回答，"臣闻《黄帝内经》有云，五疫之至，皆相染易，无问大小，病状相似。因此，请司隶校尉和许县县令联署行文张榜，着官民人等不论尊卑，但凡家有病重和病故者一律报来，查看病状是否相似，又或似与不似各有几分，即可判定。"

"荀彧所言极是。"郗虑接着说，"臣先师郑康成先生有云，疠疾乃气不和。先帝在位时，大疫有五，两次在正月，两次在二月，一次在三月。正月，阳气初萌而阴气仍盛，正是阴阳不调之际。且兼今年暖冬，寒暑错时，不可不防。时不我待，请陛下颁旨！"

刘协听了，马上命钟繇和满宠令着即办理。

"尽管查验。"太中大夫贾诩说，"这几日，臣在城中行走，早就发现药肆门庭若市，医家奔走不暇。刚才进宫，又见家家禳灾，户户悬符，可以断定疠疾已然相染，城中必有瘟疫无疑！"

"啊！"见贾诩说得这么肯定，刘协等人都紧张起来。

"瘟疫既起则阴阳失和，治乱失序，朝廷不可乱了阵脚。"贾诩又看着刘协说，"如今三公俱辞，群龙无首；九卿年迈，须防染易。臣请罢朝，以三独坐与县寺联署办理急务，暂行公府与卿寺之权。还要请陛下颁旨，着太医与民间医者会诊，设药棚以济子民。"

当然准奏。所谓群策群力，就是这样吧！刘协不禁感动。他没有想到，自己的亲理朝政竟是如此开端，臣僚们又那样得力。

荀彧、郗虑、贾诩、钟繇、满宠……

那么，曹操呢？

几天之后，刘协得报：曹操已离开邺城，不知去向。

7

急召曹操来许录尚书事，是因为疫情严重。据满宠报告，他奉旨设棚施药多日，却似乎不太见效。病重病故者有增无减，瘟疫有蔓延之势。熟知历史的荀彧则告诉刘协，先帝时的大疫，最后一次在中平二年正月，至今已有二十三年。历经董卓、李傕和郭汜之乱，现在的太医早就不是当时那些人，既无经验又无妙方，恐怕力不从心。

确实。现在的太医令，就是孔融担任少府后招聘的。

那么，听说民间有神医华佗，不知能治否？

54

郗虑报告：已让曹朗去寻找，尚无消息。

钟繇却急了。他说如今城中既有灭门之灾，又有倒毙流民，尸体无人认领收葬，导致疫气弥漫空中。长此以往，势必人心浮动，治安堪忧。自己与满宠顾此失彼，羽林中郎将王必分身乏术，西园八军又无人指挥调度。因此他建议，急调曹操进京，当能砥柱中流。

刘协立即准奏：着曹操来许，录尚书事。

曹操却找不到了。

稳定人心已成当务之急，刘协决定亲去药棚。

许都居民区的现状惨不忍睹。出殡的队伍不断走过，稀稀拉拉也没有哀乐。空无一人的民户门口，悬挂着的符在空中摇摆，里坊外面倒着死亡的乞丐。街头空旷处设立了药棚，满宠坐镇指挥，市民排着长队在领药。刘协和渠穆停下脚步，站在旁边远远看着。

过了片刻，一匹快马飞驰而来，迅速冲到了药棚前。

"给我药汤！"滚鞍下马的女子走到队前对衙役说。

衙役愣了一下，将舀药汤的木勺递了过去。

"果然。"女子喝了一口，然后说，"这个没有用！"

"没有用？你是什么人？"衙役问。

女子正要回答，已经走了过来的满宠立即认出是无盐。

"宗主！"满宠拱手。

"现在是华佗先生之徒无盐。"

神医华佗？领药的百姓哗然，议论纷纷。

"无盐？朕久闻大名。"刘协从民众中走了出来。

"陛下？"无盐突然眼眶湿润，不知所措。

"免礼！"刘协心中莫名其妙地一动。

"谢陛下！"无盐却迅速地恢复正常。

"昔日江湖女侠，今朝神医高徒？"

"讨董与悬壶，都是济世。"

"此番又为何而来？"

"奉师命前来救人。"

"啊！莫非令师已到？"

"民女随冀州牧星夜兼程，家师由士卒护送还在路上。"

"这么说，曹操也来了？"刘协又惊又喜。

"来了，在市中。"

8

汉代的商业区叫市，一般是方形。所有的市都有市墙，实行白天开门晚上关门的封闭式管理，管理部门则设在也叫旗亭的市楼。站在市楼登高望远，市内的隧道和两边的列肆尽收眼底。此刻，接到市令通知的市民和商贾齐聚楼下，看着楼上的曹操、钟繇和曹朗。

"尔等民众都认识孤吗？"

"认识，司空！"

"现在不是了，也管不了你们，所以把司隶校尉也请来了。"

"上官到此，有何指令？"一个市民问。

"封市。本市即刻关闭，交易停止，任何人不得随意出入。"

"封了市，小人生意怎么做？"一个商人问。

"做生意要紧，还是保命要紧？城中瘟疫，不知道吗？"

"县寺不是设棚施药了吗？"又一个市民问。

"就算有药可救，也犯不着大病一场吧！"

楼下的民众一片哗然，七嘴八舌。

"我等本有市籍，住在市中，奈何？"又一个商人问。

"坐贾自可留下，有官府照应。行商收拾收拾赶紧走吧！过会儿就出不去了！"见楼下的民众互相看看，纷纷散去，曹操又喊，"你们当中有卖石灰的吗？留步！你们的石灰，官府全部买了。放心，照价付款，不会亏了你们。周边如果有货，也速速运来！"

9

"敢问陛下，这药方是何人开出？"

街头药棚里，无盐问。

"太医与民间医者会诊所拟。"刘协答。

"会诊之时，是不是各家有言，其说不一？"

刘协愣了一下，然后如实回答："是。"

"果然不出所料。"无盐点了点头，"诸家会议又人命关天，自然只能折中，开出不温不火，不疾不徐的方子。这药吃不死人，也治不了本，安心而已。当然，病状轻的，或可缓解。"

领药的百姓哗然，议论纷纷。

"请问何以知之，又何以解之？"刘协说。

"二十三年前的大疫也是正月，病状相类，家师记有药方。"无盐掏出帛书，"先照这个方子配药济民为好。"

满宠上前接过，又回头看看刘协。

"既然是神医的配方，自然可信。"刘协说。

"煎好的药也领回去，可以治标。"无盐说。

"已有神医配方，曹操为何要去市中？"

见领药的百姓重新排起队来，刘协又问无盐。

"封市。市中人畜混杂，南来北往，弄不好皆相染易。因此家师特别告诫，到许之后必先封市，再用石灰驱除疫气，以防蔓延。"

这女子脸上，怎么有几分兄长刘辩的影子？

肯定是朕病情加重，眼花了。

刘协突然昏厥，渠穆赶紧上前抱住。

"敢问常侍，陛下这几日，可有畏寒乏力和厌食之症？"在洛阳见过渠穆的无盐也已经跪下，为刘协号脉。

"有。莫非……"

"赶紧回宫！"无盐说。

10

"孤已辞去司空之职，只好借尚书台理事，诸位不要见怪！"

尚书台朝堂里，曹操看着众人。

"明公奉旨录尚书事，我等唯公之命是从！"

羽林中郎将王必立即表态。

"好！"曹操点点头说，"宫中府中，本为一体。非常时期，更是不宜异同。自即日起，公卿百官，府寺衙署，皆由羽林军宿卫，严禁闲杂人等出入，不得有误！另外，市已封，里坊也要禁。除例行宵禁之外，白天也要减少你来我往，更要防止不法之徒为非作歹。县寺的人手不足，羽林中郎将所领西园四军暂由许县县令调度！"

"遵命！"王必拱手。

"中军校尉严管市中，确保药材食品供应，不得哄抬物价！"

"遵命！"杨修拱手。

"下军校尉率所部在城内各处撒放石灰，不得有所遗漏！"

"遵命！"赵道拱手。

"典军校尉率所部巡查，发现无名之尸立即运到城外掩埋。"

"遵命！"曹丕拱手。

"设棚施药仍由许县县令掌管，但要造册登记。"

"遵命！"满宠拱手。

"华佗先生到后，尚书台要将疫情每日汇总，交神医验看。"

"遵命！"荀彧拱手。

"此间敢有作奸犯科者，着司隶校尉严加处治！"

"遵命！"钟繇拱手。

"御史中丞该来了吧？"曹操又问。

话音刚落，郗虑带着仲长统和孝廉们走了进来。

"这位就是仲长统。"郗虑介绍。

"足下的字是公理吧？"曹操问。

"愧不敢当。"仲长统拱手。

"公说公有理，婆说婆有理。"曹操看着孝廉们，"选官之理今天不谈，烧草人也不谈。尔等常说自己怀才不遇，报国无门，现在机会来了。各人有什么本事，都使出来。过会儿就在尚书台登记，再分配到各处。只要立功，无须考试，立即录用。"

"敢不承命！"仲长统和孝廉们拱手。

"官员吏员，均当同舟共济。敢有推诿渎职，萎靡不振者，着由御史台弹劾！欺下瞒上，假公济私，害民误国者，罪加三等！"

"遵命！"郗虑拱手。

"诸位还有何疑问？"曹操说。

"没有。"众人一齐回答。

"很好！各行其是吧！"

"遵命！"众人一齐拱手。

11

曹操回许，三下五除二，立即就缓解了之前的紧张，让局面变得平稳可控，还顺便解决了孝廉们的问题，这让刘协感慨系之。更让他感动的是，曹操在邺城，竟然判定许都有瘟疫，亲自寻找神医。也许正如《庄子》所云，他是"身在江海，心存魏阙"吧！

何况自己病倒后，曹操每晚都与华佗宿于宫中。

因此到了四月，瘟疫尽除之后，刘协便下了诏书：

> 朕以不德，亲政之日即天降疠疾，万家罹难，千户灭门。思之
> 怒之，寝食难安。令郡县被灾甚者毋出今年租赋，太官损膳，乐府
> 减员，以缓朕罪，以解民忧。今三公俱辞，宰辅无人，其令九卿及
> 三独坐议之。

诏书既下，刘协便在永安殿召开朝会。由于三公缺位，而且曹操已经回到邺城去做他的冀州牧，九卿之首的太常张喜带头发言："陛下颁诏罪己，臣等无不感佩。请罚俸一年，以安人心，以儆效尤。"

"减半吧！岂可全无？"刘协说。

"遵旨。"张喜说。

"宰辅乃鼎萧之臣，而今缺位，诸卿有何建议？"刘协又问。

"请以曹操为太尉，另选司徒与司空。"张喜说。

"何故？"刘协问。

"遇天灾而幸免于人祸，曹操之功也！"

"与曹操同功者谁？司徒和司空可有人选？"

"这个……"张喜张口结舌。他的想法，原本是依照九卿排序由自己和光禄勋刘和递补。然而私下里商量时，刘和坚拒，孔融则主张重新起用杨彪和赵温，其他人不表态。这就没有方案了。现在听皇帝那么说，张喜灵机一动："请以功次曹操的尚书令荀彧为司徒。"

也是。如果荀彧做司徒，他就可以做司空。

怎么着，也得从九卿中选一个人吧？

孔融看穿张喜的心思，便冷笑一声道："三公乃论道之官，岂能用于论功行赏？太常所言非是。荀彧位进三公，去年曹操就提过，陛下也已恩准，荀彧却自称不敢奉诏。怎么样，令君没改主意吧？"

"当然。"见孔融问自己，荀彧斩钉截铁地回答。

"尚书令协调君相，或许有人选。"张喜只好说。

"没有。"荀彧又斩钉截铁地回答。

"那么，可有办法？"张喜再问。

"有。"荀彧起身叉手，"臣请废三公，置丞相。"

"你这是擅改祖制。"见张喜等人面面相觑，孔融拍案而起。

"高皇帝时，三公为丞相、太尉和御史大夫。建元二年武皇帝废太尉，以丞相为首相，金印紫绶；御史大夫为亚相，银印青绶，岂非祖制？"荀彧语气平静地说，孔融顿时哑口无言。

"朕养病期间，读了篇叫作《法诚》的文章，众卿想听吗？"

"愿闻其详。"见皇帝开口，张喜立即响应。

"读来！"刘协吩咐渠穆。

渠穆展开帛书，读道：

周礼六典，冢宰贰王而理天下。春秋以及战国，诸侯明德者皆以一卿为政。秦兼天下，则置丞相，而副之以御史大夫。我朝高帝至孝成，因而不改，汉之隆盛是唯在焉。夫任一人则政专，任数人则相依。政专则和谐，相依则违戾。和谐则太平之所兴也，违戾则荒乱之所起也。且光武皇帝中兴以来，虽置三公，事归台阁。三公之职，备员而已，可望勋立于国家，绩加于生民乎？

"敢问陛下，此文何人所写？"孔融说。

"兖州山阳郡高平县士子仲长统。"

"郗虑的同乡，带头烧草人闹事的那个吧？"孔融问，然后一声冷笑，"果然是曹操一伙的阴谋！"

"孔融！陛下面前，不可无礼！"张喜赶紧制止。

"请少府说，此议何以是阴谋？"荀彧问。

"变法改制，不就是要让曹操大权独揽吗？"孔融说。

"是否废三公，制也。何人任丞相，事也。岂可混为一谈？"

听荀彧这么讲，孔融兴致大起，开始长篇大论，滔滔不绝，大讲制度。他的意思简单地说，就是本朝制度其实得于天数——

天无二日，故天下一帝。

三光日月星，三才天地人，故有三公。

三三得九，九九归一，故有九卿。

每年十二月而或闰之，是以州部十三。

妄言改制，岂非逆天？

孔融还说：

太尉主天，分领太常、光禄勋和卫尉；

司徒主人，分领太仆、廷尉和大鸿胪；

司空主地，分领宗正、大司农和少府。

三公九卿，秩序井然，此光武所以中兴也！

荀彧只好提醒孔融，三公变成太尉、司徒和司空，其实始于王莽谋逆。光武中兴之后，与太傅和大将军合为五府，尽显尊荣。但若非录尚书事，则徒有宰相之名。那么，何不名正言顺，改为丞相？

"好吧！那么请问，丞相几人？"孔融说。

"除孝惠皇帝和吕太后时，只有一人。"荀彧说。

"录尚书事呢？"孔融再问。

"可以多人，也可一人。"荀彧回答。

"如此说来，你的改制，就是要集相权于一人？"

"天下动乱，百废待兴，必须令行禁止，最忌政出多门。"

"倘若如此，置天子于何地？政由曹氏，祭则寡人？"

"丞相人选待议，没有人说定当是谁。"

"好吧！政由丞相，祭则天子？"

"孔融！你休得含沙射影，离间君臣！"荀彧怒喝，"高皇帝创我大汉时，丞相先有萧何，后有曹参，无不恪尽职守，致君尧舜，何曾有过'政由某氏，祭则寡人'的？简直一派胡言！"

"如你所说，国务政事都交由丞相，天子何为？"

"以道御之。天地有道有德，道者事之本，德者事之功。君有道则臣自有德，君无为则臣自有绩。信而任之，能臣自至，君臣互信则天下安。圣人执要，四方来效，天子垂拱而治可也。"

互信？我就不信，孔融撇嘴。

"这话怎么听着耳熟？老子，还是韩非？"

"那又如何？"荀彧问。

"本朝独尊儒术。"孔融道。

见荀彧不再说话，刘协决定斩断争论："孝宣皇帝遗训，汉家自有制度，本以霸王道杂之，奈何纯任德教，用周政乎？再者，若非尚黄老而重刑名，清静无为，与民休息，何来文景之治，昭宣中兴？孔融所议非是！朕意已决，废三公，置丞相。丞相之人选，其令朝野共议共举，亦可自荐。此事着尚书台拟旨，昭告天下！"

12

荀彧来到邺城已是五月。上次会议之后，对改制不再争论，丞相人选则朝议分歧。孔融等力推杨彪，刘和等力荐曹操，杨彪和曹操都坚辞不就。不过，杨彪只是不肯受命，曹操却提出要完全恢复高皇帝旧制，并力荐杨彪为丞相主内，自己任太尉主外，专事征伐。

对曹操的这个提议，杨彪表示：丞相之外是否另设太尉，无可无不可，但自己绝不出任丞相。于是贾诩告诉皇帝：杨彪是避祸，曹操是避嫌。丞相一职，非曹操莫属。因此他建议，可令荀彧使邺。

曹操却只肯跟荀彧喝酒。他说自从荀彧做了尚书令，自己又常年在外，见面都少。记得两人第一次喝酒，是在初平元年。当时袁绍让荀彧带了大军来"邀请"自己，转眼十八年了。但要说有意思，还是在河内下棋。荀彧拿起黑子放在棋盘正中，说曹操是向死求生；曹操拿起白子放在一角，说荀彧是置于死地。两人都抚掌大笑。

"今晚，再手谈一局如何？"曹操眯着眼睛。

"假的！"已经喝多了的荀彧勃然大怒，拍案而起。

荀文若向来温文尔雅，何至于此？

曹操摸摸鼻子，打了个喷嚏。

"什么假的？文若，坐，坐下说。"

"奸雄！奸雄是假的！"荀彧重新坐下。

"何以见得？"

这话刚一出口，曹操就后悔了。什么叫作何以见得？何以见得是奸雄，还是何以见得是假的？今天真是活见鬼！

"奸则奸矣，雄则未必！"荀彧说。

"何以见得？"

哎呀！脱口而出的，怎么又是这句话？

罢了，说都说了，随他去！曹操坐直身子，忐忑不安地等着荀彧说出下文。其实废三公，置丞相，正是自己梦寐以求，却又一直没能找到办法的事情。没想到荀彧抓住机会，招呼都不打就办成了。这就让曹操感到畏惧。因为他比谁都清楚，文若先生这样做，肯定是出于道义，自己的动机则没有那么单纯。将来如何，不能不掂量。

何以见得，曹操其实很怕荀彧说出答案。

"朝堂所议，新制本无太尉，是吧？"荀彧问。

"是。"曹操回答。

"天子所问，也只有丞相人选，对吧？"

"确实。"

"那么，为什么要提出仍设太尉一职？"

"古制有之。丞相、太尉、御史大夫，是为三公。"

"高皇帝元年，萧何为丞相，有太尉吗？"

这还用问？曹操不说话。

"没有。"荀彧自己回答,"后来,才先有卢绾,再有周勃,可惜都是时任时免,与萧何、曹参、陈平这些丞相比,职与权之差别都不能以道里计。这种摆设般的官位,难道也是明公想要的?"

当然不是。曹操只好保持沉默。

"自己不想,天子没问,也无人主张,为什么要节外生枝,提出让杨彪当丞相,自己去做太尉?说!"

"文若看呢?"曹操斜着眼睛。

"要么是奸诈,要么是胆怯!"荀彧撇了撇嘴。

"何以见得?"这回曹操差点就要笑出声来。

"还用说?谁不知道杨彪几经起落,早已只能明哲保身?又有谁不知道能够奉天子以讨不臣的,只有一人?就算杨彪当了丞相,大权在握的会是他?不要假惺惺地说什么国赖老臣!说穿了,你是要有个华盖。风吹雨打可以遮挡,若有闪失可以卸责,岂非奸诈?"

就这些?好!很好!往下说!

"再就是害怕变法改制招来闲言碎语,害怕杨彪联合老臣们暗中作梗,想想真是可笑!"荀彧自己舀了酒,咕咚咕咚一气喝下,"其实该害怕的是我。我倒不怕说三道四。郑国子产有云,苟利社稷,死生以之。然而改制之后,天子垂拱,政归丞相,不设太尉,丞相集万千权力于一身。如果他学了王莽,我荀彧可就是千古罪人!"

"既然如此,天子为什么会同意废三公,置丞相?"

"怕是因为读了仲长统的文章。"

说完这句话,荀彧倒下,睡了过去。

"文若!文若!哎呀,咋就这么不能喝呢?"曹操摇摇头,站起身来脱下袍子,盖在荀彧身上。然后重新坐下,从樽里舀出酒来喝了一口,看看荀彧。又喝一口,又看荀彧。再喝一口,再看荀彧。

荀彧酣睡不醒。

"文若啊，孤的那首《短歌行》你应该读过吧？越陌度阡，枉用相存。契阔谈䜩，心念旧恩。说的不就是你，不就是今天吗？孤不怕他们，也不想拿谁做盾牌。用不着啊！孤是怕管不住自己。你虽胆大却心软，哪知道拔剑出鞘就难免刀刀见血。不信，我给你看看！"

说完，曹操起身下榻，从架上取出剑来。

月光穿过窗户，照在剑锷，银光闪闪。

曹操持剑起舞，边舞边低声吟唱：

> 明明如月，何时可掇？忧从中来，不可断绝。
> 月明星稀，乌鹊南飞。绕树三匝，何枝可依？

窗外月光洒在曹操身上，光与影构成动态的画图。

再看荀彧，依然酣睡不醒。

"文若啊文若，你是何苦？唉！孤去许都面君就是。"

回应他的，只有荀彧的鼾声。

13

见皇帝之前，曹操先见了贾诩。

"文和可知，天子为什么会同意废三公，置丞相？"

"恐怕是要学高皇帝。"贾诩说。

"高皇帝的天下，可是自己打下来的。"

"明公所言极是。"

"如此，尚且要防韩信。"

"岂止韩信，还有彭越和英布。"

"文和是说，五个韩信要防，一个倒不必？"

"天子怎么想，诩实不知。"

那就去见皇帝。刘协却问起郭嘉来："朕听说，故军师祭酒郭嘉会押飞碗。明明木碗下放着果核，掀开以后却空空如也。如果旁人猜有一个果核，掀开来却可能是五个。有这事吗？"

"有。"曹操愣了一下，答。

"由此观之，岂非不知有无，难辨异同？"刘协问。

"有无异同，本如阴阳五行，相生相克，相辅相成。"

"如何相生，怎样相成？"

"无中生有，异中见同。"

"那么，何谓有？何谓无？何谓异？何谓同？"

曹操完全没想到会有此一问，竟不知该说什么。

"无名，天地之始。有名，万物之母。常无与常有，不过同出而异名。同谓之玄。玄之又玄，众妙之门。故圣人处无为之事，行不言之教，生而不有，为而不恃，功成而不居。是谓大有，亦谓大同。"

刘协微微一笑，自己回答。

"陛下此言，深得《道德经》之精髓。"曹操说。

"所以，西园八军，也交给丞相好了。"刘协笑笑。

曹操又没想到，皇帝会说出这样没头没脑的话来，更没想到政治体制改革和重大人事变动，竟然会以如此简单的方式进行。但他不能再说什么，也不必再说什么，便俯下身子道："遵旨！"

"如此甚好！"刘协笑了。

曹操起身，准备告辞。

"曹孟德！"刘协突然罕见地叫了曹操的字。

"臣在！"曹操一惊，答道。

"我想问你，朕何以为朕？"

"陛下，原本就是陛下啊！"

"不对！应该自称朕的，原本是我兄长。"

曹操大吃一惊，又不知该说什么。

刘协眼里却是泪光闪闪。

14

建安十三年六月初九，汉献帝刘协颁诏，宣布废除太尉、司徒和司空官职，恢复汉武帝时的丞相和御史大夫制，拜曹操为丞相。曹操履新之后，发布教令整编西园八军，渠穆的上军及益州兵归伏波将军夏侯惇，杨修的中军及江东兵归厉锋将军曹洪，赵道的下军及荆州兵归安西将军夏侯渊，曹丕的典军及凉州兵归平南将军曹仁。

至此，东汉帝国的朝廷完全处于曹操的控制之中。

消息传出，无盐约曹操在尚书台见面。

一别八年，双方都今非昔比。五十四岁的曹操如日东升，又其貌不扬，倒是并不显老，三十五岁的无盐却与从前判若两人。江湖女侠的飒爽英姿全然不见，眉宇之间倒有了都虑式的忧郁。曹操当然能够猜出她为什么会离开自己，来许的路上又为什么一言不发。回到从前显然已不可能，何况见面的地方是尚书台，也只能公事公办。

"宗主约见孤，不知有何见教？"

"现在是华佗先生之徒无盐。"

"哦。哦，抱歉！还没有答谢令师徒出手相助。"

"治病救人，医家本分，何足挂齿。"

"那么今天，应该不是给孤看病。"

"的确，是请丞相看样东西。"

说完，无盐掏出锦盒，放在几上。

"传国玉玺？"曹操看都不看。

"你怎么知道？"无盐问。

"因为你对袁绍那个人，不会有那么大的好奇心。"

果然如此！无盐想起八年前在官渡野地散步时，自己讲了将袁绍堵在路上的事，还说很好奇袁绍吃了败仗会怎么样，也好奇他有没有随身携带传国玉玺。曹操却只是笑问：带了如何，没带又怎样？

什么都能料到，又什么都不在乎，这样的人太可怕。

"约在尚书台交玺，是怕我私吞吧？"

不出所料，曹操果然问道。

"没错，信不过你。"无盐傲然回答。

"孤倒是怕天子不收。"

"什么意思？"无盐问。

"瘟疫之后，天子就像换了个人。"

确实。此前无盐已经跟荀彧谈过，荀彧的说法也一样。他还明确表示，匡扶汉室到了关键时刻。诸侯各怀异心，尤其是长江中下游的荆州刘表和江东孙权，明显成为朝廷的心腹之患，必须征讨。这才要废三公，置丞相，集权于丞相曹操一人，庶几可望成功。

成功之后呢？那人就能还政天子，或者让位于他人？

传国玉玺却不能够再留在身边。自从拜华佗为师，无盐就把队伍交给了范铁，自己跟着师父遍走名山大川，寻药医世。之所以没有将玺交出去，是因为渠穆所说"神器已成凶器"让她心存顾虑。在许都亲眼见到刘协后，她的疑虑更重。二十八岁的天子染疾病倒，怎么看都是不祥之兆。无盐甚至怀疑，皇帝就像大汉，已经弱不禁风。

他能够真正拥有传国玉玺，也许还有待时日。

"天子不收，那就暂存尚书台，如何？"无盐问。

对！有荀彧看着，才能保证到时候物归原主。

"如此甚好！"曹操拱了拱手。

荀彧默然。他听懂了无盐的意思，也想不出更好的办法。

"前日面君，天子有句话耐人寻味。"曹操又说。

"什么话？"无盐问。

"朕何以为朕？"

无盐和荀彧面面相觑。

"所以呢，孤也得想想，孤何以为孤？"

15

六月份暑气已经很重，孔融家却照样灯红酒绿，高朋满座，杨修也来了。孔融笑问公子怎么敢来，失去中军校尉职务的杨修说，鄙人已是布衣。何况以文会友，又不议论朝政，有何不可。

于是孔融举起酒杯："难得，大家都满饮此杯！"

众人也都一齐回应："多谢少府！为少府寿！"

"不是少府了呢！"孔融还没开始喝，好像就先醉了，"曹操当了丞相就嫌老夫碍事，给了个太中大夫的闲职，还说是尊老举贤。知道还有谁是太中大夫吗？贾诩，凉州武威来的那个野人。哼哼，这是举的什么贤？也好，老夫倒是有暇与诸位吟诗作赋。对了，曹操在邺城不是聚集了一帮名士舞文弄墨吗？好像有五六个人？"

"北海徐幹，广陵陈琳，陈留阮瑀，汝南应场，东平刘桢，全都才思敏捷，文采斐然，不愧一时之选。可惜山阳王粲在荆州，与他们只有书信来往，否则可称邺下六俊。"名叫脂习字元升的人说。

"也没什么了不起！请看老夫座中，京兆脂习，弘农杨修，颍川繁（读如婆）钦，陈留路粹，沛国丁仪和丁廙兄弟。哈！再加我鲁国孔融，岂非也可号称许下七子？邺下？何如我许下？"

"前辈说的是，正可分庭抗礼。"丁仪道。

"好！再喝一杯！"孔融道。

"不才的文章，不知先生看过之后，以为如何？"

酒过三巡，名叫路粹字文蔚的问。

"文蔚啊，似乎不必老夫多言。自己动的手，自己该清楚。要说你那笔力，屠狗则可，杀人却难。可惜了文蔚这个字。"

路粹脸色一变，但很快就忍住，低头喝酒。

御史台招募刺奸官，似乎可以应聘，只是……

再看孔融，已经骂起荀彧来。

16

孔融大宴宾客之时，曹操召见了两个儿子：虚龄二十二岁的曹丕和十七岁的曹植。作为当朝丞相之子，他们必须参与政务了。

"废三公，置丞相，谁的主张？"

曹操明知故问。

"荀令君。"两个儿子一齐回答。

"文若何意?"

"平定天下。"曹丕说。

"匡扶汉室。"曹植说。

"那么,孤任丞相之后,首当如何?"

"征刘表。"曹丕说,"荆州地处江中,顺江而下可控孙权,逆流而上可达益州,荆州定则天下平。天下分崩,群雄并起,刘表拥七郡之地,十万之众,竟依违于诸侯之间,左顾右盼,安坐而观望。我攻吕布,他不为寇。决战官渡,也不救绍。由是观之,其志不大,其才也疏,可谓坐谈之客,自守之贼,而苟且之人也,一战可擒。"

"你不知道,刘备在他那里?"曹操问。

"刘表枉为州牧,并不知人善任。董卓乱后,中原士人避难荆州者数以千计,也只见他安顿,不见重用。刘备天下枭雄,关羽和张飞皆万人敌。委之重任吧,不能放心。束之高阁吧,则不会效力。刘备不是刘表的臂膀,而是火炭。是否会内讧,也未可知。"

"这些话,是听奉孝说的吧?"曹操问。

"是。"曹丕愣了一下,然后如实回答。

"闻者有心就好。不过刘表汉家宗室,并无不臣之举,征他师出无名。"见曹丕愣住,曹植欲言又止,曹操便道,"但说无妨。"

"想当年,齐桓公伐楚,楚军问师出何名,管仲回答:尔贡包茅不入,王祭不共,无以缩酒,寡人是征。包茅何物?也就是过滤酒渣的东西,微不足道,而齐师以为罪名。今奉天子以讨不臣,实乃尊王攘夷的齐桓晋文之业,臣以为可以不拘小节。"曹植说。

"你来之前,是不是见过杨修?"曹操问。

"是。"曹植愣了一下,然后如实回答。

果然！不过虽然同为奇士，郭嘉与杨修还是不同。

"你的朋友杨修，还有丁仪和丁廙兄弟，隔三岔五就到孔融那里喝酒吃饭，吟诗作赋，高谈阔论。植儿怎么不去？"

曹植吓得扑通跪下："儿子不敢！"

"以文会友，有何关系？起来吧！"见曹植站起身来，曹操又看着他问，"废三公，置丞相，既然是文若的主张，天子为何同意？"

"怕是因为读了仲长统的文章。"

哦，荀彧的说法。

"丕儿看呢？"曹操又问。

"怕是要学高皇帝。"

哦，贾诩的说法。

"都不对，是信得过我们曹家。"曹操定睛看着儿子，"知道奉孝的遗书写了什么吗？杀，征，废。伐刘表，你们两个都从征吧！"

"遵命！"曹丕和曹植跪下。

17

"文蔚，听说曹操征刘表，让你写檄文？"

座中七歪八倒之后，孔融突然问路粹。

"哪有？"路粹吃了一惊。

"德祖，你听说了？"丁仪也觉得奇怪。

"没有，不可能吧？"杨修醉醺醺的。

"当然不会。我的笔力，屠狗则可，杀人却难。"

路粹话里有话，孔融却毫无感觉，放声大笑。

"文举，有何可笑？"脂习皱了皱眉。

"兵不厌诈，也不懂吗？此人经不得事。老夫诈他一下，就魂飞魄散，曹操怎么可能找他？"孔融指着路粹，自己又笑起来，然后趁着酒兴又说，"写檄文，在行的是陈琳。当年他替本初草檄讨曹，可谓笔力千钧，势如破竹，实在是酣畅淋漓，痛快之极。"

"陈琳现在，却是曹丞相的座上宾，前辈不觉得……"

繁钦觉得应该提醒一下，没想到孔融立即就拉下脸来，叫着繁钦的表字说："是吗？那么，休伯也可以见贤思齐嘛！"

"陈琳归曹，应该是在建安九年。"丁廙赶紧岔开话题。

"是的。攻进邺城之后，曹丕还趁机收纳了袁熙之妻甄氏。老夫听说后，就写信给孟德，道是武王伐纣，以妲己赐周公。"孔融又开始讲他讽刺曹操的老故事，也不管这故事讲过多少遍。

路粹心中厌恶，却故意问："对甄氏有意的不是曹植吗？"

"哪有这种事！植公子当时才十三岁。"丁仪立即纠正。

"现在十七了。江东二桥，可就不知该归谁。"孔融又说。

"前辈这话什么意思？"路粹又故意问。

"曹操不是要南征吗？刘表之后就是孙权。当年征张绣，张绣的叔母就成了他的女人。后来破邺城，也是急召甄氏，不料被曹丕抢先一步。所以这回，他一定要先入为主。会不会把小桥让给曹植，就不清楚了。哈哈哈哈！"孔融又自己笑了起来。

此言一出，举座皆惊，都不说话。

"文举此言欠妥！"脂习大摇其头，"破邺后急召甄氏，不过街谈巷议，市井小民的流言蜚语而已，岂能当真？曹公南征，又岂能是为了女人？这不是太中大夫该说的话，你喝多了。"

"写疏文，总是可以的吧？"孔融说。

"前辈有什么高论？"路粹又故意问。

"依照周制，王畿千里之内不得封建诸侯。天子若是准了，曹操这个武平侯就得徙封。到时候，老夫定会建议把董卓的家乡——凉州陇西郡临洮县给他。还是县侯嘛！不算亏待。咦！德祖呢？"

众人这才发现，杨修不知道什么时候悄悄走了。

"如厕了吗？可别学韩馥。"孔融说。

18

郭嘉去世以后，军师祭酒就换成了千秋亭侯董昭。

因此曹操召开军事会议，董昭便报告形势：荆州南接五岭，北据汉川，地方数千里。刘表于初平元年受命，在此经营十有八年。包茅不贡，僭伪有之，罪不容诛。孙权盘踞江东，图谋荆州已久。建安八年以来，以报杀父之仇为名，三征刘表部将黄祖，今年春天攻破江夏郡治夏口。黄祖只身逃亡，被孙权部将吕蒙下属骑士冯则斩首。刘表长子刘琦接任江夏太守之后，隔汉水另筑新城，是为新夏口。

夏口，即今武汉市汉口城区；新夏口，即今武汉市汉阳区。

荆州的州治在襄阳城，襄阳北边一水之隔是樊城。刘表安排刘备驻守在那里，显然想让他做挡箭牌。刘备麾下除了关羽、张飞和赵云三员猛将，还新得诸葛亮辅佐。此人乃司隶校尉诸葛丰后代，由叔父诸葛玄抚养成人，身长八尺，容貌甚伟，每自比管仲、乐毅。诸葛亮今年二十八，比孙权大一岁。但没有职位，只是刘备的座上宾。

刘备这边精诚团结，刘表内部却钩心斗角。后妻蔡氏和妻弟蔡瑁等人极力主张立次子刘琮为嗣，结果逼得刘琦出走夏口。诸葛亮本是刘表亲戚，却隐居隆中，三顾茅庐请他出山的反倒是刘备。可见刘表并无识人之明，刘备也绝非池中之物。很清楚，二刘貌合神离，孙权虎视眈眈，荆州该征、可征、必征，且刻不容缓。

于是曹操下令：张郃屯长社，于禁屯颍阴，徐晃屯阳翟，夏侯惇镇守许都，张辽、徐晃、乐进、曹仁、贾诩和董昭随行。宫中之事都交给荀彧，府中之务都交给郗虑。拿下荆州，他志在必得。

不过临走之前，要先解决孔融。

19

孔府照旧觥筹交错，宾客也仍然是脂习和杨修那些人。孔融当然不知道，自己的言论早已被暗地里做了刺奸官的路粹告发。其实就算没有路粹，曹操也知道孔融会说些什么，只是不在意。但是这人当真上书朝廷，公开提出千里之内不封侯，就不能容忍。如果留在许都的都像他这样背后捅刀子，前方的仗还打不打，怎么打？

必须杀一儆百，只是得另有罪名。

于是郗虑告诉路粹：讥讽丞相，包括说荀彧的改制害人，都不算什么。丞相早就被他讥讽惯了，军心也非他能动摇。反对改制，那是朝堂上说的，言者无罪。只有不忠不孝，才是罪不容诛。

路粹心领神会，很快收集到罪证，曹操便进了孔府。

"轻歌曼舞，不请孤观赏吗？"

赴宴的人猝不及防，除孔融以外全都避席行礼。曹操自己在孔融对面坐下，笑着说："孤不请自到，也可以有好酒一杯吧？"

孔融挥手让舞女退出，仆人也送来几案，布下酒菜。

"避什么席？都坐下吧！"曹操又看着众人。

杨修等人各自归位，都低头不语，如坐针毡。

"丞相光临寒舍，不知是要与民同乐，还是兴师问罪？"

孔融觉得不能让曹操反客为主，便问。

"有几句话要讨教而已。"曹操说。

"不敢当，请问！"

"八军初建，文举频繁会见四州之将，都说了些什么？"

"需要告诉你吗？"孔融撇了撇嘴。

"汉室不可复兴，曹操不可卒除，是鲁肃说的吧？"

"这个请你去问他。"

"有天下者，何必卯金刀，又是谁说的？"

卯金刀。就是刘的繁体字——劉。

"老夫没有告发他人的习惯。如果要算到孔融头上，也没什么不可以。夏之后有商，商之后有周，周之后有秦。秦失其鹿，我高皇帝受天命而得之。请问有天下者，谁说非得是某家某姓？"

孔融先是愣了一下，然后愤然答道。

"孤还听说，文举对感恩父母，也颇有微词。"

"怎么说的？"孔融反问。

"父之于子，当有何亲？论其本意，情欲发耳。母之于子，又有何恩？譬如寄物缶中，出则离矣。还有，你说遭遇灾年，若生父并非善者，则宁可送粮于非亲非故之人，是也不是？"

"是又如何？难道不是这个理？"孔融道。

在场的人都吓得脸色惨白，曹操却笑笑："这些话只是传言，并无实据。文举可以不认，也可以为自己辩护。"

"不辩！要辩，也不跟你！"

"是吗？那就只好到御史台说话了。"曹操道。

"去见那个谋杀边让的家伙？"孔融嗤之以鼻，"倒是奇怪，这人怎么还没做御史大夫，御史台也怎么还没改成御史府？"

杀了你就改，今天是来打招呼的。曹操想。

但他说的却是："孔府的酒，倒也不亚于曹家。"

20

没过多久，孔融就横尸于许都市中。

朝臣们集体地保持了沉默。因为孔融下狱之后，郗虑便通过杨修放出风来：那人声称知道官渡之战时私通袁绍的都有谁，还提出要把自己转到许县县寺去。眼看陈年旧案又要被翻出来，惴惴不安的许多官员都恨不得孔融早点闭嘴，荀彧也觉得只能以大局为重。曹操就更没让天子为难。他承担了诛杀孔融的责任，并发布丞相教令称：

> 孤闻治世始于礼乐之教，忠臣出自孝子之门。敦风化俗，事莫大焉。今查太中大夫孔融，身为孔子二十世孙，而放言悖谬，无君无父，诚可谓欺世盗名，丧心病狂也！孤愧为人臣，虽进不能风化海内，退不能建德和人，然则抚养战士，舍身为国，破摇唇鼓舌之陋习，除妖言惑众之妄徒，亦绰绰有余矣！着孔融斩首弃市，以定士气，以正视听。有胆敢收尸者，杀无赦！

结果，只有脂习赶往刑场，倒地抚尸大哭：文举啊！你岂能弃我而去！你去之后，我与谁言，又奈天下苍生何！

周边的士兵立即将他抓捕下狱。

郗虑却为脂习求情。他告诉曹操说，孔融整日里高朋满座，传杯换盏，口出狂言，闻者无不唯唯诺诺，只有脂习常常顶了回去。然而孔融弃市，那些人避之唯恐不及，抚尸而哭的却只有脂习。

荀彧也说，这是个义人。

曹操听了马上表示理解。慷慨悲歌，情之深也！抚尸而哭，义之至也！如今人心不古，义士难得。那个脂习，随他去吧！

脂习立即被释放。曹丕称帝后，官至中散大夫。

不过，有一件事他始终没有告诉别人，那就是孔融跟他谈过许攸之死。孔融说，攻破邺城后，许攸居功自傲，动不动就在宴席上叫着曹操的小名，声称没有他许攸，阿瞒就得不到冀州。曹操每次都笑着回答是是是。然而有一次在邺城东门，许攸又对旁人说，他们家若非有我，就进不了这门。曹操听说，便把这功臣和老朋友杀了。

对此，脂习深表怀疑。因为许攸不至于那么愚蠢狂妄，这种做派反倒像是孔融的。更何况，孔融既然认为曹操睚眦必报，自己为什么毫不收敛？这也是谜。许攸被杀或许另有深刻原因，否则一忍再忍的曹操也犯不着背那忘恩负义的骂名。脂习决定将想法埋在心底。生逢乱世又寄人篱下，即便学不了贾文和，管住嘴巴总是要的。

但，刘表也在小心翼翼地自保，他保得住吗？

第二十章

兵败赤壁

建安十三年
戊子 鼠
曹操五十四岁

下半年

1

　　站在江陵城楼极目远望，不尽长江滚滚而来。秋高气爽，曹操的心情也好到极点。大军是七月份出发的，八月份刘表就病死了。消息传来，曹操没有片刻犹豫，立即依照荀彧的规划直趋叶（读如射）县和宛城，在九月份抵达新野。由荆州豪族拥立的刘琮，也在刘表旧部的极力劝说下宣布投降，曹操几乎不费一兵一卒就得到了襄阳。

　　夺取荆州，可以说顺利得无法想象。

　　刘备却欲哭无泪。刘琮投降前没打招呼，一直等到刘备发现情况异常，才派了个名叫宋忠的来告知既定事实。刘备清楚，就算杀了那送信的也无济于事，只好带了诸葛亮等人弃城而走。曹操闻讯，自将轻骑兵五千，以一天一夜三百里的速度穷追猛击，两军相遇于当阳县长坂坡。刘备和诸葛亮由张飞和赵云掩护，急走汉津，与关羽的水军会合，然后与刘琦一起东行前往夏口，曹操则率兵南下到了江陵。

　　江陵，就是今天的湖北省荆州市，当时是南郡的郡治。荆州吏民箪食壶浆以迎王师，曹操当然不吝赏赐。很多刘表旧部成为中央政府的高级官员，封侯者多达十五人，刘琮也被任命为青州刺史。

现在要考虑的，是下一步。

"文和，看来此处确为要冲。"曹操说。

"诚然。江陵西控巴蜀，北接襄汉，襟带江湖，指臂吴粤，楚人曾以为郢都。是故得江陵者得荆州，得荆州则大江一线尽在掌中，此即所谓纲举目张者是也。丞相登此楼而放眼南楚，极目江域，天下形势应该已经了然于心。"见曹操侧脸看着自己，贾诩回应。

这是对的，后来所谓"借荆州"也其实就是借江陵。

"公仁看呢？"曹操又问董昭。

"荆州既已归顺，扫平天下指日可待。"董昭回答。

"未也，固所愿耳。"曹操感觉不能得意忘形，但还是忍不住看着曹植问，"植儿，南方俱平之后，你想干什么？"

"我朝王充所撰《论衡》有云，齐郡世刺绣，恒女无不能。襄邑俗织锦，钝妇无不巧。可以媲美的，也只有蜀锦。蜀锦出益州，齐郡在青州，襄邑在陈留。若将三地织工齐聚于许，各显其能，想来真可大饱眼福，看看是何等锦绣文章。"曹植充满向往地回答。

"丕儿呢？"曹操又问。

"臣只想到吴郡吃鱼脍。"曹丕说。

鱼脍，也就是生鱼片。

"是吗？"曹操早就发现，只要植儿文辞斐然，丕儿就要表现出务实的样子。但他现在不想对那兄弟俩的高下作出评价，便呵呵一笑说道："那就要看孙权肯不肯请客了。"说完，他又看贾诩。

"九百年前，楚君熊通自号武王，公然与周天子分庭抗礼。其子文王又迁都于此地，自称蛮夷，专事攻伐。五年不出兵，即视为奇耻大辱，春秋之际灭国四十有五，终成南方之强。"贾诩笑了笑。

"文和的意思是？"曹操问。

怎么，还不够清楚？那就说得更直白点。

"此地不同于他处。丞相以迅雷不及掩耳之势骤然临之，吴越和巴蜀必定震动。孙权请不请客，刘璋送不送礼，不久便知。"

2

不出贾诩所料，益州牧刘璋把张松派来了。

张松被领进临时用来处理军务的南郡太守府时，曹操正在与王粲等人谈话。王粲字仲宣，今年三十二岁。跟郗虑和仲长统一样，也是山阳郡高平县人。董卓迁都长安后，他在那里见到了蔡邕。蔡邕听说王粲前来拜访，急忙出迎，竟然连鞋子穿反了都来不及正过来。

然而这位旷世奇才南下荆州，却遭到刘表冷遇。原因是王粲相貌平平又身体羸弱，举止随便而不拘小节。那位仪表堂堂的荆州牧当然有资格对他不以为然，王粲同样有理由在他死后劝刘琮投降。现在他带来一群避难荆州又不得重用的中原士人，请丞相考试录用。

"好啊！有谁知道这几天的物价？"曹操问。见王粲等人都面面相觑，便又说："那就去查！治国平天下，不是吟诗作赋。"

张松在旁边听了，暗暗一笑。

王粲等人走后，曹操请张松坐下。

"子乔辛苦！这回送来的，不会又是叟兵吧？"

"怎么会？叟兵虽然英勇善战，却不习水性。"

"听说还送来了战船？"

"益州造不了大舟，不成敬意。"

"人不可貌相，船也……"

"船小好掉头。"张松笑笑。

"不怕孤用来征伐他？"

"刘益州汉家宗室，但有守土之责，并无不臣之心，丞相又怎么会溯流而上，劳师远征？再说，松早已禀告过丞相，益州疲敝，内外交困，勉强维持而已。丞相若要征讨，都用不了这些兵。"

"那么子乔认为，孤会用这些战船和水军征谁呢？"

"当然是刘备。"张松回答，"啊，啊！应该称刘豫州。"

"他不也是宗室吗？"曹操又问。

"名不副实。此人自称中山靖王之后，可有族谱为证？中山靖王距今三百年，不知多少世代。君子之泽，五世而斩，况三百年乎？"

"只征刘备，不征孙权吗？"

"孙权？江东可比益州强悍多了。"

曹操马上想起，去年宴席上张松和鲁肃的自我评价。

张松谦称，刘璋与益州互为表里，一言以蔽之——疲敝。

鲁肃扬言，孙权与江东互为表里，一言以蔽之——少壮。

有意思，很有意思。张松自嘲，鲁肃自夸，看起来相反，骨子里却一样，都是自保。于是曹操很想知道，他们私下里又会如何，便又问道："子乔在许都，常与鲁肃和刘琦来往聚会？"

"礼尚往来而已。孙权与刘表，毕竟有杀父之仇。"

"鲁肃也在江陵，你可知道？"

"知道。各为其主而来，也就不必相见。"

"你很聪明。"

"丞相夸奖！松可以告退了吗？"

"可以。回去告诉刘益州，身为汉臣，不可包茅不贡。"

"敢不承命！"张松拱手。

3

张松走后，曹操接见了鲁肃。

鲁肃其实是再次来到江陵。刘表去世时，早就将荆州视为"帝王之资"的他立即建议孙权，派自己以吊唁之名出使襄阳。表面上行礼如仪，实际上查看虚实。如果刘备跟刘表的两个儿子相处和谐，那就与其结为盟好，反之则另打主意。这事要快，不能让曹操抢先。

好主意！孙权当即赞成。

可惜形势比人强。鲁肃刚到江陵，就得到刘琮投降的消息。鲁肃立即快马加鞭北上，与刘备和诸葛亮相遇于当阳长坂坡。狼狈不堪的刘备告诉鲁肃，他打算投奔苍梧太守吴巨。苍梧在今天的广西，当时属于交州，可谓地老天荒，鲁肃很怀疑这是刘备的真实想法。

那么，何不联合孙将军？孙将军可比吴巨靠谱。

再说自己，跟诸葛亮的兄长也是好朋友。

刘备欣然同意，鲁肃却在安顿好刘备之后重返江陵。他那"孙刘联盟"的主意只是为了孙权，江东的安危才是他要关心的。

"汉室不可复兴，曹操不可卒除，这话是你说的吗？"

相视良久，曹操突然发问。

"是。"鲁肃微微一笑，看着面前几上的酒。

"跟孔融说的？"曹操又问。

"不是。八年前，肃投奔孙将军。孙将军与肃合榻夜谈，当时我就说了这些话。孔融是否听说过，不知。"

"那你还敢来见孤？"

"敢。去年不是见了吗？"

"哼哼！"曹操知道这是在讥讽自己，便哼了一声。

"再说肃面对的，虽名为汉相，实为汉贼，却不是小人。"

"大胆！"曹操勃然变色。

许褚闻声进门，两眼圆睁，鲁肃却面不改色等待发落。

"上酒！"曹操脸色又变。

"多谢！几上这杯还没有喝。"

曹操挥了挥手，许褚退出。

"看来，足下是个说实话的。"曹操换了语气。

"丞相不也是吗？"鲁肃也换了称呼和态度。

"那好，说说你的道理。"

"诺！自董卓以来，豪杰并起，跨州连郡者不可胜数。曹操比于袁绍，则名微而众寡。然操遂能克绍，以弱为强者，非唯天时，抑亦人谋也。今操已拥百万之众，挟天子而令诸侯，"说到这里，鲁肃顿了一下，"此诚不可与争锋。如此说来，岂非曹操不可卒除？"

"这些话，是你跟孙权说的？"

"不，刘豫州三顾茅庐，诸葛亮对于隆中。"

"诸葛亮？此人也认为汉室不可复兴？"

"怎么会？他说可兴，也必须这么说。"鲁肃又笑了。

"你认为不可？"

"不可。王粲劝降刘琮之时怎么说？天下大乱，群雄并起。仓促之际，强弱未分，家家欲为帝王，人人欲为公侯，故能先见事机者则恒受其福。这个天下大势，就连王粲都能看出，他人岂能不知？当然王粲的意思，是刘琮只能投降。依仗荆楚之地，保守先君之业，抗衡中原，以观天下，呵呵，他可没那能耐，也没那福分。"

"孙权就可以吗?"

"没有半点疑问。孙权据有江东,已历三世,国险而民附,贤能为之用,此可以为援而不可图也。"

"听上去,也是那个诸葛亮的口气。"

"正是。"

"你们好像谈得来。"

"所见略同,各为其主。"

"子敬跟他很熟?"

"刚刚在当阳见过,他的兄长诸葛瑾碰巧是我的朋友。"

"哈哈!碰巧?还有什么碰巧?"

"碰巧丞相放走了刘豫州,没有穷追不舍。碰巧肃与明公在许有过一面之交,说得上话。还碰巧我善设计,可为公谋。"

"好好!说来听听。"

"江夏已为孙将军所有,江陵素为所欲。请丞相退回襄阳,江陵交给鲁肃,你我平分荆州,孙将军携江东尊奉朝廷,此为上策。"

原来他是为这来江陵,倒是真敢说。曹操想。

"那么中策呢?"

"拜孙将军为扬州牧,永保疆域,不受兵灾。"

"还有下策?"

"抱歉,那就只能逼出孙刘联盟了。"

"倘若如你所愿,刘备又当如何?"

"刘豫州依刘琦于新夏口,其实寄人篱下,丞相何必在意?何况依我上策,则他在我掌。依我中策,在贵我之间,又能如何?再说他也是要匡扶汉室的。明公身为汉相,岂能讨伐汉臣?"

"哈!刚才你不是还说,孤实为汉贼吗?"

"汉相与汉贼，也只在一念之间。"

好！很好。刚才那个张松，明摆着就是说，要打就打刘备，实在不行就打江东，反正不要伐益州。现在这个鲁肃，以攻为守，保江东附带拉刘备一把。这些人都是以邻为壑，哪有牢不可破的联盟？

于是曹操放声大笑："哈哈哈哈！子敬确实能谋善断，孤听了真是好不痛快！不过为尔等计，孤之策也有三。将刘备人头送来，江夏便归你们，此为上策。孤征刘备，尔不为寇，你我井水不犯河水，孙权任职如故，可保无虞，此为中策。下策嘛，不必说了！"

"明白！这就回去禀告。"

"恕不远送，一路顺风！"

4

鲁肃一走，屏风后面的人便都出来了。

"你们看，如何啊？"见众人坐下，曹操问。

"均非善类，但益州可缓。"董昭说。

"那是当然。鲁肃呢？"曹操说。

"虚张声势。居然索取江陵，岂非与虎谋皮？"

"丕儿看呢？"

"臣以为唯其如此，反倒不可不防。汉室不可复兴，说过这大逆不道狂言的，竟敢公然来见，难道吃了豹子胆？必定有恃无恐。此人与刘备会于当阳之后，居然又返回江陵。如果没有十足把握，他岂敢自投罗网？而且若无所图，又何必要来？"曹丕说。

"那么依你看，他之所图者何？"

"我伐刘表,一为荆州,二为刘备。刘备本不关其痛痒,只不过城门失火,难免殃及池鱼。所以为孙权计,上上之策,莫过于困刘备于夏口,不战不和也不走,则可为江东屏障。但是鲁肃深知,此事由我不由他,这才来漫天要价,以期坐地还钱。"曹丕说。

"植儿看呢?"曹操又问曹植。

"军行诡道,兵不厌诈。臣以为鲁肃返回江陵,是因为他跟刘备没有谈拢。这才故作姿态,口出狂言,讨价还价。他那些话,也虚虚实实。孙刘联盟是虚,觊觎江陵是实。干脆连同刘备一起灭了。"

"公仁看呢?"曹操又问董昭。

董昭却说起陈登来。擒杀吕布以后,陈登以功加伏波将军,仍任广陵太守。广陵郡治在今天的江苏省扬州市,与孙氏兄弟盘踞的江东只有一江之隔。孙策竟渡江来犯,被陈登击败,这才划江而治。因此陈登总是说,此贼不臣久矣!江东不平,终究是养虎为患。

"也是!恨不听元龙之言。"曹操叫着陈登的字说。

"此一时也,彼一时也。"贾诩说,"元龙去世在建安六年。那时袁绍还在,岂能顾得上孙权?今天也一样。丞相在当阳,为什么要放走刘备?因为关羽的水军正奔赴江陵。熊掌与鱼,诚不可得兼。"

"今日之事,何为熊掌,何为鱼?"曹操问。

"攻心为熊掌,略地为鱼。明公昔破袁氏,今收汉南,军势既已浩大,威名也得远扬。诚不如先事休整,借旧楚富饶之利,奖励三军将士,抚安七郡百姓,整顿荆州吏治,使士农工商安居乐业。如此不出数年,则不必劳师远征,即孙权稽首,江东臣服。"

"这不出数年,是多少啊?"见贾诩答不上来,曹操又说,"何况数年之后,孙权若仍不臣服,又当如何?还有那位刘豫州,已成丧家之犬。孤要不去会他,难道当真等着孙权把人头送来?"

"何妨一试？当年公孙康不就……"

"绝无可能。"贾诩打断董昭的话，"诚然，孙刘是世仇，而袁氏有恩于公孙康。看起来孙权更该杀刘备，其实不然。窝里斗，那得是同一个窝里的，还得像袁尚和袁熙那样有恩主之分，夺地之心。"

"合榻可能异梦，分榻反而会想到一起？"董昭问。

"正是。孙刘世仇，那是孙家和刘表，与刘备何干？孙权与刘备既然没有爱恨，那就只有利益。所以，孙权可以不管那丧家犬，更可以让他去做挡箭牌，但绝不会杀他。杀了他，缓冲都没有了。"

听贾诩言之有理，所有人都沉默。

"不知奉孝在，会如何说？"曹操忽然叹了口气。

"可问仲康，他应该得奉孝真传。"贾诩笑笑。

"我从来就没猜对过。"许褚满脸通红，眼睛里含着泪。曹操知道他想起郭嘉就会哭，便向他要来郭嘉的木碗——那是许褚常年都随身携带的，自己玩起了押飞碗。他在几上放一个果核，扣上碗，掀开来还是一个。再放两个果核，扣上碗，掀开来也还是两个。

"算了！议也无宜，明天都随孤上船看看！"

5

晴空万里，波涛滚滚。三层楼的巨大楼船行驶在江中，曹操站在船头，任江风吹开袍子。楼上楼下，旌旗猎猎，甲士严整。征南将军曹仁和安西将军夏侯渊站在两边，曹朗不远不近地护卫着曹操。

"好风好景好日头，谁愿赋诗一首？"曹操兴致勃勃。

赋诗一首？丞相面前，哪敢！众人面面相觑。

再看儿子，曹丕低头不语，曹植跃跃欲试。

长幼有序，那就先让曹丕来。

"臣只有旧作《秋胡行》一首。"

"诵来！"

"遵命！"曹丕拱了拱手，然后诵道：

> 尧任舜禹，当复何为？
>
> 百兽率舞，凤凰来仪。
>
> 得人则安，失人则危。
>
> 唯贤知贤，人不易知。
>
> 歌以咏言，诚不易移。

"颇有古风。"曹操点点头，"植儿呢？"

"请诵《白马篇》。"

见兄长吟诵旧作，曹植放弃了当场创作的打算。

> 白马饰金羁，连翩西北驰。
>
> 借问谁家子？幽并游侠儿。
>
> 少小去乡邑，扬声沙漠垂。
>
> 宿昔秉良弓，楛矢何参差！

听曹植吟诵诗作，曹操再次感到植儿确实才华横溢。但平治天下固然要有才情，更要体察民生，能够务实。因此，当曹植诵完诗作的最后一句——捐躯赴国难，视死忽如归，曹操赞了声"其志可嘉"便又说道："然则舍身本为安民，植儿可知江陵城中物价？"

"我军乃仁义之师，且未有战斗，应该稳定。"

曹植愣了一下，答道。

"应该？实际上呢？"

这就答不上来了，曹植以求援的目光看着兄长。曹丕见父亲也在看着自己，思考片刻便答道："据查，我军进城之前，吏民恐慌，物价涨幅不等，均数或有三倍以上。安民告示发布后，回落如常。但近日城内风传战事将起，人心再次浮动，须防不法奸商囤积居奇。"

"很好！"曹操看着曹丕，"植儿还是年轻了点，你比孙权可是只小了五岁。还有那诸葛亮，也才二十八，算是你们这辈人。"说到这里曹操又看着曹植，"周瑜三十四，与你的朋友杨修同年。"

众人正不理解丞相为什么要说这些，曹操却已拔剑出鞘。

"诸君听孤吟诗！"

神龟虽寿，犹有竟时。腾蛇乘雾，终为土灰。

老骥伏枥，志在千里。烈士暮年，壮心不已。

曹操一边吟唱一边舞剑，舞到酣畅淋漓时收剑入鞘，交给了迎上前来的养子曹朗，然后喊道："好风好景好日头，解衣盘礴可也！"

说完，他开始脱衣服。

众人面面相觑，但都不敢拦着。曹操脱得只剩下犊鼻裈，又指着前面开道的小船说："你们猜，孤能不能游到那里？"

话音刚落，他已跳进水中。

一身戎装的曹丕和曹植急忙解甲，贾诩却伸手拦住他俩。所有人都紧张地看着水中，只见中流击水的曹操后面跟着曹朗。很快，他们就看见曹操站到了小船头，双拳高高举起，一副挑战的姿势。

到底是长期跟在身边的人，曹朗的反应果然快。董昭想。

畅游长江在"丞相威武"的欢呼声中结束了。多数人都以为这是曹操的一时兴起，贾诩却心有戚戚焉。英雄一世的曹操，当然不肯也不会服老。但这种逞强好胜，岂非反倒说明他已深感老之将至？不难想象，他是多么希望在有生之年做完所有的事情，然后交出已经平定的天下，就像身穿便服的曹朗下水之前，将剑交给曹丕。

贾诩感到了悲壮，也感到了悲哀。

时不我待。东征，几乎没有悬念。

果然，回到船舱换好衣服，曹操对贾诩说："孤五十四了，文和也六十二了吧？也是老骥伏枥啊！孤实在不忍心再劳累你。"

"丞相如有吩咐，但说无妨。"

"好！孤要你使吴，开导一下那个孙权。"

6

顺流而下，船行的速度很快，没过几天贾诩就到了柴桑。柴桑在今天的江西省九江市。孙权将他的指挥部从吴县（在今江苏省苏州市）转移到这里，显然是为了战事。但他手下人，却说将军在猎虎。

此地也有老虎？贾诩很是怀疑。

过了不久，孙权坐着他的射虎车来了。这车是他的发明，类似于董卓夫人乘坐的衣车，只是更轻巧，也没有顶盖，四面密封的箱板上开了方形的孔。人坐在车里，看见老虎就将箭从孔中射出。

"不知太中大夫枉屈，有失远迎！"孙权在车里说。

"将军果然威武，老夫却不是虎。"贾诩说。

"当然！虎是曹公，先生只能算狼，还是凉州的。"

"如此说来，将军视我如狼似虎？"

"不可不防，也不必怕。去衣！"

随着孙权一声令下，箱板被卫士们迅速取下。

这箱板，比董卓夫人的轻多了。贾诩觉得。

"先生请上车！"孙权端坐车上说。

"也去射虎？"贾诩问。

"还可以观兵，看看孤的兵如何。"

孤？也是。曹操曾奏明天子，封孙策为吴侯。

但，朝廷宣布孙权袭封了吗？贾诩想不起来。

"将军之兵在许看过，刚才又由鲁子敬陪同看了。"

"观感如何？"

"威武雄壮。"

"那么，先生还不上车？"

"这车，也是可以随便上的？"

"先生已过耳顺，就该趋于随心所欲不逾矩。"

"只怕上去容易，下来却难。"贾诩笑笑。

"其实船也一样。"孙权也笑。

"将军之船可有与众不同？"

"没有，都是见风使舵。"

"大江之上，不知都刮什么风？"

"冬天就是西北风，但有时也刮东南风。"

贾诩听明白了，也意识到面前这个二十七岁的家伙，虽然表现出玩世不恭的纨绔子弟模样，却不是自己能够"开导"得了的。谈下去已无意义，应该尽快回到江陵建议丞相：只灭刘备，不征江东。

见风使舵的家伙，应该不会顶风作案。

当然，贾诩也无法料到，曹军后来真会遇到东南风。

孙权却下了车，走过来看着显然就要告辞的贾诩，满脸诚恳却又不容置疑地说："先生难得一来，何妨宽住几日。此处鱼脍堪称天下至美，送给丞相的礼物也要准备。不过送给先生的，已经有了。"

说完，孙权掏出一个物件。

虎牙？贾诩有点意外。

"看来，将军喜欢虎口拔牙。"

"必须是死老虎。活的，谁敢？"

"记得董承当年，曾经做过虎牙将军。"

"说不定哪天，孤也到丞相那里讨要此职。"

孙权放声大笑，笑得十分爽朗。

贾诩默然。你能不扑过来张牙舞爪，就不错了。

他当然想不到，孙权这话会在九年后以另一种方式兑现。

7

将贾诩安顿在宾馆后，孙权回到了议事厅。包括鲁肃在内，随着孙权来到柴桑的官员们齐聚于此，而且传看了帛书：

　　近者奉辞伐罪 旌麾南指 刘琮束手 今治水军八十万众 方与将军会猎于吴。

所有人脸上的表情，无不沉重。

"诸君以为如何？"孙权问。

"恐怕只能迎之。"迎，不是迎战，是投降。

说这话的是张昭。张昭字子布，徐州彭城人，在江东创业之初就追随了孙策，被孙策称为仲父，言听计从。孙策去世后，也是靠他和周瑜一文一武竭力支持，孙权才能站稳脚跟。所以，听五十岁的张昭主张投降，孙权立即正襟危坐，肃然说道："何故？愿闻其详。"

"将军常射虎，有猛于曹公者乎？"张昭问。

"没有。"孙权笑笑，"但孤有射虎车。"

"射虎车者，长江天堑而已。可惜曹操已得荆州，岂非与将军共处一车？刘表所治水军，大小战舰数以千计，全部归了曹公，岂非这老虎又添爪牙？他在江陵，如果水陆俱下，岂非饿虎下山？"

"还有吗？"孙权又问。

"世事本有名分，顺之者昌，逆之者亡。曹操托名汉相，挟天子以征四方，动辄以朝廷为辞。这是顺势而为，其实不可抗拒。更何况我们能够立足江东，自行其是，也承曹公眷顾，岂能反目？"

孙权默然。他必须承认张昭所言是实。兄长孙策那个吴侯，其实是曹操所封。自己征讨庐江太守李术，也曾得到曹操暗助。再说二十七岁的他，很不好意思强行否决张昭的主张。见众人纷纷附议，孙权向张昭拱了拱手，说道："仲父言之有理，容孤想来。"

说完他起身如厕，鲁肃却跟到了屋檐下。

"子敬有话说？"孙权握住鲁肃的手。

"肃以为曹公当不至于此。他如果出兵，应该是只灭刘备，不征江东。难道改主意了？这文书从何而来？贾诩带来的？"

"且不管他，我们要有对策。先说子布之议，如何？"

"窃以为肃可降曹，将军不可。"

"此话怎讲？"孙权笑着问。

"鲁肃降曹，无非是重来一遍乡选里举。先举为孝廉茂才，再做个下曹从事，坐着牛车，跟着长官，交接四方名士。这样一步一步地往上升，总能当到县令郡守。将军降曹，有何锦绣前程可图？"

当然没有。还能再像现在这样，南面称孤不成？

"子敬啊，公瑾该来了吧？"孙权答非所问。

8

孙权说的公瑾，当然就是周瑜。

周瑜是庐江郡舒县人。舒县就是今天的安徽省庐江县。由于长江在芜湖和南京之间偏北斜流，所以古人便把这一段的两岸，分别叫作江西和江东，而舒县在江西。然而周瑜这江西人，在江东却地位非同一般。他是孙策的亲密战友和连襟，鲁肃加盟的介绍者，更堪称能征善战的头号骁将。孙权征江夏，他任前部大督，此刻驻兵鄱阳。

"公瑾，要不要先听一曲？"

坐定之后，孙权问。这当然是有原因的。高大帅气的周瑜，风流倜傥，雅量非凡，艺术修养极高。乐师的演奏稍有差错，即便在酒过三巡之后，他也会回头去看。所以民谣说：曲有误，周郎顾。

"多谢将军美意，还是再说为好。"周瑜拱手。

"也罢！免得曲有误，周郎顾。"孙权笑笑。

"曲有误无妨，国事不可有误。将军以神武雄才，兼仗父兄之烈而割据江东，地方数千里，兵精将勇，正应该横行天下，为汉家除残去秽。何况曹操自己来送死，难道还可以降他吗？"周瑜说。

"公瑾这样说，不知可有依据？"孙权问。

"有，四条。"周瑜说。

"愿闻其详。"孙权说。

"不远千里而来，与我争战于江河湖泊之间，且旷日持久，必先安定北方，没有后顾之忧。请问曹操是这样吗？"

当然不是，至少马超和韩遂在关西就不安静。孙权点点头。

"舍鞍马之长，用舟楫之短，争衡于吴越，明智吗？"

不明智。孙权又点头。

"寒冬将至，人无粮，马无草，可以持久吗？"

显然不可以。孙权又点头。

"何况北方之人远涉江湖，水土不服，必生疾病。"周瑜说。

很好！鲁肃算清了政治账，周瑜算清了军事账，还有一笔账也不能不算。见张昭他们无语，孙权便问鲁肃："诸葛亮到了没？"

"已到数日。"鲁肃说。

"没跟贾诩见面吧？"

"绝无可能。"

"那好，有请！"

9

身长八尺、容貌甚伟的诸葛亮走进议事厅时，孙权和他的属下都眼前一亮。就连周瑜，也觉得应该另眼相看。这位二十八岁的年轻人初出茅庐辅佐刘备，就遭遇无妄之灾，实在让人同情。然而尽管他们走投无路，其实是来求援，此君却依旧气宇轩昂，不卑不亢。

孙权决定给予礼遇，与诸葛亮分宾主坐下。

"刘豫州可好？"孙权问。

"承蒙将军记挂，豫州安好。"

"那么先生到此，有何见教？"

"海内大乱，将军起兵据有江东，豫州亦收众汉南，与曹操并争天下。曹操东征西讨，经年累月，差不多已平定北方，于是南下夺得荆州，威震四海。英雄无所用武，刘豫州这才遁逃至此。"

听完诸葛亮这段开场白，孙权几乎惊掉了下巴。你们刘豫州何曾与曹操争过天下？孤都不敢这么说。何况刘备那豫州牧的头衔，又有谁不知道哪里来的，他又就任过没有。收众汉南更可笑。不就是江夏那点兵马吗？还是刘琦的，怎么就成了与曹操并争天下的本钱？

这个逻辑，简直混乱之极。

不过孙权马上就意识到，诸葛亮的话说得高明。这看似平铺直叙的历史回顾，三言两语就拉近了双方的距离，不动声色而且毋庸置疑地将孙权置于曹操的敌对方面。这是个谈判高手，必须小心对付。

"刘豫州尚且英雄无所用武，孤自然更是无能为力。"

明白了这道理的孙权立即装出无可奈何的样子，摊了摊手。

"不然。将军其实游刃有余，只是要当机立断。"

"此话怎讲？"孙权问。

"请将军自量其力，可以与曹操抗衡不？"

"孤拥全吴之地，十万之众，有何不能？"

"那就该早早与之决裂。反之，如果自知力不从心，则不如收兵束甲，偃旗息鼓，尽快向曹操俯首称臣。但像将军现在这样，表面上惟命是从，实际上心怀二志，只怕两头不讨好，祸至无日。"

怎么着，你是来替我打算的？孙权撇了撇嘴。

"苟如君言，刘豫州何不降曹？"

"将军这是什么话？"诸葛亮勃然变色，"刘豫州帝室之胄，英才盖世，众士仰慕，争相追随，有如百川归海。就算抗曹失手，那也是天意。哪里能够低三下四，去做弃义失节、自取其辱的事？"

是吗？只怕是知道投降也没用，只能死硬到底吧？

不过，自救者人亦救之。刘备不会投降，应该没有问题。诸葛亮的大义凛然，也让孙权肃然起敬。但是有些情况，还是要弄清。于是孙权说："孤也以为，可以抵抗曹公的，非刘豫州莫属。问题是，豫州新败之后，还有能力承此大难？那人又岂是好对付的？"

"亮以为，豫州雄风依旧，曹操必败无疑。"

"愿闻其详。"孙权说。

诸葛亮马上算出一笔账：关羽和刘琦共有水军和战士两万，曹操之众则远来疲敝。他追刘豫州，轻骑兵一天一夜三百里，正所谓强弩之末，势不能穿鲁缟，为兵家大忌。何况北方之人，不习水战；投降吏民，并非心服。只要贵我双方齐心协力，破曹操之军必矣。

"破曹之后，又当如何？"孙权问。

"操必北还，如此则荆、吴强盛，鼎足之势成矣。"

孙权笑了。他看了一眼旁边洗耳恭听的周瑜。见周瑜微笑，知道两人想法一致。曹操如果出兵，可并不是那些一天一夜跑了三百里的强弩之末。但这并不重要，重要的是刘备的态度是否坚决。至于破曹之后是否与刘备两雄并立，三分天下，那可就由不得你诸葛亮。

"老贼早就想废汉自立，只是顾忌二袁、吕布、刘表和孤。如今诸雄已灭，只剩下孤，孤与老贼势不两立。"孙权忽地站起来，称呼也变了。说完，他抽刀砍断几角："再有说降曹的，看看这个！"

张昭等人脸色惨白，头也不敢抬。

散会了。孙权让鲁肃陪诸葛亮去宾馆，将周瑜留下。

"公瑾，今日观感如何？"

"孔明气势磅礴，但未免言过其实。曹操没他说的那么弱，也没那么强。八十万水军怎么会有？自将十五六万，降卒七八万，大体上不差。关羽和刘琦靠不住。请拨五万精兵，看我破贼归来。"

"此刻哪来那么多？三万已为公瑾选出。"

"三万精兵已然备好？船粮战具呢？"

"当然也都齐全。"

"不是用来帮刘备的吧？"

"他？呵呵！"孙权笑了，"公瑾如果得手，就直取江陵。"

"失手呢？"周瑜问。

"孤本后援，到时候自去会他曹孟德。"

说着，孙权的手放在了周瑜的背上。

两个人相视一笑。

年轻一代的挑战开始了，老家伙你知道吗？

10

万里长江流进今天的湖南省境内，到了巴丘与湘水合流，就改向北行。巴丘在今岳阳市，贾诩与曹操的舰队相遇于此。他带来了孙权的礼物，也带来了些消息，当然都是孙权故意让鲁肃告诉他的。

曹操听了却没有惊讶和愤怒，只有委屈。

"孤没写那封信。"

"诩也这么认为。"

"孙权说孤是老贼，那他算什么？"

"孟贼。"贾诩认真地回答。

曹操不再说什么，也无话可说。这次东征，主要目的当然是要灭刘备，同时顺便震慑一下孙权。没想到这黄口小儿自己跳出来，还用伪造的恐吓信摸清了内部的底细和忠诚度，确实不容小觑。

但，如果周瑜和鲁肃也主降，他会怎么样？

还有，孙权为什么要送给贾诩一枚虎牙？

那个鲁肃，明明只想保江东，怎么也主战了？

算了，不想也罢！总不能退回江陵。

贾诩正要告辞，曹操却吟诵起《楚辞》来：

> 帝子降兮北渚，目眇眇兮愁予。
>
> 袅袅兮秋风，洞庭波兮木叶下。

"屈原这辞前无古人，后无来者。可惜现在是冬天了，不知还能见到帝子吗？"曹操问贾诩，语气中莫名其妙地有些伤感。

"心诚则灵，说不定能见到。"贾诩只好说。

11

曹操的舰队乘风破浪，浩浩荡荡而来。他们从巴丘北上，很快就进入了今天的湖北省。枯水期的江面并不开阔，站在楼船的顶部远远望去，依稀可见前方右手边已经建起了水寨，排列着许多战船。

"莫非周瑜到了？"曹操问。

"应该是。"众人一齐回答。

"公仁，他之所在何处？"曹操问董昭。

"赤壁。"董昭看了下地图，肯定地回答。

"狭路相逢，可战吗？"曹操再问。

"此处长江由南向北斜流，我军顺水不顺风。"董昭说。

"敌我之势均等，当战可战，再说也无可退。"张辽说。

"那好，文远辛苦！"曹操说。

张辽领命，下了楼船。中国古代水战，通常以作为大型主力战舰的楼船做指挥舰，也就是现在所谓旗舰。它的旁边都系着轻舟，名叫走舸。走舸相当于快艇，登上走舸的张辽很快就到了自己的斗舰。

斗舰是装有防护设施的中型战船。船舷两侧有防护板，板上开有安桨的圆孔。桨从圆孔中伸进水里，桨手坐在板内。船上的外围设有三尺高连续凹凸的齿形矮墙，相当于城墙上的女墙，墙后埋伏着手持弓弩的战士。这道防线之内五尺是大棚，棚上放置了指挥前进和后退的鼓和钲。棚的前后左右竖着军旗，也有女墙，但是没有顶盖。

很清楚，斗舰就像行走在水上的城堡。

张辽回到自己的斗舰，立即擂起战鼓。

历史上著名的赤壁之战，也就此打响。

最前面的船是艨冲。艨冲的桨手也在防护板内，舱板上面则开有弩窗和矛孔。而且它的船体狭长，速度较快；船舱蒙着生牛皮，防卫功能也强。因此古代水战，通常都用艨冲作为攻击型战船。

没想到，周瑜却派出了赤马。

赤马是红色的快艇。行走水上，轻疾有如赤兔马。不过速度快的船体也小，战斗力相对也弱，所以一般只用于巡逻和侦察。难怪张辽他们见对方如此用兵会目瞪口呆：天底下，哪有这样水战的？

没听说过吗？那就对了。

实际上周瑜派出的赤马数以百计，乌泱乌泱就像马蜂和蝗虫铺天盖地而来。赤马的船体比艨冲更小，速度也更快，还灵活机动，转眼之间就分成若干战斗队，分别将曹军的各艘艨冲团团围住。艨冲毕竟有一定体量，行驶时必须保持距离，现在可就只好各自为战了。

各自为战也不容易，因为毫无经验。顿时发现腹背受敌的指挥官甚至不知该如何下令，舵工也不知道该把船头调向哪边。好在船舱的两面都开有弩窗。除了弓箭手不断射箭，似乎也没有别的办法。

可惜，江上风大，船也在动，命中率小得可怜。

赤马上的吴军水兵却各显神通。当时，江水往北风往南，顺风的就往艨冲的甲板上抛石灰，顺水的则往水里扔葫芦。曹军战士被石灰弄得睁不开眼，又不知道那葫芦里卖的什么药，船上大乱。

与此同时，先登绕过混战中的赤马和艨冲，直奔斗舰。

先登也是快艇，船上也只有女墙，没有建筑物。实际上这是一种运兵船，运送的战士相当于现在的海军陆战队。他们的任务跟攻城战中的先头部队一样，就是要抢先一步登上敌方城头。登上城头不等于攻陷城市，却能让敌方军心大乱，所以先登和陷阵都是头功。

不过，先登船要对付的，是水上城堡——斗舰。

此时江上的曹军斗舰有好几条，都在张辽的指挥舰之前。周瑜的先登船技术非常先进，不但使用了东汉就有的开孔舵和平衡舵，而且使用了当时罕见的硬帆。这让他们船速很快，且调度自如。结果没过多久，吴军的先登船就靠拢了曹军的斗舰，并迅速伸出钩距。

钩距据说是鲁班发明的，简单地说就是一丈五尺的竹竿，前端有金属部件。两船靠拢时，既可以将对方推开，也可以钩连，所以名叫钩距。现在，吴军要做的当然是钩连，以便像登城那样登船。

曹军当然不能让他们得逞，早在先登船驶来时就万箭齐发，此刻则急忙去砍钩距。吴军却动作敏捷，甚至不用借助钩距，一跃而起就上了船。登船毕竟比登城容易，使用钩距既是为了方便，也是为了让曹军分心。总之，来者不善，只能短兵相接，厮杀恶战了。

斗舰上洒满了鲜血，不断有人落入水中，被江流带走。

前方，艨冲的曹军战士终于弄明白，葫芦里没有药，但是葫芦与葫芦之间有细铁链。这些东西飘到船前遇上正在摇动的桨，结果可想而知。曹军无法理解对方玩的是什么妖术，情急之下赶紧放箭。

赤马船上的吴军战士全部落水。

赶到斗舰旁的先登船却越来越多。曹军力不能敌，只能从船边的女墙退守大棚。与此同时，艨冲上的战士个个大惊失色。原来，水性极好的吴军是假装中箭落水，其实潜到船底在多处凿开了洞。

艨冲无可救药地开始沉没，斗舰大棚上的军旗也被砍落。

指挥舰上的张辽明白，这仗已经打不下去。

12

遭遇战在日落之前结束了，曹军退到赤壁西北对岸的乌林。周瑜并没有乘胜追击，而是鸣金收兵。他很清楚，自己成功固然因为出奇制胜，也因为狭路相逢于江中，对方无法体现人多势众的优势。

劳师远征的曹操更需要休整。他将战船停泊于岸边，让陆续到达的骑兵和步兵驻扎在岸上。选择乌林并非没有道理，那里原本有道路通往江陵，在冬天又通常处于上风。这就还可以寻找战机。

情况却远比想象的糟糕。

首先是寒冬腊月西北风劲吹，让曹军将士遭受双重之苦：与北方干冷不同的湿冷，被风浪掀起的战船颠簸。结果他们呕吐不止，手脚也长了冻疮。这就让初战失利的部队更加士气低落。曹操只好下令将战船用铁链锁在一起，又派人四处寻找治疗冻疮和手裂的膏药。

雪上加霜的是，瘟疫开始在军中流行。

染疾在巴丘就发生了，症状与许都之疫并不完全相同。除了发热咳嗽和肝脾肿大，还有腹泻和便血，因此军医诊断为水土不服。现在生病的却越来越多，造成大量自然减员，曹操不免忧心忡忡。

也就在此时，有人雪中送炭般的来投降了。

宣称愿意投降的叫黄盖，是周瑜手下的部将。他的说法是，自己虽然深受孙家厚恩，理当报效，但也知道什么叫大势所趋。联刘抗曹不是江东将吏的共识，只是周瑜和鲁肃的陋见。唯有击败周瑜，才能让孙权警醒，使江东免于兵灾。因此决定阵前倒戈，为丞相前驱。

诈降吧？所有人的第一反应都是这。

但，想来想去，想不出诈降的动机。

曹操决定亲自接见黄盖的联系人。

"你真是黄盖派来的？"曹操问。

"是。未料得见丞相，不胜惶恐。"

"黄盖现任何职？"

"破虏将军与丞相同起义兵，小吏的长官即追随讨董。此后转战南北，守地安民。任县之令长，其数有九，现任丹阳郡都尉。"

"也是二千石啊！"曹操说。

"小吏以为，当之无愧。"

"呵呵，十几年令长，还换了九个县？"

"都是难治之县，所以其实是重用。"

"这么说，孙氏父子兄弟知人善任？"

"确实。否则岂能人尽其才，同心协力。"

"那你们还叛？"

"不是叛，而是救。丞相讨董而董卓死，攻张而张绣降，征吕而吕布败，伐袁而袁绍亡。今以江东六郡之地，山越之人，抗丞相百万雄师，其寡不敌众，海内共知。唯有归命，方能幸免于难。"

"这些话，黄盖为何不对孙权说？"

"以张长史之德高望重，尚且不能，何况都尉。"

这倒是实话，张昭确实没能劝住孙权。

"尔等来降，能有多少？"曹操又问。

"少则五百，多则千人。"那人回答。

"如此之少？"

"兵不在多而在精，再说多了也带不走。"

"打算何日来降。"

"不敢确定，只能相机行事。"

"什么意思？"曹操顿时起疑。

那人却不慌不忙解释，他们虽然人不多，战船却不少，不能没有任何理由就公然浩浩荡荡渡江而来。好在周瑜隔三岔五，就要派船队巡江，顺便耀武扬威。这时，黄盖就可以趁机溜之大吉了。

只是周瑜狡猾。哪天巡江，又会派谁，都不一定。

嗯，有道理，讲得过去。

"事成之后，要何赏赐？"曹操再问。

"能救江东百姓，于愿足矣。"

"当真一点都不要？"

"丞相不曾亏待张绣和贾诩。"

"你现任何职？"

"郡丞，六百石。"

确实看不出诈降的动机，也不怕他诈降。就算有千人，还能攻我营寨不成？当真来了，让他们停船寨外，以为我军前锋就是。更何况只要黄盖来降，就可以动摇对方军心。管他真假，何妨一用？

"好个伶牙俐齿，果然是奸细！"曹操勃然变色。

"这话小吏听不明白。"那人面不改色。

"孤问你话，对答如流，滴水不漏。"曹操冷笑，"天底下，哪有毫无破绽的？没有破绽，便是破绽。来人，将这奸细斩了！"

"且慢！"见许褚过来，那人从怀里掏出一个物件。

"什么东西？"曹操问。

"信物。见到它，都尉就会来降。"

"既然孤已认定尔等诈降，为什么还要给我？"

"都尉一片诚意，小吏不敢辜负。"

"不怕孤拿去给周瑜？"

"成事在天，丞相自便，小吏现在赴死就是。"

13

由张辽乘船引导，关羽的走舸进入水寨，驶向曹操的楼船。黄盖的人还没走，关羽就来了，曹操觉得今天真是个有趣的日子。

"刘豫州部将关羽求见。"张辽站在船头大声说。

"不对！什么求见！谁要求他？"关羽站在走舸上说。

"那怎么说？"张辽感到奇怪。

"汉寿亭侯关羽来见。"关羽大声说。

所有人都听得出，那个"来"字说得很重。

"好好好，来见。"曹操站在楼船的船头说。

丞相见了关羽总是没脾气，张辽也只好笑笑。

"云长别来无恙！什么风把你吹来了？"曹操问。

"北风。这冬天里，难道还有别的风？"关羽说。

"一别八年，云长好像显老了些。"

"怎么，你很年轻吗？"

"还能畅游长江。你我要不要下水试试？"

"关羽私下来见，不是说闲话的。"

"云长不是不跟孤说话吗？"曹操故意问。

"现在想说了。怎么，不敢？"关羽瞪着眼睛。

"确实不敢，怕你来降。"曹操笑呵呵的。

"就知道你会错，孤是来劝降。"

孤？也是，汉寿亭侯。

刚来个投降的，又来个劝降的，曹操差点笑出声来。

"那么，"曹操想了一下，换了自称，"老夫为何要降？"

"因为你死期不远。知道袁本初为什么会败吗？贪得无厌，妄想得到不是他的东西。这叫什么？攫取不义之财。所以刘豫州毅然决然离他而去。孙权在江东，已历三世；刘表在荆州，甚得民望且有让贤之意。如今你来征伐，岂得人心？我等可是要保自己的家。"

这都是什么乱七八糟的道理！曹操哭笑不得。难道孤奉天子以讨不臣，倒成理亏的了？刘表的荆州与你们刘备，又有什么关系？谁在惦记不义之财？让贤就更可笑。刘表会让？儿子都摆不平。

关云长一派天真。他认的死理，也不必辩论。

不过，他说的攻守之势相异，倒有几分道理。

"如此说来，我必败无疑？"曹操仍然笑眯眯的。

"只要开战，定然让你葬身鱼腹。"关羽说。

"也是，忘了云长现在统领水军。"

"所以念你旧情，给你指条生路。"

"云长认为孤会投降？"

"多半不会。"关羽叹了口气，"撤军吧，还来得及。"

"撤到哪里？"曹操又问。

"最好回许，襄阳也行。"

"那么，江陵又给谁？"

"还用问？当然归我。"

"周瑜会答应？"

"那由不得他。"

"刚才云长说，是私下里来见？"

"当然。难道刘豫州和孙将军会派我来不成？"

"不知云长又为什么对曹操如此厚爱？"

"因为你送我赤兔马。"

14

　　张辽站在自己船上，将乘坐走舸的关羽送出了水寨，曹操心里却五味杂陈。他当然并不认为自己会败，更想不到赤壁之战后，孙权和刘备会为了江陵演出那么多戏码。但孙刘联盟靠不住，是肯定的。

　　这个关云长，居然听不出孤在讥讽和提醒他。

算了。前方是周瑜，这里没关羽什么事。

几天以后，放晴了。一夜之间，笼罩在头顶那铅灰色的阴云全部不见。阳光金灿灿地洒在江面和船上，就连风都显得暖和。曹军将士三五成群地站在甲板，享受这难得的好天气，久未出舱的伤病员脸上都露出灿烂的笑容。作为北方人，他们当然不知道，长江流域的冬天就是这样：严寒之后必有回暖，而且变化之快超出想象。

可惜这对曹军，却未必是福音。

"船！"有人喊道。

站在楼船顶部的曹操等人也看见了，斜对面的东南方向正有船队驶来。看样子，前面是十几艘艨艟，后面有一艘斗舰。这些战船起先在江那边慢慢地行驶，过了江心便突然升起风帆。此刻的江上东南风劲吹，那些战船乘风破浪，飞速前进，眼看就要渡过江来。

"是不是黄盖？"曹植说。

有可能。关羽走后，那个联系人就被曹操放了回去。

"不对吧？为什么是今天？"曹丕说。

"昨夜东南风起，或许黄盖认为机会难得。"曹植说。

"难道碰巧今天派他巡江？"曹丕怀疑。

"看那船上，倒是约定的降旗。"董昭说。

这倒没错，那旗是过了江心以后与风帆同时升起的。

"黄盖来降！黄盖来降！黄盖来降！"

水寨里，曹军将士一片欢呼。

紧接着，张辽匆匆赶来。

"怎么回事？"曹操问。

"对方降旗高挂，自己喊降，我军呼应。"张辽回答。

"来得也太快了点。"曹丕依然怀疑。

"今天倒是既顺风又顺水。"董昭说。

"这船咋那么轻?"曹丕又说。

"无非人少。如果诈降,不该空船啊!"曹植说。

"不管他了!"曹操说,"真降诈降,来了一验便知,谅他这点人不能奈我何。摇旗传我号令,开寨门,放他们进来!"

张辽领命,匆忙走了。

曹丕却看着前面双眉紧锁,突然叫声不好。

"怎么?"曹操问。

"艨冲只是以生牛皮为船舱之背,弩窗和矛孔是露出来的。现在黄盖的船上都蒙着赤幔,还蒙得严严实实。哪有这样巡江的?吃水也不重。舱里肯定不是人,也不会是粮食,只怕是浇过油的柴草。"

"他们要火攻?"曹操勃然变色。

"后面系着的小船,应该是用来逃生的。"曹丕又说。

"仲康,摇旗传令关寨门。"曹操命令许褚。

但是来不及了。黄盖的斗舰上,响箭射向天空。

艨冲上的吴军士兵立即跳到了后面小船上。他们解开绳子,然后顺着东南风扔出火把,艨冲马上就燃起火来。十几艘扬着风帆的火船飞速闯进曹军水寨,与曹军的舰船相撞。赤幔早已烧没,正在燃烧的大捆干柴和着火的桅杆倒在了曹军舰船上,顿时火光冲天。

猝不及防的曹军士兵四散逃避,身上着火的纷纷跳进水中。

东南风劲吹,火势迅速蔓延。曹丕拔出剑来,要去杀黄盖;曹植也拔出剑来,要去救火。曹操却说:"你们过不去,也救不了。"说完摸摸鼻子,打了个喷嚏,又说:"果然来者不善,再看远处。"

长江上,更多的战舰正从赤壁方向浩浩荡荡驶来。

离开了艨冲的小船,却已经回到斗舰旁。

114

斗舰也早就降下了风帆，此刻正鼓声隆隆，杀声震天。

期待已久的决战，难道就这样开始？

"周瑜确实好计！"曹操反倒笑了，"孤的船都用铁链连着，走都走不了。不过看这火势，你们怕也攻不进来。仲康传令文远，不必再抵抗，速速撤回岸上，撤多少算多少，回来的时候带只火把！"

许褚领命走了，其他人依然站在楼船。

火势越来越大，曹军士兵纷纷往岸边跑。

风助火势，火借风力，追赶着逃亡的曹军。

江面被烈火映得通红，漂浮着的尸体顺江而下。

许褚举着燃烧的木杆跑了过来。

曹操看着远方："周瑜不必嚣张。你会用火，我也会。孤烧船自走就是，成全你浪得虚名。你要有本事，就冲过火阵来见。"

说完接过许褚手中的火把，从楼上扔了下去。

15

华容在今天的湖北省监利市，是乌林到江陵的必经之地。在巴丘见到曹操以后，贾诩就请命在这里建立据点。曹操觉得反正要有粮库和兵站，便批准了这个建议，没想到此刻成了逃亡的歇脚处。

阴云密布，一片昏暗。营寨内点起了篝火，大帐中间的火塘上也烤着肉。见董昭等人垂头丧气，贾诩便说："周瑜不过侥幸取胜。黄盖放的那把火，也只是为了逼走我军，断然不敢追杀过来的。"

"文和说的是，大家都吃饭吧！"曹操说。

曹植突然哭了起来。

"植儿，怎么回事？"

"臣，臣吃不下这烤肉。"

其他人也都低着头，不肯动手。

也是，这会让人联想到那些被烧得惨不忍睹的士兵。贾诩惭愧地感到自己虑事不周，曹操却说："有什么呢？我吃。"

贾诩赶紧用刀割下一条鸡腿，递给曹操。

曹操接了过来，却又放下。

"田畴家的鸡腿才好吃呢！也是，你们没吃过。"

结果，围坐在旁的都抽泣起来。

"活见鬼！要哭也不是这样，得像条汉子！"

话音刚落，董昭等人放声大哭。

"哭吧哭吧，孤吃饭。"曹操说。

说完拿起鸡腿，看了看递给贾诩："要不文和先来？"

贾诩接了过来，笑笑，放在盘子上。

"辽战不力，辽请罪！"张辽含泪俯下身子。

"胡说！"曹操瞪起了眼睛，"明明是周瑜之罪。孤征刘备，与他何干？若是关云长的水军，文远岂能不敌？不过此人确实有才，应该招募。算了，文远劝降不了关云长，哪里劝得了周公瑾？"

谁都知道这是胡搅蛮缠，张辽却不哭了。

"昭谋失算，昭请罪！"董昭含泪俯下身子。

"笑话！"曹操撇了撇嘴，"与那丹阳郡丞谈话的是孤。公仁固然阅人无数，比孤还是不如。孤都看不出有诈，你看得出？"

结果，董昭也不哭了。

"你们说，孤为什么失察？"

这谁知道？所有人都不说话。

"还有，孙权会跟刘备联盟，孤为何没有料到？"

还是没有人回答，但是哭泣停止了。

"也许，孤是真的老了。"曹操叹息。

"诩老了，丞相年富力强。"贾诩赶紧说。

"真要年轻，现在就杀回去。"曹操笑了笑，"不过呢，倒还没有老糊涂。走到巴丘染上时疾，没有退兵，不能算孤的错。也有人水土不服，住不惯船上嘛！所以才要把船舰用铁链连起来嘛！谁想到寒冬腊月会刮东南风呢？白白让周瑜占了便宜。可气，十分可气！"

话说到这里，所有人都不哭了。

"孙权这竖子，今年二十七？"见贾诩点头，曹操又说，"比天子和朗儿只小一岁。那个家伙，可是十五岁就做了阳羡县长。"

"难怪离开江陵时，让子净去了当阳。"

见曹操提起曹朗，董昭说。

"当阳虽然小县，却是要冲，再说他也二十八了。"

"是。"董昭说。但，天子不也二十八？董昭当然不敢多说，曹操也侧过脸来问贾诩："文和二十八岁时，在干什么？"

"乏善可陈。那年丞相任洛阳北部尉，刚刚二十。"

"哦，哦！"曹操恍然大悟的样子。

"不知怎么就自造五色大棒，打杀犯禁夜行的？"

"少不更事嘛，这还用说？"曹操当然明白，贾诩为什么要旧事重提。但他不肯承认此战是两代人的战争，尽管以赤马战艨冲与自造五色大棒有异曲同工之妙。何况现在要紧的，是稳定军心。

"孤年轻的时候，什么不敢？张让都敢刺。那时也只比周瑜现在大一岁。当然没成功。没成功的事也不少，豆腐都没做成。豆腐都做不了，却居然要平治天下，孤自己都觉得不简单。所以呢，你们不用担心孤会变成项羽。项羽有什么好学的？匹夫之勇，妇人之仁。他也不想想，回到江东岂不就有鱼脍吃？丕儿不是惦记鱼脍吗，鱼脍就得在江东吃，鱼好，佐料也好，文和说呢？孙权没少请你吃吧？"

项羽那会儿，江东哪有鱼脍吃？贾诩想。

但他只是从樽里舀出酒来，倒在杯子里，递给曹操。

"座上客恒满，樽中酒不空。"曹操接过酒杯，"孤倒想起那人的话了。他说孤征刘表，是为了江东二桥。扯得上吗？对了文和，常听人讲楚地女子多情。能不能找几个来，给我们唱唱小曲？"

"这会儿上哪弄去？"贾诩苦笑。

其他人也都笑了。

"找不到吗？那就各回各帐。"

16

众人走了以后，曹操独自留在帐中。贾诩也重新安排饭食，派人送了过来。曹操却拿起木头，用自己的佩刀雕刻人偶。

外面好像下雪了，火塘里的火也开始变小。

曹操添了根柴，端起酒杯喝了一口。

人偶已经刻好，三个站成一排：曹操，刘备，孙权。

马马虎虎吧！像不像，不重要，有个意思就行。

端详片刻，曹操拿起一个人偶，看了看又放下。

"刘玄德，你今年四十八，也老大不小。你这辈子可以说是颠沛流离，坎坷曲折。先依公孙瓒，再依吕布，又依孤，依袁绍，最后依了那刘表。五易其主，四失妻子。你不容易，确实不容易！"

说完，曹操又重新拿起"刘备"来。

"其实孤也没想到，征荆州反倒让你绝处逢生。在长坂坡孤不该放过你，后来又不该匆匆出兵。孤可没想帮你，你不用谢！要谢就谢那个孙权，还有周瑜和鲁肃，看看还能给什么机会，啊！"

说完，他将"刘备"扔到火边，又拿起"孙权"来。

"孙权竖子听着！尊公与孤同年，讨董那时都是三十六岁，没想到有今天啊！按说，刘表也是汉家宗亲，儿子却不争气。袁绍那三个儿子，倒是很让孤费了些心思。可是，你把孤都打败了。孤这后半生还得跟你打交道。唉！生子当如孙仲谋，生子当如孙仲谋啊！"

说完，他将"孙权"扔到火边。

现在，该对"曹操"说点什么。

那么，鸡腿吃吗？吃！

"曹孟德啊曹孟德，你这败军之将，让孤怎么说呢？"曹操边吃边喝边说，"当年袁本初来犯，排山倒海之势啊！可是怎么样呢？铩羽而归，身败名裂。如今你托名汉相，背靠中原，鼓雷霆之怒，率虎狼之师，水陆俱下，势如破竹，岂非稳操胜券？怎么一朝风起，便灰飞烟灭了呢？这是天意，还是人谋？想不通，实在是想不通。不过依我之见，那孙权和刘备既已联手，你这辈子怕是别想再过长江了。"

这时，曹操的耳边响起鲁肃的声音：

汉室不可复兴，曹操不可卒除。

曹操的眼泪流了下来。他拿起最后一个人偶，轻轻抚摸着，泪流满面，哭了又哭，然后，将酒浇在上面，毅然决然扔进火里。

帐外，北风呼啸，大雪纷飞。

火塘里，三个人偶很快就被炭火吞没。

"烧得好，早就该烧了。"

曹操没有回头，他知道是谁来了。

17

无盐默默地陪了曹操一夜。这当然是破例。她希望用自己的温柔体贴告诉对方：身退并不定要在功成之后，也可以有别的活法。

但，这不需要说出来，说出来就没意思了。

曹操同样什么都没说，黎明时分便走出大帐。他一眼就看见许褚铠甲上的雪，不禁眼眶湿润。再看不远处站着贾诩和董昭等人，立即警觉起来。有事？是的。昨夜夏侯惇来报，孙权围了合肥。

"竖子有种，在背后插孤一刀。那就去会会他。"

放声大笑的曹操，似乎在顷刻之间就恢复了英气。

"生子当如孙仲谋。"他又说。

曹丕和曹植一齐低头。

雪停了，处处银装素裹。

帐内的无盐想了想，决定不辞而别。

她已经发现，自己注定要被辜负。

第二十一章

许都疑云

建安十五年
庚寅　虎
曹操五十六岁

十二月

1

"免礼！"曹操面无表情地说，满心不快。

自从前年七月出征荆州，他已经差不多两年半没回许都了。兵败赤壁之后，孙权悍然北犯，曹操不得不全力以赴对付这个劲敌。他以家乡谯县为据点，率领水军从涡水入淮河，在合肥驻军，在寿春南面的芍陂屯田，同时重新任命扬州郡县的长官，整整忙了两年。

现在，是时候回去看看。

两年间，许都貌似风平浪静，就连荀彧和郗虑都少有书信。没人追问兵败赤壁的责任，也没有人议论天下大势。实际上这两年的变化不小：周瑜攻下了江陵，曹仁则败退襄阳。刘备趁机占领荆州的南方四郡，建政公安，上书朝廷推举孙权行车骑将军，领徐州牧。孙权也投桃报李，自行宣布刘备为荆州牧，还把妹妹嫁给了他。

至此，鼎立之势成，一统天下的梦想已难实现。

这些事情都发生在去年。一年过去，许都依然平静，可就不能不让人狐疑了。难道就没有暗流涌动？如果有，荀彧和郗虑又岂能没有察觉？更奇怪的是，这两个人怎么都不见，只来了个满宠？

也好，先在这郊外长亭休息片刻。

没想到，更不愉快的事情发生了。

"丞相，玠请辞！"刚刚坐下，听到的就居然是这句话。

说话的，是丞相府东曹掾毛玠。此人追随曹操已经十八年，官阶却并不高，起先只是秩百石的兖州治中从事，后来担任秩比四百石的司空府东曹掾。曹操任丞相后，将东西曹掾的品秩提高了点，也只有比六百石。但，东曹掾这个职务很重要，毛玠这个人更重要。奉天子以令不臣，修耕植以畜军资，就是他在曹操任兖州牧时提出的。

自己人，官阶不必高，却一定得任职要害部门。

"怎么，嫌俸禄太少？"曹操故意问。

"非也，与西曹掾无法共事。"毛玠说。

"是吗？"曹操侧脸看崔琰。

崔琰就是毛玠说的西曹掾。六年前，曹操攻破邺城，把他从牢房里救出来，任秩百石的冀州别驾从事，起步跟毛玠一样，现在的官阶也一样。曹操还记得，当时自己对崔琰说：昨天查看户籍，可得三十万军，这可真是个大州。崔琰却说：天下分崩，九州幅裂，生民暴尸荒野。王师不救其涂炭而先计算兵甲，鄙州士女恐怕会大失所望。

此言一出，在座的都大惊失色，曹操也只好改容道歉。

这是个正派人，毛玠也是，为什么搞不来？

"丞相教令，琰不敢奉行，也请辞！"崔琰说。

"季珪以为，孤之令何处不妥？"

曹操叫着崔琰的字问。

"唯才是举。"崔琰回答。

是了，曹操默然。今年春天，他确实颁布了一道被后世称为《求贤令》的丞相教令。这是在兵败赤壁之后，经过反复思考对人事制度

124

的重大改革，核心是不拘一格使用人才。既然不拘一格，当然就不必考虑出身和门第，反倒应该把埋没在穷乡僻壤的寒士发掘出来。

难怪崔琰反对。清河崔氏，本是著姓望族。

"萧何是小吏，韩信是游民，樊哙是屠户，周勃是吹鼓手。就连高皇帝自己，也不过亭长。若非唯才是举，岂能夺取天下？再看江东之人，周瑜和鲁肃难道出身名门？孙家都不是，却打败了孤。"

曹操觉得应该解释一下。

"留侯张良本是王族，相国萧何德才兼备。"崔琰冷冷道。

"陈平如何？与嫂通奸，受诸将贿赂。高皇帝用之不疑，这才能离间项羽和范增，又擒拿韩信，平定诸吕之乱。"毛玠反唇相讥。

"孝先莫非自比陈平？"崔琰叫着毛玠的字。

这就不像话了。毛玠素以清廉著称，崔琰岂能这样说？但是曹操不想争论。历史上的改革都是靠脚踏实地做出来的，争来争去有什么意思？于是他说："东曹主二千石长官任用，季珪尽管德才兼备；西曹主相府和卿寺吏员选拔，孝先何妨唯才是举。做起来再说嘛！"

"丞相所言极是，只是我等受不了，洽也请辞！"

说话的，是相府掾和洽。他是拒绝了袁绍的邀请，避难荆州又被曹操发现，揽入麾下的。作为汝南名士，当时颇有些声望。

"不知阳士何意？"曹操叫着和洽的字问。

"孝先所言，不过极而言之。东西曹掾其实用人如一，都是只看清廉。而所谓清廉，又只看穿什么衣服，坐什么车。结果如何？朝廷大小官吏，恨不得人人衣衫褴褛，个个敝车病牛，还有自带饭食进入官寺以示廉洁的。长此以往，只怕满朝伪君子。"和洽撇嘴说。

还有这事？再看崔琰和毛玠都板着脸，曹操心知是实。其实认真说来，自己也有责任。当初，见他俩选用的都是清正之士，自己不是满口夸奖吗？看来凡事都不可以走极端，过犹不及。不过现在没必要深究，便叫着御史丞徐奕的字问："季才，鸿豫怎么说？"

"启禀丞相，郗公力赞唯才是举。"徐奕恭恭敬敬回答。

郗公？也是。前年八月郗虑就担任了御史大夫，可以称公。

秩千石的御史丞是他的僚属，也得这么叫。

"那他人呢？"曹操又问。

"郗公不在府中，据说要外出几天。"徐奕站起身来，从怀里掏出内有木简、外加红色印记的白布囊，"但有密函呈交。"

曹操接过看了一下，并不拆封，却看着坐在末座的仲长统。

"丞相见谅，荀令君闭门谢客，谁都不见。"

这个曾经大闹许县县寺的读书人，现在是尚书台的郎官。

不对劲啊！曹操狐疑更重，便侧脸看着满宠。

"伯宁，许都出了什么事吗？"

"倒也没有，只是有些怪异。丞相方便时，不妨由宠陪着到市中走走。"满宠回答。他现任司隶校尉，是这群人中官阶最高的，"不过我朝制度，有请必以书。不知要不要先上书约见天子？"

一片阴云飘了过来，曹操摸摸鼻子，打了个喷嚏。

2

见到吴质，曹丕就像笼子里放出的鸟，恨不得伸出双手搂住对方的脖子。但是想了想，还是改为拱手。吴质是兖州济阴人，曹操接手兖州那年十六岁。这时的吴质，当然不可能与六岁的曹丕相识。但是五年后，两个人的终身情谊便在老天爷的安排下开始了。

没错，那是建安二年，曹操初征张绣。

曹丕清楚地记得那个恐怖的夜晚。军营起火时，正在水边练剑的他让还叫狗儿的曹朗偷了两匹马狼狈逃窜，到了曹操的新营地却只在帐外徘徊。当时吴质二十一岁，刚刚举了孝廉，还没有官职，一眼就看出这两个人就像在外面闯了祸的孩子，不知该怎么去见家长。

于是吴质问狗儿：平时这会儿你该干什么？

狗儿回答：给司空沐足，捏脚。

那你现在就照做，什么话都不用说。吴质告诉狗儿。然后又告诉曹丕：进去以后跪下就哭。司空刚刚失去长子，不会拿你怎样。

果然，曹操只是说：起来吧！惹得孤也哭起来，罪过不小。

从此，吴质成为曹丕可以无话不谈的朋友。

何况他的文笔还那么好，更是有说不完的话。出身寒门的吴质也并不在曹操面前刻意表现，反倒跟曹丕兄弟都成了朋友，常常与王粲等人一起骑马打猎，吟诗作赋，饮酒作乐。王粲与吴质同龄，但早已名满天下。吴质也不在意，乐呵呵地鞍前马后，为雅集忙进忙出。

那是曹丕最放松也最惬意的时刻。

然而现在，吴质却拉着他去拜访司马懿。

司马懿是个十分无趣的人。他比吴质小两岁，今年三十二，手上却不是拄着拐杖，便是抱着药罐子，一副病病恹恹的模样。由于曹操二十岁担任洛阳北部尉，是司马懿的父亲京兆尹司马防举荐的，两家有些来往。曹丕却很不喜欢这个家伙，就像不喜欢郗虑。

真不知道，吴质为什么要去见他。

果然，司马懿正在家里煎药。

"不知子桓公子光临，有失远迎！"

司马懿挣扎着从胡床上站起身来。

"怎么，仲达还是要服药？"

曹丕假装关切，叫着司马懿的字问。

"风痹复发，走不动路了。否则，岂敢让公子枉屈？"

装的吧？曹丕清楚地记得，建安六年，父亲召二十三岁的司马懿到司空府任职，这家伙就宣称自己得了风痹，躺在床上不起来。派人半夜三更潜入房间里刺他，也纹丝不动。但是前年，做了丞相的父亲给他两个选择：要么入府，要么入狱。这家伙一骨碌就爬起来了。

这种人怎么可信？现在风痹，只怕又有什么事。

不过曹丕还是笑了笑说："客随主便，要不都坐胡床？"

于是，三个人都在胡床坐下。

"仲达的药方，不知是哪位医家所开？"曹丕问。

"久病成良医，自己开的。"司马懿讲起了医术，"医家用药之道无非君臣佐使。比如麻黄汤，便是麻黄发汗解表为君，桂枝辅助麻黄发汗解表为臣，杏仁助麻黄平喘为佐，甘草调和诸药为使。只要懂得这些道理，再根据自己每日不同的感觉，适当增减剂量，就好。"

"如此说来，天天都要换药？"曹丕问。

"也可以换汤不换药。"司马懿笑笑。

"终日与药为伍，何乐之有？"曹丕感叹。

"良药未必都苦口。"司马懿又笑，"比如蜜炙麻黄，就是用蜂蜜煎制麻黄，炙成以后加水烧开，冲鸡蛋花，好喝得很。"

"所治何症？"吴质问。

"咳嗽痰喘。"司马懿答。

"治打喷嚏吗？"吴质再问。

"不治。"司马懿笑笑。

"二位满腹经纶，就终日议论这小技？"曹丕问。

"上医医国。如懿，保命而已。"司马懿说。

"如此甚好，告辞!"吴质站了起来。

这就走? 求之不得。曹丕也起身拱手。

3

曹丕稀里糊涂被拉了来，又稀里糊涂跟着走，出门以后正想问个究竟，没想到一头撞上琅琊王刘熙。这个王国来头不小，首封国王是光武帝的儿子刘京。传到第六代没有子嗣，照例被取消，十三年以后又被恢复。民间的议论，都说是六代王刘容的弟弟刘邈在曹操做东郡太守时，曾经向天子大讲曹操如何忠诚。曹操知恩图报，便让刘邈的儿子刘熙过继给刘容，做了琅琊国的新国王，只不过住在许都。

这是四年前的事。那时曹操还是司空，也还没征乌桓。

"殿下!"曹丕和吴质一齐行礼。

"免礼!"琅琊王刘熙肥肥胖胖，笑起来眼睛只有一条缝，"两年不见，子桓公子的风采更加夺人。尊公可好?"

"臣父安，已回许都。"曹丕恭恭敬敬回答。

"好好好，寡人应该去拜访，再次道谢!"刘熙说。

"岂敢劳动殿下，臣自去转达尊意。"曹丕依然恭谨。

"这位子翼先生，公子想必认识。"刘熙又看身边的人。

当然认识，蒋干嘛! 此君风流倜傥，能言善辩，家乡九江郡又与周瑜的老家庐江郡同属扬州，还都在江西。曹操发现这个关系，便让蒋干去做工作。没想到蒋干布衣葛巾，飘然而至周营，周瑜已经候在辕门，开口便说: 子翼良苦，远涉江湖是来为曹某做说客么?

蒋干哈哈一笑道：公瑾这是要诈我吗？

不是说客？那就好。周瑜便让蒋干住下。三天以后，声称有秘事需要外出的周瑜回来了，请蒋干观看军营，看了队伍又看武库，然后设宴款待，对蒋干说：丈夫处世，遇知己之主，外托君臣之义，内结骨肉之恩，言听计从，祸福与共，就算苏秦来了又能如何？

自知无可奈何的蒋干只好笑笑，什么都没说。

这个故事曹丕当然知道。不过当时蒋干是向父亲报告，自己不能插嘴。现在机会难得，便说："子翼辩才无碍，为何一言不发？随便说上几句也好。即便于事无补，也不能让周瑜气焰如此嚣张。"

"周公瑾不是张绣，草民更非贾文和，自然无功而返。"蒋干不卑不亢，"更何况人各有志，无法强勉，多说反倒让他笑话。"

"那么，敢问子翼又有志于何方？"曹丕说。

"做不了说客，只好做门客。"蒋干笑笑。

"对！子翼现在是寡人的朋友。"刘熙说。

"与殿下谈诗论文？"曹丕问。

"寡人哪里会那个！实不相瞒，是蹴鞠。"

刘熙笑眯眯地说，还有点不好意思。

蹴鞠读如促菊，是先秦时期就有的娱乐活动。主要动作，是用脚去弹踢名叫"鞠"的皮球。这种球外面是皮，里面是毛，类似于今天的足球，但是个头比足球小很多，而且既不对阵，也不射门，比赛则全看脚上功夫。这就要有技艺，也要有体力，运动量很是不小。

所以，听刘熙说蹴鞠，曹丕惊得下巴都快掉下来。

"寡人和子翼并不下场，只是观赏。"刘熙又说。

"原来如此，难得殿下有此雅兴。"曹丕只得打哈哈。

"观赏之乐，也不亚于亲力亲为。"刘熙又说。

"是吗？如蒙殿下恩准，哪天臣也去看看。"曹丕敷衍。

"正有此意，还要邀请丞相。"刘熙认真起来，"承蒙天子和丞相错爱眷顾，寡人衣食无忧，鞠域（球场）也宽敞，还有看台。请公子务必转告丞相，改日相邀。好了，寡人还要去药肆，就此别过！"

说完，刘熙转身准备上车，蒋干赶紧上前搀扶。

"不知殿下为何要亲去市中？"曹丕奇怪。

"凉州新到好药。让底下人去，怕他们弄虚作假。"

"什么药啊？"曹丕又问。

"当归。"刘熙回头笑笑，然后由蒋干搀扶着上车。

活见鬼！今天怎么都在说药，有谁病了吗？

曹丕想不通。但他觉得，跟吴质好好玩玩怕是难了。

4

经过十五年的建设，许都商业区规模宏大，一片繁荣。隧道两边的肆室密密麻麻，数量最多的依然还是酒肆和卖食品的。曹操和满宠扮成商贾走在隧道，眼前出现一家卜肆，垂着的门帘前有很多人。

卜肆，通俗地说就是占卜者的营业场所。

"诸位都散了吧！先生进宫了。"门帘里传来声音。

"又进宫了，唉！"众人七嘴八舌，嘟嘟囔囔。

"这个卜者姓左名慈字元放，庐江人，善卜也善相，还有些妖幻之术，又精通《老子》之说。他每天只接待几个人，得钱一百就闭肆下帘，讲授诸子之学，忠孝之道，很是有些人望和门徒。"

见买卜的人散去，满宠低声向曹操介绍。

"日得百钱，则岁入三万六，八倍于农夫所得啊！"曹操说。

"确实如此，自养足矣。"满宠说。

"怎么又会被召进宫里呢？"曹操问。

"九卿和百官都与之过从甚密，天子也有耳闻吧？"

曹操点了点头，不再询问。两人正准备离开，却看见一个小男孩拉着鸠车过来。鸠车的形状就是只鸟，只是用轮子代替了翅膀。拉着走的时候，如果步行速度快，尾巴就会翘起来，十分好玩。

这是汉代流行的玩具，还有用它给夭折儿童殉葬的。

那小男孩兴致勃勃，边走边唱：

> 金铜瓦，红泥墙。负心汉，命不长。

满宠看看曹操，曹操点了点头，带着许褚跟着小男孩走。

小男孩继续边走边唱：

> 武不武，知民苦。像不像，得民望。

走着走着，来到一间肆室，原来是家玩具店。

"儿啊，又带客人来了？"店主看着男孩问。

五岁左右的小男孩回头一看，吓得扑进店主怀里。

"这是你的孩子？"满宠问。

"是。敢问客商要买什么？"店主说。

"随便看看。"满宠说。

"客商请便。"店主说。

"他刚才唱的儿歌，什么意思？谁教的？"满宠问。

"要买便买，何必问那么许多？"店主显然不高兴。

"司隶校尉在此。"满宠掏出银印来。

店主吓了一跳，再看曹操背后的许褚高大威猛，铁青着脸，心里更加害怕，赶紧叉手回答说："小人只是做生意的，也不知道那歌什么意思。只知道近日里满城都在传唱，便让小儿唱来招揽顾客。"

"生意但做无妨，那歌没什么意思。"曹操淡淡地说，然后低下头看着小男孩，笑眯眯地问，"刚才，为什么躲进你父怀里？"

"你们几个，好丑。"小男孩说。

"童言无忌，没事。"见店主吓得脸色惨白，曹操笑笑，转脸看着许褚说，"去旁边买些胡饼与这童子，多谢他唱这歌谣。"

5

"子建还是吃不了烤肉？"

杨修叫着曹植的字问，曹植却连脸都扭曲了。也是，赤壁之战时这位公子虚龄十七。虽然提前举行了冠礼，其实并未成年。然而事情已经过去两年，岂能依然走不出阴影？想当年曹丕从征张绣，也只有十一岁，那又是何等惊心动魄！再看他现在，又是如何？

不过，与其宽慰，不如刺激。

"在当阳长坂坡，我军狼狈？"杨修故意问。

"什么话！若非赵子龙，刘玄德连儿子都没了。"

"这么说，当时本可灭之？"

见曹植愤怒，杨修暗笑，又问。

"是不该放虎归山。"曹植叹了口气。

杨修拿起勺子，从樽里舀出酒来，又指指盘子。

"风鸡腿，总可以。"杨修说。

曹植摇摇头，端起酒杯。

"那又为什么放了？"杨修问。

"不能让关云长夺了江陵。"曹植说。

"既然到了江陵，何不依贾文和之议，稳固荆州？"

"刘备不死，大乱不止。"

"甘蔗没有两头甜。"杨修笑了，"丞相此番失误，是不该在江陵耽误不长不短的时间，给刘备以喘息之机，让孙权得谋划之日。结果刘备咸鱼翻身，江陵得而复失。看来，丞相确实老了。"

"未老又会如何？"

"就会在得到江陵之后疾趋夏口，则刘备可灭。"

"既老又当如何？"

"就该考虑新老交替。"

"新老交替？"曹植愕然，"如何交替？"

杨修迟疑了一下，问："子建可有新作？"

"有。"曹植从怀里掏出帛书，上面是一首诗：

南国有佳人，容华若桃李。

朝游江北岸，日夕宿湘沚。

时俗薄朱颜，谁为发皓齿。

俯仰岁将暮，荣耀难久恃。

"在巴丘写的？"杨修问。

"是。"曹植说。

"遇到什么人了吧？"

"啊！是个寡妇。"曹植脸红了。

"禀告丞相，娶回来就是。"

反正你们曹家，也不在乎出身门第，是不是处女。

"她死了。"曹植潸然泪下。

多情且钟情，这人真不该生在他们曹家。

那个方案，也不必告诉他。杨修想。

但，俯仰岁将暮，荣耀难久恃，男女都一样。

岁月不饶人，不能再等下去。

6

曹操刚从市中回到府中，就得到消息：董昭被捕。

"为什么？"曹操惊诧。

"朝臣上书弹劾。"御史丞徐奕回答。

"那也应该送御史府。"曹操说。

"御史大夫外出，我……"

明白了。说起来这也是改制的后遗症。汉代最高监察官员，西汉是御史大夫，东汉是御史中丞。建安十三年，郗虑任御史大夫，御史中丞职位取消，只设了无足轻重的御史丞。徐奕做不了主，郗虑却又临时外出，弹劾案便只能交给廷尉寺，而廷尉卿是马腾。

他们很能抓住机会啊！

"都有哪些朝臣上书？"曹操问。

"不清楚，听说很多。"徐奕回答。

"弹劾事由？"

"身为丞相军师祭酒，贻误战机。"

"岂有此理！"曹操愤怒，"分明是孤之过！"

当然。徐奕低头不语。

"鸿豫到底干什么去了？"曹操又问。

"奕实不知。不过，不是有密函吗？"

"你看看吧！"曹操从怀里掏出木简。

徐奕接过来，只见木简上有两行字：

风自天边起　寒从脚下生

"你们也看看。"曹操又看着已经回府的两个儿子。

木简交给了曹丕，又传到曹植手里。

"我们在乌林，可曾料到寒冬腊月会刮东南风？这可真是风自天边起了。寒从脚下生，这话也没错。告诉你们吧，孤宴请九卿，全都婉言谢绝，只有光禄勋刘和说改日登门拜访。想我在乌林，若非烧船自走，岂不要葬身鱼腹？喜欢火攻？"曹操冷笑，"孤也会。即刻传令许县县令陈群，明日召集在许士子共议孤的求贤之令！"

7

陈群坐在许县县寺门口，看着乌泱乌泱的士子，头皮发麻。说句心里话，他很不愿意招集今天的会议。对于曹操那道教令，朝廷内外非议很多，谁知道哪个狂徒会口无遮拦，说出什么难听话来。

果然，沉默良久之后，一个头发花白的起立。

"敢问明廷，丞相要我等会议，可否畅所欲言？"

"那是当然，否则何必？"陈群说。

"如此甚好，那就请丞相收回成命！"

"足下何人，姓名报来！"陈群说。

"礼贤下士，闻过则喜，但问是非，何必问姓名？"那个老士子昂然答道。见陈群无语，便开始发言，"当年孝武皇帝罢黜百家，独尊儒术，是何原因？难道读诸子书的都没有才？当然不是，是因为必须德治天下。所以选官必先举孝廉。在家为孝子，在国方为忠臣。"

"乡察里举的科目也有茂才，并非只有孝廉。"陈群说。

"这就是要德才兼备，且以德为先。丞相自己就是二十岁举孝廉为郎，出任洛阳北部尉，未闻以才。就连江东孙权，也同样经过郡察孝廉，州举茂才，按部就班，哪有不问来历就一步登天的？"

他到底要反对什么？陈群决定听下去。

"德治天下，为官的就要家世清白。这才要乡察里举，因为同乡同郡就知根知底嘛！但是丞相教令怎么说？明扬仄陋。仄陋就是卑贱之人吧？卑贱之人既处鄙陋之处，道德情操怎么能有保证？丞相却要特别予以提拔重用。所以不才以为，若行此令，国将不国！"

此言既出，全场鸦雀无声，陈群愕然。

"简直笑话！"一个声音在人群后面响起。

"公子？"陈群准备起身。

"明廷请坐！我已无一官半职，也是普通士子。"杨修从让出路来的人群走出，向陈群拱手，又向老士子拱手，"多有得罪！"

"各自言无不尽，公子不必客气！"那人冷冷道。

"那么，足下想必不是管幼安吧？"杨修问。

"当然不是，岂敢冒名。"

"总归知道这人。"杨修笑笑。

那还用说。管幼安就是管宁。他是青州北海郡人，与平原郡华歆是好朋友。某天他们一起在园子里锄菜，看见一小块黄金。管宁挥锄如故，华歆捡起来又扔出去。又一天，两人读书。华歆发现外面好像有达官贵人经过，便放下书出去看。回来后，管宁已割断座席，表示绝交。因此当时的人们普遍认为，管宁的道德水平高不可及。

"管幼安何许人也？"杨修又问。

"有德君子。"那人说。

"但是没钱安葬父亲，岂非也是住在鄙陋之处？不用跟我说什么他是管仲之后。刘备还中山靖王之后呢，还不是要卖草鞋？"见那人张口结舌，杨修得寸进尺，直呼其名说，"何况管宁分明伪君子！"

"此话怎讲？"那人显然被激怒了。

"黄金就是黄金，瓦片就是瓦片，为什么要视黄金为瓦片？装腔作势，自命清高而已！那块黄金有什么不好？自己不想要，用来扶贫救困不行吗？哼哼！当时要是捡起来，后来也不会无钱葬父。"

这话说得太刻薄了，就连陈群也变了脸色。

"照你这么说，就该用有才无德之人？"那人气得发抖。

"有才无德？谁？"杨修笑了。

"殷纣，不是吗？"

"他有什么才？肉林酒池，是才？"

"王莽，不是吗？"

"他若有才，篡汉之后能把天下搞得乱七八糟？"

"袁绍，不是吗？"

"以十倍之兵力而一战败于官渡，确实将才！"

那人语塞，脸上变成猪肝色。

"姜太公什么人？西戎而已。高皇帝有何德？好酒及色。"杨修却越说越起劲，"朝廷俸禄，不是用来养闲人的。为官一任，就要能造福一方。如果都学管宁，天下那么多事，谁来担当，谁来负责？"

"若如公子所言，我等又何必来此？"老士子冷笑，"我等也只是弄不明白，我朝本有选官制度。只要遵循祖制，自然人才辈出。为何定要独辟蹊径，还要特别强调不问家世，不问品行？"

"丞相说得很清楚，天下未定，是求贤之急时。"

"病急就可以乱投医吗？刚毅木讷近仁，守礼知耻近勇，都不如巧言令色易为人知。天下事千头万绪，天下人各有短长。与贤人君子共治天下，就该各尽所能，奈何唯才是举？公子当然无所谓。论门第四世三公，论才华无人可及。我们只会读书的，出路又在哪里？"

老士子潸然泪下，一个声音却又在人群后面响起。

"你们没有出路，我们就有吗？"

8

听曹丕说求见天子，渠穆立即就进行了通报。当年孔融重建西园八军，他俩一个是上军校尉，一个是典军校尉，算是同僚。何况渠穆也觉得，这位丞相之子来得正是时候，应该通过他吹吹风了。

"蔡文姬聪明过人，忆诵蔡邕遗著竟有四百多篇。朕已传令宫中多多抄写，不可失传。"看着便殿里满屋子书，刘协高兴地说。

"老先生在天之灵，必定感恩陛下。"曹丕说。

"尊公促成文姬归汉，才是功不可没。"

"也是陛下亲迎。"曹丕又说。

两个人都笑了，也都想起了当时的场景。曹丕清楚地记得，假扮赵道的皇帝在单于大帐前取下面罩的样子。那真是雄姿英发，也真是美好的时光。可惜，这三年变故太多，谁也回不到从前。

"子桓最近可有新作？"

坐定以后，刘协问。

"倒是有，不敢污了圣听。"

听天子叫自己的字，曹丕挺直了身子。

"冬日夜长，有诗吟诵也好。"

"敢不承命，但只有几句。"

说完，曹丕吟诵他的《燕歌行》：

> 秋风萧瑟天气凉，草木摇落露为霜。
>
> 群燕辞归鹄南翔，念君客游思断肠。

"七言？"刘协问，"这可少见。"

的确，曹丕的《燕歌行》是现存最早的七言诗。

"臣想求新，可惜现在还只得了这四句。"

"不妨慢慢想来，将来总能成章。"刘协说，"求新并不错，朕也想求新，可惜治国不是作诗。唉，草木摇落露为霜。"

听皇帝这么说，曹丕只好低下头去。

"卿来见朕，有事？"刘协换了称呼和语气。

"丞相军师祭酒董昭下了诏狱。"曹丕说。

"为什么？"刘协又问。

"朝臣上书弹劾他贻误战机。"

"政归丞相，这事自然由丞相料理。"

"兵败赤壁实臣父之过，过几天就该臣父下狱了。"

"怎么会？"刘协笑了，"朕还要增封。"

"正是如此。"见曹丕诧异，站在旁边的渠穆说，"丞相封地本在豫州陈国武平县。它的西边是阳夏，北边是柘（读如这）县，东南是苦县。如果增封给丞相，武平侯国就有四县，食户也变成三万。"

"天恩骤降，臣父当不胜惶恐。"曹丕叩首。

"群臣建议，天子美意。丞相不妨三让，然后……"

"如何？"曹丕抬头。

"受之。可保安享晚年。"渠穆说。

啊！蜜炙麻黄？曹丕猛醒。

9

"非器？"杨修诧异地看着赵道，"怎么还带来了阀阅？"

阀阅就是当时官宦人家门口乌黑色的柱子。柱高一丈二尺，共有两根。左边榜贴功状的叫阀，右边宣示资历的叫阅。有资格立这柱子的都是世代显贵之家，而且柱子立在门口，所以这阶层也叫门阀。

"唯才是举，这东西没什么用了，特来交给官府。"

赵道气哼哼地回答。他身后的家丁也当真穿过人群，把阀阅扔在陈群面前，吓了陈群一跳。杨修却不禁哑然失笑。想当年传闻南匈奴来犯，这家伙不敢领兵迎敌，今天倒敢来县寺闹事。很显然，丞相的教令动了许多人的命根子，就连这胆小鬼也都跳了出来。

"你们家的东西，没用就拿回去烧了。"杨修说。

"烧了？"赵道冷笑，"杨家的呢？"

"杨家不靠这个，烧不烧无所谓。"

"那是，有匾就行。"赵道撇嘴。

赵道这话虽然脱口而出，杀伤力却不小。十四年前，曹操便正是利用那块"杨安殿"的匾，让郗虑出面弹劾杨彪，差点就让杨家再无出头之日。有此仇怨和前嫌，杨修怎么能够站在曹操那边？

可惜抱歉，杨修今年三十六，早已另有想法。

"那匾封存于御史中丞府，现在是御史府了，非器想看？"

杨修并不回避，反倒满不在乎地淡然一笑。

"赵公子来此是有话要说吧？不要翻旧账。"

陈群见势不妙，赶紧打圆场。

"那好，明廷听禀。"赵道开始发言，"大臣乃天子之股肱，国家之栋梁，而万姓所瞻仰也。所以从古到今，圣君无不慎择。如果下轻其上爵，贱人图柄臣，则国家动摇，民不安静，只怕亡无日矣。"

"这话谁教的？"杨修笑着问。

"我自己想出来的。"赵道回答。

"孝元皇帝时，太子少傅匡衡说的，略有改动而已。"见赵道目瞪口呆，杨修又说，"不信？回去查《汉书》卷六十七。怎么？教你说这话的没告诉你？倒也难为你背得八九不离十。呵呵！"

无言以对的赵道立即面红耳赤。

"那么我问你，贱人图柄臣，什么意思？"杨修说。

"你说什么意思？"赵道反问。

"华阴县一个守丞上书朝廷，举荐朱云试任御史大夫。御史大夫丞相之副，九卿之上，而县丞蕞尔小吏，这就叫贱人图柄臣。"

"孝元皇帝准了吗？"赵道问。

"没有，那个守丞还被问罪。"

"可见贱人不能妄议。"赵道得意起来。

"这么好的例子，你自己怎么不说？"见赵道脸红，杨修又笑着问他，"后来呢？那个朱云又怎么样了，不想知道吗？"

"谁想知道，谁要你说。"

"朱云把大殿的栏杆撞断了。"

"胡说，不可能！"

"那是孝成皇帝的时候。"杨修不看赵道，看着众人，"朱云当着公卿的面，向天子求要尚方斩马剑。皇帝问他要杀谁，他居然说要杀皇帝的老师、安昌侯丞相张禹。因为朝廷大臣全都尸位素餐，非如此不能激励他人。孝成皇帝勃然大怒，朱云就把栏杆撞断了。"

"后来呢？"赵道终于没忍住，问。

"孝成皇帝说不要修补栏杆，留在那里表彰直臣。"

没读过《汉书》的赵道只好默然。

"那么，不想知道朱云是什么人吗？孝元皇帝时先是布衣，后是县令，最后是罪囚，亡命江湖，罚为筑城苦力，直到孝成皇帝继位才再现江湖。还要告诉你，此人身长八尺有余，容貌甚壮，以勇力闻名天下。不过谈论起《周易》来，却又无人是他的对手。"

这样啊？赵道彻底无话可说。

"所以，"杨修怜悯地看着赵道，"阀阅还是带回去的好。这东西用来装点门面很是不错，治国平天下可就完全用不上。"

"用不上也不能弃如敝屣。"赵道几乎要哭出来，"你们杨家四世三公，从孝安皇帝永宁元年老杨公始任司徒，到中平六年尊公代董卓出任司空，其间将近七十年，你又哪能知道祖上的艰辛！"

啊！我们家的事，你比我还清楚？杨修愕然。

"你以为累世公卿容易啊？先得家境宽裕，这才有钱读书。然后举孝廉察茂才，为郎为吏，小心翼翼做人，战战兢兢做官，世世代代日积月累，方能有阀阅。怎么一句唯才是举，就都不算数了呢？"

杨修顿时觉得，自己也无话可说。

"两位公子各抒己见，鄙人听了很是受教。"头发花白的士子挺身而出，"只是请问，旷世奇才者能几人，累世公卿者能有几户，天下事又有几何？难道就不能让朝野上下，各尽所能，各得其所吗？"

看来，唯才是举，两头不讨好啊！

再看其他士子全都保持沉默，杨修突然感到了压力。

他不知道，这感受会不会传到曹操身上。

但看陈群，似乎若有所思。

10

许都市中那家卜肆的门口照例站着很多买卜的。满宠带着手下人刚刚来到门前，门帘就被挑起，一个江湖术士坦然地走了出来。

这家伙，知道我们要来？满宠示意手下。

"姓名报来！"司隶校尉府的人说。

"草民左慈。"江湖术士拱手。

"草民左慈。"门口那些买卜的也一齐说。

眼看那些人都变成了左慈的样子，满宠和手下人目瞪口呆。自称左慈的江湖术士趁机转身就走，门口那些买卜的也跟着都走。满宠和手下人犹豫片刻赶紧追去，一直追到了牛羊市场。

左慈走进羊群，突然消失。

跟过来的满宠和手下面面相觑。

忽然，一头老公羊曲着前腿像人一样直立叫道："来得好快！"

"来得好快！来得好快！来得好快！"眨眼工夫，百十只羊都变成老公羊，曲着前腿直立叫道。跟过来的那些买卜人，则依然是左慈的样子，也都一齐说："草民左慈。草民左慈。草民左慈。"

还有这等事？满宠他们不知所措。

"司隶不必费心。如此之多的人羊不分，不能杀也没法抓。"

满宠回头，却见左慈站在自己后面。

11

"最后长文怎么说？"曹操叫着陈群的字问。

"他说今天只是会议，诸家意见自会如实禀告丞相。"

自始至终在许县县寺人群里旁听的曹植回答。

"告诉德祖，孤召他任丞相府文学掾。"

让杨修与司马懿同僚？曹植只能诺诺。

此前，曹丕已经报告了求见天子的事。他还告诉曹操，说完增封之意，天子便起身更衣，渠穆则对他说：子桓若能劝尊公受封，可谓于国为忠，于家为孝。曹丕听得出话里有话，却只能告辞。

无风不起浪，无功不受禄，居然凑一块了？蹊跷！

这时，许褚进来报告脂习求见。

好好好！免罪之人，来见败军之将。请！

脂习进来就撩袍，准备行跪拜之礼。

曹操赶紧上前扶住："元升客气，不必多礼。"

脂习后退一步："那么，容仆长揖！"

长揖之后，曹操请脂习坐下。

曹丕兄弟则侍立在父亲两旁。

"元升来访，不会是为陈年老账吧？这件事不值一提。高皇帝诛梁王彭越三族，故人栾布哭于彭越人头之下，高皇帝待他如何？如今世风日下，人心不古，孤正要借你古君子之风，教化吏民。"

"丞相说的是。习来，确实有事禀告。"

"请讲！"

"天子要增封三县，丞相可知？"

"哪三县啊？"曹操装糊涂。

"阳夏、柘、苦。如此，武平侯国就有四县，且连成一片。"

"天子并未颁诏，也没人前来通告，元升何以知之？"

"这个不能讲，丞相恕罪！"脂习俯下身子。

"哪里哪里！只是增封之后，可要孤如何？"

"受封之后，就会有人提出请丞相退位。"

"这人是谁，大约也是不能讲的。"

"不能。但应该不止一个。"

"那么，他们打算如何让孤退位？"

"或许上书，或许来劝，或许双管齐下。"

"据元升所知，会是哪样？"

"丞相见谅，我实不知。"

"他们就如此容不得曹家？"

"非也！子桓公子将出任御史大夫。"

"怎么，还要扳倒鸿豫？"

"文武百官恨他已非一日。"

"是因为孔文举？"

"谁愿意到处都是他的刺奸官。"

"孤退位后，谁任丞相也谋划好了吧？"

脂习点点头，从怀里掏出木简，放在曹操面前的几上。

木简上写着：

金铜瓦　红泥墙　负心汉　命不长

武不武　知民苦　像不像　得民望

"市中传唱的歌谣啊！"曹操就笑了，"金铜瓦就是黄盖，红泥墙就是赤壁。后面两句说的是孤吧？负心于汉，其命不长。呵呵，莫名其妙！孤何曾负心于汉？这个且不说他，第二首却不可解。"

"也不难解。武不武，就是文。像不像，就是若。"

文若？曹丕和曹植都大吃一惊。

难怪那位荀令君闭门谢客。

12

"你是左慈？见了孤为何不拜？"

脂习告辞之后没多久，满宠就把抓捕的左慈带来了。听曹操声色俱厉地训斥自己，这个江湖术士将双手伸出抱拳，再高高举起行长揖之礼。他的头深深藏在袖子后面，抬起来时，已是另一张脸。

"鸿豫？"曹操愣住，其他人也目瞪口呆。

带来的明明是左慈，怎么会……

"你到底是谁？"满宠问。

"草民左慈。"那人回答。

没错，就是卜肆门口和牛羊市场的声音。

"仲康！"满宠急呼许褚。

"算了吧伯宁，幻术而已。"

所有人都听清楚了，确实是郗虑的声音。

"堂堂御史大夫，何至于此？"曹操说。

"不入虎穴，焉得虎子。丞相见谅！"郗虑说。

"不要行礼了，都坐都坐，丕儿和植儿也坐。"曹操笑道，"总说无案不破满伯宁，无所不知郗鸿豫，今天倒要好好听你们故事。"

"郗公请先。"坐定之后满宠说，脸上挂着坏笑。

"丞相面前，岂敢称公！"郗虑俯下身子，然后抬起头来，"其实赤壁之后，朝中就不太安静，只是丞相在前方打仗……"

"怕动摇军心，所以不敢告诉孤？"曹操问。

"也不全是，主要是只有议论，没有动作。现在看来，怕是他们料定丞相在合肥还有败仗，准备到时候一起清算，彻底颠覆。"

"此刻为什么又动作了？"曹操又问。

"因为丞相下令求贤，不论门第，不必孝廉，唯才是举。这对于豪门望族，可是如雷轰顶。九卿除了韩融，哪个不是势族之后？太常张喜，太尉张酺之曾孙，司空张济之弟。光禄勋刘和……"

"不用说了。"曹操摆摆手，"鸿豫可知，赵道都来辩论。"

"正是，兔子急了也咬人。"郗虑说。

"天子之意呢？"曹操问。

"唯求匡扶汉室，岂能在意门第？但，天子少壮。"

"确实，正当而立之年，孤却老了。"

"丞相不老，只是还有更年轻的。"

"年轻又如何？"

"就不甘平庸，总会有各种想法和一时冲动。"郗虑眉宇间的忧郁好像更明显了，"丞相可记得，臣策名委质那年多大？"

"二十二。居然一晃就是二十一年。"

听郗虑称臣，又提起中牟往事，曹操不禁感动且感慨。

"正所谓岁月不居，时不我待。"郗虑说，"臣今年四十三，便已是御史大夫，位在九卿之上，这让许多有志之士情何以堪。所以要让子桓公子替任臣职，以为新老交替之始，丞相已经知道了吧？"

当然知道，但没想到还有这方面的原因。

曹植却紧张起来："难道是德祖……"

"德祖与周瑜同年，都是三十六岁。周瑜能独当一面，杨修有何不可？只是江东基业本由周瑜和孙策共建，他却没有尺寸之功，所以还得曹家人来。子桓公子二十四，子建十九，孙权接手江东时也刚好十九。"郗虑顿了一下，然后说，"但，杨修赞成唯才是举。"

"他为什么赞成？"曹丕问。

"自己有才，也看不起徒有虚名的纨绔子弟。"

话说到这里，情况大致清楚。许都疑云重重，是因为有两股力量在兴风作浪。他们一派要保住世家特权，一派要实现新老交替，能够满足两方诉求的方案，就是荀彧任丞相，曹丕任御史大夫。

不过，这是谁的主意，又是谁牵的头？

"颍川荀氏世家大族，声名显赫，足以替代早已失势的汝南袁氏和弘农杨氏成为标杆。何况文若任尚书令十多年，举荐各类人才不可胜数。推他出来，天子和百官都能接受，丞相也不好意思反对。"郗虑开始不紧不慢地分析，"当然，前提是同意受封，让出相位。"

此言一出，就连满宠都感到紧张。

"然而唯其如此，此案绝非文若提出。"郗虑接着往下说，"文若如果想要高官厚禄，早就是三公了，还用等到今天？再说他也编不出那些民谣。出这主意的其实已经掂量过：就算此事不能成功，也能在丞相与文若之间造成缝隙。文若百口莫辩，只好闭门谢客。"

"那么，文若对唯才是举，是何态度？"曹操问。

"难道从未向丞相提起？"郗虑反问。

"没有，因此孤狐疑。"

"这就是了。"郗虑点头，"文若的想法，应该是能够兼顾，兼顾才德与门第甚至郡望。现在朝廷中，他们颍川人最多，许县县令陈群就是颍川许县人。只是这话不大说得出口，是以沉默。"

没错，在方方面面之间保持平衡，倒是荀彧的风格。

"以增封三县换取丞相退位，更非文若想得出、说得出。"

确实，他不是玩弄权术的人。曹操点头，示意郗虑继续分析。

"杨彪老谋深算，倒是想得出这主意。只是，杨彪六十九，丞相五十六，哪有这样新老交替的？杨修也很难就此分一杯羹。自己不能复出，儿子无利可图，他多半不会参与。"郗虑直呼其名地说。

但，多半不会，不等于绝无可能。

也许，只要能让曹操下台，怎么都行。

"应该不会是他。"讨论这个问题之前，满宠已经弄清情况。现在听郗虑分析，便立马得出结论，"恐怕这主意并非出自一人，因为各方各有所求，这才酝酿了差不多一年。但是做成环环相扣之计，非总揽全局，且能协调各方不可。鸿豫，这样的人，可有？"

"没有。"郗虑沉默半晌，"如果说有，那就是天子。"

"天子？天子并不问政啊！"满宠说。

"确实，既不上朝，也不见官。"郗虑说。

"常侍呢？他可是知情。"曹丕说。

"也从不出宫。"郗虑摇头。

"所以怀疑左慈？"满宠猛醒。

"至少是个牵线搭桥的。政归丞相之后，天子专心于玄理。左慈善辩天地之道，日月之运，阴阳吉凶之本，岂非正该进宫？既能出入宫禁，又能走访豪门、交接权贵，也只有他。不查他，查谁？"

"扬言外出查案，是要引蛇出洞？"满宠又问。

"此人心思缜密，防范甚严，我几次三番都差点被他看破，只好隐身。今天得报，左慈从宫中回来，面有得色，兴奋不已，又知子桓已经见过天子，便密函请伯宁将其抓捕归案，没想到……"

"中了他的妖术。"满宠说。

接着，满宠将刚才市中的遭遇讲了一遍。

所有人听了，都笑起来。

"幻术而已。"郗虑也笑，"伯宁在河南尹任案狱仁恕掾时，应该也没少见。只是那些艺人在市中表演，大家知道是幻术，只觉得稀奇却并不惊恐。抓贼就两样了。始料未及，自然会大吃一惊。"

"那些买卜的，也会幻术？"

"都是左慈党徒，聚在门口是遮人耳目。"

"羊呢？"

"也是他们的，训练直立不难。"

"还能教它们说话？"

"来得好快！来得好快！来得好快！"

郗虑发出腹语，满宠恍然大悟。

"妖贼！可惜让他遁逃。"

"他跑不了。"郗虑冷冷地说。

"此事甚明，无须再议，也用不着见天子。"曹操站起身来，看着两个儿子，"你们这就去见文若，就说孤送尚书台鸡舌香五斤。"

鸡舌香就是丁香，汉代尚书见皇帝时要含在嘴里。

荀彧何等人物，收到鸡舌香自然明白曹操的意思。

曹操又看着郗虑吩咐："御史大夫为丞相副，而且原本就有权接管弹劾案。再拿上孤的金印，到廷尉寺请马腾放人。公仁出来后，立即起草文书通知九卿以下百官，明天都到丞相府，孤自有话说。"

13

丞相府大堂挤满了官员，曹操却并未出现。董昭站在正中空着的座位前，展开帛书宣读被后世称为《让县自明本志令》的文件："孤始举孝廉，年少，自以本非岩穴知名之士……"

这份教令的抄件，已同时送进了宫中和卿寺。

就连已经退位的杨彪等等，也都收到。

于是在场官员和其他人，便似乎听到了这样的心声：

> 其实诸位看到听到的，也不是什么教令，就想掏心掏肺说点敞亮的话。孤这人从小就没有雄心壮志。将来给孤做传，谁要敢编出励志的故事，我的鬼魂饶不了他！可要是被人看不起，也不乐意，总得做点事情建立名誉。这才举了孝廉，做了校尉，当了郡守，出生入死为国讨贼。就想在百年之后，墓碑上能写"汉故征西将军曹侯"字样，可就心满意足，无怨无悔。

哪晓得，董卓祸乱天下，挟持天子。这就不能由着他，必须兴举义兵。但即便如此，也不想弄得人多势众，马壮兵强。这是为什么呢？树大招风，必为祸始。所以败于汴水之后，让弟兄们去招兵买马，也仅以三千为限。看看，孤就只有这点志向。

后来就身不由己了。黄巾要收，吕布要讨，袁术要灭，袁绍要征，刘表要平。不知不觉，越做越大。这都是舍身为国，不得已啊！你们难道有什么不以为然的吗？没关系！今天就是要畅所欲言，没有什么好忌讳的。所以，孤也要说句大话——设使国家无有孤，不知当几人称帝，几人称王。

没错，有人看见孤强大了，又不信天命，便开始胡乱猜测孤会不会有不臣之心。这可真是笑话！想我曹家世受汉恩，到子桓兄弟已经四代。更何况身为宰相，位极人臣，早已超过征西将军的愿望，何必要另有图谋？告诉诸位，孤是要做周公，做齐桓公和晋文公的。这话可以到处说。不但要跟诸位说，也常常跟小妾们说。孤驾鹤之后，让她们统统改嫁，说给满天下人听！

不过话又说回来，有人提出要孤让出相位，交出兵权，回到武平侯国安度晚年。这可不成，绝不可以！为什么呢？因为那样一来，就会有人加害于我。我的妻儿老小没有安全，天子也会被别人颠覆。这种"慕虚名而处实祸"的事情，是干不得的。

所以呢，江湖未静，不可让位；至于邑土，可得而辞。十五年前天子封我武平，已是万户县侯。封兼四县，食户三万，何德堪之？这就上书辞谢，看看七嘴八舌的还有什么话说！

孤要说的，也就这些。周瑜竖子野心勃勃，死到临头还怂恿孙权联合马超偷袭中原。孤这就要出征，便不跟诸位见了。天助汉室，国显威灵。孤当荡平天下，你们也好自为之。

"这个人，常侍想必见过。"

便殿里，郗虑看着几上装有人头的匣子问渠穆。

"看上去，是名叫左慈的术士，却不知犯何律条？"

"妖言惑众。"郗虑冷冰冰地说。

"那是该杀。"渠穆点了点头，"郗公既来，正好有事请教。丞相让县明志，朝野无不敬佩。只是天子的美意，却无从表达。"

"不能增封，何妨改封。"

"愿闻其详。"

"请封曹植平原侯，曹据范阳侯，曹豹饶阳侯，食五千户。曹丕可任五官中郎将，为丞相副，置官属，岂非两全其美？"

这样啊？曹操这三个儿子不经亭侯和乡侯，直接就封县侯？而且曹植的平原在青州，曹据的范阳在幽州，曹豹的饶阳在冀州，全都是要冲之地，从北到南一条线，比阳夏、柘县和苦县重要多了。

长子曹丕还要为丞相副，真亏他们说得出口。

然而渠穆却只能拱手："定当禀告天子。"

他俩的目光，又都落到了几上。

这颗人头真是左慈的？渠穆不相信。

筹划那个未遂政变的会是左慈？

郗虑也不相信。

第二十二章

封公建国

建安十七年
壬辰 龙
曹操五十八岁

建安十八年
癸巳 蛇
曹操五十九岁

1

"请琅琊王和荀令君替敝国皇帝致意曹丞相。"

海西国的使臣俯下身子，用半生不熟的汉语说。海西国其实就是古罗马，在汉代也叫大秦。汉桓帝延熹九年，曹操十二岁时，他们的使节曾经来过洛阳。之后中原战乱，凉州割据，两国便断了往来。

所以，听说海西国又来使者，皇帝和群臣都很兴奋。

兴奋是必然的。实际上这时的大汉早已不复往日荣光，长江以南和西北地区都不在中央政府控制之下。因此贾诩建议，以海西国使臣觐见为契机，举行一次万国来朝的仪式，向天下宣示人心归汉。

这个主意不错，上上下下全都叫好。

正月初一是来不及了，那就十五。不过，海西国使节是由马超从凉州送来的，不明底细。两位丞相副——御史大夫郗虑和五官中郎将曹丕都不便出面，朝臣们便公推尚书令荀彧先与之接触，荀彧却坚持不肯一人专断。郗虑和曹丕无奈，只好同意坐在屏风后面。

另外，为了显示汉家威仪，又请出琅琊王刘熙代表皇室。

海西国使臣则表示，自己已经习惯跪坐，不必安排胡床。

只是他开头那段话，很不得体。

"贵使与尔国国王，应该先致意大汉天子。"

荀彧庄重地对使节说，又看了看他旁边的舌人。

舌人就是翻译，是马超特地配的，一看就不是汉家。张骞通西域以后，长安城里不少这样的胡商。他们依靠丝绸之路发财致富，往往精通多种语言，随便找一个就能做舌人。那舌人对海西国使节转达了荀彧的意思，又翻译使节的话说："偏将军要他先向丞相致意。偏将军特地说，尽管自己败于曹公，但败得心服口服，崇敬之至。"

偏将军就是马超。去年，曹操以讨伐盘踞汉中的张鲁为名，逼反关中的马超和韩遂，并将他们驱逐到凉州。再加上马腾在董昭事件后被曹丕押往邺城软禁，马超畏惧，便送来海西国使臣示好。

至少，看起来是这样。

"你且问他，可知曹丞相是什么人？"荀彧对舌人说。

"他说知道，就是大汉的恺撒。"与使节嘀咕了几句后，舌人恭谨地回答，"使臣还说，他们不叫海西，也不叫大秦，叫 Roma。"

"刚才说的那位，是贵国的什么人？"

荀彧想了想，决定绕开那些难念的词，也不改称罗马。

"海西国的父亲。"舌人也决定不纠缠名称。

"高祖？"荀彧吃惊地问。

"恺撒没有当皇帝。"

那舌人显然懂点大汉历史。

但，什么是罗马人的"祖国之父"也解释不清。

好在，荀彧并不要求解释，而是继续问话。

"做了国王的又是谁？"

"恺撒的养子屋大维，恺撒只是海西国的曹丞相。"

这又奇怪。屏风前后的人，身子都坐直了。

"好吧，那你说说海西国的曹丞相。"

舌人当然知道这得费点口舌，也顾不上是否准确，只能尽量使用对方听得懂的语言。于是他说，恺撒是贵族、将军和诗人，曾经担任执政官也就是录尚书事，担任行省总督也就是州牧。后来，作为高卢州牧的他渡过卢比孔河打败大将军庞培，庞培就是海西国的袁绍。

这样啊？荀彧他们好像有点明白。

"此人能征善战？"荀彧又问。

"高卢州就是他打下来的，那里原本是蛮夷。"

恺撒也曾征乌桓？郗虑和曹丕互相看了一眼。

"可有老骥伏枥之志？"荀彧继续问。

"五十三岁那年，平定小亚细亚州叛乱。他写给元老院的捷报却只有三句话：我来到了，我看见了，我胜利了。"

"元老院是什么？"

"就是朝廷，里面都是老臣。"

"那个海西国袁绍呢？"

"被人杀死在流亡的地方。"

说在埃及，料他们也不懂。舌人想。

"海西国的曹丞相呢？"

"也被谋杀。"

"为什么？"荀彧吃惊。

"有人说他要称王。"

"怎么杀的？"

"元老院，也就是朝廷，召他会议。"

"朝堂上杀人？真是蛮夷之邦！"

159

舌人不敢多说，使节则莫名其妙地看着那两个人。

"海西国使臣的比方甚为不妥。"荀彧双眉紧皱，"曹丞相何曾要称王，又怎么会被谋杀？这些话，见了我大汉天子绝不可说。此外你还须告诉使臣，率土之滨，莫非王臣。海西国王岂能称为皇帝？"

怎么不能？人家本来就是。但舌人不敢顶嘴。

"是，他们原本叫奥古斯都。"

"这话难懂，叫可汗吧！"

"敢不承命！"舌人拱手。

"见了大汉天子要称臣，记住了吗？"

"记住了，不敢含糊。"

"殿下可有要问？"荀彧看着刘熙。

"没有，贵使辛苦，歇息吧！"

这时的刘熙，只想赶紧回去把这些故事说给蒋干听。

屏风后面的两个人也不说话。郗虑觉得，使臣和舌人应该都没有什么可疑。曹丕却在想，海西国的曹丞相为什么自己不称王，反倒让儿子当了皇帝，而且还是养子？这得另找机会问问清楚。

2

海西国的使节等了很久，才看到大汉的恺撒。

按照刘协的旨意，万国来朝的仪式在许都南郊的灵台举行。灵台就是皇家天文台，而天运关乎国运。所以，继永平二年正月孝明皇帝登上灵台后，不断有东汉皇帝去到那里。当然，是洛阳的灵台。

但，在灵台接见外国使团，却是刘协的创意。

就连后来曹操到了现场，也认为皇帝选得好。

实际上举行仪式的地方，准确地说是灵台区。这是版筑围墙圈起来的空地，接近正方形，面积则相当于六个标准的足球场。正中灵台所占面积却连百分之二都不到，空旷之处可以站很多人。

所以正月十五这天，除了官员和使节，还有不少看热闹的。

使节当然半真半假。许都朝廷虽然也像在洛阳那样，设立了管理诸侯朝觐和番邦事务的鸿胪寺，但在兵荒马乱的岁月，真正的番使却寥若晨星。大鸿胪荣部接到旨意一筹莫展，只好去请教贾诩。贾诩则告诉他：没有番使，还能没有番人？穿上胡服，便是番使。

明白了，荣部连连点头。除了住在鸿胪寺里的，市中胡商和百姓也可以拉来滥竽充数。但，如果不会说番语，可怎么办？

贾诩道：就说归化已久。只要海西国是实，就行。

大鸿胪荣部立即行动，翻出历史记载按图索骥，再找来裁缝赶制衣冠。忙活几天，总算凑齐东夷、南蛮和西域各国番使，包括在今天韩国的三韩，现在叫日本的倭，印度半岛的天竺，当然也没忘记都城在今天土耳其的条支，现在叫伊朗的安息。尽管为这些"使臣"准备大象、狮子和孔雀等贡品完全来不及，但也无伤大雅。

朝贺者的名单很长，排在首位的当然是海西国。

海西国使臣也觉得大开眼界。他和舌人三天前就斋戒，天不亮就被叫起来香汤沐浴更衣，然后由鸿胪寺官员带到指定座席坐下。座位在西南坐区第一排走道边，面对灵台，是观看典礼的最佳位置。

坐下以后，海西国使节开始端详。他看到的灵台汉尺六丈，大约有现在的楼房四层半那么高，但只有两层。台基上的首层大台四面有厅堂和房间，上下两层都有屋檐和檐廊，二层顶上则是平的。

按照计划，皇帝将在顶层平台接受各国使节的朝贺。

不过在此之前，他要先接受大汉官员的礼拜。

大汉官员跟各国使节一样，都坐在灵台的南边，只不过大汉官员在东，各国使节在西，表示分宾主坐下。所以，海西国使节的右手边就是琅琊王刘熙，只是隔着走道。两人对视，还拱了拱手。

但是奇怪，琅琊王旁边的座席空着，并没有坐着曹操。

太阳升起，黄钟奏响，鼓乐齐鸣。皇帝只身一人出现在首层大台南面正中檐廊下，背后是供奉朱雀的厅堂。随着负责礼仪的太常张喜一声令下，所有人都俯下身子，再抬头山呼万岁。然后，级别较低的官员比如杨修和司马懿等人先起身，走到台阶前向皇帝行跪拜礼。

"请起！"刘协面带微笑抬抬手说。

低级官员集体起身，再退回座席，便轮到中级官员比如司隶校尉满宠和尚书令荀彧，五官中郎将曹丕也在其中。这些人跪拜毕，才是高级官员九卿和御史大夫郗虑，同样都庄严肃穆，行礼如仪。

接下来，琅琊王刘熙之前，就该丞相曹操。

曹操准时出现在灵台区南面围墙的大门。他滚鞍下马，龙骧虎步走进南门，目不斜视穿过走道，脸上没有任何表情。海西国使节好奇地看着这位传说中的英雄，眼见他停在了琅琊王和自己之间。

大汉的恺撒个子这么矮？倒是没有秃顶。使节想。

"宣丞相武平侯曹操上殿！"站在台基右边的张喜大声说。

曹操闻言走向灵台，却在台阶前被交叉的戈拦住。

"解剑！"站在台基左边的虎贲中郎将高柔大声说。

这里也是殿？曹操想了想，解下佩剑交给虎贲郎。

"去履！"高柔又说。

好吧，曹操脱了鞋，只穿着袜子。

"夹！"高柔下令。

162

什么意思？曹操没有反应过来。

两个持刀的虎贲郎却立即行动，一左一右架起曹操就往台阶小步快走。从地面算起，台基加首层大台的高度，比两个身长八尺的赵云加起来还高半截。五十八岁的曹操被夹住一路小步快走，到皇帝跟前两个虎贲郎一放手，他自己就自然而然地跪倒在地。

"啊！你们海西国元老院的事，要发生了。"

琅琊王刘熙转过脸来，看着那使节惊叫。

"谁在喧哗？"曹操忽的一下站起来，转身问道。

台下，胖乎乎的琅琊王大张着嘴巴。

"殿下？失礼！"曹操向刘熙拱了拱手，然后重新跪下。

"丞相武平侯臣操觐见！"张喜慌慌张张大声说。

这是礼仪规范，叫赞拜唱名。

"还有官职呢，你说漏了。"曹操回过头来说。

"丞相领冀州牧武平侯臣操觐见！"张喜只好重说。

"快快请起！"刘协抬抬手说。

"天威如震雷，臣惶恐，站不起来。"

站不起来？刚才不是还站起来训人了吗？

"那么，朕来扶卿。"刘协向前跨了一步。

"臣不敢当！"曹操抬起头来，刘协也只好将腿收了回去，"敢问陛下，琅琊王刚才所言何意，这两边密室又所藏何人？"

"没有，什么意思都没有。"

刘熙吓坏了，赶紧起身向台阶走去。到了台阶前，不等虎贲郎用交叉的戈拦住，就解了剑，脱了鞋，低头小步快走，上台跪下。

"赞拜唱名，赞拜唱名。"刘熙又回头看着张喜说。

"琅琊王臣熙觐见！"张喜赶紧大声说。

"请起，都请起！"刘协抬手。

"陛下，琅琊王来得正好，不妨当面问个究竟。"

曹操不肯起来，依然跪着。

"哪有？臣……"刘熙张口结舌，不知所云。

糟糕！台下的荀彧大惊失色。那海西国的曹丞相在朝堂上被刺杀的故事，八成已被没心没肺的琅琊王传得人人皆知，耳目甚多的曹操岂能没有听说？何况见面那天，郗虑和曹丕其实也都在场。

换成自己，也会怀疑皇帝是不是听了故事，要见样学样。

荀彧迅速起身，解剑脱履，小步快走冲到台上跪下。

"这都是臣的失误，臣请罪！"荀彧叩首。

"奇怪。此事与荀令君何干？"曹操问。

"海西国使臣是臣接待，必有虑事不周之处。"荀彧说，"丞相也请不要误会。依祖制，三公领兵朝见，必以虎贲郎夹之。"

这话说得精彩。必有虑事不周，是个含糊其词的空洞罪名；祖制必以虎贲郎夹之，却实实在在开脱了虎贲中郎将高柔，也解除了天子和朝廷要学海西国的误会。这尚书令选对了人，曹操心中暗想。

没想到，荀彧接着还有惊人之语。

"臣闻圣朝论功，明君立德。今丞相曹操功勋已过萧何，请颁诏命操赞拜不名，入朝不趋，剑履上殿，如萧何故事。"

此言一出，就连琅琊王都感到意外。

刘协却没有马上表态，而是问："墙外是丞相的兵？"

"是。臣领兵朝见，理应夹之。"曹操说。

"十六年半以前在洛阳，丞相也是领兵朝见，不过那些兵是搬运粮食和器物的。当时，朕要你回答三个问题，可还记得？"

"一问天数，二问天意，三问天命，堪称天问。"

164

"丞相如何回答？"

"天数未尽，天意依然，天命在陛下。"

"尚书令之奏朕准了。礼成之后草诏，明天昭告天下。"刘协语气平和地说，"今日之事都是朕的旨意，与张喜和高柔无关，荀彧也并无不周。丞相想看密室，但看无妨，看完与琅琊王随朕去台顶。"

"殿下，请先！"曹操看着刘熙说，然后起身。

荀彧也起身，回头看着座席旁自己解下的剑和脱下的履。

当然，他也看见了若有所思的曹丕。

3

"今天举行仪式的地方，不是大汉的元老院吧？"

鸿胪寺宾馆里，海西国使节问舌人。

"当然不是，是观察太阳、月亮和星星的地方。"

"为什么没有祭司？皇帝自己会占星术？"

"不会。今天是接见各国使节，祭司不用出面。"

"这座建筑物的四面，为什么是四种颜色？"

"代表东西南北，也代表春夏秋冬。"舌人说，"其实整个灵台的颜色有五种，中间是黄的，但在台顶，我们看不见。"

"为什么要五种颜色？"

"中国人认为，构成自然界的元素有五种。黄色代表土地，青色代表树木，白色代表金属，黑色代表水，红色代表火。"

"黄色为什么在中间台顶？"

"因为土地最重要。"

"台顶为什么没有建筑物？"

"因为土地要接受阳光雨露。"

"第一层的厅堂里是什么？"

"青龙、白虎、朱雀、玄武，四种神。"

"啊！万神殿？"

"没有那么多，只有四方神。"

"大汉的恺撒是神吗？"

"怎么会！中国人活着的时候，都不是神。"舌人说，"死了以后也只能叫鬼。只有像大禹那样，把人民从洪水中拯救出来的，才能够尊为神。曹丞相会不会，不知道。你觉得他像恺撒一样会封神？"

"有那种气质，模样不像。做成雕塑，恐怕不好看。"

海西国使节耸了耸肩膀，舌人也笑了。

"他见皇帝，为什么要小步快走？"使节又问。

"这在大汉叫趋，表示恭敬。"

"为什么要被拿刀的人夹着？"

"因为他带了军队。"

"皇帝没有吗？"

"没有，只有卫士。"

"这个皇帝会打仗吗？"

"不会，也没打过。"

"曹的军团多吗？"

"除了叛乱者，都是他的。"

"这样的英雄，为什么要对比他年轻的表示恭敬？"

"因为那是皇帝啊！"

"那么，曹不感到委屈？"

"也许吧，没问过，也不敢问。"

"曹为什么自己不当皇帝，要留给他的屋大维吗？"

"这话可不敢说，要砍头的。"舌人大惊失色。

话音刚落，一个官员带着几个随从闯了进来。

"海西国使臣？舌人？"

"是。请问有何贵干？"

"跟我们走！"

"去哪里？鸿胪寺大堂吗？"

"不，御史大夫府。"

4

正月十五那天参加完万国来朝的典礼，曹操就回到了邺城，朝廷和天下也都非常安静。孙权将治所迁至秣陵，即今天的南京，还没有改名建业。借得荆州的刘备到了益州，也还没有取代刘璋。刘协依然在宫中依靠研究玄理打发时光，岁月之河就这么静静地流淌。

因此，听说郗虑来见，渠穆不禁心头一紧。

"诗云五月鸣蜩，没想到声响如此之大。"

坐定之后，郗虑笑了笑说。

蜩读如条，就是蝉。

"要响到八月呢！"渠穆突然想起何进被杀那天。

难道现在又要杀谁？

果然，郗虑很快就直奔主题。

"有件事，要请教常侍。"

"郗公客气，请讲！"

"海西国有个曹丞相，在上朝时被杀，这故事可曾听说？"

"不曾。"渠穆断然否定，"海西国怎么会有曹丞相，上朝时他又怎么会被杀？匪夷所思。不知郗公从哪里听来，又是何情状？"

"琅琊王喊的那句话，又是什么意思？"

郗虑并不回答渠穆的反问，继续提问。

"什么意思都没有，琅琊王不是说了吗？"

装糊涂？好吧！郗虑忍住冷笑，不紧不慢地讲述五个月前荀彧和刘熙会见海西国使臣时，自己和曹丕在屏风后面听到的话。渠穆边听边点头，听到最后恍然大悟说："难怪正月十五那天，怪怪的。"

"天子似乎并不觉得怪异。"郗虑说。

"郗公，"渠穆笑了，"天子何曾大惊小怪过？"

那倒也是，郗虑沉吟不语。

"丞相倒好像听过这故事。"渠穆道。

"听过这故事的，也好像不止丞相。"

见渠穆以攻为守，郗虑笑笑。

"回想当时情状，倒像是的。不过，"渠穆看着郗虑，"见海西国使臣那天在场的，还有郗公、荀令君和五官中郎将吧？"

为什么只说三人，还有一个呢！

"琅琊王没来见天子？"郗虑决定不绕弯子。

"没有。之前进宫的也只有左慈，他不是被杀了吗？"

"那是。"见渠穆直视自己，郗虑先抬头看天，然后笑笑，也直视渠穆说道，"现在常侍知道这故事了，回头不妨告诉天子。"

"这种荒唐故事，天子不听也罢。"

"常侍也认为荒唐？"

"丞相上朝怎么会被杀，难道是国王杀的？"

"那时他们还没有国王，刚才说过。"

"没有国王，倒有丞相？可见荒诞不经。"

"确实，假的。故事和人，都是假的。"

"假的？那两人分明非我族类。"渠穆惊诧地说。

"人是蛮夷，海西国使臣身份却是冒充。他来许都，就是要散布诸如此类的荒唐故事，暗示天子可以用这种办法，除掉丞相。"

"怎么可能？"渠穆快叫起来，"天子哪有此意？"

"只要君臣相疑，他就得逞。"

"居心险恶，应该杀了。"渠穆气愤地说。

"诚如所言，已经杀了。"郗虑冷冷地说。

啊？渠穆吃了一惊，也松了口气。

"如果天子问起，就说已经回国。"

"一定。"渠穆拱手。

"那么，常侍不想知道这两个奸细受何人指使吗？"

"还有人指使？"渠穆又紧张起来。

"当然。海西国与我大汉远隔千山万水，其国人与天子和丞相也并无仇怨，为什么要出此毒计？再请问，三公领兵朝见，必以虎贲郎夹之，那两个蛮夷岂能知晓这祖制？他们背后难道无人指使？"

"不知这人又是谁？"

"假的海西国使臣，从何处来？"

"凉州。啊，马超？"

"还有马腾，父子合谋。"

"这样啊？那人在邺城……"

"供认不讳。常侍要看供词吗？"

169

"不用。只是马腾位列九卿……"

"如果押来许都，天子受惊，朝廷不安。"

"那么又当如何？"渠穆紧张地问。

"也已经杀了。"郗虑冷冷地说。

渠穆这才发现掉进了坑里，半天说不出话来。

"虎贲中郎将高柔忠于职守，应该重用。"

"如何重用？"渠穆没想到这事还没完。

"到我府中，任刺奸中郎将。"

"没听说过还有这职务。"

"新设的。奸细太多，非有得力之人不可。"

"这虎贲中郎将一职……"

"由当阳令曹朗接任。"

"丞相养子？这就禀告。"渠穆拱手。

5

自从被马腾抓进廷尉寺，董昭就在思考一个问题：怎样才能保证曹操的地位和权威不会受到挑战。是的，只有曹操的权势稳固，自己的安全和前途才有保障。海西国使节和马腾被杀后，五十七岁的董昭更觉得时不我待。仅靠十七年前都许的功劳，是远远不够了。

只是，计将安出？

"公仁刚才说，是从邺城回许？"

太中大夫府里，贾诩问来访的董昭。

"是的。回来两天了，丞相问先生好！"

"多谢丞相惦记。听说铜雀台美轮美奂。"

"诚然。平原侯有《铜雀台赋》可证。"

平原侯就是曹植。听董昭说起，贾诩便吟道：

见天府之广开兮，观圣德之新营。

建高殿之嵯峨兮，浮双阙乎太清。

立冲天之华观兮，连飞阁乎西城。

临漳川之长流兮，望众果之滋荣。

仰春风之和穆兮，听百鸟之悲鸣。

"看来先生也喜欢平原侯这赋。"董昭说。

"赋者铺陈排比，难免夸大其词，中郎将那两句更好：飞间崛其特起，层楼俨以承天。铜雀台之美，不在华丽，而在高大。"

他更欣赏曹丕？董昭决定不予置评。

"听说丞相家的子媳，衣裳均不得文绣？"

"的确如此，丞相崇尚俭朴。"

董昭不明白贾诩为什么没头没脑问这句话。

"那又为什么要建铜雀台？"见董昭瞠目结舌，贾诩说，"高台乃君王之物，意在崇高。故秦始皇筑琅琊台，武皇帝筑柏梁台，光武帝在洛阳筑云台。邺城却不是京师，丞相连王都不是。"

"先生的意思，莫非……"

董昭有点明白贾诩为什么更欣赏曹丕的辞了。

"公仁临行前，丞相可曾说过什么？"

"丞相说，天子有句话，十分耐人寻味。"董昭转述。

"什么话？"

"朕何以为朕？"

"丞相怎么说？"

"陛下本是陛下。"

"天子怎么说？"

"可以自称朕的，原本是朕的兄长。"

"听了这话，丞相必有感慨。"

"丞相说，所以呢，孤也得想想，孤何以为孤。"

"这就是了。他们都既有远虑，又有近忧。"贾诩点头，"远虑是想知道自己从何而来，向何而去，是什么人。如此大哉问，诚非老夫所能回答。近忧嘛，凭什么他是天子，凭什么他是丞相。"

"此话怎讲？愿闻其详。"

"有土有民始有君。董卓为乱之后，普天之下，皆非王土；率土之滨，几个王臣？若非前有杨太傅维持，后有曹丞相护驾，天子可能还是天子？但，没有董卓，天子又不是他。故曰：何以为朕。"

"何以为孤呢？"

"本朝制度，封侯就可以称孤，包括你我。"

的确，贾诩是都乡侯，董昭是千秋亭侯。

"所以丞相这句话，不可看字面。想我大汉十三州部，朝廷势力可及的八个，再加扬州和荆州之半，哪一寸不是丞相打下来的？封个武平县，当个万户侯，就名实相符吗？增封三县，那也不够。"

"先生的意思是？"

"必也正名乎！"

"我朝制度，异姓不王。侯爵之上……"

"还有公。"贾诩斩钉截铁地说。

董昭却吓了一跳："哪有？"

"卫公，宋公，不是光武皇帝封的吗？"

那两个啊？周王之后姬常，殷王之后孔安，装样子的。

但，好歹有了方向和说法，董昭不禁兴奋。贾诩只好又说："封王固然冒天下之大不韪，封公也是特例，须有德高望重的人倡议。你我不行，杨彪不肯。天子和朝臣都敬重的，只有荀令君。"

"当然。"董昭说，"这就去见文若。"

"不过，只怕他不会轻易赞成。"

"受教。"董昭一愣，"但，封公本身，并无不妥吧？"

"公仁所问，非我能答。老夫就是个谋士，但有谋划而已，不问所谋之事正确与否。就像医家，并不管病家是谁，只管开方子。所以董卓来问，就为董卓。丞相来问，就为丞相。天子如果垂询，那就替天子出谋划策。只不过，天子是不会再召见我了。"

"为什么？"董昭问。

"谈不了天地之道，日月之运，阴阳吉凶之本。"贾诩笑了，然后又看着董昭问，"那个左慈，怎么轻而易举就被抓来杀了？"

这我哪知道？董昭大张着嘴巴。

贾诩却看着墙上那半颗风干的狼头。

6

六十六岁的贾诩果然是老狐狸，董昭在荀彧那里也果然结结实实碰了钉子。听完董昭的话，荀彧马上问："这是丞相的意思吗？"

"不不！私下里窃想而已。"

"那就不想也罢。"

荀彧的口气不容辩驳。

"怎么想不得？人臣匡世之功，可比丞相的只有周公。周公可以封公，丞相为何不可？非如此不能酬其劳。"董昭决定力争，"要知道就连没有尺寸之功的姬常和孔安，也封了卫公和宋公。"

"周公是武王的弟弟，封公理所当然。姬常和孔安封公，则不过礼遇。本朝异姓封公者，其实只有一个，想得起来是谁吧？"

"啊！王莽，安汉公。"董昭突然醒悟。

"君子爱人以德，岂能陷丞相于不义？"荀彧说。

"王莽和董卓，也曾赞拜不名，入朝不趋，剑履上殿。"

"不封公，就只是如萧何故事。"

"董卓也没有封公，跋扈不亚于王莽。"

"什么话！丞相难道会是董卓？此事不可再提。"

荀彧厉声反驳，董昭无言以对，也无计可施。

除非，能让荀彧欠曹操一个天大的人情。

但这几乎没有可能。

7

农历九月已是深秋，深秋的原野色彩斑斓。看着阳光下漫山遍野落叶纷飞，层林尽染，皇帝的心情就像天气和景色那样好。

旌旗猎猎。今天他要在这里秋狝（读如显）。

秋狝就是秋季的狩猎活动。最早的说法是秋季家禽成熟，要捕杀伤害它们的野生动物，就像春蒐（读如搜）猎取没怀孕的，夏苗猎取可能会毁坏庄稼的。只有冬狩，可以不问野兽和野禽的种类。

这是古礼。到了东汉，就没有那么多讲究了。

"围猎，先要放狗吧？"骑在马上的刘协问。

"放狗。"越来越胖的刘熙气喘吁吁地说。

"琅琊王去放？"皇帝笑着问。

"臣，臣放不了。"刘熙拱了拱手。

"过会儿射虎？"

"哪敢？就连蹴鞠，臣都不下场。"

"取榻来，让琅琊王坐，躺着看也行。"

"谢陛下恩典！"刘熙求之不得。

站在旁边的蒋干赶紧将琅琊王扶下马来。

"听说你这位门客博古通今，什么时候跟朕聊聊？"

"敢不承命，只是他不会……"

"中郎将，放狗吧！"

刘熙还没说完，刘协已经吩咐曹朗。

那王好脾气。曹朗边想边下令。

猎狗被放了出去，狂吠着冲向猎场。过了不久，就有兔子和山鸡之类被驱赶过来，接着是狐狸和獐子。虎贲郎们摇旗呐喊合围，尽量将这些动物撵到刘协跟前，以便皇帝射出最早的一箭。

"陛下，请为臣等先！"曹朗说。

刘协张弓搭箭，射向獐子。

"射中了，射中了！"刘熙在榻上欢呼。

"琅琊王可知朕有生以来射出第一箭，是在何时？"见刘熙答不上来，刘协笑道："中平六年，九岁，董卓要朕射的。"

"这样啊？"刘熙大张着他的嘴巴。

"中郎将九岁时呢？"皇帝又问曹朗。

"只会用弹弓射鸟。"曹朗回答。

"你的剑术是郗虑教的？"

"五官中郎将也教过。"

"听说很好。"

"岂敢在陛下面前炫耀。"

"让他们动手吧，你陪朕到那边看看。"

刘协用马鞭指了指西面。

听曹朗一声令下，早就摩拳擦掌的虎贲郎冲了出去，刘熙和蒋干也都目不转睛地看着那些精彩场面。猎犬在狂吠，猎鹰在翱翔，战马在奔驰，箭矢在飞出，没人注意刘协和曹朗去了哪里。

"子净，十七年前丞相来洛阳见朕，你也在吧？"

小路上，刘协与曹朗骑着马边走边聊。

"是。"听皇帝叫自己的字，曹朗赶紧恭敬地回答。

"那天晚上闹贼，是你干的吧？"见对方脸红，刘协笑笑，"干得漂亮。不过，当时你十六，朕也十六，朕怎么就干不出呢？"

"臣本浪子，岂敢比天子。"

"天子也好，浪子也罢，都是人子。可曾见过你母亲？"

"昨天刚刚见过。啊！陛下问的是……"

曹朗突然醒悟，皇帝不是说丁夫人，而是亲妈。

"是。朕没有见过。"刘协伤感地说。

"臣也一样。"曹朗低下头。

"你好歹还有丞相视如己出，朕九岁之后就无慈父之爱，只能够自己成长，其实与浪子无异。等到都许，呵呵，十六了。"

皇帝想说什么？曹朗不明白。

但他觉得，两人有息息相通的地方。

176

"二十岁那年，去丞相的细柳营，是你带路吧？"

"是。多谢陛下记得。"

"都许时朕扮作轻骑兵，好像也是你在旁边。"

"有臣遮掩，不容易被发现。"

"快到许县时，还喝过丞相的九酿春酒。"

"那里有棵十人合围的大树，旁边还有村子。"

"你还记得？太好了，带朕去看看。"

8

听说皇帝在猎场失踪，荀彧惊诧。

消息是蒋干送来的。据他说，他一直陪着琅琊王观猎。等到时辰已晚，猎物也堆成了山，才发现皇帝和虎贲中郎将不知去向。琅琊王不敢妄动，便让他骑快马回城，同时交代只能告诉尚书令一个人。

要是虚惊一场呢？传出去可就是笑话。

荀彧首先想到的也是这种可能。实际上，他并不赞成秋狝。因为这种活动早就失去军事演习之类的意义，纯粹变成了娱乐。但是当他刚刚开始劝谏，刘协就冷笑说：玩物丧志是吗？朕有何志可丧？

对臣下向来彬彬有礼的皇帝，甚至愤怒地摔了东西。

想想也是。三十二岁的他，早就过了周成王亲政的年龄；而政归丞相，祭则寡人，只适合自甘平庸之君。其实按照荀彧的想法，反正曹操已经五十八岁，又有萧何的礼遇，过两年便可劝他还政。这些年自己一直在发现人才，建设班底，完全可以辅佐皇帝平治天下。

现在，还真不是交接权力的时候。

至尊既然感到憋屈，要散散心，那就给他建猎场。

"到了猎场，天子的心情如何？"荀彧问。

"很好，还跟琅琊王开玩笑。"蒋干说。

"后来又怎么不见了？"

"天子说要到西边看看。"

"周边可有异常？"

"没发现。"

"猎场可有闲杂人等？"

"除了天子、琅琊王、中郎将和我，只有虎贲郎。"

这就不可能是负气出走，也不可能被曹朗或者什么人劫持。莫非他们两人途中遇险？这种可能性是有的，再说也不能让琅琊王在野地里就这么待着。荀彧考虑再三，决定去见羽林中郎将王必。

薄暮时分，一支羽林军出了许都西门。

如此异常的行动，当然会引起注意。

结果，第二天早上，尚书台就挤满了人。

9

"天子何在？"领头的刘和问。

"光禄勋说呢？"荀彧不动声色。

"反正不在宫中。"刘和说。

"对。"其他人附和。

"政归丞相之后，天子不朝，也不见官，诸位何以知之？"

"昨日秋狝，可是事实？"刘和问。

"是。在城西的新建猎场。"

"那么，车驾就理应仍由西门回城，总不会绕到东门吧？"刘和笑了笑，"然而西门不见大队人马进来，倒有大队人马出去。"

"光禄勋明察秋毫。"荀彧说。

"虎贲郎本属我寺，他们也都没有回来。"刘和正色，"天子秋狩于野，随行却只有琅琊王及其门客夜归，难道不该问问？"

"看来，诸位来此之前，已经去过王府。"

"确实。"刘和说。

"情状自然已经知晓。"

"知晓，却不知荀令君打算如何。"

"只能继续找。诸位既然来了，要不一起去？"

"找不到呢？"刘和问。

"这是什么话？"荀彧不禁愤怒。

"凡事预则立，不预则废。"

"请问何意？"

"国不可一日无君。"

原来如此。荀彧看着眼前这几位中二千石的高级官员，真的觉得寒从脚底生。没错，新建的猎场并不大。那么多人找了一夜，怎么着也该有个结果，不能活不见人，死不见尸。但，你们急的什么？

何况，有曹朗同行，荀彧根本不相信天子会遇难。

于是他问："国无君，有一日吗？"

刘和脸红了，其他人也哑口无言。

"即便无君，不该先报告丞相？"

听荀彧这样再问，心有不甘的刘和只好换题目。

"据蒋干称，天子说要到西边看看。"

179

"他是这么说的。"荀彧点头。

"看来是到令君的家乡去了。"

的确，许都之西，就是荀彧的家乡颍阴。

想说什么？想干什么？莫非曹操不在，朝廷就归你们？荀彧突然觉得国家养着这帮成事不足、败事有余的家伙，确实浪费粮食。

"如果去了颍阴，那就更不必担心，厉锋将军曹洪昨天晚上已经从那里出发。一部分人沿途搜寻，另一部分直奔许都，现在应该接管了城门。诸位是去察看，还是回府静候，全都悉听尊便。"

啊？刘和等人没有想到，面面相觑。

10

与刘和他们大闹尚书台同时，郗虑宣布收网。

现在，被刺奸官抓来的嫌犯在他面前站成一排。这些人是从太常张喜、光禄勋刘和、大司农王谦和大鸿胪荣郃的府邸附近，以及市中酒肆之类人群聚集处抓来的，个个居然都是儒生模样。

"尔等何人？"郗虑问。

"草民左慈。"一个嫌犯说。

"草民左慈。"另一个说。

"草民左慈。"第三个说。

"草民左慈。"又一个说。

"草民左慈。"郗虑也说，声音和腔调跟他们一模一样，"少跟我来这套，这套不灵了。左慈也早就被杀了，哪里又来？"

然后，他问刺奸官："他们身上，搜过了吗？"

"搜过了，什么都没有。"

"没有？那就下狱，让他们招供坊间流言从何而来。"

11

"日出而作，日入而息，帝力于我何有哉！"

一大早就被鸡鸣狗吠叫醒的刘协，神清气爽地对曹朗说。

昨天他们进了村子，曹朗就像回到家，事事熟悉。刘协则像到了异国，处处新奇。乡下人认不出皇帝的猎装有什么特别，只以为这是两个贪玩的中青年军官，便由着他们四处看鸡看鸭，看猪看羊。

贵为天子，也想过一下普通人的生活吧？

善良的曹朗决定成全。因此眼看夕阳西下也不说回去，而是细心地寻到一家相对宽敞整洁的农户。身上虽然没带钱，但好在路上打了猎物，也好在农户厚道。刘协晚餐吃得香，晚上也睡得香。

可是，总不能就在这里住着吧？怎么收场呢？

"陛下，现在去哪里？"见四周无人，曹朗问。

"用过早膳再说。"皇帝似乎不着急。

"啊？启禀陛下，农家没有早饭。"

"那他们一日几食？"

"家境宽裕的，可有两餐。"

"是因为战乱吗？"

"不是，从来如此。"

"那么，昨日的晚膳……"

"特地为陛下做的。"

"生民艰难，为君也不易。"听了这话，皇帝不禁怅然，"若久在深宫，又岂能知晓这些？没想到此地已有十几年太平，还是苦。"

"老百姓，可不就是这样。没有兵灾，也都知足了。"

刘协默然。他走出院门，信步来到村头，看见那里有口井。这井用弧形的子母砖砌成，水位比较深，所以上面架着辘轳。刘协在曹朗的协助下拉动绳子汲了瓶水，又把那水倒了回去。

"其实朕也挨过饿，知道在哪里吗？"刘协问。

"洛阳？"曹朗试探着说。

"岂止。不过，还于旧都，倒要挨饿，确实情何以堪。但要说最难堪的，还是九岁那年董卓要我当皇帝。我当了，兄长就得死。我若不当，自己会死。然而当了又如何？像吗？朕，何以为朕？"

他说这些都是什么意思？曹朗似懂非懂。

"为君不易，为臣也难。你迁就了朕，却给自己惹下麻烦。"刘协看着曹朗，"回去后算你护驾有功，还是玩忽职守，不好说。"

"不好说就不好说。如果问了死罪，自赴刑场便是。"曹朗不在乎地说，"能够让陛下了却心愿，臣万死不辞。只不过，臣这条命是丞相捡来的。到时候，还要恳请陛下颁旨，让臣见丞相一面。"

"到路边去吧！寻找我们的人，该来了。"刘协说。

12

荀彧赶到刺奸曹时，曹洪的剑已经架在了高柔的脖子上。

刺奸曹是高柔担任刺奸中郎将之后，在御史大夫府设立的。谁都没有想到，这位上任新官建立的办事机构，第一个案子就是抓捕虎贲中郎将曹朗，罪名是护驾不力，且形迹可疑。与此同时，许多朝臣又弹劾御史大夫都虑荐人不当，都虑便依规闭门思过，待罪在家。

脾气暴躁的曹洪闻讯勃然大怒，冲进刺奸曹要求放人。

"子廉，有话好说，先把剑放下。"

荀彧叫着曹洪的字说。

"先让他把人放了。"曹洪咬牙切齿。

"刺奸官有权先捕后审，这是丞相所定。"高柔说。

"那你审出什么了？"曹洪问。

"不招，一个字都不说。"高柔道。

"他本无罪，你要他招什么？"曹洪怒吼。

"尚书令既然来了，能不能评评理？"高柔说。

"可以。中郎将请讲！"荀彧说。

"请荀令君先让他把剑放下。"高柔说。

"子廉，放下！"荀彧看着曹洪。

曹洪气哼哼地收剑入鞘。

"好吧！你说，子净何罪之有？"荀彧问。

"有挟持天子之嫌。"高柔说。

"岂有此理！他是丞相养子。"曹洪又吼。

"王子犯法，与庶民同罪，丞相本该大义灭亲。"

"我是说，丞相养子，怎么可能挟持天子？"曹洪说。

"就连丞相自己，只怕也无人担保不会。"

"反了，你这贼！"曹洪又把剑拔了出来。

"厉锋将军此举，等于替曹朗招供。"高柔冷笑，"在御史大夫府刺奸曹的公堂，都可以如此撒野，你们曹家人还有什么不敢？"

"子廉，不可造次！"荀彧低声斥道。

曹洪只好又气哼哼地收剑入鞘。

"你说他挟持天子，是何道理？"荀彧问。

"也可能是诱拐，难道天子自己出走？"高柔说。

"挟持天子，又意欲何为？"

"那我哪里知道，他不肯招。"

"可有证据？"荀彧又问。

"丞相规定，刺奸官立案无须证据。"高柔撇了撇嘴，"何况身为虎贲中郎将，难道不知天子不宿民家？又不是李傕。"

荀彧无言以对，高柔却还有话说。

"令君若无要问，我倒想请教。"

"请讲！"荀彧说。

"当年光武皇帝出猎，车驾夜还，被城门候郅恽拒于洛阳上东门门外。次日郅恽以小臣上书，质问皇帝远猎山林，夜以继日，打算如社稷宗庙何？光武帝览奏，赐布百匹。这故事，令君想必知道。"

"说的是。荀彧便该与这罪臣一起住在这里。"

"敢不承命！"高柔拱了拱手。

气得七窍生烟的曹洪只好转身就走。

13

荀彧自己进了刺奸曹的牢房，郗虑又闭门不出，没过多久朝廷就无法正常工作，朝臣们这才发现大事不好。于是太常张喜牵头，二三十个大小官员衣冠楚楚，成群结队，齐聚皇宫之外叩阍求见。

很好，那就都去朝堂。

而且，皇帝只扫了一眼，就看清楚了。

司隶校尉满宠没来。

太中大夫贾诩没来。

丞相长史董昭没来。

许县县令陈群没来。

不过没用的人，也有他们的用。

"众卿来得好，朕正有话要说。"刘协面无表情，"朕于中平六年即位，至今二十三年，深感德不配位，力不从心。琅琊王熙，光武帝之圣裔也。应将皇位禅让于他，着太常张喜等制定大典礼仪。"

此言一出，有如晴空霹雳。刘和第一个就吓坏了，赶紧叩首。

"陛下，是臣之过。臣有罪，罪该万死。"

"臣等有罪。"其他人也都俯下身子，叩首。

"罪？有人问罪吗？常侍？"刘协看着渠穆。

"没有，陛下说的是德。"渠穆躬身。

"那该如何？"刘协问。

"退朝！"渠穆喊了一声，皇帝起身就走。

这就没有办法了。张喜等人只好退出皇宫，又齐聚太常寺，商量如何应对。可惜讨论来，讨论去，莫衷一是，琅琊王却来了。

"我没有，我没有，我没有……"

胖乎乎的琅琊王气喘吁吁，满头大汗。

"殿下请坐，殿下不急，殿下慢慢说。"

张喜赶紧上前扶琅琊王坐下，等着他喘完气。

"殿下没有什么？"张喜问。

"我没有，我没有，我没有……"

琅琊王又紧张起来。

"没有什么?"张喜再问。

"不臣之心。"跟着来的蒋干说。

哦!他已经得到消息?不过也太快了点。

"刚才常侍已来王府宣旨。"蒋干看出了众人的心思。

莫非皇帝真要禅让?大小官员全都紧张起来。

"是你们闹的吧?你们大闹尚书台,才惹恼了天子吧?"琅琊王就像换了个人,忽地起身拔出剑来问,"究竟是谁要陷害寡人?"

"没有,没有,哪有?"张喜赶紧说。

"国不可一日无君,说没说过?"琅琊王问。

"说过又如何?并没有提到殿下。"刘和说。

"啊,也是。"琅琊王恍然大悟,"当年韩馥……"

"没错。"刘和镇定下来,"臣若有意,不用等到今天。天子所言极是,殿下乃光武帝之圣裔,理应为国分忧,臣等也愿意拥戴。"

"我不干,我干不了,我连蹴鞠都不下场。"

琅琊王一屁股坐下,号啕大哭。

"子翼,你看?"张喜求助地看着蒋干。

"诸位少安毋躁,先想想禅让是真是假。"

蒋干看了看众人,不慌不忙地说。

"如假最好。"琅琊王不哭了。

"那么,天子为什么要故作姿态?"

"看看谁有不臣之心。但是,寡人没有,没有。"

说完,琅琊王又哭起来。

"殿下保重玉体,且听臣问。"蒋干看着琅琊王,"若非天子夜不归宿,光禄勋他们会不会去尚书台,说什么国不可一日无君?"

"当然不会。"琅琊王又不哭了。

"没有前因，何来后果？"蒋干又问。

"啊？问题出在天子夜宿民家？"

"诚然。但，是被曹朗挟持？"

"无稽之谈。"张喜说，"怎么可能。"

"诸位说呢？"蒋干再问。

众人想了想，又互相看看，都摇头。

"就连秋狝，也都是天子刻意为之。"

蒋干笃定地说。

"为什么啊？"张喜问。

"有个坊间流言，不知是否听说。"蒋干从怀里掏出木简，先交给张喜，再由张喜传给他人。见众人都不感到惊诧，蒋干说："这个传言恐怕并非空穴来风。天子有了心结，这才有一系列的异常之举。"

"那么，心结何以解之？"张喜问。

"只有一个人能。"蒋干说。

"荀令君？"所有人一齐问。

14

琅琊王和太常张喜等二三十个大小官员来到刺奸曹，高柔哪里还敢支支吾吾。荀彧也知道事态严重，不跟高柔啰唆就进了宫。刘协由渠穆陪同在便殿接见了他，双方都觉得有恍如隔世之感。

"免礼，坐！"皇帝说。

荀彧岂肯，照样行礼如仪，然后才在皇帝对面坐下。

"常侍，敢问陛下饮食起居？"荀彧先看着渠穆说。

"陛下富于春秋，一切皆如往常。"渠穆说。

"春清夏调，秋补冬防，宜进百合莲子汤。"

"诚如所言，已让少府准备，只是少府卿还无人担任。"

"是，正在挑选，不能再出孔融。"

话一出口，荀彧就发现寒暄也有问题，还不如直奔主题，便定了定神对刘协说："恕臣愚钝，不知陛下为何忽起禅让之意？"

"朕说过了，德不配位，力不从心。"

"方今人心归汉，万国来朝，陛下何出此言？"

"万国来朝？使臣中有一个真的吗？"

"陛下明察秋毫，确实是臣等虑事不周。"

"初见海西国使臣，都没发现有诈？"

"没有。"

"郗虑也没有？"

"也没有。"

"都看不出，岂非朕不德？"

"是臣等失职，臣请罪。"

"可是后来就成假的了。"

"周瑜临死之前，确实曾经建议孙权联合马超。何况那舌人讲的故事荒诞不经，也有离间君臣之疑。"荀彧硬着头皮解释，"所以当时情急之下，臣冒昧请命曹操如萧何故事，臣有罪。"

"卿何罪之有？"

"从来恩自上出，何况众目睽睽之下。"

什么责任你都揽过来？刘协不知该冷笑还是苦笑。"那么，朕贵为天子而不得自由，难道也是令君的过错？"

"陛下冬狩，臣定当尽心。"

好好好，这也让步。刘协终于说出惊人之语。

"卿如此，是要留朕做亡国之君吗？"

"陛下何出此言？"荀彧如遭雷击。

"常侍！"刘协看着渠穆。

渠穆从怀里掏出木简，交给荀彧。

荀彧接过来一看，只见上面写着：

　　曹操封公　刘备称王　孙权称帝

"这是谣言。"荀彧抬头。

"无风不起浪吧？"渠穆问。

"封公之事，董昭是来说过，但被臣驳回，怎么……"

荀彧突然卡住，而刘协和渠穆都看着他。

是啊！明明只有两个人知道，还叮嘱了不可再提，怎么竟会满城风雨？看来董昭并没有死心，反倒有可能背着自己在联络百官，要搞联名上书之类的活动。至于坊间流言，应该是反对派制造的。

难怪天子要秋狝，要夜宿民家，要宣布禅让。

"令君是怎么驳回董昭的？"渠穆代替皇帝问。

"臣说，本朝异姓封公的，只有安汉公王莽。"

"封公就要建国，刘备和孙权也难免闻风起念，大汉江山便不再一统。"刘协眼里含着泪花，"朕绝不做偏安之主，亡国之君。"

"陛下言重。此事从未听曹操说过，多半只是董昭的意思，无非想要拥戴之功。丞相现在谯县，准备南征孙权。请陛下以劳军之名派臣到谯县问个究竟。如果真有此事，定当让他回心转意。"

"准奏，以侍中加光禄大夫衔持节。"刘协马上说。

"臣去之后，朝廷事务还要靠御史大夫主持。"

"明天颁旨，弹劾郗虑的官降一级。"

"虎贲中郎将曹朗并无过错……"

"朕已经接他回宫了。常侍，叫他出来见见荀令君。"

刘协笑呵呵地说，他的心情显然已经变好。

看着寄予厚望的皇帝，想着变得陌生的曹操，荀彧心情沉重。

其实他并不知道，此行会有什么样的结果。

15

荀彧来到谯县已是十月，曹操的战备也到了尾声。听说荀令君代天子前来劳军，整个军营都沸腾了。许多人对他仰慕已久，都想见到这位享誉天下的人物。荀彧当然要恪尽职守，便在曹操的亲自陪同下走遍军营，向曹军将士们转达天子的问候，并祝他们旗开得胜。

将士们则报以慷慨激昂的歌声：

> 既破我斧，又缺我斨。
> 周公东征，四国是皇。
> 哀我人斯，亦孔之将。

荀彧当然知道《诗经》中这首《破斧》是什么意思：用坏了我们的手斧，累坏了我们的工兵。周公率师东征，叛乱得以荡平。愿那些可怜的人，从此得到安宁。不失哀婉的歌，竟被唱得十分悲壮。

也罢，只要他以周公自许。

当然，每天傍晚，也都有宴请。

宴请却并不从曹操开始，而是由荀彧的老朋友轮流做东，第一个就是夏侯惇。作陪的除了五十七岁的董昭，其余杨修三十八，司马懿三十四，曹丕二十六，曹植二十一，堪称人才济济，且后继有人。

空着的座席，却不知是留给谁的。

酒过三巡，夏侯惇提议赋诗，还带头吟了一首：

辕门旗鼓劲，江上风不定。

莫问廉颇身，一战医百病。

"将军宝刀不老，中郎将和平原侯何妨和之。"荀彧笑道。

听荀彧这样说，曹丕便即席和道：

风疾知草劲，船速铁锚定。

将军百战身，但为生民病。

这里说的病，指民间疾苦。

见兄长和了，曹植也吟道：

天家风雷劲，江东指日定。

明朝看军中，谁是霍去病。

"这典故用得好，回答却难。"董昭道，众人都笑。

荀彧也笑。和诗其实一般，这氛围却亲切，他觉得。

"两位文学掾，也应该一显身手。"董昭又说。

"文学掾职在起草公文，诗却不会。"司马懿说。

"确实，不会。"杨修也说。

"杨公子才思敏捷，岂能不会？莫非……"

"雕虫小技会一点。"杨修打断董昭，"我已算到，有人来了。"

大家往门口看，果然来了三个：郭贡、边忍、徐庶。

徐庶也是颍川人，由于躲避董卓之乱到了荆州。建安六年，刘备投奔刘表，他就追随了刘备，六年后又向刘备推荐了诸葛亮。曹操征荆州，在当阳长坂坡俘虏了徐庶的母亲。徐庶只好告别刘备和诸葛亮北上归曹，却不肯担任一官半职。现在，他怎么会出现在这里？

跟郭贡和边忍打交道，就更是在十八年前，为什么也来了？

夏侯惇哈哈大笑。他先让大家都坐下，然后告诉荀彧，三位客人都是从颍川特地赶来的。当年，朝廷曾任命郭贡为豫州刺史，却徒有虚名，现在改为实任，而颍川属豫州。边忍新任颍川太守，徐庶受命为颍川编写《越绝书》那样的方志，当然都该来见见荀令君。

"使君别来无恙。十八年疏于问候，见谅！"

听夏侯惇说完，荀彧先向郭贡拱手。

"本已归隐山林，难为丞相惦记。"郭贡说。

确实。当年分明是你惦记兖州，丞相现在为什么惦记你？但荀彧不能也不想说穿，便看着边忍，叫着他的字，向他致意。

"文智先生九江名士，而屈就敝郡，敝郡有福。"

"我们家原本欠了令君的情，何况颍川远胜九江。"

边忍向荀彧拱手，看样子春风满面。两个差点就让曹操变成丧家之犬的人，现在都心甘情愿为他效力，化敌为友也莫过于此。

何况还有徐庶。他可是只肯尽孝，不肯为官的。

"难得元直也肯出山。"荀彧又对徐庶说。

"非也，写作而已。"徐庶拱手。

"越地本为大国，却不知颍川何以能修方志？"荀彧又问。

"颍川人才辈出，其中或有奥秘。"

见徐庶低头不语，董昭便替他回答。

这倒并非夸大其词。除了已故的韩馥、郭嘉、郭图、枣祗，战败被杀的淳于琼，隐居荆州的司马徽，现在服务朝廷的就有：

钟繇，颍川长社人。

荀攸，颍川颍阴人。

陈群，颍川许县人。

赵俨，颍川阳翟人。

杜袭，颍川定陵人。

至于荀家，更是颍川名门望族之首。荀彧的祖父荀淑，德高望重到了吓人的地步，以至于作为清流名士领袖的李膺，见他都要执弟子礼。荀淑有八个儿子，号称八龙，荀彧是次子荀绲的儿子；而另外两个大族，钟皓的曾孙钟繇，陈寔的孙子陈群，都由荀彧举荐。

为颍川立传，岂非就是为荀家树碑？

荀彧立即就明白了曹操的用心良苦。曹操知道这样的家族对子孙会有何等期许，后代对家族又会是什么样的感情。为此，他捐弃前嫌请出郭贡任豫州刺史，边忍任颍川太守，以便荀家有人关照。但可疑的是，徐庶虽然也是颍川人，却出身寒门，他为什么肯修方志？

明天，必须跟徐庶私下里谈谈。

不过有一点可以肯定：封公建国就是曹操的意思，尽管起先也许是董昭的提议，后来也是他在张罗。然而为了争取自己的支持，曹操不惜向世家大族让步，调整了政治路线，这可绝非董昭所能做主。

看来，他早就在谋篇布局，所有的怪异也不难解释。

只是，今天这安排也太刻意了吧？

许都旁边就是颍阴。他们要见我，何必舍近求远？

也许，曹操是要公开地让自己欠他人情。

但是丞相，你难道不知荀彧是不可能被收买的吗？

16

终于轮到曹操宴请了。虽然他在宴席上谈笑风生，陪客却都心照不宣地把握着分寸，即便说笑也适可而止，就连伶牙俐齿爱抖机灵的杨修也不例外，更不用说原本寡言的徐庶和原本低调的司马懿。

看来，大家都知道了封公建国的事，也都在等着今晚。

因此，曹操在饭后邀请他到书房坐坐，荀彧并不奇怪。

坐定之后，荀彧看见了几上的棋盘。

一粒黑子在正中，一粒白子在一角。

想叙旧？荀彧从怀里掏出木简，放在上面。

"曹操封公，刘备称王，孙权称帝？"曹操看着木简大笑，"螳臂当车，自不量力。两个互相自封的州牧而已，也敢称这称那？"

"袁术也是自封的州牧。"荀彧冷冷道。

"那是因为他有传国玉玺。玺，不是在文若手里吗？"

"袁术称帝以后，天下人都知道天子无玺。"

"那又如何？"见荀彧不说话，曹操点头，"对，孤是说过，设使国家无有孤，不知当几人称帝，几人称王。可是孤还在啊！"

"人在心不在。"

"说什么呢？什么心不在了？"

"匡扶汉室之心。"

"怎么会？我心依旧。"

"那又为什么要封公？"

"这个啊？"原本信心满满的曹操莫名其妙地心虚起来。他拿起勺子准备从樽里舀酒，才发现荀彧的杯中酒根本没动。

"怎么，不喝？"曹操的手停在半空。

荀彧不说话。

"喝点吧！这可是在谯县，正宗的九酿春酒。"

"刚才喝过，变味了。"

"会吗？要不吃点东西？"

曹操用勺子指着几上的食盒。

荀彧还是不说话。

"要不下棋？"

见荀彧依然不说话，曹操只好放下勺子。

"要不，要不……好吧，就说封公。有什么不妥吗？"

"甚为不妥。"荀彧说，"董卓为乱，群雄并起，跨州连郡者不可胜数，请问而今所剩几何？究其所以，就因为丞相起兵之日起便心存汉室，尊奉天子，秉忠贞之诚，守退让之实，讨不臣之人。"

"是啊，是啊，没变啊！"

"那又为什么要封公？"

"文若怎么就想不明白呢？封公并非代汉嘛！"

"依然心存汉室？"

"当然。"

"照旧尊奉天子？"

"肯定。"

"不会分裂天下？"

"怎么可能？还要一统。"

"那又何必封公？"

"文若啊，周公为什么能讨平管蔡之乱？因为他是公嘛！可是你看孤，虽然扫平的远远不止四国，却还只是侯，怎么能让刘备和孙权他们敬畏，让那些叽叽喳喳的闭嘴，又怎么匡扶汉室？"

"先为三公，现为丞相，足以号令天下。"

"实话实说，还是差了那么点意思。"

"确实，封公就要建国。"荀彧冷冷道。

"这是说到哪里去了。封侯也建国。"

"公国与侯国，一样吗？"荀彧不依不饶，"建立公国之后，建不建社稷宗庙？置不置尚书六卿？治不治国中之民？"

"倒没想过。"曹操从食盒里拿出东西吃。

"那又何必封公？"

怎么又绕回来了？那就耍赖。

"好吧好吧文若，你看这么说行不行？我也辛苦一辈子了，现在就这么点念想，算是虚荣，你就成全了吧！要不然我吃不下饭，睡不着觉，怎么匡扶汉室？要不这样，封公之后，我就退位让权，把这权那权七七八八的都交出去，你说交给谁就交给谁，如何？"

这时的曹操就像一心想要得到玩具的孩子，也不自称孤。

"江湖未静，不可让位，这话谁说的？"荀彧反问。

"此一时也，彼一时也。"曹操叹了口气，柔声细语地说，"你看我都五十八了，天子才三十二。君臣是伦常，朋友也是。你我定交已二十一年，就不能替朋友着想一次？啊，文若？"

"不能！君臣大义岂能因友情而坏之！"荀彧毫不让步。

196

"没坏啊！就算建立公国，仍是天子之臣。"

"公国若非王土，其人岂是王臣？"

"刘备和孙权，是吗？"曹操又吃了东西。

"荆州和扬州，至少说起来还是汉土，他们也还是汉臣。"

"虚头巴脑的名义，有那么重要？"曹操边吃边说。

"名不正则言不顺。如果名都没了，还能有实？"

"他们要是称这称那，我就去征伐，文若以为他们敢？"

"不敢做，还不敢想？只要哪天羽翼丰满，称公称王称帝，易如反掌。到时候，始作俑者还好意思去征伐，又征得了吗？"

"这么说，文若是不赞成孤封公了？"

曹操不吃东西了，语气也变得冷淡，又自称孤。

"当年追随丞相，可是有言在先的。"荀彧眼里含着泪花，"当时我就觉得不该多想，又不能不想。现在看来，想得其实不多。"

说完，荀彧潸然泪下。

"记得当年文若问我，会不会成为董卓或者王莽。"看着荀彧痛苦的样子，曹操心软了，又换了语气和自称，"我怎么回答的？我说这可不敢保证。我现在才是个郡守，能够活到哪天都不知道。"

"但是丞相还说，不过先生的话，曹操记住了。"

"是这样，是这样啊！"曹操点了点头。沉默良久之后，他又轻声问道："可是我不明白，不就是个公爵吗，怎么就不行呢？"

"王莽篡汉，就是从封公开始的。"荀彧不流泪了。

"文若要把我逼到墙角了。"曹操一声长叹，充满委屈，"封了公怎么就定然是王莽呢？就连周公，不也被猜疑吗？那么请问，我大汉的功臣，韩信、周勃、周亚夫，都如何？高鸟尽，良弓藏。"

"当今天子不会。"荀彧说。

"他是不会，以后呢？子孙后代，谁担保？"

还有这想法？荀彧没有想到，答不上来。

"大汉四百年来，只有保皇家，没有保功臣的。所以，从我开始必须改！实不相瞒，这一次我不但要封公，而且要建国，要有自己的土地和子民，官寺和军队，分庭抗礼，看谁还能、还敢学海西国。"

"啊！那荒诞不经之事，也信？"

"信不信由你。那天，不是差点就如韩信故事了吗？"

"天子绝对没有要害丞相的意思，顶多就是……"

荀彧突然觉得说不下去。

"提醒大家谁是君，谁是臣。"曹操笑笑。

"所以天子绝无恶意。"荀彧松了口气。

"他是没有，别人呢？当时文若不觉得有险？"

"所以我要建议，如萧何故事。"荀彧叹息。

"文若的情，我领了。"曹操点头，"可惜只是权宜之计。真要想长治久安，只能是天子承受天命而有之，丞相封公建国而治之。天子世世代代尊奉，大汉郡县与邦国并行。各就各位，各得其所。"

"苟如此，天下岂非分崩？"

"也可以说是重组。"

还要改制？永不还政交权？

"想我天子，仁爱睿智，年富力强……"

荀彧又流下眼泪。

"心疼他是吗？我何尝不疼？生下来就没见过母亲，九岁时就被董卓挟持，担惊受怕，流离失所。如果没有孤，如今怎样？这才想出了两全其美的办法。要是连这也觉得委屈，只好对不起。"

说着说着，曹操又自称孤了。

"那好，有句话一直想问，可能直言相告？"

听曹操这样说，荀彧反倒冷静下来。

"问！"曹操又从食盒里拿出东西吃。

"外间纷纷传言，丞相杀吕伯奢时，声称宁可我负天下人，不可天下人负我。这话我原本不信，明公莫非要自证其有？"

"是吗？还有这说法？文若不说，孤真不知道。"

"那么，这句话，有，还是没有？"

"文若说呢？"

"我敢断言，当时一定没说。但不敢断言，后来就没想。"

"想没想过，有区别吗？难道非得诛心不成？"说到这里，曹操满腔悲愤，"孤明明想要做周公，可是听文若的意思，好像天下人偏要说孤是王莽。这是孤负了天下人，还是天下人负了孤？"

"明公不负天下人，他们又为何要辜负明公？"

"啊？你也这么说？"曹操简直就要出离愤怒，"宁我负人，勿人负我，一个人而已。怎么到了他们嘴里，就成了天下人？"

沉默。荀彧一言不发。

"那好，请问谁是天下人，他们又在哪儿呢？要我说，在许都也在成都，在冀州也在凉州，在庙堂也在山野，在市井也在疆场。这么多的人啊，难道都会异口同声，说我曹操辜负他们了吗？"

还是沉默，荀彧等着曹操说下去。

"看看军营里面那些厉兵秣马，准备慷慨赴死的将士们吧！看看田间地头那些挥汗如雨，辛勤耕耘的农夫们吧！再看看织布机前那些日夜穿梭，腰酸背痛的织女们吧！他们才是天下人。世家大族，衮衮诸公，有谁听过这些人的声音，又有谁问过他们呢？天下者，天下人之天下也，难道就该归于一家一族，非姓刘不可吗？"

荀彧瞠目结舌，无言以对。

"答不上来是吗？"曹操的语气变得冷漠疏远，甚至陌生，"看来你的心里并没有什么天下人，只有一个人。也罢，也罢，天下事了犹未了。荀令君可以回去休息了。夜寒风大，不要伤了身子。"

听见最后称呼自己的那三个字，荀彧感到透心凉。

17

一夜难眠。在榻上和衣而卧的曹操被董昭和许褚叫起。

"有事？"曹操惊醒，眼睛通红，充满血丝。

"文若，文若……"董昭吞吞吐吐。

"他怎么了？"曹操问。

"饮药自尽。"董昭说。

曹操如遭雷击，半天说不出话来。

少顷，他翻身下榻，问："人在哪里？"

"客房。"董昭说。

"昨晚，他都干什么了？"

"应该是喝了很多酒，还写了很多文字。不过，"董昭犹豫，然后又说，"那些木简都已经烧了，铜盆里的灰烬堆积如山。"

"屋里还有什么吗？"

"丞相送去的食盒。"

许褚走了过来，把一个食盒放在几上。

"敢问丞相，昨夜送去时，是空的吗？"董昭说。

"那又如何？"曹操问。

200

"当年在邺城，送给韩馥和桥瑁的食盒也是空的。"

"荒唐！糊涂！懦夫！疯子！"曹操大发雷霆，"你以为孤是什么意思？难道以前棋都白下了？昨晚你不吃东西，孤就自己吃了，表示自食其果嘛！送去的食盒空着，是让你想放什么就放什么嘛！"

"丞相，里面是有东西。"董昭说。

曹操又愣住，然后用颤抖的手打开食盒，看见了传国玉玺。

"文若，孤知道你的心思了。孤不篡汉，不篡，不篡就是。"

说完，他颓然坐下，哭得稀里哗啦。

18

谯县城门洞开，道路两旁是白衣白甲列阵的战士。

哀乐声中，载着荀彧灵柩的辒辌（读如温凉）车缓缓驶出。这种卧车四面屏蔽的车箱上开有窗户，闭窗就暖和，开窗则凉快，所以叫辒辌车。如果用于送葬，就是丧车，是当年秦始皇用过的。

汉宣帝时的大将军霍光去世，也使用了辒辌车。

辒辌车两边的前面，走着缟素扶柩的曹操和夏侯惇。

后面缟素扶柩的，是曹丕和曹植。

然后，是董昭、郭贡、边忍、徐庶随行。

他们的后面，跟着举翣（读如霎）的卫士和其他随行人员。

翣，就是宽三尺、高四寸的木框，上面挂着五尺长的白布。

这当然是最高规格的葬礼，徐庶心中却格外的沉重。他想起那天荀彧来谈，详详细细地讲述家族的故事。当时还以为是为了便于撰写颍川志。现在想来，自己接下这任务，反倒让他可以放心去死。

寒风萧瑟，落叶不停地飘了下来。

天空，却仿佛有人在歌唱：

也曾经心雄万夫，也曾经满志踌躇。

为家国重归治世，又何须惜此头颅。

叹天下四分五裂，恨明公另有所图。

问人间义为何物，看如今各有归途。

合已难，离更苦。柔肠裂，谁人补？

风萧萧不见云开处。

难堪日，泪下如雨，心灰如土。

董昭心里也五味杂陈。丧主的亲友随灵柩行至葬所，当然是汉代的礼俗。但他万万没有想到曹操竟会暂停南征，亲自送到颍阴。更让他意外的是，路过许都时丞相不但不进城，反而交代他，安葬了文若之后就张罗封公的事，还要恢复禹贡九州之制，让冀州再大些。

"还继续啊？"董昭问。

"当然。"曹操说，"要是办不成，文若岂非白死了？"

19

"荀令君不能白死。"郗虑泪眼通红，脸色铁青。

"请问郗公，要我们干什么？"高柔问。

"查！代天子劳军，岂能随身携带毒药？"

"朝廷不是说病卒吗？"高柔又问。

"头天晚上赴宴，二天早上病卒，什么病？"

也是。高柔和其他刺奸官都点头。

"朝廷还能怎么说？我们不能不查。"郗虑说。

"郗公怀疑有人投毒？那得去军中。"高柔说。

"军中要查，朝中也要查，看看荀令君走前都见过谁，又有谁为他推荐或者赠送过丸药之类。投毒，并非定在千里之外。"

"遵命！"高柔和其他刺奸官说。

20

刘协很清楚，这一天总会来到。

世间已无荀令君，没有人能阻挡曹操。刘协甚至希望尽早让曹操如愿以偿，因为郗虑的刺奸官正在不断抓人，荀彧离许前见过的官员全都涉案。虽然只有管家和奴仆之类被捕，但是再抓下去……

现在群臣求见，当然立即上朝。

永安殿大堂里挤满了人。行礼如仪毕，官阶最高的御史大夫郗虑向皇帝报告："侍中守尚书令万岁亭侯荀彧前以疾薨，已逾七月，尚无谥号。丞相与臣等窃议，拟谥曰敬，请陛下圣裁。"

"准奏，谥为敬侯。"刘协说。

他的心里也松了口气，因为郗虑说"以疾薨"。

没想到，事情并没有完。

"敬侯死因不明，臣不得不查。"郗虑说，"现已查明，朝中大小官员并无推荐或赠送丸药之类者，故当以疾薨定案。"

"卿辛苦。"刘协赶紧说。

"不过，人犯另有供认。"

另有？刘协和站在旁边的渠穆都紧张起来。

"据其家仆招供，太常张喜、光禄勋刘和、大司农王谦和大鸿胪荣郃均有勾结妖人，私通匪类，妄图离间君臣之嫌。"

"什么匪类，哪个妖人？"

"左慈。"

"他不是已经被杀了吗？"

"杀的是替身。臣失职，自请罚俸一年。"

"郗公清贫，半年吧！"

"谢陛下！"

"他们又如何离间君臣？"

"散布万国来朝时如海西国故事的流言蜚语。"

不是曹操封公，刘备称王，孙权称帝啊？

"何以如此？"皇帝不想多事，又问。

"官渡之战时都曾私通袁绍，担心败露。"

"那些密函，不是都烧毁了吗？"

"他们心中有鬼，家仆供认不讳。"

"那么依卿之见，应当如何？"

"或者彻查，或者处分。"

"处分如何？"

"太常张喜、大司农王谦和大鸿胪荣郃致仕，光禄勋刘和在陛下外出期间，带头大闹尚书台，实欲另立天子，罪不容赦。姑念其未能得逞，并知改悔，应去其宗室身份，贬为庶民，永不叙用。"

不杀人啊？准奏。

"十三州部改九州之图册已制，请陛下御览。"

渠穆立即接了过来，放在刘协前面的几上。

这件事由于不再有荀彧反对，在正月就已经办好。原属司隶校尉部的河东与河内，原属青州的平原，都并入冀州。这三个郡本与冀州接壤，都是富庶地区或紧要之处，曹操把大汉的肥肉挖走了。

剩下的事情，便顺理成章，郗虑也继续奏请。

"臣闻三代以来，胙臣以土；受命中兴，封秩辅佐。皆所以褒功赏德，为国藩卫也。丞相领冀州牧武平侯臣操，论功堪称盖世，论德无人可及，宜晋爵国公，以彰殊勋，请以冀州十郡封之。"

"诸位看呢？"刘协装模作样问。

"中军师陵树亭侯臣攸附议。"荀攸说。

"前军师东武亭侯臣繇附议。"钟繇说。

"平虏将军华乡侯臣勋附议。"刘勋说。

"扬武将军都亭侯臣忠附议。"王忠说。

"奋威将军乐乡侯臣展附议。"刘展说。

"建武将军清苑亭侯臣岩附议。"刘岩说。

"伏波将军高安侯臣惇附议。"夏侯惇说。

"建忠将军昌乡亭侯臣辅附议。"鲜于辅说。

"司隶校尉关内侯臣宠附议。"满宠说。

"太中大夫都乡侯臣诩附议。"贾诩说。

"军师祭酒千秋亭侯臣昭附议。"董昭说。

"中护军国明亭侯臣洪附议。"曹洪说。

"中领军万岁亭侯臣浩附议。"韩浩说。

"行骁骑将军安平亭侯臣仁附议。"曹仁说。

"行护军将军博昌亭侯臣渊附议。"夏侯渊说。

文官和武将依次表态，门外又传来苍老的声音。

"老臣附议。"

杨彪穿着袜子颤颤巍巍地走了进来。

"免礼，赐座，拿胡床来！"刘协说。

"谢陛下，不用。只有几句话，站着就能说完。"杨彪说，"老臣附议曹操晋爵国公，还建议封公就要建国。到时候，请陛下恩准各人自行选择，或为该国之臣，或为汉臣。彪，愿为汉臣。"

21

建安十八年五月初十，大汉御史大夫郗虑持节，一步步走上邺城铜雀台，在台阶七成处停下，看着居高临下的曹操展开帛书宣读：

> 朕以不德，少遭愍凶。天育丞相，保我皇家。今以冀州十郡封君魏公，又加九锡，仍以丞相领冀州牧如故。魏国置丞相以下群卿百僚，皆如汉初诸侯王之制。往钦哉，敬服朕命！

曹孟德，你该满足了吧？

206

第二十三章

血染的王冠

建安二十一年
丙申　猴
曹操六十二岁

1

"琅琊王谋反？"

听了渠穆的报告，刘协大吃一惊。

这是建安二十一年的四月。距离曹操封公建国，只差一个月就满三年。三年间，曹操不是在邺城，就是在战场。虽然马超在前年投奔了刘备，刘备也夺取了益州，但是张鲁在去年也投降了曹操。司马懿劝曹操乘胜入川攻击刘备，曹操还说：既已得陇，岂能再望蜀。

看样子，他没有什么不满意。

宫中之事，也如曹操所愿。前年十一月，刘协顺从曹操之意废了皇后伏寿，又在去年正月立曹操的女儿曹节为后。他与伏皇后的感情远不如董贵人。董贵人能杀，伏皇后当然也可以废。现在，皇帝变成魏公的女婿，曹操变成刘协的岳父，应该相安无事啊！

怎么会出了琅琊王谋反案呢？

事情当然有起因。今年二月，曹操从汉中回到邺城，下教令宣布三月份回许都。琅琊王闻讯，派蒋干告诉郗虑，到时候要请魏公光临王府鞠域（球场）看球，这可是几年前就跟曹丕打过招呼的。

刺奸官则报告，琅琊王改建了鞠域，郗虑决定去看看。

到了现场才发现，鞠域哪里是改建，简直就是重建。位于郊外的球场仍然是正方形，但是大了一倍。四周都是阶梯形看台，至少可以容纳四五百人。坐北朝南的那面席位宽敞，可以看见对面有门。

"这是去哪里？"郗虑指着南面看台的门问。

"鞠室，也叫窟室。"琅琊王答。

"在地下？"郗虑又问。

"穿地作窟室，效法霍去病。"

"有什么特别吗？"郗虑再问。

"魏公进去便知。"琅琊王笑嘻嘻地说。

什么事情如此神秘兮兮？郗虑起疑。

回去以后，他越想越觉得不对，又叫来蒋干询问。

"实不相瞒，在窟室蹴鞠的是女人，而且薄衣。"

是吗？还有这种游戏？

"猜想郗公对此不感兴趣，因此没有展示。如果想看，随时可以表演。香汗淋漓，娇喘吁吁，别有风味。"蒋干的脸上挂着坏笑。

郗虑将信将疑。霍去病在塞外蹴鞠，确曾在地下作窟室，有没有女子不知。塞外军旅生活艰苦乏味，或许会有。曹操喜欢女色，也是公开的秘密。琅琊王为了讨好他，想出这主意倒不足为奇。

不过，还是让刺奸中郎将高柔实地考察为好。

高柔回来报告说，窟室中确实是少女蹴鞠，而且还有少男。除了蹴鞠还会怎样，只能想象。另外，琅琊王的窟室很小，其实只能容纳两三个观众。那扇门却相当重，如果从外面关上……

郗虑立即急函报告曹操。

曹操回函说：以淫戏诱丞相，就是罪。

当然，原定回许的计划也取消。

明白了。琅琊王不能动，抓蒋干是没问题的。

何况对这个九江人，郗虑早就有疑。

2

蒋干是被"请"来的，因此谈话也是坐着。

御史大夫府就是原来的御史中丞府，没有扩建也没有装修，简朴程度不下于贾诩的太中大夫府，只有屏风上的獬豸尽显威严。郗虑用勺子从樽中舀出酒来倒进耳杯里，然后对蒋干说了声请。

只有一个杯子？哦，听说此人滴酒不沾。

"郗公有什么要问吗？"蒋干喝完一杯，说。

"随便聊聊。"郗虑又舀出酒来，然后看似漫不经心地叫着边让和蒋干的字问，"边文礼任九江太守的时候，子翼可在乡里？"

"在。他老人家正是敝郡府君。"蒋干坦然答道。

不过，被你在鄄城杀了的边让，跟我扯不上吧？蒋干想。

"有德君子啊！"郗虑感叹。

"不知郗公为什么这样讲？"

"表里如一，直言不讳。"

原来是这意思。蒋干有点明白了。

"确实。草民却是谨小慎微，望尘莫及。"

"不会吧？"郗虑又舀出酒来，"众人都说，子翼敏捷过人，辩才无碍，独步江、淮之间，莫与为对。"

"哪有？坊间流言，夸大其词。"

"若非如此，曹公岂会密下扬州，请君出山？"

"可惜有辱使命，无功而返。"

"子翼去见周公瑾时，布衣葛巾？"

"草民嘛，还能怎样？"蒋干笑了。

"却还是被看出来意？"

"是。他说，闻弦赏音，足知雅曲。"

"公瑾知音？"

"曲有误，周郎顾。"

"应该是雅曲吧？"

"当然。"

"他的军中，可有男女裸舞如殷纣王者？"

"怎么会？"蒋干差点跳起来。

"那么，窟室里玩的那套，从哪里来？"

"草民有罪。"蒋干俯下身子。

"不要跟我说是你的主意，你们是听雅曲的。"郗虑冷笑，"一时半会想不起来也没关系。今晚就在这里住下，可以慢慢想，还给你笔和简。什么时候想出来了，就写下来，再送你回去。"

3

一连五天，蒋干交出的简上都只有三个字：干之罪。

郗虑也不理他，拉上司隶校尉满宠和虎贲中郎将曹朗，一起来到许都郊外琅琊王的鞠域。曹操建国以后，大部分人都去了邺城，留下镇守京师的主要就是他们仨，侦破此案也应该让他俩参与。

看门人不敢怠慢，立即请他们进去。

仔细察看之后，三个人回到御史大夫府。

"窟室确实不大，那扇门也确实很重。"曹朗说，"而且，既然是秘不示人的表演，魏公要进去看，多半只有琅琊王和蒋干陪同，郗公和司隶恐怕都不方便。就算我跟了去，也没有他们的人多。"

当然。其实曹朗也不会随行，看淫戏哪有带上儿子的。

于是满宠问："子净的意思是？"

曹朗答："要说是猎户们常用的陷阱，也像。只是……"

"对！只是他们要拿魏公怎么样？"满宠问。

"要么谋杀，要么挟持。"郗虑说。

"窟室中只有少男少女，如何做得到？"

"也许进去以后，里面其实是力士。"

"如果有此阴谋，为什么要提前发出邀请？"

"可以表示诚意满满，也能避免我们起疑。魏公难得回许。如果临时提出，他不同意，或者安排不过来，岂非坐失良机？何况他们也料定我会先去查看。有我事先看过，就不会节外生枝。"

"不对。鸿豫岂是怂恿看淫戏的人？"

"也许没想到我会查那么细，原本只是说看蹴鞠。"

"鸿豫向来细心，他们不知道？要是连这都想不到，这反贼不做也罢。"满宠摇头，"依我看，鸿豫发现窟室，高柔发现男女，全都在计划之中。只有自己发现的才可信嘛！谅你也不敢瞒。"

"还是伯宁看得更透。"郗虑拱手。

"但，谋杀也好，挟持也罢，有可能吗？"满宠又问。

"有。"郗虑说，"人进去，门一关，就可以动手。"

"进去就会发现非其所言，还不警惕？"

213

"外面亮，里面暗，猛然间看不出。"

"嗯，有了高柔的发现，子净不会跟去。这样一来，就该是蒋干带路，琅琊王在最后。琅琊王进去，门就关上。"满宠走着步子，模拟可能的犯罪现场，说到这里猛然回头，"然后呢？是杀，是劫？"

"伯宁看呢？"郗虑问。

"都不可能。"满宠说，"没错，人质在他们手里，我们不敢轻举妄动，鞫域又在郊外。问题是，他们劫持魏公到哪里去？到合肥交给孙权吗？杀他就更没道理。无冤无仇，为什么要痛下杀手？"

"这么说……"郗虑迟疑。

"没什么阴谋。室小门重，只因为那事见不得人。"

"那又何必煞费苦心，让我去发现什么秘密？"

"吊胃口。你的，也是魏公的。"

"至于吗？看了那淫戏，又能如何？"

"开怀大笑呗！琅琊王送什么礼，能让魏公稀罕？"

听满宠这么说，三十六岁的曹朗也笑了。

难道事情就这么简单，他们当真只是为了讨好？

"也是。容我再思再审。"郗虑拱手。

4

接到曹操的密函，郗虑决定提审蒋干。

蒋干被安排在郗虑的对面坐下，当然有座席，前面的几上还有简和笔墨。郗虑举起写有"干之罪"的木简问："这是你写的？"

"是。"蒋干回答。

"这个呢？"郗虑又拿起另一片木简。

木简由狱卒传给蒋干，蒋干低头，看见上面写着：

     曹操封公   刘备称王   孙权称帝

"当然不是，非我笔迹。"蒋干说。

"如果子翼写，会是什么样？"郗虑笑笑。

蒋干提笔，在空白木简上抄了一遍。

狱卒立即走过来，将新旧两片木简送到大堂正中几上。

"很好，现在物证已全。"郗虑看了看，点头。

"什么物证？"蒋干愣住。

"还用问？你的罪证。"

"郗公此言何意，草民不知。"

"那我便替你说吧！建安十四年冬，你受命去见周瑜，什么结果都没有就回来了。一年以后，左慈便出现在许都，与天子和百官过从甚密。与此同时，荀令君代魏公为丞相的流言也甚嚣尘上。"

"那些流言，不是左慈制造的吗？"

"确实。"郗虑点头。

"既然如此，与草民何干？"

"当然相干，因为你就是左慈。"

"郗公不要吓唬草民，我分明是……"

"没错，琅琊王的门客。不过，我的刺奸官已经发现，但凡左慈出现在宫中、官寺或市中，你就不在王府。要不要核对行踪？"

六年了，怎么核对？蒋干欲哭无泪。

"行踪说不了，但是草民这张脸，总不是左慈的。"

"没人见过左慈真容，脸是可以变的。"

说完，郗虑双臂高举又放下，立即变成了左慈。然后他重复刚才的动作，又变回原样，然后笑笑说："就连声音，也可以变。"

果然是左慈的声音，狱卒们都面面相觑。

"此术草民不会。"蒋干说。

"你当然不肯表演，那就讲讲你会的。众人都说，子翼辩才无碍而莫与为对。除了精通诸子之学和忠孝之义，还善辩天地之道，日月之运，阴阳吉凶之本吧？这正是左慈用来骗取声誉的。"

"总不能因为左慈会的我也会，就说我是左慈吧？"

"确实，把他们带上来！"

随着郗虑一声令下，若干人犯被带进大堂。

"尔等仔细看看，他是何人？"郗虑问。

"他是左慈。"一个嫌犯说。

"他是左慈。"另一个说。

"他是左慈。"第三个说。

"他是左慈。"又一个说。

"刚才还说，没人见过左慈真容。"蒋干冷笑。

"那是指外人，团伙中的另当别论。"郗虑说。

"郗公如此栽赃草民，不知是何原因？"

见蒋干气得发抖，郗虑下令，让狱卒将那些人犯带走。等到他们走后，才起身慢慢地走到蒋干面前，沉默良久，然后一声长叹。

"其实你我，是一样的人。"

"什么人？"蒋干问。

"知恩图报之人，尤其是知遇之恩。"

"那又如何？"

"士为知己者死。"

"谁是我蒋干的知己？"

"周瑜。闻弦赏音，便知雅曲。"

"听这意思，我是为公瑾来许的，可惜他已不在人世。"

"没错。他是人不在，你是心不死。一计不成，又生一计，许都的流言蜚语就没断过。终于，文攻无望就要动武。到郊外鞠域的窟室看淫戏？骗谁啊？你们是要趁机劫持或者谋杀魏公。"

"一派胡言！琅琊王怎么会干这种事？"

"这个啊？请你到邺城跟魏公说吧！"

5

曹操对蒋干很客气。他先让杨修和司马懿陪同看铜雀台，下午又亲自宴请。席位的安排则是曹操坐北朝南，蒋干在西边的客座，郗虑在东边作陪，曹丕和曹植分别坐在蒋干和郗虑的旁边。

此外，就没有别人。

显然，他这是在示好。也许想贿赂，或者先礼后兵。

蒋干却在路上想清楚了，栽赃自己是要陷害琅琊王。恨只恨当时听了那讨好曹操的馊主意，自己不但没有拦住，反倒推波助澜。想想也是，伏皇后被废以后，琅琊王哪天不担心会轮到自己？

莫非可怜之人，当真必有可恨之处？

但，人固有一死，岂能轻如鸿毛。

要保护琅琊王，哀求是没用的，只能靠气节。

"子翼啊，上午看铜雀台，观感如何？"

酒过三巡，曹操笑眯眯地问。

"确实壮观，诚如临淄侯的《铜雀台赋》所言。"

临淄侯就是曹植，前年由平原侯徙封。

说完，蒋干吟道：

> 见天府之广开兮，观圣德之新营。
> 建高殿之嵯峨兮，浮双阙乎太清。
> 立冲天之华观兮，连飞阁乎西城。
> 临漳川之长流兮，望众果之滋荣。
> 仰春风之和穆兮，听百鸟之悲鸣。

"铺陈排比而已。"曹操笑笑。

"诚然。改几个字更好。"

说完，蒋干又吟道：

> 见天府之广开兮，观奸雄之新营。
> 建高殿之嵯峨兮，浮双阙乎冷清。
> 立冲天之华观兮，连飞阁乎愁城。
> 临漳川之长流兮，望众果之虚荣。
> 感寒风之凛冽兮，听百鸟之哀鸣。

这就几乎是指着鼻子骂人，曹丕和曹植顿时脸色大变，只有郗虑木然看着面前的空杯。曹操端起杯子想了想说："诗者所以言志，赋也一样，子翼当然尽可自便。只是有几个字，于理不通。"

"哪里不通？"蒋干问。

"感寒风之凛冽兮，听百鸟之哀鸣。"

"不是吗？"蒋干反问。

"如今是夏日，何来寒风凛冽？"

"春风和穆之时，临淄侯为何说百鸟悲鸣？"见曹植闻言后吓得脸色惨白，蒋干便又说，"可见对景伤情，人各有志。"

"浮双阙乎太清，连飞阁乎西城，为何要改冷清、愁城？"

"邺城立冲天之华观兮，许都的飞阁岂非愁城？铜雀台建高殿之嵯峨兮，洛阳的双阙岂不冷清？"蒋干道。

"心存汉室？好啊！孤也一样。"

"一样吗？那又何必加害琅琊王？"

"这是什么话？"曹操笑了，"孤正想问，他为何要害孤？"

"琅琊王何曾有此妄想？"蒋干说。

"密室啊厚门啊，诸如此类，鸿豫都查清楚了。这些细节，孤也懒得管。"曹操摆了摆手，"只是奇怪，孤得罪过子翼？"

"魏公，琅琊王和草民冤枉！"

说完，蒋干避席，俯下身子叩首。

"快快请起！"曹操装模作样抬了抬手，"今天不审案，随便聊聊而已。金铜瓦，红泥墙。负心汉，命不长。怎么想出来的？"

"魏公也认定草民是左慈？"蒋干直起身子。

"如果只是编个民谣，倒也无伤大雅，就怕另有所图。"

"草民能有何图？"

"不好说。以子翼之才，岂能甘心只做门客？想当年，冯骓投身于孟尝君，毛遂自荐于平原君，都是因为其主非凡。琅琊王呢？却像庸庸碌碌之辈。你谢绝朝廷征召，去他府中赋闲，何故？"

"苟全性命于乱世，不求闻达于诸侯，如此而已。"

"这话怎么听着耳熟？"

"没错，诸葛亮说的。"

"他在成都，已是军师将军。"

"草民并不羡慕。"

"你在琅琊王府，就是陪着看蹴鞠？"

"也喝酒，再就是六博投壶之类。"

"不谈天地之道，日月之运，阴阳吉凶之本？"

"琅琊王哪懂这些？"蒋干苦笑。

"确实，也只好跟天子和百官谈。"

"魏公，草民不是左慈。"蒋干警惕。

"是不是没关系，足以策反琅琊王。"

"策反他干什么？"

"这就只能问你自己了。"曹操看着蒋干，"鸿豫追随孤，足足有
二十七年，向来小心谨慎。若无铁证，他敢冤枉诸侯王？"

"如此说来，魏公认定琅琊王有罪？"

"没有吗？"曹操歪着头。

"有。匹夫无罪，怀璧其罪。琅琊王千不该万不该，不该在国绝
之后又复国受封。要不然，像他这样人畜无害的，碍谁的事？"

蒋干豁出去了，决定想说就说。

"笑话！琅琊王复国受封，明明是孤在建安十一年奏请。"

"此一时，彼一时也。那时魏公还只是司空。"

"那又如何？"

"现在封公建国了。"

"有区别吗？"

"就该想着称王。"

"你是说，就得除掉他？"

"不是吗？"

"太可笑了。"曹操当真笑出声来，"大汉同姓王二十六个，无子国除的十八，还有八个。要不要说给你听？东海王羡，沛王契，东平王凯，任城王佗，河间王开，彭城王祗，梁王弥，赵王珪。"

"那些王都在外地，琅琊王却在许都。"

"在许又如何？"

"就会有人惦记。天子声称禅让，不就想到他吗？当时琅琊王都吓哭了。"蒋干恨恨地说，"没想到还是要被猜疑。"

"又是笑话。前年封了四个皇子为王，正是孤奏请的。"

"他们都没成年。"

"成年如何？"

"也难免惨遭荼毒。"

"何以见得？"

"伏皇后可以为证。伏皇后何罪之有？既无徽音之美，又乏谨身之福，这也算罪名？想想也是，某人的三个女儿，不是一年前就送进宫中了吗？老皇后变新皇后，不是也只有两个月吗？"

"诛心之论。"曹操撇嘴。

"你们何尝不是？"蒋干忽地站了起来。

"看来对伏皇后被废一事，尔等心怀不满。"

"岂止我蒋干？其他人敢怒不敢言罢了。不废伏皇后，如何立曹皇后。除掉琅琊王，也才好封魏王。什么得由卑贱，登显尊极，阴怀妒害，包藏祸心，这些强加于伏皇后的罪名，依我看用在某人身上倒更合适，奈何反诬于人？你们这样做，天良何在？天理何容？"

"这话孤不明白。"曹操的语气很平静。

"需要细说吗？"

"但说无妨。"

"伏皇后大司徒伏湛八世之孙、驸马不其侯伏完之女，岂能谓之得由卑贱？她若是，你算什么？再问，封公建国岂非登显尊极？诬陷琅琊王岂非阴怀妒害？架空当今天子岂非包藏祸心？这些污言秽语竟逼着天子对皇后说。曹操，你确实名为汉相，实为汉贼。"

"这话好像是周瑜说的。"

"是又如何？早知今日……"

"怎样？"

"劝琅琊王远走高飞。"

"刚才这些话，可敢写下来？"

"有何不敢？"

"笔墨伺候！"

随着曹操一声令下，蒋干被带到另一边，那里有早就准备好了的笔墨和帛。蒋干提笔一挥而就，曹操接过看了看说："子翼啊，动机和证据都有了，此案可结，今天也算打过招呼，还有要说的吗？"

"事已至此，义无再辱，请另赐酒。"

"如你所愿。"曹操冷冷道。

6

"琅琊王谋反？"

听了郗虑的报告，渠穆大吃一惊。

"据蒋干所言，理当如此。"

"那他人呢？"

"畏罪自杀。"

"怎么死的？"

"服毒。"

"又要查药从何来？"渠穆紧张。

"不用，应该是自己随身携带的，已知罪不容赦嘛！不过，魏公只是请他吃饭，并没有审讯，因此也就没有供述，只有自白。"

郗虑展开帛书，再放上两片木简。

"常侍请看，笔迹一样。"

"干之罪。曹操封公，刘备称王，孙权称帝。"渠穆先看简，再看帛书，然后点头，"确实。这样看，以前杀的左慈是替身。"

"对，左慈其实就是蒋干。"

"奇怪，这回他怎么没有使用妖术逃遁？"

"上次是以左慈面目出现，当然可以。"

"此番为何不可？"渠穆又问。

"他不承认自己是左慈啊！再说在我府中也跑不掉。"郗虑笑。

"也是，只好束手就擒，然后赴死。"

"此人并不怕死。"郗虑又笑。

"但对魏公早就怀恨在心。"

"恨之入骨。"郗虑说。

"难怪请他吃饭，他倒要改临淄侯的赋。"

"正是。"郗虑点头。他当然清楚，蒋干这样做另有原因：他认为苦苦哀求没用，出言不逊反倒有可能博得同情，可惜失算。曹操决定要办的案子，怎么翻得过来？但，这不必跟渠穆去说。

"不过细读蒋干自白，并无琅琊王谋反情节啊？"

"确实，但是总得问问。"郗虑说。

"兹事体大，必须禀告天子。"

"那是当然。"郗虑拱手。

7

奏明天子之后，御史大夫郗虑、司隶校尉满宠和中常侍渠穆一齐来到郊外琅琊王的鞠域查看现场。早就吓得半死的琅琊王战战兢兢地陪着他们看了又看，累得气喘吁吁，终于在北面看台坐下。

依礼，琅琊王坐在当中，郗虑和满宠一左一右。渠穆却死活不肯坐下，坚持按照规矩站在王的后面，结果琅琊王更紧张了。

祖宗，你这是看守寡人吗？

"听说还有女子蹴鞠？"

看完一场，郗虑问。

"有，有，有，马上。"

公开表演的女子蹴鞠虽然穿着衣服，却也正如蒋干所言，是香汗淋漓，娇喘吁吁，别有风味。就连琅琊王也看得兴高采烈，喜笑颜开地全然忘记了自己的处境。只有渠穆，装出一本正经的样子。

"窟室中的蹴鞠，常侍要看看吗？"郗虑问。

"算了，非礼勿视。"渠穆赶紧摆手。

"然而窟室，却不可不看。"郗虑说。

那是。郗虑和满宠起身，三个人由王府小宦官带路，琅琊王亲自陪同，来到南面看台当中的窟室门口，却看见门是开着的。

"诸位放心，里面空无一人。"琅琊王说。

什么意思？郗虑的眼神刀子般的扫了过去。

"知道常侍要来，总不方便看那个。"

听琅琊王这样解释，郗虑不置可否，只是看了他一眼。

"魏公如果来，是蒋干带路吧？"

"是的。"琅琊王说。

"你，先进去。"郗虑吩咐小宦官。

看着小宦官走进窟室，满宠知道是要现场探讨犯罪的可能。

"然后，就该魏公进去？"

"是的。"琅琊王说。

郗虑走了进去，然后回头。

"现在该殿下进来？"

"是的。"琅琊王也走了进去。

"关门。"郗虑说。

满宠在外面把门关上。

紧接着，门从里面被推开，郗虑走了出来。

"门怎么变轻了？"郗虑和满宠一齐说。

"改了啊！"琅琊王大张着嘴，"寡人嫌重。"

郗虑、满宠和渠穆面面相觑。

8

谁也没想到，现场考察反倒使案情变得复杂。现在的窟室已不是设想中的犯罪之地，曹操即便只身一人进去，也可以自由出入。难道是琅琊王听到什么风声，把门改了？没人通风报信啊！

而且看那王，完全是满脸无辜。

郗虑只好与满宠和渠穆揖别。回到御史大夫府，却看见曹朗已经等在那里。自从二十三年前那个寒风凛冽的夜晚，当时还叫狗儿的他被曹操救下并收养，关系和感情最好的就是郗虑和许褚。

"红鸡蛋？子月生了？"郗虑问。

"大胖小子。"曹朗喜笑颜开。

"你们生多少了？"

"以前都是瓦片。"

郗虑笑了。古时，生男孩叫弄璋之喜，生女孩叫弄瓦之庆。不过弄瓦之庆的瓦不是瓦片，是纺锤，意思是希望将来胜任女工。

这家伙，是当真不懂，还是故意搞笑？

"天子真的赐了璋。"曹朗又说。

璋是类似于圭的长条形玉器，只不过顶端是斜锐角形。

"糟糕，我这里可没有。"郗虑说。

"先生不用。"私下里说话，曹朗还是习惯于旧称呼，"不过先生的生活也太清苦了。御史大夫为丞相副，怎么着也得……"

"我为丞相除奸，首先自己就得清廉。"

私下里说话，他们也还是习惯称曹操为丞相。

"正想问，朝廷和军中，有那么多奸人吗？"

"有没有，都得替丞相防着。"

"先生当年削竹为剑，教我剑术，说是学会了可以防身。"

"是啊，怎么了？"郗虑问。

"何以见得琅琊王请丞相看蹴鞠，就不是呢？"

"你说他是为了自保？"

"看样子像。"

"他去找你了？"

"怎么会？路上遇到过。"

"说什么了？"

"也没有，就是问寒问暖。"

郗虑知道曹朗心地善良，便把话岔开。

"天子最近如何？"

"并无异常，只是更加沉默寡言。"

"上次从猎场出走，还夜宿民家，不会是一时兴起吧？"

"不会。事先想好了的，我只是成全。"

"想看看，如果天子没了，会怎么样？"

"也不。"曹朗笑了，而且用了小名，"狗儿与天子同年，猜得出他的想法。三十多岁的人，总不能只闷在宫里弄璋弄瓦吧？农户养的土狗还能到处乱跑呢！人活一辈子，事事规规矩矩的，不值。"

郗虑默然，眉宇间的忧郁更重。送走曹朗后，他给曹操写了一封长长的信，详细说明情况，建议案子到此为止，不要再查。

密函由快马送去了邺城，琅琊王却犯浑了。

9

"确实，琅琊王自请降爵为侯。"

见郗虑和满宠吃惊，渠穆肯定地回答。

愚蠢！这家伙难道不知，这种时候自请降爵给人什么感觉？要么是心中有鬼，想避重就轻；要么是心怀不满，想借此要挟。两种可能都让人起疑和反感，后一种尤其为曹操所不能容。郗虑心想。

看来琅琊王的脑子真不够用，离开了蒋干就出问题。

不管怎么说，都得问问，三个人又一起到了王府。

这次不是观礼，渠穆坐在了琅琊王对面，郗虑的左边。

"敢问殿下，为什么要自请降爵？"

坐定之后，郗虑问。

"死了，死了。"琅琊王哭起来。

"什么死了，谁死了？"郗虑皱眉。

"鸟。"琅琊王指着旁边，"原来就在那笼子里。"

"那又如何？"郗虑再问。

"天子所赐，笼子是黄金的。"

琅琊王哭得一把鼻涕一把眼泪。

"请殿下节哀顺变！"渠穆马上说。

这话符合宦官的身份，琅琊王也不哭了，郗虑心里却有说不出的别扭。他忽然想起了光武帝的儿子楚王刘英。汉明帝永平八年，皇帝宣布，犯死罪的可用绢赎。刘英立即交出黄色双丝细绢和白色的薄绸三十匹，被皇帝退回。皇帝问：你有什么嫌疑，要这样做？

结果怎么样？细绢和薄绸退回后，刘英勾结江湖术士谋反。

楚，也成为东汉第一个被除名的王国。

看来孝明皇帝问得对：何嫌何疑，当有悔咎？

还有，黄金笼中之鸟死了，又是什么意思？

郗虑开始怀疑这琅琊王是真傻，还是装傻。

"敢问殿下，这鸟为什么会死？"渠穆还真查起来。

"撞笼子，拼命撞，撞死了。"琅琊王又快哭了。

"这鸟有这习惯？"渠穆又问。

"没有，以前都很安静。"

"那又为什么要撞？"

"也许是受了惊吓。"

"谁吓它了？"

"没有，要有也是寡人。"

"那也不至于要自请降爵。"

听到这里，满宠也忍不住了。

"笼中鸟都守不住，如何守国？"

简直胡闹！什么乱七八糟，还煞有介事。郗虑越来越怀疑琅琊王有问题，便语气诚恳地问："降爵之后要哪个县，去不去封地？"

"去，但最好徙封，琅琊国的县太穷了。"

"殿下可有中意的地方？"

"广陵有侯，阜陵有王，要不寿春？"

"此事恐怕还要禀告丞相魏公。"

"那是当然，拜托！"琅琊王拱手。

10

不出郗虑所料，曹操接到禀告震怒。他认定琅琊王这样做，非但是以退为进，而且背后有人指使。郗虑当然清楚现在的许都，不可能有谁为琅琊王出谋划策，便决定把一切都算到蒋干头上。

"叛逃？"听说要以此结案，满宠大惊，"去哪里？"

"广陵和阜陵距离建业，只有一江之隔。"

建业就是现在的南京，五年前孙权将治所移到了那里。广陵则是现在的扬州，阜陵在今天安徽省马鞍山市和县，确实相距不远。

"投靠孙权？"满宠大摇其头，"琅琊王所求是寿春。"

"那是因为广陵有侯，阜陵有王。"郗虑说。

"寿春可是离合肥近，离建业远。"

"到了那里再想办法，总归往前了一步。"

"谁为琅琊王出此下策？"

"蒋干的事先安排。"

"你怎么知道？"满宠惊讶。

"他在郧城说过，该劝琅琊王远走高飞。"

"该？那不是没劝吗？"

"也可能劝过。他骂丞相名为汉相，实为汉贼，丞相道，这话好像是周瑜说的。他马上说，是又如何？早知今日……"

"然后呢？"

"丞相问他，怎样？"

"他怎么说？"

"劝琅琊王远走高飞。"

"这样啊？"满宠沉吟。

"现在看，劝是临时改口，本来想说让。"

"让琅琊王远走高飞？"

"正是。"郗虑点头。

"何以见得就是去投靠孙权？"

"琅琊王不打自招。徙封寿春就寿春，何必多此一举说什么广陵有侯，阜陵有王？恐怕就因为蒋干跟他说起过，与广陵侯和阜陵王有没有勾结不知。但以琅琊王之智，做得出掩耳盗铃的事。"

"还要到广陵和阜陵去查？"

"算了吧，何必节外生枝。"

"投靠孙权，对琅琊王有什么好处？"

"说不定被立为天子呢？"

"啊？这可是要夷三族的。"满宠惊掉了下巴。

"确实。然而重赏之下，必有勇夫。吕不韦早就说过，耕田之利不过十，珠玉之赢不过百，立国王一本万利。蒋干出类超群，而甘为门客，难道并无所图？孙权可是很想也能挟天子以令诸侯。"

"孙权和蒋干再想，也得琅琊王愿意啊！"

"诚然。看来他不敢，但记住了广陵和阜陵。蒋干呢，又想出了在窟室诱捕或诱杀丞相的毒计。到时候，可不怕琅琊王不从。"

"这个啊？上次说过，不可能。"满宠摇头。

"那就奇怪。后来去看窟室，琅琊王为什么要说诸位放心，里面空无一人？见我诧异，为什么又说知道常侍要来，怕不方便？有什么不方便，常侍在宫里什么没见过？还有那门，为什么要改？琅琊王的说法是嫌门重。这又可笑。他嫌什么门重？又不用他动手。"

"被吓坏了，再加上笨，弄巧成拙。"

"这么说，那阴谋他是知情的，否则怕什么？"

"其实蒋干被抓，琅琊王就算再笨，也知道出了问题，知道问题不是出在人，就是出在门，或者兼而有之，因为高柔刚刚看过。何况说他知情，也得先有那阴谋。自请降爵，却恰好证明没有。"

"此话怎讲？"郗虑问。

"寿春可是袁术称帝的地方。"

"故意的，表示他没心没肺。"

"琅琊王有这心机？"

"谁知道呢？"

"鸿豫的这些推论，可有实据？"

231

"也没有。"

"以此结案，能让天下人服？"

看着郗虑，满宠轻声问。

"丞相也许满意。"

沉默良久，郗虑也轻声说。

"定为谋反？"满宠问。

"含糊其词吧！谋欲过江。"

"过江干什么？"

"他不知道，蒋干没告诉他。"

"那也是冤枉。"见郗虑不说话，满宠点了点头，"也是，在你们已算从轻发落。宁我负人，勿人负我，当年在吕伯奢家……"满宠叹了口气，"算了，不说。但这文书恕不能副署，还要向丞相陈辞。"

"当然，岂能勉强伯宁？我责我担。"郗虑说。

满宠又看见了他眉宇间挥之不去的忧郁。

11

由于是家宴，出席作陪的不但有曹丕和曹植，还有曹睿。曹睿是曹丕的儿子，今年虚龄十一。曹操特别喜欢这个孙子，说是在他身上可以看见自家三代的基业，因此常常让他参加各种活动。

但，卞夫人也来了，还是让满宠感到意外。

"如何敢当！"满宠避席。

"他们母子在洛阳，不是你去接的吗？"曹操说。

"二十六年了，丞相还记得。"满宠感慨。

"忘不了，孤向来以德报德，以怨报怨。"

是吗？让琅琊王复国袭封，确实是以德报德。可是现在他没得罪你啊，何怨之有？满宠想起在吕伯奢家，曹操撕心裂肺哭着说：伯奢兄谢你成全，让我做了恶人。难道恶人是要一做到底的？

"那时我才四岁，不知吓哭了没有？"曹丕问。

其实满宠来到邺城，先见了曹丕兄弟，并向他们陈述案情，目的当然是希望他俩为琅琊王求情。吴质听完曹丕的转述，沉思片刻便问他还记不记得，六年前在许都路遇琅琊王，他要去药肆买什么？

啊，当归。莫非那时，蒋干就在策反？

但，这样说，也是捕风捉影啊！

就算蒋干当归孙权，有琅琊王什么事？

不过，心中有数就行了。

"中郎将又不是琅琊王，怎么会吓哭？"

听曹丕那样问，满宠回答。

"吃点菜。"曹操不接茬，"虽然比不上袁本初……"

"家常便饭，亲切。"满宠只好拿起筷子，却又停在半空。

"想什么呢，伯宁？"曹操问。

"季才。"满宠答以徐奕的字，"他可好？"

"魏国尚书。你没见到？"

"明天就去拜访。"满宠说，"当年接夫人和公子出洛阳，是因为有季才作为内应。即便如此，还是落入虎口。琅琊王自请降爵，并求徙封寿春。倘若谋欲过江，请问有谁接应？他是冤枉的。"

"伯宁，你看孤这孙儿如何？"见满宠诧异，曹操笑了，"琅琊王复国袭封那年生的。明天回去告诉鸿豫，免那人一死，处置改成废为庶民吧！喝完了这杯，让孤这好孙儿舞剑来看。"

"臣今日当饮一石。"满宠俯下身子。

曹植却暗暗吃惊，因为杨修刚刚跟他说过：

丞相对琅琊王的态度，就看家宴有没有曹睿。

12

满宠晚来一步。他赶回许都时，琅琊王已经被杀。其他八个国王闻讯，全都上书朝廷，称天子授魏公金玺、赤绂和远游冠，并使其位在诸侯王之上，已经过了两年多，诚宜更换名号，使名实相符。

五月，魏公曹操晋爵魏王。

年底，高柔来见郗虑。

"郗公，蒋干与左慈，恐怕未必是同一个人。"

"怎么，那妖人又现身了？"

"倒没有，但有这个。"高柔掏出木简。

郗虑接过一看，只见上面写着：

小麦青青大麦枯　一朝天子两朝都

第二十四章

立储风波

建安二十二年
丁酉　鸡
曹操六十三岁

1

小麦青青大麦枯，一朝天子两朝都？

接到郗虑的报告，曹操冷笑。他当然知道这是什么意思，也知道编这民谣想干什么，但觉得根本就不足为虑。因此，一直拖到第二年三月，从征伐孙权的前线回到邺城，才在王宫招集魏国官员会议。

"许都的民谣，诸位想必早已知道了。"坐在正中榻上的曹操看似语气平淡，其实不怒而威，"虽为污蔑不实之词，毕竟人言可畏。因此刚才，寡人让他们两个在密室各想对策，现在请诸位评判一下。"

还有这一说？考他们，还是考我们？众人抬头，只见三十一岁的曹丕和二十六岁的曹植分别站在曹操两边，都面无表情。

"请殿下明示！"魏相国钟繇说。

钟繇字元常，曹操成为魏王三个月后担任此职。

"第一种办法嘛，下丞相教令彻查，看看谁在兴风作浪。查出来以后，将造谣生事者斩首弃市，以儆效尤！"曹操说。

众人互相看看，都不说话。

"还有呢？"钟繇又问。

"另编民谣，词也写好了。"

"新的怎么说？"袁涣问。

袁涣字曜卿，是魏的郎中令，相当于汉的光禄勋。

"你们自己看。"曹操拿起木简。

钟繇起身接了过来看了看，然后传给其他人。

木简上写的是：

　　曹相府　知民苦　诚无垢　思无辱

　　恩如春　威如虎　教如父　爱如母

"你们看，怎么样啊？"曹操问。

"敢问殿下，两种对策都是哪位王子的？"凉茂问。

凉茂字伯方，魏国尚书仆射。

"这个寡人可不能说。说出来，你们还会畅所欲言吗？"见众人又交头接耳，曹操喝道，"不要说悄悄话，大声讲！"然后，他又叫着侍中和洽的字说："阳士向来敢言，你先来！"

"臣以为，法办为是。"和洽说。

封公建国后，魏国官员见了曹操都称臣。

"臣附议。此风不可长，必须杀一儆百。"毛玠说。

毛玠字孝先，魏国尚书。

"伯儒说呢？"曹操叫着侍中卫觊（读如计）的字问。

"止战以兵，止谣以言，以谣制谣好。"卫觊说。

"民谣而已，割鸡焉用牛刀？臣附议。"杜袭说。

杜袭字子绪，魏国侍中。

"子绪所言非是。"常林表示反对。

常林字伯槐，魏国尚书。

"有何不可？"杜袭反问。

"诽谤王侯，离间君臣，其心可诛，其人也可诛。"

"见怪不怪，其怪自败，犯不着大动干戈。"何夔反对。

何夔字叔龙，魏国尚书。

"朗朗乾坤，岂容小人猖獗？必须严惩不贷！"崔琰说。

崔琰字季珪，魏国尚书。

"群臣言无不尽，莫衷一是。臣等愚昧，请殿下裁夺！"

等到所有人都发表了意见，钟繇说。

"新谣是五官中郎将编的，彻查是临淄侯的主张。"见众人都感到意外，曹操笑了，"没想到是不是？寡人也没想到。丕儿长期跟着寡人南征北战，这回却要文攻，如此甚好！植儿向来舞文弄墨，却能杀伐决断，有血性，像我的儿子。至于怎么处置嘛……"

殿堂里鸦雀无声。

"再说。"曹操道。

2

"小麦青青大麦枯，一朝天子两朝都？"

听完吴质的转述，贾诩重新咀嚼这两句民谣。

贾诩今年七十，比吴质刚好大了三十岁。封公建国后，曹操原本要酬谢他的建议之功，却被贾诩坚辞，仍任秩千石的太中大夫。这个没有属员的闲职，可以让他人在局中又置身事外，很是自由。

不过，他还是迁往邺城，身份介于汉臣与魏臣之间。

所以今天魏国的朝会，他不必也不会参加。

作为五官中郎将属员的吴质，则是没有资格与会，情况都是曹丕告诉他的。吴质听完，觉得曹操的意图绝不只是征求意见，立即前来向贾诩请教。因为他早有感觉，关键时刻贾诩定会指点迷津。

只是他不清楚，这只独狼为什么会对自己另眼相看。

"季重看，那民谣什么意思？"贾诩叫着吴质的字问。

这还用问？曹操封公建国后，能员干吏全都到了邺城。许都朝廷人数少，空缺职务也没人替补，形同虚设，政令则皆出魏国。大汉有了两个中心，还本末倒置。因此吴质认为，民谣是在发泄不满。

"一朝天子两朝都，是。小麦青青大麦枯，两义。"贾诩说。

"啊？还有什么意思呢？"吴质问。

"次子封侯，长子无爵，也是失衡。"

"五官中郎将是丞相副啊！"

"那就该封万户侯，让临淄侯他们食户五千，以示区别。魏王有十郡之地，何吝一县？再说也可以向天子要。然而并没有。这就难免让人有别的想法，甚至浮想联翩。季重啊，不用老夫明说吧？"

"那民谣替五官将委屈？"吴质用了五官中郎将的简称。

假装没听懂？贾诩也不点穿，而是岔开话题。

"朝会之前，魏王先让他们两个在密室各想对策？"见吴质点了点头，贾诩又问，"依季重之见，哪个对策好？"

"正想请先生点评。"吴质说。

"都不怎么样。新民谣一听就是我们编的，没人相信。何况好事不出门，坏事传千里，哪有歌功颂德能打败造谣诽谤的？查案就更是笑话。且不说查不查得出，查出来也不知何年何月，管用吗？"

"先生所言极是。"吴质道。

"老朽看得出，魏王看不出？为什么叫好？"

"众目睽睽之下，当着群臣的面……"

"他俩是站着的吧？"贾诩打断吴质。

"是，我问过五官将。"吴质说。

果然也是注重细节之人，那就可教。

"正是显示严父不讲情面之时。"贾诩提示。见吴质做出茫然不解之状，便又说："五官将自以为其计如何？请你实言相告。"

"实不相瞒，他认为连下策都不是。"

"故意的？"贾诩问。

"是。"吴质决定实话实说。

"临淄侯呢？"贾诩再问。

"想必也是。"吴质叹息，"没想到，对策却正好相反。"

"魏王父子都非寻常人等。此后必有风波，不久便见分晓。"贾诩看着吴质，"有几句话，你不妨转告五官将：天命不可违，愿将军恢宏德度，自居寒素，朝夕孜孜，不违子道，如此而已。"

3

"那新民谣是子桓编的？"

听完曹植的讲述，也没资格参加朝会的杨修问。

"是。没想到他会出这种馊主意。"曹植说。

"朝会前让你们各想对策，意料之中吗？"

"哪有？情急之下，我也只好胡乱对付。"

确实。下丞相教令，这种话近乎混账。

241

"子建也认为自己的对策其实欠佳？"

"当然。查什么查？有什么好查的。"

"正是。这种流言蜚语，根本不值一提。"杨修点头，"不过这就奇怪了。魏王为什么要你们各想对策，还要安排在朝会之前，在密室之中，然后立即交给群臣议论？为什么自己又不评判高下？"

"也许都不满意。"曹植迟疑。

"那他自己可有良谋？也没有，是不是？这说明什么？魏王根本就没想要什么对策。以王之城府，这样做只怕另有所图。"

"无非考考我们。"曹植一副不当回事的样子。

"为什么要考你们？"杨修问。

"我们是魏王的儿子啊！"曹植说。

"鄢陵侯也是，他还是子建之兄。"

杨修说的人叫曹彰，卞夫人的第二个儿子，比曹植大三岁，去年初封鄢陵侯，平生所愿乃为将，披坚执锐，临危不惧，身先士卒。

曹操当然不会考他，但也不能说杨修明知故问。

"确实，他也在邺城。"曹植只好点头。

"那么，考出结果干什么？"杨修又问。

"这我哪知道。"曹植摇头。

"立太子，就在你们当中选一个。"

"胡说！"曹植吓了一跳。

"算了吧子建，你是不敢想，更不敢说。"杨修笑了，"那个民谣去年年底就已在流传，为什么今天才要你们想对策？"

"无稽之谈。选太子，就靠这点小事？"

听曹植的口气，他感觉受了羞辱。

"借题发挥，顺势而为罢了。"

"此话怎讲？"曹植问。

"小麦青青大麦枯，何解？"杨修反问。

"魏国蒸蒸日上，大汉日薄西山。"

"但也提醒了魏王，必须早早地选好麦田。所以要考你们，也考群臣，看看哪些人是子建这边的，哪些人是子桓那边的，否则用不着让你们在密室想。可惜，你们都不按平时习惯来，他们站错队了。"

说完，杨修哈哈大笑，笑得前仰后合。

"德祖，不要说了。"曹植突然忧容满脸。

"为什么？"杨修见状，惊问。

"不想成为琅琊王。"

"子桓也不想？"杨修变严肃了。

"应该是。"曹植说。

"这可由不得你们。魏王迟早要立太子，可选只有两人。不管你怎么打算，都要未雨绸缪。宁可庸人自扰，不能措手不及。"

还有句话杨修没说：就算你没那个意思，也架不住别人想。

4

转眼就到了四月。中常侍渠穆来到邺城，传达天子旨意：命魏王设天子旌旗，出入称警跸。跸读如毕，就是回避，也就是清道；警则是警戒，也就是戒严。出宫称警，入宫称跸，是皇帝的特权。

曹操当然要设宴款待，不过便殿里只有他们俩。

两个人分宾主坐下，几上摆着丰盛的酒菜。

"设天子旌旗，出入称警跸，臣万不敢当。"

酒过三巡，曹操说，称谓是对天子说话。

"当之无愧。"渠穆马上说。

"请常侍禀告天子，臣是要辞让的。"曹操又说。

"还像封公建国和爵进魏王那样，要三让之？"渠穆先问，然后摇头，"天子岂不得三下手诏强勉？魏王不要为难下走。"

"断无此理。"曹操又说。

"何必麻烦。"渠穆笑笑。

"那么请问，天子还有什么要吩咐寡人的吗？"

"没有，只是很想知道，魏王会立哪位王子为储。毕竟，将来的魏王就是将来的大汉丞相，不能不有所关切。"

"那是。寡人立储，也是要天子恩准的。"曹操点点头，又请渠穆用点酒菜。见渠穆拿起筷子吃了口菜，又慢慢端杯饮酒，便看似随意地问道："他们几个也是常侍看着长大的，常侍看哪个合适？"

渠穆闻言，差点呛住，赶紧用布巾抹了抹嘴。

"岂敢妄论，这是魏王的家事。"

"家国一体，家务即是国务。"曹操说。

"魏国之事，当问魏臣。"渠穆说。

那是当然，曹操马上又恢复到闲聊状态。

"许都可好？"他问。

"百姓安居乐业，市井歌舞升平，朝廷……"说到这里，渠穆停顿了一下，然后说，"官和吏都各司其职，也十分安静。"

"没听到些什么？"曹操笑了。

"桓灵以来，宦官干政，结果天下大乱，自己也惨遭屠戮。若非魏王阻止袁绍，后果不堪设想。仆可不想步张常侍的后尘。"

渠穆立即直起身子，正襟危坐。

"你我闲聊，不算干政。"曹操说。

"确实有些传言，不知当讲不当讲。"

"但说无妨。"曹操说。

"民谣而已。"渠穆说。

"诗言志，歌咏言，谓之风。上以风化下，下以风刺上，采诗官也自古就有，王者所以观风俗，知得失，自考正也。孟春三月，群居者将散，朝廷派行人官在路旁采诗，要的就是道听途说。常侍听说的民谣，莫非'小麦青青大麦枯，一朝天子两朝都'这两句？"

"不。中山狼，笑面虎，刘备要做汉高祖。"

"又有新的？"曹操的表情好像有点意外。

"街谈巷议，不足为道，下走多嘴。"

"哪里！兼听则明，多谢常侍告知。"

5

送走渠穆，曹操立即召来曹丕。

"许都又有新民谣，你可知道？"

"不知说什么？"曹丕反问。

"中山狼，笑面虎，刘备要做汉高祖。"

"鸿豫应该已有报告。"曹丕不说自己是否知道。

"编得好！但，为什么是中山狼呢？"

那时，可还没有中山狼的典故。

"刘备自称中山靖王之后。"

"知道得很清楚啊！"曹操变脸。

"臣……"曹丕扑通跪下。

"起来吧！"见他站起，曹操又问，"谁的主意？"

一听这话，曹丕又要跪下。

"站着回话就好。是不是司马懿？说！"

当然是。那天朝会后，吴质先见了贾诩，又去见司马懿。司马懿听了表示，以谣制谣并不错，只是不该歌功颂德。吴质也认为，以毒攻毒是个办法。曹丕不以为然，又无所谓，便随他们去。

还说可以将功补过，扳回一局呢！这不，挨训了。

但，民谣是司马懿编的，不能承认，自己扛着。

你不说，就是回答。曹操也不追问，吟起诗来：

从军有苦乐，但问所从谁。

所从神且武，焉得久劳师。

"比那民谣好得多。谁的诗啊？"曹操说。

"不是仲宣的吗？"曹丕奇怪。

"可惜英年早逝。"

"是。"曹丕低下头来。

"送葬的时候，植儿念悼词，你学驴叫？"

这是事实。仲宣就是王粲，这年正月病故，享年四十一岁。此人生前修炼行气养生之术，喜欢学驴叫。于是送葬时曹丕便说：仲宣好驴鸣，可各作一声以送之。结果，墓前响起驴声一片。

"成何体统？你是五官中郎将，为丞相副。"

有什么大不了的？曹丕低头不语。

"知道渠穆来，说什么了吗？"

我哪知道？曹丕还是低头不语。

"问寡人立谁为太子。"

"哦！"曹丕抬起头来。

"想做吗？"

"不想。"

"那你想要如何？"

"请封一县。"

"学琅琊王，也要寿春？"曹操冷笑，"不要以为出馊主意，想蠢办法，就能瞒过我！你也不想做，他也不想做，魏国交给谁？这事由不得你们。明天就下密令，让百官举荐太子，你好自为之。"

"遵命！"曹丕又跪下。

"你的成年弟弟那里，我也会这样说。"

曹操看着曹丕，语气平淡，面无表情。

6

接到曹操举荐太子的密令，丁仪和丁廙兄弟兴奋不已，拉着脂习和繁钦去见杨修。杨修请他们坐下喝酒，说自己也收到了尚书令徐奕传达的口谕，正想听听诸位的意见，又问脂习和繁钦如何。

"鄙人与休伯位卑官小，哪里轮得到我们？"脂习说。

休伯是繁钦的字。听脂习这样说，繁钦点头。

"元升何必见外。随便聊聊，权当博戏。"

听脂习那样讲，杨修不好意思，便叫着他的字说。

"正是，前辈毕竟见多识广。"丁廙更是放下了身段。

"好吧，谁让我虚长几岁呢？不过……"脂习迟疑。

"放心，这里没有刺奸官。"丁仪说。

"也没有路粹。"丁廙说，然后又看繁钦，"对吧，休伯。"

"当然。"繁钦赶紧附和。

"隔墙有耳，我可不敢跟你们丁家比。"脂习说。

"我家姑姑早就不是魏王夫人了。"丁廙说。

"对，卞夫人才是正室。"丁仪说。

"那么，嫡子就是五官将、鄢陵侯和临淄侯，对吧？"

当然，曹丕、曹彰和曹植，丁氏兄弟点头。

"立储以嫡，立嫡以长，太子本该是谁？"脂习又问。见众人都默不作声，便再问："那又为什么要让近臣，对五官将和临淄侯的对策公开品头论足；之后又要让尚书令传达口谕，密令举荐太子？"

"这么说，啊，啊，也可能二选一？"丁廙说。

"不，是原本就不需要选。"脂习说。

"曹丕失宠了？"丁仪兴奋，竟直呼其名。

"五官将并无过错，怎么会失宠？鄢陵侯是临淄侯之兄，怎么会没有他的份？魏王的密令，说了二选一吗？"脂习道。

"没有。成年王子，均可举荐。"杨修说。

"金殿对策，却又只有两个人。"脂习说。

"那就是要选临淄侯，魏王本来就喜欢他。"丁仪叫道。

"喜欢？那叫立嫡以爱，非魏王所为。"脂习摇头，"但要说立嫡以贤，却又看不出临淄侯何处贤于五官将，更像太子。诚然，临淄侯仁爱孝悌，才华横溢；五官将可是文武双全，堪任国王。"

"莫非魏王自己也举棋不定？"繁钦说。

"倘若如此，反倒好了，就怕……"脂习又迟疑。

"怕什么？"繁钦问。

"不可再说，魏王最痛恨猜他心思。"脂习断然截住。

"那就猜猜群臣，反正权当博戏。"繁钦说。

"反对新民谣的举荐五官将，反对查案的举荐临淄侯。"杨修笑了笑说，"当时他们都没想到，两位王子会不按惯例出手。"

"德祖呢？举荐谁？"丁廙问。

"我吗？还没想好。"杨修说。

7

"那人说的，可靠吗？"曹丕问。

"他是杨修文友，更是我的密友。"吴质回答。

"这么说，子建要夺嫡？"

"临淄侯倒未必，但拥戴之功谁不想要？何况……"

"丁仪原本与我有仇。"曹丕笑笑。

曹丕确实狠狠地得罪过此君。多年前，曹操听说丁仪有才，打算把女儿嫁给他。曹丕心疼妹妹，便告诉父亲这人是独眼，妹妹嫁给他岂不委屈？没见过丁仪的曹操打消了念头，这个梁子当然结深了。

"子建若肯挺身而出，倒也不错。"曹丕又说。

"中郎将真的不想做太子？"这是当面，所以称中郎将。

"不想，太累。创业难，守成更难。"

"那就勉为其难。"

"再怎么努力，还能超过我父？"

"也许能，只要干一件大事。"

"何事?"曹丕警惕地问。

"代汉。"吴质轻声说。

"禁声!要夷三族的!"曹丕勃然变色。

"是吗?"吴质笑笑,"不过魏王代不代,也还难说。"

"越说越悖谬。"曹丕道,脸色却缓了过来。

"不做太子,也不做魏王,中郎将想要如何?"

吴质决定不再说那件事,改问曹丕的打算。

"择富庶可人之县封万户侯,颐养天年,最好。"

"三十一岁的人这样想,也太早了吧?"

"人生无常,仲宣的享年便只有四十一。"

吴质默然。他读过曹丕悼念王粲的诔文,也常听他说自己最难忘的是与朋友们郊游,飞鹰走狗,高谈阔论,浮甘瓜于清泉,沉朱李于寒水。只是此刻他们不可能知道,曹丕的寿数比王粲还少一年。

"那么,奈魏国何?"沉默良久,吴质又问。

"不是还有他们吗?我们兄弟,二十五个呢!"

曹丕笑了,笑得无奈,还有点凄凉。

"对啊,鄢陵侯也不错。"吴质故意说。

"他呀,喜为将,为将好。"听说提名曹彰,曹丕笑了,看着吴质直截了当地说,"不用试探。除了我,就是子建,没有别人。"

"他要成为魏王,丁仪必是重臣。"

听吴质这样说,曹丕变了脸色。

"其实这事由不得中郎将和临淄侯,全在魏王。"吴质说,"可惜魏王心思难猜。真心想要公推,为什么口谕密令,还要求举荐人密函报告?丁氏兄弟不算外戚,杨修闲置多年,怎么都起用了?"

"季重的意思是……"

"魏王缜密，此举绝非一时兴起。"

"那么，又该如之何？"

"不动声色，静观其变为好。或如贾文和所言，恢宏德度，自居寒素，朝夕孜孜，不违子道。若有缓急，问仲达。"吴质说。

"司马懿？为什么问他？"曹丕很不高兴。

"因为我要走了。"

"去哪？"

"元城令，朝歌长，魏王让我二选一。"

朝歌就是现在的河南省淇县，当时属河内郡。元城在河北省大名县东，当时属魏郡。元城大，长官叫县令；朝歌小，叫县长。但两县距离邺城的远近，倒是差不太多。曹操让吴质选，不知怎么想的。

"季重选的是……"

"小的，朝歌长。"

两个人不再说话，只听见窗外的蝉鸣。

五月鸣蜩，不过今年好像叫得早了点。

8

吴质调离邺城，等于砍了曹丕的臂膀，丁氏兄弟兴奋不已。无奈曹植打不起精神，游说魏国官员又个个讳莫如深。两人商量后决定去找崔琰。崔琰德高望重，如能支持他的侄女婿曹植，大事成矣。

不过他们也知道，崔琰清高，要有两手准备。

果然，到了崔宅门口，就被门房挡驾。

"尚书退无私交，有话请到尚书台说。"

"知道，知道，我们是丁夫人让来的。"丁仪说。

听他们这样说，门房只好回去禀告，崔琰也只好接见。他其实与丁夫人并无私交，甚至不认识。但是与曹操离异的女人，居然让族人来见，不见就说不过去。于是崔琰请丁氏兄弟进来，分宾主坐下。

当然，酒是没有的。那时又不兴喝茶，所以只有水。

"魏王家儿媳衣不锦绣，先生想必知道。"丁仪执弟子礼。

"是的，此风甚好。"崔琰说。

"所以丁夫人织了些布，请先生看样。"

听兄长这样说，丁廙将布样放在几上。

"夫人好手艺。听说当年魏王去接她，也正在织布。"

细节他也知道？兄弟两个高兴起来。二十年前，曹操一怒之下让丁夫人回了娘家。后来反悔，又去丁家见她。夫人坐在织布机前织布如故，连头也不回。曹操摸着她的背说：跟我回家，好不好？丁夫人不理睬。曹操退到门口又问：不能和好如初吗？丁夫人继续织布。

"没想到夫人还能纺织。"崔琰又说。

"仁者寿，身体好着呢！"丁仪说。

"如今尚念诸子，堪称高风亮节。"

"总是一份情义。"丁仪说。

"却不知与老夫何干？"崔琰问。

"先生是五官将的师傅啊！"丁仪说。

这个啊？十一年前的事。当时曹操征伐并州刺史高干，留二十岁的曹丕守邺城，以冀州别驾从事崔琰辅之。曹丕原本精力过剩，再加百无聊赖，常常出城打猎。结果，看不下去的崔琰写了封信，对曹丕进行名为规劝的训诫。这件事众所周知，也一直传为美谈。

"从小看到大，五官将可为储否？"丁仪说。

"怎么，不可以吗？"崔琰说。

"多少有点让人放心不下。"丁仪说。

"那么二位看，谁更合适？"崔琰问。

"临淄侯。"丁氏兄弟异口同声。

"为什么？"崔琰又问。

"天性仁孝，发于自然；聪明智达，无人可及。当今天下之贤才君子不问少长，都愿意与之交往而为之死。此实皇天钟福于魏。如能立为太子，可谓上应天命，下合人心，垂之于万世。"丁廙说。

"呵呵！天纵聪明？何据？"崔琰问。

"年十岁余，就博古通今，出口成章。"丁廙说。

"五官将善骑射、能作文时，只有八岁。"崔琰笑了。

"先生可还记得三年前魏王南征，留临淄侯守邺？"

见前面那个理由不能说服对方，丁仪又问。

"有什么讲究吗？"崔琰问。

"魏王对临淄侯说，我做顿丘县令，年二十三。现在回想，没有可以后悔的事。你今年也二十三，不该自勉乎！"丁仪道。

"做父亲的勉励儿子，也值得大惊小怪？"崔琰摇头。

"这种话，魏王没跟五官将说过。"丁廙仍不死心。

"那是因为用不着。何况，你们怎么知道就没说过？难道魏王跟儿子说的话，大家都得知道不成？"崔琰开始不耐烦，"二位光临寒舍究竟何意？绕来绕去又想说明什么？请直言相告！"

"愚意以为魏王瞩目临淄侯，请先生玉成。"丁仪道。

"魏王之意，岂可妄测？"崔琰勃然变色，"太子若已有属，何必要群臣举荐？天下贤才君子愿意为谁而死，不久便有分晓，岂劳二位费心？以只言片语和道听途说，来揣摩上意，是正人君子所为？"

"那么，先生举荐谁，可以说吗？"丁廙问。

"可以说。晋献公长幼颠倒，内乱不止；楚成王意欲废长，身败名裂。故《春秋》之义，立子以长，何况五官将仁孝聪明？"

"先生此言，可敢公开说？"丁仪故意问。

"当然，难道偷偷摸摸？"崔琰胡子都翘起来了。

9

丁氏兄弟去见崔琰，曹操当天就知道了。

晚上，他召来曹朗给自己洗脚。

其实，与吴质调离邺城同时，曹操还做了四个人事变动：调大汉虎贲中郎将曹朗为魏国羽林中郎将，掌禁卫军。调刺奸中郎将高柔任魏国大理寺卿，相当于汉的廷尉，管司法。调许县县令陈群任魏国的御史中丞，负责监察。又以满宠行奋威将军，助曹仁守荆州。

许都那边，基本上就只有郗虑。

魏王寝宫里，轻烟从香炉中飘出。曹操半躺在榻上，三十七岁的曹朗已经给他洗过脚，按过足底，此刻坐在旁边做腿部按摩。

"你母亲可好？"曹操问。

当然，这是在问丁夫人。

"身体越来越差，臣已经请了人照顾。"

"还织布？"曹操又问。

"两年前就已不能。"

哦！曹操笑笑，换了话题。

"知道百年之后，我最怕什么吗？"

"什么？"曹朗专注于按摩，随口答道。

"若死而有灵，子修问我，母亲何在。"

怕曹昂问丁夫人？曹朗眼圈红了。

"我将何辞以答，何辞以答啊！"

曹操忽然落泪。

"臣，没有见过子修兄长。"曹朗只好这样说。

"不是说，你像他吗？"曹操破涕为笑，"像他好。朗儿，你也是将军了，还做了父亲，知道为什么还要你来捶腿吗？"

"臣的手艺好。"曹朗笑了笑。

"还能好过干这行的？"曹操也笑，"是想跟你说说话。"

"殿下请讲！"

"这是在家里，不用拘礼。"

"是。但子桓他们……"

"他们不一样，跟我既是父子，也是君臣。有了君臣之义，往往就没了父子之情。你我当然也是君臣，但我只想把你当儿子。"

听曹操这样说，曹朗的眼泪快要掉下来。

"知道要选太子吗？"曹操问。

"听说了。"曹朗回答。

"太子是什么，知道吗？"

"先生们说，是国本。"

"没错。有了太子，他们就不会为了王位打起来，有本事现在就打给我看。将来的天下是什么样子，也全看选谁。所以要让群僚都来提名。可是，元让和子廉他们不能举荐。为什么呢？他们有兵。有兵的都不能掺和。张辽他们不行，曹家和夏侯家的就更不行。"

"难道是怕……"曹朗欲言又止。

"骨肉相残。那可就是国本未立而国已亡。"

听见这话，曹朗紧张得停下按摩，曹操也坐了起来。

"所以，你只能听，不能说，什么话都不要说。"

10

崔琰说话算话，第二天就送去了举荐函，而且不加密封，等于是发表公开信。尚书令徐奕接到后不敢怠慢，立即禀告曹操。

"露板？"曹操问。

"是。袋口敞着，没有封泥。"

"他怎么说？"

徐奕从没封口的布袋里抽出木简读道："盖闻《春秋》之义，立子以长。加五官将仁孝聪明，宜承正统。琰以死守之。"

"他说什么？以死守之？"曹操眯着眼睛。

"是。"徐奕回答。

"那就成全他。"曹操勃然变色。

"殿下，崔琰不能杀。"徐奕扑通跪下。

"为什么？"曹操语气阴冷。

"清河崔氏名门望族，崔琰自己清忠高亮，执掌相府选曹已十有余年。文武群才，多所明拔。朝廷归高，天下称平。更兼……"

"容貌壮伟，声音洪亮，一表人才。"曹操冷笑。

徐奕不知该如何回答，曹操却点了点头。

"看来是杀不得。"

"老臣请殿下收回成命！"

"那就髡！"

髡读如昆，是剃去头发的羞辱性刑罚。

徐奕大吃一惊，目瞪口呆。

"怎么，不行吗？"曹操问。

"士可杀，不可辱。"徐奕答。

"莫非要赐药？倒是可得全尸。"

"谢殿下不杀之恩！"徐奕赶紧磕头。

"行刑之后让他闭门思过，寡人那儿子用不着他以死守之。"曹操又回头看看书架上的木简，"想知道哪堆是举荐曹丕的吗？"

"不想知道。"徐奕自己站了起来。

11

崔琰的髡刑在大理寺执行。大理寺卿高柔将崔琰请到官寺，拱了拱手宣布："魏王口谕，尚书崔琰明知故犯，违抗王命，髡！"

"这样啊！"崔琰点了点头，"还要钳吗？"

钳，就是用铁圈束颈，往往与髡刑同施。

"并无此令。"高柔躬身。

崔琰坦然受刑。毛玠闻讯，赶到魏王宫。

"那你说，寡人的处置有何不妥？"曹操问。

"士可杀不可辱，此其一。不审而刑，此其二。"毛玠答。

"是吗？"曹操说，"看来你很是不满。"

"殿下以为，臣等应该欢呼雀跃吗？"

"那好，自己去大理寺吧！"曹操说。

257

毛玠转身就走，和洽接踵而来。

"又是来为崔琰喊冤的？"曹操问。

"也为毛玠。"和洽说。

"那你可知，毛玠诽谤寡人？"

"没听说过，不知何言。"

"天不下雨，就因为有人黥面。"

黥读如晴，就是用刀刺刻额颊，再涂上墨，也叫墨刑。

"殿下何以知之？"和洽问。

"有人举报。"

"何人举报？"

"那不能说。"

"这也未必是诽谤殿下。"

"是吗？"曹操觉得事情越来越有意思了。六年半以前，自己从谯县回许都，和洽与崔琰和毛玠到长亭郊迎，三个人互相攻击，吵得不亦乐乎，现在却互相救援，难道仅仅因为都是举荐曹丕的？

"毛玠指责寡人不审而刑。那好，你去与高柔同审。"

听曹操这样说，和洽立即来到大理寺。

高柔提审，却先问黥面。

"黥面之刑，是否古已有之？"

"是。"毛玠答。

"商周盛世，是否也有大旱？"

"有。"毛玠答。

"那么，天不下雨，与黥面何干？"

"无关。"毛玠答。

"那你为什么还要胡说八道？"

"却不知我说了什么？"毛玠反问。

"见黥面者，你说：使天不雨者盖此也。"

"这话又从哪里听来？"

"有人举报。"

"何人举报？"

"那不能说，但魏王要问。这些话已为人知，且上达圣听，肯定不会是你的自言自语。那么当时，你见到的黥面者有几个？这些人你都认识吗？怎么会见到他们，大发感慨？话是对谁说的，他听了以后又有什么应答？还有，这件事发生在哪月哪日，什么地方？"

"无可奉告。"毛玠说。

"为什么？"高柔问。

"子虚乌有之事，罪臣如何对答？"

因为是回答曹操的问题，所以毛玠自称罪臣。

"你是说，没有说过那些话？"高柔又问。

"没有，所以也谈不上什么时间、地点和谈话人。举报他人总要讲证据，臣请与举报人当面对质。若以不实之词而治臣罪，那么行刑之日就是送来安车驷马，赐剑之来有如重赏之惠。"毛玠回答。

"和侍中还有要问的吗？"高柔看着和洽。

"没有。"和洽转身就走。

听完报告，曹操笑了。

"阳士啊，看看，自讨没趣了吧？"曹操叫着和洽的字说，"寡人不审崔琰，也不审毛玠，就是怕审来审去的，有失体面。"

"不然。体面固然要紧，真相更重要。"和洽说，"如果毛玠确有诽谤之言，应该斩首弃市。如果没有，则应该追究举报人诬陷大臣和欺瞒君上的责任。如此不明不白，只怕朝野狐疑，人心波动。"

"那么依你之见，又当如何？"曹操问。

"让举报人与毛玠当面对质。"和洽说。

"算了吧，双方都要保全。"

"殿下如此处置，臣不服。"

"那你待要如何？"

"请辞。"和洽说。

"如你所愿。"曹操冷冷道。

12

"崔琰受刑，毛玠下狱，和洽罢官？"杨修惊问。

二十天前，杨修去了许都，回来便听到这些信息。

"是的，连黜两尚书一侍中。空缺出来的职位，刚刚下令由德祖和我们兄弟接任。不过，都只是任尚书。"丁仪面有得色地说。

"侍中缺员？"杨修问。

"魏国初建，本无定员。"丁廙说。

"元升以为呢？"杨修沉吟片刻，然后看着脂习。

"太傅他老人家没事吧？"脂习却问。

"小恙而已，还让我给大家带了些桃子。"杨修说。

"恐怕谁都会认为，魏王要立临淄侯了。"脂习叹了口气，"但依老夫看，崔琰得罪只因为露板。不管他举荐谁，下场恐怕一样。"

"不对吧？毛玠下狱后，魏王又给崔琰加钳。"丁廙说。

"雪上加霜？"杨修说。

"确实。"繁钦也叹了口气。

"知道了，我自有主张。"杨修点头。

送走那几位，杨修直奔崔琰家，只见五十五岁的崔琰果然被剃光了头发，脖子上锁着铁圈。杨修感慨万千，躬身长揖。

"公子胆量不小，竟敢来看罪人。"崔琰说。

"先生这里，不是一直门庭若市吗？再说罪与非罪，恐怕也只在魏王的一念之间。说不定，修明天就是阶下囚。"

"好！请坐！"崔琰说。

"多谢先生赐座！修来，只有两句话说。"

"请讲！"崔琰说。

"第一，修要举荐临淄侯。"

"好好！二呢？"

"跟先生一样，也露板。"

崔琰先是愣住，然后仰面大笑。见杨修躬身拱手告辞，便上前一步说："德祖，等一下！请你告诉老夫，今日观感如何？"

"先生这四尺之须，不亚于美髯公关羽。"

听杨修这样说，崔琰哈哈大笑。

13

杨修去见崔琰时，曹操召见了贾诩。

便殿里鸦雀无声，只有远处传来鼓瑟的声音。曹操看着坐在对面小榻上的贾诩，缓缓地说："寡人口谕，密令群僚举荐太子。大多数人都纷纷交来了密奏，文和的却为何姗姗来迟，今天才到？"

"老臣迟钝。"贾诩毕恭毕敬。

"哈！文和迟钝，谁又敏捷？"曹操笑。

"两位王子都敏捷。"贾诩依然恭敬。

"是吗？"曹操愣了一下，然后拿起封袋，从中抽出一片什么字都没有的木简，举了起来，变色问道，"所以就交来这个？"

贾诩仰面朝天，不回答问题。

"想什么呢？"曹操问。

"袁绍，还有刘表。"

废长立幼必败？曹操先是大笑，又突然翻脸。

"大胆！你敢妄测君心？"

"不敢！所以交的是白简。"

"其实，寡人很孤独。"曹操叹了口气。

"诚然！称孤道寡者必定如此。所以，老臣虽也封了侯，却从来也不称孤。不得慕虚名而处实祸，殿下这话说得很对。"

"寡人身不由己，文和却不必如此。"曹操也点点头。

"老臣谢殿下宽待！"贾诩俯下身子。

"看来，我真成孤家寡人了。"曹操突然落泪。

"殿下不必伤感。"贾诩抬起头来，"刚才只是遵人臣之礼。老臣谨言慎行，并非明哲保身，是降虏须知守本分。超然物外，也更可以不偏不倚为殿下谋。殿下既然垂问，老臣今天定当知无不言。"

"你说。"曹操的语气很温和。

"王粲葬礼，临淄侯念悼词，五官将学驴叫，有吗？"

"有。那又如何？"

"学驴叫的更像殿下。"

"是吗？"曹操忍不住自己笑起来，"还有吗？"

"吴质沉稳，司马懿隐忍。杨修轻佻，丁仪狂悖。"

"三条理由了，还有吗？"

"书架上两堆木简，哪堆是举荐五官将的？"

"文和说呢？"

"多的那堆。"

14

"你去看过崔琰了？"

魏王宫便殿里，坐在正中榻上的曹操直视杨修。刚才，刺奸官来报告了崔琰近况，尚书台则送来杨修的举荐函。曹操很清楚，四十三岁的杨修已耐不住寂寞。但又不能讲，为什么要这样对他。

"是。"听曹操问，杨修如实回答。

"他怎么样？"

"没了头发，有了铁圈，更显得胡须好看。"

"寡人让你做尚书，知道了吗？"曹操愣了一下，又问。

"臣谢殿下隆恩，不过做文学掾也很好。"杨修说。

曹操又愣了愣，然后拿起几上的木简："你举荐植儿？"

"临淄侯仁孝聪明，宜承正统，修以死守之。"

"完全是崔琰的措辞嘛，只是换了名字。"曹操冷笑。

"人虽不同，义则一之。"杨修说。

"为什么也要露板？"曹操举着木简。

"公推太子本是公义，为什么不能公开？"

曹操直视杨修。

杨修坦然面对。

"去吧！"曹操垂下眼帘。

"谢恩，臣这就去大理寺。"杨修躬身拱手。

"去什么大理寺，是让你去尚书台。"曹操哈哈大笑。见杨修愣在那里，曹操得意，"想不到是吗？我的心思，岂是猜得透的？"

杨修闻言立即跪下叩首，曹操则继续训话。

"没错，你是猜对过那么几次，让寡人很不喜欢。不过，原以为你只有小聪明，今天看来还有两根硬骨头。那就好好历练，天下迟早要交给你们。至于太子人选，寡人自有主张，不要胡思乱想！"

消息很快就传遍邺城。崔琰受刑，毛玠下狱，和洽罢官，杨修和丁氏兄弟填补空白，倒也罢了。杨修和崔琰都露板举荐，结局却天差地别，就不能不让人多想。尽管大家都知道，多想也无宜。

奇怪的是，曹操并不公布举荐结果，就像没有那回事。

邺城渐渐地变得安静，直到命案发生。

15

命案发生在九月。那天脂习来见曹操，回到家里后暴毙，死因是中毒。华佗赶到时还有一口气，留下遗言两个字——魏王。

笑话！寡人真想杀他，还用得着暗杀？

曹操作出判断：此事必与立储有关。于是他立即下令，将曹丕和曹植都送进大理寺关押，同时急报大汉天子和朝廷。刘协听了也大吃一惊，思考再三，决定派御史大夫郗虑和中常侍渠穆前往邺城。

想想也是。事关魏王，岂敢马虎？

可惜，大汉朝廷派得出的，也只有他们。

半个月后，郗虑和渠穆到达。

第二天，便在魏国大理寺正堂开庭审理。

门外，甲士林立，森严壁垒。

"魏王到！"郎中令袁涣高呼。

"踔！"众甲士齐声高喊。

车驾缓缓驶来。曹操下车，走了进去，只见郗虑和渠穆站在当中低台上，曹丕、曹植和官员们站在他们对面。曹操以魏王之尊，并不下拜或长揖，只是拱手说："天使辛苦！请问天子安否？"

"天子安。"郗虑和渠穆一起说。

"半个月前，名士脂习在见过寡人之后，突然在家中暴毙。此案牵涉到寡人，不能由魏国处置。天子下诏，简派大汉御史大夫郗虑和中常侍渠穆前来公开审理，将所有相关人等一并问话。"曹操向堂中的魏国官员宣布，然后转身看着两位特使，"天使请！"

"殿下地位崇高，我等不敢无礼，请殿下落座。"渠穆躬身。

"魏国是东道，寡人不敢居中，应该西向。"曹操说。

渠穆想了想，吩咐："来人，设王座于东。"

四个甲士抬来了魏王专用的大胡床，放在低台左边，曹操走过去坐下。郗虑与渠穆拱了拱手，然后在正中台上一左一右落座。

"郗公要臣先问。"渠穆说，"那么，请问魏国大理寺！"

"臣在。"高柔回答。

由于此案是天子过问，因此所有官员都自称臣。

"脂习暴毙，谁报的案？"渠穆问。

"他的书童。"高柔答。

"为什么是书童？"

"脂习并无家小，只有书童一人为伴。"

"为什么不报县寺，直接报到大理寺？"

"是神医华佗要求。"

"华佗先生何在？"

"已在堂外偏房。"

"传！"渠穆说。

袁涣听见这话，立即亲自去偏房请出华佗，陪着过来。站在大堂中间的官员赶紧让路，都躬身行礼。神医边走边还礼，一直走到曹丕和曹植之间，与兄弟俩互相拱手之后，向郗虑和渠穆长揖。

"草民参见天使。"又向曹操长揖，"参见殿下。"

"先生不必多礼。"曹操拱了拱手。

"奉旨查案，先生见谅！"郗虑说。

"天使尽管问来，草民知无不言。"华佗说。

"脂习暴毙，先生在场？"渠穆问。

"治病救人，医家本分，何况正好在附近。"

"正好在附近？"郗虑重复。

"是。"华佗说。

"记录在案。"郗虑吩咐。

台下一左一右两个坐着的书吏奋笔疾书。

"那么，先生见到脂习时，他是什么样子？"渠穆问。

"已经昏迷不醒。"华佗说，"草民将针扎进他的人中穴，他醒了过来，看着草民说，魏王。然后闭上眼睛，嘴角流血。"

此言一出，官员们交头接耳，曹丕和曹植面面相觑。

渠穆点头，然后看着高柔："所以直接报到了大理寺？"

"是。臣不敢擅作主张，又知会了尚书台。"高柔说。

"魏国尚书令，是这样吗？"渠穆问。

"是。臣与大理寺卿一起禀告了魏王。"徐奕说。

"请问魏王，知道脂习这话是什么意思吗？"渠穆又看曹操。

"不知。"曹操说，"但那天下午他确实来见过寡人。"

官员们又交头接耳，曹丕和曹植又面面相觑。

"魏王请他吃饭了？"渠穆问。

"没有。"曹操答。

"喝酒了？"

"没有。"

"吃点心了？"

"什么都没吃，什么都没喝。"

渠穆愣住，看看郗虑，郗虑便接着问高柔。

"脂习从王宫回到家里，路上可曾见过什么人？"

"这要问他的书童。"高柔说。

"书童何在？"郗虑又问。

"在堂外听候传讯。"高柔回答。

"传！"郗虑吩咐，又说，"神医年纪大了，设座，用胡床。"

"神医不是魏臣，"曹操说，"坐西席。"

这就是待以客礼了。华佗连声道谢之后，落座在曹操对面的小胡床上。脂习的书童很快也被带了进来，跪在特使的面前。

"你家主人回来以后，可曾用过酒饭？"郗虑问。

"没有。小人要为主人准备，主人说已经吃过。"书童回答。

"有没有说在哪吃的？"郗虑又问。

"说是回来的路上有人请客。"书童说。

"知道是谁吗？"

"小人不知。"

"在哪吃的？"

"也不知道。"

"那他是怎么说的？"

"就说有人请客。"

"没说别的？"

"有。"书童想了想，"我家主人回来以后坐到床上，跟我说腹中绞痛，要我去找找医家。小人出门，又听见一句话。"

"什么话？"郗虑问。

"笑面虎，白眼狼，谦谦君子须提防。"

堂上一片哗然，曹丕和曹植又面面相觑。

"肃静！"渠穆低声喝道，也不怒而威。

"这话是跟你说的？"郗虑看着书童。

"不！是自言自语。"书童回答。

"知道什么意思吗？"郗虑又问。

"小人不懂。"

"那你不会记错？"

"上官，小人是书童，这几句话……"

"还说别的了吗？"郗虑又问。

"没有。小人回来，主人已经昏迷。"

"你可以下去了。"郗虑说。

书童叩首，然后站起来离去。

"郗公，这话？"渠穆看着郗虑。

"无法判断。现在只知道，脂习从王宫出来以后，在回家的路上被人拦住吃了饭。但是，此人姓甚名谁，是何来历，高矮胖瘦，年龄大小，什么关系，一概不知，只能暂且称为某甲。"郗虑说。

听郗虑开始判案，大堂里鸦雀无声。

"那么，笑面虎，白眼狼，谦谦君子须提防，这话是脂习临终前的感慨甚至愤怒，还是在重复念叨某甲所言，有谁能够回答？"

所有人都不说话。

"如果是感慨愤怒，某甲一定看起来温文尔雅，弄不好脂习还曾有恩于他，这才毫无防备。然而如此合辙押韵，不像临终遗言，更像是某甲说的。问题是，某甲为什么要说这话？若是提醒脂习，为什么又下毒？他说的谦谦君子笑面虎，或者白眼狼，又会是谁呢？"

所有人又都不说话。

"不过可以肯定，此事与两位王子无关。五官将和临淄侯都不会跟脂习说这种话，当然也都不是什么谦谦君子。"郗虑说。

此言一出，官员们都窃笑，曹丕和曹植都苦笑。

"那么依郗公之见，这话又跟谁有关呢？"曹操问。

郗虑站了起来，走下低台，渠穆见状也跟着起身随行。郗虑走到曹操面前站定，看着他一字一句地说："当然是魏王。"

16

魏王？所有人都变了脸色，屏声静气。

"此话怎讲？难道寡人是谦谦君子？"曹操笑了。

"殿下不怒而威，何谦谦之有？"郗虑说。

官员们又都窃笑，曹丕和曹植也都苦笑。

"既然如此，那句话与寡人有何相干？"曹操问。

"如若无关，魏王为什么要回避？"郗虑反问。

"因为脂习临终前提到了寡人。"曹操说。

"那好，某甲又为什么又杀害脂习？"郗虑问。见所有人都沉默不语，便又看着众人问："此间可有脂习生前友好？"

"我等都是。"杨修、繁钦、丁仪、丁廙出列。

"脂习可曾与人结仇？"郗虑问。

"没有。"杨修说。

"没有。"丁仪说。

"没有。"繁钦说。

"没有。"丁廙说。

"其他人呢？有知道的吗？"郗虑又问。

"臣也查过，元升先生为人厚道，并无仇家。"高柔说。

"不对！有。"郗虑说，"魏王，还有我，因为杀了孔融。"

"郗公，账不是这么算的。"高柔摇头，"孔融伏法后，脂习抗命抚尸而哭，并未受到追究啊！何况仇家若是魏王，那就该……"

"就该魏王被弑，是吗？"郗虑冷冷道。

"这话怎么能讲？"高柔吓得脸色惨白。

"代天子审案，有什么不能讲的？"郗虑说。

高柔看了看曹操，曹操却饶有兴致。

"怎么不能讲？继续！"

"脂习势单力薄，当然无法对魏王下手。要为孔融报仇，也只有一个办法，就是让魏王背负骂名。"郗虑先对众人说，再转过脸来看着曹操，"请问魏王，那天是殿下召见脂习，还是他自己求见？"

"寡人并未召他。"曹操说。

"在许都时，脂习曾任何职？"郗虑又问高柔。

"太医令。"高柔说。

"是个懂医的。"郗虑点了点头。

"你是说，脂习自杀？"渠穆吓了一跳。

"不可能吗？"郗虑反问。

"信口开河。"杨修忍不住了。

"谁在这么说话？"郗虑故意装糊涂，冷冷问道。

"臣杨修。冲撞天使，罪在不赦。"杨修躬身，"不过，御史大夫既然代天子审案，则公堂之上人皆可言。是这个理吧？"

"当然。"郗虑说。

"请问上官这样说，有证据吗？"杨修问。

"没有。"郗虑说，"但，脂习跟人吃饭，又有证人吗？"见杨修哑口无言，他又说："所以并非没有可能，可能而已。"

"不对，如果是自杀，为什么又请医家？"杨修说。

"因为要当着别人的面说出'魏王'二字，让他做证。"

"他怎么想得到，神医正好就在附近？"杨修问。

"所以此事也十分可疑。"郗虑说。

"如此说来，草民也是嫌犯。"华佗站了起来。

"真相大白之前，人皆可疑。"郗虑笑笑。

"那么，请将草民关押。"华佗说。

"现在不必，但不得离开邺城。"郗虑说。

"先生还是坐下吧，这个案子有趣得很呢！"曹操说。

"不过脂习用自杀来栽赃，几无可能。"郗虑说，"首先，要败坏魏王名声，办法多的是，犯不着搭上自家性命。其次，如此阴险狠毒完全不像脂习为人。第三，刚好在弥留之际让医家听到遗言，根本就无法做到，除非神医和书童都在说谎，甚至串通作案。"

曹操看看坐在对面的华佗。

华佗坦然地端坐不动。

"因此我不信脂习自杀，有人信吗？"郗虑说。

没有人说话，只有人摇头。

"现在基本可以断定，某甲确有其人，是他杀了脂习。但是请问诸位，那句没头没脑莫名其妙的话，究竟是谁说的？"

大堂里鸦雀无声，所有人都等着郗虑自己回答。

"吃饭时，脂习对某甲说的。"

"笑面虎，白眼狼……"杨修猛醒，"是某甲？"

"对，指的就是他。"郗虑说。

"那么，脂习为什么要这样说他？"

"也只能猜测。"郗虑说，"脂习从王宫出来，路遇某甲。某甲与脂习或许认识，或许素不相识，但这没有关系。既云谦谦君子，想必儒生模样。只要说些仰慕已久之类，脂习便会与他同去酒肆。"

"那倒是。"杨修点头。

"进去以后，先是甜言蜜语。酒过三巡，开始诽谤魏王。魏王对某甲应该有恩，因此脂习听完勃然大怒，指着他说，你岂能如此不识好歹，恩将仇报？哼哼！笑面虎，白眼狼，谦谦君子须提防。"

"这样啊？"杨修沉吟。

"只是他没想到某甲会下毒。回家后腹中绞痛，才发现此人实在阴狠，自然而然又将那话说了一遍。这是对自己判断的确认。对华佗先生说的那两个字，则是希望神医能够提醒魏王。"郗虑说。

"如此说来，脂习应该知道某甲是谁。"杨修说。

"当然。即便以前不认识，也应该自报家门。只不过，我们无法判断他报的是不是真实姓名。所以呢，公子也不得离开邺城。"

"为什么？"杨修惊问。

"目前还没有发现与脂习过从甚密的其他人。"

"我请他吃饭，用得着去酒肆？"杨修哭笑不得。

"如果去了府上，岂非告诉大家谁是凶手？"郗虑笑笑。

"这怎么可能？"杨修沮丧之极。

"许下七子，孔融伏法，路粹反目，其余五人迁到了邺城，仍然经常聚会吧？"郗虑继续问，"脂习对魏王可有诽谤之词？"

"没有。"杨修说。

"没有。"丁仪说。

"没有。"繁钦说。

"没有。"丁廙说。

"我也认为没有，所以脂习才会怒斥某甲。"郗虑说，"看来这是个神秘人物，也是关键人物。一天找不到他，就一天破不了案，结不了局。所以，还要请魏国大理寺竭尽全力，设法彻查。"

"敢问如何查？郗公可有对策？"高柔问。

"到市中酒肆挨家挨户查。先看看可有酒保记得，半个月前脂习曾到他家与人共饮，再问那人是何模样，或许能够找到。"

"如果没有酒保记得呢？"

"不问，怎么知道？"

"遵命！"高柔说，"两位王子又当如何？"

"他们在狱中都说了什么？"郗虑问。

"出狱时，阳光刺眼。五官将说，没想到太阳这么大。临淄侯跟了句，兄长说的是。半个月来，只说过这两句话。"高柔回答。

"可见关押也无用。放他们回家吧，禁足即可。"郗虑说。

说完，他又看渠穆："常侍以为呢？"

"郗公处置得当，敢不惟命是从。"渠穆说。

"请魏王示下！"郗虑又看曹操。

"当然是照郗公所说的办，寡人可以回宫了。"

说完，曹操站起身来。

袁涣见状，立即高呼："魏王出！"

门外，众甲士也齐声高喊："警！"

17

"臣虑参见殿下！"

魏王宫便殿里，郗虑跪倒在地，恭行大礼。

"多礼了，快快请起。"

曹操轻轻抬了抬手，语气平淡。

不用叫你郗公吧？曹操想。

郗虑却俯着身子不动，突然哭了起来。

"鸿豫？"曹操大感意外，直起身子。

"太难了！实在太难了！"郗虑边说边哭。

怎么回事？郗虑追随曹操，将近二十八年，一贯铁石心肠，从没见他哭过。今天这样，必有天大的难言之隐。曹操立即起身，走过去将郗虑扶起来，又搂着他往榻边走："鸿豫不哭，慢慢说。"

两个人在榻边坐下，曹操又摸着郗虑的背说："好了，好了。"

"臣不敢当！"郗虑猛醒，站了起来。

"有何不可？孙权与鲁肃还合榻对饮呢，上来坐。"

说完，曹操上榻，西向而坐。

"恭敬不如从命。"郗虑笑了笑，也上榻，东向而坐。

"说吧，有什么大不了的？难道天会塌下来？"

"毒杀脂习，意在魏王，是假象。"郗虑看着曹操。

"假象？"曹操愣了一下，"真相是什么？"

"也可能意在五官将。"

"为什么？"

"崔琰受刑，毛玠下狱，和洽罢官，杨修和丁氏兄弟升职，位居台阁，谁不认为在加强临淄侯的力量？更何况，崔琰露板，杨修同样也露板，结局却有天壤之别。五官将那边，会怎么想？"

"所以，他就杀了脂习？"曹操问。

"有人会这么想。毕竟，死者是杨修和丁氏兄弟之友。"

"鸿豫耳目甚多，可知脂习对于立储是什么态度？"

"据臣所知，是主张不掺和。"

"寡人听到的同样如此。那么，杀脂习何益？"

"也许，狗急跳墙，利令智昏。"

"不会。"曹操连连摇头，"你来之前，就在刚才，我特地召见了贾文和，问他是否为丕儿出谋划策。文和说，只有一句话——愿将军恢宏德度，自居寒素，朝夕孜孜，不违子道，如此而已。"

"像他的话。"郗虑笑笑，又问，"五官将听进去了？"

"据说深以为然。文和还说，立储以嫡，立嫡以长，太子本该就是他，最多内心忐忑而已。所以，毒杀脂习断非五官将所为。"

"是，他犯不着。"郗虑说。

"那你说毒杀脂习，也可能意在五官将，何意？"

"构陷。削弱临淄侯，该杀的是杨修，为什么杀脂习？因为脂习与殿下有隙。脂习不明不白地死了，人们首先想到的就是殿下。当年宽宏大度，其实耿耿于怀。曹阿瞒嘛，心胸狭窄，睚眦必报。"

还有这话？曹操瞪着眼睛看郗虑。

"请恕臣不恭！"郗虑叩首。

"无碍，但说无妨。现在能这样直言的，也就是你了。"曹操叹了口气，又问，"这不是诬陷寡人吗？怎么是构陷丕儿呢？"

"刚才所说，只是人们的第一反应。但是想想不对啊！殿下要杀脂习，还用得着暗杀？肯定是栽赃。栽赃的是谁，那就要看脂习死了对谁有好处。脂习主张不掺和立储之争，大多数人可不知道。"

"丕儿栽赃寡人？他不会。"曹操摇头。

"当然。但只要有人这么想，再私下传开来，麻烦就大了。如此不忠不孝，大逆不道，还能够做太子？简直死有余辜。何况就算不能坐实，构陷的目的也就达到。很简单，殿下心里起疑就行。"

"你怀疑植儿？"曹操惊问。

"也可能是杨修。"郗虑说。

"不会。像他那样耍小聪明抖机灵的，没这么阴毒。"

"那就是丁仪，他对五官将恨之入骨。"

可能吗？曹操沉吟不语。

"看来，某甲的第三个目的可望达到。"郗虑点点头。

"还有三？"曹操疑惑地看着郗虑。

"构陷临淄侯。"郗虑一字一句说出答案。

"连环计？"曹操猛醒。

"殿下早有警觉吧？否则何必将两位王子都关押起来？不过依臣之见，某甲不会再有动作。过犹不及，他可不想冒风险。当然，两位王子继续关在里面，就更不会动作。不能被他牵着鼻子走。"

"且慢！华佗正好听见脂习的遗言，怎么做到的？"

"某甲的运气而已。"郗虑笑笑。

"不对吧，鸿豫！连环计，靠运气？"

"其实，只要脂习死在见过殿下之后，殿下就被怀疑，这就可以栽赃殿下。接下来，构陷五官将，构陷临淄侯，也都顺理成章，起码能让我们疑神疑鬼不已。就算都不能得逞，散布民谣总行。"

"什么民谣？怎么说？"

"尊魏王，敬魏王，见了魏王就断肠。"

"把他给我找出来！"曹操咬牙切齿。

"多半找不到。"郗虑说，"臣甚至怀疑，脂习就不认识他。不过此人想必是文士模样，衣着简朴，且谈吐不俗，声称有诗文想请先生点评。又说寒舍离此不远，备有薄酒两樽，脂习可不就去了？"

"以脂习的为人，倒是可能。"曹操点头。

"这只是臣的想象，完全没有证据。何况请脂习吃饭的，也未必就是某甲，也可能是某乙，奉命行凶而已。某甲能够设连环计，十有八九不会亲自动手，尽管派去的也非等闲之辈。或许，不如不查。"

"鸿豫不是让高柔去查了吗？"

"公堂之上也只能这么说。当真要查，唯有漫天撒网，魏国朝野必将震动。所以，臣已私下告诉高柔，虚张声势即可，且看某甲如何动作。一动不如一静，解铃还须系铃人，但请殿下留意即可。"

"鸿豫所言甚是，寡人知道了。"

"只是，能有如此心机的，臣还真没印象。"

难道是他？曹操忽然若有所思，发愣。

"殿下？"郗虑说。

"不说某甲了。倒是太子，鸿豫举荐谁。"

"要说治国平天下，临淄侯显然不如五官将，只是……"

"只是什么？"

"臣投奔殿下，矢志不渝，是有原因的。"

"这我知道。但跟谁做太子，关系何在？"

"临淄侯和杨修，都主张唯才是举。拥戴五官将的，却多为世家大族。他要做了魏王，臣那个让底层士子也有出头之日的梦想，只怕永难成真，殿下的纲纪说不定也会改变。只是临淄侯赤子之心，诗家做派，哪里镇得住朝廷和四方？所以，臣、臣不知如何是好。"

说完，郗虑又哭了起来。

这个两难，我何尝不知？曹操想。他甚至打算告诉郗虑，未来的走向不但由不得你，也由不得我。个人的力量再强大，也挡不住大势所趋。曹操想想又忍住没说，只是从怀里掏出手绢递给郗虑，看着他擦干眼泪，叹了口气说："鸿豫，寡人也想哭，可是跟谁哭去？"

18

郗虑回许都去了，曹操把他送到长亭。回到王宫，曹操自己动手从书架上取下那些简牍，摊开在巨大的几上，两摊的上方都是孤零零的露板函：崔琰举荐曹丕，杨修举荐曹植，都说以死守之。

以死守之？那你们就去守！先髡而后钳，看来还不够。

曹操愤怒地将木简扫到了地上，又用脚去踩。踩着踩着，又弯下腰去一片片捡起来。捡到御史中丞陈群的举荐函时，忽然想起曹丕曾告诉自己，陈群创建了九品官人之法。大体上说，就是由判断力强的朝廷官员兼任州郡中正官，按照家世门第和道德才能，对同籍的士人进行评级，将他们分为三等九品，再根据品级来授予官职。

上上品的，任上上之职；下下品的，为下下之吏。

毫无疑问，这是人事制度的改革。

平心而论，陈群的九品官人法兼顾了门第和德才。但是，德才的高下并无客观标准，门第却是硬邦邦的。长此以往，仕途必定被世家大族垄断。还有，治世之能臣，乱世之奸雄，又该做什么官？

难怪郗虑内心焦灸。他哭，也并非因为案情。

再看举荐曹植的，又在干什么？丁仪上书，说去年五月曹操晋升王爵，杨训上表称赞功伐，褒述盛德，被人讥讽为趋炎附势。崔琰要来文章看完后说：省表，事佳耳！时乎时乎，会当有变时。

丁仪认为，这证明崔琰有不臣之心，应予追究。

是吗？曹操摸摸鼻子，打了个喷嚏。

结果他自己都被惊到了：多久不曾如此？

难道寡人一生英武，竟要受制于小儿？

第二天，曹操召来曹丕、曹植和丁仪，三个人都站着。

"你说崔琰有不臣之心，何据？"曹操问。

"事佳即是事佳，何必说耳？"丁仪回答。

耳，是古汉语的语气词，有"罢了"的意思。

事佳耳，翻译过来就是：事情做得不错，还算可以嘛！

"如你所言，耳非佳词，也不过非佳词而已。"曹操说。

"时乎时乎，会当有变时。他要怎么变，何时变？"

"你说呢？"曹操看着丁仪。

"太子即位魏王之时。"

"大胆！你敢妄言国本！"曹操变色。

"不敢！"丁仪跪下，"臣这就去大理寺。"

"回家闭门思过可也！"曹操说。

丁仪叩首，站起来倒退着出去。

"回来！"曹操又说。

听到命令，丁仪止步。

"去年的事，为什么现在又说？"曹操问。

"崔琰是否认罪服法，想必已有刺奸官禀告。"

"去吧！"曹操说。

丁仪长揖，然后退出。

"你们看呢？"丁仪走后，曹操问儿子。

"臣以为，崔琰并无不逊之意。事佳耳，说的是杨训，杨训之文也原本不过尔尔。会当有变时，则是在安慰杨训，告诉他随着时间的推移，人们的看法也会变，不必过虑。"曹植抢先回答。

"那你说呢？"曹操又问曹丕。

"子建所言甚是。"

"都这么说？这样也好。"曹操阴冷着脸，"崔琰服刑期间，居然广接宾客，门庭若市，神情傲然，实属目无王法，着即赐死。杨修本袁术之甥，且负罪在身，居然怙恶不悛，惹是生非，当问他活在世间无愧否！崔琰自尽，由中郎将监刑。杨修那边，临淄侯去说！"

19

曹丕披甲持剑带着卫士走进崔宅，只见崔琰光着头，脖子上锁着铁圈，站在厅堂中间。曹丕想起司马懿曾经跟自己说：髡钳并无皮肉之痛苦，其意在于羞辱。以崔琰之清高，必定不肯自甘其辱。他得罪魏王也绝非因为举荐不当，所以此事未了，他也难逃一死。

却没想到，来得这么快，这么不可思议。

还有，崔琰傲然，又关杨修什么事？

杨修是去看望过崔琰，但这样的人多了去。再说当时，杨修也没进大理寺，反倒进了尚书台，哪有现在又来算账的道理？很显然另有原因。不过抗命是没用的，保全也难，尽可能留住体面吧！

"你们先退下。"曹丕对卫士们说。

"不用，老夫没有什么不可告人的。"

"魏王问，崔琰可知罪？"曹丕只好开始。

"不知。请转告，琰服法，却不知何罪之有？"

"蔑视魏王，妄言国本。"

"何据？"

"省表，事佳耳，岂非蔑视魏王？"

"魏王认为是吗？"

"时乎时乎，会当有变时，何意？"

"无意。"

"有人指控，意在太子即位时。"

"那该去问他。"

"先生就不为自己辩解吗？"曹丕轻声说。

"不辩。"

"为什么？"

"用不着。"

这就没有办法了。什么叫用不着？是不屑于吧？曹丕长长地叹了口气，环顾左右，然后看了看身上的甲，又看看手中的剑。

"老夫愚钝，没想到魏王意已至此。"崔琰点点头。

"魏王说，先髡后钳，也算打过招呼。"曹丕苦笑。

"五官将戎装到此，老夫便该明白。"

"先生推方直道，正色于朝，丕一向敬佩。"曹丕低下头去。

"五官将好自为之，多加保重！"崔琰淡然一笑，"九品官人之法也有老夫心血，只可惜看不到推行于天下，但选官不可大意。"

"清河崔氏定当后继有人，光耀门楣。"曹丕抬起头来。

"委曲求全，义无再辱。东西带来了？"崔琰笑笑。

曹丕从怀里掏出陶瓶，崔琰接了过去："铁圈可以去掉吗？"

"开锁！"曹丕命令卫士。

卫士走了过去，将钥匙捅进崔琰脖子上的铁圈。

"德祖今天也会被……"曹丕又说。

"也是五官将去吗？"崔琰问。

"不，子建。"

"他啊？下不了手。所以，也当不了太子。"

卫士将铁圈取下。

崔琰举起陶瓶。

曹丕转过身去。

20

杨修见到父亲，两人都有恍如隔世之感。那天，曹植奉命去杨修家问他活在世间无愧否，传达完这句话便要酒喝，最后自己醉得不省人事。曹操没有等来曹植，杨修却进了王宫。曹操哭笑不得，竟改变主意让杨修去许都，协助郗虑查明编造民谣者，务必找出贼人。

"难道又有民谣？"杨彪问。

"有。"杨修说。

"是什么？"

"尊魏王，敬魏王，见了魏王就断肠。"

"不会吧？"杨彪迟疑。

"也许有，也许没有。"

"因脂习而起？编造者应该在邺城。"

"魏王是听郗虑说的，郗虑是从许都去的。"

"此人的话，可信吗？"

"不可信。他说蒋干是左慈，就不可信。"

"看来魏王也不信，这才要再查。可惜谈何容易。"杨彪的神情有点恍惚，"虽然如此，能回家就好。邺城能不去，就不去。"

"查明案情之后，不还得回去复命吗？"

"让那个郗虑去查吧，你不必太认真。"

"莫非此案与……"杨修顿起警觉。

"曹孟德做司空的时候，你就是文学掾。后来他做了丞相，又封魏公，又称魏王，你还是文学掾，知道为什么吗？"杨彪说。

"不知，也不解。"杨修说。

"是我求情。朝外明争，朝中暗斗，不想你卷进去。"

"方今英雄辈出，难道要儿子庸碌一生？"

杨修完全没想到父亲竟会向曹操求情，不让自己承担重任。

"乘势而起于乱世的不是枭雄，就是奸雄。你不是。"杨彪说。

"天地化生万物，各有其姿，各有其运，也各有其位，或如崇山峻岭，或如清风朗月，或如泥沙粪土，无非时势使然。我们杨家到了父亲已是四世三公，儿子纵不能声著千载，也不想自甘凡愚。"

"好吧，那你待要如何？"杨彪说。

"尽力辅佐子建。"

"为什么？就因为他是你的朋友？"

"不，因为他不会代汉。"杨修说。

杨彪一声长叹，道："你的事我管不了，嚣儿交给我。"

当然。杨修的儿子杨嚣，后来在晋武帝时任典军将军。

21

二十七年前，杨修就认识郗虑了，在韩馥的邺城。那时杨修只有十六岁，郗虑二十三。现在，四十三岁的杨修只是魏国尚书，郗虑却在九年前就成为大汉的御史大夫，可以称公，当时才四十一岁。

人跟人，真是比不得。

不过此刻，杨修是魏王特使。两人十八年前一起查过董承，又都赞成唯才是举。郗虑便不打官腔，以字相称。

"德祖受命之时，魏王如何交代？"郗虑问。

"找出那人后，新账旧账一起算。"杨修回答。

"旧账是什么？"郗虑问。

"小麦青青大麦枯，一朝天子两朝都。"

"不往前倒查？"

"这个近，何妨先从这里下手？再说与'尊魏王，敬魏王，见了魏王就断肠'那两句，手法如出一辙。"杨修回答。

"依我看，跟'中山狼，笑面虎，刘备要做汉高祖'更像。"

确实。杨修点头。但他只是笑笑，并不问郗虑怀疑谁。郗虑当然也不说，而是告诉对方：这民谣许都和邺城都有传，也都在酒肆之类人多嘴杂的地方，很难判断谁先谁后，应该两地同时调查。

"魏王已经安排了高柔，但高柔不肯。"杨修说。

"为什么？谋杀和造谣是同一人，或者同一伙啊！"

"高柔说，大理寺只管命案，不管传言，查传言得靠刺奸。他还上书魏王，请求裁撤刺奸官和校事吏，以免小人擅作威福。"

校事，是曹操用来监察群臣微小过失的吏员。

"他之所指，是卢洪、赵达等吧？"郗虑问。

"正是。高柔指控他们是小人。"

"当然。正人君子干得了那些事？"

那你算什么？杨修差点脱口而出。

"魏王怎么说？"郗虑好像没有看见杨修的表情。

"没有批复。"杨修回答。

"好吧，我们查我们的，德祖有何见教？"

"不敢！修以为，其实得从建安十五年开始。"

"金铜瓦，红泥墙。负心汉，命不长？"

"还有：武不武，知民苦。像不像，得民望。"

"嗯。"郗虑点头。

"建安十五年是主动出击，意在夺取魏王的相权和兵权。没想到魏王举重若轻，一纸教令就让对方希望落空。因此到了十七年，要想阻止封公建国已是有心无力，只能拿刘备和孙权造无稽之谈。"

"那么五年之后，为什么民谣再起？"郗虑问。

"魏王设天子旌旗，出入称警跸，距离代汉只有一步之遥。"

"怎么，怀疑魏王代汉？"郗虑问。

"不会吗？"杨修反问。

"绝无可能，魏王答应过文若。"

"那就用不着再查。"

"不，疑心即腹诽，何况造谣？接着说！"

"小麦青青大麦枯，一朝天子两朝都，正是承接前面而来。可见散布这些流言蜚语的，必为魏王之敌，且在暗中。躲在暗中，是因为不敢公开对抗，又心有不甘，这才弄些个风言风语，只是……"

"去年四月蒋干就死了，年底何来民谣？除非……"

"除非什么？"杨修紧张起来。

"有人见样学样。"郗虑说。

"那么，此人必在许都。"

"德祖应该知道，现在大汉朝廷还有些什么人。行太常事大司农王邑，宗正刘艾，少府耿纪，司直韦晃等。汉臣已所剩无几，难道都要传讯？但，外有孙权、刘备，内有鬼鬼祟祟，又岂能不查？"

看着郗虑眉宇间的忧郁，杨修突然觉得读懂了他。

"明公，能不能传而不讯？"

"看看都有谁坐不住？"郗虑反问。

"也要给人自首的机会。"

22

"传讯诸卿百官？"刘协惊问。

"是。但传而不讯，只是留宿御史大夫府。"渠穆答。

"那个曹操，他还不满足？还要什么？"

"他的王冠上只有九旒，天子十二旒。"

旒，就是垂在冕前后的珠串。

"朕要是不给呢？"

"那就会查到陛下这里来。"

"查就查！没听说过丞相查天子的。"

"废天子却不乏先例，前有霍光，后有董卓。"见刘协不语，渠穆又说，"十个郡都封了，还在乎三根珠串？"

"不是在乎，是不能得寸进尺。"

"陛下想必也知道，曹操真要代汉，不差三根珠串。何妨将天子仪仗悉数给他，且看他敢不敢冒天下之大不韪，背千古骂名。"

"之后呢？"

"熬！曹操六十三了，陛下来日方长。"

"传讯之事，又当如何？"

"臣去料理。"

23

"常侍驾临，可是天子有旨意？"

御史大夫府里，郗虑问渠穆。

"天子以为，魏王的冕应该再加三旒。"渠穆说。

"多谢告知，但臣不敢替魏王谢恩。"郗虑说。

"那是当然。"渠穆说，"不过留宿府中的，可以回家了吧？"

"抱歉，尚不明白这两件事有什么关系？"郗虑说。

"没关系，没关系，是不必再查。十五年和十七年的民谣，是我与左慈，也就是蒋干合谋。去年年底那个，是我乱编。"渠穆说。

"尊魏王，敬魏王，见了魏王就断肠。这个呢？"郗虑问。

"也是。啊，都是。"渠穆说。

"都是？"杨修惊问。

"也不。中山狼，笑面虎，刘备要做汉高祖。不是。"

"常侍可不能戏言。"郗虑说。

"当然。"渠穆从怀里掏出帛书，"有亲笔供状在此。"

"此事非同小可，只好请常侍留宿府中。"郗虑说。

"不必！供状已经说得清清楚楚，别无可言。"说完，渠穆从怀里掏出陶瓶，看着郗虑和杨修说，"可以吗？"

杨修大惊失色，冲了过去抓住渠穆的手。

"放开！"郗虑断喝。杨修的力气本不如渠穆，也只好松手。郗虑拱手说道："常侍的忠诚，郗虑敬佩！"说完拜倒在地。

见郗虑如此，杨修也跪了下来。

24

建安二十二年十月，汉帝诏魏王冕十二旒，乘六马金根车，并设代表五方和五时的五色副车，以五官中郎将曹丕为王太子。

至此，曹操与天子之别，只差一个皇帝的称号。

第二十五章

最后时光

建安二十四年
己亥　猪
曹操六十五岁

建安二十五年
庚子　鼠
曹操六十六岁

1

曹操把华佗杀了，罪名是私通关羽。

这是建安二十四年十月，曹丕成为王太子两年后，事情却跟关羽有关。当年三月，六十五岁的魏王亲自率军，从长安出斜谷至汉中与刘备决战，无功而返。七月，马超领衔，诸葛亮等人联名劝进，刘备在汉中沔阳称王，拜关羽为前将军。关羽大为振奋，留南郡太守糜芳守江陵，将军士仁守公安，亲率主力北上攻樊城，水淹左将军于禁的七军，威震华夏。郡县闻讯，或降或反，天下大势为之一变。

天子震惊，派郗虑问计于丞相。

驻军洛阳的曹操，也立即召开军事会议。

"已叛诸县，危害最大的是陆浑、梁县、郏县。"郗虑说。

"郏县之东是颍阳和颍阴，然后就是许都。"

六十四岁的丞相长史董昭附议。

"樊城情况如何？"曹操问。

"兵马只有数千，没被淹没的城墙只剩几尺。"董昭回答。

"殿下，平寇将军徐晃屯兵宛城，可以救援。"赵俨说。

赵俨字伯然，魏国议郎，四十九岁。

"正有此意。伯然，你去传令，然后随徐晃军去樊城。"

"遵旨！"赵俨说。

"天子那边，又当如何？"郗虑问。

"诸位看呢？"曹操说。

"臣请迁都。"杨修回答。

"迁都？迁到哪里？"蒋济问。

蒋济字子通，丞相主簿，三十二岁。

"邺城。"杨修回答。

"岂有此理！邺城是魏都，难道要天子屈就？"贾逵说。

贾逵字梁道，谏议大夫，四十六岁。

"不是屈就，是尊奉，更是正名。"杨修说。

"正名？什么意思？"贾逵问。

"请问诸位，为什么这三县反了？因为陆浑和梁县属弘农，郏县属颍川，都不属魏国。魏都在邺，汉都在许。一朝天子两朝都，这才给了刘备称王的口实。因此臣以为，不如因势利导，移驾邺城，两都合一。这样，不但可避关羽锋芒，某些流言蜚语也不攻自破。"

听杨修这样说，殿堂里鸦雀无声。

曹操盯着杨修，突然抱头大叫。

华佗正好在洛阳，立即被请来为曹操治疗，又进行调理，没想到三天以后却被杀。当时，董昭等人正守候在门外，听见叫声立即冲进寝宫，只见华佗浑身是血倒在地上，曹操手里的剑在滴血。

"华佗私通关羽，要谋杀寡人，被我杀了。"

董昭吓了一跳，结结巴巴问："敢、敢、敢、敢问殿下，华、华佗什、什、什么时候私、私、私通关、关、关羽的？"

"刮骨疗伤的时候。"曹操瞪着眼睛。

怎么可能？那是十九年前的事。

杨修脸色惨白，一言不发。

郗虑面无表情，眼含泪花。

其他人目瞪口呆，又面面相觑。

"华佗虽是刺客，更是神医，活人无数，厚葬。"曹操说。

"遵、遵、遵旨！"董昭回答。

"你们去安排葬礼，叫司马懿来见寡人！"

董昭不敢怠慢，立即去见华佗的徒弟、太医令吉本。

司马懿也很快就进了行宫。

2

"尊公近来可好？"曹操和蔼可亲地问。

"多谢殿下关心，家父还好。"司马懿恭恭敬敬回答。

"寡人二十岁举孝廉，出任洛阳北部尉，就是尊公举荐的。后来做了魏王，在邺城请他老人家吃饭，问他看看，寡人现在还可以再做洛阳北部尉吗？你知道尊公怎么回答？"曹操更加笑容可掬。

"臣愚钝，猜不出。"司马懿说。

曹操放声大笑，笑得司马懿心里发怵。

"尊公说，那时候做县尉正合适，哈哈哈哈！"

"这个，家父恃旧不虔。"司马懿赔着小心。

"恃旧有何不可？也未必不虔。"

曹操笑得很灿烂，司马懿却分明感到了他身上的杀气。

293

"中山狼，笑面虎，刘备要做汉高祖。是你编的吧？"

果然，曹操脸色一变，突然问道。

"臣、臣自作聪明。"司马懿扑通跪下。

"起来，他不是自称汉中王了吗？被你说中了嘛！"

司马懿小心翼翼地站了起来。

"寡人打算亲率兵去樊城，你看怎么样？"

当真是征求意见？司马懿想了想，决定实话实说。

"樊城守将，有征南将军曹仁，汝南太守满宠；援军有平寇将军徐晃，议郎赵俨，殿下认为他们足以料事吗？"司马懿问。

"那是当然。"曹操说。

"怕他们不肯尽心尽力？"

"怎么会。"

"既然如此，又何必亲往？曹仁等身处重围而死守不贰，就因为殿下远为之势。人都是这样，居万死之地，必有求生之心。如果内怀死争，而外有强援，依臣陋见，曹仁和徐晃必能自解。"

"你让寡人见死不救？"

"置于死地而后生。"

沉默良久，曹操又问："三县俱反，要迁都避其锋芒吗？"

"几个毛贼而已，哪有锋芒？关羽自顾不暇，又岂能东进？臣请大王以亲征为名出兵郏县，驻扎在那里。一方面平定当地叛乱，震慑梁县和陆浑反贼，声援樊城。另方面拱卫许都，坐等关羽败亡。"

"移圣驾于邺，两都合一，可好？"

"不好！汉都许，魏都邺，正是尊卑有序，公私分明。一朝天子两朝都？此种流言，臣以为不必理会。若认了真，反受其乱。刘备要做汉高祖，才是事实。两都合一，反倒让人疑神疑鬼。"

"你就没像某些人那样，怀疑寡人要代汉？"

司马懿扑通跪下说："此非臣所敢言。臣本为太子属员，后来又做魏国尚书。身为魏臣，只知惟魏王之命是从，其余不知。"

"起来，起来！"曹操说。

司马懿又小心翼翼地站了起来。

"你刚才说，坐等关羽败亡，是什么意思？"

见司马懿起身之后低头不语，曹操又问。

"臣请联合孙权，共灭关羽。"司马懿说。

"仲达跟他很熟？"曹操笑了。

"素不相识。"

"那你怎么知道孙权肯？"

"赤壁之后，刘备趁火打劫，攻城略地，并郡吞县，就连周瑜与曹仁血战一年方才夺得的江陵，也被借走，至今不还。鲁肃单刀赴会讨要，被关羽公然拒绝，梦寐以求之地成为噩梦。这是公仇。"

"还有私恨？"

"孙权遣使为子求娶关羽之女，又遭辱骂。"

"这个关云长！"曹操笑笑。

"关羽已有江陵，若再得襄樊，则荆州全归刘备。刘备拥上游之益州和中游之荆州而临下游，孙权的江东难保。因此，只要殿下许割江南之地以封赏孙权，则樊城之围自解，关羽其人可擒。"

"孙权出击关羽，刘备不会救援？"

"多半想不到，也来不及。"

"关羽腹背受敌，还有退路吗？"

"可退守江陵，如果江陵还在。"

"你是说，孙权会趁机夺取江陵？"

"那是他们两家的必争之地，我们要保的是樊城。"

"云长可是寡人素所敬重。"

"关羽不是项羽，似乎没有妇人之仁。"

你知道什么？曹操死死地盯着司马懿，心想。

司马懿也反正豁出去了，便不再说什么。

曹操叹了口气，说："那好。江东，你去。"

司马懿迟疑片刻，然后躬身拱手："遵旨！"

3

曹操采纳了司马懿的建议，从洛阳移师郏县，驻军摩陂。郏县离许都很近，因此刘协让郗虑也去辅佐曹操。吉本埋葬了师父后，仍然按照太医令的本分，用华佗教的手法，每天都来给曹操按摩。

也许，时间就像流水，能够冲刷掉某些东西。

这天傍晚，吉本又来了，旁边有个无须老年男人，还跟着一辆车和十几个杂役。辕门外的士兵听太医令说那是宫中黄门令，来给魏王送东西，便收戈放行，吉本也只身一人进了曹操的大帐。

曹操见吉本来了，便盘腿坐在榻上，让他跪在后面按摩。

过了一会，曹操忽然扭头，吉本也停止了动作。

"你的手心怎么有汗？"曹操问。

吉本将手在身上擦了擦，继续按摩，头上的汗又掉了下来。

曹操又扭头，吉本又停止动作。

"这屋里很热吗？也是，烧着炭呢！"

听曹操这样说，吉本用袖子擦了擦汗，继续按摩。

过了一会，曹操又扭头，吉本又停止动作。

"你怎么按不到穴位上？不用紧张，寡人讲故事给你听。有个人学医，上来就把人弄死了。一查，是巴豆过量。他师父问，你怎么能用这么多？他答，书上说的，巴豆不可轻用，那就重用。"

听到这话，吉本停止了按摩。

"怎么，不好笑？"曹操扭过头去。

吉本不动也不说话，浑身颤抖。

"这故事是你师父讲的。"曹操说。

"可是你把他杀了。"吉本哭了起来。

"是。因为他私通关羽，要谋杀寡人。"

"不可能！"

"你不知道，有些人哪怕相隔万里，相隔千年，也可相通。当然你也可以杀了寡人。无所谓的，你师父已经把寡人的心杀了。"见吉本愣住，曹操又说，"算了，这些话跟你说也没用，得另外找人。"然后他又看着傻掉的吉本："愣着干什么？取针！你不是要行针吗？"

吉本下榻，走到旁边，从工具箱里取出针来。

"还得把灯吹灭吧？"

听见这句话，吉本不动了。曹操却下了榻，把大帐里的灯一盏盏全都吹灭，只剩下几案上一支蜡烛和铜盆里熊熊燃烧的炭火。

黑暗中，曹操与吉本面对面地站着。

大帐外，传来了格斗声。

火光映照在曹操和吉本的脸上，忽闪忽闪，他们的脸也在火光中若隐若现。等到格斗声停止，曹操拿起蜡烛走到窗前把灯点亮。

窗户上，血流了下来。

"医者仁心。好医家是杀不了人的。"

曹操看着吉本说，也看着他手里一直举着的针。

吉本将针刺进自己的心脏，嘴角立即流出血来。

"这笔账不能算在我头上，不算。"

看着倒地身亡的吉本，曹操冷冷道。

4

董昭进来的时候，吉本的尸体已经被移走，曹操若无其事地坐在榻上，大帐里就像没有发生过什么事。董昭向他报告：孙权来函表示愿意效力于魏王，还说江陵守将糜芳和公安守将士仁，都跟关羽不和且积怨已久。若降二城，关羽腹背受敌，必自奔走，樊围可解。

"哈哈！他这是效力于寡人？"曹操说。

"臣以为，不如依了他。"董昭说。

"当然。江陵和公安，我们本来就鞭长莫及。还有吗？"

"请求密而不漏。"

"公仁看呢？"

"那样对孙权有利，但不利于我。樊城将士不知解围在望，更兼军粮日见短缺，难免人心惶惶。若有浮动之意，其害不小。"

当然，董昭说得很对。曹操立即作出决定："回函孙权，好言嘉勉并应之以密。同时火速传令徐晃，让他将孙权的来函抄写多份，用箭射进樊城、襄阳和关羽军营，务使交战双方人人皆知。"

"遵旨！"董昭说。

话音刚落，浑身是血的许褚走了进来。

"仲康，怎么样？"曹操问。

"匪人全歼，尸体都已运走。"

"哦，哦！那么，鸿豫呢？"

"鸿豫先生匆匆忙忙走了。"

许褚还是用老习惯称呼郗虑。

"他发现什么了吗？"曹操问。

"臣觉得有个人像宦官，鸿豫先生说他叫范铁。"

5

曹操没有想到会在这里与无盐再见面。郗虑约他来颍阴，他想到的只是离郏县近。等郗虑将他带到荀彧的墓前，就明白了用意。

荀彧的墓在小山坡上，墓前台阶长长，四周林木森森。

"你们在颍阴，待了半个月？"曹操的语气有点酸。

"不，是谈了十五天。"郗虑的表情庄严肃穆，"这里也没有什么行商坐贾，或者江湖女侠。魏王面对的，是当今天子的姐姐——万年公主。两位殿下自己谈吧，臣告退。"行过礼后，他飘然而去。

"臣操参见公主！"曹操长揖。

"你不意外？"无盐笑笑。

"一个江湖女子，多半不会与董卓有血海深仇。"

"他去洛阳的路上，烧毁血洗了我在万年县的庄园。后来，他又杀我汉家天子，夺我大汉江山，深仇大恨，不共戴天。"

"董卓烧毁血洗万年县时，公主在哪？"

"贩盐去了。怎么，不信？魏王先前好歹也是西园军校尉，应该知道先帝喜欢做生意，还在后宫建了列肆，自驾驴车扮作商贾与宫女

299

讨价还价。不过，先帝是玩假的，我在万年县可是玩真的。只是没有想到，后来竟要以此谋生，当真行走江湖。"说完，眼圈红了。

"明白了，难怪要向袁本初索要传国玉玺。"曹操说。

"给子月做嫁妆的玉环，大约也露了破绽。"无盐点头。

"还有，贩私盐的，不会关心董贵人。"

"也难怪那个郗鸿豫暗访已久。"

"若非他查，岂能知道你是万年公主。"

"你自己，就从来没有想过要去查查。"

"有些事，不那么清楚反倒更好。"

"是吗？有些糊涂却装不得。为什么要杀我师父？说！"

"我没杀他，是他杀了我。"

6

一个多月前，洛阳行宫的便殿里，华佗又为曹操做了调理。曹操靠在榻上精神很好，感觉元气已经恢复，便向华佗再次道谢。

"治标而已，治不了本。"

坐在对面胡床上的华佗说。

"怎么治不了？"曹操问。

"殿下之疾，不在体，在心。"

"心病？寡人有什么心病？"

"前日发病之时，可在议事？"

"是。关羽水淹七军，威震华夏，朝野震惊。"

"所以急火攻心？"华佗问。

"也许。不过此事已了，当无后患。"

"不对。殿下发病，并非因为关羽。"

"那又因为谁？"曹操问。

"杨修，或者说天子，或者说大汉。此前就已有民谣，一朝天子两朝都。此刻又有杨修提出，移圣驾于邺，两都合一。"

"先生都知道了？"曹操点头，"也是，上医医国。"

"医家医不了国。上医医心，其次调气，再次愈体。"

"那么先生说，寡人心结何在？"

"要不要代汉。杨修议迁邺，不过触发此念。"

"不会，我答应了文若。"曹操说。

"大王答应过的，反悔的还少吗？"华佗问。

"那好，不代就是。"

"也不想？"华佗问。

曹操犹豫片刻，答："不想。可治本否？"

"难。上医治未病，而殿下心病已久。"

"先生但说无妨，今天是密谈。"

"请问殿下，为什么要杀崔琰？"

"目无王法。寡人明令必须密奏。"

"杨修同样露板。"

"不一样。杨修出于公义，崔琰是私心。他露板举荐，无非因为植儿是他侄女婿。为了撇清自己，便背叛寡人，岂非居心不良？"

"那也罪不至死。"

"所以髡。"

"士可杀不可辱，大王可知？"

"知。"

"既已辱之，为什么还要杀？"

这个？曹操张了张嘴，没说。

"监刑之人，又为什么非得是五官中郎将？"

你说为什么？曹操继续沉默。

"让被举荐的去杀举荐人，究竟是何居心？"

话已至此，曹操决定听华佗说完。

"同样的旨意也给了临淄侯，只不过临淄侯不忍心，杨修也不是崔琰。请问这里面可有道义，可有仁慈？没有。只有千般算计，再加一己私利。曹孟德，你与二十九年前老夫救下的已判若两人。"

听华佗这样称呼自己，曹操知道对方已横下一条心来。

"先生这话的意思是？"

"心肠如此，无药可救，除非……"

"如何？"见华佗迟疑，曹操问。

"十九年前，为关云长刮骨疗伤，老夫曾对他说，他的心里还有把刀，这把刀就叫义。刀出鞘，就要见血。能杀敌也会伤己，还可能伤害善待自己的。所以这刀不能太刚，可惜不能取出来修理。"

"他怎么说？"曹操问。

"关将军说已被老夫修理，也确实如此。"

"何以见得？"

"赤壁之战时，他去劝殿下退兵就是。"

"如此说来，寡人心里也有把刀？"

"正是。只不过不叫义，叫恶，而且已经出鞘。"

"何时？"

"杀吕伯奢时。"

"三十年前？"

"确实，刚好整整三十年。"

"那你还屡屡救我？"

"因为善恶本如阴阳。这面若是恶，另一面就会是善。这样的刀在乱世也许用得着。用之于正途，则善能克恶。但是看来错了，就连关云长的刀都变了回去。所以，他也会死，你们都会死。"

"见死不救，也是医家？"曹操说。

"实在抱歉，天底下没有不死之人。"华佗站了起来。

"医家眼中，还有不可救的？"曹操也下榻。

"有，寿数已尽者就是。"

"人生在世，难道真有什么寿数？"

"如果没有，人又怎么会死？只不过可以增减。比如老朽，年幼时体弱多病，早就该死。为了健体强身，这才学了医。没想到竟因为悬壶济世而屡屡增寿，多活了许久。殿下却本该是长寿之人……"

"先生何以知之？"曹操正色问。

"神龟虽寿，犹有竟时。腾蛇乘雾，终为土灰。如此之胸襟岂非可吞日月，如此之眼界岂非可越山河？应已勘破生死。可惜恶念未除且加厉，由误杀而嗜杀，由灭族而诛心，其寿便屡折而至于尽。"

"如此说来，曹操无药可救？"

"除非洗心革面，重新做人。"

"如果不呢？"

窗户被风吹开，华佗低头不语。

"只能再活三五年？"

风吹了进来，华佗仍不说话。

"一年？"

室内变凉，华佗仍不说话。

"半年？"

"若再作孽，活不到明年春天。"华佗抬头。

曹操狂怒，大吼一声，冲到架子上取下剑来。

"殿下不妨杀了老夫试试。"华佗说。

头痛欲裂的曹操歇斯底里，一剑刺进华佗的身体。看着华佗微笑着倒地，他将剑扔下，狂喊："我不想杀人，为什么要逼我杀？"

7

"你不懂我师父。"

无盐听完，一声长叹。

"不懂？"曹操愣住。

"我师父第一次见到你，就把你看透了。他说你表卫不固，易受外邪侵袭，实际上又百病不入，所以会莫名其妙打喷嚏。"

话音刚落，曹操便不由自主摸摸鼻子，将喷嚏打出。

"这种情况，好像越来越少。"无盐笑笑。

曹操一愣，然后问："那又怎样？"

"我师父说，百病不入是因为骨硬，易受侵袭是因为心软。平定天下得杀伐决断，骨硬倒是好的，但不能又心软。骨硬则率真，心软则多情，多情则多疑。率真多情，做诗人倒是合适，做……"

"做什么不行？"见无盐犹豫，曹操问。

"没有。"无盐的眼眶湿了。

"那他说我会怎样？"

"成不能成的大事，杀不该杀的好人。"

"早已知之？"曹操看着荀彧的墓碑。

"是。"无盐也往那个方向看。

"也知我何日当死？"

"即便寿数已尽，医家也不会说出来。"

"那他为什么要说？"

"医者仁心，救人救彻。你的病，在心不在体。"见曹操不明所以地看着自己，无盐又说，"还是不懂？告诉你吧，要想治你心病，唯有灭你贼心，办法就是看你杀不杀他老人家，不杀就还有救。至于日后的调理之法，是术不是道，方子也已经传给吉本了。"

"吉本？"曹操冷笑，"他带来的是毒针。"

"当然。我师父豁出命来救你，你却把他杀了。救命恩人都可以杀的，还有什么会放在眼里？汉室自然不在乎，黎民也不在乎，群僚就更不在乎。你这种人，真是增寿何益？我师父说的一点不错，你的寿数已尽，岂止活不到明春，只怕就活不过今天。"

说完，无盐抽出一把匕首，举在手上。

"殿下杀了寡人就是。"曹操怒目。

"寡人？殿下？难道你我已经不过如此？"无盐反问，然后点了点头，"也是。当年还说什么功成身退，还说什么范蠡西施，还说什么泛舟湖上，统统都是谎言。啊！算我自作多情，算我自取其辱。"

说完，无盐泪如雨下。

"你有木桃，我无琼瑶，奈何！"曹操仰面朝天，一声长叹，然后从怀里掏出一个锦囊，"这根青丝我本珍藏，不妨收了回去。"

"果然无情无义，居然说出这种话！"无盐咬牙切齿。

"那你待要如何？"曹操问。

"杀了我，亲手。"无盐道。

"为什么？"曹操惊诧。

"成全你做天下第一恶人，也看看还有什么人不敢杀！"

听了这话，曹操转身就走。无盐站在原地，泪流满面。眼看曹操头也不回地走下小山坡，无盐一跃而起，手持匕首冲了过去，然后在空中翻滚，突然落下，又在地上翻滚。曹操听见动静大惊，立即掉头跑回来抱起无盐。胸口插着匕首的无盐睁眼看看，又闭上眼睛。

曹操抱着无盐，老泪纵横。

天空，又仿佛有人在歌唱：

我把自己给你，
你却转身离去。
火烧云堆满了天空，
这是夕阳点燃的花季。
是你辜负了我，
还是我辜负了你？
石未穿，
水正滴，
路在哪里？

我把刀子给你，
你又转身离去。
血与火裁不出嫁衣，
这是曼陀罗绽放的美丽。
是你辜负了天下，
还是天下辜负了你？

山有盟，

海无誓，

去问自己。

夕阳的花季，

曼陀罗的美丽。

天若有情，

天亦老去；

人若有病，

谁会在意？

山有盟，

海无誓；

石未穿，

水正滴。

去问自己，

问你自己。

　　一座小小的坟茔立在离荀彧墓不远不近的地方，闻讯赶来的郗虑
带着士兵埋葬了无盐。郗虑问要不要树碑，曹操说免了的好，不过会
有人来看守。郗虑心里明白，看守人可能会是谁，也清楚这位女子的
传奇一生不会被正史记载。就连野史，也未必能有只言片语。

　　想到这里，他眉宇间的忧郁更重。

　　"半个月，你们都说了些什么？"曹操问。

　　"其实，反反复复只有一句话。"郗虑说。

　　"什么话？"

"宁我负人，勿人负我，对，还是不对？"

"结论呢？"

"不对。负人者必负罪，也必被人负。"

曹操诧异地看了郗虑一眼，却只看见满脸的疲惫。

"所以，容臣告退！"

说完郗虑跪下，向曹操叩首行礼。

"鸿豫，你这是……"

"有些事，或许了犹未了。但，当了则了。"

郗虑起身，再向曹操长揖，然后转身就走。

8

七十八岁的杨彪靠在榻上，见郗虑由仆人陪同走了进来，便欠了欠身，然后说："老夫腿脚不便，慢待郗公。请坐！"

郗虑长揖行礼，在杨彪对面坐下，仆人也知趣地准备退出。

"上酒！"杨彪吩咐。

"多谢太傅，晚辈滴酒不沾。"郗虑拱手。

"哦，哦，忘了。可是，寒冬腊月，也没有果子啊！"见郗虑拱手道谢，这才让仆人退下，然后问，"郗公光临寒舍，不知……"

"有些事情晚辈想不明白，还望太傅不吝赐教。"郗虑说。

"郗公但问无妨，老夫当知无不言。"杨彪坦然答道。

"九年前，有人谋划要天子增封三县，换取曹公让出相位，交出兵权，由荀令君取而代之，是太傅的主意吧？"

"何以见得？"杨彪问。

"这等大事，绝非左慈可以谋划。"

"左慈不是蒋干吗？他想得出。"

"也是。那么请问，这主意好，还是不好？"

"子曰：成事不说，遂事不谏，既往不咎。有必要再议吗？"

"确实，时过境迁，再论无宜。"郗虑点头，"但晚辈以为，此计甚为高明。赤壁之后，鼎足之势渐成，天下一统无望，魏王该替自己想想。若依此计，则魏王可得颐养，汉室可得复兴，岂非两全？"

"是吗？"杨彪十分放松地看着郗虑微笑。

"然而他没想到，魏王和文若都不愿意。"

"那倒也是。智者千虑，必有一失。"

"不管怎么说，晚辈佩服。"

"看来，蒋干是个人才，可惜……"

"可惜畏罪自杀。"郗虑说，"他死之后，又有新民谣。小麦青青大麦枯，一朝天子两朝都，请问这又是谁的手笔？"

"更回答不了，不知郗公为什么要问我？"

"前年三月三日上巳节，天子请太傅和晚辈吃荠菜煮鸡蛋。天子问神农定下这规矩，本意是不是求多子多孙，太傅马上说，陛下多有子嗣，魏王之子二十五。虽然还没立太子，总归是国本无虑。"

"怎么，有什么不妥吗？"杨彪笑着问。

"没有。只是赶巧，没过多久魏王就拿这民谣考儿子，接下来便动荡不断。先是崔琰被髡，后是脂习被杀，群僚纷纷选边站队，暗流涌动，兄弟相疑，魏国几近崩裂。如此大手笔，谁有？"

"老夫倒是想到一位。"杨彪说。

"谁？"郗虑问。

"魏王。"杨彪答。

郗虑完全没有想到，半天说不出话来。

"父子都是诗人，民谣不算什么吧？"杨彪淡然一笑，"子桓不是编了一个吗？不过，刘备要做汉高祖，恐怕不是他的。"

"当然不是，司马懿编的。"

"可见人皆可为。"杨彪笑笑。

"但，一朝天子两朝都，分明是诽谤魏王。"郗虑说。

"兵行诡道，魏王比谁都懂，都在行。"

"那也不能自乱阵脚。"

"乱？请问魏王可曾要夏侯惇、曹洪等人密荐太子？"

"没有。领兵的人，一个都不问，也不许议。"

"那么，**魏国岂会崩裂**？"

郗虑恍然大悟，连连点头。

"还有，他们兄弟可曾相疑？"杨彪又问。

"不曾，反倒互相推让。这又不可解。"

"并非不可解。五官将和临淄侯，都不是庸庸碌碌之辈，也当然知道魏王必定从他们当中选一个，推让是没用的。魏王不会任由他们推让，如果抗命那就没命。更何况，就算他们不想，别人呢？"

"是，有人想要拥戴之功，做从龙之臣。"

"也不尽然。九品官人之法，可曾听说？"

"有所耳闻。倘依此法，上品无寒门，下品无势族，不公。"

"何为公，何为不公？你可知道，成为势族得多少代人兢兢业业坚持不懈？依唯才是举，则可一夜之间青云直上，就公平吗？"

听杨彪这样说，郗虑想起了许县县寺门前的争辩。

陈群，就是那时起了创建九品官人法的念头吧？

"好吧，这个是非，暂且不议。"杨彪又说。

"是，但问魏王用心何在。"郗虑说。

"郗公当真以为，魏王对太子人选举棋不定？"

"现在想来，应该是早已默然在心。"

"那么，五官将和临淄侯，都当真不想当太子？"

"看样子是，但不合情理。"郗虑迟疑。

"好，孺子可教！"杨彪兴奋起来。

听见这话，郗虑诧异地看着对方。

"郗公不会认为我倚老卖老，恃旧不虔吧？"

"哪里的话？晚辈是来虚心求教的。"

"可以畅所欲言，不会因言获罪？"

"当然。今天所说，一句都不告诉魏王。"

"那我告诉你，五官将和临淄侯不是不想当太子，而是既有顾虑又有想法。顾虑是什么不用说吧？这事毕竟由不得他们，总要给自己留条后路。但是如果让我干，就得按我的想法来，否则宁可不当太子和魏王。所以他们推让，并非装腔作势，应该说很像曹家人。"

"跟魏王讲价？"郗虑问。

"言重了，表明心迹吧！魏王也清楚，这就必须知道其他人想法如何。毕竟，不管选谁做太子，将来都要靠他们辅佐。群臣呢，也都希望选主张相同的，并不只是下注，可不就会实话实说？"

"所以就自己编出民谣来试探？"

"哪有？老夫戏言耳！"杨彪笑了，"那民谣，药引子而已，真正的猛药是密函举荐。结果虽未公布，却也猜得出：举荐五官将的多半赞成九品官人法，或主张代汉。相反，举荐临淄侯的，则都赞成唯才是举，或反对代汉。而且前者人多，后者人少，是这样吧？"

"应该是，我也不清楚。"郗虑低下头。

"不过，也有例外。"杨彪说。

"例外？谁？"郗虑问。

"老夫。"杨彪说，"老夫虽未参与此事，却也有态度：赞成九品官人之法，与五官将同；反对代汉，与临淄侯同。郗公呢？"

"都与临淄侯同。"郗虑抬头。

"却又怕他守不住？是了，这也是魏王之忧。何况五官将要做的是大势所趋，也只好杀了崔琰泄愤。想不通吗？迫于形势而背叛自己的初衷，岂能无恨？当然，也有警告五官将不得胡来的意思。"

"如此一来，太傅不觉得公子危险吗？"

"老夫自顾尚且不暇，哪里管得了他。"

"杨公子露板举荐临淄侯，是在探望过太傅之后吧？"

"怎么，莫非怀疑他受老夫指使？"

"岂敢！太傅也不会。"

"承蒙明察！"杨彪拱手。

"多谢指教，晚辈告辞。"

说完，郗虑起身，躬身拱手倒退着出去，到了门口转身，突然又再转过身来问道："太傅既赞成九品官人法，又反对代汉？"

"正是。"杨彪说。

"那法却是最近才有的，对吗？"

"不错。"

"可见建安十五年的谋划，十七年的谣言，都与立储无关，只是针对魏王而来。不让改制和代汉得逞，就是太傅的目的吧？"

"依然认为老夫暗中操纵？有证据吗？"

"没有。"郗虑说。

"当然。你们杀人，也不需要证据。"

"我不会再杀人了。"郗虑摇头，说完扭头就走。

"留步，老夫倒有话问。"杨彪喊道。

"请！"郗虑回来，站在地上说。

"尊魏王，敬魏王，见了魏王就断肠。渠穆编的？"

"他自己说是。"

"那么，脂习是他杀的？"

"怎么可能？他又不能去邺城，也派不出文士模样的。"

"也是。凶手是谁，有眉目吗？"

"太傅门生故吏遍天下，很方便。"

"又怀疑老夫？要审吗？"

"不。请太傅再问。"

"左慈真是蒋干？"杨彪问。

"恐怕不是。他死之后，又有民谣。"

"既非蒋干，那又是谁？"

"左慈就是左慈，不过以前杀的是替身。真身嘛，"郗虑看着杨彪笑了笑，"也许藏在府上。那样一来，不是都讲通了吗？"

"仍然怀疑老夫？要搜吗？"

"不。请太傅再问。"

"琅琊王果真谋欲过江？"杨彪问。

"求徙封寿春，是他亲口所说。"

"他怎么就如此糊涂？"

"也不奇怪。君子之泽，五世而斩。之后的子孙养尊处优，锦衣玉食，还不得越来越蠢？只有那些寒门子弟，一日三餐和一官半职都来之不易，才懂得倍加珍惜和奋发向上，时时自强不息。"

是这样吗？寒门子弟当了官，不会小人得志？

313

杨彪大不以为然，却不想辩论。

"老夫已经问完，郗公还有问题？"

"有酒吗？快过年了。晚辈愿饮一杯，为太傅寿！"

9

很快就到了第二年正月。去年冬，公安守将士仁和江陵守将糜芳先后向孙权部将吕蒙投降。关羽腹背受敌败走麦城，被孙权部将潘璋的手下马忠斩首。孙权收复了南郡等大片失地，被曹操上书天子任命为骠骑将军，领荆州牧。于是，他派人送来了关羽的人头。

同时送来的，还有言说天命、自己称臣的劝进表。

后一条信息被泄露了出去，各地魏臣纷纷赶往洛阳。

"你们求见寡人，有什么事吗？"

已从郏县摩陂回到洛阳，坐在正中榻上的曹操问。

榻前，文臣武将齐聚，站了一地。

侍中陈群上前一步，开始发言。

"汉自安帝以来，国统数绝。至于今日，徒有虚名。可谓期运久已尽，历数久已终。殿下应期，十分天下而有其九，以服事汉，群生注望，遐迩怨叹，故孙权在远称臣。此天人之应，异气齐声，咸以为异代当兴。臣等愚钝，冒死上言，恭请殿下顺天意而从民心，登大位以定四海，受天命以统万邦，则黎民幸甚，天下幸甚！"

说完，陈群跪下。

文官们除杨修外，也都跪下。

"元让也是为此而来？"

曹操又看随军回到洛阳的前将军夏侯惇。

"自古以来，能够为民除害，让百姓过上好日子的，那就是万民之主，何必管他姓什么！殿下披坚执锐、出生入死已三十多年，功德著于黎庶，早就天下归心。臣等以为，应天顺民，无可迟疑。"

说完，夏侯惇跪下。

武将们也都跪下。

现在站着的，就只有杨修。

"起来，起来，起来说话！"曹操笑呵呵地说。

但，他不看杨修。

文臣武将们都站了起来。

"你们搞错了。寡人要做的是匡扶汉室。"曹操说。

"匡扶汉室？扶得起来吗？再说了，现在哪里还有汉土？一寸都没有。哪里还有汉臣？刘备和孙权都不是。"夏侯惇叫起来。

"谁说没有？德祖就是。"曹操说。

结果，所有人都看着杨修。

"魏王是汉臣，魏臣当然也是汉臣。"杨修说。

"笑话！管仲是齐臣还是周臣？"

陈群看着杨修，嗤之以鼻。

杨修张了张嘴正要说话，却被曹操打断。

"元让，你看孙权这个人怎么样？"

"臣看他聪明，识时务。"夏侯惇说。

"好像是的。"曹操笑了，"你们可知，少府耿纪和司直韦晃原是吉本同伙，在许都发兵攻王必营，以金祎（读如衣）为内应。王必与金祎素相友好，不知他是反贼，中箭后便逃往金祎家。金祎家人也不知道来的是王必，竟问他王必死了没。你们说，可不可笑？"

众人听了面面相觑，不知这跟孙权有什么关系。

杨修却听出来了，他这样谈笑风生，后面必有文章。

果然，曹操又开始说另一起谋反案。

"邺城那边，相国府西曹掾魏讽也反了，居然纵火。太子来信问如何处置，我跟太子说，召集百官，让救火的站左边，不救火的站在右边，然后将自称救火的都关进大理寺。好得很，两起了。"曹操一声冷笑，"哼哼，孙权果然聪明，我看他是要把寡人架在火上烤。"

说完，曹操起身，扭头就走。

众人互相看看，也都散去。

空荡荡的大殿，只剩下杨修孤零零一个人。

10

曹操拿着锛（读如斯）在一人高的木头上雕刻。锛是两端有鸭嘴状扁刃的长条形木工工具，可以用于凹槽或孔洞的刮削。曹操工作得很投入很认真，就连许褚带着满宠推门进来，居然也没感觉。

"殿下！"满宠只好叫了一声。

"等会儿啊！"曹操并不停手，也不抬头，又刮了几刀，这才招呼满宠和许褚，"过来看看，云长的战袍，应该是这个样子吧？"

"这是在为关云长刻身子？"满宠问。

"孙权做事不地道。单有头颅，怎么下葬？"曹操说。

"他是要告诉天下人，关云长是殿下杀的。"满宠说。

"所以他的劝进，也不怀好意。"曹操撇嘴。

"殿下洞若观火。"满宠点了点头。

"伯宁，从许都来？"

曹操这才想起，满宠已被他调回，准备另有任用。

"是。鸿豫……"

"他怎么了？许久没有消息。"

"见过杨太傅以后，就去了中牟。"

"吕伯奢墓？"曹操马上就反应过来。

"是。"满宠说。

"凭吊吗？"

"如果只是凭吊，那就好了。"

接下来满宠告诉曹操，郗虑去中牟前曾经来道别，他说自己必须去看看吕伯奢的墓。这座坟压在他心头三十年，做的事情越多这坟就越重，真是背不动了。他还说，宁我负人，勿人负我，不知后来怎么就变成"宁可我负天下人，不可天下人负我"了？想不通。

"鸿豫太累，应该歇歇。"曹操说。

但他心里想的是：三个月前，郗虑和无盐为什么要约我在荀彧的墓前见面？宁可我负天下人，不可天下人负我，不就是荀彧阻挠封公建国时说的吗？难道他们两个把这事，也从头到尾理了一遍？

见曹操陷入沉思，满宠又说，当时他也这么认为，再加刚从樊城回许，也没顾得上多想。但是到了第二天，越想越觉得不对。鸿豫是何等人，怎么会多愁善感？满宠没有再想下去，立即赶往中牟。

满宠赶到吕伯奢墓前时，大雪纷飞。墓边的树没有叶子，光秃秃地立在那里。三十年过去，墓碑变得残破，碑文却还依稀可见，仍然是曹操当年所立。墓前摆了酒和供品，跪着的郗虑却已冻毙。

"冻毙？"曹操大惊失色，连许褚也变了脸色。

"是。头天晚上喝了很多酒，身上也只有单衣。"

苍天！他竟以这种近乎自虐的方式来自尽。

"坟头长着的枯草，鸿豫都拔下来了。"满宠又说，"那些草堆成小堆埋在雪里，供品也冻成了冰疙瘩。雪，下了一夜。"

"遗言，是不会有了。"曹操喃喃自语。

"有。"满宠从怀里掏出木简，交给曹操。

曹操接过来一看，上面写着：

　　醉里生　梦中死

"是孤灭了他的梦。"曹操又自称孤了。

接下来满宠又说，自己找到中牟县令，然后跟着他派的人一起将郗虑的遗体运回家乡山阳郡高平县。到了那里才知道，郗虑早就安排家人修好了墓，墓碑上的字是：汉故御史大夫郗公之墓。

"啊！他不做魏臣？"

曹操哆哆嗦嗦拿起锄，继续雕刻，却把手弄破了。

鲜血滴在了关羽的木头身子上。

天空，歌声又起：

　　漫天雪，满腔血，惨白鲜红两清洁。

　　越女剑，苏武节，谁人负了当年约？

　　徒追问，空悲切，道路已穷歌未歇。

　　一个人字怎么写？

　　寒风凛冽，烛火明灭。

许褚已经找来布，曹操却谢绝了他的好意。

318

"这点伤，不算什么，还用包扎？"曹操摆了摆手。

"鸿豫大概希望我们忘了他，臣却不知怎么忘得了。当年，我从吕伯奢家偏房跌出来，被他用剑按住，说是跪着回话就好，后来又问要不要给我弄个坐垫。"说着说着，满宠哭了起来，泪如雨下。

许褚摸摸身上，好像又要找郭嘉的木碗。

曹操却点点头："鸿豫说的是，当了则了。叫杨修来见寡人。"

11

"你知罪吗？"

曹操坐在便殿正中榻上，看着跪在面前的杨修。

"恕臣愚钝，不知。"杨修说。

"那你可知，为什么要将自称救火的关进大理寺？"

"不敢妄测。"杨修说。

"半夜三更的，哪有人救火？"曹操冷笑，"不敢妄测？那你倒敢妄言？这就尤甚于他们妄测。单凭你妄言两都合一，便已该死。"

"既然如此，为什么又让臣活了多日？"

"因为给我送过鞋，那时你十五岁。"曹操说，"所以，太傅希望寡人保全，寡人也一直让你远离是非。可惜啊可惜，你这人偏偏不甘寂寞，自作聪明，屡犯禁令，兴风作浪，简直就是自己找死。"

"臣如何兴风作浪，请殿下明示。"

"那天在行宫尚书台，跟谁下棋？"

"司马懿。"

"谁胜出？"

"也是他。"

"他怎么说？"

"德祖如果步步为营徐图之，我也未必是对手。"

"你呢？怎么说的？"

"人生如戏，世事如棋。譬如流水，无分东西。但如果必须隐忍才能胜出，哪怕拜相封侯，称王称霸，又有什么意思！"

"倒是你的真心。后来呢？"

"蒋济进来，说孙权送来劝进表。"

"司马懿怎么说？"

"兹事体大，还是不要张扬的好。"

"所以你就嚷嚷出去，惹得夏侯惇他们逼寡人表态，许都和邺城的反贼也铤而走险。孙权把寡人架在火上烤，你还嫌火不够大。如此胆大妄为，到底想干什么？让我难堪，还是让人猜疑？"

"殿下既然无意代汉，正好表明心迹。"

"那也用不着你来煞费苦心。"曹操冷冷地看着杨修，"这样喜欢耍小聪明，就不怕有人说是你杀了脂习，栽赃寡人？"

还有这种说法？杨修满脸惊诧。

"也许你不知道，建安十五年那民谣就是脂习破解的，寡人怎么会杀脂习？不过那新老交替的谋划，你是乐观其成的吧？"曹操满脸冷笑，"毕竟，做过那么几天中军校尉，岂能甘心久居人下？"

"大王要以此为名杀了臣？"杨修反而镇定下来。

"寡人老了，还不糊涂。脂习不是你杀的。"曹操说。

"那么请问，什么罪名？"

"泄露机密，私通诸侯。"

"臣现在该去哪里？"

"出去以后，有人带路。"

"谢恩！"杨修长揖，然后转身就走。

"回来！"曹操喝道。

"殿下还有吩咐？"杨修问。

"我让临淄侯问你，活在世间无愧否，问了吗？"

"问了。"杨修说。

"那酒，是你灌他，还是自己喝的？"

"他自己。"

"也算我打过招呼，去吧！"

12

曹操站在许都永安殿门口，看着笑脸相迎的虎贲中郎将，很奇怪为什么竟想不起他的姓名。也是，刚刚换的。曹操不顾那人投来诧异的目光，自己解下佩剑交给他，脱掉鞋子，穿着袜子走了进去。

殿内空空荡荡。正中坐北朝南的御榻空着，刘协坐在了东边较为矮小的榻上。曹操恭恭敬敬上前行跪拜礼："臣操参见陛下！"

"八年前，魏王就赞拜不名，入朝不趋，剑履上殿了。"

今年应该虚龄四十的刘协语气平淡地说。

"臣今天就回到八年前。"曹操说。

"那好，坐在这里吧！"刘协指着御榻。

"那是陛下的座席。"曹操说。

"魏王难道不想坐？"刘协问。

"不想。否则，早就坐了。"

说完，曹操起身，走到丞相的席位上坐下。

"魏王请坐西席。"刘协又说。

"今日是臣，不是客。"曹操看了看，西边确有矮小的榻。

"其实那地方，朕也不想坐。"刘协看着御榻。

"是，董卓抱上去的。"曹操点头。

话说到这里，两个人都怅然。再过八个月，天子即位就有三十一年了。这皇帝做得怎么样？至少不顺心吧！汉室未能复兴，大权反倒旁落，自己还退无可退。但这不能怪他，也不怪我，曹操想。

曹操甚至想起文姬归汉时，皇帝扮作典军校尉的样子，想起瘟疫期间君臣二人的同心协力，想起自己在军营给他讲军事知识，更想起前往许县的路上，少年天子那句话：有生以来就没这痛快过！

往事如烟，再也回不到从前。

现在想来，接受皇帝增封的三个县，让荀彧接任丞相，自己回到武平侯国安享晚年，可能是对双方都不错的结果。可惜不能。后来的那些风波，则不过汉家天子徒劳无益的挣扎。换成自己，也不会毫无作为吧？渠穆愿意顶罪，那就成全他，何必穷追？曹操又想。

适可而止。天下本是他的，多少总要留点体面。

"魏王今天来，想说什么呢？"

过了一阵，刘协打破沉默。

"陛下要臣做丞相时，眼中泪光闪闪，罕见地叫了臣的字，问了一句话：朕何以为朕？这句话，臣想了快十二年。"曹操回答。

"那么，想出来了吗？"

"想出来了。"

"什么？"

"无解。"

"为什么？"

"身非己有。"

"魏王也一样？"

"人皆如此，包括杨太傅。"

听见这话，刘协的头垂了下来。曹操却膝行了几步，从怀里掏出锦盒放在地板上，再推了过去。见皇帝一动不动，便又说："陛下不妨打开来看看。这稀罕物件，也是个身不由己的。"

说完，曹操退回了原位，刘协却还是不动。

"或许能回答陛下的问题。"曹操又说。

刘协打开锦盒，取出传国玉玺。

曹操看着天子，沉默不语。

"既寿永昌？"刘协看了看，站起来将玺摔在地上。

"陛下，玉是摔不碎的，除非用火烤过。"曹操说，"现在，臣就被人架在火上烤，实在很难受。所以这玺，还给陛下为好。"

13

曹操辞别刘协出来，曹丕已经等在皇宫门外。曹操看了一眼迎上前来的儿子，继续往外走，走到没人的地方才停下脚步。

"未来之事，只要魏王永为汉相，我看就可以了。"

"永为汉相，如何保证？"曹丕问。

"要不盟誓？"见曹丕不语，自知不行的曹操摇头，"也是。就算他愿意，还有别人和后来人。但，魏王做了魏帝，谁是魏相？"

"废丞相，复三公，魏帝亲政。"曹丕答。

如果魏帝是孺子呢？曹操想。但他没有说出来。

"看来，虚君实相，难。"

"是，何况天命已不在汉。"曹丕说。

"若天命在我，吾其为周文王矣。"曹操一声长叹，然后回头看看永安殿，对儿子说，"不管怎样，他要善待。我和他名为君臣，实际上情同父子，在他身上花费心血不少，我也原本是要匡扶汉室的。"

这时，天上飘来一片云，遮住了太阳。

"怎么，不信？兴平元年，李傕和郭汜把持朝政，贪污盗卖救灾之粮，就是当今天子发现的。那时你八岁，他十四。求雨之祭，又将荆条绑在自己身上。如此天资，如此仁德，岂该是亡国之君？"

"明白了，遵旨！"曹丕说。

"子建无心争储，也要善待。"见曹丕张张嘴，话没说出来，曹操又说，"杨修竖子，寡人已经替你杀了，骂名也由寡人来担，丁仪兄弟你看着办。骂名这东西，多少会有点的，没什么了不起。"

"是。"曹丕说。

"还有一个人，要小心。"

"谁？"曹丕问。

"司马懿。那天他在行宫尚书台跟杨修下棋。蒋济进来，说孙权送来劝进表。他便说，兹事体大，还是不要张扬的好。"

"这话并没有错。"曹丕说。

"是没错，但为什么特地看了杨修一眼？"

"这个？或许没有什么意思。"

"也许是刺激，他知道杨修爱出风头。"曹操说。

怎么至于？蒋济与司马懿友好，不会去告密，应该是在被问起时如实禀告。司马懿也只是看了杨修一眼，没什么特地。曹丕早就觉得父亲到了晚年，越来越疑神疑鬼，这细节弄不好是想象出来的。再说杨修是什么人？他做事情，自有主张，还得靠司马懿刺激？

没想到，曹操却还有惊人之语。

"笑面虎，白眼狼，谦谦君子要提防。像谁？"

"司马懿杀了脂习？"曹丕下巴都惊掉了。

"怎么，不可能吗？"

"不会吧？对他没好处啊！"

"怎么没好处？最后当太子的不是你吗？"

谁当太子，与脂习被杀有什么关系？但曹丕没敢说。

"你觉得那人如何？"曹操又问。

"执礼甚恭，也能谋善断。"

"我看他五常不沾，六亲不认。寡人召他到司空府任职，他居然宣称自己得了风痹，还装得挺像。所以他那恭谨只是样子，心里面是不恭的。大恭在于敬畏，大智出自仁义，不要被蒙骗。"

"是。"曹丕说。

"谋杀脂习的，不会是杨修。"曹操又说。

"当然，也不会是渠穆。"曹丕说。

"绝无可能。做得到的，只有……"

父子俩都想到了一个人，但都不说。

"要查吗？"曹丕问。

"并非所有的事，都得查明真相。"

"臣还是想不通。如果是司马懿，用意何在？"

"也许，既已决定从政，何妨小试牛刀。总之，世事无常，人心难测，不可不留意。你做魏王之后，大局已定，他们多半不会把你架在火上，但会把你泡在水里。水里舒服多了，懂吗？"

"臣记住了。"曹丕觉得父亲不但疑神疑鬼，还婆婆妈妈。

"现在你就回邺城。冀州乃魏之根本，不可大意。"曹操以凌厉的目光看着曹丕，"那个九品官人之法，等我死了以后再说。"

14

大雪纷飞，寒风凛冽。洛阳郊外前往北邙的途中，为关羽送葬的队伍走在雪地上。曹操已经不能扶灵，坐着小车跟在灵车后面。走着走着，他的眼前浮现出送别荀彧的场面：城门洞开，道路两旁是白衣白甲列阵的战士，举纛的卫士和其他随行人员浩浩荡荡。

眼前好像又有落叶飘下来，曹操突然叫了一声："文若？"

听见曹操的声音，队伍停了下来。

曹操下车，颤颤巍巍向前面走去。

董昭、许褚和曹朗等人赶紧从后面过来。

"这里面是文若吗？"曹操抚着灵车问。

"殿下，是关云长。"董昭说。

"不是文若？"

"不是。"

"是无盐吧？"

这是怎么了？董昭等人面面相觑。

"要不是鸿豫？"

所有人都不说话。

"应该是寡人。"曹操说。

董昭脸色惨白，说不出话来。

"丕儿在哪？"曹操问。

"邺城。"董昭回答。

"植儿在哪？"

"许都。"

"彰儿在哪？"

"长安。"

"朗儿在哪？"

"臣在此。"曹朗说。

"仲康在哪？"

"臣也在此。"许褚说。

"在就好。有几句话，你们要记下来，告诉大家。我这一生做了很多事。军纪严明、执法如山，是对的，不要改。发的小脾气，犯的大错误，也不要学。我这人有头疼病，沐浴之后要先戴头巾，这件事不可以忘了。陵墓就定在邺城西冈，西门豹祠旁边，里面不要放金玉珍宝。婢妾和艺人很辛苦，让她们住在铜雀台，要善待。剩下的香料分给各位夫人，闲着没事做就学做履组，做好了拿出去卖。"

没人想到魏王会说这些，都屏声静气。

曹操看着曹朗，还想说什么，突然口吐鲜血，一头栽倒。

许褚冲了过去，将曹操抱在怀里，然后失声痛哭。

大雪纷飞，不知谁写的歌在天地间回响——

　　本不是你的江山，

　　为何要一肩挑起？

　　本不是你的责任，

　　为何要一担到底？

离散了骨肉兄弟，
辜负了红颜知己，
抛却那诗酒年华，
换回这骂声不已。
是何道理？
是何道理？

分明是菩萨心肠，
偏有那阎王脾气。
分明要解民倒悬，
却成了天下公敌。
危难时一身正气，
盛名下千般算计，
战乱中叱咤风云，
弥留际分香卖履。
哪个是你？
哪个是你？

你把皇袍穿成了衬衣，
你把血腥变成了游戏，
你把大旗高高举起，
你把真情深埋心底。
噫——
舍不下的社稷，
放不掉的权力，

化不开的心结，

割不断的情意。

纵有那翻云覆雨，

到头来依然是你。

休管他斗转星移，

一定要做回自己。

你就是你。

你就是你。

15

建安二十五年正月二十三日，曹操病逝于洛阳，享年六十六岁。

消息传到邺城，曹丕马上在第二天即位魏王。二月，实行九品官人法，与士族达成政治交易和默契。十月，曹丕以接受禅让的方式成为大魏皇帝，延续近二百年的东汉灭亡。

汉皇后曹节将传国玉玺扔了出去，并诅咒大魏不得苍天庇佑。

逊位的汉帝刘协被尊奉为山阳县公，十四年以后去世，享年五十四岁，死在了魏文帝曹丕之后，被谥为孝献皇帝，史称汉献帝。

魏王朝定都洛阳，废除丞相一职，恢复东汉的三公制。

曹丕称帝半年后，刘备在成都称帝。

刘备称帝七个月后，孙权被曹丕册封为吴王。

杨彪谢绝了魏太尉的任命，坚持以汉臣自居，被曹丕待之以宾客之礼，五年后在家中去世，享年八十四。

贾诩出任太尉，三年后去世，享年七十七。

钟繇在贾诩去世后出任太尉，明帝时位至太傅，享年八十。

董昭任大鸿胪，晋爵右乡侯，明帝时位至司徒，享年八十一。

许褚在曹丕称帝之后封万岁亭侯，明帝时晋爵牟乡侯。

满宠活到曹魏第三代皇帝，官至太尉，与司马懿和蒋济并为曹氏四朝元老，死后谥为景侯。

高柔活到曹魏第五代皇帝，官至太尉，享年九十。

毛玠被和洽等人救出后，卒于家。

和洽卒于明帝时，死后谥为简侯。

徐奕在魏讽案后任中尉，在职数月病退，卒。

夏侯惇在曹丕称帝之后任大将军，数月卒，谥为景侯。

曹洪活到魏明帝时，官至骠骑将军，死后谥为恭侯。

张辽在曹丕称帝之后任前将军，病死后谥为刚侯。

张郃在曹丕即位魏王之后任左将军，战死后谥为壮侯。

丁仪和丁廙兄弟及其男性家属，在曹丕即位魏王之后被杀。

曹植屡屡徙封，终以四县封为陈王，四十一岁时卒，谥号思。

郗虑在《三国志》和《后汉书》中只有零星记载，无传。

曹朗和子月成为无盐的守墓人，但正史并无记载。《后汉书》也只留下一句语焉不详的话：皇女某，光和三年封万年公主。

（全书终）

330

主要参考书目

陈寿撰、裴松之注:《三国志》,北京:中华书局 1997 年版。

范晔撰、李贤等注:《后汉书》,北京:中华书局 1997 年版。

刘义庆撰、刘孝标注:《世说新语笺疏》,北京:中华书局 2016 年版。

司马光编著、胡三省注:《资治通鉴》,北京:中华书局 1997 年版。

曹操著:《曹操集》,北京:中华书局 2012 年版。

缪钺主编:《三国志选注》,北京:中华书局 1984 年版。

方北辰著:《三国志注译》,西安:陕西人民出版社 1995 年版。

吕思勉著:《吕著三国史话》,北京:中华书局 2006 年版。

张作耀著:《曹操评传》,南京:南京大学出版社 2001 年版。

方诗铭著:《曹操·袁绍·黄巾》,上海:上海辞书出版社 2021 年版。

谭其骧主编:《中国历史地图集》,北京:中国地图出版社 1982 年版。

王双怀编著:《中华通历》,西安:陕西师范大学出版社 2018 年版。

孙机著:《汉代物质文化资料图说》,上海:上海古籍出版社 2011 年版。

王凯旋著:《秦汉社会生活四十讲》,北京:九州出版社 2008 年版。

谢国桢著:《两汉社会生活概述》,北京:北京出版社 2016 年版。

王子今著:《秦汉称谓研究》,北京:中国社会科学出版社 2014 年版。

张继海著:《汉代城市社会》,北京:社会科学文献出版社 2006 年版。

吴涛著:《汉代洛阳研究》,北京:科学出版社 2017 年版。

袁庭栋著:《古代的战争》,北京:中信出版集团 2019 年版。

李硕著:《南北战争三百年》,上海:上海人民出版社 2018 年版。

刘勃、周渝、原廓、公孙蚩、林屋公子、李海涛、郭晔旻著:《三国前传:汉末群雄发迹史》,2019 年《国家人文历史》系列文章。

鸣谢

（排名不分先后，帮助不论大小）

关邑、谭昊、王怡、程笳淇；

王子今、阎步克、卜宪群、于赓哲、马未都、钱国祥、吴涛、陈宝强、袁庭栋、辛俊峰；

姜文、周韵、常江、李京、李菲、何永立；

连辑、李东珅、李青峰；

路金波、吴畏、贺彦军、王光裕、刘朋、朱镜霖、王媚、吴偲靓、董歆昱、陈昭；

李运才、王路、秦超。

易中天

1947 年出生于长沙
曾在新疆工作，先后任教于武汉大学、厦门大学
现居江南，潜心写作

已出版作品：

《易中天中华史》（全 24 卷）
《品三国》《先秦诸子》《儒墨道法的救世之策》
《读唐诗》（李华摄影）
《诗经绘》（胡永凯绘）
《禅的故事》（黄永厚绘）
《帝国的惆怅》《帝国的终结》
《中国人的智慧》《中国的男人与女人》
《读城记》《品人录》《大话方言》
《美学讲稿》《谈美随笔》《艺术人类学》

曹操

作者 _ 易中天

产品经理 _ 王光裕　　装帧设计 _ 朱镜霖 吴偲靓　　产品总监 _ 贺彦军
技术编辑 _ 顾逸飞　　责任印制 _ 刘淼　　出品人 _ 路金波

营销团队 _ 毛婷 孙烨 魏洋　　物料设计 _ 向典雄

果麦
www.guomai.cn

以 微 小 的 力 量 推 动 文 明

图书在版编目（CIP）数据

曹操 / 易中天著 . -- 修订版 . -- 济南：山东文艺
出版社，2023.8
ISBN 978-7-5329-6935-7

Ⅰ . ①曹… Ⅱ . ①易… Ⅲ . ①长篇历史小说－中国－
当代 Ⅳ . ① I247.5

中国国家版本馆 CIP 数据核字（2023）第 124831 号

责任编辑：秦　超
书名题字：连　辑
封面绘图：李青峰
专家审读：马　勇
装帧设计：朱镜霖　吴偲靓

曹操（修订版）
CAOCAO

易中天　著

主管单位　山东出版传媒股份有限公司
出版发行　山东文艺出版社
社　　址　山东省济南市英雄山路 189 号
邮　　编　250002
网　　址　www.sdwypress.com

读者服务　0531-82098776（总编室）
　　　　　　0531-82098775（市场营销部）
电子邮箱　sdwy@sdpress.com.cn

印　　刷　北京盛通印刷股份有限公司
开　　本　880mm×1230mm　1/32
印　　张　31.75
印　　数　185,001～190,000
字　　数　762 千
版　　次　2023 年 8 月第 2 版
印　　次　2023 年 12 月第 2 版第 7 次印刷
书　　号　ISBN 978-7-5329-6935-7
定　　价　168.00 元